大道蒼茫

姚其恩◎著

云南出版集团
云南人民出版社

图书在版编目（CIP）数据

大道苍茫 / 姚其恩著. —昆明：云南人民出版社，2017. 11

ISBN978-7-222-16737-7

Ⅰ.①大… Ⅱ.①姚… Ⅲ.①历史小说 - 中国 - 当代 Ⅳ.①I247.5

中国版本图书馆CIP数据核字（2017）第280567号

出 品 人：赵石定
责任编辑：张晓岚
封面设计：昆明昊谷文化传播有限公司
版式设计：马 滨
责任校对：钟 静
责任印制：洪中丽

大道苍茫

姚其恩 著

出版 云南出版集团 云南人民出版社
发行 云南人民出版社
社址 昆明市环城西路609号
邮编 650034
网址 www.ynpph.com.cn
E-mail ynrms@sina.com
开本 787mm×1092mm 1/16
印张 27.75
字数 500千
版次 2017年11月第1版第1次印刷
印刷 昆明卓林包装印刷有限公司
书号 ISBN978-7-222-16737-7
定价 56.00元

云南人民出版社公众微信号

序

谢本书

2014年12月25日下午，《青年与社会》杂志社原总编江云岷先生一行来访，送来了姚其恩同志所著的《大道苍茫》一书的打印稿，希望我为该书写一序言。云岷同志告知，作者的先辈曾是云南辛亥革命、护国起义的参与者，为了继承先辈的精神，他花了近五年的时间，搜集了丰富的史料，经过认真研究，撰写出书稿，其后又征求了多位专家学者的意见，不断修改完善。现出版社对该书的审批手续已经完成，只待序言，即可交付出版。云岷同志还说："谢老作为近代云南地方史研究的权威学者和著名的历史学家，作者本人仰慕已久，写作序言，非您老莫属。"盛情难却，我答应先看看书稿再说。

我花了几个半天，初读了《大道苍茫》的打印稿后，感觉尚好。作为一个业余作者，能完成这样一部著作，应该说是经过了艰苦的努力，很不容易的。这部著作史料丰富，语言生动，是难能可贵的。它既是历史著作，也是文学作品。作为历史著作，它大体上符合云南辛亥、护国起义历史发展的基本线索，有不少真人真事的记录，对重要史料还一一注明出处。但它又不完全是历史著作，而类似于历史文学作品，是一部文学著作。全书对大人物大事件的记载，大体上是接近真实的，真名真姓，有史料依据；而对小人物小事件的描绘，则有相当一部分是属于文学性的虚构。不过这些虚构，又在一定程度上有历史脉络可寻，并非属于胡编乱造。因此这部著作，既是历史性的，也是文学性的，或可称之为历史文学作品。

这部历史文学性的作品，许多部分着眼于情节、细节的描绘。为此，我在这里对云南辛亥革命、护国起义的历史，作一概括的说明，以衬托作品的历史时代背景。

近代云南在中国历史上有着许多贡献，亮点增多了，地位也提高了。云南辛亥革命、护国起义就是这些亮点中的两个重要环节，值得大书特书。

先说云南辛亥革命。1911年10月10日，为推翻清王朝掀起的辛亥武昌起义，震动全国。而云南是响应辛亥武昌起义较早的第四个省区。辛亥革命在云南，主要发生了三次起义，即腾越起义、昆明起义和滇南起义。云南辛亥革命的三次起义，都是同盟会组织领导的，同盟会员在其中起了主要的领导作用。例如，1911年10月30日（农历九月初九日）的辛亥昆明重九起义，就是同盟会会员召开至少五次秘密筹备会议，直接策划和领导的。云南新军第十九镇第三十七协协统蔡锷，作为青年爱国将领，被推举为起义军临时总司令；同盟会云南支部长、云南陆军讲武堂原总办李根源为临时副总司令。昆明起义后建立的云南新政权，进行了一系列颇有成效的改革。昆明起义创造了三个“冠军”。

第一冠是起义战斗之冠。昆明重九之夜，战斗异常激烈，革命志士牺牲150余人，负伤300余人；敌方死者200余人，受伤100余人。这是除首义之区的湖北以外，独立各省革命党人组织的省域起义中，战斗最激烈、代价也巨大的一次。可以说，昆明起义战斗激烈的程度，是响应辛亥武昌起义各省省域之冠。

第二冠是改革成效之冠。辛亥起义后，云南建立的云南军都督府，进行了一系列的改革，取得了明显的成效，使云南成为民国初年最安定的省区。所以，云南都督蔡锷也说：“一切善后布置，俱井井有条，秩序为之严整，成为南北各省之冠。”可以认为是改革成效之冠。

第三冠是滇军精锐之冠。辛亥云南新政权建立后，应各方面之请求，曾先后派兵援川、援黔、援藏，虽然情形不一，但军事上都取得了重大胜利，所以被认为是“滇军精锐，冠于全国”。

云南辛亥革命的这“三冠”，对云南后来历史的发展起了重要作用，也为护国战争首先在云南的爆发奠定了基础。

再说云南护国起义。袁世凯倒行逆施，复辟帝制，全国各阶层人民、政党、派别、团体，除了一小撮死心塌地追随袁世凯的爪牙外，都在不同程度上进行了反对帝制复辟的斗争，形成了空前壮大的反袁联合阵线。1915年12月

25日，从云南开始的反对袁世凯复辟帝制的护国战争正式爆发，以蔡锷、李烈钧、唐继尧为护国第一、二、三军总司令，经过近半年的艰苦奋战，终于取得了胜利，粉碎了帝制复辟，维护了共和制度。护国战争突出地显示了民主共和的革命精神，敢为天下先的奋争精神，联合对敌的团结精神，不怕牺牲的拼死精神，人民群众的觉醒精神，与时俱进的创新精神，为全国人民树立了光辉的榜样。

护国战争是近代资产阶级领导的仅次于辛亥革命的一次伟大的革命运动。所谓“辛亥首义，民国建立；护国讨袁，共和再现”，充分肯定了护国战争的历史地位。从云南开始的护国战争，延缓了中国半殖民地化的过程，避免了历史的倒退。这是有史以来，从云南开始的首次改变中国历史发展进程的重大事件，是值得云南各族人民骄傲和自豪的。云南各族人民为护国战争所做出的巨大贡献和牺牲，是值得我们永远怀念的。

今天，我们在建设社会主义现代化的伟大事业中，借鉴辛亥、护国的精神，发扬辛亥、护国的优秀文化传统，也成为一种鼓舞人们不断前进的精神动力。

姚其恩同志的这部作品，生动地再现了云南在这样的时代背景下的历史事件，是很有意义的。作品末章，着意展示了护国战争后军阀割据与混战的局面，以及部分中下级军官的不幸遭遇，从而凸显了“大道苍茫”的立意与旨趣，也是富有启发的。它说明，护国战争有重大的历史功绩，但未能改变中国的社会性质，中国人民要获得真正的解放，还需要寻求新的力量，走新的道路。

当然，《大道苍茫》还有可以再提炼的空间，对某些重要历史人物的描绘也显得不足（如蔡锷、朱德等），只好让时间再检验，将来补充修订了。

发了一通议论，不一定妥当，权充“序”言。

2015年1月于昆明

目录

第一章

投身讲武

一、携手从戎　同道结伴

从滇西楚雄到省城昆明，崎岖驿道在崇山峻岭间蜿蜒穿过。红土地上五尺来宽的马帮小路，被牲口和人反复踩踏得凹凸不平。路边杂草丛生，在陡坡险道上，为防止牲口行人滑跌，还一段段铺垫了石块石板，斑斑驳驳绵延不断。

初秋时节，青年姚必光在山间小路上蹒跚而行，匆促间虽还有些踟蹰，却终于掩饰不住内心的愉悦。跳出继母罗织的苦难牢笼，摆脱了歧视虐待获得的解脱，以及对未来的憧憬，陡然间给予他一种期盼，也坚定了他离开家乡小城的决心。只不过，在自由欢愉之后，犹豫却如影随形萦绕缠绵。毕竟，十八岁还是稚弱，更何况前路漫漫，第一次别家远行，难免迷茫。

路上，马帮行人往来稀疏，陌生山野几十里不见人迹。只有古树森然，山风林涛云气飞动，周遭世界因此而显得更加寥落。冷不丁从路边草木丛中飞出对山鸡，或者突然跳出只松鼠，都会把人惊出身冷汗。离开家已经六天，一路上的艰辛自不必说，孤身行走，总让人感觉寂寞。

大清宣统元年，这里本来还算是一条比较繁忙的商贾大道，此时却四野茫茫，天远地长。秋日的山林浓荫如障，天边黑云弥漫，裹挟着落日的光柱在翻滚。这是在酝酿一场大雨，那山雨欲来的神秘，似乎正与此时、此地，眼前年轻人所面临的生命之路一样。一股莫名的冷和说不出的戾气，让人顿生寒意。

这是一个动荡苦难的年代。就像困顿久卧的病人，大清国苟延残喘，日渐衰败。在边远滇西的小县城里，已经感觉得出帝国的那种蔫蔫气息。近年来，因兵匪战乱致使百业萧条，这条过去商旅如云的滇西古道，如今也人马稀疏烟尘零落。无由的怅惘，他有些害怕，坎坷的人生经历，更加深了他对渺茫前途的畏惧。

也许，正是因为家庭际遇和世事衰微的氛围，才使得他一路行来惶恐不安。到省城还会遇到什么预想不到的事，在那个举目无亲的地方，一个外县穷家后生能有谁来庇护？他有些胆怯，对生命之路的探寻，确实让人战战兢兢，如履薄冰。

从小遭遇继母的经历让他早早就体会到世态的炎凉，使得读过几年私塾，又进过县城新学的他，仍然免不了困顿惶惑。离家时，父亲不舍而又无奈的样子隐约浮现在眼前。背着继母，悄悄塞给他5块银圆，却连叮嘱都悄声得快听不见。而此时，银圆在内衣口袋里，一路行来伴着他颠颠簸簸，碰撞着“忑忑”作响，他觉得似乎比父亲的叮嘱还周详。就像是体贴的亲情抑或是难言的悲凉，让人牵心系怀回味遐想。他掂了掂贴身衣袋，沉甸甸的银圆，沉甸甸的思念，压在心头，压在手上。

这衣袋还是出发前自己缝制，粗针麻线钉上的土布片，里面却装满了他全部的希望。多年的积蓄和父亲给的，总共8块大洋。从未有过的富足和前所未有的窘迫同时装在里面。另外，他还有些散碎零钱，为方便旅途花销，放在对襟短褂的兜里。一路节省开支，此时竟还剩得不少。斜挎在肩上的蓝布包袱里，仅有的一套换洗衣服和一本翻刻得并不十分精美的万历版《菜根谭》线装书叠摞在一起。这些，就是他要到省城求学谋生、寻找出路的全部家当和依靠。没有亲戚、没有朋友、没有目标，甚至没有具体的消息。就这样，在刚刚满足逃离苦难生活意愿的兴奋之余，期待还一直是伴着彷徨。出走他乡，那是去拼命，没有退路，只讲成败。

走了整整一天，薄暮时分，他才来到安宁州一家旅店，幸好还没下雨。安宁距离昆明60来里，算是进入省城前的最后一站。这里州城与一般县城差不多大小，比起楚雄，街市冷清了许多。客栈门面不大，进了店铺门堂，左手边就是柜台。昏暗的柜台后，蜷缩着一个头戴瓜皮帽、脖上吊了副老花眼镜的50来岁掌柜。见人进屋，眯缝起双眼，慢吞吞地上下扫视了一番，咳嗽一声才慢慢说道：“好房没了，倒有间便房。可巧两位学子刚订了铺，剩下一个床位，正好！”不等回答，便又低头翻看柜台上已经旧得发黄的账簿。

问过房价，姚必光心下沉吟：贵了点！可再看屋外，天色已经向晚。转念一想：“再磨蹭到其他客栈，也不知能不能住，反正零钱够用，8块整钱还在，住下不妨。”于是，便以既来之则安之的口气答道：“好，就开这个床铺！”

交过店钱，便由伙计领着转过一扇木板隔屏风对穿侧门。迎面一个大敞院，三间四耳，倒八尺两层楼房围起的合院。院坝由大块红砂石铺砌得平平整整，十分溜刷。房间间架很大，此时每间房都被一隔为二并增开了门窗，看上去房间不少。穿过院坝，进入正房堂屋，后挡墙木板隔前，案桌上供奉着手执银鞭，坐下黑虎的龙虎玄坛真君、财神爷赵公明。素色的隔板木面并未上漆，光秃秃的也无雕花木刻装饰，却用上好板栗木打造得规矩整齐、光滑锃亮。木板隔后是过道。转过对穿侧门，跨出门洞，又见一个大院，与前院格式几乎一样。正房三间，东西两厢各两间耳房，也被隔成很多房间。两层楼整齐排列，十分宽敞。见此，姚必光心中不禁想：好一个两进的深宅大院，单看门面哪里知道这样气派！想着，心里便不免发怵，有了些怯意。

再看院子中央，一个大花台，花台中一棵碗口粗两层楼高的茶花树长得枝叶茂盛郁郁葱葱，把从门洞向里看的视线遮了大半。进到后院，又由伙计带着，顺门后墙根脚左手边廊檐过道向前。在西耳房与前院正房后墙夹缝间开有一门洞，顺门洞走进一个暗角小天井。天井院内藏着两间小房，像是杂物间，此时改成客房。房内稍显阴暗，却也收拾得妥帖，住这样的客房，不贵不贱，反倒让人安心。房中无人，伙计指了指床脚头正对门的铺位，说了声“就这铺”转身就走。房间还算清爽，小窗在房门一侧，对着窄窄的背阴小天井。床铺上垫单、被子也都干净，比起前几天住过的马帮客栈，还真有点大客店的样子。

想着第二天就要到达省城，他心中充满憧憬，一路的艰辛劳累顿时消解了不少。独自一人坐在床上，这才想起自上午啃过两个干麦饼，喝了点山沟里的凉水外，再也没有吃过什么东西。此时肚中无物，口中直冒清水，才感觉饥渴难耐。对着房中墙壁上一面几乎看不出人形来的四方小镜照了照，只看得见自己眼睛和额前发根，一路上红土地风起尘扬，头发和两道眉毛都被染得扑扑灰红，倒有几分《西游记》里红毛小妖模样，滑稽得让人好笑，便想先洗把脸，再出门找吃充饥。

这时，房门“哐当”一声被人推开，两个身着短褂的年轻人风风火火地闯了进来，冷不丁与正拿毛巾抹脸的姚必光打了个照面。双方一愣神，其中相貌淳朴、身体敦实的那人击掌大笑：“好啊，又来一位朋友！敢问尊姓大名？”

姚必光忙躬身作答：“不敢，不敢！在下贱姓姚，小名必光，草字宗虞，请问……”

“在下段云鹏，草字鸿翔。这位是东亮兄，腾越李印泉先生堂侄。”

姚必光仔细端详，一直抢着说话的，原是一位虎头虎脑、黑脸细眼的年轻人，与自己年龄相仿。身旁站着的“腾越李印泉先生堂侄”，则是一位白净脸面、身材修长，年纪也一样的英俊书生。

这时，叫作东亮的青年也忙上前抱拳一躬：“幸会，幸会！在下李明远。敢问同道，从哪里来往何处去？”

姚必光见二人都是学子打扮，又如此爽直，料是同道中善处之人，便实打实地回答：“在下楚雄鹿城人，现往省城求学！不知二位……”暗中猜想，他们也一定是到昆明。话还没有说完，名叫段云鹏的伙子就抢着插话：“在下与东亮也是到省城求学，正好、正好，与宗虞兄一样！”

三人互通表字姓名，对答寒暄，几句话就把相互间来龙去脉知晓了一二。于是，也就有了他乡遇故知的感觉。

原来，李、段二人也是旅途偶遇。虽萍水相逢，但志趣相投，几天时间，已俨然如知心故交。段云鹏19岁不到，大理太和县人，白族；李明远刚满19岁，腾越儒士王开国先生弟子。三人都是第一次离乡外出，因为同是负笈赴省的学子，相见便觉投契。

说起李明远堂叔，那可是在省城里有些地位的人，刚从日本学成归来，人虽刚刚三十出头，却因受省府主事大人器重，已经担任了新成立的云南陆军讲武堂监督兼步兵教官，名叫李根源，表字印泉，永昌府腾越厅九保人。日本士官学校第六期毕业后，被护理云贵总督沈秉堃召回，参与筹办云南陆军讲武堂。短短不到一个月时间，就已展现出卓越的政治组织才能和实干精神，深得护理总督信任，在滇省官场也有了名气。只是此时姚必光并不知晓。见段云鹏十分夸张地介绍，想必总有来历，便道："久仰，久仰！"却不想，就是李明远这位堂叔，日后，会对他一生有那么大的影响。

因为堂叔缘故，李明远在家早就得知云南讲武堂首批招收青年学子的消息，于是决定投笔从戎，报考军校。旅途中结识段云鹏、姚必光，并大力鼓动二人一同应考。这也是三人相逢、相识、相知难得的机缘。

李明远早年丧父，凭借族中富家资助，进过新式洋学堂。因天资聪颖，年纪轻轻便读了不少古今中外名家的书，可谓博学多才，志向远大。然而，其性格内敛，大有含而不露、古拙朴素的乡里儒生风范。自与段云鹏旅途相遇以来，便时常讲些家乡见闻和经天纬地的海内外传奇，把性格豪放的段云鹏喜欢得手舞足蹈，而他自己则只是淡然沉吟，微笑不语，使得段云鹏心里越发佩服，并早把他视为难得知己。听到他要投考陆军讲武堂，便也认定了要一同报考。

晚清时节，永昌腾越虽地处边远，却也是个商旅繁忙、贯通中外商路的重要城镇。由于西南与缅甸相邻，很多从欧洲、阿拉伯以及印度运往中国内地的货物，通过缅甸陆路后都要从此经过。另外，由于与腾越紧紧相邻的缅甸密支那盛产翡翠，且多年来一直在腾越加工集散。人多以为腾越产玉，所以声名愈发远扬。

腾越加工琢制出的翡翠玉器，常有世所珍重的上乘佳品，集散贸易更促进了这里玉石毛料和工艺成品交易。清朝以来，翡翠深得皇家贵胄收藏喜好，时下就有"黄金有价玉无价"的说法。翡翠玉石价格日日陡增，经营者利润颇丰，所以此时腾越已是商贾云集、贸易发达之地。加之乡人外出经商，长期往来于缅甸、印度、南洋甚至欧美，致富者不少。这些人总会带些外间用品、物产和新知新学新书回来。在财富快速增长的同时，洋学堂、图书馆也进入了腾越人的生活。比起内地，这里生活更加开放时尚，李明远所知，也比年纪稍小的段云鹏、姚必光多了许多。

这时，姚必光抹完脸，拍打干净身上尘土，才说起肚子太饿想外出找吃的话。段云鹏“嗖”地一下便站了起来，心直口快地大声附和：“我也忍饿半天，客气什么？一起找家馆子，填饱肚子再说！”说着，一手推姚必光，一手拉李明远，三人一同上了安宁州城大街。

说是大街，其实只是由块状石头铺成凸凹不平的马路。路旁两侧，一连串七高八低、带木板门面的铺房参差对列，每隔一段便有一间敞开的铺面，卖些零散货物。也有高门大户的院落，突兀地插在这些木板门面房屋铺面中间，反而与又弯又窄、晚间十分昏暗的所谓大街极不相配。东倒西歪相对而视的街铺，十有八九都是居家，真正做生意开张待客的铺子并不太多。刚下过一场雨，石板路面在临街门窗透出的灯光以及月光映照下，幻化出湿漉漉的斑驳鬼脸。或许是路面窄的缘故，街两侧并不十分高大的院墙相对矗立着，粗糙的泥糊墙面让人感觉特别不快，似乎已把中间的路面挤压成狭窄弯曲的小道，“大街”这名其实难副。

三人沿街走了好一阵，都不见合适的饭铺。直走到街东头，才见亮着灯的一家老旧铺子正在卖小吃煮品。店内并无客人，只有几盏昏暗的油灯，忽闪忽闪地照着店内的五六张饭桌，火尽灰冷的样子。三人才进店，老板娘就迎了过来，一面张罗，一面麻利地点燃柴灶，不多会儿就煮得了一锅热气腾腾的米线，盛了三大碗，辣乎乎地端了上来。三人狼吞虎咽，一下子就吃个精光。之后，又向店主要了壶茶，就着一碟五香蚕豆，海阔天空地聊了起来。

李明远随口讲的一些轶事，特别是腾越侠士结社演武、除暴安良的故事，让姚、段二人倍感新鲜，连连咂舌惊叹。见二人正在兴头上，他又趁势把报考讲武堂的事说出来。段云鹏自小喜欢舞枪弄棒，曾跟四川来的一位师傅练武。此时已身怀不凡武功，报考讲武堂正是投其所好。正愁到昆明难寻去处、前路茫然的姚必光一时也动了心，听说讲武堂不仅不收学费，而且还供伙食和发给零用钱，更是求之不得，当即就决定跟李、段二人一起投考。说起来，姚必光对学武投军本来并不热心，原先只是想学师范，将来好做个新学教授。却禁不住段云鹏怂恿、李明远诱导，想不到这决定，成了他人生的一个转折。

此时中国，封建王朝帝业凋零，大清国内忧外患，已处于风雨飘摇之中。有识之士开始接受西方民主政治思想，主张更激烈的社会变革，改良或推翻帝制。公元1898年，光绪皇帝“百日维新”变法失败之后，中国社会突然进入了一个特殊的变革时期。一方面清政府加紧了对改良派、革命党人的打击镇压，社会政治气氛异常紧张，民众情绪极端压抑。另一方面却是革命思潮高涨，不同背景、各种各样的会党纷纷成立。保守的、激进的各种政治见解，包括围绕这些见解发生的论战，从海外、租界迅速向内地传播。报刊的新奇宣传，更加强烈地刺激着国人神经，泱泱帝国的生命，像临终前的挣扎，同时又怀着重生的希冀，奢望羽化嬗变。

孙中山领导的同盟会“驱除鞑虏，恢复中华，创立民国，平均地权”的政治主张不胫而走，得到了广大民众的普遍认同和支持。主张共和的政治精英和革命党人开始聚集在同盟会周围，酝酿着以武装起义推翻清王朝，军事活动成为革命党最为关注的焦点。

李、段、姚三人准备投考的云南陆军讲武堂，原是大清帝国寄予厚望的云南新军人才培养基地。此时却成为新旧派别争取、斗争最活跃的战场。从此，他们将置身其中，去参与和见证历史的搏杀，并因此成为知交。

夜里下起了大雨，听着沿瓦沟流淌的“唰唰”水声，姚必光半睡半醒辗转反侧。昏暗中隐约看见一个颤巍巍走来的人影，灰青色袄裙裹罩着的纤弱少女，竟然那样熟悉。幽暗中似乎还能看见如烟的柳眉细眼，隐隐带着一抹无奈愁绪。那愁绪中又透着一丝淡然的笑，可这笑却十分诡异，更像是二姐病亡时脸上的表情。他想走上前去招呼，却怎么都挪不动脚，心中一急，不由得便出了身冷汗。人突然醒来，朦胧中睁开双眼，只看见黑洞洞的小屋里四壁空寂，哪里有什么人来！段云鹏酣睡恬静，一动不动；李明远蜷缩着身体，呼吸均匀微细。夜显得异常寂静。

雨水落在天井里的“嘀嗒”声依然如旧，飕飕冷风又带着阴阴的湿气拂面而来，使人感觉一丝寒意而微微发颤，他想起了苦命的二姐。想起二姐的死和二姐的不幸，心不由得一阵紧蹙。他永远都不会忘记，二姐死时宁静安详的模样。这些年来，一想到二姐，他就会想起盖在二姐身上的蓝色土布被面，以及被面上一点一滴连成片已经发乌的血迹。那血迹常常会在梦里幻化成怪兽，咧着嘴一会儿扑过来，一会儿跑开去。苦命的二姐啊！至今，那血痕似乎还带着夺命的凶相。二姐因病吐血而亡，可他觉得还是继母克俭役使、生性吝啬，使尚未成年的姐弟备受煎熬的结果。

童年遭遇的不幸刻骨铭心，那阴影一直笼罩在心头，伴他走到今天。在二姐走后的四年里，他总是倍感痛苦孤单。今天，终于走出那个阴冷的家，就像撕开心头层层的缠绕，让人感觉前所未有的舒畅。但不知为何，离开家才几天，他心中却又惦念起来。不是全部的家，只有父亲，还有自己那间窄窄的小屋，床前老旧小桌和桌上的青花土瓷油灯。这些，在他心里千牵百挂，家的丝丝温暖，被无限放大，让人越发不忍忘怀。

在姚必光的心里，“家”有着十分复杂的含义。它既是生命归依、人生困乏的驿站，又是充满痛苦、感情压抑的樊笼。在滇西楚雄鹿逐狗吠的小城里，家的时光总是备受煎熬。可离开家才五六天，却又觉得，那凌乱蓬松的巢穴，似乎还有自己的无限牵挂。以至于连那里的烟熏晦暗，都让人刻骨铭心地思念。在结识了李、段二人，并决定投考讲武堂之后，他才感觉对家的牵挂不舍开始渐渐淡却，人生也有了新的盼头。

遇到李、段二人，还使他想起了学校里那位严肃而又慈祥的沈芷馨先生。沈先生比他只大了十岁，与同学相处也形如兄弟。光绪三十二年考入京师法政学校后，已经很长时间听不到他一点消息。还有同学中的挚友杨宗泽，本来约好一起到省城求学，却被父母立逼娶妻完婚。奈何不得，临时动不了身，想起来总让人痛惜。尽管他自己最终还是鼓起勇气只身前往昆明，可没有朋友相伴，却总让人不免惆怅。

杨宗泽是姚必光在楚雄学校里相处多年最要好的朋友，为人忠厚、诚挚善良，却优柔寡断、谆厚有余。想起临行时他把那本《菜根谭》塞在自己的手里，两人依依不舍抱头痛哭的情景，姚必光百感交集。“宗泽啊，宗泽！只此一别，不知何时还能相聚？”他在心中深深叹息。

“留个纪念吧！‘出世之道，即在涉世之中’，应该去闯一条出路。”好友的话又在耳边响起。此时，《菜根谭》被他放入包袱枕在头下，临睡前总要翻看，看完后再小心收藏。他喜欢书中警句灼灼，更怀念彼此间难忘的友情，他觉得这友情就像书中的警句，给人一种奋发向上的力量。

想着第二天就要进入神秘的省城，姚必光心里十分激动。如今，不仅结识了新朋友，而且还决定了投考学校，一遍遍反反复复思来想去，不知不觉间就进入了梦乡。想着讲武堂能够寄托一生的梦想，他看见艳阳下，一队队身着粲然军装的士兵喊号列队，雄赳赳气昂昂，他是那样希冀，那样向往。等到醒来，一缕阳光已从窗格射进屋来，段云鹏大声催促着，嬉笑跳跃，窜来窜去。

新的一天，新的旅程，新的朋友，姚必先心里充满期盼，他突然觉得，三人同行，人生前路竟无比光明。

二、男儿报国　讲武图强

公元1909年9月28日，宣统元年己酉中秋，云南讲武堂首届招生，甲、乙、丙三个班同时开学。甲班由陆军第十九镇管带、督队官、队管、排长等在职军士66人组成；乙班由巡防营管带、帮带、哨官、哨长等在职军官61人组成，这些人都是30岁上、兼通文理、云南新军中很有前途的青年才俊；丙班则是面向社会公开招生，由16到21岁具有中等文化的普通学子200多人组成。李明远、段云鹏、姚必光三人均被录取，一同编入丙班。讲武堂里，李根源是最具影响的教官之一。但李明远并未得到堂叔的特别照顾，只是开学后不几天被叫到办公室，特别告诫，要他专心学业以成大事。

在清政府“各省应于省垣设立讲武堂一处，为现带兵者研究武学之所”统一规定要求下，云南陆军讲武堂由护理云贵总督、云南藩台沈秉堃奏请朝廷获准开办。讲武堂的开办，与清末新军在云南的组建直接相关。1909年2月，云南编成的新军被授予第十九镇番号，总计官兵10900余人。与此同时，巡防队也改为营制，全省共设62营。第十九镇与云南巡防营官兵相加，总计兵力约达35000余人。

晚清新军编制，两镇为一军，每镇官兵在12500人左右。镇辖两协，协下两标，标有三营，每营四队。另外，每镇还添设炮、马各一标和辎重、工兵各一营。辎重、步、炮、工兵一队三排，一排三棚，一棚约有士兵14人；马队有两排，每排两棚。自军以下，各级正职主官为：军统、统制、协统、标统、管带、队官、排长、正目等。

陆军第十九镇，是清帝国驻扎云南的主力常备新军，编制相当于后来陆军的一个师。巡防营则大多由地方督抚控制，以营为单位分驻地方。有步队和马队，每营分设左、中、右三哨。哨以下，步队每哨8棚，马队每哨4棚，每棚士兵约9人。各级分别设置营官、哨官、哨长、什长等头目。因其与被授予镇系列番号的新军编制分属不同体系，所以，常把一个省的巡防营总合起来由督抚调派，在编制级别上相当于镇。

云南陆军讲武堂是在承接替代武备学堂和陆军新操学堂基础上兴办，利用的正是武备学堂在昆明城西螺峰山下承华圃的原学堂校址。这里曾是明初黔国公沐英练兵之所，昔称柳营（今翠湖、早年菜海子九龙池的西面）。学堂门前，一条小河带着九龙池湖水的青翠莲香，由北向南潺潺流淌。原先柳营常年牧养骏马千匹，士兵们常在河边洗马，这河便得了“洗马河”的俗名。而今柳营早已不在，清初曾在此建盖平西王吴三桂新宅“洪化府”。康熙二十七年洪化府被拆，此处又改名“承华圃”，开设了兵营。承华圃地势平整开阔，附近相沿一直设有营盘，但在武备学堂开办前，已很少练兵。因雨季九龙池、洗马河水经常溢出，周边土地润湿，草木丛生。

讲武堂校舍用的是武备学堂老房子，教室、教学办公室、学生宿舍安置在学堂北面一片东西宽、南北窄、参差相连的院落当中。紧挨这些院落，南面是一片土石操场，昔称“承华圃演武场”。因为十九镇三十七协司令部就在操场东边的洗马河畔，与讲武堂毗邻，这里也是该协司令部卫队的练兵场。

讲武堂甲、乙、丙三个班中，甲、乙班学制一年，丙班三年。丙班除学习各种军事科目和操练外，还要进行从列兵、军士到军官的全面系统教育，不仅要学军事，还要学数理、文化和外语，从学科到术科、基础到特技，每科必修。教官多从日本士官学校学成归来，尽皆满怀报国热情的年轻有志之士，其中不少人是同盟会会员，思想激进，更有锐意改革、推翻封建王朝的雄心。除云南省籍的教官外，还有外省籍教官，后来很多都成了民国时期叱咤风云的英才俊杰。教官们对丙班同学期望很大，要求也特别严格，所以影响也更深。莘莘学子纷纷投考的云南讲武堂，堪称当时中国最优秀的军事学校，而丙班又是思想最为活跃、人才荟萃的一个大班。

秋冬之交，霜降过后连着几天小雨，昆明进入了土黄天。经历了长夏和秋伏的湿热之后，天气正向秋末初冬的干冷转变。秋风秋雨中透出的丝丝寒意，让人感觉很是压抑。

这天，讲武堂破例放假，吃过早饭，李明远便出了学堂。穿过老营盘操场，过洪化桥，绕开洗马河，走一丘田向北，转到菜海子南面坡头一条小街，进了皇华馆旁的一家茶楼。

姚、段二人不知李明远独自去会老友，在学堂里找了个遍都不见他的人影，十分无趣地折回寝室，却见几个同学正聚在一起聊得兴起，便凑了过去。

一间住着三十来人的寝室里，只剩七八个没有外出的同学，此时正围坐在靠里的床铺上谈论各种逸闻趣事，很是热闹。一位体魄健壮、年纪稍长的同学操着一口四川话，正在讲述自己一路到云南来的所见所闻。此人便是丙班少有的几位外省籍同学之一，姓朱名德，字玉阶，四川仪陇人氏，因在班里年岁较长，同学们都尊称他“玉阶兄”。而他能够进云南讲武学堂上学，说来也颇费了些周折，很是不易。

据传，丙班对外省籍学员招收有严格限制。千里迢迢从四川赶到云南一心想投考军校的朱德出于无奈，只好借用临安府蒙自县籍贯，冒充云南籍学生报名。入学后被发现籍贯不符，险些被责令除名，全得李根源先生出面呈情才得保留下来。

说来也是机缘巧合，讲武堂滇南招生事务曾由李根源负责督办，面试时对朱德的一口川音印象极深，当时就对其籍贯有所怀疑。但听其言，拳拳报国之心坦诚以对；观其表，敦厚稳重，特别是天生一副军人器宇轩昂的仪表气质，深深地打动了这位主考官。说起来还是朱德的人品、胸襟，使李根源动了恻隐之心。见朱德实在是人才，李先生网开一面准许其参加考试并予录取。在朱德籍贯问题引起学堂注意并引发争执之时，也是李根源据理力争，为其挽回了学籍。年近23岁的朱德阅历甚广，曾因在家乡学堂教过体育，所以身体强壮，素质极高。尤其对《资治通鉴》曾经下过一番功夫并深有心得体会，说起治国安邦的道理总是令人信服。虽然入学才一个多月，但在丙班已颇负盛名。

姚必光在家也曾读过《通鉴》，对“臣光曰”118篇史论印象极深。因为《通鉴》的缘故，还读了不少宋史，只是对北宋时期的政治和党争不太了然，比如司马光为何强烈地反对王安石变法，王安石为何会成为北宋历史转折的关键人物等等，甚为不解。近来更因大名鼎鼎的梁启超在报上撰文为王安石洗冤翻案，称王安石变法为“国史上、世界史上最有名誉之社会革命”而疑惑，并对梁先生所说“今世欧洲诸国，其所设施，往往与荆公不谋同符”颇感兴趣。在他看来，元祐党人中，司马光、苏轼等都是名留千古的贤明政治大家，而王安石亦如梁先生所说是“悠悠千年，间生伟人”的千古第一人，但为何人才、品性绝世的圣贤，却彼此格格不入，互为攻讦。他实在不懂其中缘由。

因为同情戊戌变法，姚必光对康、梁二人也极为尊崇。好在梁公所论并未像前朝一些反潮流的先哲学人一样，扬王安石便贬抑司马光、苏轼，否则他真会在这些人当中难以取舍。在他看来，王安石的革新变法派和以司马光为首的所谓元祐党人之间的斗争，最让人心生疑惑的倒不是王和司马二人政见不同导致的相互诋毁，而是后世朋党之争、党同伐异的无情打击，忠奸难辨。朋党究竟为何物？是为争夺权利结成的联盟，还是志气相投的同道？朋党之争又与北宋衰败有什么联系，其中的是非曲直总让人想不明白。

一千多年来，王荆公曾背负有史第一奸相的臭名遭辱受骂，而今竟然因梁先生一篇大文给翻了案。说起来也是人心思变，朝夕之间就洗清了一个人的千古骂名，其中所蕴玄机真让人扼腕叹息！

在班里，姚必光年纪较小，于是也得到了包括朱德在内诸多老大哥们的关照。在与朱德的交往当中，姚必光解惑不少。知道了《资治通鉴》“鉴以往之得失，以有资于治道”更深刻的内涵。亦觉其人志向高远，平和中蕴含一股英气。

“玉阶兄，四川号称‘天府之国’，是有名的富庶之地，你为什么不去成都、重庆，反而来云南这个边僻之地上学？”姚、段二人搬了一条长凳靠近床脚围坐下来，即听一个同学向朱德提问。

“是啊！从仪陇到昆明，千里之遥，自古蜀道艰难，玉阶兄能到昆明，实在不易。不是大志气者，不能寻其道。”段云鹏颇感好奇。

“和敬镕（朱德同乡好友——作者按）约着一起来的。不敢说胸怀大志，不过一路上所见所闻，更痛感国衰、民困、兵弱，使人不得不念家国大事。而今中华，国被列强瓜分，民受恶徒欺凌。自古道‘国家兴亡，匹夫有责’。恰巧学堂招生，也应了‘中国强盛必须从军事入手’的话。我的志向就是做个军人，讲武堂进步、新式，所以就来投考。”朱德说道。

听朱德说到“中国强盛必须从军事入手”的话，姚必光亦有同感。自从来到讲武堂学习，受教官们军事救国思想影响，他已确信，到讲武堂学习军事是正确的选择，也深深认同国家之路就是人生之路的说教。

朱德平静地讲述因为报国而立志学武的事，使说笑着的同学们都不禁严肃起来，激昂议论国是者埋首思量，感慨世道艰难者握拳发愿。之后，又说起滇越铁路的修筑，在蒙自看到法国、意大利、印度甚至越南监工，带着枪和手棍，工人稍有倦惰，就用手棍击、老拳飞脚打或开枪射杀的事。还有个旧锡业，英、法老板操控锡价，投资经营赚钱，而国人大多充当挖矿背塃的下等苦力，落得累死、饿死、病死下场。说着、听着，众人都不免动容起来，七嘴八舌议论纷纷。

“这是为的哪样？弱啊！无知无识，能干什么？问题在吾国不强，已到非救不可的地步！”有人说。

“拿什么救？这不，内固国基，外御强敌，老百姓都有这个感悟。说起云南讲武堂，四川还真比不上，风云际会，那才是缘分哪！”朱德十分感慨。这话一下触动了众人，大家都不由得点头沉吟，心下思忖。

段云鹏忍不住插话：“我的一位老师，四川人，好武功。庚子之乱时在京城当差，看到几万兵勇被洋人在自己家门口打得丢盔撂甲。鬼子再加溃兵败匪一时为患，百姓不堪骚扰，纵使英雄也手足无措。”

提到庚子之乱，不知谁“唏”了一声，无人再敢接嘴，一时静默。

“我老师时常感叹，兵强国盛，国盛业兴，诚如玉阶兄所说。如今百业凋零，其根本就是兵弱。我看，练新军、办学堂，算是务实之本了。过不了几年，你我驰骋疆场，也叫他英雄洒泪为我击掌。”段云鹏本来有些武功，说话声如洪钟，豪放之至，众人受其感染，又都热血沸腾起来。

又有人道：“听说印泉先生以及不少教官都是刚从日本留学归来，尽皆胸有韬略的英才。能在这里学武，不怕无以报家国，继而成就一番事业！”

“印泉先生不仅学识渊博，还有胆识、有见地，真若一代英才，将来必为国之干城。”说起先生李根源，朱德不无感慨。想起报考讲武堂时与先生相谋一面，虽然只是问了些家常，其平易近人的磊落和忧思深沉的睿智，却给他留下了极深的印象。此时，李先生英武仪容已跃然于他的心头，胸中一股热气翻腾，“醉里挑灯看剑，梦回吹角连营……”他低声吟唱。

在大家心里，南宋词人辛弃疾是个了不起的英雄，壮怀报国之心却一生难遂其志。听朱德吟诵辛词，都有一种难言的情感，遥想将来的军旅生涯，既有期盼也有莫名的惆怅。正是：男儿有志尤报国，热血只为付从戎。慷慨一身天下事，此去缘在风雨中。

三、茶楼会友　乡风慕义

这里姚、段二人与班上同学在寝室里正聊得火热，那边李明远已经在皇华馆旁叫作望海楼的茶馆里，与腾越来的好友龙润民、吴子元一起，就着小碟盐炒葵花子，慢慢喝着盖碗香茶相顾而谈。这茶馆一楼一底古色古香，倒是省垣颇有来历的一间茶室。因北向菜海子的楼头可以观湖，故名“望海”，显见昆明老辈人见湖称海的习俗。后来菜海子修建园林更名“翠湖”，这家茶楼更是热闹。

因为还未到惯常的喝茶时间，茶馆里十分冷清，除三人外，再也没有其他客人。续茶的开水用大瓷茶壶盛满，摆放在桌上，倒水的小二乐得偷闲，半天才来问一次是否需要续水。三人坐在靠窗的一张小桌边，旁边窗格柱子挂着几幅关于品茶趣味的对联，虎皮宣纸衬着浓墨书写，与茶馆的格调很是相称。其中一幅楷书大字："茶分五色香溢远；人品中真味觉新。"对仗平仄都还讲究，只是品味清淡，初看也不知有什么高深的学理思想，更不晓得是哪位高人所撰。书法倒像本朝乾隆名宦、滇人钱沣别具一格的颜体，笔势雄厚，稍许有些肥润，比起钱书更接近颜鲁公风格，一看就知是借钱氏昆明老乡声名，模仿学书的一件赝品。

看着茶楼里满屋的集联文墨，李明远想起去年寒冬腾越自治同志会初创，三人随张文光先生到盈江拜会同盟会核心组长、干崖土司刀安仁后赶回腾越，在董库村刘辅国家，先生劈柴烧火，煮茶款待众人时随口吟诵的一首诗："寒夜客来茶当酒，竹炉汤沸火初红。寻常一样窗前月，才有梅花便不同。"此时慢慢体会，更加觉得熨帖可心。心想古今品茶，味浓香永，各所不同。刘先生吟诗说事，借梅花而言同志会，胸中自有憧憬。此时自己设茶会友，想必又将议及反清大事、滇西要闻，时异势殊情怀更是不同。细细品味诗意，确实别有趣味。以为稍有省悟，脸上便不觉流露出一丝怡然自得的快意。

"明远兄，怎么见面二话不说，就只顾想心事来啦？"吴子元忍不住发问发。

"没事，没事，想起当年辅国先生念的那首《寒夜》诗，还记得吧？真是快意人生，倏忽又过一年！"李明远微笑作答。龙润民、吴子元点头会意，三人相视而笑，不再说话。

再看二楼柜台，就在楼梯口对面，房厅靠里齐墙根一个装饰成门洞的凹阁里，平时只摆放些配茶的吃食点心，门洞门楣上也悬挂着一副黑底绿字的横幅匾额，爨体"品茗拾遗"四个大字十分醒目，书法雍容安闲，拙中见神，内涵古意，落款："大清道光六年阮元题识"。

李明远知道，道光六年，云贵总督在滇东陆凉州（今曲靖陆良县）访得《爨龙颜碑》后，以宏论博识大加褒扬，此碑得以显赫于世。并与先前在曲靖府南宁县发现的《爨宝子碑》，合称"二爨"，被誉之为"魏晋以还，书家之鼻祖"，受到书法界碑学一派极力推崇，奉为至宝。康有为在《广艺舟双楫》中评价说："《爨龙颜》若轩辕古圣，端冕垂裳。"云南偏居一隅，古时更是蛮荒之地，有此一碑颇觉不易。此后，爨字受世人热捧，学书者甚众。此匾大概是后人所为，附会此事罢了，恐怕与大名鼎鼎的阮元也无关系。柜台前立柱上亦悬挂一副木刻对联，考究处与横匾大体相近，还算得体。

最近，龙、吴二人经常往返于腾越、昆明之间，名义上是腾越老字号和顺祥外柜，实际上却是同盟会腾越地方外围组织自治同志会联络员。三人曾在王开国先生学馆上学，去年入冬后还一起加入了自治同志会。此次二人上昆，便是受自治同志会委派，前来与李明远联络。

"文光先生上月从缅甸回来，听说你考上讲武堂后颇感欣慰，交代一定找你，望你能在腾越籍学员中发展联络党人同志。讲武堂不少教官从日本回国，会不会与同盟会牵连瓜葛？听说令堂叔印泉先生便是党人，望你能见机行事，打探清楚情况。"见周围无人，龙润民小声对李明远耳语。边说边端起茶碗，轻轻拨开茶沫，嘬嘴抿了口茶水。

龙润民提到的文光先生，正是腾越家常闲话广为传诵、仿孟尝君行事之人张文光。张先生素来豪放，曾因散尽家财、典当家产接济四乡有难之人而闻名，也因此遭清廷迤西道怀疑而被逮捕入狱。出狱后韬晦于商，多次游历缅甸，暗中联络同志。经革命党先贤杨振鸿及盈江干崖第二十四任宣抚使、傣族土司刀安仁介绍，加入了同盟会。此时，张先生正与刀安仁一起，在腾越地区创建组织自治同志会，辅助同盟会进行反清革命活动。

"吃瓜子，吃瓜子！"吴子元见龙润民传达完张先生交代的任务，而李明远却静坐不言，怕一时冷场，忙把瓜子碟推向李明远。

李明远微微一笑，端起茶碗，喝了口茶。"二位什么时候到的昆明？此次出来只是找我，还是顺便看看？"似乎有意把话岔开，并未直接回答龙润民问话。

"你小子别耍奸猾，找你难道还为生意不成？要没有点商号的事，哪能上得省城。这次正好商号茶叶销往昆明，叫我和子元押运，并把上次水晶宫玉恒昌吴老板所欠毛玉款结了账，然后进些杂货驮回腾越。因此才得来趟昆明，你以为到昆明那么容易？文光先生一回腾越就问，你倒老将不会面，几个月了，连个信也没有。"龙润民装出一副嗔怪的样子。"上星期就到下了，一直在打探你的消息。讲武堂管得太严，不准外人探视不说，连带个信都不成，好不容易才托惠民带信给你。听惠民说还是找了印泉先生才把信带到的，再见不到面，后天我们又要回腾越去了。"

见龙润民责怪，李明远忙笑道："说来也巧，接到你们来信，就听堂叔说学堂今天放假，正是他答应惠民叫我在这里等你们。开学以来，学堂真还没放过假，惠民虽与堂叔住在一处，可我自来昆明，还从未见过他呢！你俩怎不叫他也来一起坐坐？不是我老将不会面，确实是没有办法带信出来。"

"讲武堂找人不易，以后还不知该咋办？好在有惠民，到时候还得找他，下次再约好了！"吴子元有些无奈。

“只有这样了！堂叔知道还好请假，其他办法不见得好。现在摸头不着脑，也打不起更好的主意。”见吴子元忧心忡忡，李明远心里十分抱歉。

嗑着瓜子，喝着茶水，三人都不再急着切入正题。

“堂叔那边，我注意过，举止言行都十分开明，只是不常找我说话。在学堂里，堂叔确实很得人缘。”见二人不再说话，李明远想了想，才又开腔。

谁知吴子元听后，竟高兴得一拍桌子站起，“这样就好！印泉先生影响大，若能加入同志会，腾越的事一定会好办许多。张先生常常说起，总是十分敬佩。”

推心置腹，三人又回到往常，说话不再冷场。这也难怪，虽然李明远离开腾越才两三个月，可这段时间清廷遏制革命党，大开杀戒，风声紧张。刚与龙、吴二人见面，他不得不特别小心，格外警惕。自从进入讲武堂，李明远就觉得同学们思想活跃，意气风发，确实是精英荟萃。也一直想与腾越联系，好向张先生汇报。他发现学堂里腾越籍同学不少，乙班的李学诗、郭自钦，丙班的李根沄、曹之骅、寸品傅等，都才俊超绝。还有大理籍学员董鸿勋，曾是腾越体操学堂学生，思想很是激进，而且都在丙班。在这些人中发展同盟会、同志会会员，一定很有希望。听说龙、吴二人到昆明来找自己，早已喜出望外，却无奈学堂纪律严明，与外界几乎没有联系，很长时间听不到一点腾越同志会情况。倒是常常传来康、梁余党被清洗抓捕、革命党人被杀害的消息，弄得人心惶惶噤若寒蝉，致使李明远初见龙、吴二人时实在不敢像以前一样夸夸其谈。而龙、吴二人毕竟成天在外面跑，信息畅通，情况了解得多，虽然革命党形势严峻，但总的发展其实不错，所以说话比较直爽。

听龙、吴二人说了当下时局，李明远一下子也来了精神，便把学堂中的情况大体向二人做了介绍。至于新结交的朋友，他却始终没有说出，具体的子丑寅卯也未涉及太深。一是除了段云鹏、姚必光外，在学堂他还结识了不少同学，不知该从哪个说起；二来外边情况并不十分清楚，贸然将这些同学、朋友情况都说出去并不见得合适；再者三人虽然分别时间不长，却因李明远考上讲武堂，算是人生一大转折，分手后初次见面，确实还有太多其他的话要说。

李明远最想知道的还是离开腾越后同志会活动的情况，不免问得多说得少。最令人高兴的是张文光先生回到腾越后又联络了不少同志，义举之事正在紧张运筹之中。自从五皇殿发愿，立下为革命奋斗的盟誓以来，自治同志会不断发展，创建时50多人，现在已经联络了上千会员。这都是张先生散私财、结死士，不遗余力努力的结果。听到张先生十分关心自己，李明远不觉有种担当大任的自豪，还有些跃跃欲试的冲动。更想回到学堂，把同志会的事尽快告诉段、姚二人。

不知不觉已过晌午，讲武堂下午五点收假点卯，李明远急着要赶回去，三人只好悻悻作别。

回到学堂时间还早，李明远特意绕道去了学堂监督办公室一趟。一来销假，二来顺便看看堂叔有什么事情交代，不想却扑了个空。勤务兵正忙着整理内务，说是教官们开了整整一下午会，会散后又一起出去，不知到什么地方去了。见屋里桌椅凌乱，五六只茶盅摆放桌上，剩茶剩水尚未来得及倒掉。猜想一下子人也不会回来，便写了个字条，交勤务兵放在堂叔桌上，报告自己已经回校，算是销假。

放假一天，丙班同学全部按时归校，吃过晚饭仍旧还要出操。好不容易晚操完毕，熬到休息时间，放假外出的同学这才聊起逛街见闻，一个个显得十分兴奋。

段、姚二人把李明远揪到一旁兴师问罪。

“你小子一天到晚躲到什么地方去了？也不打声招呼，叫人好找！”段云鹏佯装生气，扭着李明远的手不依不饶。

“明远不声不响做事，没有过嘛！今天为何这样诡秘？快快从实招来！”姚必光附和着说笑打趣。

李明远忙赔不是：“老乡朋友来找。早上堂叔通知，约好十点半在‘望海楼’见面。我路不熟，怕耽搁了，没来得及打招呼。改天请你们到那茶馆，品茗赏茶雅气得很！”

“是雨欣吧？你说过她要到昆上学。”段云鹏嬉哈取笑，说的是李明远未婚妻沈雨欣。

“哪能是她，就是要来，至少也要等到明年。再说，哪有正经姑娘跟大老爷们一起蹲茶馆的，那可不像话哪！人家可是大家闺秀，你俩倒莫胡猜乱想。”李明远一脸正经地申辩。见段云鹏还想插嘴责问，又抢着说道：“过天再慢慢说，老乡朋友吹了外间不少新鲜大事。”

“别卖关子，过什么天？现在就说！”段云鹏迫不及待地追问道。

“关系重大，过天才行！”李明远不容分说。

见李明远这样，姚必光有心当和事佬：“过天就过天。什么大不了的事，难道比革命党还稀奇不成？”

见姚必光脱口说出“革命党”的话来，李明远连忙嘘声。段云鹏已然会意，拍打着李明远背脊，又跳又闹：“看你滑头，小心脑袋！”

李明远笑道：“不敢，不敢！我什么时候滑过头了，就是滑头，也不能滑你和必光的头啊！”说完把长辫往身后一甩，做了个要剃头的滑稽模样。逗惹得段、姚二人一起扑上前，摆出欲扯他辫子挠头的架势，吓得李明远捂头就跑。二人边追边喊：“扯住发辫，看你滑不滑头！”哈哈大笑不止。

追出几步，段云鹏突然站住，恨恨说道：“不追了！这辫子太赘人，扯住也不好玩。看看咱们教官，剃光头好精神。不如把辫剪了，出操练武那才畅快。”李、姚二人一齐拍手称快。说过热闹话，静下心来仔细再想，又觉剪辫并非小事，只怕一时性起，惹出大祸，还需找见过世面的同学认真商量。回到寝室，见人人都在忙着洗漱，这才把话头暂时按住不说。

四、时局动荡　心智迷茫

近日来，各种各样的消息在学堂里四处传播，很多都涉及革命党，说好说坏不一而足。党人中最著名的莫过于康有为、梁启超，以及近来声名远播的孙文。

1905年8月20日，留日激进学生拥戴孙文为领袖，在日本东京成立同盟会，迄今已四年多。因为大力鼓吹革命，此时孙先生声名、影响都大大超越了康、梁。讲武堂同学中，有原先就知道孙先生、同盟会的，也有在进入学堂后，才听说革命这种事的。不管怎样，学堂里与革命党有关的消息总是备受关注。虽然官府对革命党的宣传防范甚严，可大家说起革命党来仍是津津乐道。对此，姚必光也是既觉新奇，又觉神秘紧张。

一日，下晚自习回到寝室，班里同组同学徐正文凑近身来，吹起些天南地北的奇谈怪论，正漫无边际之时，突然神经兮兮问道：“你说革命党究竟是好人还是坏人？”像是不经意的发问，又像是刻意想好的话题，实在让姚必光摸头不着脑。侧身看了他一眼，他却依旧那副故作深沉的模样，忙说：“莫开玩笑，小心……”“小心”二字才出口，就见徐正文眨着眼睛哈哈一笑：“小心哪样？人都走光了，就我俩磨蹭。”

眼见同学们端着面盆、提着汗巾三三两两说笑着走出寝室去洗漱，无人注意他俩，姚必光才郑重其事地答道：“不管什么党，天下太平就是好人！”

徐正文使劲拍了他后背一把，兴高采烈道：“英雄所见略同！”凑过身来，放低声音说道：“给你看样东西！”伸手从怀里掏出一份旧兮兮、皱巴巴的报纸，塞到姚必光的床褥下："小心！别弄丢了，看完还我！"边说边故作神秘地眨着眼睛。

没等姚必光答话，徐正文转身拿起洗漱用具，连连催促："快些，快些，还磨什么磨！"说着，快步走出寝室。

徐正文长得又黑又敦实，虽身材矮小却并不猥琐。平时爱说爱笑大大咧咧，常讲些神怪故事、小道消息。喜欢同学称他"靖章"表字，可一副吊儿郎当的样子，行为举止与名字"正文""靖章"都不相配。才进学堂几天，就被人起了个"黑楞"诨名。其实他虽长相带股愣劲，为人行事却并不唐突，反而是言谈十分机巧。

这是一份载有《孙文十四大罪状》文章的小报，标题用十分醒目的朱红色勾画出来。文章揭露孙文贪污革命经费两万元自用，文字特别刺眼。另外还有摘自《新民丛报》《民报》等党人报刊登载的逸闻趣事。姚必光不看则已，看后总觉心底如打翻了老料瓶一样不是个味，恨恨骂道："狗日黑楞，想整哪样名堂？"

在姚必光心里，革命党孙文可是个了不起的大智大勇之人，尤其是听了李明远所讲道理，更使他坚信革命党必成大事。特别是同盟会"驱除鞑虏，恢复中华"的主张，引起了他极大共鸣。虽然意识模糊，但却始终坚信中华民族近百年来所受到的种种屈辱，都与鞑虏有关。从小听父亲讲岳家军抗金故事，后来，知道金兵就是鞑虏，一种刻骨铭心的意识常常在他的脑中翻腾："鞑虏害国！"心里也越来越憎恶当今朝廷。及至上学读书，知道八国联军攻占北京，无能的清政府与东西方列强签订南京、马关、辛丑等丧权辱国条约，民族的屈辱感更令他满腔愤恨。听李明远说起同盟会纲领，"驱除鞑虏"几个字便深深地烙印在他的心上，精神不觉为之一震，对同盟会也充满了期望。此时看到小报上的事跟平时李明远所讲大相径庭，不仅十分丑陋，而且还是党人自己揭发的领袖之事。章太炎先生，李明远前不久还常常提到的著名党人，才高志远的大家名士，就是他在揭露孙文贪污。姚必光心里直犯嘀咕："孙文真会贪污吗？如此不屑之人，怎么还配做革命党人领袖？"他要去问一问李明远，究竟是怎么回事。

临睡前，姚必光瞅空凑近李明远，压低声音没好气地质问："唉——明远兄，孙文贪污的事你知不知道？"

见姚必光如此问话，李明远不解地反问："贪污！什么贪污？"

"别装蒜了，我问你，章太炎先生揭露孙文贪污日本友人赠款，克扣《民报》经费的事，怎么说？"

"原来这事！"李明远笑了起来，"你不看看那都是什么时候的故事了？"

"不管什么时候，你得给我说清！"见李明远如此不在意，姚必光甚至有些生气。

“两年前的事了！早已有人为中山先生澄清，你还把它当作新闻，且不是上了保皇党奸人鬼当！”李明远语气平静又十分坚定，“既然你问起来，我就把知道的仔细讲给你听。”

看看没人注意，李明远拉开被子，慢慢地小声向他讲述起来。姚必光下意识地看了看隔着几个床位的徐正文，见他蒙头睡得正香，也不知真睡还是装佯。

“事情是这样，”李明远四平八稳慢慢讲述：“1907年，日本政府驱逐在日活动的中山先生，先生离开时日本友人公开赠款20000多元。结果先生留给《民报》2000元经费后，其余全部带走，这事惹恼了《民报》主编章先生。《民报》是同盟会机关报，却因经费拮据难以为继，普通员工月薪不过二三十元，看到中山先生竟然毫无交代，一人独自带走一大笔钱，激愤之下当即宣布脱离同盟会，进而公开批评反对孙先生。这段公案曾经引发轩然大波，同盟会出现了反对孙先生的思潮，一些人主张‘革命之前，必须先革革命党之命’，党人相互怀疑，消极情绪弥漫，退会的退会，另行组党的组党，同盟会组织很快陷入瓦解边缘。批评中山先生领导作风独裁，‘办事近于专横，常令人难堪’和‘从不公开革命经费使用情况’的事情越来越多。立宪派也乘机离间，不少人确实怀疑孙先生已经将革命经费挪作私用。后来，孙先生对此做出回应，列出了详细的经费收支清单，大量举证钱款用于支助国内武装起义，并列举哥哥孙眉夏威夷农场利润几乎全部为革命捐款的事，党人相信后事态得到平息。”

听完前因后果，姚必光长长舒了口气，心想如此最好。可黑楞那厮真坏，这家伙究竟想干什么？只是心里猜疑，并未向李明远说明。夜里，姚必光转展反侧，细想入学几个月来听到见到的事，感觉就如同看戏一般，始终理不出个头绪。睡梦中只见来来往往的角色，忽而打斗忽而说唱，竟分不清生旦净丑，红红绿绿的，一忽儿闪亮一忽儿幽暗。

四五天来，姚必光总打不起精神，始终感觉心口堵得发慌，其实还是徐正文给看的小报作怪。他还是想不通，小报上所写的人和事，究竟怎样的来龙去脉。李明远和段云鹏邀约了多次，他都脑袋闷闷地一直想睡。他要好好想一想，李明远说的好人，小报里却说是坏人，徐正文也说是坏人，这些有鼻子有眼的事，还都革命党人自己说出来的。

杨宗泽送的那本《菜根谭》随时放在枕边，已经被翻来覆去看了多遍。对于涉世不深的他来说，《菜根谭》就是处世宝典，也是辨别是非的规尺标准。姚必光不禁深深思念起楚雄家乡的朋友。

“故君子与其练达，不若朴鲁；与其曲谨，不若疏狂。”翻开书的第一页，几行字跃然入眼。是啊！他心有所动：“为不着边际的事情烦恼，似乎大可不必，不如大度豁达想开来好！”想着想着，不觉慢慢进入了梦乡。

转眼间已经翻过了年，姚必光、李明远和段云鹏三人依然每天一起上课、习武练功和讨论各种各样的问题。

一天下午课后，段云鹏急匆匆硬要拉李明远去讲解“宽猛相济”的典故，其实是不满足老师在课堂上提问时，李明远所发的惊世骇俗议论。下课铃响得真不是时候，李明远话没说完，老师来不及讲评就下了课，这让段云鹏心里实在有些放不下来，此时找他，就是想再听听他离经叛道的奇谈怪论。

在李明远看来，千百年来的中国历史，最坏的就是圣人，所谓“圣人不死，大盗不止”。只不过封建专制和儒家文化编造了太多神话，尤其是“君权神授”，使天神和权力结为一体，狼狈为奸，把道德、人欲颠倒了再压上一座大山，使人敬畏那个可怕的权。什么“三纲五常”、什么“名教”，祸害了历史的清白，背后全是血淋淋一个“权”字。用君权役使民力，视人民如草芥，“政宽则民慢，慢则纠之以猛；猛则民残，残则施之以宽。宽以济猛，猛以济宽，政是以和。”全是钻营、权变斗狠。

说起中国的传统文化，李明远更尊崇老庄。“庄子说得好：‘天之道，利而不害；人之道，为而弗争。’你看看，庄子的豁达与逍遥，是迂腐的儒家所能企及的吗？老子更不得了……”李明远不无得意地侃侃而谈，见段云鹏好奇地瞪大眼睛在听，愈加说得兴起：“道家祖师，正是咱老李家先祖、鼻祖啊，还教导过孔丘呢！”

段云鹏不服气，可一时又想不出话来反驳，听他说起老子是李家先祖，眼睛突然一亮：“你说的是老子啊！知道，知道。”接着又摇头晃脑地念道：“……虚其心，实其腹，弱其志，强其骨，恒使民无知、无欲也。”逗得李明远也觉好笑。

“你真的尊崇老子‘小邦，寡民’，赞成愚民？”段云鹏得势不让人，一句接一句逼问，把能言善辩的李明远也弄得瞠目结舌。

“小子，你可别断章取义，我说老庄，是老庄哲学、老庄的睿智。”李明远红着脸争辩道。

“我说孔孟，也是孔孟哲学、孔孟的睿智啊！”段云鹏笑着反驳。

“逗你玩呢，还认真起来了。不过你说，我说的可有道理？”李明远问道。

见李明远赔笑，段云鹏不点头也不摇头，只是看着他发笑："你我两个，大哥莫说二哥。古人东西流传千年，总该有些道理，没有点儿睿智那才是笑话！"

"正是，正是！可笑的是你我，似是而非胡乱议论。你看，被你批驳我哑口无言，我一说你，你也无语。孔孟、老庄都不足为训，我等还浅薄得很哪！"李明远得了题目，话又多了起来。

"浅薄，你还浅薄啊！什么'百年锐于千载''人智益蒸'，那都是你讲的。"段云鹏笑了起来，故意拿腔拿调。

"'世界开化，人智益蒸，物质发舒，百年锐于千载。'那可是中山先生的话，可别拿来玩笑！"提起中山先生在《民报》发刊词上关于民生主义的话，李明远神情严肃。看李明远一本正经的样子，反倒把段云鹏弄得不自在起来。

见段云鹏被自己说得一时发愣，李明远突然哈哈大笑，一蹬脚狂奔而去，段云鹏恍然大悟，也笑起来，紧跟在后穷追不舍。

讲武堂的生活就是这样，要好的同学之间已经可以说古论今，言出政治，避讳越来越少。他们思想敏锐却尚无积累，新鲜的知识和思想，什么都觉得好奇。赶着潮流，风风火火，既不知道艰辛，也没有丝毫的害怕，就像是忙着去看一出戏，连剧名都叫不上，却还是满怀兴致，闹腾得甚至想要争着去扮演一个角色。

一天，李明远被李根源叫到学堂监督办公室，告诉他惠民又带来口信，说腾越和顺祥商号一个叫龙润民的人有事来找。

在李根源的印象里，和顺祥是腾越一家做翡翠玉石和茶叶生意的商号。在老家李氏族中，并没有多少事情与该商号牵连，也不知叫龙润民的人究竟有什么事，堂侄到学堂不到半年，便来找了两回。于是问道："惠民说和顺祥姓龙的一个外柜有急事找你，我记得几个月前他就找过你一回了，到底什么事啊？"

"龙掌柜是老家一个朋友，原来一起跟王开国先生学通鉴史论。他到和顺祥做事，就是王先生先前一个叫张文光的学长介绍。不知堂叔认不认得张文光——绍三先生？"说到张文光，李明远特地顿了一顿，想看看堂叔究竟什么反应。见堂叔并无特殊表情，只得继续说道："说有急事，恐怕未必，只是好久不见，特别想念罢了。过去学业上的事常与润民议论，十分投契。他是一个性急之人，心里存不下半点子事。大概是不容易到昆明一趟，想见见面吧。"李明远心中忐忑，有意把话说得轻描淡写，虽然如此，心里却十分期盼堂叔能够准假。

"王开国，我认得，可是又称作'二庄'的承谟先生？通家大儒，学问很高呢！不知近来可好？见了龙掌柜，润民还是……请他代我向承谟先生问好。既然是同学，我也不管你了，只是别因此而耽误了功课。明晚准你两点钟假，跟班主任教官报告一声。我会告诉惠民，叫他转告龙掌柜，就在菜海子湖心亭等你，免得现找费事。”李根源态度随和，说话亲切。

“龙润民，还有吴子元，都在和顺祥做事。”见堂叔疑问，李明远把龙、吴二人都说了出来。

李根源眼睛盯着堂侄从上到下打量了一阵，才又点头微笑道：“如今世事，不仅需要学业努力，而且还得关注世情，与人交往定要审度大志气、大性情，志同道合才可称得上朋友。”说完，示意让李明远去做自己的事。

自从菜海子湖心亭见过龙润民回来，李明远便像有了重重心事一样。据龙润民说，印泉堂叔确实与同盟会有些瓜葛，甚至对张文光先生所为也所知甚详。但为什么堂叔却始终不动声色？想起曾跟堂叔说起与龙润民在王开国先生学馆一同学习，特别提到张先生大名，却不见堂叔什么反应，让人实在疑惑。龙润民带来张先生话，要他多与堂叔联络。可事到如今，却不知堂叔对同盟会和革命党人的态度，看这情形，还真不好莽撞行事。而今，革命党受朝廷严厉打击，同学中虽也有志同道合的朋友，而且也常在一起议论时局，但真正谈论组织结党，那却非同小可。按照李明远所想，要是堂叔能出面在学堂中发起，结党之事定会事半功倍。现在，讲武堂中同盟会革命党活动，实在需要像堂叔这样的人出来主持。

1910年，正是同盟会屡遭中伤、思想极其混乱的时候。学堂中虽然也曾有人绘声绘色讲述同盟会在广东、广西以及云南边陲小镇河口发动的武装起义，但由于这些起义均告失败，在朝廷血腥镇压下，大批仁人志士捐躯战场或被驱逐遣送南洋，所以此时说起党人话题，总有种谈虎色变的感觉，一般人避之尤为不及。

在同盟会组织领导的起义连遭重创、士气极为低落的时候，反对革命的维新派又不失时机地冷嘲热讽。最具社会影响力的梁启超等人，看到革命党屡战屡败又屡败屡战之后，便不断撰文批评革命党领袖是“徒骗人于死，己则安享高楼华屋，不过远距离革命家而已”。一时间，“远距离革命家”成为同盟会领袖的符号。革命党人内部也派系林立，政治、思想、策略和人事纠纷频频发生，盘根错节的关系发展蔓延并与新的摩擦、猜忌、怨恨纠缠在一起，分歧至深。诋毁中山先生的倒孙风潮也伴随着人们对革命及革命党人的怀疑抵触而此消彼长，在讲武堂师生中也弥漫着类似的情绪，让人惶惶不安，革命形势正处于低潮。

在这样的形势下，讲武堂政治教育却因势利导，仍然搞得有声有色。3月31日上午，全体学员操场集合，新任学堂总办李根源登台演讲："今天，法国滇越铁路在云南府站举行通车庆典，学堂放假一天，作为纪念。大家可便衣前往观看，望我师生见微知著，体味国耻。深切领悟滇越铁路乃吾云南之深患，杀吾云南人之毒剂，戕吾云南人之利刃。近些年来，英、法洋夷觊觎滇省,变本加厉。强索铁路，云南之腹心溃；攘夺矿权，云南之命脉绝，此乃在下心头之一大恨！滇越铁路通车，云南几已沦为法国殖民地，亡省之祸，迫在眉睫。我辈军人，有守土卫国之责，可'汽笛一声，金碧变色，大好河山谁是主？'猛士安在，心何其悲！"说到痛心处声泪俱下。他之所以如此，便是考虑革命低潮，想以此为切入点，唤起同学们的民族自尊和革命意识。

在环视了凝神屏气、肃然激愤的众学子好一阵之后，李根源又恳切说道："大家在学，更应努力，将来誓必雪此耻辱！"话毕，带领全体师生高唱《云南男儿》歌："勉哉云南男儿，汽笛一声，金碧变色，大好河山谁是主？倒挽狂浪中流砥柱，好男儿，磨砺以须，兴亡责，共相负……"一时间，嘹亮的歌声在学堂操场上响遏行云，同学们同仇敌忾，群情激昂。歌毕，李根源慷慨陈词："官吏盗卖云南，不之罪，外人侵略云南，不之问。"在抨击列强侵略中华的同时，痛斥泱泱之国积弱不振的种种流弊，说到动情处，不禁热泪掩面。

当天学堂放假，丙班几个要好的同学相约，按照李总办的要求前往小南门外云南府站，观看滇越铁路通车典礼。大家换了便装，走起路来更加随意轻快。春日里阳光和煦，刚出校门时还带着的愤懑阴霾一扫而光。朱德走在同学中间，与金汉鼎、唐淮源、范石生、姚必光、李明远、段云鹏等人一起议论十多年前发生在云南、广西和邻邦安南的中法战争，说的都是如何强兵、杀敌之事。

说起黑旗军刘永福、老将冯子材英勇杀敌的故事，大家都很感慨。因为朝廷昏庸，使得法国不胜而获，心中更是十分痛恨惋惜。看到后来十几年里法国势力不断扩张，大清国完全失去了在东南亚的主导，最后还让人家把铁路修到了滇省省府昆明。这对众人来说，不啻是朝廷的软弱耻辱，而且也是民族主权被出卖的历史悲剧。想不到十多年前一战，朝廷与法国人漫不经心订下的一个条约，后果竟如此严重。从滇越铁路再说到"七府矿权"，再从"七府矿权"说到"昆明教案"，众人无不义愤填膺。

过了盘龙江上的得胜桥，渐渐走近云南府站，沿街已经有些喜庆气氛。及至站台前，早是人山人海热闹非凡，人们摩肩接踵、嘻嘻哈哈地前来凑趣看西洋景，脸上都带着莫名的好奇。站台四周满场子插着法兰西国旗，人声鼎沸，乱哄哄一片。等机车拖着长长一串车厢轰隆隆驶进站台的时候，又引起一阵阵惊呼感叹。法国人的军乐队奏起了《马赛曲》。带着西方激情，犹如咆哮海浪般强劲的旋律，在闹哄哄的云南府站上空回响。只听得钟鼓齐鸣，鞭炮声骤起，火药的硝烟四散开来，呛得人嗓子眼发痒。

火车缓缓进站，插在车头上的法国三色旗和大清黄龙旗迎风猎猎作响。黄头发白面的法国司机长端坐在火车头驾驶座上，一副威风凛凛的模样。车站里金发碧眼的洋人太太、小姐们浓妆艳抹、香气撩人地在围观人群前款步轻移，与法兰西驻云南领事、管理铁路施工的洋人工程师和铁路总公司高级职员们一起，走马灯似的簇拥而过。清政府驻滇大员和应邀前来观礼的宾客，满脸堆欢左右奉承，夹杂其间。耀武扬威的卫队，恶狠狠地用力隔开前来围观的平民。连点头哈腰的翻译、买办以及随从们也被连推带搡地堵在了一边。就是这些人，还不甘心地要往前凑，免不了就挨些拳掌重击，痛得扭歪着脸，显出一副猥琐下流的模样。

有人高声愤愤说道：“看我个龟儿，丧权辱国愧对祖宗。”讲武堂学子相互招呼着挤出人群就往回走。回学堂的路又远又烂，来时不感觉，此时又饥又渴，累得提不起脚，才觉得难走，心中更是充满愤懑。

从云南府站回来，师生们爱国热情更加高涨，革命氛围逐渐形成。李根源越发忙碌，因为高尔登去职，升任总办的他在学堂中影响越来越大。

阳春三月，不知不觉间昆明已是暖意浓浓，草木葱葱。地处城郊菜海子湖畔的讲武堂春意盎然，这里田园近碧水，翠林侧古寺，比起闹市又多了些花的幽香、野鸟的欢飞和柳絮绵绵的情趣。学堂东面，隔着洗马河、九龙池，对岸的菜海子海心亭此时正百花争艳。莲华禅院的红墙绿瓦掩映在树影之中，显得更加肃穆静凝。隐约可见纵贯南北的阮堤，沿堤两岸成排垂柳抽出新芽嫩叶的柳条，在老虬苍劲的树干上随风飞舞。四处飞散着如丝的絮绒，风中柳枝蹁跹，越发显得婀娜妙曼。伸向湖中的堤坝，间有精巧的石拱桥错落相连，若隐若现，朝雾出来，与湖面升腾着的水汽连成一片，晨曦复照更幻化出浓浓淡淡的光影，真有些天上人间的感觉。

一大早，李根源像往常一样来到总办办公室。刚一进门，同是日本陆军士官学校第六期毕业的同学、学堂提调、教官张开儒便跟了进来。“印泉兄，你找我？”

李根源点了点头，示意张开儒坐下，泡好茶端放在他座位旁的茶几上。“请张提调来是有一件大事。”李根源在另一把椅子上缓缓坐下，凑近张开儒小声说道。

说完慢吞吞喝了口茶并无下文，只是皱着眉头，神情沉郁。

“你快说啊，什么大事，急死人了！”张开儒迫不及待追问。只因刚才走得快，头上还在冒汗。

“汪精卫部长4月16日被捕，据说与前不久盛传的谋刺摄政王事件有关。”

“什么！评议部长谋刺摄政王？”张开儒不相信地直摇头。君子不立于危墙之下，堂堂同盟会评议部长，这么重要的革命党领导，竟然不顾一切地冲锋陷阵，把自己置身于十分危险的境地，这是他万万想不到的事情。

“十分可靠，官方秘密传来的消息，我与石泉（沈汪度）已经碰过了头。现在要你先与镕先（罗佩金）、筱斋（顾品珍）联系，然后再分头通知其他人，务必做好应急准备。”李根源依旧慢腾腾，仪态沉稳，“从现在起暂停一切组织活动，上次预定在学员中加速发展会员的事，也须缓上一缓。什么时候恢复活动，等我通知再定。你看如何？学生中那些会员，也需你通知班主任布置。”李根源向张开儒提到的几人，都是从日本留学归来的讲武堂教官，也是滇省同盟会主要成员。

作为学堂提调，张开儒主管人事，心中自然知道既是讲武堂总办，又是云南同盟会负责人的李根源说出这话的分量，于是只点头不说话，喝了几口茶便匆匆告辞而去，留下李根源一人静静地坐在圈椅中思考：同盟会评议部长冒这么大风险谋刺摄政王，究竟是为的什么？革命的目的并非刺杀几个奸佞之臣完事，汪精卫此举，到底值不值得？最让他疑惑不解的是，同盟会的领袖们怎么就会同意了汪部长的行动。

近来，坏消息不绝于耳，其中自然有康有为、梁启超维新派和立宪派对同盟会的攻击。但最让人不安的还是同盟会内部的是非与纷争，这些事直搅得人心烦躁。尽管回国后诸事还算顺畅，在讲武堂内同盟会也站稳了脚跟，但组织的纷争，却像一块重重的石头压在他的心上。他隐隐感到，有人所说“要革命首先要革革命党人之命”这话，就算是对革命党存有敌意，也不能说就一点没有道理。两个月前，听到光复会从同盟会分离出去重建的消息，那种万箭穿心的感觉，此时又再次袭来，他只觉得心口一阵阵发痛。下意识地端起茶杯，“咕嘟”一下连茶叶一并倒进嘴里，只觉得口中异样发苦，汗珠禁不住从额头、脸颊上直冒出来。一种特别的孤单与彷徨，使得他脑子里一片空荡，而心里的痛却在不断加剧。昏昏沉沉中，听到“当当”的钟声和课间的号声，这才知道倏忽间已经过了上午10点。

五、情缘缱绻　命途多舛

自从姚必光到昆明后，杨宗泽就像失了魂魄一般，茶饭不思，百无聊赖。无奈娶亲的日子越来越近，整天被箍在家中动弹不得，更是心神不宁。

杨宗泽的未婚妻子，本是安宁州一家在昆明经营米铺生意姓丁老板的女儿，名叫晓芸。据说丁老板也是楚雄人，早年入赘安宁州城一家吴姓乡绅。丁老板入赘吴家，是照着长子延嗣、次子归宗的习俗，现在养有三子一女，女儿最小，所以自然也就随了丁姓。

多年前，杨宗泽父亲在昆明跑马帮、驮米时认识了丁老板，并得到不少关照。因为二人投缘，加之儿、女年纪相当，恐怕也有珍重乡情的缘故，于是便结了亲。

杨宗泽半躺在靠椅上，若有所思反复默念着未婚妻的名字："丁晓芸——晓芸……"心里却想着好友考上讲武堂的事情，除了羡慕还有惋惜，不能如愿与好友一起上学，总是让人心烦意乱。

说起丁晓芸，其实也是一个聪慧漂亮的时兴女子，去年还在新办的昆明女子学堂第一班读过一年师范。因为即将嫁人的缘故，刚刚辍学回家，而今正好在昆明西门外庆丰街自家米铺里帮父亲打点生意。因为生意之事，丁老板常要往来于滇西滇南和昆明之间，一走就是五六天，米铺柜台交给女儿照看，倒也放心。

吴家在安宁开办了一家铁具厂，由丁晓芸大哥掌管，所铸铁锅在省内很有名气，因为生意不错，所以并不多管昆明米铺琐事。二哥前年跟人到缅甸学做生意，好久才回家一趟。三哥与杨宗泽年纪一般大小，只是一心读书，此时恰巧也考进了新招生的云南讲武堂丙班。

丁老板在庆丰街的米铺取名"恒昌"，雇有两名伙计。因为有丁晓芸掌柜，内外事务都打理得十分妥帖，生意做得很是不错。前不久听父亲说杨家准备到昆明开间米铺，她心中自然高兴，对米行生意门道更加用心，欲想积攒些经验，以备将来嫁入杨家能派上用场。丁、杨二老早就商议妥当，丁晓芸到楚雄与杨宗泽完婚后，只等昆明米铺打理整齐即迁往省城。乘着眼下昆明广开商埠、大兴营建商市的机会，丁老板已帮杨家在昆明南门外三市街盘下一间铺面，筹划着在端午节前农历五月初一开张。到时候，不仅新婚的小两口，甚至连杨家父母都要一起到昆明营生。

对于婚事，丁晓芸心里也一直十分忐忑，所谓“自家夫婿无消息，却恨桥头卖卜人”。父亲办事从来没得商量，即便是嫁女儿讨媳妇这头等大事，也是随口说定就定。对未来夫婿仅见过几面，心里怎么都不是滋味。父亲做事向来精明，唯独女儿婚事，却定得这般草率！她这样想着，便不由得生出哀怨，心中也多了许多驱除不尽的寂寥烦愁。

这天米铺生意格外的好，很晚才打烊关门。草草吃过晚饭回到自己房中，见桌上放了一摞书，懒懒地伸手抽了一本拿在手中，带读不读，只挑拣些有图的页面在看，画着痴男怨女、蝶飞莺舞，十分好玩。这才想起曾托闺友小惠帮买一套《增评全图足本金玉缘》的事，不想书已送来。心中有些后悔，白天小惠来时顾不得多讲句话，连她走时说的什么也全然没听清楚。先还疑惑小惠为何匆匆来去，现下恍然大悟，原来是给自己送书。看着堆在桌上装帧精美的十多册书，她暗自庆幸，还好爹不在家，要是看见，说不定要遭怎样的骂！

丁老板一早就到宜良去看新近结交的商户，据说秋后能够进粮万斤。宜良本是鱼米之乡，上品大米有的是，滇越铁路通车之后，运输费用便宜不少，市场周转更加灵便。虽然采购价格比起滇西稍贵，但刨开运输花费，从宜良购米来卖还是有利可图，将来进粮又多了一个渠道。

再把书翻开来，一本本仔细玩味打量，见纸色润雅、柔软洁白，正如小惠所说，全是上好安徽宣纸印制。书中章回，都配有绘图绣像，人物情景有层有次，十分耐看。翻开一本，正是“蜂腰桥设言传心事潇湘馆春困发幽情”，顺着读起，一时就入了神。看到黛玉春睡乍醒，忘情吟叹西厢词，宝玉进房歪身而坐，笑问黛玉，假装要给娇羞不已的林妹妹吃个“榧子”的时候，不觉得两腮发红，浑身燥热。那时候，青春少年男女授受不亲，相互间根本没有调情玩笑，书中宝、黛二人关系，确实让人羡慕。想想自己马上就要结婚，哪里有过这缠绵细腻的卿卿我我，心中恨恨竟然一时忘情。

17岁的少女，青春妙龄生机勃发，稍微的刺激便会十分敏感。更何况丁晓云本来身体丰盈、娇艳灵动，近来更有些异样的变化。两边胸口总像有股力往外撑，胀鼓鼓的发疼发痒，一种小虫钻心的感觉常常不经意间而来，不经意间而去，痒痒腻腻地困扰着她的身心。用手臂紧紧环抱着发胀的身体，就好像胸中有股真气缓缓运动，随时都要顺着口、眼、鼻、耳喷涌而出。贴身的兜肚和裙袄短褂把身子勒得太紧，都快让人喘不过气来。一边看书，一边不知不觉地慢慢解开了裙袄褂子纽扣，人一下子就松快了起来。齐胸露背的红色兜肚，紧贴在透着娇柔白皙、嫩泽肌肤的身上。手摩挲着划过赤裸的臂膀，立即就有一股痒痒的暖意瞬息流遍全身，让她怦然心跳。看着书中故事，她有些羞涩，身体似乎还在膨胀。她是那样企盼，成熟了的热望从无形的压力下解脱出来，钻心的快意犹如释放了的精灵鬼怪，挑逗着要她去感受生命的呼唤。闭上眼朦胧中的感受更加美幻，睡去醒来时间不长，杨宗泽却飘飘浮浮来到她的身旁，热切的感受让她忘怀一切，她挣扎着忍不住发出低低呻吟。呻吟使得她再也无法入睡，翻身起床想要看书却再也看不进去，书桌上的油灯荧荧地燃着光亮。亮光上飘起一丝细细青烟，犹如剪不断的情思带着她再次进入了梦幻时光。这是华丽的殿堂，她和杨宗泽在举行婚礼，像想象中的长生殿，缥缥缈缈、无影无形，只有那句刻骨铭心的“在天愿做比翼鸟，在地愿为连理枝”，似乎是杨宗泽说给她的，又好像是被天边那片彩云映照出来的。

丁晓芸喜欢诗，不管忧伤还是欢乐，总有诗一般的梦幻和诗的情愫，这也是她的一份生活。“云母屏风——烛影深……”隐约之间，她想起一句很熟悉的诗，却怎么也连不起后面的句子，“云母屏风烛影深……”她再在心里默想，还是记不起来。桌上的油灯恍惚红红的橘，忽而漂浮得很远很远，忽而又来得很近很近，摇来晃去荡荡悠悠。那烛影、那窗牖、那窗外婆娑的树，刚才还在眼前，此时又飘然远去，好像要把她纤弱的身体拉进幽深的世界。

她挣扎着睁开眼，望着一闪一闪的油灯，想起刚才的情景，仍然还很恍惚，那一直连贯不起来的诗句又回到她的思绪中，不正是李商隐的《无题》诗吗？此时竟然如此清晰，她小声吟道：“云母屏风烛影深，长河渐落晓星沉。嫦娥应悔偷灵药，碧海青天夜夜心！”眼泪禁不住滚滚而落。

油灯已经结了好些灯花，灯光边飘着的烟像是火焰上的牵线，拖着淡淡的尾飘浮不定，并带着一股燃烧香油的味，刺鼻地四散开来。挑开灯花用剪刀小心剪下，烟淡了许多，灯又亮了起来。头脑清醒了几分，心中便有了诗意。于是赶紧铺纸、润墨发笔，惺忪着眼慢慢写下“月影秋风里，冰心碧玉深。梦随孤寂时，灯下幻觉春”几句五言诗句，意犹未尽却再也续不下去，只得正经铺床睡觉。躺在床上，脑袋里又是杨宗泽的影子，梦中的情景又隐隐地浮现眼前，不知不觉间绯红涌上脸颊，热辣辣地更让她了无睡意。

不久前杨宗泽随驮米的马帮到过一趟昆明，跟父亲到庆丰街米铺拜望过未来岳父，自然也见了未婚妻。不知为何，却没有兴奋、异样的感觉。他有些伤心，在成年的过程中，对于异性的向往曾经那样强烈，可面对漂亮的未婚妻，却怎么也感觉不到神秘心动。未婚妻很美，在紧身裙袄包裹下，突起的胸部和腰臀的曲线可以称得上绝美，可这美对他似乎少了诱惑。因为这个就要成为他妻子的人是父亲的选择，再美最终都归于平淡。

不久，杨、丁二人在楚雄完婚，新的生活既惶惑也有许多期盼。这是一段美满的婚姻吗？谁都不敢断定！

新婚之夜，因为陪客，杨宗泽被人强灌了几口喜酒。本来就不胜酒力，此时更觉得五脏翻腾、六腑生烟。洞房内幽幽的红烛下，新娘丁晓芸头顶盖头，忐忑不安地等待新郎早回。可很晚才在一阵杂沓声中看见新郎官被人搀扶着，晃悠悠地挪进门来，刚刚站定就被“哐噹”的关门声惊吓得向前猛晃。

身边的人一散而去，杨宗泽有些茫然，他只觉得脑袋疼痛异常，见有人前来搭手，便任随摆布怎么睡下已经全然不知。丁晓芸早已顾不得许多，按照出嫁前“万事通”大姨交代的话，好不容易把丈夫安顿睡下，才吹灯熄火，带着几分羞涩解带宽衣躺上了床。想起闺友所说让人心跳到脸红的贴心话，“新婚夜一定要有那事！不然……”此时看着酣酣而睡的男人，心中顿时生出莫名的惆怅。

半夜里醒来，杨宗泽的手触碰到身边人温软柔腻的肌肤，一股难言的迷离悠悠漂浮而来。迷糊着睁开双眼，隐约间在窗牖花格上新糊绵纸透进来的夜光照射下，丁晓芸颦眼如烟微闭，鼻息悠悠，闻到一股淡淡的幽香，这是他从未体验过的女人味。看着她似动非动、湉湉如水的平静，他惊奇地发现，美丽的女人竟能蕴含如此神奇的力量，把他周身搅拨得热血奔涌，几近狂野。自然的冲动让人无法承受，原来，早先的无欲完全出于无知，出于对父亲强横逼使的抗拒。这一切在触碰到女人活生生神秘肉体之时全部崩塌，身体里热切的欲望在澎湃鼓胀。

丁晓芸已经醒来，感觉着一只手轻抚在自己身上，本能让她退缩，可身子却一动也不能动。对于这个男人，她曾充满了幻想，可此时如此真切地就在身边，又有了一种难言的恐惧。

杨宗泽把自己的身体靠近妻子，两个人滚烫的肌肤触碰在一起，那力量真是惊人。在他身体进入的那一刻，她不由得瑟瑟颤抖，却没有一丝力量抗拒。柔美女人犹如自然的磁石，注定要把如铁一般的男人牢牢地吸附在自己身上。更何况此时，二人都已经承诺了相互的责任，肉体分享带着传统的神圣。疼痛是心和肉体共同的感受，还有怪异的满足？她呻吟着大汗淋漓。他伏在她的身上，体味着女人身躯温柔的腻味一动不动，感觉着她隆起的乳和软软的腹与自己身体的触碰，愉悦的快意充盈全身。爱和无爱，似乎只在一念之间，相互碰撞引燃的火花，把情欲炽火化作大海，爱意犹如激浪。湿漉漉的汗液更增加了这种趣味，他伸手轻轻抚摸她的身体。软软的、绵绵的、神秘的诱惑，让他心中又是一阵战栗。

传统的婚姻就是这样，没有爱情，全凭人性的涌动，由此生出亲情，一代一代子孙繁衍。说是情缘其实无奈，说是无奈也有情缘。他们和大多数人一样，逃脱不了传统的宿命，逆来顺受并因此享受自己柔弱的生命，无奈却未必不幸。但不幸的事却总在发生，父母之命媒妁之言，实在让人奇怪，这样的婚俗竟然沿袭千年。斗转星移，世事嬗变，人性依然故我，流淌如波。原来这里蕴含着大道的本真，无奈的生死情欲，是否也算得上民生之源？

宿命不仅止是婚姻，情缘缱绻于守望，命途托付以时光，杨宗泽注定没有选择。社会力量如此强大，个体生命只如小舟般在大海里飘荡，他向往、他认命，哪里还有希望？

六、风虎云龙　比武教场

姚必光在与段云鹏讨论《菜根谭》中所说“善待小人，对君有礼”的问题。书中的很多警句已成了李、段和他三人一起时常讨论的话题。

此时，最让姚必光想不通的就是革命党人中那些曾经的战友，为何一夜之间为一件小事便操戈相向。自己十分崇敬的党人领袖们，相互的指责与背叛实在让人郁闷。革命党一定是这样的吗？他有些失望，但又说不出什么道理。到底怎样才能不憎恨品行不端的人和礼遇品德高尚的人呢？他要段云鹏也说说这个问题。

段云鹏并不回答，却摇头晃脑地诵道：“念头浓者，自待厚待人亦厚，处处皆浓；念头淡者，自待薄待人亦薄，事事皆薄。”接着又调侃道：“大概就是这样吧！革命者，革他人的命，也革自己的命。”言语间也是疑惑不解。

“恐怕是有人感情用事急功近利，只会谩骂、沉不下心来做人的结果。”

“正是！据说有些自称精英的人，其实并不真懂。不过是从西洋、东洋那里贩来些‘二手货’。稗贩、笼统、肤浅、错误尚不自知，归根到底还是旧意识的根性未翦。”

二人一唱一和间，李明远凑了过来嬉笑说道：“‘大显操履，微露锋芒’，二位难道不知？那是有人挑拨中伤，其实根本不是那么一回事，却有人偏要计较。”

在三人中，李明远知道得要多些，他知道党人的争执，有的是因为立场，但大多还是策略之见和相互的猜忌。他所说的“大显操履，微露锋芒”，也是《菜根谭》中的一句警言。说的正是一个淡泊明志之人总会遭到名利之徒的猜疑，言行检点谨慎的人往往也难免被放纵、肆言者忌恨。所以具有才学、修养的君子，处在这样的环境中，不必为此而对自己的操守、志向和追求稍有改变，但是也不可以过分地显露自己的才华和锋芒。

听李明远这样说，姚、段二人都笑了起来。“明远果然淡定，天塌下来都不移其志！”见李明远笑而不答，段云鹏又说道：“我倒喜欢‘慷慨丈夫志，可以露锋芒’，说爱就爱，说恨就恨，敢想敢干！骂就骂，吵就吵，哪容得苟且变节。”

姚必光道：“谁变节了，太炎先生还是中山、克强先生？云鹏若知所以然，说来听听。以我之见，‘何谓和之一天倪？是不是，然不然’，还是庄先生这话说得好，大道归一，切忌内耗！”引用的是《庄子·齐物论》中的话，什么是按照自然的界定来调和这种是非之争呢？是就是不是，对也是不对。对章太炎被党人指斥为特务、叛徒甚为不解，希望大家不要再争辩了。

三人刚读过章太炎先生的《齐物论释》，对文中以佛解庄、道不可辨的释义感受至深，于是对《庄子》也产生了浓厚兴趣。《庄子》的文字神奇美妙，回旋结构的卮言充满了智慧和哲理。但《庄子》的话也十分晦涩，令人很难懂得，按照不同的理解，仁者见仁智者见智。太炎先生的释义十分精彩，晦涩的玄机变得奇妙深刻。三人在一起，尤其是李明远，更喜欢引用《庄子》的话来对白，以为有趣好玩。

“必光又说《庄子》，你不辩，人家未必不辩。不信，云鹏又要批驳你‘小国寡民’了。”李明远笑着逗趣。

“‘彼亦一是非，此亦一是非。’才说了你一句尊崇老子‘小邦，寡民’政治，你就耿耿于怀。难道要‘大道不称，大辩不言’不成？”段云鹏反唇相讥，说完哈哈大笑。

“道不需辨，内圣外王足矣！”李明远感叹道，其所说的“内圣外王”实际上就是《齐物论释》所极力宣扬的“自由平等”。姚、段二人听后点头不语。

说起深思熟虑，在姚必光看来，三人当中要数李明远有智谋，且沉得住气。就像段云鹏所说，“大智不言”，一旦出口便一语中的。而段云鹏则是猛打猛冲无所顾忌，更像李明远所警告的“能者易折”。总之，各有各的性格脾气。学堂中的生活丰富多彩，在这样的玩笑中，大家习武读书、议论国是，都在默默地熔铸着自己的思想情操。

新年以来，久未下雨的天有些燥热，操场边三十七协司令部旁的洗马河水已经浅了好些。河中一些地方露出卵石，铺成了一片片河滩。一股从铸币厂旁、如今叫作钱局街的地方涌出的泉水径自流向菜海子，汇入九龙池，再流淌至洗马河。到了洗马河，那水就变成潺潺涓流，十分清澈，可流经染布巷口，被漂洗土布的颜色一染，就变成褐蓝。这里是上游，水清如许，人踩在水深的地方只没得了小腿、膝盖。十多名士兵模样的讲武堂学生牵着马在河中慢慢洗刷，蓝天白云下恰似传说中的柳营放牧。

段云鹏牵着一匹枣红大洋马，雄赳赳地站在姚必光的大白马前，指着李明远的乌骓马哈哈大笑："怎么样，今天那小云虎，论拳脚，我还真没全使出来。"

"看云鹏吹牛，没使出来就把人都踹趴下了，开初那架势，我还真有些担心。"姚必光说着，掉头又望着李明远埋怨："明远也不拦一拦。平时咋说的？'让人三分，智者所为'。今天倒好，怎么就一个劲儿地幸灾乐祸，还打出两伙人来，到底用的什么兵法？"

李明远向段云鹏眨着眼发笑，轻描淡写地把话一转："云鹏，你倒说说，我可没跟你凑合。"

段云鹏得意地一仰头："江湖兵法，懂不懂？不打不相识！"

近来，讲武堂盛传两件事：一件是同盟会汪精卫谋刺摄政王，另一件便是丙班同学段云鹏踢翻云津一霸。在大家心目中，汪精卫和段云鹏都是英雄，只不过汪精卫这个英雄来头太大，谋刺的又是摄政王，牵涉到革命党谋反的事，公开场合不敢讲。段云鹏却是身边的人，打的又是昆明小有名气的混混头把式，为讲武堂增了光扬了名，于是被说得更加热闹。

原来，那天步兵科操练马术，几个班在一起合练，下了课，甲班几个同学意犹未尽，脱光了上衣在场子中的一块草地上比试练武。只见一名黑壮、高大的汉子接连摔翻两名同学后，见丙班有人在旁围观，便得意地邀他们下场较量一番。

"小兄弟，怎么样？下场练练！"那人连连招呼。

段云鹏早已跃跃欲试，况且刚才上课两个班的同学在一起合练，心里早就较上了劲。此时见人相邀，便想露上一手，也好让甲班的"老江湖"知道丙班厉害。这样想着，回头见李明远冲他点头，于是便往前凑近一步，故作谦虚地笑道："甲班大哥练过一阵，体力耗了不少，改天吧！"

"刚才不过闹着玩儿，这阵子才活动开手脚，正好着呢！你来试试？"壮汉笑着，脸上露出不屑之色。见对方如此，段云鹏果真被激了将，眉毛一扬，把军帽往身后一甩，顺手把纽扣解开，脱了上衣就要上场。姚必光赶上前来，一手接住段云鹏递过来的衣帽，一手就去拉人，却被李明远在身后使劲地捅了一下，忙缩手没去阻拦。但见那人身高马大十分威猛，心里禁不住为段云鹏捏了把汗。

那大汉正是在十九镇都有些名气的原三十七协七十四标第一营右队排长，人称“黑铁头”的刘焕轩。此人直隶河间府人，幼时在家练过武术，从骨子里就带着燕赵慷慨悲歌之士的气度，仗着体格强壮，又有一身蛮力。18岁投军云南，因为勇武，不久就在十九镇出了名，讲武堂一开学，便被保送到甲班，早是准备提拔当队官的干才。

在甲、丙两班同学的呐喊声中，段云鹏露肩短褂、轻装草鞋，往场中一站，拱手道：“承让，承让！”看他人虽不如刘焕轩块头，却也滚圆壮实，臂膀筋壮骨强。并不见摆了什么架势，但举手投足间一看便知是练武之人，浑身上下仿佛罩着一股煞气，让人不禁胆寒。围观众人不自觉就喝起彩来。

刘焕轩本是练武之人，见此架势，终不敢小觑。待立定身沉下气，这才缓缓地稳住桩子，一蹲马步，脚底擦着地一步一步缓缓地逼了过去。见刘焕轩动作，段云鹏仍然立定不动，原先两手还护着罩门身形，此时一变，却反而垂放在了身体两侧，虽然眼睛盯着刘焕轩，但神情却显得十分放松安闲。刘焕轩显然被段云鹏这举动所激怒，自打从军以来，还未遇到过这样的对手，自己先腾挪闪动，人家还气定神闲。心中意念一动，便憋足了劲急速使出一记倒钩拳，中途又以拳变掌，直照段云鹏面门劈来。此招是虚，紧接着上步抢进右手变势，一肘拐向段云鹏胸部。此招则是实中有虚，虚中蕴实，见段云鹏撤步挡隔，便快步进身左手顺势一掌直捣段云鹏心窝。步法、拳法、掌法、身法因果相生有若连环，出手迅疾且势大力沉。只听得“啪嗒”一声，刘焕轩还来不及收手，便跌翻在地。众人先是一惊，接着“哄”的一声止不住欢呼起来。段云鹏赶紧上前扶起刘焕轩，刘焕轩还未回过神来，眨巴着眼朝段云鹏愣愣地看了又看，弄不明白怎么一下子就被人掀翻在地，心中懊恼至极。好在并不疼痛，只是脸面上实在有些挂不住，还想重新再战，不料此时却走过来一伙人，当头一人喝声道：“好啊！咱家也来玩玩。”

众人扭头看去，见说话那人六尺来高，豹头环眼，全身上下一副短打，右手掌中转着两颗钢球，左手握着一把折扇，嬉皮笑脸凑上前来，大咧咧地说话，一看就知不是讲武堂学生，十有八九是社会上的地痞流氓。

那人走近前来，伸出折扇拍了拍刘焕轩的肩头：“哥们，端着的水也给喝上一口，在下想来试试手脚！”却两眼盯着段云鹏目不斜视，看也不看刘焕轩一眼。段云鹏只顾着向刘焕轩赔罪，并未理会。

刘焕轩正没好气，见此人如此无理，更加恼怒，回手隔开折扇，朗声应道：“这汉子想做何事？在下定当奉陪！”

“合个手，咋这老火！尿冲得天高，军爷面前，鸡×也不敢横倒起来抖草。我皮子痒讨打，你哥瞧着，只当玩就是！”那人嘿嘿笑着，嘴上说的软话，口气却十分霸道。

见他这样无理，刘焕轩心中涌起一股无名怒火，正想发作，却见段云鹏走上前来，握住他的手，附耳小声口语：“大哥请别在意，只在旁给我助阵，让小弟先过几招，不行大哥再上，小弟先赔罪了。”说罢，回身冲那人一抱拳，说声“领教”便站定了桩，只等那人进身。

那人把手中钢球一送，早有随从接过，“灯笼扯高些，长点眼水莫要乱来！”一面交代，手中折扇当空一扬就照段云鹏顶门拍来。段云鹏撤步，转身飞起一脚，那人顺势腾挪，这一脚正好踢空。段云鹏脚刚落地，那人折扇已如影随形紧跟而至，眼看就要戳向段云鹏腿膝。段云鹏一闪身，“旱地拔葱”跳出圈外，接着又旋身而进，使出一个“双飞燕”，一脚正踢在那人紧握折扇的手腕上，顺势站定。只听“噗”的一声，折扇早已飞出老远，一头深深地插在泥地上。原来这折扇是钢打铁造，上好的短打兵器。讲武堂同学见状大惊失色，没想到此人如此凶悍，说是合手，居然还动用铁造家伙。

姚必光大喊：“别打了，合手咋这样？”

甲、丙两班同学自然站在了一起，指着和段云鹏交手的汉子吼了起来：“打翻他，打翻他！”那伙人也围拢过来，双方各自呐喊加油。

“风云滚滚，感觉他黄狮一梦醒……中国男儿！中国男儿！要凭双手撑住苍穹……”不知谁开了头，讲武堂同学们一齐高声唱起了校歌，歌声完全盖过了对方嘈杂的叫喊声。

场中段云鹏性起，一个旋身已转到对方背后，射腿蹬脚，早把对手踹出五尺开外。只听得“啪”的一声，那人一个踉跄扑趴在地，老半天都起不了身。

段云鹏反身从姚必光手中接过衣帽，走到刘焕轩身边说道：“大哥，小弟们还要前去刷马，后会有期！”说完便到拴马柱上牵马。今天轮值，正该参加马术科目训练的丙班学生值班洗刷马匹。刘焕轩紧紧握住段云鹏的手，眼神中又多了一份钦佩，“后会有期！”转身招呼甲班同学一同散去。

却听得身后有人喊："师兄留步，我家大爷有话要说！"

此时，豹头环眼的那人已经缓过来，从围着的人圈中走出，近身拱手说道："佩服！佩服！在下小云虎，敢问师兄大名？"

段云鹏不知小云虎名头，只是微微点头："在下段云鹏，得罪之处，万望海涵。"说完回身就要再走。

"在下无知，合该背时！愿与结交，可有谱气？"不想那人却抢前一步，拦住段云鹏。

段云鹏因刚才比武对方不仁，心里犹豫。正踌躇间，便见甲班一同学走上前来，抱拳说道："云虎师傅乃省城大侠，得与相交，实是机缘。小兄弟且莫在意，大家就交个朋友吧！"

李明远也挤过来，有意劝解："既如此，那就交了朋友，可惜今天时候不早，我们马匹还没刷呢！来日定当拜会云虎师傅。"

见李明远如此，段云鹏也转脸笑道："今日幸会，实属机缘，不该错失，大家相聚便是朋友。"勉强对着小云虎点头抱拳："失敬，失敬！"

"好！一言为定，后会有期！"小云虎又从上身短褂贴身口袋里掏出一块银牌，递在段云鹏手中："有事云津市场来找，随处一问便知。"谦恭备至，又向刘焕轩等人打个招呼，领着手下就要离去。

段云鹏接过银牌，突觉有些歉疚，心想江湖中义气真是随风即雨，敌友只在一念之间……口中不觉喊出声来："云虎师傅——"欲言又止。听段云鹏呼喊，小云虎停住脚步掉转头，见段云鹏抱拳笑立，忙又双手抱拳，颔首作揖再次别过。

号称"小云虎"的大汉，原是昆明南教场周边云津市场小街上一无业游民，只因会些武功，平时又纠结些泼皮无赖帮人摆平纠纷杂事，故而在南城门外一带很有名气，甚至在省城昆明黑道上都名头不小。因此聚了些人练武，常收点夜市或附近妓院畅春园的好处费，渐渐地也自以为了不得起来，心性愈加狂放。这些人所做就非正经买卖，不过乐得安闲，于是便在畅春园前街边大井旁的空地上搭个场子，吆五喝六每晚练些把式，以此引来路人围观，高兴时随手撒几把钱，倒成全了众人上馆喝酒，来了兴头还能到畅春园闹腾一番的好事。而练把式的场子，也成了云津夜市远近闻名一景。

自昆明开埠以来，得胜桥一带周围几里远近地方，新建楼房，扩充道路，逐渐热闹起来。滇越铁路通车后更是一天一个样，越发地灯红酒绿、熙来攘往。如今这里街市纵横、商铺林立、埠头繁忙，更有英法等外国政商聚居得胜桥、昆明府站一带，故而又平添了些花花绿绿的西洋景象。云津夜市紧邻得胜桥，吃喝玩乐、纸醉金迷应运而生。小云虎之所以能在云津夜市占有一席之地，一来仗着自身武功不浅有些本事，二来前番经人介绍，认识了珠市桥谭爷——“许疯子”，跟哥老会搭上了勾，更是悠游江湖如鱼得水。

七、哥老香堂　暗藏玄机

外号“许疯子”的谭爷是昆明哥老会一个头目，从事会中惊门活动。那日谭爷闲逛，大晌午来到小云虎住处，才走到门外，就听到震天价响的呼噜声，知道小云虎还在午睡，推开半扇门，细思觉得无趣，转身刚要撤步，却听得小云虎在屋里发问：“谁啊？可是谭爷！”谭爷心中一惊，停住脚回身连忙答话：“虎大侠好耳力，你睡觉呢，怎么就醒了？”

“我说呢，这两天心里老是念叨，谭爷怎么就有工夫上我这屋来坐？”小云虎翻身从躺椅上爬起身，忙着给谭爷让座。又慢吞吞凑到火炉边拨弄炭火，炖在炉火上大铜壶里的水便滋滋地响了起来。等小云虎撬开普洱茶饼往土陶小茶罐里装上茶，又放在火炉旁烘烤，还未闻到烤茶的香味，水就开了，铜壶口直冒热气。

谭爷坐在八仙桌旁的“品”字木椅上，眯缝着眼看小云虎手忙脚乱地弄火烧水烤茶，最后把铜壶里的涨开水往茶罐里一沏，只听得“嗤”的一声，就见茶罐里冒出一股滚烫热气，沸腾的茶水带着上下翻滚的泡沫漫出茶罐，噗到火上，激得烟雾弥漫，和着水汽、茶香。小云虎用嘴把漫出茶罐的茶沫吹到火里，弄得热腾腾的烟灰四散。再冲了一次水，这才把罐里的茶倒到茶盅里，酽酽地端给谭爷。谭爷也不说话，端起茶盅抿了一口，点头说道：“你倒喝的好茶，这茶味很醇厚哦！酽而不苦，香而不燥，汤色红艳清亮，怕有十年了吧？”

“谭爷真不愧‘老江湖’，只一口茶就定得了真章。您老别说，这可是易武山上那棵老古树上采的嫩芽，在隆兴茶庄收藏，可有十来年了。昨天老伙计黄开兴拿来一饼，还舍不得撬开。您老来了才敢拿出孝敬，也是您老眼力好，没冤枉小兄弟敬您的心。”小云虎兴奋得满脸涨红，不无得意。

“吹你的死牛，也别尽往我这里说好听的话。谁就得你孝敬了，不给你叩头作揖才好呢！”谭爷又抿了口茶，笑道：“今儿倒有件事，不知你意下如何，要不先给你作了揖再说？”说着真站起来，向小云虎鞠了一躬，倒把小云虎吓得忙连连作揖，“什么事但说不妨，哪有让您老先作揖的。”

“我家龙头老大哥开山堂，宣讲‘海底’，你要不要去听听？”一番谦让，见小云虎客气，谭爷顺势开口邀约。谭爷所说“龙头老大哥”，即云南哥老会总头目何升高。此人现在昆明坐堂，号称会众数十万分布于全省各地，并与四川、贵州、广西等毗邻省份哥老会组织有极深联系，互相策应造势，来头十分之大。

小云虎早有结交投靠之意，听谭爷如此一说，心中高兴，凑近了来：“什么时候？我又不在你们‘码头’，舵把子也不认得，怎么去？”

“有我呢！”谭爷把瘦如柴棍的手往胸前一拍：“本班广开山门，‘海底’也不是多大秘密。你我情同手足，好比同胞兄弟，那倒不打紧。只是我们龙头老大哥万一问起拜会结盟的事，你得有个准备。”谭爷直了直腰，神秘兮兮的样子。

“反正谭爷也是会里的人，你觉着可以，我就跟着干。赶狗撵豹子哪管得了那多，在下又不惹是生非，若蒙舵把子瞧得起，我就归山下海。”小云虎手撑八仙桌，弯腰俯身连连表白。

谭爷心领神会，立起身来趁热打铁说道：“好！现在就走，你只管见见龙头老大哥再说，其他事尽管包在我的身上！”

待小云虎穿戴完毕，二人出门时已是下午五点来钟。小云虎先在畅春园门前寻到一起下场的兄弟猴子小三，交代了晚上自己不在要摆场子的事，这才随谭爷就近在云津市场一家酒肆中随便吃了点东西，自然是谭爷请客。随后顺着新城铺往西，穿过金马、碧鸡二坊，到了羊市口，不慌不忙朝北拐进仁寿巷，走到巷中一户普通市井小院门口，推门而入。

院内正中一个花台，栽着两棵紫薇，尚未开花，却见枝头已散落着花骨朵，淡绿色的苞里透出淡淡粉红。花台前摆放着一口大青石凿成的长方形水缸，缸中三三两两的小鱼在游动，水缸四围雕了些礼义节孝图，小云虎知道正面雕的是二十四孝“安安送米”的故事。随处还放着些大大小小的花盆，种着些说不上名的花草，衬得三间两耳的小院落幽静而又散漫。这里正是昆明哥老会的一处重要会所。

谭爷与小云虎到香堂时间尚早，只有龙头老大何升高一人端坐在堂屋堂主的高位上闭目养神。堂屋不大，却案桌俱齐，案上有香蜡纸烛，香炉中升着袅袅的烟，进门就嗅到一股檀香的味。堂主的座位在堂屋案桌的下首正中，屋中两边沿墙相向置放着四五对高椅茶儿，很像一个议事厅堂。谭爷三步两步忙上前给何升高行礼作揖，小云虎跟在后头，也学着谭爷的样行礼，有些诚惶诚恐。何升高好半天才睁开眼，对着谭爷点了点头，又望了小云虎一阵，这才转向谭爷缓缓问道："这位是……"

"爷，这就是我常跟您说起的云虎大侠，大侠仰慕您老威名，今天开讲'海底'，约他过来听听。"谭爷见何升高开口问话，忙上前一步，恭恭敬敬地低声回话。

何升高点了点头，端详了小云虎半天，连连称赞："好一个人才，不做出点大事，那就是罪过！"

听舵把子如此夸奖，小云虎心中窃喜，连忙施礼："且敢，且敢！我能有多大能耐？还不全赖您老栽培。"

"常听许疯子讲，你是有本事的人。'且曰无衣，与子同袍'，袍哥的事你大概也知道。将来结成兄弟，有福同享有难同当，共图大事，就做我的黑旗五爷吧！"何升高来了精神，语气依然不紧不慢，却透着股逼人的气势，叫小云虎不得不诺诺应承，一面点头，一面眼睛瞟向谭爷，想再讨点主意。

"还不快快谢过龙头老大哥！"谭爷忙道："云虎兄弟可是在关老爷面前烧过高香？舵把子老大哥已然封你做了爷，今后凡用武、用力的事，还望兄弟多多应承。今天正好与其他爷们相认，以后走动，可别大水冲了龙王庙，不认不识。"

"做我袍哥本是要歃血为盟的，礼仪少不得。可今儿不是时候，待叫人择了吉日，就把事情办了，另外我派三两个得力之人帮你把事管起来。既然做了我黑旗五爷，就得成行十气，拉起队伍来练，莫耽误了才好。"何升高见小云虎还在愣神，又耐着性子郑重交代。

正说话间，耳房中已有人出来到堂屋收拾香案，端水倒茶忙着招待客人。此时先后有人到达，这些人都是会中头目，依礼拜过堂主后又在案前燃香叩头，各自按序坐下，并不多话。小云虎跟着谭爷也在靠下首的一个椅上坐好，只见人来人往，施礼的施礼，打躬的打躬，其中有打扮讲究的富人，也有穿着一般的穷汉。心中琢磨：黑旗五爷，到底啥子？忽听到轻轻的碰铃声，抬头看时屋子里已坐满了人。

何升高一连咳了好几声嗽，这才起身燃香礼拜。拜毕又慢慢回到自己座位，将屋里众人扫视一番，不紧不慢说道："各位袍泽，兄弟今天邀约大家来，只为一桩要紧之事。去岁成都玉泉山忠义堂来人，要我帮着贩运云土，不要出本，并先预付白银100两，获利后三七分成。我意现今会里拮据，若能与四川总堂接上头，先赚点银子，一来给自家袍哥兄弟谋利，二来也可以补充花费。如今开销太大，滇西会盟总觉捉襟见肘，窘迫得很，不知诸位意下如何？”

何升高说完，众人尽皆一愣，心里却都明白舵把子想要干的什么，半天无人搭话，屋里一阵沉寂。

晚清时节，鸦片祸害人尽皆知，虽说没有公开禁止贩卖，民间却已深恶痛绝。烟土、烟馆买卖正经商贾人家并不敢做，都是黑道中人占着权势，又有道友掩护，才能明里暗里，在官府管与不管之间谋划经营，赚的尽是昧心钱。

小云虎见过些世面，下九流的吹灰，他一向都无好感，心下正自踌躇，就听有人应诺：“玉泉山忠义堂过去没听说过，到底不熟。总堂与成都各堂主消息往来，也不见提这忠义堂的事，要不待打听清楚后再做定夺？”

又有人说：“烟土运输最是不易，官府设卡检查，厘金高不说，更有土匪打劫，哪里就能轻易赚钱。况且大烟祸害日久，名声不好，我袍哥避之犹可不及，轻易做此生意，倒像是助纣为虐。”

也有利欲熏心之人，站起来吼叫：“自古生意唯利是图，龙头老大哥决意要做点事，好不容易有了门道，你不做别人也在做，要说坑害人，那还不是一样。说运输路途不易，我袍哥兄弟本不吃素，挣的就是这份钱。别人难我等未必难，先做了算，哪能畏畏缩缩！”

众人各执一词，屋里早乱哄哄嚷了起来，反对的、支持的互相争执不下。何升高坐在总堂主位子上，眉头紧锁，乌唇干瘪，闭着眼却不说话。当家的孟三爷走上前去，附在他耳边嘀咕一阵，何升高这才点头发话：“今就议到这里，也不需急着定。六爷说得也是，就先放人到成都探探底，倒不是怕谁，只是莫冲撞了码头。”说完喝了口茶，舔了舔干裂的嘴唇，接着又道：“书归正传，在宣讲‘海底’之前，先引荐一位新来袍泽。”话未完，已向小云虎点头示意。见舵把子介绍，小云虎忙起身向众人行礼。“这位袍泽武功高强，本堂已封了黑旗五爷。将来大家各行其是，不要冲撞了。”

下首众人便都立起身来，向小云虎答礼，还座后又说了些恭维话，好半天才安静下来。这时就听得何升高朗声开讲：“当年郭公永泰往福建厦门省亲，赎回《金台山实录》，袍哥于是正名。我会乃延平郡王所传，而永泰先世为云南大理府人，应是我堂前辈。诸位袍哥知此关节，定当永记延平郡王遗志，以承永泰之事。而今天下动乱，我等袍哥责无旁贷，当处变而谋，联络会党，只等号令，一呼百动便可成就大业。”这日开山堂，何升高正准备开讲的“海底”金不换，实际上只是借追溯《金台山实录》，宣讲哥老会系由明朝“延平郡王招讨大将军”郑成功所创，暗中鼓动抗清反清。又有人说郑成功打败荷兰人收复台湾开创明郑时代，以及郑成功后来与在云南坚持反清复明的李定国将军联姻的故事。众人听了频频点头，不由得人心振奋。

小云虎突然醒悟，这可是千载难逢的好时机啊！眼下大清帝国气数将尽。如今自己既然做了哥老会黑旗五爷，更好四下里广结豪杰，号令会众指东打西，且不快活。今儿回家赶紧把兄弟们也鼓动了入会，自己拉了杆子，还怕他大爷有什么干不成的鸟事！正想入非非，谭爷在一旁拉扯，这才知道龙头大哥已经讲完“海底”。随众人一道拜别何升高后，便与谭爷兴冲冲忙往家赶。

云津夜市连着金马、碧鸡两坊，一直到纵跨盘龙江的得胜桥一带，往西向北紧接着丽正门外的三市街，大约二三里长路面，把繁华的街市串联在了一起，十分热闹。街市上店铺林立，小楼、平房鳞次栉比，道路整齐宽畅，除了售卖日杂百货、酒肉小吃的店铺外，还有大大小小的马店、客栈。滇越铁路开工以来，本来只停靠运粮贩鱼和买卖农产品小船的云津码头，此时又多了拉砂运石的大船往来。盘龙江东岸，离得胜桥不远处正是新建的滇越铁路终点云南府站，此时铁路刚刚全线通车，往来于越南和滇南河口、建水、蒙自、个旧、阿迷及碧色寨等地的客商，从这里进出昆明，人来人往，车水马龙。尚未完工的云南府站还在赶工，彻夜亮着灯火。城中最大的妓院畅春园，在云津市场内占着绝大的一块地盘，夜间人头攒动，景象十分繁闹。

小云虎回到畅春园前大井旁场子上，正是夜市最热闹的时候。畅春园那些上不了牌的姐儿们，浓妆艳抹顺院门外墙根脚排成一溜儿，还在眼巴巴拉客。也有在光影里走来晃去招徕客人、走累了还做不成生意的过时老姐，此时早无精打采、懒心无肠。而那些铆足了劲准备到这里馋腥的毛头小伙，大多是从各地乡村出来找伙计的苦力，挣了点钱便邀约着想来这灯红酒绿的地方消遣。本来有些缩手缩脚，看见摆场子练把式的，也就顺势好奇地上前来凑热闹。

小云虎见几个兄弟还在卖力地扎把式吆喝，又来了劲儿，当即换了身短打行头，就在场中戏耍一番，连着摔翻几个跑龙套的徒弟，见众人喝彩才住了手。因心中有事，便招呼弟兄们早早收场，聚集到大井对面巷内自家住处，把谭爷前来相约、自己参加袍哥等种种打算，从头至尾详细说了一遍，大家听后都禁不住齐声道好。少不得有人说起当下新军使用武器最为精良，既然要干大事也要先打探清楚新式武器。好多人只听说过快枪，还没亲眼见过这种玩意，听说新军精锐十九镇三十七协司令部警卫队和讲武堂在洗马河畔的演武场操练新式武器，便相约了去看，不想却碰上了段云鹏和刘焕轩比武。知道都是讲武堂学生，便有心以拳会友，原想自己拳脚还好，待踢翻了段云鹏，再学《水浒传》中梁山好汉，与这些学生江湖结义，让人佩服，借此树下名头。小云虎向来好事，不料反让段云鹏给打了个马趴，正后悔不迭要发作，转念一想，也是因为自己看走了眼出手太狠，上来就下恶招，既然技不如人，也只有坦承栽了跟头。幸好是败在讲武堂士官生的手里，这些人将来要做大官，必有权势，实在不能结怨，因此也留下了结识讲武堂学子的一条后路。

听说小云虎比武结识了讲武堂学生，何升高大为高兴，也不计较比武输了面子，并一再催促他尽早联络，定要与段云鹏等人结交。小云虎暗自庆幸，总算自己心存一念，虽说比武输了，却反倒赢得舵把子夸赞，心中自然十分高兴。

八、云津入会　志在高山

因为与小云虎比武的事，段云鹏在同学中赢得不少赞誉。丙班小弟轻而易举把堂堂云津一霸踢翻，实在是长了讲武堂志气，不仅段云鹏神气，连李明远和姚必光也跟着沾光。来找段云鹏切磋武功的人络绎不绝，热闹了好一阵。眼看七月将近，大家准备考试，因为忙于应付功课，日子才稍微平静下来。小云虎来过几次，只因讲武堂纪律严格，并无机会深交长谈，在操场边偶尔撞见也只随便搭讪几句。

这天，小云虎又带信来，要请段云鹏邀约刘焕轩及讲武堂好友到云津市场相会，说有要事商量。刘焕轩和段、李、姚三人也成了朋友，课后三人一起到甲班宿舍找刘焕轩转告小云虎相约之事，找人不见，只有与他同宿舍的刘发良在整理内务。刘发良原是七十四标一名排长，因与段云鹏是大理太和同乡，所以见面十分热情。

“小老乡来闲，请坐请坐！”

“焕轩兄不在啊？小云虎带信来约，发良兄知不知道？”尚未坐定，段云鹏开口就问。

“焕轩不太想理那人，习气太重。听说最近入了帮会，也不知是什么底细。三番五次来约，恐怕与入会的事有关。”刘发良毫不在意地回答，显然与刘焕轩都知道了小云虎相邀一事。

对于小云虎的邀约，段、李、姚三人本来就有不同想法。听刘发良说刘焕轩不想搭理小云虎，正中段、姚二人下怀，于是都点头赞成：“正是，正是！管他约不约的，只说忙就行了，先别理会。”

李明远不以为然，在他看来，这是一个机会。在腾越，自治同志会就联络了不少会党，譬如哥老会，因其反清态度坚决，所以与同志会关系最为紧密，心想小云虎要是袍哥，且不正好。中山先生就主张同盟会联络会党，要利用其声势浩大首发义举，推动反清革命。虽然此时多数同学还无意识，但对同盟会主张大都心向意往。讲武堂迟早也能组织起个什么会来，一旦发动，小云虎他们或有大用。于是问道：“刘兄知不知道哥老会的事呀？据说会众百万声势浩大，小云虎要是袍哥，那倒不可小瞧。”

“哥老会？当然知道！近年来滇西同志会活动频繁，就与哥老会有关，据说主谋既是袍哥，又是同盟会。”

见刘发良说出此话，三人点头不语。近来，讲武堂中常有人提起哥老会、同盟会，滇西会盟被说得神乎其神，知道与反清有关，大家心照不宣。能够直言此事，足见同学之间相互信任。

几人正在说话，刘焕轩已经回来。再提小云虎相约之事，李明远抢先说了自己的主张：“应该给人家一个回应，结交朋友不易，既然他有心，就不妨处处瞧，说不定真有缘分！”见李明远如此认真，众人也觉有理，便准备找个日子与小云虎联络。

可日子过得紧凑，除操练、功课外，还有些杂七杂八的事情，学堂又是很长时间不放假，一时也没空前去相叙。而小云虎也像捉迷藏似的没了消息。

那天，李明远被李根源叫了去，特别问起腾越自治同志会的事。开初他还佯装不知，后来还是李根源把自己在日本留学参加同盟会，以及回国后担任同盟会负责人，并且早知道张文光其人的事说出来。说完又再三追问：“既然承认跟张文光熟识，怎么连腾越自治同志会的事都不知道？”李明远这才诺诺不语，再无法强词狡辩。

其实，龙润明接二连三来找，见李明远又说出张文光名字，李根源便已知道自己这个堂侄真与同志会有些瓜葛。于是派人前去查访，又联络上与腾越关系较深的同志，早把张文光以及李明远的情况了解了个大概。只是前段时间形势紧张，自己跟张文光也不认识，所以没有贸然捅破窗纸。此时，眼看甲乙两个班马上就要结业，若再不抓紧时间发展同学入会，两个班的学员一走，就等于失去了一次在新军中扩展同盟会力量的机会。李根源心中焦急，更想加紧行动。

不久前听说丙班段云鹏与人比武，打败大名鼎鼎的刘焕轩以及南城外“练把子”、声名赫赫的云津一霸，心中马上生出一念，要借习武练拳、结社入会把人心聚拢起来，以先帮会再同盟会的办法在同学中发展组织。令人高兴的是，段云鹏连着打败两人，最后都以和局告终，赢得勇武，又恪守了以拳会友的道德操守，实在可以好好引导利用。本想直接传令段云鹏到学堂总办处来，转念一想，不如先找李明远了解一下情况。没想到李明远与段云鹏交情至深，不但可以说结社之事，而且还可以放心大胆地讲同盟会，这正合了他的心意。

见堂叔十分诚恳，李明远也坦然承认了自己与自治同志会的关系。恰好龙润明带来口信，要他抓紧与堂叔联络，不把自己的情况说出来，联络堂叔就只是句空话。大道归一，不必赘言，一瞬之间叔侄二人更加信任。李根源即向李明远布置，要其在同学中加强联络，特别是利用段云鹏的名声，甚至不惜借哥老会练武名义，在学堂扩大影响，进而发动更多同学加入同盟会或外围组织，争取在甲、乙两班毕业前，尽快发展一批人加入同盟会。知道小云虎曾经来约，李根源更是欣喜，当下就命李明远赶快回应，只是定要关注小云虎动向，如果是哥老会，那就毫不犹豫参加进去。

从总办处回来，李明远十分兴奋，马上找来段、姚二人，把堂叔的布置概说一番，与小云虎联络也就成了当务之急。得知李总办就是同盟会会员，想着先生出面组织，段、姚二人自然十分踊跃。

在总办李根源和众多教官的鼓动引导下，讲武堂中学生结社之风一时兴起。同学们相互邀约，三人为组、五人起社，练武的练武，读书的读书，批评时政的人也渐渐多了起来。其实，结社入会只是掩护，具有民主思想的志同道合者聚集一起，志在高山，形成了一股力量。其中，特别班朱德、范石生、唐淮源、金汉鼎等人组织的“五华社”，议论家国大事，评说天下是非，倡导官兵平等，在同学中很有影响。参加五华社的这些人原先都是丙班人才，特别是朱德，因在步兵操练中标准规范、声音洪亮，总被教官指派出列发令，在学堂会操时，就曾被李总办当众表彰，与同班朱培德一起合称“模范二朱”，在讲武堂名气很大。

甲、乙、丙三个班中，丙班人数最多，且大多上过新学，思想活跃，充满朝气。开学后翻过年，随营学堂又并入近200人，一时竟达400多人。因为人才齐聚，所以成为学堂里最为突出的班级。在班里，朱德年岁较长，不仅学业突出，人缘又好，是最受大家爱戴的老大哥。不久，学堂从丙班抽调100名年长学优者新设特别班，拟加紧科目训练，提前一年毕业，以满足十九镇整编急需补充军官的要求。五华社便是朱德等人进入特别班后邀约班里志趣相投同学所组织。

时下，以同盟会为代表的革命党，由海外向内地渗透集结，革命舆论再次高涨。而以哥老会为主的传统帮会，亦从下至上滚雪球似的大举发展，入会者越来越多，势力日见壮大。同盟会和哥老会，两股势力暗中融合，蓄积起的巨大能量随时都可能爆发。讲武堂内师生也加紧了同盟会、哥老会组织的发展，学堂师生十有八九都加入了哥老会，其中很大一部分还入了同盟会。

按照李根源要求，李、段、姚三人趁学堂放假，相约到云津市场去见小云虎。段云鹏还特意揣上小云虎给的银牌，带了把剑川木柄银饰白族匕首，准备送给小云虎作为回礼。

上午十点半，吃过早饭，三人快步走出讲武堂，兴冲冲来到云津市场，已接近中午时分。大井四周不少人在打水洗漱，练把式的场子上却冷冷清清，畅春园关门闭户，静静悄悄。一家刚下开门面柜板的杂货铺里露出一张脸来向三人张望，段云鹏忙上前打听，那人指着前边一条小巷左比右划，原来是个哑巴，半天才比画清楚。小云虎的住处，就在云津市场旁一条小巷的顶头，临街处一户带门面的偏厦式样房屋。

那房子外间是门面，临街有一扇门，门连着窗，窗被又黑又脏的门面板一块块拼插着封堵住，再用木扛扛上。卸开封堵窗户的门面板，正好可以在窗户的位置设一柜台，本来可做铺面，此时却紧紧扛着，看来很久都没做什么买卖了。房门虚掩着，三人探头朝里望，屋里黑洞洞的，靠墙正中摆放着一张八仙桌，几把不配对的板凳、椅子围放在桌子边上，只是八仙桌旁那两把板栗木品字椅，因常有人坐在上面，被磨蹭得光滑油亮。紧闭的窗户面板下，支着一排锅灶，可做柜台的台板上，搁置着大大小小脏兮兮的瓶罐，油盐酱醋杂七杂八，油腻乌糟。台板下用石头砖块堆码起一个平台，平台上安放了一只火炉，炉上炖着的大铜壶还在突突地往外喷冒热气。

三人迟疑不定，就见里间走出一人，正是小云虎。见到段、李、姚三人，小云虎大出所料，更是喜出望外。招呼众人坐下后，又忙着捅火、烧水、洗罐，找出招待谭爷时撬开过又被严实储藏起来的饼茶，撬下一块放在罐中烘烤。

段云鹏掏出匕首递在小云虎手中：“这是家父传下来的，家乡白族的钢刀，你收下吧！”

小云虎接过匕首，仔细端详了半天，随手取来一根铁条，只一用力那铁条便被削掉了一块。不由得连声赞叹，满心欢喜地把匕首收起。对三人笑道：“找你们好多次都不碰巧，当兵规矩大，牛逼哄哄不自在！今天几个兄弟出去办事，一下回来，正好有样东西，要请师兄们帮忙看看。”

跟谭爷到哥老会总堂集会回来不久，小云虎就由龙头老大何升高主持，滴酒歃血起了盟誓，正式结为袍哥。一起入会的还有跟随多年的二三十个兄弟，闹腾得声势不小。被封为黑旗五爷后短短几个月时间，就拉起了一支能打能闹的人马。何升高高兴，即派手下干将帮着撑起门面，想不到派来的竟是谭爷和小云虎师弟邓祥。谭爷做二爷军师，邓祥做三爷执事。待把会里一个个英雄座次排定，正经商议大事，习武操练，已经又过了不少日子。后来才知道，正是邓祥和谭爷举荐，何升高几次派人暗中查访，才使谭爷前来拉线。小云虎一入会就当上黑旗五爷，也是何升高先有安排，早早虚位以待的结果。所以入会后小云虎诸事顺畅，也就吃了秤砣铁了心，正经做起事来。

昨日，小云虎使人到大板桥宋铁匠家，要从那里取回刚买的十把手枪，说好午前准到，这时正在候着。得知小云虎正经做了哥老会黑旗五爷，甚至还搞到了枪，三人都惊得目瞪口呆，心中不免羡慕。小云虎正志得意满，也一心想鼓捣三人入会，不想此事正合了李根源先生利用哥老会掩护发展同盟会的主意，于是当即击掌，欣然同意。

四人摆茶序坐，聊天吹牛，不多会儿谭爷和邓祥领着五六个弟兄兴冲冲回来。房子本来不大，一下子挤进那么多人，不仅热气大增，而且掺和着浓烈的汗臭，气味闷燥不堪。

邓祥取下身上包袱，稀里哗啦往八仙桌上一堆，急得小云虎摆手制止：“慢点，慢点！别把宝贝玩意给磕碰了。”

见小云虎一惊一乍，众人唬得都不敢动。“打开来看，打开来看！装什么样？”小云虎又吼道，搓手抹脚，欢喜得东一榔头西一棒子。

打开包袱，只见油纸包着的一把把手枪，沉甸甸的样子，还有百十盒子弹，堆得满满一桌。邓祥从枪堆中拾起一把，拆开油纸，又用棉纸把枪上的油抹净，这才托着送到小云虎手中：“五爷看看。宋师傅说，这是比利时爱富恩兵工厂新近产的勃朗宁，顶好的家伙。”

小云虎盯着油光锃亮乌黑发蓝的手枪看了好一阵，咂巴着嘴想说什么，却又说不出来。只是用棉纸把覆在枪上的护油又来来回回地抹了几遍，这才小心翼翼递到段云鹏手中：“段兄看看，都弄不懂，还要向诸位请教。”

三人在学堂里刚上过枪械课，知道勃朗宁手枪名气，可谁都没真正见过这枪，当握着这款打有“M1903”钢印、落款“FN”的手枪时，心里不禁发紧，昆明哥老会果真要大干一场！

问起枪的来历，小云虎说是用从建水弄来的一只成化小杯、几只玉溪窑青花玉壶春瓶，从古董商崔掌柜那里换来。这崔掌柜是广东人，因生意关系常往来于北京、上海、广州。1903年，法国人在滇省获得从河口到昆明的滇越铁路筑路权后，崔掌柜随即来到云南，并在昆明长春坊开了一家名叫“广聚斋”的古玩店。几年时间便与法国领事拉上了关系，在昆明街市鱼龙混杂的混世码头，三教九流无所不晓，因为既下得烂，又上得场面，而且手头还常常有货，所以出入洋人贵胄们的深宅大院并不费力，生意做得十分了得。

大概就是因为洋人贪恋中国瓷器，抑或是崔掌柜使了什么手段，那枪便暗地里从越南走私进来。这款由世界著名枪械设计大师约翰·摩西·勃朗宁设计的1903年款手枪，刚刚在欧洲市场出现，就被远在滇省的袍哥弄到了手。众人看后不住夸赞，特别是李、段、姚三人，拿在手中拨来弄去，好一阵舍不得放下。这也让人想起教官们经常所讲，十年前发生在昆明的法国驻云南名誉领事方苏雅私带军械闯关引发教案的事。嘴上不说，心中却有些担忧起来。

段云鹏忍不住再三提醒：“私购外国枪械触犯大清国刑律，该当小心。托洋人走私一样危险，幸好没闹出事来，得要好生保密呐！”

“那是自然，袍哥鼓动反清复明，也不光嘴上打哈哈。袍泽出生入死，就为推翻清夷，管它刑律不刑律。不过小心为妙，此话不错！”谭爷一本正经，盯着三人说道。

“这爷说得不错，小心不是害怕。这是把好枪，才出产一等一的家伙，可惜是只小枪，倘若长枪、快枪就更有用了。”李明远说着把枪交还小云虎。

小云虎正在兴头上，哈哈说笑不以为意：“几位师兄觉得好，随时过来玩玩，也好教教咱兄弟摆弄，只可惜子弹少点。”说罢叫谭爷把枪收起，顺势提出要与三人同结袍哥。

众人齐声喝彩：“好啊！整！”

“而今大清气数已尽，众人齐心，驱除跶掳大事可成。”谭爷、邓祥更是高兴。不过，说起结拜却众口不一，竟然吵闹争执了半天。还是谭爷有主意，提议先到羊神庙旁合顺昌订下酒饭，趁着时间还早，就到铁路巡防营操场空地行结拜大礼，然后再回合顺昌吃饭。盟誓用的香蜡纸烛和酒水派猴子小三到街市上置办，既讲究又排场。

小云虎听后连连拍手，又吼又嚷：“毬毛，就依谭爷！”

段、李、姚三人都无异议，只交代要早些，学堂晚上八点收假，必须赶回去应卯。

铁路巡防营操场空空荡荡。近来滇越铁路通车，巡防营士兵大都换防到铁路沿线，好长时间都不见人在这里操练。操场用铁丝网围起进不去，可操场边却有不少空地，四周长满了杂草。猴子小三手脚并用，扒开草棵，跳进一块空地，却抖着手叫着跳了出来。只见他浑身上下黏满草果，手臂红红地肿了一块。众人知道是被荨麻蛰了，有人忙摘了几片树叶，在他又干又瘦的手臂上搓揉，直搓得他鬼喊鬼叫。众人止不住都笑了起来，草果倒不打紧，不过是随处都有的“粘粘果”，只是平日里吊儿郎当的猴子小三被弄得很没颜面，十分不好意思。

转眼就见谭爷装起神来，口中念念有词像是来了疯劲。众人也不理会，忙着撮土上香叩拜盟誓，只让他一人在野地里尽兴疯闹，疯够了这才立起身，也是满身的“粘粘果”，凑在人堆里还不停地呼呼喘气。小云虎用段云鹏送的匕首往手腕上轻轻一抹，就见一道血痕，血珠冒了出来。再把匕首递给段云鹏，众人依次接着，都在手上割出血来，血珠落在盛满酒的盆中，犹如丝絮一般在清亮透明的酒液里游动飘散，渐渐变成红色的花绽放开来。

小云虎端起盆来说声“不敬”，凑着盆沿就是一口，撩人的酒气更加浓烈。一人一口，最后传给谭爷，谭爷双眼紧闭，念念有词，含了一口酒即转身向南，鼓起腮帮使劲把酒往外一喷，又把盆底的酒往空中一泼，血酒便像雾雨般飞洒。酒起酒落，瞬间升起一道淡淡彩虹。姚必光举首望去，见西南面不远处，高高的东寺塔傲然矗立，塔顶上的金鸡在午后的阳光下雄姿绰绰，与灰白色的砖塔形成强烈对比，愈发显得夺目。“勿忘，勿忘，碧血和酒肝胆。怅望西南高山，雄鸡嵯峨斜阳。苍莽，苍莽，壮士归来萧然。”不觉轻声吟唱。李明远点头，轻拍姚必光的背，神情凝重。段云鹏也搭过手来，三人的手紧紧地握在了一起。

众人一起返回羊神庙旁的合顺昌，夕阳已经西斜，余晖下东寺塔上的金鸡如剪影一般，青黑色的铜鸡仿佛镶上了金边，神秘而又绚烂。

一路上有人取笑：“谭爷今天疯了，上次盟誓都没见谭爷这样，雀神怪鸟，吓人兮兮。”

“哪样雀神怪鸟？我把祖师爷传下的本事都使尽了，那是请天神下来见证今天的结义。”谭爷一副庄重模样。

小云虎转向谭爷大声说笑：“谭爷道理，心到意到，怪也不怪。不过，这法术只你晓得，天神也看不见，毬事才有谱气！”

猴子小三手上的肿已消了，此时又蹦又跳学着谭爷的模样，唱着舞着，逗得众人取笑，又是一阵热闹。

谭爷“许疯子”的名号，大概就是从这神神道道的事上而来。究竟有什么学问讲究，倒也无法深究。不过，哥老会中惊门一角从来神秘，打卜算卦都算不得，奇门遁甲、降妖伏魔、斗讼官司那才是本事。谭爷神魔附体的样子，不叫“疯子”那才是怪。

众人走进合顺昌，饭菜早已齐备，一下子便端了出来。十多个人围成一桌，吃的是滇味菜肴。此时正值菌子上市，少不得便有炒鸡枞、鸡丝虎掌之类的时令山珍，还有火腿乳饼、清蒸三七汽锅鸡等名特美味，所谓四蒸、四炖、四冷荤，配伍丰富合宜，口味荤素搭配。

李、段、姚三人因为学堂规矩，不敢喝酒。小云虎等人却乐得开怀，大碗喝酒，猜拳行令，闹闹嚷嚷。酒过三巡，已吃得半饱，三人算定时间不早，便起身道别。段云鹏朗声说道：“今日聚会，得与诸位结义，乃在下平生之幸，今后兄弟扶助，济困解难，定当效犬马之劳。”与李、姚三人拱手致歉，先行告辞。

小云虎正喝得酒酣身热，爬起身来吐出一口酒气：“从今往后，大家即是兄弟，学堂规矩，诸位先走在下也不挽留。只是兄弟满上，众位再陪一杯。”提起酒壶，往三人和自己杯中斟满酒。见小云虎如此这般，众人也都立起身来，倒酒的倒酒，举杯的举杯，乱成一团。“先干为敬！”小云虎举起酒杯一饮而尽。

众人又是一阵欢呼：“干！”不大的合顺昌里欢声雷动，跑堂的小二也忍不住过来探头张望。

众人互道珍重送出门来。三人出了酒楼匆匆进城，径往讲武堂一路紧赶。此时已是日落风轻，薄暮迷蒙，只因急着走路，并未像平日一样说笑，心里却都充满了凯旋的期许。

李根源得知三人与哥老会结了袍哥十分高兴，嘱咐定要与小云虎好生保持联络。只是一再提醒，对小云虎只能讲袍哥，不能说同盟会。讲武堂同盟会组织，借着哥老会的名义，也很快发展了起来。

特别班朱德、唐淮源等人本来就是丙班里要好的同学，开学之初还曾换帖结拜过兄弟。与小云虎结义回来，三人都想把此事相告。无奈特别班、丙班分开作息，寝室也做了调整，几天都见不到他们人影。甲班刘焕轩等人更是因为毕业在即，功课训练紧张，常在野外操练，老不见人。如此这般，一耽误便把要说的事给搁了下来。

讲武堂同学结社已然成风，哥老会甚至同盟会组织活动风生水起，却似有若无。那日朱德、范石生、唐淮源三人前来丙班联络，姚必光眼尖，拉住三人兴奋得就像大旱望云霓一般。“哪里去了？找你们好几天都不见。云鹏、明远和我与小云虎结了袍哥，不知师兄意下如何？”

“打野操去了，一去就是几天，也想找你们呢！结袍哥？当然好了！正为这事而来。”唐淮源看了一眼朱德，忍不住笑了起来。其实，朱德等人第一学期就参加了同盟会，此时串联结袍哥，不过是按照李总办的布置，扩大组织结社，更加壮大革命党力量。

“小云虎倒是省城道上有些路数的人，多一个朋友多一分力量，就是人杂了点。”范石生有些担忧。

“川省袍哥历来盛行，鱼龙混杂，会中规矩我懂。不过，与人相处得见微知著！”朱德语重心长。

“而今李总办鼓励，结社的人不少，很多人都称袍泽，我们正想说这事呢！”唐淮源又说道。

说话间李明远、段云鹏也赶了过来，见说结社、哥老会的事，自然来劲。关键是哥老会、结社背后，还蕴含着更大更深的谋略。

最近，讲武堂中同盟会组织活动十分活跃，结社同学七八个人一组常常议论军事，不免就会扯出革命党的事来，一些小组其实就是同盟会组织。可这都是秘密小组，相互间并无联络，尽管已有同盟会，但大多还是借哥老会名义活动。此时“五华社”又以“奋发互励、富国强兵、拯救中华”为宗旨宣传同盟会主张，并想借袍泽兄弟义气，倡导新军中官兵平等，进一步在学堂传播民主思想。为扩大影响，又来丙班串联，因为与李、段、姚等人原先相处甚好，认为比较可靠，便径直说明用意，三人听后高兴不已。

大家议论纷纷，有人提议：人多力量大，把在一起练武的弟兄们都召集拢来，叫上刘焕轩，喊上些靠得住的兄弟，就以袍哥名义一起结义，也不枉同学相识一场！不久，该找的人都找齐了来，当即歃血为盟义结金兰，人多势众很快形成了一股力量。大家有空就聚在一起习武读书、议论国是，并争相传阅《云南》《民报》《革命军》等秘密刊物杂志。按照李总办提出的“坚忍刻苦”校训，拼命学习训练，懂得了不少道理。特别是“五华社”几次帮助生徒队受军官虐待的士兵出头平冤成功，名气越来越大。

第二章

风云际会

一、对话警世　问史说坊

杨宗泽与丁晓芸完婚后，在楚雄没住多久就举家迁往昆明。小两口婚后感情不错，但整天在家厮守，没什么事情好做，渐渐地也就心烦意乱起来，能上昆明经营米铺，丁晓芸自然倍感欣喜。

南门外的三市街是老昆明鄯阐城最热闹的地方，历来就是商埠之地。明朝沐英镇守云南时设府治于昆明，却把街市居民众多的鄯阐老城置于大南城外。其后，便形成了以省、府、县衙等政治、军事机关集中在城内，而居民却在南城门外的省垣格局。据说，这与北来虹山龙气不接的八卦有关。近年来昆明开埠，在南门外一带辟街建市，名曰“新城铺”，使得方圆四五里的地方列肆纵横，商贸繁荣，外来马帮、商旅便多在三市街进行茶马贸易。

滇越铁路云南府站的修建，更加促进了大南门外的发展。沿金马、碧鸡坊到得胜桥，一条里许长的广聚大街早已商家林立，热闹非凡。原先南门城楼下就有人开设茶馆，喝茶的人络绎不绝。而今城楼附近已成商品市场和原料供应集散地，城门洞口更成了昆明特色小吃争强斗胜的擂台道场，烧饵块、烧豆腐、小卷粉、豌豆粉、凉米线生意兴隆，至于焖松子、炒瓜子、烧白果、烤白薯、烧苞谷、炒板栗之类时令小吃，则是不同季节有不同的买卖。

丁老伯特别看重三市街人气旺盛，米铺就在忠爱坊下不远处当街向西的位置。忠爱坊与金马、碧鸡两坊鼎足而立，俗称“品”字三坊，早已是昆明城中一景。米铺才开张，就有聚集在南城门外自己开伙的马帮、客商前来舀米煮饭。虽然只是些零碎生意，但一天也能随便卖上几百斤米。米铺取名“广源”，也许正应了这些马帮、行商的人气。

丁晓芸在家做过米铺生意，自然是驾轻就熟手到擒来，“广源”一开张，就张罗得井井有条，没过几天，铺子里便都是她说了算，杨宗泽打些下手，倒也乐得清闲。年轻漂亮的女掌柜，招引得周围人都爱来铺子里买米。那些常年走南闯北的马锅头，即便是三斤两斤米，都舍得花时间跑一趟。而与三市街毗邻的云津市场，更是各色人等混迹之地，人多事杂，免不了就有些前来调笑闹事、敲诈勒索的泼皮，生意做不安生，也惹得杨宗泽、杨老伯常常生气，丁晓芸更是烦恼不堪。世道沦落，为了挣钱养家，没有办法，生意总得要做。

那日，在讲武堂读书的吴靖宇来看妹子。杨宗泽问起姚必光，吴靖宇一听就笑了："都是丙班同学，熟得很。不过班里300多人，又分了步兵、骑兵、炮兵、工兵、辎重好几个兵科。我在工兵科他在步兵科，上课时分时合，人虽常常见面，在一起的时候并不多。"

杨宗泽道："能够见面就行，待我写个字条给他。"马上到自己屋中写了条子出来："必光仁兄台鉴：靖宇乃吾舅哥，托其带信给你，见字犹见面矣！去年岁末婚后，一切均好，今年夏初移住省城，在三市街忠爱坊下开了一家米铺。琐事寂寥，甚为挂念，祈望能来舍下一晤。宗泽顿首再拜。"仔细封好相烦舅哥带给好友。

见吴靖宇带来字条，姚必光不由想起在家时与好友一起撬蚯蚓、摸黄鳝和挨戒尺打屁股的情景，兴奋得几晚都睡不好觉。好不容易盼到放假，兴冲冲赶往三市街，一心巴望能赶快见到好友。姚必光曾经到过云津市场小云虎家，三市街与云津市场隔街相望，相距并不很远，还记得丽正门外的三市街和忠爱坊。依着吴靖宇的描述，才出了南城门，就直奔广源米铺而来。

早上买米的人不多，杨宗泽、丁晓芸二人只在铺内谋划生意，这时却见远远一人，蓝布长衫，低低地戴了一顶毡帽，径直向米铺走来。杨宗泽正在诧异，这人并非平日买米的商贩，也不像四围居民，怎的一见米铺就直奔而来，莫不是又有什么花哨？待那人走近，这才认出是好友姚必光，高兴得连蹦带跳飞身就纵了出来，抱住好友又拍又打，拉着进了米铺，把丁晓芸慌得急忙起身让座。姚必光见状，忙央杨宗泽带自己到院中堂屋拜见好友高堂，然后二人折至西厢房坐下促膝而谈。丁晓芸忙着倒茶，早听杨宗泽讲过在楚雄一起上学的好友，加之又是三哥讲武堂同学，所以格外客气。

姚、杨二人分别已过半年，不尽的牵挂与思念，总有好多话好多事要说。杨宗泽一直后悔当初没能跟好友一起上昆明读书，姚必光考入讲武堂后，更是羡慕嫉妒。

见杨宗泽叹息，姚必光笑道："别得了好还卖乖，娶了这么好个嫂子，该称心如意的了。想上讲武堂，有的是机会，听说甲、乙两班毕业后还要招人，只怕嫂子舍不得。"

"怎么来得及。上两个月才来昆明，忙着张罗米铺开张，刚刚安定下来。说的也是，晓云刚过门，你大伯、大妈和她恐怕都不答应。命中注定只好作罢！”杨宗泽有些无奈。

姚必光笑着拍了他一巴掌：“我说嘛！总是离不开嫂子。”又问道：“怎么样，生意做得可好？”

“还可以，你弟妹懂行，她多忙些。只是街边一些不三不四的乌龟屁痨常来骚扰，弄得人心里烦躁。”

姚必光问清情由，说道：“不打紧，有个拜把兄弟小云虎，就在附近云津市场。倒是道上的人，人也有些办法，要不今天就给你引荐？”

“来昆明才几天时间，你就结识了道上的人，我看世道不清净，讲武堂也是一样！”杨宗泽一半疑惑一半玩笑。

听杨宗泽如此说，姚必光当即认真起来：“赶狗逼到墙。而今都到了‘读书的放了笔，耕田的放了犁耙，做生意的放了职事，做手艺的放了器具’的时候，哪里还顾得了清净。你也别说讲武堂，结识道上的人自有道理，一两句话也说不清楚。不过，道上的人也不总坏，见了面你就知道，若说道上人黑，我看世道更黑！”

杨宗泽见姚必光发狠，知道自己说重了话，引得老友钻牛角尖。再听他说出《警世钟》中的话，才知半年多来好友已变得很不简单。杨宗泽知道《警世钟》，还是几个月前。新婚后因不再受到父母限制，丁晓芸也不约束，在家待得腻了去找朋友聊天。那日走到楚雄城东门外，见一伙年轻人手里拿着书在散发，得了一本带回家，看时却骇得目瞪口呆。书中文章言辞激烈、文笔犀利，忍不住一口气读完甚觉痛快，不过瘾接着又读了两三遍。丁晓芸见了抢过去，也读得脸红心跳不忍释手，夫妻俩常常谈论，为此又增进了不少感情。

“《警世钟》上的话，怎么到了你的口中？还不快快交代，哪里读的这书？”杨宗泽厉声问道，冷不防倒把姚必光吓了一跳。

想不到刚从楚雄来的杨宗泽会晓得《警世钟》，姚必光颇感惊讶：“你也读过？”

“嗯！楚雄有人在街上散发，偶然得到，读着好玩就记住了。”杨宗泽见姚必光一脸诧异，更觉开心。

“我就说，原来这样！‘神州痛哭人’写得真是绝妙，可惜却是禁书。”姚必光说着，又想起《革命军》《猛回头》以及《云南杂志》等同学们常在一起阅读议论的禁书。

杨宗泽急着想要姚必光介绍小云虎认识，并未追问禁书之事，只是再三追催促去云津市场。于是，两人到商铺跟丁晓芸打个招呼，便出了门。

一出门就是忠爱坊，坊下看坊更感觉这坊的庄严与典雅。据记载，忠爱坊是明朝初年为纪念元朝咸阳王、云南平章政事赛典赤·赡思丁而建。赛典赤任职期间，曾主持修建昆明松华坝、金汁河和滇池海口等水利工程，做了不少好事。云南人纪念他本不足奇，但在刚刚灭了元朝的明初，就为前朝一位高官立牌坊却很不寻常，“忠爱”二字，真的体现了昆明乃至云南淳厚的民风。

说起云南，历来就是各民族聚居的神奇之地。自古以来，氐羌来自西北，越系出之东南，迁徙在这里碰撞交融。汉、回、蒙、满、藏、白、彝、傣、哈尼等几十个民族在这里繁衍生息，无论世居原生，还是迁徙征伐而来，最终都被这里山川水泽的神力所熔融。

坊下，有人在讲述坊的历史，夸赞民族融合的同时，也感叹沧桑巨变。“咸丰七年，这坊被烧毁过。看那边大南城，雄伟壮观，巍巍而立，可就是从这城头放下来的火箭，把坊给烧毁了。城与坊的对峙，就像官与民一样，最终还是这小民一样的坊遭殃。”讲话的是一个老人，儒者模样。听讲的少年默默不语，看样子并不完全懂得老人所打的比方，与大南城相比，忠爱坊确实既矮又小，就像一介平民，微不足道。

顺着讲话之人的指点，姚必光看见大南城楼檐下高悬的“近日楼”三字烫金大匾，雄浑壮阔、金碧辉煌。回首再看牌坊，“忠爱”二字似乎便柔弱了许多，一股莫名的哀叹悄然涌上心头。

找到小云虎已将近中午，一说广源米铺，小云虎便笑道：“知道，知道！新开的，还到那铺里舀过米呢！”

听姚必光说是朋友所开，小云虎信口答应关照：“不打紧，有我罩着，谁敢再来搅扰，叫他吃屎都挨狗咬！”

杨宗泽连忙致谢：“有劳云虎大侠，小弟在此生意能得大侠庇护，真有幸了！”

“哪里，哪里！既是必光的朋友，就是在下兄弟。杨老板生分了不是？将来经常走动，别嫌弃我添麻烦就好。”

杨宗泽感激不尽，又从衣袋里掏出几块银圆塞到小云虎手中。小云虎也不客气，伸手接了过去，姚必光看在眼里，心中略略有些不快。见事已办妥，姚必光执意要走，小云虎挽留不住，只拉住杨宗泽的手再三叮嘱常来常往。

二、立宪改良　意欲何往

回到学堂，姚必光把与杨宗泽相见的事说给李、段二人，对小云虎伸手接钱的事颇有些愤愤不平。

李明远淡然开释："道上的人，这就是他们的生意。先来骚扰，然后保镖，再来收费，不过是个常套。"

"鸡鸣狗盗，蝇营狗苟，如此而已，能干什么大事！见了面我倒要说说他！"段云鹏不依不饶。

生活在讲武堂，李、段、姚等人并不善社会交往，只觉市井黑道琐碎低俗，让人鄙薄。与小云虎的交往也因此有些冷淡。

送走姚必光，杨宗泽回家把小云虎的事说与妻子，丁晓芸高兴得连连夸赞。此后骚扰之事果真再未发生，米铺生意越做越好，杨宗泽与小云虎交往也因此越加密切。丁晓芸怀孕已经几月，家中日子过得更加滋润。姚必光送来的几本书被小两口反反复复地翻看多遍，话题也越来越多。

日来月往，汪精卫谋刺摄政王载沣的案子也已经有了结果。

"'误解朝廷政策'，这是什么判决，开恩不杀，朝廷也有如此善政？"姚必光问道。

"是啊，加害皇族要员，那是要满门抄斩的呀！"段云鹏不住点头，随声附和。

李明远却神气笃定，分析得头头是道："也许这就是《预备仿行宪政》《钦定宪法大纲》的作用，不杀汪、黄，就是要为立宪改良立块牌坊。不过我看大清国内忧外患病入膏肓，即便这样还是无用，要死的人盗来仙草也救不得命。鸟之将亡其鸣也哀，人之将死其言也善。汪兆铭、黄复生楚囚不死，恰恰是帝业将亡的征兆。"想了想又发议论："另外，肃亲王赞成君宪，主审此案，应该也是汪、黄免于一难的原因吧。要是摄政王亲审，不知又会怎样？"

"据说摄政王也赞成君宪，而今朝廷赞成君宪的亲王不少。我看谁审都一样，立宪改良总要装点门面。"姚必光笑道。

“‘今观中国之所长者也，曰因循也，苟且也，蒙蔽也，粉饰也，贪罔也，虚骄也，喜贡谀而恶直言，好货财而彼此交征利。’赞成君宪，我看只是权宜之计，迫不得已罢了，没有一个好东西！”段云鹏硬生生背出一段不知从哪里读来的文章，说出话来总是愤愤不平。

“云鹏所言不假，王公贵胄哪个真心改良？宪政不过当朝苟延残喘的闹剧，起哄完了事。天地革而四时成，驱除鞑掳，非革命而不可！”李明远总有创意，说话间还突然摆出个练武架势，反手一掌就劈了过来。其实，三人平时练武也常这样，一人猛地出击，接招人反应须快，否则轻则挨打，重则马趴。只见段云鹏平步轻移，顺势侧身从容应对，然后急进，躲开李明远掌势，回手便是一拳，直冲李明远上腹而来。姚必光见状，挥手向前隔挡，只听“啪”的一声，三人掌、拳、手撞在一起，各人站定桩子，竟成鼎足之势，于是都情不自禁地同声叫起好来。

正当其时，猛听得背后一声喝彩：“好！三人成虎，妙哉，妙哉！”湖堤边老柳树下，精灵鬼怪般忽地冒出个人来，嚷嚷着，拍手跺脚，三步两跳就到了近前，竟是徐正文——班里头号立宪改良的“吹鼓手”，常在同学面前讲些规仿英制、二元君主、君虚议实、立宪政体的大话。说起梁启超，更是崇拜得五体投地。令人讨厌的是，议论当中还不时夹杂些诬陷革命党人、同盟会领袖的话，信口开河，吊儿郎当。上次小报事情作怪，姚必光尚未找他算账，今天又来捣乱。

近来，关于宪政改良的舆论又在不断升温，二次国会请愿发生后，省城里学界、商会、谘议局活动更加频繁。讲武堂里，各种各样的消息如潮涌般到处风传，革命和立宪两派政治势力都摩拳擦掌跃跃欲试，也有反对革命和立宪的声音，天魔外道飞短流长。李总办已暗地发出通知，希望同盟会小组抓紧活动，择机发展。这天趁假日未出操，三人早早来到菜海子阮堤，就是想避开众人，对时下事态做个分析，也好利用机会在丙班做出点事来。不想半路杀出个程咬金，凭空冒出徐正文来，讨嫌不说，还怕坏事，所以理都不想理他。谁知他却精神抖擞，拿出一份《申报》，在手里晃动着大声嚷嚷：“进京请愿再次升级，速开国会就在当下。听说梁任公就要回国参与国会共商国是，立宪大有希望！”

当下谁都知道，十六省咨议局发起速开国会的进京请愿活动正闹得甚嚣尘上，而梁启超回国之事则是爆炸性新闻。百日维新失败后，康有为、梁启超等人流亡国外，一直是朝廷通缉要犯。也曾听说不久前王公大臣出国考察，还邀梁氏为立宪奏疏撰文出谋。不意当事大臣讳莫如深，摄政王也装聋作哑，而今传是传得厉害，却再也听不到更新消息。当下，依然是谈立宪可以，推举康、梁共谋国是则会触犯大清刑律，万万不能。

听徐正文说出梁启超被邀回国之事，三人都吃了一惊，担心梁氏回国对同盟会未必是件好事。段云鹏不屑说道："正文不正，国会请愿累遭朝廷弹压，谘议局受制督抚，资政院非驴非马，梁任公归国参政更是指鹿为马。还三人成虎，全是些大逆不道的胡说八道，告你造谣生事都不为过。"

"我造谣？明远、必光做证，云鹏兄你倒说说。"徐正文气得腮帮鼓胀。

"你还没有造谣？三人成虎什么意思？"段云鹏使劲瞪了徐正文一眼，箭步向前，伸手就把徐正文擒拿在手，哈哈大笑。

徐正文边挣扎边争辩："你仨跑到这里打作一团，不是虎是什么？我说这虎，第一个就段兄，老是舞手动脚，凶神恶煞，饿虎下山一般。"只争辩虎与非虎，却未敢再提梁启超回国之事。

听徐正文如此说，三人大笑，"你读《政论》《国风》太多了吧，果真三人成虎了啊！胡扯乱用成语，梁任公回国可是你造的谣？"李明远表面说徐正文错用成语，实际是就此发问梁启超回国之事，或借"三人成虎"意指造谣惑众，讥讽暗喻立宪派无中生有、信口雌黄。

"读什么《政论》《国风》？'忠告政府，指导国民'，全都狗屎文章，那才是三人成虎！"段云鹏接过李明远话头乘机调侃，顺势把徐正文常常炫耀的两家报刊又狠狠嘲讽了一番。

李、段、姚三人不便直说赞成革命，更怕徐正文这个立宪派铁杆知道他们同盟会小组的活动，所以不说其他，只一味攻击立宪派以泄不满。

"今天我可是读的《申报》，这个总该信了吧！它可不偏不党。"

《申报》是全国公开发行的商业性报纸，社会公认比较客观，与康有为、梁启超等立宪派人士所创办的《政论》《国风报》自然不同。大家围拢来看，关于国会请愿的新闻确实不少，头版赫然几个大字："速开国会——请愿同志会再启全国请愿"，标题下，各省征集签名已过百万的文字显得异常醒目。

此时《政论》已改版《国风报》，半年多来仍以革命党、同盟会为攻击目标，大肆贬斥指责。虽对朝廷推行的废除科举、预备仿行宪政和宪法大纲讨好逢迎、交口称赞，却还是一直不被朝廷认同。因与革命党所办《民报》《民立报》时时针锋相对，所以也被同盟会指斥为偏私一党，献媚取悦于清廷。李、段、姚三人受同盟会思想影响，早就不信立宪改良之说，认为腐败无能的清廷，立宪改良不过假戏假作。所以只要徐正文一拿出《政论》《国风报》，一说立宪改良，总要遭到三人的迎头痛击。

其实，随着全国请愿运动的兴起和发展，立宪派人士逐步分化，很多人已开始倾向革命，而革命党人也在等待转机，密切注视着事态发展。徐正文的心思也在变化，他隐隐感觉这三人似乎都有些革命党人思想，所以前来亲近，确实有联络同道、共促朝廷改弦更张的意图。兴冲冲而来，想不到竟被三人你一言我一句连连抢白，弄得灰头土脸半天说不出话来。他心里其实也在怀疑，在立宪派领袖被逼流亡，而今国不得归的情况下，朝廷立宪改良究竟还有多少诚意。刚才所说梁启超回国一事，只是巧合了自己心意的道听途说，被段云鹏揭了老底之后，不免有些泄气。《申报》所载新闻，仅为近来不断升级的国内外第三次国民大请愿消息，比如：留日学生东京集会，南洋、美国、日本华侨声援，直隶各省发起的国会请愿签名和赴京请愿活动等等，梁启超受邀回国之事只字未提，根本就没有什么可以看得见的新闻。朝廷对速开国会态度一直暧昧，朝臣们尽都敷衍塞责，国民请愿前景实在很难预料。李、段、姚三人虽然关心《申报》新闻，却并不像他一样激动期盼，因此更觉沮丧。

昨晚小雨，此时满天云彩在初升太阳的映照下，一片片连成串，红彤彤地像被大火烧着了一般。四人没再打闹，也无更多的话说，只是一起抬头仰望。远方，云层像是在烈火炙烤下翻涌滚动，一行白鹭掠过云端，犹如云海里前行的风帆，让人觉得似乎是在召唤。刚读过的新闻还在脑海里盘旋，这情景在各人心里产生的联想、感觉并不一样，而对清廷的宪政改良，则又有了新的不同的失望。立宪改良，究竟意欲何往？大家都在心里暗自发问。

讲武堂里，同学们一面紧张地学习训练，一面也接受着各种新思潮的熏陶、影响。这里就像一个燃烧的熔炉，无论学生还是教官，都将经历一次痛苦的锤炼。很快到了八月，讲武堂甲乙班第一期学员总计127人毕业，而第二期甲乙班学员尚未入校，少了那么多人，学堂里一下子变得空荡起来。

离开家已经将近一年，考完试学年就要结束，短暂的假期，李、段、姚三人决定都不回家，一同度过他们最难得的时光。

没钱，姚必光自然不愿回家去增添麻烦。段云鹏则图快活好玩，难得有几天自由自在的时间，想尽兴在昆明玩个痛快。而李明远则是因为沈雨欣要到省城女子学堂上学，未婚妻进省城事关重大，他不敢回去，担心半路错过。三人本想约编入特别班的好友们聚上一聚，可特别班不仅不放假，还加倍紧张训练，眼看聚会愿望泡汤，不免遗憾。原来说好假期里姚必光随唐淮源回江川老家认亲，也未能成行。

唐淮源年少丧父，与姚必光年少丧母差不多，二人心中都有太多童年的忧伤。更主要的还是唐母姓姚，从小就特别孝顺的唐淮源，因此还认了姚必光做兄弟。换过帖后，比起众人，唐、姚二人感情更是非同一般，认亲之事，那是早就说好了的。

同样换过贴的朱德、金汉鼎等人也很让人牵挂。大家在一起有福同享、有难同当，甚至约着偷读《民报》《云南》等禁书，跟衙门里派来的监督、密探“躲猫猫捉迷藏”，既惊险又刺激，李、段、姚三人都难忘怀。想起朱德曾用“偷梁换柱”“李代桃僵”计谋骗过密探、逃脱读禁书被查的佳话：“玉阶兄看三国——蒙人”，更是一直让人好笑。如今，大家所看禁书都像“玉阶兄蒙人”那样，把书皮改装成了各种不同的绣像《三国演义》《水浒传》《红楼梦》和剑侠小说，以防监督、密探来查。

特别班预计提前半年毕业，让留在丙班的李、段、姚三人十分羡慕。这时，看到提前毕业要付出如此多的艰辛，不禁有些庆幸。本来嘛，早一年晚一年毕业倒无所谓！只是原来相处要好的同学分开后不能时常相聚，总让人感觉有些无趣。

三、女子学堂　生机盎然

昆明女子学堂设在长春坊附近的如意巷，自1908年兴办，到沈雨欣入学已是第三年招生。8月10日从腾越出发，跟随驮运自家商号货物的马帮走了将近二十来天，风雨兼程，就想赶在开学之前到达省城，想不到却得了病，随身照护的家人忙着延请大夫看病抓药，几天后才慢慢好起来。看着开学日子已经临近，这才带信给李明远，要他翌日前来家中相聚。听到消息，李明远拔脚就要赶去看望，急得带信的小李子又拉又拽：“我家爷，明天吧！小姐交代莫要催促，以免忙中出事。今送信来，只望你家明天早点过去，有事情要办！”

李明远心中懊悔，这些天特别班好不容易放了假，大家约在一起玩得高兴，把未婚妻到昆之事给大意了。没想到沈雨欣一到省城就得了病，真把人愁得心里揪起疙瘩。无奈小李子不答应，说小姐定会怪罪。想想也是，连夜赶去能解决什么问题，反倒添乱，所以才未坚持。只是放心不下，一夜心急如焚。一则惦记沈雨欣的病，二则人隔一秋不见，想着未婚妻音容笑貌，无尽的思绪骤然涌上心头。

沈、李两家本是世交，父辈既是私塾里一起长大的伙伴，又是同科乡试的举子，只因李明远父亲中举后，不几年染病身亡，没有太多发展。沈雨欣父亲则几次进京考进士落第，后来回永昌府做事，官至从七品。因仕途艰难，人事上又屡遭奸险同僚猜忌、陷害，好在他并不贪恋官场，不几年便辞官回家经了商，日子倒也自在。因腾越地处滇缅商路上的通衢码头，生意做得也还顺畅。想不到几年来在官场上的历练，竟然对经商大有好处，把做官的那点伎俩用在生意场上，四处关节竟都被打点得妥妥帖帖。除腾越之外，沈家还在缅甸密支那、仰光、上海、香港都开了商号。年前又在昆明西院街办了一家玉器店，铺面虽然不大，却因兼事采办腾越和缅甸商号所需商品，同时也把从滇西运过来的货物批发给昆明商家，倒像是闷头财主，外拙内秀赚钱不少。沈先生此次专程陪女儿到昆，虽说不以生意为事，却正好来看看店铺，做些安排，最难得就是能在省城多待几天。也曾想过，假若这里家居条件尚好，便携家带口到省城来将就女儿读书，等招了上门女婿，就能畅享天伦之乐了。

沈家在昆明西院街的玉器店也是前铺后院格局，铺面上摆放的多是从腾越加工、周转来的翡翠玉器，批发则在后院，雨欣亲堂五叔做掌柜。让人不明白的是，五叔温和亲近，十分精明，可偏偏孑然一人，孤单可怜。此次赴省城途中，听父亲说起，堂叔原来也有妻儿，只不过在缅甸，好多年没见面了。

七年前，堂叔在缅北勐拱做玉石生意，因睹了一块黑皮，解开后石头水足色满、翠绿碧透，一下涨了百倍，因此发财。后到曼德勒置办了一家商铺，也做玉石生意，买卖一直平顺。一天，一广东商人来到店里订下大笔买卖，并爽快丢下万元订金。五叔为做这笔生意，借钱筹款到坑口采办，毛石拉到家却总不见那商人回来。后来打听，才知广东商人订完货又到其他地方买卖，却在大山中遭遇山洪，被泥石流冲走连尸身都找不到。五叔采购毛石，借的是利滚利印子钱，此时石头出不了手，还不掉款，借据早已过了期限，利息都亏不起。后悔当初买卖连个合同凭据都没留下，如今客商突遭天灾，拿着人家一万块订金，却做了天大的赔本买卖。待这客商家人一年半后寻来，五叔顾念人家死了人，生意没做成，仁义还得在，于是还了订金，自己却亏得血本无归。遭妻子几句埋怨，一气之下撇了家小回到腾越。后来又到省城帮堂哥照管铺子，只想等挣了钱再回曼德勒慢慢把话说清。多亏堂哥暗中接济，保住了曼德勒商铺、住所，如今虽已熬过最艰难的关口，却始终觉得对不起妻儿，因此时常一人愧疚哀叹。

第二天一早，李明远来到西院街沈雨欣家，已是上午九点。到上房堂屋见过未来岳丈，便急不可耐地往东厢耳房沈雨欣屋里来。久别重逢，不尽的牵挂常常让人期盼，即将见面的这一刻，他却突然感觉自己心跳超乎寻常。在漫长的追寻与等待中，因为倾注了太多心血，既有深嵌心窝的疼痛，又有朦胧驰骋的迷恋，都让他感觉铭心刻骨。

沈雨欣早已起床，虽然病后身体还很虚弱，但心情却是不错。料定李明远一早就会赶来，便早早收拾停当，并着意打扮了一番，淡蓝色旗袍飘逸轻柔，穿在身上更显出修长的身段和饱满胸臀，18岁青春少女朝气勃勃的风韵自然涌动，旅途病后的憔悴，略施粉黛已不露痕迹，淡雅中甚至略带一份从容。

房中一色新做的中西合璧紫檀木家具古朴典雅，把闺房布置装饰得就像是一间书房，一进门就能闻到檀木和着墨与书的幽香。晨光从绿色窗纱外透进房来，散漫地洒在屋中，把架子床新款软纱幔帐映衬得像春日淡淡的绿荫。床脚头是顶箱衣柜，衣柜与床占了一面墙，与拐角顺墙摆放的四开门书柜之间，形成一个活动空间。床头靠墙有一梳妆台，紧挨梳妆台，侧面一对乾隆款雕花多宝格一溜摆开，与书柜面对面置放。书柜里整齐地堆码着四五摞线装古书和斜插着几十册新款图书，成空的书格大半都还空着。多宝格上，大大小小的西洋彩色玻璃器具和日本彩瓷盘光彩夺目，极为时尚。一对油光乌亮的云南建水紫陶蒜头花瓶点缀其间，黑底嵌白烧制出梅兰竹菊的组合图案，并配着相宜的诗句，行草书法潇洒端庄，落款王定一，显得古色古香格外清新好看。紧贴窗户摆放的雕花大写字台前，四出头官帽椅配上厚厚的红色彩秀坐垫，软软的看起来极为舒适。沈雨欣手中拿了一块绣了一半的“秋月栖雁图”枕巾正在刺绣，柔和的光映衬在她的脸上，香炉里袅袅地飘着熏香，几乎就是一幅恬静的红袖添香图。

书桌上，文房四宝一应俱全，砚台墨池中还泓着半池研好的墨，溢出来阵阵墨香。一本陆柬之《文赋》字帖摊开放在桌上，李明远知道肯定是沈雨欣清早起来临帖练习书法，但墨池中留下那么多余墨就换做刺绣，可还是第一次见。记得在腾越时，她总要把研好的墨一气写完才算，却不知今天为何这样。

见他轻轻跨进门槛，她慢慢抬起头来，宛然一笑随即又低头继续刺绣。

“好些了吧？不好好休养，忙着练字刺绣干吗？病了也不说一声，吓人一跳！”见她如此静怡，毫无病容，他心中暗自欣喜。想着多日的牵挂和昨晚的不安，他故意说些埋怨的话。见她只抿嘴而笑并不答话，又画蛇添足般多嘴多舌：“昨晚一夜无眠，不免庸人自扰。”边说边走近来，很有些调侃笑话语气。

她还是手不歇地忙着刺绣，并不作答。见她这样，他有些着急，凑到她身后，一手杵着官帽椅，一手比画着突然说道："我看小李子神秘兮兮没正经，那么晚才来，叫人操心，真是越来越不懂事！"

"你可别拿小李子说话，是我叫他那时去的，你说谁不懂事？"她接过话头，假装嗔怒。

"我说你不懂事，哪里敢啊！堂堂女子学堂学生，惹不起。只好拿小李子开刀，听出来了？"李明远哈哈大笑，"怎么样，中计了吧？看你开不开口！"。

"就你贫嘴！也不过来看看，快开学了都不急，还好意思！"她责怪道，脸上却带着笑。

"怎么不急？想不到你病了，等你的信啊！不是说一到就招呼我的嘛？谁晓得这样。"他有些歉疚，走近来赔罪，并想让她放下手中刺绣。

沈雨欣侧转身把刺绣藏在一边，"你咋不来家里候着，马帮一到不就晓得了，还亏你一夜无眠！不过，这次病得确实不轻，全身发热寒战。怕打摆子传染，所以没急着叫你，我才是庸人自扰呢！"

"这就不对了！有难同担，有福同享，我可是小通医道的呀！"李明远再笑起来，样子很是得意。

"你那点医道还吹牛皮，知道打摆子什么样？你倒是宅心仁厚，'有难同担，有福同享'，要都病了才好？"她板着脸，一看就知装假。

"可到底不是打摆子嘛！瞎马自惊还说我宅心仁厚，怎么不去看医生？"

"路上哪找医生？倒是马帮里有人懂医，吃了些药，爹也说不像打摆子，到昆明后上医院打了几针，吃点药也就好了。"说着用手指了指上房："爹在做什么，你见过没有？"

"在写字，哪敢不先拜见令尊！我是得了'将令'才过来的。"他故意悄声嬉笑，比了一个滇剧《长坂坡》赵子龙得令的动作。

沈雨欣"哦"了一声，顺势拖腔："听令——"立身把他拉到写字台前，递过一页笺纸，写有"冬温夏凊""洞彻事理""勤俭持家"等四言短语修身格言，娟秀小字果有《文赋》风韵。她让他随便挑一组，说是写几个大字用来糊窗。

李明远连忙推脱："怎么不请爹写，爹字那么好。你磨好墨，就等我狗脚迹现丑啊，怕不让人笑掉大牙！你字好，你写也行。"说完只管站着不动。

她又假意嗔怪："你不是来信说天天练字，大有长进的吗？求你点事就怂包，张士贵马临阵一泡尿啊！我写的是小字，否则才不求你，前几天爹还说起，专等着看你的字呢！"

听沈雨欣如此一说，李明远立时头上冒汗。心想完了完了，谁叫自己有意凑合，牛皮吹大了呢！弄得连老人家都知道自己练字，怎么好再推脱。只得拿起笺纸看了一遍，笑道："怎么都是些眼熟的东西，你也不自己拟点好的。"

"糊窗用，俗点才好。懒得自己去编，要不你帮忙想想！"她红着脸，如娇似嗔。

他低头沉吟："以俭立德""知足常乐""乐山乐水"……琢磨来琢磨去总觉不好，想起《菜根谭》"我合一之"的话，一时觉得温暖贴切，便说了出来。她听了不说好也不说坏，只从书柜里拿出几张已经剪裁好的橘红洒金彩色宣纸放在桌上，"写吧！写好拿给爹看。"

见她这样，他只得鼓起勇气，把毛笔蘸满了墨，提气挥毫，写完一张让她揭走一张，最后再凑拢来看，却总觉歪歪斜斜、大小不一。

她却笑道："你这隶书倒带了些草意，章草的味，还好，还好！确实有些长进，等墨干了拿给爹看。"说着摊开来再看，一直咯咯在笑。

"快别出我的丑了，老实说，学堂里哪有时间练字。讲武堂学的军事，不兴舞文弄墨，只是偶尔用废纸写两个大字而已，什么榜书？哪里比得上你，字都丢荒了。"李明远甚是尴尬，不敢再开玩笑。

"我就说装什么蒜？天天练字！怕我不知道讲武堂课程？不过功底还在，到底学了军事，行笔虽然狼藉，却另有一种气度，比起以前还是要好！"

李明远更加不好意思，再看她手上拿着的字，仿佛真添了些挺拔的骨力。接到手里再仔细看了一阵，忙又放在桌上笑道："不好不好！别取笑了。"

二人说笑，不知不觉就讲起了昆明的学堂。"比起腾越，昆明学堂多得多，除讲武堂外，还有两级师范、陆军小学堂、农业学堂、工矿学堂、测量学堂、云南府中学和你们女子学堂等等。休息天有人常在城郊莲花池、虹山集会，能听到不少新闻奇事，可就是不见女子学堂的人，有空我们也去，好玩得很！"见沈雨欣好奇，李明远得意起来，故意讲些女子学堂比不上其他学校的话，"老江湖"样对女子学堂很是不屑，欲再逗引她的兴趣。

"女校学生哪能像你们一样到处乱窜，一点规矩没有。再说，女生小脚，也走不了远路，我恨死了！"她心有所动，但一想到从小被缠的足，虽然后来放开，可如今不大不小，走长路就疼，只觉无奈，并未在意他的轻视。

"对了，城东金汁河旁的昙华寺，虽然不大，却也塔院井井，花木幽深，四季不绝，没听过吧？当下秋海棠、菊花都开了，品种很多，十分好看。前天朱德、金汉鼎、范石生、唐淮源、姚必光、段云鹏，我们约着去了一趟。自从成立特别班，很久都不得在一起玩了。原先不知道昙华寺有什么玩头，听了寺里大法师讲经说法，才觉痛快。法师文章句读、诗词歌赋造诣极深，却一尘不染，天真烂漫。想不想去？”见沈雨欣对同学集会并不在意，李明远想起在昙华寺听映空法师讲经的事，还想再给她一些新奇。

沈雨欣笑了起来：“你倒想得出，‘讲经说法’听了好出家啊？看我病成这样，还没好完全呢！怎么去，走不回来就在那里落脚？不知道吧，从前那里是个尼姑庵，我到图书馆查过，昆明那么大，怕你不带我去！今天还是先陪我到学堂注册吧，9月1日开学，让病耽误的，都二十九了。”

见沈雨欣如此说，李明远更觉惭愧：“欣妹果真是来做学问的哪！人未到，先就把旮旯角落地方都落实清楚，我哪里敢不从命！”

她恨不得上前狠狠给他一拳，“别只顾在这里练嘴，还不去跟爹说一声，早点到学堂去注了册。”说着伸手就把他往门外推，李明远赖着不走，两人正好拥在了一起。

他轻轻把她搂在怀里，透过薄薄旗袍，抚摸她柔软的身体。那暖暖体温，一下就传到了他的心底，久违的幸福和快意，倏忽间就在他身体里鼓荡。她一样感受着爱抚难言的愉悦，伏在他的怀里，甚至激动得有些发颤，身子越来越热，手却越来越凉。一年的分别，有多少思念和体贴，此时聚一处，静静地宣泄着，相互依偎，让人如此享受，恨不得时光停滞。

“爹还在屋里呢，别这样！”突然间，沈雨欣挣脱开来

他有些歉疚，脸红筋胀地呆立在她的面前，一时手足无措。

“傻站着干吗？还不理下头发，都乱成这样！”她说着，顺手从梳妆台上拿起一把梳子，帮他重新打开发辫梳理整齐，抚着他的背小声道：“好了，把衣领理一理，都翘到哪里去了。”

跟沈老先生打过招呼之后，二人出了门。从西院街到如意巷有二三里路，十点半出发，慢慢地边逛街边走，又到长春坊吃了小锅米线和凉粉，已是午后一点。女子学堂开着门，却没有注册的老师，一打听才知道下午两点才会有人前来注册。沈雨欣觉得新鲜，也因为急着想看看校园，便走进院子随处闲逛，偶尔能遇到些人，大都是一样有人陪伴的女生。

校园里静悄悄的，与讲武堂校舍相比，这里实在小得太多。可参差的中式庭

院一院相接一院，错落有致，极具情趣，藤萝、老树遍布其间，恬美素雅，让人不由得就想起“小园幽径独徘徊”的诗句。李明远忽发奇想，忍不住要跟沈雨欣开个玩笑：“女校就是幽静，将就原先的老宅庭院，想不到会改建成这样，既节省又别致。只是不知开学后几百个如燕似雀的才女们聚在一起，那会怎样？”

见李明远一边说一边窃笑，沈雨欣真没好气，“有什么好笑的，会是怎样？还不是堂堂正正的学生样！‘似曾相识燕归来’，难道你不晓得腾越女校情形？”

“腾越女校能比得了这里？恐怕连五分之一都不如！不过鹊笑鸠舞、大呼小叫倒也出名，真是燕子归来！”李明远见沈雨欣入套，绕着圈又说出二人都懂的“典故”。

“管它燕子不燕子。不就是没管住在教室里飞了一转，还亏你记得。而今兴开女学，你说好不好嘛？不鼓励反泼水。我道是来了省城，思想一定开明，却反而迂腐了不少！亏得讲武堂先生们留洋过海。”见李明远嬉皮笑脸提起燕子的事，沈雨欣故意装出很不高兴的样子。

“我哪里就敢泼水，燕子的事可是你说的呀！我倒不记得谁在课桌里藏燕子，至于先生责罚之事……只是担心女校少不得叽叽喳喳，影响正经上课。”边说边嗤嗤讪笑。

李明远所说课桌里藏燕子的事，正是一年多前，沈雨欣在腾越读师范时在学堂里闹出的笑话。一贯安分守己的好好学生，上学路上捡到一只被露水打湿翅膀的小雨燕，便悄悄带到学校，藏在课桌里调养。谁知雨燕晾干翅膀后逃出课桌抽箱，在教室里乱飞乱窜，把好好一堂课给搅了局，结果惹得先生雷霆大发。一时间，全学堂乃至城中，都以为沈家小姐顽皮，因此出了大名。

听李明远说起腾越往事，沈雨欣心里高兴，脸面却要板着。“有什么好笑的？去年、今年，腾越、昆明，世界天翻地覆变化，你还尽记得馊锅巴热冷饭之事。”

莫看李明远总是嬉笑，心里其实一直在想：“世事变化如此之快，废除科举才五六年时间，各地居然都办起了女学。特别是昆明，才几年工夫就有如此规模，真不简单！”见沈雨欣满怀好奇地看学校各色景物，想发点感慨，可话到嘴边又咽了回去，只静静走在一旁，领她看教室、操场、图书馆，楼上楼下甚至连厕所在什么地方，都弄得清清楚楚。

负责注册的老先生，白胡须、头戴瓜皮小帽，脑后还拖着一根银丝缕缕的细细发辫，垂落在椅子背上很不好看。沈雨欣报上姓名，老先生才慢悠悠戴上老花眼镜，拿出一本名册翻了两三页后停下来。“你叫沈雨欣，腾越学生？”老先生郑重地问。

“是的。”沈雨欣回答。

“这里不招寄宿生，城里有住处吗？”老先生慢慢悠悠，细声细语。

“有的，住西院街。”沈雨欣很是自信。

老先生“哦”了一声不再说话，只管埋头翻看手中簿册，好一阵才翻到记录有沈雨欣姓名的页面。眯缝着眼，指着叫他和她看，一副不苟言笑的样子。见二人都看到了，才又说道：“学费，大洋两块，书三块。”又道：“女子学堂可是官费，不然哪会这样便宜。”老先生说话样子十分得意。

交了学费，二人跟老先生行礼告别出来，李明远又笑个不停。“我说你们女校，什么新式学堂，看那注册先生，简直就是个老儒生。”他挖苦道。

“你别以貌取人，我看老先生挺有涵养，很温和的，没有什么不好啊！”她嘴上针锋相对，心里却不免嘀咕。原想省城新式学堂的老师，一定都西装革履、英姿飒爽，不说留洋归国，也该是新派人物。没想到头一个打交道的竟然是这样一位老先生，看上去跟腾越老家私塾里的先生一样。想起招生考试，物理、算学、洋文科目齐全，新学新鲜。可注册老先生，怎么倒有几分《儒林外史》中范进的模样。还好校园环境清爽，并不负其所望。

校园大不说，还有庭院、假山参差穿插，最稀奇的竟然是园中那块洋灰砌抹、平整光滑的操场。听李明远讲与讲武堂相比，这操场不过小孩子家家。她不跟他争辩，只想象着在操场上出操、打球的情景，就觉得惬意。

从如意巷女子学堂走回家，已是下午四点。沈雨欣实在太累，到书房跟父亲照了个面，见他还在埋头书法。回屋躺倒在床，动都不想再动。

把沈雨欣安顿好，李明远又转回书房，一面看未来岳丈练字，一面简单禀报了学堂注册诸事：“早上八点到校上课，下午四点放学回家，中午在学校吃饭，晚上在家自习。”李明远说得十分仔细认真。

沈老先生频频点头，笑道：“是啊！新学都是这样。今后放假，你该常到家里，让五叔弄点好吃的给你们加餐。中秋节后我就回腾越，欣儿从小没离开过家，你要多来陪陪，学业上的事也多指教。”

李明远连忙答应：“伯父放心，放假我就过来。只是雨欣每天上学，往来四五里路很不方便，早上又起得早，恐怕劳累，能雇乘轿子接送，那就最好。”

沈老先生放下手中毛笔，捻着胡须沉吟半晌道：“嗯！等五叔回来，叫他去办就是，只是欣儿未必答应。”稍后又问：“你娘有信没有？要不要我向你娘说什么事？节前告诉一声，最好写封信去，儿行千里母担忧哪！”

“信倒常有，可总不像在家事事都有交代。正想写信回家，若得你老当面说予母亲更好。跟雨欣一样，我也一号开学，明天还可再来，看这边家中还有什么事情要办。”

二人叙谈不过家事，见沈老先生点头不语，李明远忙告辞出来。又到沈雨欣房中，见她依旧斜躺在床，心下踌躇不知所措。刚想撤步，却见她已经转身，睡眼惺忪的样子：“到爹哪里说什么了？”

“说了学堂注册的事，提议给你雇乘轿子，每天定时接送。”

“你也多事，这么点路，我能走。在家一天十来里呢！”她埋怨道。

“那是老家，昆明比起腾越，人多事杂，谁知安不安全？”

“大白天走路，哪里就会有事，我看一路上行人不少。”

“热闹是热闹，不过熙熙攘攘，谁知道会出什么事情，还是小心点好。”他郑重其事说道。

“你是瞎操心，见出过事吗？”

“这一路多是官衙商铺，倒没听说出过什么事。”李明远话语软了许多。

“这就是了！我会见机行事，雇不雇轿，再等等看。”

二人你一言我一语争论半天，沈雨欣越讲越来精神，李明远只好随她，不再争辩。

回到讲武堂，段、姚二人早就在宿舍等候。段云鹏终究不忘调侃嬉笑：“怎么样，还好吧？昨晚翻腾一宿，今天万事大吉！”

“嗯嗯！女子学堂去了一趟。将就注册，校园里逛逛，倒是深深庭院，生机盎然。只是不像新学，注册先生完全是个老儒，比不得此地，‘水陆道场’供奉十方诸佛大有可观！翻腾一宿，哪有这事？”见段、姚二人笑得稀奇，李明远恍然大悟。

“问的你家小姐！你俩一起去的女校？”

“哦哦！那是当然。难道就有古怪不成？”

姚必光哈哈大笑：“什么古怪？不懂，不懂！恐怕只有沈小姐体会得到，我和云鹏淡不知味，莫识英奇。”

“明远可是‘得意早回’了呀，还以为你‘拂心莫放’了呢！”见姚必光歪改《菜根谭》警句言事，段云鹏也信口借来一句，其中趣味三人皆知。

“别开玩笑了，‘躁极则昏’得罪二位了吧？莫再‘云中世界’虚虚幻幻的了，我向二位赔罪就是。‘身放闲处，心在静中’。雨欣好、大家都好，得了吧？”李明远嘴上说着，心里却十分感激好友关心，不由得思绪连绵，生出感慨。父亲早逝家道衰落，晃眼光阴十载。难得雨欣青梅竹马，风雨勿忘。而今更是义侠交友，人我一视，心中顿时生出云留鸟伴的眷念。想着想着，鼻中一阵发酸，撇头闭上双眼，再没说出话来。

四、拉练训导　古冢龙潭

公历9月，孟秋之夜，天气十分闷热，让人难以入睡。不想，半夜里却突然下起了雨，天倒凉了，雨却“哗哗”地下个不停。被雨声吵醒的姚必光一直都在担心，院子里会不会又要淹水。李明远晚操回来就说肚子不舒服，上半夜来来回回起来几次，闹腾到凌晨两三点。此时雨声越来越大，见李明远还在床上翻腾，心里实在替他难受，以至于一夜都没睡好。刚昏沉沉合上眼，就被一阵急促的集合号声突然惊醒。一骨碌爬起来，见李明远也翻身下床正在穿衣。来不及多想，赶紧把被褥行李按规定折叠捆扎，不到5分钟就已经整理完毕。背起背包，从枪架上抓起自己的步枪，见李明远也一样，并未多问，提着枪就往外冲。屋外大雨瓢泼，地上满是积水，一出门就踩得水花四溅。一阵风来，头上身上被雨点打得酥麻，人倒是清醒了，脑袋却空空如也，身子禁不住连连寒战。

操场上，已经集合起黑压压的队伍，只听见集合口令声和列队脚步的唰唰声。随着口令，特别班、丙班以及新进校的甲、乙班二期学员，按兵科分列队伍，不一会就已经集合完毕。

新学年，讲武堂又招了甲乙班二期，甲班49人，乙班33人。招收办法仍跟一期一样，甲班学员由十九镇选派，乙班则为巡防营选派，均为在职军官。

学堂总办李根源扬手大声发令：“出发！”各班、各兵科和区队立即跟随班主任和区队教官列队跑步冲出大门。三小时后，六七百人的队伍经过急行军，已经来到昆明北郊黑龙潭，并立即进入后山五老峰的山坳丛林中，拉练野操布阵。

姚必光所在丙班步兵科区队被布置在一座迎风的山梁上。雨不知何时已经停歇，但天空却依然阴郁。昆明天气，遇雨便成冬，特别入秋后更是一阵秋雨一阵凉，先前很热的天，遇到雨一下子就冷起来。清晨，站在山梁上，身穿被雨淋湿的单衣，被风一刮，还真让人感觉到些许寒意。

班主任教官方声涛正在讲解师团攻防、争取占领要地发挥火力的战术，完了又讲火炮、机枪和士兵掩体的布置与构筑。“单兵掩体的构筑，是阵地战、运动战中必不可少的一个战术环节。其作用主要是降低敌方火力对士兵的伤害，持续保持兵员的战斗能力。现代战争枪炮火器的广泛运用，对单兵掩体构筑的要求越来越高。按照胜则追、退则守的战术原则，单兵掩体也必须具备进可攻，退可守的功能。既可掩护士兵发扬火力，又便于士兵冲锋出击。最重要的一条，就是要便于与己方指挥和邻近战友相互联络。”方教官边说边在山梁的一片坡地上指点规划。“我在这里设立一个区队前沿指挥点，大家按照教范要求，根据各自承担的角色，迅速构筑起与遭遇来敌相峙的单兵掩体。”说完抡起军用铁锹，干脆利落地就动起手来。

姚必光手杵铁锹专心听方教官讲解战术，待他做完挖掘单兵掩体示范后，照着样子就要动手，这才发觉湿漉漉的衣裤紧贴身上，连皮带都像是要扭得出水来一样，动一下，贴身的衣衫就拉扯着皮肉，紧绷绷、黏糊糊的又冷又腻烦，忍不住喷嚏连天，接着就是一阵寒战，浑身冒起鸡皮疙瘩。拉了一晚肚子的李明远，早被冷得嘴皮发紫，但还是认真地在听教官讲课。手臂上佩戴红色“值星生”袖套的段云鹏，则是一副雄赳赳气昂昂专心听讲的模样，眼里闪着精光。上牙磕着下牙哆哆嗦嗦的徐正文看着方教官边讲边做示范，吊儿郎当地哼哼唧唧：“开干吧！冷得小胯都弹三弦了。”一句话逗得众人连声哄笑，方教官也笑道：“黑楞又在捣蛋，不听清楚就让你挖，小心战场上枪子打你屁股！”

见方教官开玩笑，大家更是笑成一片。段云鹏乘机给徐正文屁股上一脚，“黑楞上战场，屁股定有大用，屙屎撒尿，还挡枪子。管它掩体不掩体，枪一响就跑，屁股正好当靶。”

徐正文“哎哟！哎哟！”假装着叫唤，引得众人更是好笑。

姚必光心想黑楞虽说吊儿郎当，真正上了战场，倒也不见得胆小怕死。于是笑道：“黑楞肾虚怕冷，一开战就撒尿，莫说掩体，就是带臊气的烂泥巴扶不上墙。”

徐正文听了也不生气，抡起铁锹一阵猛挖，草根、红土被掀得一地。众人一闹一笑好像都不冷了。方教官三两句话又说了构筑单人掩体的技巧，随即一声令下，学员们七手八脚锹起铲落，“呼呼嘭嘭”就挖了起来。

冷倒是不冷了，可汗和着阴湿的衣裤，让人另有一种难受。短小的军用铲并不十分趁手，山上的碎石和树根太多，铲铲不动，挖了几下，手就震得发麻，立马披身大汗。姚必光连铲带挖，好不容易才把杂草和红土碎石堆砌在一起，凑合着弄成一个简易的单兵掩体，肚子却已饿得“咕噜”直叫。歇口气抬起头来，看见紧挨着自己侧面的草丛土堆旁，李明远还在一锹一锹地使劲挖掘，身前堆起了一个土坎，头上冒着热气，脸色苍白，汗珠顺着两颊直流。想着他昨晚折腾一夜，这么倒霉就赶上突击拉练，跑了20多里，再是钢打铁造也难挺住，居然还能在规定时间挖好掩体，心里实在佩服。

掉头再看段云鹏，只见他把铁锹顺在一旁，侧身趴在刚刚修好的掩体后，架起枪试了又试。转脸见方教官正在察看众人挖好的掩体，又用铲子拍打几下，把掩体垒土夯实，便立定站在一旁等待教官指教。段云鹏毕竟是从小练武之人，身体强壮，急行军拉练根本不在话下，掩体自然挖得不错。方教官也是从小练武，因此对武功不错的段云鹏总是另眼相看。再加段云鹏术科训练成绩优秀，所以常常得到方教官赞许。“不错，不错！这样，跟军中老兵也有得一番较量。”

段云鹏对方教官从来敬仰，马上立正敬礼：“是！”他也担心李明远昨晚生病受不了拉练劳累，往姚必光、李明远挖好的掩体看去，正好与姚必光目光相对，都为不能帮好友的忙而有些歉疚。再看李明远，虽还喘着粗气，却也挖好了掩体，两眼炯炯地紧盯着方教官听他指点。

方声涛曾留学日本，初入振武学堂，因参加留日学生反对沙俄侵占东三省掀起的拒俄运动，负责教练护卫队时武功就出了名。毕业后归国，任教家乡侯官小学。1905年再赴日本，入陆军士官学校深造，并于同年加入同盟会。

自从段云鹏打赢小云虎的事在讲武堂传开之后，即引起了时任丙班班主任方声涛的重视。在他眼里，段云鹏不仅武功好，武德也很不错，所以特别器重，有空便与段云鹏及丙班其他喜欢武术的同学一起切磋功夫，教授武术。李、段、姚三人常在一起，所以都得到了方教官不少指点，武功大为精进。

在讲武堂，尤其是在丙班，方教官很受大家尊敬。不仅因为方教官是班主任和武功高强的缘故，更重要的是他为人谦和，能与学生交朋友，并常向大家讲述时事，灌输革命思想。而且一贯身体力行示范在先，所以大家总爱向他请教，并以他为榜样，师生关系十分融洽。

正午一点，正当出野操师生饥肠辘辘训练最为艰苦之时，集合号带着异样的欢快吹响起来，所有同学甚至教官都无不欢呼雀跃，迅速集队下山，来到龙泉观北面山巅定风塔下山林坡地上，席地而坐等候开饭。吃饭时，段云鹏看见定风塔塔身上镌刻的一副对联："太极南旋双镜月，定风北峙一壶天"，觉得很有意思，忙指给姚、李二人看。

李明远拉肚子未好完，正慢吞吞地吃着饭，哪里有精神理会。姚必光看后却不禁感叹："'太极南旋双镜月'什么意思不懂，可这'定风北峙'却好大气魄！尤其是'一壶天'三字，把北来寒风在山前戛然而止的情形写得入木三分。"

见姚必光赞叹，段云鹏说道："我就说，这里的风怎么不大，原来是这山和塔的缘故。古人建筑所说风水，是不是有些道理？"

"是有道理。只是古人东西，今人恐怕未必能够全懂。"姚必光对黑龙潭后山这片树林以及定风塔都充满了好奇。

定风塔，高13米，七层八角密檐实心，为块石垒砌，始建年代已不可考，咸丰二年重修。塔身上镌刻有好几副对联，都是道家风骨，也有描写景物的，佳作不少。传说此塔能把北来的寒风定住，所以黑龙潭才有"四时烟雨半山云"的美景，昆明也因此没了严冬，成为四季如春的"春城"。

此时被雨水淋湿的衣裤早被身上热气焐干，并不觉冷。山间林木荫蔽，累了一早，吃着刚送来的热饭，姚必光觉得特别惬意，故而对定风塔及塔上的对联，都产生了极好印象。

饭后，拉练指挥部命令："休整两点钟，师生们自由参观黑龙潭，三点半准时在龙潭旁薛尔望墓前集合，听总办训示。"

位于昆明市北郊龙泉山五老峰脚下的黑龙潭，是昆明有名的道观和风景名胜。山中有上下二观，且相距不远，上观叫龙泉观，隐于修竹茂林半山间苍苍古木的深处。观内唐梅、宋柏、明茶共处一隅，另外还有一块奇怪的道符碑，上书"万物兹生"四字，分明是阴刻凹字，却常常使人看了像阳刻凸字一般，很是神秘，被叫作"凸字碑"，久负盛名。

下观在山下一片开阔的林地中间，因为有清、浊两池相连的潭水，极像道教中的阴阳太极图，而给人以一种"道"的遐想。清水潭深不见底，传说有黑龙居住，故名黑龙潭。潭旁建有名为"黑龙宫"的黑龙祠堂，是昆明历年求雨祭祀最重要的场所。在清、浊潭水相连处，一座小桥横跨其间，小桥旁不远处，南明薛尔望及全家合葬墓常年静卧在草树丛中，为幽深的一池龙潭又增添了一段悲壮史事。

李、段、姚三人都未到过黑龙潭，方教官也是初次逛观，所以几个同学一起簇拥着方教官，从后山门进入龙泉上观，边聊边逛。龙泉观中最著名的景物莫过于唐梅、宋柏、明茶。唐梅、明茶都不在花期，尽管树枝桠杈曲折，但在众人眼里却未觉特别稀奇。倒是那棵要几人合围才抱得过来的粗壮宋柏，不仅高耸挺拔，而且苍古凝重、龙虬虎势，让人从心底里感到树的生命所蕴含的庄重与神奇不可思议。将近千年还这样勃发，更何况这宋柏是生长在充满神秘气息的道观古寺当中，自然会给人以仙和道的遐想。置身道教寺观间，见道士们法事不断，袅袅的青烟沿着屋中幔帐飘浮在房椽屋脊间，清越的碰铃声缓缓入耳，悠长回响，确实让人有一种步入仙境的感觉。

慢慢转出龙泉观山门，正道出来顺坡而下，一路上满是疙瘩瘿瘤的大树，蔽天遮日，将众人导向形如太极图的龙潭水畔。见到一清一浊的两潭池水，姚必光恍然大悟：刚才定风塔上所写“太极南旋双镜月”就是指这龙潭？否则只说太极图像旋动的月，与下联所写实景并不相配。

还未走近龙潭，就听见总办李根源正与特别班同学侃侃而谈，方教官带着众人循声而去，恰好到集合时间。

龙潭边不远处，李总办立在一尊古墓前集合师生，一旁还站着李烈钧、顾品珍等教官。李总办慷慨激昂道：“过去，常跟大家讲岳飞、文天祥、史可法精忠报国、抵御外侮的故事，那些都是大名鼎鼎的统兵将相。可今天要给大家讲的，却是埋于这荒冢之中滇省的一位忠义之士。其人不过是一介平民，却也称得上千秋忠烈，可惜他是个文弱书生，不然我们中国就不会这样了！”

李根源所讲，原是明末清初家居昆明小东门外一位名叫薛尔望的读书人，清兵入关进逼昆明，因羞愧于南明永历帝败走缅甸乞求苟活，而携妻儿媳孙及侍女投潭殉节。据说薛家一门忠骨，就连家中所养的狗都因想救沉潭殉难主人而一同溺水命亡。

讲完薛尔望的故事，李总办稍顿即大声问道：“薛尔望一介书生，尚且明了民族大义，我辈军人，难道不应该首先弄清楚，学习军事，到底是为了什么？”

在李根源有些粗糙的面颊上，细细的汗珠透出一股发自肌肤深处的光彩，映衬着他铁一般坚定的意志，更有一种堂堂男子汉的气概。话音刚落，便赢得师生们响亮的应答：“应该！”

在历经近300年风雨，显得苍苍灰青的古冢旁，讲武堂师生个个神情庄重，听完故事，不由得触景生情，对清王朝挥师南进，横征暴敛实行的专制统治，更增加了仇恨。有人在小声讲《扬州十日记》《也是录》，说起清军入关后扬州屠城以及南明永历帝还滇被吴三桂所杀，陡然间激起了大家心中酝酿已久的现代军人政治责任感。

五、筹办校庆　借水行舟

又是一年中秋将近，以农历计，庚戌中秋正是云南讲武堂开办一周年纪念日。一年来，不断听到各处革命党派人运动新军和会党起事的消息。而同盟会在云南讲武堂的力量，经过一番努力，确实又有了长足发展。与此同时，告密诽谤、别有用心的造谣和恶意中伤也源源不断。李根源担心讲武堂树大招风，会引来总督和其他军政长官的猜忌。

此时，新任云贵总督李经羲也确实听到讲武堂内隐藏革命党的传言。他身兼讲武堂督办，名义上还是讲武堂最高行政长官。自从上任以来，不仅学堂总办、监督、提调需他亲自委任，就是一般教官，也都是经他认真遴选录用。听到议论，心中自然陡生不快，既有对李根源办学管理怀疑的烦恼，也有深恨言事者包藏祸心、别有所图的憎恨。要是闹出革命党来，李根源脱不了干系，他本人也难敷衍。所以，即想对滇省官场中种种传言进行一番整饬，以正风纪。昆明官场也到处盛传总督要解散讲武学堂的消息，幸好总文案等几位僚员暗中斡旋，李经羲才稍有释怀。

不久前，学堂中剪辫风潮曾引起种种流言，也使风口浪尖的总办李根源不得不防。好不容易在讲武堂站稳脚跟，轻而易举地就授人以柄，不难设想，以后同盟会在新军中的活动必将更为艰难。况且，讲武堂中总办、监督、提调三个主要官员又都是同盟会骨干，学堂实际行政领导权几乎都掌握在革命党人手中。当下41名教官，同盟会会员17人，其他派别革命党十多人，云南省籍教官几乎全是同盟会会员，而且具有革命党背景的教官大都深受学生爱戴。讲武堂内确实充满了浓郁的革命气息，如果真被李总督根究，革命党的损失可就实在太大。

从外省聘来的教官李烈钧、方声涛、刘存厚等人，既是日本士官学校毕业的高材，又都是早年加入组织的同盟会会员，特别李、方二人，来滇前就因革命党人名声受到追查。还是李总督不予理会，才得以在学堂里立住脚跟，名声和影响都不一般。保守派人士因此嫉恨，并多次向十九镇统制、督练公所总参议和总督李经羲进谗。

李经羲虽然也有变法立宪思想，但对革命党却深怀敌意，刻骨仇恨，下手毫不留情。讲武堂中人事关系虽不像十九镇、巡防营以及督署那样复杂，可总督眼线无处不在，防不胜防。

李根源常常在想，利用讲武堂宣传革命，是该大张旗鼓，还是循序渐进，二者之间总是存在矛盾。尤其是甲乙两班一期学员毕业后在新军中宣传革命的活动，已有不少人把眼睛盯在了讲武堂身上。总督猜疑和清廷鹰犬的追查，使讲武堂几成是非之地。面对如此情势，他反复思忖：总督对李烈钧、方声涛等人曾因反清言行被追查之事并非毫无所闻，可为何还网开一面援引为教官？风声紧时，他会不会又心生疑窦改变初衷，对讲武堂党人加紧防备，提前下手？

李经羲对革命党人徐锡麟谋刺恩铭一事耿耿于怀，曾经说过："恩铭有恩于徐，徐却谋刺恩师，简直是忘恩负义！剖其心、炀其骨不能解恨。"对徐锡麟"恩抚待我，私惠；我杀恩抚，天下之公"的情怀，丝毫不予理解。

最近，讲武堂又有一批激进同学加入同盟会。而李经羲也曾几次召见李根源，询问学堂师生是否安心教学，告诫严防革命党煽动。看似轻描淡写，却旁敲侧击。李根源一时难以判断，是不是他对学堂近况又有所闻？如果总督怀疑讲武堂，并牵连到同盟会组织，那么讲武堂同仁一年多来的心血，很可能将付之东流。为此，他特意找来学堂监督、提调及教官共同商议，想借讲武堂一周年校庆，邀请总督前来视察。借水行舟，一是乘机展示办学成绩，二是缓解外间传言学堂闹同盟会的影响。

"张提调，你先讲讲校庆活动安排，再把请李督来校视察的打算也说一说。"众人刚刚坐定，李根源就叫提调张开儒把早先与监督沈汪度等几人商议的计划知会大家，并想听听众人意见。

在学堂议事室，李根源召集沈汪度、张开儒，以及罗佩金、李鸿祥、谢汝翼、庾恩旸、方声涛、唐继尧、李烈钧、韩凤楼、顾品珍、刘存厚、孙永安、刘祖武、叶成林、缪嘉寿等教官，进一步商议讲武堂成立一周年校庆安排。在校教官能到会的几乎都到了，甚至已到新军十九镇和督练处兼了职的教官，听说学堂有重大事项商议，也都一起赶了过来。

负责学堂人事和总务的张开儒，手里拿着校庆安排方案，缓缓念道："上午九点到十一点举行校庆典礼，李总办致辞后，即请李督抚训示，并检阅师生军训；十二点在礼堂聚餐打牙祭，李（根源）总办、罗（佩金）参议、韩（凤楼）管带、唐（继尧）提调还有协和兄李（烈均）总办陪同李（经羲）督抚一桌；沈（汪度）监督、我、李（鸿翔）提调、谢（汝翼）管带、方（声涛）教官另一桌陪崔（祥奎）统制……其余师生已按班编号，对号入座。为方便师生会亲访友或中秋赏月，下午特拟放假，收假时间延至晚十一点。请李督抚来校视察之事关系学堂发展，尚望各位教官分别对自己管教的学生特别是激进同学进行告诫，一定要晓以利害，以防有人鲁莽另生枝节。”念毕，即向李根源请示：“总办还有……”话未说完，又想起了什么，面对众人再道：“请教诸位同仁，如此安排是否妥当？”

李根源连连点头：“不错，不错，我看如此甚好。安排得很是细致，只是督抚训示时别惹麻烦。学生们听惯了我等说话，恐怕督抚讲话不对胃口，引来起哄，那就大为不妙了。所以，学生招呼一定先打，否则于学堂大局便有诸多不利，这些还须仰仗诸位仁兄多费心思。”又问：“晚餐不开饭，学生伙食如何安排？”

张开儒答道：“学生每人发给四个包子，另外还有合香楼火腿四两坨两个，酥皮洗沙、白糖、枣泥和麻仁月饼任选两个。教官要么自便，要么与学生一样。”

众人听后大笑，七嘴八舌打趣：“张提调安排得细致，我等定将协力，伙食自然是与学生一样，不要白不要嘛！”

大家知道，李总办正儿八经对待校庆，自然有其深意，其中奥妙，甚至关系到革命党发展、隐蔽蓄积力量伺机而动的问题。只是校务会上并非所有人都清楚底细，故无人点明，只心照不宣而已。

校务会结束后，李根源单把李烈钧、方声涛二人留下，小声问道：“存厚家小都已搬到昆明，不知二位仁兄下一步有何打算？异乡异客，中秋佳节，月夜思亲，真是难为二位了。”

“随遇而安，无有安排，自古军人马革裹尸不还者多得去了，我等又算什么。印泉兄有何吩咐？”李烈钧笑道，“只是记得那年中秋，正好经过岳阳，与友人临洞庭登岳阳楼怀范文正公，游君山遥想二妃、柳毅而发思古神幻之幽情，好些年都没那样的感觉了。”

见李烈钧如此说，李根源也觉有趣，“看来协和兄兴致不俗，可今年怕不行了。中秋二位得要陪我，万一李总督、崔统制有兴趣，除汪监督、张提调外，你二人也得作陪。其他人有家有小，佩金事多，不便勉强；存厚家宅初安，更是不好安排。”说完，捋须一笑，对着李、方二人一摊手，再也不说什么。

“哎呀！我可是答应学生中秋一起去大观楼赏月的啊！看来又要失约！”方声

涛不无惋惜。

“约学生去大观楼怎不早说？这回你可真要爽约了。学生的事我早有安排，还来不及讲呢！”李根源见方声涛惋惜，倒像幸灾乐祸似的。

“总办有何安排，快别难为韵松（方声涛）了。人家好不容易约了门生，你就放他一马得了，我陪你！”李烈钧向来豪爽，自然肯为方声涛解难。“方教官还没逛过大观楼吧？那可是个不错的地方，烟雨楼台，人文大观，总有道不尽的诗情画意。”

“嗯，没逛过。一来昆明就扎进学堂，哪有时间？不过印泉事大，同学那里只有改天再约。陪总督、统制差事苦啊，不忍让你们全力担当。”方声涛一脸无奈。

“你不想陪我，也别在学生中掺和。前天我就约了严毕达老先生，请他借游览大观楼赏月之机，给同学们讲些历史掌故、时务兴衰，启发学子们心智，你怕不好插在中间。”李根源笑道。

“陪总办就陪总办，这可是公家大事！不过方教官与学生关系这样好，真让人眼馋。不如让你那些学生跟严教授一起去游大观楼得了，省得李总办再去安排。你到底约了哪些学生？说来听听。”李烈钧乘机和事，好事做到底。

“还不是丙班那些学生，分设特别班后很久没能相聚，想借中秋放假大家一起凑趣。可惜总办又有安排，我可不敢因小失大。特别班那个‘五华社’，二位总办也都知道，就是他们。”方声涛道。

“‘五华社’？是模范二朱带的头吧？能以‘奋发互励、富国强兵、拯救中华’互勉，值得引导。就叫他们约上十五六人，跟随严老先生去游得了。能代我招呼好老先生就行，还烦方教官前去安排才是。”李根源高兴，当即答应。

“那当然好！严教授课，我听过的，实在精彩。”对于李根源的安排，方声涛也很高兴。

“当年中秋我在岳阳，正因为得一位智者方家带领，大家游洞庭、登岳阳楼、涉君山，感慨悲歌，至今都还难忘。印泉兄有心如此安排，也是这些学子的福分了。”李烈钧点头称赞，不禁回想起当年中秋夜游洞庭的情景。

严毕达与李根源一向交好，年内曾在讲武堂开设讲座，演说严复先生译著《天演论》。严教授学识渊博，古今中外恣意纵谈，深得严复翻译不尽依原文、借题发挥的精髓。学生听后饶有兴味，教学效果极佳。可惜这活动也遭到一些人反对，说什么“军人以服从军令为要务，杂学扰志，不可太助长学子争胜争强的顽劣本性”，其实骨子里还是老一套夷夏轩轾思想。后来因为时局有变，李根源考虑到遍请名师来校讲座不免招摇，而“与天争胜、图强保种”的话，此时已成讲武堂学生的口头禅或口号，不免容易招致乱党煽惑嫌疑。又因严教授无暇再讲，所以几期讲完后，便也不再坚持。只是同学们兴趣不减，此事一直让人难以割舍。

严毕达贡员出身，早岁随父宦游川、鄂、江、浙各省。张之洞督鄂期间，严父为其属下干员，严毕达也被延为幕僚襄助办理汉阳铁厂筹备事项。受严复老前辈影响，对中西文化比较颇有兴趣，深谙中西方历史、文化、经济和政治哲学的比较，在学界讲解《天演论》《原富》等严复译著甚是出名。也曾是“百日维新”支持者，六君子被诛后回归滇省避祸。因不曾入试进士，更不愿做官为政，却颇有学名，便被两级师范聘为教授。原先，李根源也有意聘请严先生为讲武堂客座教授，无奈其执意不从。严毕达担心讲武堂本是军校，所开课程未必适合自家所学专长，也怕太过张扬，招惹是非。但却允应李根源，在课余开办讲座为诸生解惑。自年初在讲武堂开讲《天演论》后，本还想陆续安排严复译著的《原富》《群学肄言》《法意》以成系列，却因两级师范课程又加时点安排甚紧，因而无暇再在讲武堂讲座。

李根源本是行事严谨、思虑缜密之人，由于家学渊源，所以又极喜文艺。1904年以第十名成绩考取官费留学日本，进入日本振武学堂，后又在陆军士官学校学习，成绩一直名列前茅。同盟会在日本东京成立，他成为首批会员。1909年毕业时，被护理云贵总督沈秉堃邀请回滇，参与云南讲武堂创办，不久升任总办。近一年来，他以总办名义，会同教官中的革命党人，暗中借机向学生们宣传反清思想。并利用学习历史知识和地方掌故机会，对曾在滇省发生的中法、中英边境战争，英法强夺云南七府矿权，以及滇越铁路、教案等事件分析讲评，借此激发学生们的爱国热情。他深信，要提高学生推翻清朝封建专制统治，建立民主政体的意识，还必须从中西文化、社会历史发展的不同角度加以比较，高屋建瓴阐明中国积弱积贫原因。并以为，政治教育是提高军校学生基本素质的必须途径，否则学堂花大力气培养出来的学生，难免只是一介武夫。相邀严教授为讲武堂学子讲课，自有深意。

六、翼伏足踻　晦迹韬光

9月18日，讲武堂校庆日一早，全体师生再加生徒队官兵六七百人按班、兵科、分队集合完毕，齐整整在演武操场列队，静候总督李经羲、统制钟麟同和滇省军政界首脑贵宾。

九点不到，几乘紫顶青蓬大轿在仪仗的引领下从洪化桥款款而来，鱼贯前往承华圃云南讲武堂。学堂总办李根源带领监督沈汪度、提调张开儒和一干教官早早迎候在演武场外。临近演武场，李总督居然下轿缓步而行，与迎上来的教官们拱手招呼，满脸堆笑道："讲武一岁，已成健儿，将士用心，当获嘉许。"说完手拈八字翘头胡须，回头与刚出轿紧跟上来的十九镇统制崔祥奎相视一笑："崔大人做何感想？你十九镇新军再不要愁没人才、将官了吧！将来保管你战将如云，十九镇将如虎添翼了啊！"

"那是，那是！全得制台大人关照，全体将士用命，李总办是干才嘛！"崔祥奎年纪稍大，迈着方步，不免有些蹒跚，点头喘气紧跟上前。

督练公所总参议靳云鹏眯着大小不称的双眼也凑上前来，"不错，不错！多得总督大人眷顾，崔大人也是思贤若渴，就盼早一天这些带兵官训练出来。是骡子是马，拉到军营中真枪实弹见阵仗，遛一遛就知道了！只是上次总督大人答应的那个……"一口浓重的山东济宁口音，让好些人都听不大清楚。话未说完，就见崔祥奎使眼色摆手，便把已到嘴边的那个"钱"字又咽了回去。

李经羲微闭双眼，也不知是否在听，等李根源跟上来，才把半闭的眼睛睁开，笑道："听说一期学员毕业后干得不错。依我看，二期招生的人少了点，以后各期务必扩大。特别班学员毕业后先行补充十九镇，让崔统制占点便宜。"说完一顿，回头问崔祥奎："崔大人，你说可好？"

崔祥奎正跟靳云鹏说笑，见李经羲发问，摸头不着脑，还没弄清楚问的什么，就忙着答应："好啊，好！"随即转向靳云鹏，凑着他耳朵大声问："总参议，你说是不是啊？"见靳云鹏眨着眼，不知如何作答，知道他也跟自己一样，并不知李总督所问何事，只有"呵呵"一笑掩饰而过。

演武场观操厅正中悬挂着周年校庆大幅横标，两侧则有"坚忍刻苦"校训和"保家卫国"校歌誓词。学生们齐声高唱军歌："……中国男儿！中国男儿！要凭双手撑住苍穹。睡狮昨天，醒狮今天，一夫振臂万夫雄。长江大河，亚洲之东，翘首昆仑，风虎云龙，泱泱大国，取多用宏。黄帝之裔神明胄，天骄子，红日正当中……"

李根源把李经羲、崔祥奎、靳云鹏、布政使世增、提学使叶尔恺，以及三十七协协统王振畿、三十八协协统钟麟同、镇参谋官殷承瓛、参议罗佩金，还有在十九镇兼职的讲武堂教官：管带刘存厚、谢汝翼、韩凤楼，督练处提调唐继尧、李鸿祥等都让上阅兵台就座，并安排李烈钧、沈汪度、张开儒分别作陪，自己最后才坐到学堂总办席位上。

操场上，特别班、丙班和甲班、乙班二期学员及生徒队像往常一样列队，只不过炮兵科推出炮、骑兵科牵上马、步兵科扛起枪，所有兵科都严整装备意在展示。而弹药和步枪刺刀之类的利器则事先全部收缴存入了枪械库，清一色的德国克虏伯新式步枪、退管炮、马克辛机枪等，甚至比十九镇刚配置的武器装备还要漂亮齐整。

李经羲赞道："武器不错啊！火力可赶得上崔统制两个营了，兵员素质加起来，怕顶得一个标呢。"

"总督大人过奖了，甲乙两班不说，丙班和特别班这些学员一天军营没进过，还需加紧历练。"李根源道："别看这些武器好倒是好，可不成系列，很难形成配置。况且弹药极少，还不够一次演练实弹射击，哪里顶得镇里一营。"

"印泉过谦了，我看这些学员个个睖睁虎眼，犹如天志之师，不好对付哦。"靳云鹏上前斜着眼"咳咳"地笑。

见靳云鹏说出春秋墨家的所谓"天志"来，李经羲鄙夷一笑："何为'天志'？'兼相爱，交相利'，不搭扛，不搭扛！新军就是新军，西式练兵法训练出的带兵官，不可同日而语。对不对啊，崔统制？"接的是靳云鹏话茬，却偏偏要向崔祥奎发问，分明对靳云鹏不屑一顾。早有传闻说李总督与靳参议甚为不和，如此看来确实不假。

九点半，校庆正式开始，由监督沈汪度主持，例行的升旗、列队、唱校歌仪式之后，总办李根源致辞："卑职以平庸之才，蒙总督大人错爱，受命以来，夙夜忧叹，恐托付不效，故并不敢懈怠。方今列强雄踞，我中华路权、矿权尽失。滇省地处边疆，深感英、法两夷虎视眈眈，意欲瓜分我境之野心早已昭然。年初滇越铁路通车，洋夷之兵已可朝发夕至直逼省垣，而距滇最近之我川、黔、鄂、桂之兵，快则一月慢则两三个月方能到达。滇省兵备实为边事危急之需，职当以爱乡护国之责任，施之诸生。古语云'养兵千日，用兵一时'，吾辈军人应以国家兴亡为己任，本学堂全体师生，定须不负国家之深恩，感念总督之厚爱，报效中华于万一……"先抑后扬，措辞激昂，赢得师生们一阵掌声。关于国家和总督的话，说得极有分寸，落脚点在报效中华，与其平时言论并无太大冲突。

接着是总督李经羲训示："学堂开办一年，师生勤奋，成绩斐然。自古道：

‘世危出雄杰，国安需良相。’自英夷以虎门禁烟寻衅，至今60年矣！60年来，国是艰难，甲午战后，东夷更行猖獗。尔等诸生，投笔从戎，专习西洋兵器，大用之才必将成为国家栋梁。朝廷寄厚望于汝辈，本督趁今日庆典，特告诫诸生，须专心致志，潜力于学，切不可轻信乱党妖言。近闻十九镇军中有乱言者，崔大人已严加申斥，本督亦定将严查。为乱党张目、谋逆者定杀无赦！”也是鼓励学生上进，却完全是另一番说教，狠话全说在对付革命党上。师生们听后，并不以为然，因为早有交代，故尚无起哄之事发生。李经羲本有文采，见众生听讲专注，来了劲头，便洋洋洒洒侃侃而谈，师生们偶尔也被逗笑，于是更为得意。“老夫云贵总督可以不做，而讲武堂不可不办！”讲到忘形之处，李经羲心血来潮，又把曾经大言铿锵说过的那句“名言”拿出来说了一遍。其体弱声小，见学生们没有反应，又命李根源大声复述一遍。话音刚落，便得到了全体师生一阵热烈的欢呼和掌声，校庆气氛更加融洽。见师生们如此热情，李经羲甚为开心。自任云贵总督以来，官场中的钩心斗角和对政局的担忧，始终让其神经高度紧张，此时却一下子松懈下来，最后竟然说起了笑话：“鄙人以为，做学问、习武艺均贵在诚实。近闻有考试作弊者，不学无术，斜眼打枪专事偷看他人答卷，蒙混抄袭者害人又害己，一旦战场见真，必蹈败亡之辙。”

此话意在鼓励学生学习下真功，不想却引来了一阵喧笑，坐在台上、有斜视毛病的靳云鹏气得不自在地扭动身子，脸红一阵绿一阵地鼓胀起双眼，更显得仪态猥琐。靳云鹏平时与讲武堂师生相处总是高高在上，想不到在如此隆重场合，竟被总督无意间乱枪戳狗伤得不轻。又曾听说总督在背地里骂过“眼斜心不正”的话，明摆着就是恨自己，因此心中一时发狠。只是总督讲话，又当着这么多师生的面不好发作，只得暗地咬牙强压怨恨。

李经羲出身名门，是李鸿章三弟李鹤章之子，又是光绪五年优贡生。去年才从贵州巡抚任上升任云贵总督，因为近来累累迁升，所以踌躇满志，并十分感念朝廷恩宠。虽也同情维新，支持立宪变法，但对革命党人向来痛恨切齿。此时正在总督位置上，受命于朝廷，自然是极尽镇压恐吓之能事。在讲武堂校庆日大吹法螺，本在李根源等同盟会革命党人师生预料之中。然为革命大计必须晦迹韬光，待训示完毕，亦照例鼓掌致谢，更把李经羲高兴得来了兴致。阅兵式后又看学生操练，还参观了教室、学生宿舍、枪械库，并命教官一一介绍课程设置和枪炮性能，对讲武堂全部按照日本士官学校教程教授军事大为赞许。见崔祥奎正与王振畿私语，便上前笑问：“不知崔大人有何见教，说来听听，如此练兵可得要领？”

“制台用人督学有方，印泉又深得东洋练兵要诀，如此不用数年，即可熔造出无数精兵。滇省新军可期，滇省新军可期啊！”崔祥奎答道，心中也由衷赞许。话未说完，一旁的王振畿接过话茬，“不过，尚有一桩，制台大人定有所见……”嗫嚅半晌，犹说不说的样子。

“什么事情？快说出来！王协统何必扭扭捏捏。”李经羲见王振畿还有话说，心中飞过一丝不快，嗔怪道。

“大人还记得中法之战，何故我军胜战，反以败局议和？”王振畿稍稍一顿，不等李经羲开口，接着自答：“现代战争，驿马传信实在太慢，欧美列强，包括东夷军队都已使用了电报通讯。制台大人何不再添拨预算，让印泉在学堂里把电报通信兵科开设起来。而今十九镇尚无此兵种，以后建制，大人可是首开先河，功可彪炳呀！”说完，转头找靳云鹏想让其来帮腔，却见靳云鹏正与钟麟同饶有兴味地观看士官生们装卸一门退管炮，心里暗暗埋怨：“炮有什么看头，要钱的事此时不说哪里再找机会？”

“王协统所虑甚是，电报通讯乃当今科技，洋夷胜我军者，此为一大要素。也不须再多议论，就请印泉列出计划，崔大人帮忙顾问，然后呈报督署核准，行不行呀？”李经羲答得如此爽快，叫崔祥奎、王振畿也吃了一惊。跟随左右的藩司世增、提学使叶尔恺等几位行政、学政大人也忙簇拥而上乘机谏言，什么川、鄂协银拨补地方，什么滇西兴办师范开展军训，学政向各地派驻督学官，特需经费补充，等等，李经羲皆一一应允，安排了人自去办理。

七、谈古论今　莫非鸿儒

校庆聚餐完毕时间还早，李、段、姚三人打算先回寝室稍事休息，再到特别班步兵科教室参加朱德召集的小会。按照朱德安排，去大观楼前，下午三点半还要在教室里先聚一下讨论些问题，并为配合严教授游园稍做准备。三人刚走到宿舍门口，便见“黑楞”徐正文兴冲冲往外走。

“正文兄匆匆忙忙，又是要到国风社读什么书去了吧？”段云鹏张开双手，假装要拦徐正文，姚必光也叉着腰大声说笑。

“读什么书哦！中秋佳节相约了几个朋友，时间不待，恕不相陪！”徐正文慌忙不迭绕开段、姚二人就想开溜。

“黑楞不会是全盘西化吃面包、喝咖啡去吧？”段云鹏迎头不让，越发笑得厉害。

徐正文脸上现出一丝尴尬，想说什么欲言又止，笑着就往李明远站的一边跑，双手抱拳以示告饶，倒让三人看见他手中拿着包据说是美国新出产的咖啡。前几天，他神秘兮兮请班里几个要好同学喝过一包，尽管放了不少糖，味道还是苦哩吧唧，大概因为这种咖啡刚出不久，制作工艺不精，所以香味不浓。

段云鹏为此讥笑：“大理宾川一个乡村，农民就喝这个，味道香多了！”

莫说徐正文不信，在场的其他人也不信，以为段云鹏是编故事打击徐正文，哪知他说的却是真话。大理宾川确有一村庄，因为外国传教士带来的咖啡种子栽培成功，农民们也学会了喝咖啡，并相沿成习。

徐正文喝咖啡，按照昆明人的说法，纯粹叫作“开洋荤”。不知他从哪里搞来这东西，恰巧又值有人宣传“中国图强，须学习日本的全面西化，连吃饭饮食都要学西方一套，喝咖啡代替茶便是一种时兴说法”。对此，徐正文深以为然，也跟着鼓吹起吃面包、喝咖啡来。这天想乘中秋佳节与“国风社”几个朋友聚会，不料却与这三个冤家狭路相逢。想起前几天请三人喝咖啡引来段云鹏一番嘲笑，心里实在窝火，于是垮下脸来不再玩笑：“别闹了，我真不能奉陪，后会，后会！”说着一溜烟跑得没了踪影。

三人回到寝室，说笑一阵就到了开会时间。来到特别班步兵科教室，朱德、金汉鼎、范石生和唐淮源等人早已等在那里。看到特别班的老大哥们经过近半年磨炼，愈发显得成熟，举手投足间又增添了不少带兵官气势，心中更加羡慕。

段云鹏感叹道：“玉阶兄，不分班时没感觉，分班后才见特别班哥们老扎，看架势就跟带兵官一模一样！”

唐淮源听后抿嘴一笑：“云鹏可是出了名的武功高手，要说比试谁能敌你，有朝一日定将一飞冲天！”

说得段云鹏不好意思，忙拱手还礼，连连告饶：“冲天之志未敢虚妄，文武之道刚柔相济，在下岂敢！老大哥见笑了。”

唐淮源大笑：“哈哈！刚柔相济，云鹏说得不错。文治武功，图报家国，了不得的境界，我辈实在不该虚妄。”

众人说得热闹，朱德看人已到齐，手中拿了一页笺纸，示意大家聚拢来：“前几天跟汉鼎、石生几人商议，写了一篇反对打骂体罚士兵、学员等旧军队习气的文章，念给大家听听。”

几天前讲武堂生徒队一个带兵官因指挥不当，拆卸山炮轮子时炮身侧倾，压伤了一个士兵的腿。这带兵官出了错非但不检讨，反而还体罚、打骂跟随自己训练的士兵。同学们打抱不平，议论纷纷，五华社便写了这篇文章准备发表。

“……官兵平等一致，废除打骂、体罚士兵制度……”朱德声音不高，语气也极平和，但因文章写得张弛有度，所以大家听后还是十分激动，有人提出要向学堂倡议发起官兵平等活动，众人一致叫好。

在座中人全是同盟会员，因为常在一起学习交流，深受民主主义思想熏陶，革命信念更加坚定。在讲武堂中，这些人组织在一起影响十分之大，就连总办李根源也另眼相看，并着意予以培养。可想而知，倡议发表后，在学堂里会是什么影响。

说起下午六点要到篆塘与严教授会合，大家又把如何与严先生见面、怎样向严先生提问的事商量了一阵。眼看时间不早，这才离开教室。

因为沈老先生中秋节后要回腾越，李明远早跟雨欣约好放假到西院街家中过节，并给母亲写好了信，准备请沈老先生带回。所以刚一散会便抱歉告辞：“对不起！今天有事，恕我告假，大观楼去不成了。”

“前几天明远就跟我说过有事，都已做了安排，就去吧。”朱德拍了拍李明远肩膀，点头同意：“向老人家问好哦。”

姚必光眨着眼笑得很是狡黠：“还不赶紧去会嫂子，月亮都出来了。”

段云鹏诧异道：“月亮出来啦？没有啊！”

众人笑了起来，有人说道：“明远赶快去吧，记得只谈风月。”

李明远拱手致歉，匆匆而别。

不一会儿，又有几个同学如约而至，一伙人才兴高采烈地到食堂领了包子、月饼出发。出了讲武堂，绕过洪化桥，从蒲草田出小西门，再走大约两里路，就到了叫作“篆塘”的船运码头，在这里与严先生会合。

蒲草田外小西门，本是滇西、滇南经水陆运输到省城物资的集散交易之地。康熙年间吴三桂开挖了通达滇池的运粮河，于是就在现今仓储里修建了篆塘，并建盖粮仓，昔称“小西仓”。小西仓附近还有太平仓、瓦仓庄等多处物资储运仓库，货物日夜进出异常繁忙。与篆塘码头应运而生的庆丰街、裕丰街买卖粮食、糖茶烟酒、油盐酱醋、纸等土特产品，批发零售商铺直有百十来家，酒楼茶馆、客店商铺鳞次栉比相连成市，热闹非凡。

此地也聚集了不少流民、乞丐，时常裹着席子在城门洞口、街市边的墙脚屋檐下乞讨。讲武堂学生出早操，常从小西门出城跑步到近华浦，却因太早天黑而未曾注意。此时，看到那么多脚跛眼瞎、老老少少的人蜷缩在闹市一隅，团圆节时更显凄凉。

见有人当街而行，一个衣衫褴褛、又黄又瘦的小女孩匍匐向前，伸着细细的胳膊低声乞讨："叔叔，行行好！叔叔行行好！"身后瞎眼的白发老人也跟着嘟嘟囔囔："行行好！行行好！"

众人凑了些钱放在女孩手中，默默地快步离开，心中却很郁闷。

忽听朱培德大声发狠："都说'仁者无敌'，而今天下困乏，实在是恶政不仁啊！"

朱德在一旁静默不语，听朱培德说出"仁者无敌"的话，眼睛一亮郑重说道："培德兄'恶政不仁'的话本来不错，可这'仁'字，却大有问题。"

"'仁'原是儒家民本思想的精髓，然其核心尽在治人，说到底还是为君王者谋。当今中华，争取民族、民权、民生已成无可逆转之潮流。我辈所虑者：国家兴亡，民之所系，岂一个'仁'字所能一语概之！"

朱德说完，众人一齐鼓掌欢呼起来。朱培德满口称赞："玉阶兄不愧大将之才，此方高谈阔论，在下自惭形秽。唯民主共和救我国民，玉阶兄所见甚是！"

经此一番你来我往的交谈议论，众人才从适才郁闷的氛围中解脱出来。边走边谈，不一会已经到达篆塘，等了不过五分钟，便见严教授携夫人及两位公子款款而来。朱德带头以学生礼与严先生、严师母相认，又将众人一一引见。

见众生神采奕奕子平正顺，严毕达大为高兴，手捋须髯笑道："诸君当世骄子，能与携游，吾之大幸。都说后生可畏，实乃后生有为，前途不可限量啊！"

见严先生如此说，朱德忙上前再三谦虚："先生过誉了！来时总办交代，先生学贯中西，当世名师，要我等认真学习，否则必予责罚，晚辈怎敢好高骛远，妄图嘉许。"

严毕达听后莞尔一笑："李总办治学严谨，不免苛责，咱们边走边说，也让两个犬子跟学长们一起学些道理。"在众学子簇拥下，朝码头船坞信步而去。金汉鼎朝前已经把船雇好，众人登船，晃晃悠悠好一阵才坐稳当，船家撑杆一点堤岸，用力一撑，小船便离开了码头。

晋宁、昆阳、高峣拉粮、拉石头的货船经滇池从这里进入昆明，再加中秋，前往大观楼的游船如织，运粮河道异常繁忙。因为河道狭窄，稍不小心大船小船便相互碰撞，弄得船上游客惊呼、船家高喊。众人所乘船只不大，与大船碰撞很是吃亏，船家只得小心翼翼地撑船划水，缓缓而行。

“李总办要我与大家一起，趁中秋游览大观楼之际纵谈古今，畅叙情怀。古语说‘百年修得同船渡’，今尔等与我，可谓有缘。”严教授神清气爽、声音洪亮，刚坐稳就马上开讲。

船家手握长竿，瞄着小船周围来往船只左撑右让，随着撑船竹竿拖泥带水起落，小船摇晃着在河中艰难慢走，船中众人阵阵鼓掌。

“那好，我们就从眼下这条运粮河说起。”严毕达悠然自得，语气意味深长。“此河开挖于康熙十二年，平西王吴三桂雄踞滇省发动三藩之乱时，滇池周边供应省城粮食从这条河运入昆明，曾使围困昆明的清军不知就里，多花了将近一个月时间才攻入城中。岁月沧桑，江河易变啊！”严毕达手指身下的运粮河随性抒发。语声一顿，话锋突转，“这运粮河，我们且不管它，单说主持开挖这河的平西王。诸位学子可曾想过，吴三桂遗臭千古，其错关键竟在何处？”

“‘冲冠一怒为红颜’，泄家愤而忘国是，引兵入关杀孽深重。”金汉鼎应声而答。

听此言，严毕达颔首而笑。

“吴三桂反复无常，忘恩背主，反大顺剿灭李自成，亡南明逼死永历帝，联三藩毁盟谋反，利令智昏心狠手辣。”朱培德环顾左右，声洪音亮。

再看严教授，却依然含笑不语，朱德想说什么，张了张嘴终于没有出声，众人一阵寂然。

严毕达轻轻一摆手，说道：“诸位所说大抵不错，但最为重要者，我以为吴三桂错之起由，却在忤逆民意。甲申之变何事为大？连年战乱百姓何求？不就是天下安宁，轻徭役少粮赋吗！清军挥师南下，吴三桂充当先锋，斩杀无数宁不结怨。康熙十二年大清初定，中华崛起正欲励精图治，此时百姓所思何事？就是安宁！吴三桂却拥兵自重发动藩乱，妄称反清复明，却民心难以归附。我说平西王之错关键在此！诸位学子以为然否？”

姚必光心中认可，再想起先前朱德所说“国家兴亡，民之所系”的话，似有所悟，便不住地点头，环视左右，众人皆然。

“依先生所见，历史评价是否当以民生为大，顺民心者虽败不败，逆民心者虽胜不胜？”唐淮源问。

严毕达点头笑道："关注民生，乃成大事者第一要务，诸位学子将来必为国之干城，手握权柄时千万切记天下百姓所求，可以不必计较一时成败，却要对得起民生所系，经得起历史评价！"这话正好与朱德在小西门时所发议论契合，众人又是一阵鼓掌。

当日天晴气朗，此时秋风徐徐微带暖意，坐在船中朝前望去，远处西山犹如睡佛，仰卧滇池湖山水岸，万古千秋之态浓墨重彩。船家一声高喊："西山睡佛，快看，快看！"西山几座山峰的轮廓连在一起，像是涅槃圆寂的卧佛，当然也有看似长发飘逸枕湖而眠的美人，离生死全静妙，仁者见仁智者见智。

见此景色，严毕达更加兴致勃发："来时我曾拟过一个题目：《富国裕民强兵》，想与学子们一同讨论，不知可有兴趣？"

见严先生有备而来，众人十分感动，立即交头接耳，对严先生所拟题目热烈议论起来。"富国、裕民、强兵……"大家低头沉思。

严师母插嘴笑言："可信（严毕达）也是，中秋出游尽出些不着边际题目，诸生顾得玩，顾不得答题，大家还是轻松些好。"

"父亲拟题想了几天，诸位学长亦有兴趣，母亲且勿阻拦，我和兄弟正可跟着长点见识。"在云南府中学堂读书的严毕达大公子拦住母亲话头，显然是对父亲所拟题目颇感兴趣。

"诸生应该读过《荀子·国富》了吧？从《国富》破题，思不出其位，我也想听听众位高论。当然《荀子》所讨论的国富，实则是在强调社会秩序，不过是春秋时期以法治观念强化'礼'的说教。对此无须赘述，现在我想要说的是：当今世界《荀子·国富》之道，何以难行？"

题目一出，便显出严先生的学问分量。大家读过《荀子·国富》，这是严先生早就问过李根源的，知道其中一些著名论点，如："足国之道，节用裕民，而善藏其余"；"下贫则上贫，下富则上富"……讲武堂中同学常常讨论。但严先生点题之句，众人并不熟悉，所以一时难以回答。

严毕达再问："两千多年来，《荀子》为历代帝王所推崇，诸位想一想，我中华却为何始终没有出现过荀子所设想的天下？"

"'离居不相待则穷，群而无分则争'，历朝政治风云变幻，纷争不断，我看问题就出在'离'和'争'上。"金汉鼎回答得小心翼翼。

有人说："是历朝历代苛政，'苛政猛于虎'，所以民不聊生，国实难富。"

"荀子所说的'民'，并非天下苍生，而仅仅是士大夫阶级，故而真正的民始终贫弱。”

“荀子的国即是天下，统一的天下才可能建立和恢复秩序。面对礼崩乐坏的春秋离乱纷争局面，荀子提出需要建立社会秩序的思想，也十分深刻。因为混乱的社会秩序对经济破坏力巨大，在这一点上，荀子没错。”朱培德若有所思小声道，似是接着金汉鼎的话说，又像在默默私语。

“我看，荀子把建立秩序寄托在贤明君主身上，‘无君以制臣，无上以制下，天下害生纵欲’，开宗明义，一来就阐述了明君治天下的政治主张。明君治天下，在无宪政设计的情况下，利益不得平衡，财富分配自然不公。这样的社会结构，没有公平的制度，无法使民富而进一步国强。在这一点上，荀子比之康、梁还差之甚远，更不用说何以应对当今天下民生渴求！救国救民，初衷究竟为何？”朱德似有所悟。

见朱德说出时下最为敏感的宪政设计，众人有些惊愕。因为对严先生政治立场不太了解，所以一直不敢放开来讲。但朱德却有把握，自从听过严先生讲座，心里就很敬佩。再加今天才一开讲就连连发问，他感到先生像是要发大议论的样子。也是在严先生启发下，猛然想到这样的问题，脱口说出，居然还提到康、梁，心中确实想听严先生高见。众人虽十分赞同朱德意见，却不敢出声，眼睛一直盯着严毕达，心里都在做不同的猜想。自1906年清廷颁布《预备仿行宪政》以来，政体讨论已成公开，立宪也几乎成为知识分子们经常议论的话题。但都知道，宪政设计一直争论激烈，怎样立宪，其中所包含的内容实在太多。

严先生却好像没听见大家议论一样，不点头也不摇头，只是颔首笑道：“西方近代的富国思想是保护自由贸易和自由投资，以资本组织生产；采用先进技术进行工业革命，实现专业化分工、商品化的大生产以提高效率；用市场手段来增加财富，立足于自然人，进而是法人的平等，以契约为基础立法建制，维持秩序。诸生以为这与《荀子》国富论有何区别？”

“《荀子》设计的是社会秩序，国富论说的是国家表征，而西方国富论，则更像是真正意义的经济理论。”有人回答。

“是啊，二者不是一回事，这也许就是中西方文化的差异。为什么要说《荀子》呢？两千多年前，荀子考虑到财富分配与国家富强之关系，其先裕民而国富的思想，应该说是中华民生思想的先驱。把它与现代西方国富理论一起讨论，把财富分配作为国富论的切入点，正是一个很好的契合。”严先生有意绕开朱德所答问题，仅就《荀子·国富》篇与西方国富论进行比较，亦算是一种避实就虚的说法。

“西方崛起，富民强兵主要靠的什么？有人说是竞争、科学和财富分配。对不对啊？”不等众人开口，严教授再次发问。

众人见问，又都窃窃私语起来。

见大家议论，严教授又再讲解：“除此而外，愚以为还有人对财富的欲求，就像一只无形的手在推动，蕴含了巨大能量，诱发各种各样的社会变革。几百年来，西方就经历了两次文艺复兴，无数次政治改革、宗教改革和构建制度，其间并有法兰西和美洲革命的爆发与成功。”

对于严先生的这番宏论，众人闻所未闻，所以极感兴趣。不想严先生说到此却戛然而止陷入沉思，船中一时静寂。此时，运粮河中大小船只拥挤在五六丈宽的河道里，来来往往相互碰撞。将要进入滇池，水面又多了不少滩涂浅湾，岸边停靠的几只小渔船，船篷上飘出冉冉炊烟，船家从河里打水煮鱼肉蔬菜，据说活水煮活鱼味道好极。众人看着船上人家从蒸腾的热锅里捞吃鱼肉菜蔬，有说有笑充满乐趣，想起小西门见到的乞丐，不由得万分感慨，贫富苦乐真是浮生百态。

“老夫很赞同刚才那位学子所说宪政设计的问题，社会不公何以谈富。《荀子·国富》所以难行，根源正在于此。”绕了一个弯，严先生终于回答了开初的问题。“那么应该怎样来实现民富而进一步国强呢？”

见严先生再问，众人一时都答不上来。

严毕达见状笑道：“而今仿行宪政，老夫始终不得要领，诸君尚需用心揣摩。时空推移，变化在所难免，也无一劳永逸之事！然则荀子所思：宜广富而患寡贪，民心安而共创富，仍是至理。”

此三言两语，说得众人思绪潮涌浮想联翩。在众人看来，严先生所说，虽不似立宪派陈词老调，亦有别于革命党新锐，但却独有见地，颇为大胆。虽讲仿宪变法，在君王当道的时下说出，却也殊为绝伦。于是，便都随着其点出的问题，认真思考起来。

“那么先生所说强兵，与富国裕民又是什么关系？”范石生问道。

“政体与社会发展相适应。欧洲工业革命引发光、声、电、化学科学发明和自由竞争高潮，体制变革应运而生，此为强兵之先声。而今东西方列强又以坚船利炮相要挟，肆行世界。强兵目的原在富国，此乃强兵之要诀，可而今……”话未说完，范石生忍不住插嘴：“但国富未必能够裕民，穷兵黩武非但不能裕民，甚至还因此民不聊生。”

“是啊！这事值得思考。”有人说道。

“洋人坚船利炮，害苦害穷我泱泱中华，其民未必得裕。打着变革之旗号，不过是势力扩张，最后还是少数人得利。”姚必光有感而发。

“列强入侵掠夺，乃中华贫弱一大原因。其他不说，单《辛丑条约》庚子赔款就四亿五千万两，按大清国人头计算，一人一两。本息合计竟达九亿八千二百万两之多。中华不强兵，亡国必不远！愚以为：强兵一是维持稳定；二则抵御外敌入侵。国昌民富，所以强兵乃中华立国富国之需，也不能说与裕民完全无关。诸位尽皆军校学子，强兵之事众望所托，对此切望牢记，更须深思，老夫不过抛砖引玉而已。”严毕达说完一顿，惹得众人不得不沉心深思。

姚必光一直在想，欧美列强以及东洋日本以坚船利炮打开中华国门，大清国累累败绩，并不断受到割地赔款要挟。心中愤懑，不由问道：“富国强兵，历来就为国人所期盼，然国富者兵强，请问先生，当朝以今之国力何以强兵？”

“凡治国之道，必先富民，民富则易治也，民富则国富，国富者兵强。今之国是，应以实行宪政为要，其次士、农、工、商各就其业。引进科技广纳西学，老朽以为，富民仍是富国强兵之本。”严毕达的回答，除了始终坚持富民在先的思想，还指出了宪政的重要。说到宪政，严毕达不禁感叹：“朝廷至今按部就班，依然故我，不知实行宪政之紧迫，强兵之事难啊！唯有一策，铸军魂、养人才、壮军心，诸君之所担当，国之安危也！当今世界，欧美各国乃至东洋尽皆着意强兵，中华之势实为艰难！”

话已至此，众人不好再问，严大公子却抢着说道：“阿爹之论，全寄希望于朝廷，不免落空。近闻新学，提倡‘起共和而终帝制’，主张恢复中华之外，国体民生当与民变革，自由、平等、博爱一以贯之。不知阿爹以为如何？”

严大公子此言一出，众人皆知所论尽来自同盟会《革命方略》，心中甚为欣喜，对严大公子也不免另眼相看。严毕达沉思良久，方才摇头说道：“犬子黄口小儿，在众位学长面前胆敢妄论国是，不免癫狂。然所谓新学，老朽亦有所闻，皆为朝廷所禁止，诸位听了也就到此为止。就我所学虽难辩驳，尽管校园内也不应禁忌新说，但尚望诸君深思，切不可轻易再三传信，以免惹祸上身。”说完又摇头叹息，忧心忡忡地嘱咐儿子不可轻言妄行，否则城门失火殃及池鱼，可就不好收拾了。严师母闻言，也心疼地嗔怪儿子，再三交代要其小心不可莽撞。

不知不觉间，船在拥堵的运粮河中已经走了一个多钟头。小船驶出了柳浪成荫的河堤，两岸平畴夹水，水面逐渐开阔，尽见芦苇满泽绿荷铺岸。

严毕达一路畅言似乎并不觉累，只是被其子点中要害不免有些语涩，沉吟良久才又说道："说来惭愧，老夫涉足西学30余年，亦曾追随张中堂张大人办理洋务，向来也对张大人'新旧兼学，旧学为体，新学为用'之大论深信不疑，自以为自然科学和一部分社会科学固然是西学好，中国应当向人家学习。同时也深信文学、道德哲学等是我们的好，外国人应当向国人学习。然每每行事，却至为矛盾。张大人'中学治身心，西学应世事'的主张，实则更倾向于实用，想在不变更政体前提下，学习西方先进管理方法。不仅反对接受西方政治伦理，更不赞成宣传民权思想，这些均与在下所思不尽相同。老夫费半生之力，潜心于中西学说比较，苦研国富民强之要略，深感民权与富国至关重要，最终才觉体用之说难能行事，不得要领。于是便有了实行宪政之体悟，却实在不敢取诸康、梁惑乱之言。此时纵然说与诸位学子考较，也不过投石问路，尚祈望诸位万勿与妖言相提并论。"

严毕达一番表白，似有难言之隐，特别是说到康、梁，更有些牵强附会。众人以为严先生之言虽与康、梁不完全相同，但与梁启超立宪主张却大为接近。对同盟会中山先生"三民""五权"主张似乎也能容忍，并不像一些立宪派人士，一听同盟会主张便极力排斥。

严毕达又向众人讲述了曾经在鄂追随张中堂的逸闻趣事。"不才虽对香帅'中学为体，西学为用'不以为然，但张大人毕竟不凡，亦是难得的办事干臣。当年就曾以'兴学为求才治国之首务'而名重京师。在下以为，其'中国不贫于财，而贫于人才'的见解，至今仍为至理。"

说到自己襄理汉阳铁厂的轶事和所闹笑话，严毕达也毫不忌讳，平心静气、声情并茂讲道："当年，汉阳铁厂欲向英国厂家订购炼钢厂机炉，英方征询所用煤、铁、矿石原料质地。问要炼何种钢，用何种炉时，竟被张大人大言拒之。谓：'以中国之大，何所不有，岂必先觅煤铁而后购机炉？但照英国所用者购办一份可耳。'结果，因所用煤、铁矿与机炉设计不适，导致铁厂投用六年，耗资560万两白银却未炼成一炉钢。张大人不懂炼钢却偏做决断，自己襄理厂事也唯香帅之见为圭臬，实为大谬。"说完又发感慨："诸位学子必以科学态度，独立思考为治学之要，切勿仅以师长之说为是。既便是老夫今日所论，亦当认真求证，是者为是，不是者尽当扬弃。"

严毕达用了一个西方哲学新名词"扬弃"，严大公子不懂，忙问道："阿爹所说'扬弃'竟为何事？难道是可以不听不成？"

严二公子一直一言不发，静坐在母亲身边，眯着眼睛听父亲讲课。此时见大哥竟然问这样一个问题，甚为得意，笑道："我听先生讲过，'扬弃'乃德意志哲学家创造之哲学名词，什么费尔……哈、黑格尔……”一时把著名哲学家费尔巴哈的名字忘了，正自尴尬。

严毕达点头笑道：“‘扬弃’乃西方哲学一基本概念，是为在往复的新陈代谢中，发扬旧事物中积极因素，抛弃其消极因素，如此而已。细细揣摩却包容了不少深刻哲理。”看着儿子欣喜不语，心中倍感快慰。

八、学子受教　感怀大观

不远处的近华浦内亭台楼阁已大概可见，隐约间回廊相接，更有一楼突起，雄奇壮观。船家手指前方，高声说道：“看哪！大观楼，快到岸了。”小船驶近湖畔柳堤，尚未停稳，船家便飞身跳上了岸，慢慢牵引缆绳，轻轻地拢了船。

暮色黄昏，青草湖畔，沙鸥翔集，蒹葭苍苍，湖光山色更加幽深，众人不由得欢声雀跃。从青草海扑面吹来的风，带着清新水气让人顿感爽快。远处帆影悠悠，秋水漫漫，姚必光低声吟道：“……所谓伊人，在水一方。溯洄从之，道阻且长；溯游从之，宛在水中央……”和着美景诗意，仍在回味严先生一路所讲。虽然仅是郊游时散漫之论，稍显浮泛，但却意味深长，可惜最后不了了之，有些意犹未尽。心想大清朝专制政治压迫，连严先生这样的饱学敢言之士也都有所忌惮，不免遗憾。记起前几天刚读过的《同盟会宣言》中一段话：“国人相视，皆叔伯兄弟诸姑姊妹，一切平等，无有贵贱之差，平富之别，休戚与共，患难相救，同心同德。”心向往之，暗暗祈祷

段云鹏走过来，伸手搭住他的肩膀感慨道：“想不到，严公子17岁，竟也知道《革命方略》，看来同盟会主张已经深入人心。而二公子也知道西方哲学，小学生都如此关注国是，实现宪政恐怕不会远了。正如中山先生所说，‘国家之本在于人民’，人民觉醒，国将有望。”

“远不远倒不敢说，那可是天道苍苍乾坤，人民浩然邦国啊！”姚必光嘴上说，心里想：也许还很遥远、漫长，可再难都需坚持担当。一种位卑未敢忘忧国的壮志情怀，油然而生。

从下船的水岸到近华浦入口处并不远，众人慢慢走来只不大功夫。所谓近华

浦，其实就是昆明几条小河汇入滇池青草海边上的一处水泽。因隔着青草海与西山上名叫太华的山峰相望，而太华山中早有古寺很是出名，后来有人在水泽边筑堤修建园林，便取其临近太华山而得名。大观楼建在近华浦靠青草海的湖畔，到大观楼前必经一三面环水的堤埂小道。小道上立有一座门楼，拱形门框上，门头崁有“近华浦”三个大字，两侧书刻“曾经沧海难为水，欲上高楼且泊舟”楹联一副。众人看后都觉富于哲理，贴切有味。有人知道来历，便讲了明初沐英封黔国公留守云南，在这里辟设花园莲池训练水军，之后又有湖北僧人卓锡结茅舍讲经的故事。

“平定三藩乱后，朝廷巩固了对云南的统治，在经济发展、社会逐渐安定的情况下，于康熙二十九年修建了大观楼。后因损毁，几经增修重建，直至光绪十四年完成最后一次修葺，距今仅22年时间。近华浦门侧的对联，则是同治五年云南署提督马如龙重修大观楼时，采用道光时云贵总督阮元所撰楹联。”有人问起近华浦历史，严先生一一解答。

提起阮元，不知谁插了句话：“这个阮烟袋，在滇官声不好，听说就是因为擅改大观楼长联，得罪了滇中学子，惹祸被迫离开云南。”

“正是，正是！阮元本是嘉庆、道光间文臣学士，其字芸台，滇人便以芸台谐音‘烟袋’，烟袋又有贬义，编了一段顺口溜打趣：‘阮烟袋不通，韭菜萝卜葱，擅改古人对，笑煞孙髯翁。’时至今日，阮元擅改长联之事还被沦为笑谈。”严先生微微一笑，轻捻须髯。

“不过，阮烟袋这副对联写得倒是不错，与滇池的沧桑巨变，近华浦、大观楼累遭战乱毁损的历史十分贴切。”段云鹏小声跟姚必光探讨。

姚必光听后先点头后摇头，“云鹏所说不错，可惜还是改句，缺了点创意。”

又有人接话道：“烟袋本性，恐怕就是喜欢改，古时作诗就有一派，专门改古人句子，总不见得多好。”

“怎么改的？你说说看。”段云鹏听后觉得好玩，一再追问。

“‘曾经沧海难为水’取自元稹《离思五首》。而‘欲上高楼且泊舟’却是借用欧阳修《庐山高》‘泊舟登岸而远望兮’诗意。”姚必光轻声作答。

众人你一句我一句，说得更加热闹。继续前行，大观楼已近在眼前。姚必光问段云鹏道：“你说说看，‘大观楼’何以叫作大观？”

段云鹏想了想，脸上露出一丝狡黠：“凡事变化无常，但凡经历过大场面，大磨难，而不为之怯懦，方称达观，达观者大观也。”他嗓门大，虽悄声轻语还是被人听到，引得众人一阵大笑。

“大观分明说的楼宇高大，登楼望远，可见烟波浩渺，一碧万顷，形容眼界开阔，视野宽广。哪里就与达观联系上了，歪解，歪解！”走在一旁的杨希闵笑得肚皮发痛，知道段云鹏信口逗趣。

“古人不拘一格，见仁见智，各有说道。像是从范仲淹‘岳阳楼之大观也’化度而来，谁人不知？可都如此说太无新意，开个玩笑嘛！”段云鹏一脸憨态辩解道。

严毕达听学子议论，得意忘言并不搭腔，自顾自地走在前头，引着众人转过琵琶岛，沿芦苇依依的池塘和水泽间小道一路行走，直至青草海湖畔，立于大观楼前这才站定。捋须含笑，举首仰望巍然高楼，口中默默念诵：“五百里滇池，奔来眼底……”神情肃然。见大家聚拢过来，严毕达朗声问道：“诸位可知大观楼何以名世？”

众人异口同声回答：“长联！”

“是啊！长联！一幅出自寒士之手的长联！都说‘楼以文传，文以楼著’，海内四大名楼，‘黄鹤’‘岳阳’‘滕王’‘鹳雀’尽皆历经千年，处江河湖海要衢，得名人高士览胜，尽有诗文璀璨照壁。而大观楼，不过区区两百多年历史，且地处边城，一无名士高人登临，二无惊世骇俗墨迹。唯有此长联，却几与四大名楼比肩，实在是不简单啊！故而我谓此长联，不愧为海内之第一长联！”说到此，严毕达骄傲地扬手一指再说道：“诸位请看，此楼三层木结构，传统四面亭台式楼阁，与其他名楼相比，规模并不大。然古朴典雅，亦甚为可观。王继文改建增高，取名‘大观’，正如同学所说，源自《岳阳楼记》词义。”

有人说道：“王督抚本来就是文士，楼名‘大观’果然不错，看来也无须其他典故，范文正公的意思就好。”众人听后齐笑。

“其实叫作‘大观’的古楼很多，四川宜宾，登楼远眺，双江若带；江西高安，负山面江，映月苍然；江西樟树，城郭烟云，点点风帆，都以大观楼为名，可名气就远不如此楼了！”众人七嘴八舌，你一句我一句说得热闹。一阵清风从滇池湖面上吹拂而来，让人感觉好生凉爽。此时天边落日晚霞似火，云山绰约飘逸，有若神仙穹宇间的龙飞凤舞，骏马奔腾。烟云相交时，雾霭飞霞缱绻，水天相衔处，斜照余晖喷薄，众人都陶醉在滇池湖畔美轮美奂的景色当中。忽闻有人高声吟诵：“……披襟岸帻，喜茫茫空阔无边……”众人看去，只见一老者，长衫短襟，神态十分清奇，一副仙风道骨模样，身边尾随着几个青年学子，正聚精会神地听他诵读和讲解对联。

诵完上联，老人顿了一顿说道："诗人写登高远望，滇池及四周景色徐徐入目，面对浩渺烟波畅怀胸襟。只一个'喜'字，写出其心之欣然。昆明四周，金马、碧鸡、屼山、鹤山群山环抱，此时却被赋予了生命的力量，附会比兴，活灵活现。"

姚必光心中猛然一振，只觉此人风骨竟然神似自己心中念兹在兹的髯翁，尤其是以"寒士"自命。不禁感慨："老人原来是敬仰孙先生啊！连'寒士'二字都沾了光。"

相传康熙三十五年，大观楼建成之初，常引文人骚客云集，吟诗作画，饮酒纵歌，风气绵延几十年不竭。乾隆年间，某天有一白髯寒士翩然而至，粗裳旧褂，傲然绝世，不顾座中锦衣高冠者的白眼蔑视，卓尔不群，淋漓挥洒写就180字千古长联，文采清奇，气势雄峻，一扫时人俗唱，于是世人争相传诵，髯翁声名大震。

"髯翁者姓孙，曾寄居于昆明圆通寺咒蛟台，以石洞为栖身之所，以卜筮为求生之道，名曰'蛟台老人'，实是一名过着清贫穷困生活的滇中名士。"老先生情深意笃，神态凄婉。见众人围拢了来，他便不再讲解，只是微笑着走向楼门左边门柱上的挂匾，指着说道："原先长联为滇省名士陆树堂所书，可惜毁于战火，而今不得照壁。"老先生再背下联，抑扬顿挫激昂低沉，须臾间又吸引了不少人。大观楼前游人来往驻足，有人跟着和诵，朗朗诗声响彻一方。诵读一完就有人鼓掌欢呼，笑声、掌声久久不散。

严教授含笑立于青草海边，静听众人诵念长联，得意时也微闭双眼，脑袋轻晃。等到楼前游人散去安静下来，这才走回楼前，抖擞精神问道："方才大家都已诵读过长联了，感觉如何？"知道严先生有话要说，讲武堂学子们又围拢了来。"长联上支写景，下支评述历史，采用的只是传统对联格局，并未出新，但首尾贯注，一气呵成，诸位自去体会，我就不多说了。单说下支写史，所举汉、唐、宋、元四个王朝，每朝只说一件事：汉武帝刘彻为打通云南丝绸之路，准备在滇池水战，曾在长安开凿昆明池建造楼船训练水军；唐中宗李显派遣唐九征击退吐蕃，统一了洱海地区并立铁柱记功；宋太祖赵匡胤，曾面对地图挥动手中文玩玉斧，在地图上划定疆界；蒙古对南宋迂回包围，派遣后来成为元世祖的忽必烈，亲率10万大军，使用皮筏渡过金沙江，把云南收归版图。此四代王朝帝王，其中三人统一过云南，伟烈丰功，耗费了无尽心力，历史倏忽而过，历代帝王也只是匆匆过客。"严毕达通讲长联，重点说史。

"请问先生，长联史事只提汉、唐、宋、元，却不提前朝大明和本朝，究竟为何？”范石生对着长联琢磨了好一阵，觉得有些疑惑。

“汉、唐、宋、元乃中华大一统最具代表性的朝代，文学中的历史，都喜欢按汉、唐、宋、元顺序排列，以展示中华文明关系惯连，这是文人风气，恰巧滇省有这些朝代的逸闻趣事。不过，‘宋挥玉斧’却是在赵匡胤死后140年编造出来的谎言，采信这个典故，实为长联瑕疵。孙先生不写前朝大明和本朝典故的原因，我看还与文字狱有关。本朝自顺治起文字狱不断，嘉庆后才略为宽松，长联成于乾隆年间，正当文禁森严，顾忌不写应为避祸。但孙先生却始终压抑不住，借古而言今，明指汉、唐、宋、元，实则暗喻本朝。”严毕达再捋须髯，等待学子发问。

“先生所讲阮元擅改长联之事，学生很想知道究竟改成什么样子？”杨希闵对阮烟袋不通的事情更感兴趣。

“嗯，阮元所改长联兴味索然，不堪一提。不仅立意偏狭，文字功力也不济，作诗行文的气势已经荡然不存。”严教授评道。

“严先生，我总觉得髯翁长联过于消沉，历代兴衰何以终成一空？”朱培德见严先生文江学海、慷慨激昂，想起家乡黑井盐业的兴衰，不禁问道。

“是啊！髯翁先生虽然身处本朝盛世，但自己却经历了家道中落乃至穷愁潦倒的种种磨难。对盛世衰落的惋惜悲悼，正是长联的可贵之处，历史情绪的宣泄抒发，不是消沉而是批判。现实生活中的孙先生，关注民生，以民为计，曾为消除水患致力于昆明水利研究。这样一位先贤，诸位想想，其对历史的态度，会是莫名其妙的消沉吗？时代的变迁与动荡，使一位深怀治世经邦抱负却终不得志的儒者迷惘彷徨并不为怪。诚如这位学子所问，髯翁先生最终所感怀的人生世事便是如此：‘历代兴衰，终为一空！’”

大观楼附近，园中亭台楹联不少，众人跟着严先生，听他一路指点文字、析意释疑。又沿园中回廊绕行，循着浦内的亭台楼阁，顺着湖畔边走边听，有说有笑。一圈回来再到大观楼下，却已是晚风习习、月影渐明，于是踊跃登楼，顺着窄窄的楼梯直奔顶层。楼内只开着朝南面向滇池青草海的窗，众人走到这窗前驻足向外眺望，有人看一眼就匆匆下楼，有人却站着一直不走，中秋之夜，像是要等待海上生明月。其实月出东斗，大观楼面向滇池的窗朝南，这窗只能从侧面隐隐感觉月亮逐渐升高的气象，大家更多的是看海，看明月下滇池像海的水、似霜的波。凭栏望远，只见大水澹澹，秋光如银，远山若黛，湖中早已烟薄雾散，才晓得此时中秋明月已经跃过重楼，接近中天了。

看着眼前景色，想着著名的长联，身临其境，自然会沉浸在对历史追思的情怀当中。姚必光注目城中，远方灯火阑珊处，此时云烟暗淡，多少年来家国往事忽然涌上心头，愉悦之后的一股忧思在心底里泛起阵阵波澜，不由得吟咏有声：“明月不谙离恨苦，斜光到晓穿朱户。昨夜西风凋碧树，独上高楼，望尽天涯路。”

朱德走上前来，见姚必光表情凝重，孑然凝眸怅惘，轻轻拍了拍他的肩膀和蔼问道：“必光何以如此深沉？”

“想起晏殊的一首词，‘山长水阔知何处’，倒不知所为何事，心里却有些人何以堪的孤寂感。玉阶兄，你说我中华千年泱泱大国，为何如今却苍烟落照，凋零惨淡？”

朱德神情凝重：“说得是啊！我也颇有感触，小西门所见、严先生所讲都让人深思，国势衰微百姓受苦，大清国既弱且贫，也真是西风黄叶，落落萧瑟哪！”

“是啊！我也这么想，但救民之计何以难行？意欲担当却无力量，读晏殊词总觉得莫名孤寂。”段云鹏凑上前来，两眼迷茫。

“孤独迷茫，你我一样！将来我辈，生死沙场，何以慰平生，何以无悔怨？”姚必光思索着，心里早生出无限情怀。他感觉与同学好友似乎有一种契合，眼前突然一亮，可又觉得，蓦然回首间却只见虚幻的狼藉。为什么会有这样的感觉，这感觉到底是什么，却又说不清楚。

第三章 辛亥风雷

一、大清末路　苟延残喘

1910年10月3日，大清王朝资政院第一次开院，摄政王载沣宣布训辞。根据《资政院院章》，资政院议员分钦选、民选两类，各占100议席。其中钦选议员由宗室王公世爵16名、满汉世爵12名、外藩王公世爵14名、宗室觉罗6名、部院官员32名、硕学通儒10名和纳税多者10名组成。民选议员则由各省咨议局选举产生，其中多为地方士绅。这事从议处到颁布，在全国上下引起极大反响，甚而导致了多起请愿事件。

自年初国会请愿同志会发动两次请愿均告失败后，立宪派加紧联络，决定扩大请愿代表团组织，选派专员前往各地游说，鼓动人们在请愿书上签名，预定于宣统三年初举行第三次更大请愿。

7月，各省咨议局主要人物在北京召开联席会议成立咨议局联合会，决定将请愿提前到资政院开议期间。立宪派人士一面奔走于各省督抚门下，请封疆大吏联名上奏，一面又函催各省有关团体加紧请愿签名活动，并于8月组成请愿代表团到京。至咨政院开议前，各省代表团陆续聚集京城，号称有数百万人签名的请愿书亦交达资政院。请愿书历数时局骤变、内忧外患，“内忧者，各省饥民救死不赡，铤而走险；外患者，日本并吞朝鲜，扼我吭而附我背，俄汲汲增兵窥我蒙古，英复以劲旅捣藏疆，法铁路直达滇桂……德、美旁观，亦思染指。”凡此种种，不一而足，借此胁逼清廷于宣统三年召开国会议决国是。

9月23日，东三省总督锡良领衔，共18总督、巡抚、将军、都统联署奏折到京，与立宪派主张相互呼应。清廷深感危机四伏，遂于10月3日发出谕诏，宣布将9年预备立宪之期缩为5年，并称“年限一经宣布，万不能再议更张”，令各省请愿代表“即日散归”。立宪派见此谕诏，极为不满，却对腰斩请愿召开国会政治意图的谕诏无可奈何。代表团认为“既奉朝命，劝谕解散，自不能再行存在，致招干涉”，当即宣告请愿代表团解散，解散前又以代表团名义发出《通告各省同志书》，痛呈因由：“甘等承全国诸父老委托之重，匍匐都门，请求国会，积态罄哀，一年于今，三次上书……千气万力，得国会期限缩短三年，心长力短，言之痛心。”表达了对清廷谕诏和假立宪的愤懑与无奈。一部分代表于下诏当夜邀聚在

《国民公报》报馆，表达了“闻此乱命，亦极愤怒”的强烈不满。经秘密会议决定，“将以各省独立要求宪政”，请愿活动持续不断，不能平复。

讲武堂中亦有立宪派人士上下奔走，各种宣传在广大教官、同学中产生了不小影响。

那天，徐正文将厚厚一份《国风报》给了姚必光，课后姚必光便窝在床上翻看，见有论说、时评、著译、调查、记事等栏目，文章以论说为主，多涉及政治，主张立宪；并有介绍世界各国常识、忠告政府议论，也有与同盟会革命党论战的文章。文字文笔绝好，却因与大家时常所讲观点不尽相同，虽都鼓吹宣扬民主，但方法论上却大相径庭。姚必光并不十分感觉兴趣，看了几页就丢在一边昏昏睡去，醒来时见李明远站在身旁，手里正拿着那份《国风》在看。

“你也看《国风》？”知道姚必光已经醒来，李明远抖动着手里杂志问道。

“徐正文拿来看的，与《云南》《民报》上的观点不同，甚至有中伤党人的文章。你也看了？”姚必光依然睡眼惺忪。

“我刚看了这段，你瞧：‘三四年来，朝野上下，洋洋盈盈，皆曰宪政、宪政，然试叩以宪政果为何物，恐能对者什不得一二也。’‘欲行种族革命者，宜主专制而勿主共和；欲行政治革命者，宜以要求而勿以暴动。’什么宪政、种族革命、政治革命，我真不知梁任公的宪政为何物，要求又是什么。清廷、皇帝，难道鞑虏乱我中华还不够，还要把他们供在头上拉屎撒尿不成？”李明远情绪忿忿，看了看周围没人，声音略微提高。

姚必光指着自己刚刚看过的文字说道：“这一段说种族复仇‘必出于暴力革命，暴力革命必继以不完全的共和，不完全的共和必至于亡国’。‘吾以为今后之中国，不容有三年以上之战乱，有之则国必亡矣。’何等怪论，口说无凭！”嘴上如此说，心中却满是狐疑。

李明远也惶惑地摇摇头，他也不懂，只是觉得自己竭力奋斗的是为天下苍生共谋福祉的大事业和不被鞑虏乱政的清平世界。不打战还要军人干什么，自己是军人，内心深处真的向往共和宪政。

近来，三人深受革命党同盟会政治思想影响，哪里容得下立宪派这些高论。徐正文三番五次把自认为十分精彩的立宪派刊物带来给三人看，以为梁启超先生关于宪政的议论会打动他们，不想却让三人更加反感。

“美利坚华盛顿将军，为自由民主、民族独立，与强大帝国作战，功成身退，那怎么说？还不是种族革命，靠枪炮和实力捍卫民主共和！”李明远旁见侧出。在讲武堂，大家只言片语了解一些史事，一两百年来世界风起云涌的时代大变革，激起青年学子们心中的种种好奇和思考。接受同盟会政治宣传后，大家对立宪派种种议论自然十分鄙夷，无论梁启超说得怎样精彩，都很难为之所动。

讲武堂的生活就是这样，受时代潮流影响，大家热烈地谈论政治、谈论宪政，但宪政为何物，如何实现宪政，心里却十分茫然。

1911年1月，英国驻缅甸密支那府官赫滋，率远征队2000多人进犯云南片马，在高黎贡山西麓设营驻兵，焚烧汉学堂，赶走学堂教师，并向当地头人颁发委任书。消息传来，群情激愤，云南全省公推两级师范学堂教师周钟嶽、李灿高为代表赴京请愿，要求清廷照会英军退兵。清政府迫于云南以死力争的决心，向英国提出了严正抗议。云贵总督李经羲也命泸水等地土司率民团收复失地，并派讲武堂总办李根源前往片马进行调查。

讲武堂师生更是摩拳擦掌，主张政府出兵收复失地，都想随李总办一起奔赴前线保家卫国，与英军血战。段云鹏立身誓言：“铁血男儿，当战死于疆场，中华之浩然正气，唯此方能激发！”道出讲武堂400多学子此时的心声。

当地傈僳族头人勒墨杜扒率领边民，用偷袭、投毒、断水等方法袭击英军，誓死不屈，迫使英国政府于4月照会中国政府，承认片马等地是中国领土。消息传来，讲武堂师生欢呼雀跃，此时充溢在他们胸中的正是多少年来从未享受过的胜利喜悦。

这年注定多事，从春到夏，从夏到秋，时局在不断变化。4月27日，同盟会发动广州起义，仅数小时便被清廷残酷镇压。讲武堂中，得知此事已经过了将近半月。听说起义失败后被杀戮的革命党人陈尸街头惨不忍睹，让常常议论革命的同学们都噤若寒蝉。丙班班主任、教官方声涛的弟弟方声洞也在这次起义中被清军捕杀身亡，日后被移葬于广州黄花岗，是为中国现代史上著名的七十二烈士之一。此时，方教官还不知道弟弟在广州起义中罹难，只是说起广州起义，有人痛惜，有人反思，也有人胆寒心颤。同盟会所领导的武装起义再次遭受沉重打击，革命似乎又陷入了低潮。

失败的广州起义使一部分人消沉，也激发起更多革命党人的斗志。起义领导人黄兴后来对失败进行了检讨，深切地说出了同盟会革命党人当时的沉痛心情：“广州起义失败了，使我肝胆俱裂，五内俱焚，悲痛不能自已。”但却坦言：“此役明知不可为而为者，迫于革命存亡绝续之交，战则虽败，革命精神不死，国魂光辉照耀古今，是所以坚持否决展期之说，宁死于战场，决不未战先溃。”

5月8日，清政府颁布《新订内阁官制》，开始实行责任内阁制，随即下令裁撤军机处及原旧内阁，成立了由13名国务大臣组成的新内阁。以庆亲王奕劻为总理大臣，那桐、徐世昌为协理大臣，下设外务部、学部、民政部、度支部、陆军部、海军部、法部、农工商部、邮传部、理藩部。梁敦彦、善耆、载泽、唐景崇、阴昌、载询、绍昌、博伦、盛宣怀、寿卷分任各部大臣。13人中，满洲贵族9人，汉族官僚4人，而满洲贵族中皇族又占7人。这是一个以皇族为中心组成的内阁，所谓责任内阁实际上就是人们所讥讽的皇族内阁或亲贵内阁。昭告一出举国哗然，舆论普遍认为，清廷仍将国家权力据为家有，不仅不信任汉人，甚至也不信任无血缘关系的满人。公然蔑视已成为立宪法则的“皇室不入阁”这一源于英国宪制的惯例，等于坐实了革命派“清王朝分明就是骑在汉族头上的鞑虏，是反华排汉的异族压迫政权，若要去除，舍革命而无二途”的指控。

朝野立宪派也大失所望，几番比较，地方大员对新内阁更为反感。原因在于，责任内阁还剥夺了地方督抚直接向皇帝上奏、入对的权利，将各省改由内阁统辖，让早已坐大的地方实力派无法接受。

5月9日，清廷又宣布拟将铁路干线收归国有，再次激起全国怒潮。湖南、四川等省对责任内阁实行铁路国有抵制最为强烈。

所谓国有，实际就是强行接收广东、湖南、湖北、四川四省商办的铁路公司。把民间合股的资本及粤汉铁路、川汉铁路修筑权收归国有，再以国有名义借款，把筑路权出卖给外国资本。这些外国资本在取得路权后又转让牟利，不劳而获。

5月20日，邮传部大臣盛宣怀与英、美、德、法四国银团签订的600万英镑《湖北湖南两省境内粤汉铁路、湖北境内川汉铁路借款合同》昭然过世，似有谋夺在先、出卖在后的意图，并强行将民众集股转为记债。政府既收路权，却又不出路钱，这便是引起怨愤的“路款双夺”。

广大百姓在两条铁路筹办期间曾被强行加税、缴费、集资，吃尽苦头，多年来的辛苦血汗钱一朝化为乌有，自然极其失望。此举更严重地打击了地方绅商、地主等民族资本，并引发了清廷中央政府与各省地方政府的利益之争。责任内阁上任伊始，就出此损招，无疑已失信于天下。接踵而来的就是：湖南，长沙万人集会；长沙至株洲铁路万余工人示威；广东粤汉铁路股东召开万人大会，一致抗议铁路国有政策，提出“万众一心，保持商办之局”口号；四川川汉铁路公司在成都召开股东代表大会，谴责盛宣怀卖路卖国的国有化政策，决心为争回路权奋斗到底，会上还宣布成立了“保路同志会”，全川142个州县工人、农民、学生和市民，纷纷投身保路运动，保路同志会会员不到10天就发展到10万余人；湖北宜昌到万县的铁路筑路工人和商人聚集起来与停工令抗争，政府调兵镇压，数千工人拿铁锤、棍棒与之展开搏斗，致使20多名清兵被当场打死。

民间盛传，路权收归国有不过是盛宣怀等人想要垄断销售汉冶萍煤铁公司所造钢轨、中饱私囊的欲盖弥彰之举。据说煤铁公司股东除盛宣怀外，朝臣中大权在握之人亦多持股。路权国有后，筑路所需钢轨一律只准向煤铁公司采购。这一规定严重损害了地方利益，于是引发各省非议。

其实，无论是责任内阁还是路权国有，清廷所采取的策略措施，都早在人们意料当中。路权问题从始至终就有官办、商办之争，说到底就是地方督抚与皇族、新兴商业资本与王朝官僚资本的利益之争。而逼使百姓股权转为债权，虽是责任内阁所使的小伎俩，但无论股权或是债权，百姓们则早无多少利益可言，最终仅只是民间商业资本大股东和地方政府丧失控制权的问题。至于外国借款，无论抵押还是监控权，也只是强势对弱势金融交易的例行公事，是外国列强商业资本渗入的一贯方式。而外国资本往往伴随着列强入侵和大清朝割地赔款而来，其与掠夺便被自然而然地联系在了一起。这些，由于政治精英们的宣传与鼓动，也由于没落大国国民在经历了与外国列强抗争的累战累败之后，屈辱仇恨根深蒂固，爆发出来的对千百年封建专制统治的反抗。一桩桩事情合在一起，爆发出来就真要了大清王朝的老命。

面对清廷的倒行逆施，梁启超也愤懑至极，预言大清朝定将于两三年内垮台，并鼓动“诚能并力以推翻此恶政府而改造一良政府，则一切可迎刃而解”。一名保皇党人、改良主义者的政治精英无奈说出的话一语中的，实则是清廷末路、政治变革所使然。在民主政治改革的进程中，中国选择了一条艰难而曲折的崎岖之路，几十年的乱世磨难，惨烈深痛，中华民族为此而谱写的悲壮历史，亘古长垂。

二、洞烛先机　去职总办

李根源密切关注着时局的变化。讲武堂学生大都成为同盟会的支持者，其中很多人还参加了同盟会，也有支持立宪改良的，但顽固站在清廷立场上的很少。眼见形势越来越好，同盟会在讲武堂力量愈加壮大。可是不久，钟麟同接任十九镇统制，军中人事调整，总督李经羲却突然委派他到滇西办理防务，其后又借故滇西防务紧要，要他移交总办职权。据说督练公所教练处总办张毅欲来兼理学堂事务，新任七十四标第一营管带唐继尧也将莅任学堂监督新职。

李经羲一直主张立宪，年内还曾倡导和组织过各省在位督抚联名奏请朝廷立即组织责任内阁召开国会，对发起国会请愿运动的立宪派给予过极大支持。此次突然撤换李根源，个中原因耐人寻味，而防范讲武堂内同盟会组织活动，恐怕便是问题所在。

张毅1906年到昆，因为同样官出川省，所以很得稍后到滇任总督的锡良器重。锡良被免总督职务北调后，张毅便官场平淡，不见升迁。刚刚离任三十七协协统不久，又不升反降调为讲武堂总办，因此满腹怨气，如今仍逗留督练公所教练处不肯全力履新。又因其政见保守异于党人，所以很多事情都难相托。

唐继尧虽是同学，在日本也曾一起加入同盟会，但其怀瑾握瑜志向不同。回昆后相继在督练公所、十九镇任职，虽一直兼任讲武堂教官，但在教学上却别有所见，特立独行。时下因与三十七协新任协统蔡锷交情甚笃，蔡是立宪派领袖梁启超学生，向来深沉，当下军职较高，政治意向让人很难猜度。此时，唐继尧热衷于军国民主义，并不关心同盟会事务。与同僚或上峰结交，其实是他伺机发展的有意布局，奉调讲武堂监督，筹谋之事必将受到影响，且不说少了薪俸，最重要的是丢了兵权，丧失实力。故而颇感失意，所以也难托付。

李根源在任讲武堂总办期间，还负责滇省同盟会事务。前段时间一直被总督派遣，三天两头前往滇西片马，主要负责探察英军兵力，绘制《兵要界务图》以拟定片马防务，还要与英人交涉，实在很难两头兼顾。近日，李总督再三催促交割讲武堂事务，让人有种上树拔梯的感觉。因与张毅并无交往，同学唐继尧如今关系也不密切，手头讲武堂甚至同盟会很多事情尚需料理，实在有些让人放心不下。尤其甲、乙两班二期学员即将毕业、特别班提前毕业等诸事烦琐、关系重大。

已毕业的甲、乙班一期学员，编入十九镇或巡防营后，大都担任了排长、队官甚至管带，成为新军中的骨干，影响日盛。二期学员和特别班中同盟会成员更多，若能与原先新军中的反清力量汇合，继续壮大同盟会军中组织，对革命党来说至关重要。

这天，李根源、李烈钧和张开儒约了顾品珍、李鸿祥、谢汝翼、刘存厚、刘祖武等几个陆军士官学校同学、同盟会会员喝茶。讲到二期学员的分配，都觉得按原军籍转回所在各标在所难免，编队时注意与队中同盟会特别是一期归队的学员相互策应，并以兼职教官为核心组织联络，使之形成合力便好。众人一致赞同学员名单、简况由李根源整理，编队后由各教官特别关注和掌握，也无须再汇聚到李根源处，只把大体的人数力量通报即可。

谈过正事，众人才有了品茗的雅兴。见茶色青绿、茶味甘醇，有人道："这茶怎么从没喝过？比起龙井、旗枪也不逊色，刚才没注意，现在才品出点名堂。可惜忙着说话，囫囵喝了几口，前边什么味都不晓得。"

"印泉兄说说看，可有门道？"顾品珍微微一笑，很是神秘。

"我哪里知道，茶庄是你领着来的，只有你才晓得。"李根源故作矜持，"不是普洱、不是顺宁也不是永昌的毛尖，更不是龙井、银针！"

见李根源沉吟作态，顾品珍指着手中建水陶制茶杯，面露得色。原来众人手中、茶几上一应陶制茶具上都有嵌白"十里香"三字。

"这就是了。"顾品珍哈哈大笑，"此茶庄以茶命名，这茶就出在昆明东郊白龙寺外十里铺。道光年间种下的树，后来扩种累不见活，也就十来株，取名'十里香'，其特点正是臻清香之极，十分耐泡。龙井是第一泡最好，二三泡后，味就淡了，十里香则不然，头一两泡不见得，三四泡后味道才出，时间越长茶味越浓。"

听顾品珍道出"十里香"的来历，众人纷纷称奇。原来还以为是开头喝茶时没在意，其实正是这茶特性，便又都端起杯来，慢慢品味。

"十里香"这茶庄，倒是昆明贡院街最好的一家，既买卖茶叶，又经营茶具。茶楼小而雅，所沏"十里香"茶，则是铺中押注绝品。茶叶是由十里铺一户姓赵的人家每年送来，立春后清明前采摘，铺里所得不过十来斤新茶。茶庄老板本来也是十里铺人，知道"十里香"茶原为贡品不易得到，只因与赵家老辈有些交情，开了茶庄之后，便私下招呼采买，并不在乎价钱。所故，茶庄遍访制茶陈法，改进了晒、搓、揉、蒸、烤工序，以外人不知的新工艺秘方精作。只是"十里香"茶产量极少，市面上根本不见，更何况茶庄自己制作的上品，只有来了极重要宾客，才肯拿出来款待。有诗为证："十里铺有十里香，茶色莹碧比旗枪。若得遍种满山野，佳茗何处不声张。"

见大家兴致极高，顾品珍讲来更是绘声绘色，众人欢畅说笑："这茶还喝出文化来了，不错，不错！将来若得扩种，昆明便好与杭州一比，湖山、龙泉、好茶外，还添一分春色，冠绝全国不难。”

“讲什么文化？正事都忙不过来。听说请愿风潮再起，文化人都忙签名去了，哪有闲心喝茶。”因为对请愿活动不屑，有人故意调侃。

难得众人高兴，李根源不忍扫了大家兴致，也跟着说笑一番，见话题转了过来，连忙道：“最近，全国请愿活动四起，邻省四川、贵州都有行动，转而支持立宪的人日逾见多。云南也是，去年督抚联名奏请朝廷组织责任内阁和尽快召开国会，李督便是积极倡导支持者，大家需认真了解这一动向，注意事态发展。当下我就要离开学堂，今后事务只有拜托大家。”

众人沉默半晌，还是李烈钧首先附议：“根源兄奉调滇西办理防务，恐怕事有蹊跷，是不是近来学堂闹同盟会让总督察觉？不然，以根源兄对讲武堂的贡献和把持，片马事件已经有了眉目，怎么说也不该如此调动，不升不降只得个虚职，总督原本是很赞赏根源兄的啊！”说完端起茶杯抿了口茶，稍顿又道：“什么滇西办理防务，我看就是转托，既无兵权，也无实职，巡视、督办，那是什么事？依我之见，根源兄必须谨防，下一步总督还会有何举动，真不好说！”

“在下与烈钧兄所见略同。总督想干什么姑且不管，天要下雨，娘要嫁人，我等只宜未雨绸缪，静中求动。找大家来就是这个意思，我离开后，学堂之事便拜托诸位，并由烈钧兄代为与张毅、继尧应酬。张毅、继尧处我也要有个交代，万望众位齐心，协力办好校务。学堂同盟会事务，因诸位在十九镇兼职恐怕忙不过来，所以业已托付沈监督、张提调照看，亦望诸位仁兄帮忙。另外，佩金不久要赴日本洽谈军火采购，今日又因有事不能前来，镇中诸事还望大家多与佩金商议。”李根源立身恭首，言辞恳切。

顾品珍紧握双拳感叹惋惜：“新军中革命思想传播很快，只要有人振臂而呼，附和者便可成千上万，只差有志者出而担当。佩金、根源一走，寰中几无人矣！”

李根源正想谦虚，刘祖武接口道：“最近，新上任的蔡协统对营级管带以下军官大行调整，似乎是个好兆。经此一变，我等同志大都充任了中下级军官，指挥权指日便可掌控。只是钟统制、靳参议带来的北洋系人马仍与李总督信任的川、湘籍军官相互争斗，依然控制着军中上层。”

“蔡协统从不轻易表露，但对留日归国的我等却十分倚重，并大力支持在新军中按新法组织编练、培训教育，可惜目前不便交往。”李鸿祥善谋多思，不无感慨。

“我看蔡公应该是可以结交之人，大家在其手下做事本应协力，若其态度明了，支持滇省行大义最好。烈钧虽与他同乡，在广西共事时曾因党见稍有嫌隙。佩金倒是与他有些交情，此时烈钧不在协中兼职，只好拜托鸿祥、佩金多做工作。”想起与蔡锷仅有几次场面上的来往，李根源也有同感。

对于李根源的提议，李鸿祥不置可否，若有心事似的。近来，他总觉得李根源忙于党务，而未把心思用在军事上，与自己一心想抓军队的想法有些不太一样。

大家议论，再说了些好好坏坏的消息，对李根源被调离讲武堂一事，都有一种不祥的预感。至于学堂中同盟会活动以及甲、乙班二期毕业分配的事，想来想去，也只得暂按李根源提议办理后再做计较。

说到三十七协协统蔡锷，该协司令部正好与讲武堂本部相邻，又是同负建设新军之责的关键机关，李根源与之也时有交往。他初到十九镇三十七协担任协统之时，就曾到讲武堂礼节性拜望过学堂总办，虽需避嫌，但官场互访，一般常礼并无妨碍。

一位是湖南邵阳人，一位是祖籍山东的云南人，说起来还是日本陆军士官学校校友，故而二人关系还算融洽。见面时李根源就有意请蔡锷到讲武堂授课，蔡锷亦请李根源推荐讲武堂教官到三十七协兼职协助训练新军。恰逢有人向李总督告密，构陷留日归来教官在讲武堂聚众密谋反叛，闹得沸沸扬扬，于是李根源顺水推舟，推荐了不少教官到三十七协，既增强了革命党在新军中的力量，又转移目标，保护了讲武堂同盟会组织活动。讲武堂教官和已经毕业的学生，特别是同盟会组织得以迅速地在新军中发展，实际上便得益于双方心照不宣的默契。但蔡锷毕竟是李经羲特意从广西调入的外省籍军官，与总督似有知遇之恩。因为这层关系，加之蔡锷刚于3月抵昆，时间不长，所以二人关系并未进一步发展，更来不及谈论时局和革命党事，甚至还有避忌。

实际上，蔡锷来滇任事多少还与李根源有关。因为滇省军政不和，琐事繁多，李总督常召罗佩金、李根源等青年干才私议政务。说起新军人事，罗佩金乘机向总督推荐蔡锷到十九镇任职。李、罗二人同担滇省同盟会重任，关系向来亲密，因此李根源也极力赞许。而当时在广西陆军小学堂担任总办的蔡锷，则因敞露锋芒，正遭背运。后来，蔡锷果真被调入滇省，这既让罗、李二人高兴，又有几分担忧。众所周知，蔡是梁启超得意弟子，而梁又一直与同盟会不相为谋。不想保路风潮近来日涨，梁启超公开撰文坦言革命，正好为李、罗与蔡拉近关系创造了难得契机。

几天后，8月14日，由罗佩金出面相邀，李根源、李烈钧、蔡锷、赵康时、刘存厚、方声涛、缪家寿几人一起游于安宁，同浴碧玉泉。

“蔡协统可读过任公近日所写《粤事感言》？似已一改往日主张。”在暖融融的温泉水中，众人正泡得舒服，刘存厚突然冷冷发问。

“嗯，任公善变，不过总有道理，其言过去不主张革命，此时不得不赞同革命，此论大概是由内阁拒绝开放党禁所引发。据我所知，任公仍然主张立宪，可惜很久不通音信，不知先生近况。倘若朝廷能与任公相商妥协，那可就是国家的大幸了呀！”蔡锷若有所思，话语讪讪。

“自第三次请愿发起，又有川汉、粤汉铁路路权收归国有案未决，内阁早已失去人心，任公失望当在情理之中。据说时下各省蜂起的‘宪友会’便是任公推动。从全国请愿的发动可知，其已一统全国，发展势头与先时早不可比。任公转而支持革命，与君宪割袍断义，未必不然。”李烈钧屈指分析，并未在意蔡锷脸上不置可否的神色。

李烈钧如此直白，李根源也情动言行：“任公所说‘现在朝廷无望，倒不如推翻，或许可以救中国’的话，似乎已对革命认同，更何况言之所感说的是广州之役。”

方声涛点头赞同：“是啊！任公还说，‘在今日之中国，而持非革命论，其不能自完其说抑更甚。’”

“诚如任公所说，‘野火烧不尽，春风吹又生，国人尽化革命党而不止。’革命已经成为不可阻挡的潮流！”李根源又再燃薪添火。

见大家都在借梁任公的话议论时势，蔡锷心里清楚，这正是李根源、罗佩金、李烈钧等人所特意安排。今天的温泉悠游，并非罗佩金随便邀约的朋友聚会。想起先生多年教诲，所发议论尽皆出自肺腑，受其影响，心中自然也升腾起一股热气，已将李根源等人视作同道知己，心想若有一天真如先生所说非革命不可，这一干人亦可结伴同行。所以李根源才说完，便禁不住默默点头以示同意。

“任公说得不错！重要的是，当今天下潮起潮落，我辈弄潮，但得精诚一心，任是风高浪急也再无所惧。”罗佩金说得兴起，双掌猛然一击，把池中热水搅得扑腾翻涌，溅得蔡锷、李根源满头满脸。看到二人躲避的狼狈相，不禁哈哈大笑：“看看，看看！松坡、印泉怕成这样，都是赤条条水里的人，还躲什么？坦诚相见方显英雄本色！”

见一贯正襟危坐的罗佩金光着身子一跃而起，忽地纵出水面又扑腾跌入水中，搅得热浪翻滚，众人都忍不住大笑起来。

确实，罗、李等人与协统蔡锷同浴温泉，原是同盟会组织着意安排，除蔡锷外，同浴温泉的人都做过讲武堂教官。面对风起云涌的全国请愿和保路运动，在看到立宪派人士纷纷转向革命的当下，罗、李等人早就注意到蔡锷、甚至他的老师梁启超态度的转变。胸怀大志的云南新军年轻军官们，在难得的交游中已把自己的期盼托付给了对方，此次同游温泉，双方似乎已经初步达成共识。

三、武昌惊雷　地覆天翻

何升高在家中再次约见小云虎询问黑旗事务。自从与从日本军校辍学回滇参加反清起义，一直在滇西组织会党，并被同盟会、哥老会等各属推为主盟人的铮铮铁汉黄毓英会面后，何升高更加抓紧广开香堂，并在新军、巡防营暗地联络了不少官兵。

小云虎把最近人员发展及枪械武器筹措情况报告给舵把子，何升高听后十分高兴：“四川那边总堂来人说，川、湘会众发展迅速，而今单川省就四五十万之众。滇省虽地处边疆，因与川、黔多有往来，哥老会发展本来不晚，如今却落了后。云南向有反清复明遗风，你我袍泽万不可轻易示弱，值此风起云涌之时，定当有所建树。如人所说，‘愿吾滇人，毋忘李定国；愿吾闽人，毋忘郑成功’。当年滇、闽可都是袍泽的龙头啊！”

小云虎连忙应诺：“龙头大哥无虑，单黑旗这里就有百十来号人，只要龙头老大哥一声招呼，有这些人做根本，还怕没有万把十万人来响应，时机一到就等老大哥吩咐。”

何升高眯起眼睛，见小云虎踌躇满志的样子，心中骤然浮起一丝不快，也就一瞬，谁都没察觉出时便已化解开来。睁开眼，已是另一副语重心长、长者慈祥模样，“五爷啊，事情虽然顺利，但毕竟还是有些风声不对，你可要小心些！会党不易，绝不能大事不成先折了自家兵将，得学会韬光养晦才是。一定要把袍泽们箍拢了来，难为的事只管找我。另外，行事要有机变分寸，结交的讲武堂、新军那帮人还得抓紧了，晓得动静，见风使舵才有胜算。”

小云虎喏喏点头，舵把子的话正中下怀。在哥老会里，他一面要网罗兄弟发展势力控制地盘，一面还要借助龙头老大哥与其他爷们争锋。他心里明白，不依附舵把子很难成就大事。听闻四川保路风潮越闹越大，并相继发生罢工、罢课、罢市事件，进而发展到保路同志会冲击总督府被开枪镇压，引起大规模流血冲突，局势一片混乱。哥老会正好可以利用这绝好机会，把反清复明之事做成。

又是一年中秋，云南陆军讲武堂迎来两周岁校庆。因为邻省四川发生震惊全国的“成都血案”，使得这个中秋佳节气氛有些萧瑟。当官的想方设法防范民变，老百姓则愤恨政府大开杀戒，思变谋反。人们四处谈论同志军起义，谁也没有心思像往年那样，再去享受金秋的灿烂和节日的欢乐。

自从7月张毅正式出任讲武堂总办之后，李根源就被调任督练处副参议官，不是被派往滇西办理防务，就是到宜良、嵩明等地筹备秋操，要想在昆明多做些事都很难如愿，心中十分焦急。

日子过得飞快，甲班、乙班二期已经结业分配，新班尚未招生，此时学堂里仅剩特别班和丙班400左右学员。特别班也将面临提前毕业，抓紧最后的时间临阵磨枪刻苦训练，眼下就要分派十九镇各标见习，学堂里有了与往常不一样的冷清与凝重。得知李经羲要到学堂来参加特别班毕业典礼的消息之后，有人计划实施谋刺并乘机发动义举，不久就串联起了两三百人，准备伺机而动。李、段、姚三人都参加了这次秘密行动，就等10月11日特别班毕业典礼到来。不巧机密被泄，监督沈汪度、教官谢汝翼焦急万分，不得不出面以“时机未到，如少数人骤行之，则必至失败”为由干预劝阻。考虑到行事确实存在盲目性，联络力量也还单薄，倘若新军中革命党人未能及时响应，即便杀了李经羲，此举也将注定失败。况且计划已经败露，弄不好还会使好不容易聚集起来的力量遭受毁灭性打击，最后组织者只得放弃。

李烈钧接到命令，要到天津马厂参观新军秋操，正在匆忙准备行装。滇省交通不便，来去一趟至少得一个多月，他担心手头那些事一旦搁下来便再也做不起，所以很是焦虑。多事之秋，到底出了什么问题，仔细想来却又了无头绪。听到有人要组织刺杀李经羲，也觉不妥。真是谋夫回遑，猛士疑虑。此时李根源不在，实在担心沈汪度、顾品珍、张开儒他们人少事多应付不过来。

省垣驻军三十七协协统蔡锷与总督李经羲关系非同一般，把蔡锷从广西调来云南，不仅是李经羲思贤若渴，也是其为蔡锷解难的大恩之举。不久前与罗佩金、李根源等人邀蔡协统同浴碧玉温泉，虽相谈融洽，但在广西共事的那段经历却很难忘，心中依然有块疙瘩。说起来不过党见分歧，总觉蔡锷乃梁氏弟子，行为处事让人尚不放心。而今他大权在握，会不会为了李督而对讲武堂学生痛下杀手?

督抚与钟麟同和靳云鹏一向不和。钟、靳二人明摆着是北洋系，对李经羲参与立宪和积极联络督抚奏请朝廷组织责任内阁、尽快召开国会之事尽都不以为然。当然，这还不是简单的政治倾向问题，其中有派系的互相掣肘，也有长官之间的权力争斗。那些由来已久的官场倾轧在大清朝早已相沿成风，不足为奇。关键是万一李经羲一死，十九镇新军反扑，军政大权反而落在钟、靳二人手中，正好帮了效忠清室的北洋系统领大忙。况且，当下革命力量准备尚不充分，以讲武堂区区几百师生一羽之力，仓促起事多有不利。督抚近来行事诡异，总提防新军官兵起事，采取了不少干扰阻碍措施。李根源被调离讲武堂，自己被派参观秋操，似乎都是为防范下属生事使的调虎离山伎俩。

这个李经羲，对待激进党人的态度总是带有两面性。前些日子，钟麟同在十九镇当众点名大骂谢汝翼“到处散布流言，真是个造粪机，是一副猪大肠，举不上墙去”这话传到他的耳里，只听得他说一声“骂得好”，也不知是赞许还是嘲讽，让人实在难以猜透他的真正想法。

此时，川滇边务大臣赵尔丰由边务返回成都就任川督。赵氏其人，1909年率军入藏，曾屡败英国组织操纵的西藏叛军。川滇边地实行“改土归流”后，又强行废除管控地区的土司制度和寺庙特权，对发展藏区农牧业、手工业、交通邮电业和文化教育事业颇有建树。但其人性情暴虐，手段严厉强硬，向有“屠伯”之称。如今面对川省省垣混乱局面，更想借助军力强行弹压，大开杀戒。先诱捕四川省咨议局正、副议长蒲殿俊、罗纶及保路同志会、川路股东会成员9人，下令搜查铁路公司，封闭铁路学校和股东招待所，从而激起民愤。再下令军警向围堵总督府手无寸铁的同志会民众开枪，造成30多人被枪杀的“成都血案”。引发保路同志军围攻成都、附近州县群起响应的重大事件。数日之内，保路同志军迅速发展到20多万人，民众大起义遍及全省。为镇压进军成都的同志军，赵尔丰又不惜动用武力，再次引发更大动乱，动乱从成都再向周围府县蔓延。

那日，徐正文参加国风社集会回来，把李明远、段云鹏和姚必光拉到一旁，一惊一乍说道：“不得了啦！成都赵尔丰杀人了！多少天堵住城门不准通行，同志会把屠杀情况写在木板上顺江放流，才把消息带了出来。”

“清廷迟早这样，杀戮在所难免，请愿已经无用。听说端方率湖北新军入川，你只在这里哭，扯什么毬蛋！”段云鹏很不耐烦。

“哭有何用！任它闹大，唯革命方能了断！”姚必光说得更加坚决。

“该是这样！果如任公断言，‘全国之兵变与全国之民变必起于此一二年之间’。以前梁先生不赞成革命，是怕动乱引起外国干涉。现在朝廷无望，倒不如奋起推翻，或许还可有救。”徐正文又抬出梁启超来。

“就怕你家任公另有图谋，并不真心赞成革命。”李明远面带鄙夷，扬手拍给徐正文一掌，“成都事态紧张，还将大乱，民与官斗不是你死就是我活！也莫空谈议论，正经做事要紧！”

徐正文丈二和尚摸头不着脑，“正经做事，做什么事？”

段云鹏上前又给了徐正文一巴掌，“干哪，一起干！”

果不其然，四川局势完全失去控制，迫使朝廷派遣湖北新军入蜀。湖北兵力空虚，革命党人得以乘势发难。武昌惊雷一声震响，全国上下地覆天翻，清王朝末日将近。

公历1911年10月10日，武昌起义打响反清第一枪，辛亥革命爆发。11日起义成功，并宣布成立中华民国军政府，黎元洪出任民国军政府鄂军都督，发布《致全国父老书》，起义消息迅速向全国各地传播扩张。

武昌起义爆发后，清廷派陆军大臣荫昌率北洋军主力南下全力镇压。启用被罢黜的北洋军首领袁世凯，于10月27日授命钦差大臣，率军攻下武汉三镇中汉口、汉阳两镇。革命军战败，最终伤亡万余退至武昌，隔江坚守。

袁世凯大兵压境，民国军政府处境十分危险，然而此时，袁世凯却放慢了进攻速度，并开始与清廷讨价还价。

革命军得到喘息，更加奋力抵抗，坚持住了极其关键的47天。就在这47天里，全国15个省陆续宣布独立脱离清朝政府。关内18个省中，仅剩甘肃、河南、直隶三省效忠朝廷，清王朝命在旦夕。

11月1日，清廷宣布解散皇族内阁，任命袁世凯为总理内阁大臣，形势直转急下，清王朝败亡颓势一发不可收拾。

武昌起义最终导致清王朝覆灭，现代史称“辛亥革命之首义”。武昌起义后，相继有湖南、陕西、山西、云南、江西、贵州、浙江、江苏、广西、安徽、广东、福建、四川等省起义，宣布独立成立军政府。独立各省中，不少谘议局成员成了新政府首脑。此时人们发现，当革命匆匆来临，以往维护皇室、反对革命的立宪派人士和地方官僚，态度和立场都发生了巨大转变。责任内阁和路权国有，正是这一变化的催化剂。

有人说“是清朝政府制造了革命”，实在不无道理。正是因为清政府的顽固不化，促使立宪派从反对革命到赞同、响应革命，加强了反清力量。清政府政治上拒绝改革，经济上摇摆不定，使温和谨慎的士绅、商贾也都开始怀疑直至反对政府。而主张和平变革的立宪派精神领袖们一直被通缉捉拿，流亡海外，也使寄希望于清朝政府自上而下改革的人失去了信心，立宪理论说服力大为减弱，信服革命的人越来越多。

短短几十天里，武昌起义余波回响、荡气回肠。其间既有清军的凶残剿杀，也有风起云动、波诡云谲的各省再举。此时，云南边陲腾越小城，也在同盟会领导下，紧随湖南长沙、陕西西安和江西九江，在武昌起义后第17天，兴师造反，发动起义，成为滇省响应武昌的首义先驱。

四、滇西筹谋　志在先发

金秋十月，滇西腾越万里晴空，骄阳如血，把四野映射得金光灿灿。红土地上，山谷间树林密布，青碧中偶尔可见一簇红叶，田野里庄稼已是金黄，秋风袭来，掀起阵阵粟浪。龙润民和吴子元紧随张文光，从盈江干崖匆匆赶回腾越，要到董库村卧牛岗张文光住所。事先已经约定，同盟会核心小组晚间要在那里召开会议，传达仰光分会七月干崖会议决定。

最近，龙、吴二人跟随张文光多次前往盈江干崖，与干崖宣抚司第二十四任土司刀安仁商议腾越起义计划。刀安仁此时已是名气不小的抗英壮士，且于1906年由孙中山亲自主盟参加了同盟会。在盈江干崖，刀、张等人就《革命方略》和滇省同盟会先驱杨振鸿所拟定的“滇西革命以腾越、永昌入手”策略进行了深入讨论，再次议定腾越起义时间仍然维持七月干崖会议所做决定，也就是不久前，经中国同盟会仰光分会同意的农历九月初六、公历10月27日。

因为刀安仁是干崖土司，同盟会仰光分会便把干崖作为滇西起义的前线指挥部，成立了以刀安仁为组长、张文光为副组长，另外一名老同盟会会员刘辅国任联络员的核心组。滇西国民军都督府印信，早早地就送到了这里，由刀安仁负责保管。

干崖天气比起腾越热了许多，虽然房前屋后到处种有芭蕉、香蕉、密多罗以及高大粗壮的榕树和遮天蔽日的龙竹，可树荫再多，也挡不住热带亚热带暖湿天气使人喘息都难的闷热。在这样的环境下讨论复杂的起义具体事项，实在让人有些头昏脑涨。更何况在具体事务的安排上，大家意见并不统一。

刮过来一阵风，吹散了争论中的不快。毕竟，有着共同的期盼、信念，认识逐步统一，决心也更坚定，会议因此有了一个圆满结果。

“我看，起义就由绍三在腾越发动组织，在下集合干崖国民军后赶往增援，里应外合直取道、镇二署。”刀安仁平静地说道。

张文光欣然点头，由衷敬佩刀安仁的大度胸怀。

第二天一早，众人随刀安仁参观宣抚司卫队和各寨民兵训练。来到大盈江畔，迎着猎猎江风，眺望悠悠荡荡的江流，雾霭似烟，苍茫如练。远山碧水，长天浩荡，让人深感江山壮美，心中顿生万丈豪气。

“山河如斯，壮哉不已！吾誓与鞑子不共三光而立四海，为此也！”面对滚滚江流，张文光不胜感怀。

从高黎贡山奔涌而出，穿越数百里森林峡谷的槟榔江、南底河在此相汇一流，成为滔滔向南的大盈江，虽水势渐缓但江面却骤然扩宽，气势更加壮阔。

刀安仁凛然感叹：“伟男儿立志报国，源远流长，守土如斯，振中华雄风，当如是！”

众人豪情满怀，顺着江边一路疾行。途径四五个村寨，看到下边人把起义准备之事做得颇有眉目，极为畅快。此时卫队民兵组成的干崖国民军发展已近千人，龙、吴二人跟在张文光身旁，看到寨子里民兵练武，泰拳打得“呼嘭”作响，也来了劲。下到场中与小伙子们一起比画过招，见民兵卫队甚至装备有德国造来复枪，不由羡慕赞叹。

刀安仁向众人介绍：“二十多年前，父亲刚传位于在下，就遇英军进犯铁壁关，那时民兵借助七里蜂护窝战术得以击退英军。十年后，英军再次进犯铁壁、虎据二关，我山寨边民依托大青树营盘奋力抵抗，苦苦坚持八年。不意大清国竟派昏庸无能的刘万胜狗官，将属于我领土的铁壁、虎据、天马、汉龙四关大片国土拱手出让，令我边民奋战成果毁于一旦。真是小民尚知守土，朝廷苟且偷安，如斯沉沦，国将不国。因此，吾辈早就誓与清廷势不两立！我之所以变卖官租，就是想要建立强大的军队，守土保家卫国。那时筹到点钱，除捐赠同盟会外，其余就用来购买了枪支。前年，这些枪好不容易才从国外辗转运回干崖。”

龙、吴二人听后连连感叹，“真不容易！民兵连英军都能打，起事时也必定英勇敢死，战而不殆。”

刀安仁朗声大笑，“小兄弟所言极是，傣家儿女虽生性平和，但若为正义而战，亦能赴汤蹈火在所不辞。”

“沛生（刀安仁）披肝沥胆，豪气干云，来日举事，协力同心，你我共图大业，定将相互激励肱股相倚。”张文光畅抒情怀，“不成功，即当成仁！”二人击掌，充满必胜信念。

在干崖，几人还见到前些年宣抚司兴办丝织厂、火柴厂和砖瓦厂的废弃厂房。张文光想起不久前报纸纷纷披露的“干崖土司兴办工厂制造军火，勾结外国势力图谋造反”各种传闻，以及清政府向日本国所发“反对日籍东亚公司支持刀安仁实施新政和现代化改革计划”照会。如今，这些事还被反复提起。眼见废旧厂房的断垣残壁，突然有种莫名担忧。

上次起义计划泄露，张文光为躲避抓捕，曾在干崖宣抚司住过一段时间，常与刀安仁深谈，彼此了解信任。刀安仁身为傣族土司，又管辖着紧邻缅甸的大片国土，此时缅甸已沦为英国殖民地，中、英两国为边界争端时有战事。在这样的情况下，刀安仁想借助日本公司的先进管理技术，实行辖区新政和现代化改革，却因此遭到朝中政要猜忌。得知刀安仁支持同盟会，保皇、立宪派也乘机攻击。张文光不免担心，腾越起义会不会因为刀安仁领导而节外生枝。最近，自治同志会又在七十六标三营、西防第四、第五营发展了不少官兵。眼看起义发动即将大功告成，频繁往来于干崖、腾越之间，除了防备官府严查外，他最担心的还有这些流言蜚语。

龙、吴二人早已向和顺祥刘老东家告了假。刘老东家本来就与张文光交好，又是自治同志会重要的支持者，所以声气互通，并无大碍。二人便常常陪护在张文光左右。前些日子，龙、吴二人收到李明远来信，说“印泉堂叔身体健朗”。按照约定暗号，等于已经联系上了李根源。张文光知道后自然高兴，年前就与挚友黄毓英相约一人留滇西，一人往昆明，昆明举事腾越响应，腾越举事昆明响应。如今，颇有影响的原讲武堂总办都有了消息，可想而知，腾越举事正当其时。李明远来信还说“惠民事已有眉目，只等钱款凑齐一并发还”。说的是昆明义举筹备已有进展，只等时机一到，便可一举发动。另外，信中还提到到昆明时如惠民不在，即可到云津市场找名叫小云虎的侠士，可通过他到讲武堂找人。估计李明远已在昆明结交了会党。而黄毓英在昆明、滇西活动取得进展的消息也频频传来。由此可见省垣会党势力不弱，如若起义，昆明、腾越定可彼此支援。

匆匆从干崖赶回腾越，中午只在街边小馆子里各要了一盘叫作“大救驾”的炒饵块，将就着把肚子填个半饱。等到与七十六标三营同盟会联络人碰过头，回到董库村卧牛岗家中已是下午四五点钟。三人饿得不行，可屋中却妻儿不见，冷火熁烟。正想弄点吃食，便见起义核心组联络员刘辅国风风火火跨进门来，大声说道：“到我那边去吧，正等你们呢！”

刘辅国就住董库村，因与张文光有共同志向而引为至交。张文光仗义疏财把家中资产耗尽，典当了县城中五保街大房，择邻而居搬到这里，二人邻居，又是同志。由刘辅国引荐，张文光结识了同盟会腾越支部领导杨振鸿，并经杨介绍加入组织。杨振鸿病逝后，滇西同盟会便由刀安仁与张、刘三人一起领导。

见到刘辅国，张文光万分高兴，“辅国兄到蛮允、户撒了嘛！什么时候回来的？”

“昨天就到了，还有点事没办，今晚开会，不到不行！”

“回来后听到什么消息？宋巡道还闹不闹？”前几天，官府侦缉破案，对自治同志会加紧查拿，张文光一直放心不下。

刘辅国道：“倒没听到什么，自治会暴露之事还算不坏，武昌起义后，估计宋巡道也是首尾不得相顾，追查之事并不见有变化。不过其不动不等于放手，还是要有所防备，腾越起义要防要打，首先就是这个宋巡道。”

“是啊，诚如辅国兄所言，‘打人不如先下手，出其不意，攻其不备’。仰光分会已经同意了起义计划。响应武昌刻不容缓，成败在此一举！”

“这样最好！千万不要因宋巡道严查，影响了起义计划。”刘辅国高兴道，脸泛红光。

“正要与你商量。在干崖已经议定，你我在腾越负责指挥。沛生（刀安仁）号召十土司，率傣、景颇、阿昌、傈僳、德昂族众为后援。令陈云龙等策动新军，并通知四方会众汇集腾越，时间十分紧迫。”张文光虽然疲倦困乏，却很兴奋。

刘辅国看看时间不早，起身告辞，“你们洗洗，等会儿一起吃饭。”

“等哪样等！先找点东西垫垫底，肚皮贴着后脊梁了。”见刘辅国要走，张文光抓住不放，开起了玩笑。

“不单你饿，我也饿了。看看几点了？赶快过来，屋子都收拾好了，晚上开会的茶水也已备下。”刘辅国掏出怀表在张文光眼前一晃，转身出门。

张文光从来侠气，家财散尽后妻儿都不在身边，自搬到卧牛岗后，便常在刘辅国家吃饭。说起来，虽与好友为邻甚是快意，近来却因躲避官府追查，也是在家时少在外日长。回到卧牛岗，见刘辅国安排得井井有条，茶水热饭，心中十分感动。张文光卧牛岗住所算不上讲究，却也堂屋宽敞，一应桌椅齐全，可容纳二十多人喝茶、议事。此时已被刘辅国叫人打扫得干干净净。

在刘辅国家吃过晚饭，便有人陆续到来。晚间按时开会。张文光传达发动腾越起义的决定后，又宣布起义宗旨和部署行动细节，有条不紊。众人凝神听他布置，气氛甚是紧张。刘辅国稍做补充，说起立宪请愿、保路运动和武昌起义，群情激奋，众人你一言我一语议论纷纷，就像起义已经成功，都在享受胜利的喜悦。

这时，参会的第七十六标第三营队官陈云龙立身而起，环视左右厉声说道："腾越，边陲小地也！吾辈不才，与诸位聚会于此实属天意。来日举事亦决不以地小而自贱，立身家国，舍生忘死，此举必将带动全省，乃至全国。万望与同志共立敢死之盟誓，不知可否？"陈云龙也是同盟会会员，随队移驻腾越不久便与张文光结识，在驻腾越新军中，是颇具才干勇气的敢死之士。

众人听后一片叫好，张文光带头，刘辅国布置，八九个人一起歃血为盟，立誓同心协力共图大义。张文光还命人在屋外堆起木柴干草，准备万一起义失败便引火自焚，以赴国难为后人号召。

会后众人散去，张文光又与刘辅国彻夜深谈，考虑到边防各营要派人前去传递消息，以便调集队伍响应起义。刘辅国沉吟道："弄璋原有几间陋舍和几亩田地才卖掉，我去一趟，处理完后把剩余钱款收拢来以作军需，那边巡防营我熟，我去吧！"

"这是一件危险艰难的事啊！"张文光没料到刘辅国自告奋勇，心中只是一紧。

"腾越这边举事，我怕赶不回来，万望文光兄多多保重，义举大事，在下全拜托了。"刘辅国伏身跪倒，眼中浸满了泪花。张文光也忙双膝跪下，眼泪夺眶而出。

"辅国放心，义举之事早有决断，取得《革命方略》后，便可胜券在握。只是我兄一走，在下备感孤单，弄璋巡防营军情尚且不明，千万要小心啊！"

第二天一早，由吴子元等人陪护刘辅国前往蛮允、昔马、户撒，联络巡防营驻军在弄璋集合，然后取道干崖赶赴腾越增援。张文光也要再到盈江干崖一趟，把议决大事及起义具体时间向刀安仁通报，取回《革命方略》和有关印信，并将干崖国民军带往腾越准备起义。

在腾越，张文光电告昆明黄毓英："电报驰闻，请弟克期计划，旦夕奏效，尤望函电相商，东西联络，以便两方并进。”表明了以腾越首发云南起义的决心，并要求黄毓英依照先前约定，发动昆明起义。

五、铁血浴火　枪响腾越

四天三夜，张文光、刘云轩、段云楼、龙润民等人舍命奔波，最终如约于10月27日从盈江干崖赶回腾越，直奔南城外五皇殿。

记得10月24日，农历九月初三霜降这天，绵绵秋雨裹挟着阴郁冷风，带着凛冽煞气掠过高山峡谷。张文光带领龙润民等人冒雨前往盈江干崖途中，在一处叫作葫芦口的地方，山间小道依山临水，山上乱石滚落，前前后后不时有飞石呼啸而下，径直飞向险峻峡谷谷底，落在龙川江中激起阵阵浊浪，骇得众人不住咂舌。

随员中有人感叹：“昨天还好端端的，今天就这样淫雨不断，老天像是在与人作梗！”

张文光听后不怨反笑，“天道自然，滇省气候就是这样。腾龙一带地貌不稳，雨水浸透，哪里没有滚石？由秋入冬，转折就在这天，随它去吧！倒莫说老天作梗的话败兴！”说话间就见一块巨石从不远处轰然滚落江中，犹如山崩地裂，顿时泥沙乱石横飞。

“先生，危险！”众人惊魂未定，龙润民已大步上前护在张文光身旁。

只听张文光轻声祝祷：“此役为民生计，天若佑助，则化险为夷。若所为不当，则愿身随波逝，赍志而没，免殆家族同志！”凝神静气，若与天对，不待说完拔腿就要前冲。

众人止住，拿出麻绳各自系于腰间，相互串联以防失足。张文光紧攥麻绳，又站到了队伍前面，含笑抹了一把脸上的雨水，望着跌落江中的乱石，高声笑唱：“江山如此，多少豪杰！……”众人为他豪气所激，振作精神冒死相随，一起冲过龙川江峡谷的泥石流地段，中途有人甚至跌入水中，又紧抓麻绳挣上岸来，继续前行。

在干崖，因为父亲老土司阻止，刀安仁未能即刻动员所部民兵，但还是决定由手下志士俞华伟率领陈守礼、陈雨兔、尹兰生等十余人随张文光一同赶赴腾越。刀安仁盟誓，只要腾越起义枪声打响，即率干崖国民军前来增援。

俞华伟慨然誓言：“不成功，无颜再回干崖！”众人附和：“不成功，当即成仁，决不空回。”

干崖此行，张文光取得了《革命方略》和印信，但刀安仁不能同行前往腾越，多少让人遗憾，一抹不安如阴影倏忽掠过。一行人从干崖出来，连夜折返腾越，路途一样艰难，谁都不再多说句话。

27日中午，同志会首领如约在五皇殿候命，早有周维美、马登云、陈定州、革勋言以“酬神饮福”名义，召开秘密动员大会，并按古礼吃了生鸡血酒。张文光到后，又紧急召集陈云龙、钱泰丰、彭蓂、李光斗、万涵、李学诗、和朝选等骨干、同盟会会员议事。当即宣誓，约定晚上9点整攻城举义。这些人大多是新军七十六标三营和巡防营西防第四、第五营的中下级军官，其中就有不少讲武堂毕业的甲、乙班一、二期学员。

张文光详细布置了起义具体事项，指定陈云龙劝降七十六标三营管带张桐，发动三营起义；钱泰丰、李光斗劝降第四巡防营管带曹福祥；彭蓂、方涵劝降第五巡防营管带谭正兴。众人不敢怠慢，领命散去。张文光自己则亲率敢死队、士林军及民兵整装待发。士林军其实就是学生军，腾冲县立高等小学堂、振国学校、文化学校及和顺益群中学参加自治同志会的一些十五六岁学生，在老师带领下结伴而来，起义时与民兵、敢死队编为一队。

自杨振鸿逝世后，张文光散私财结死士，与刀安仁、刘辅国组成同盟会核心小组，成立自治同志会，在腾越、保山、龙陵等地，在会党、学生、教师、农民中发展会员数千人。起义当天，已有上千自治同志会和哥老会成员聚集腾越。

当日，七十六标三营照例晚操，队官陈云龙像往常一样随队出操喊号，掩饰不住急切期盼的心情，巴不得管带张桐早点下达收队命令，只等时间一到发出号令便可聚众而起。可是眼看已经快到约定的起义时间，张桐却仍然兴致勃勃地让士兵们反复操练，毫无收队的意思，情况异常。

见此情形，陈云龙十分焦急，想起下午从武皇殿回到队中，就曾找张桐试探口气，只听他张口忠义、闭口孝悌，心中便打了个愣怔。本打算散操后再争取说服一次，不想竟是如此，唯恐他已察觉，在有意阻挠起义。“管带久久不肯下操，莫非……”陈云龙不敢稍缓，迅速叫停自己的小队，布置士兵做好起义准备后，立即命令号兵吹响了紧急集合号。

管带张桐正在操练兴头上，见陈云龙莫名其妙吹号集合，怒火中烧，从练操指挥处所、萧公祠营门楼头冲下来，恶狠狠道：“谁集的合？陈队官？找死！”

“报——告！”陈云龙跑步上前，“告”字还没说完，见张桐掏枪在手，说时迟那时快，陈云龙扬手举枪，枪声响起张桐应声滚下楼梯，横尸操场。乘众人惊愕，陈云龙飞身跳上操场平台，摔掉军帽，从裤袋里掏出一块黑纱，振臂高呼：“武昌首义，全国尽皆响应，鞑掳亡日已到。今张文光将军率腾越军民举义，三营各队听我号令，迅速以队为单位整军出发，直取迤西道府。‘顺我者昌、逆我者亡！’”

听到集合号，聚拢来的三营官兵已黑压压围成一片，官兵中同盟会成员和起义骨干左右呼应，齐声高呼，其余士兵也随声附和，吼声震天。这时已有人拿来黑纱发给众人缠在头上，一端下披作为标志。又有人打出红色“铁血十八星”起义大旗，陈云龙大吼一声，带头冲回营房，取出行装，按照起义计划，整队出发，直取迤西道署。

天空暗黑，透过一丝微弱幽光，隐约可见紧张行军的士兵表情凝重。夜风袭来，挟着绵绵细雨和萧萧寒意，士兵们的头上冒着热气，与弥漫的水气混合一起，升腾成一个巨大雾罩，犹如神侠小说中描绘的气场。

秋日里的滇西天气就是这样，忽阴忽晴。此时这雨并不讨人喜欢，甚至使人感觉有一种说不出的沮丧。天刚刚转晴，还以为天公成全，可突然间又下起了雨，淅淅沥沥。身着单衣的士兵直冷得瑟瑟发抖，似乎就是要考验起义军的勇怯之势、胜战之心。城中传来几声稀疏枪响，士兵们更加亢奋，疾步行军，只有呼吸声与脚步嚓嚓声的共鸣，势如扩弩、节如发机。

钱泰丰、李光斗劝说西防四营管带曹福祥起义也遇到了麻烦。当晚曹福祥因听到军中不稳的消息心中不安，正借酒浇愁，一直叫骂不停。钱、李二人眼看起义时间将近，也顾不得曹福祥骂娘，带着参加起义的玉匠王洪兴前去相劝，并告知其即刻就要造反起义的消息。曹福祥行伍出身，一贯性情暴躁，加上酒劲，哪里听得进二人劝告，一听“起义”二字便破口大骂，愈发仟性滋事。王洪兴看了心急，忍不住提刀上前，手起刀落把曹福祥斩杀在地。军中士兵大哗，四营同盟会会员乘势推举钱泰丰为首号令起义，随即发兵攻打城南军装局。西防五营管带谭正兴听到起义消息后带队进城，半路潜逃，彭莫乘机号令士兵造反，率兵攻打城西腾越厅署。

凌晨出发的干崖国民军先遣队也于当晚赶到。张文光亲率自治同志会敢死队、士林军、民兵、干崖国民军，再加聚集在城中的哥老会千余会众，直攻腾越总兵署。一时间，腾越城内外枪声大作。

晚12时，起义军先后攻克腾越各署、局，防军卫队一触即溃。道尹宋联奎、厅丞温良彝、盐务总办彭友兰，以及刚到腾越巡视的永昌知府陈书田等人分别逃窜，总兵张嘉钰吞金自杀。天还未亮，腾越光复，铁血十八星旗四处飘扬，清王朝在腾越的统治，一夜之间土崩瓦解。十八星旗本是武昌起义革命军所用军旗，腾越以其为帜，说明腾越响应武昌、决战决胜的雄心。正是“武昌铁血照乾坤，腾越浴火映边城”。

随后起义军沿街宣告：“张文光集合义军，文明举动，勿与百姓仇，百姓各守家勿恐。”并派兵巡街查匪，维持治安。虽枪声搅扰，百姓并未骚乱惊恐，民心安定。

在来凤山北麓的腾越厅自治局官署前，迎着冷雨秋风，黄安和、廖香廷、段云楼、龙润民等人陪护张文光身旁，环顾四围，满身豪气。

城中街道上，一队队头裹黑纱的士兵在十八星旗引导下匆促而行，秩序井然。士兵手中的照明灯笼冒着热气，在雨中幻化出一圈圈橘红色的光晕。远处还未打烊的茶坊酒肆，隐约间还听得见食客、夜游神们猜拳行令的吆喝。偶尔几声狗吠，拖着长声，时而高亢，时而哀号，在冷冷的雨夜中一应一答，互为消长。

举义之夜，想不到会如此平静。张文光长长地舒了一口气，脸上显露出骄傲与刚毅。此时，他正在等待其他几路起义军首领前来议事。消息传递络绎不绝，但这个夜晚，需要商议的事实在太多，更何况万事并举还有预外发生。不见各路指挥前来，即便是指挥若定的大帅，也一样会忧虑担心。

龙润民想着起义前后各种大事小事，总有些忐忑：不知昆明起义准备如何，黄毓英接到张先生密电后会有什么反应？腾越毕竟弹丸之地，更何况地处边远，影响远不及省城昆明，如果昆明能尽快响应起义，腾越先发起义的意义一定更大。这样想着，不知不觉间便走了神。

“润明，几点钟了？不知寸议长是否请到。一早在自治局开会，一定要把他请来呀！”张文光正在思考起义善后，他要与工商各界人士会商，特别是议事会、执事局那些有名望的士绅贤良，要向他们宣传起义宗旨，布置捐粮捐款。

“6点！已经确定寸议长还在腾越。按照先生布置，已派人在今晨通知了议事会、执事局，请议员、执事务必到会。”见张文光问话，龙润民不敢懈怠，从上衣口袋里掏出前几天张文光交给的怀表，看准确了，理清思路连忙回答。二人所说寸议长，乃清光绪十一年乙未科进士、腾越有名的学者寸开泰。光绪三十一年辞官归里，宣统三年腾越厅议事会成立时被推为议长，思想开明、热心公益，以一前清官吏颇有民主共和意识实在不易。张文光力邀寸开泰参会，其实就是想借助他的影响，安定议事会、执事局和腾越工商各界。

“当下，军力调整、给养筹备都是问题，稍有差池就将功败垂成。不知辅国他们怎么样了？策反边营危险重重，我最担心的还是他们。”知道诸事都已安排，张文光放下心来，不由得又想起刘辅国至今尚无消息。

龙润民也担忧起来，“万事开头，其难已见，各部义军请求援助，片纸如雪，不是兵员，就是吃住。”他真希望刘辅国策反的巡防营、刀安仁率领的干崖国民军能早点赶来。他相信刀先生统辖一方定有办法，训练有素的国民军不说，边地十土司都愿意听他号令，筹措粮款、文武张弛尽都不在话下。再看张文光，此时才发现他胡子拉碴脸庞清癯，不知不觉间又消瘦了许多。

各路义军已按原定计划完成了攻占任务，陈云龙、钱泰丰、彭蓂等人陆续到达。看着手下大将神采飞扬、踌躇满志的样子，张文光深深吸了口气，起义成功之后，按照《革命方略》，应该迅速向外扩张，更进一步扩大反清成果。此时他心里已经有了打算。

腾越本滇西门户，外国使领馆、外商洋行、税务司、教堂和医院聚集一方，常驻使节、侨民众多。起义一开始，张文光就命陈定州等人到英国驻腾越领事馆递交了《对外宣言》和《致外国官员书》。依照外交惯例与外国使节进行交涉，并派兵保护外国驻腾越机构及教堂、医院等易引发事端的处所，得到了缅甸英国殖民政府“不干涉民军”的约定。起义胜利后，外国人生命财产得到保护，民间也未发生重大损失，一切均按计划所定，紧张有序、调度井然。

第二天一早，刀安仁率盈江800国民军冒雨赶到腾越，此时起义刚刚宣告成功。盈江干崖国民军的到来，壮大了腾越起义军力量，对稳固胜利成果，起到了十分重要的作用。

来凤山北麓的腾越厅自治局官署，占用的是光绪二十三年建造的腾越财神庙。财神庙坐南向北，主体建筑分布在同一条中轴线上，原先庙中建有戏楼，一直是腾越商界的活动中心。公历10月28日早晨9时，腾越军、商、绅、学各界代表汇集此处，召开了极其重要的会议。

张文光慷慨陈词：“为共和民主之义举，吾辈当舍生忘死，粉身碎骨而无所畏！腾越义举，以祖宗论，除九世仇愤；以国家论，复汉族河山；以同胞论，脱专制奴籍。”听者心魄震撼，全场鸦雀无声。场中上百人，虽各怀心态，毕竟激昂之士居多，观望的人又都畏于张大帅义正词严，不敢吭声。议事会议长寸开泰，与陈云龙、钱泰丰、彭蓂、祝宗云等起义军官和社会贤达起立宣誓：“愿与先生表同情，为桑梓谋治安，凡事敬听先生命，当率各界全体共认先生为滇西军都督。”到会者纷纷表态支持起义，拥护共和并三呼万岁。当即拥立张文光任滇西军第一都督，刀安仁为第二都督，滇西军政府宣告成立。军都督府就设立在来凤山北麓原腾越厅自治局官署内。

在财神庙，张文光召开了军都督府第一次会议，决定以十八星旗为军政府旗帜；改用黄帝纪元年号；颁布《安民告示》《军都督府暂行二十二条律》和《排满军歌》；布告革命四条纲领和实行民主政治四个步骤。同时决定组建国民军，委任各营管带；举荐了财政处总办、军装军械局、盐务局、军粮筹集供应等负责人。为继续扩大起义成果，又派员赴永昌、顺宁等各处策动反正。腾越起义的影响迅速扩散，与腾越隔怒江相望的永昌、顺宁等地山崩钟应，都在暗中酝酿迎接腾越起义军合流反清。

张文光还布置军政府电告同盟会孙中山先生，通报起义成功和腾越现状。当地各族民众踊跃参军，两天内起义军迅速扩展为六个营。与此同时，仰光、曼德勒同盟分会组织及同盟会总部先后派人前来协助。起义成功后各项事务虽千头万绪，但都在军政府组织下有序进行。

腾越起义是辛亥云南首义，也是全国自武昌起义以来，一次由同盟会直接领导指挥的成功起义。对三天后爆发的昆明重九起义，产生了直接和极其重要的影响。

小月城长街作坊又恢复了翡翠加工，解玉坊中昼夜不断的砻砂之声重新响起。买卖翡翠毛料的店铺里，赌石的喝彩声却已经没有了先前的阵势，平日里忘情于赌石的商人们，很多都凑起义的热闹去了。革命轰轰烈烈，没有人敢为赌石这种事忘形鼓噪喝彩。

其他商铺也开了不少，门面敞着，只是物价波动，粮食、油盐、菜蔬等日用品日愈见少，百姓们开始有些不安。军政府一再严令禁止哄抬物价，并想办法从外地招募商家物资，打击了囤积居奇商人。街市上逐渐又恢复了生机，平价而沽的一般商品慢慢地回到了百姓中间。腾越虽区区小城，但其北接永昌，南连勐板、南甸、干崖、陇川、盏达、勐卯、户撒、腊撒等腾永土司地区及缅甸各处，物产丰富，商贸发达。起义成功后，张文光关注经济民生，更加重视百姓生活，义举之初就有筹饷安民、保卫地方和维持秩序的安排，军需后勤也被视为当务之急。所以，起义后物资供应虽然困难，但还不致断了百姓、军队粮炊，局势渐渐平静下来。待稍稍安定，滇西军都督府又立即向地方士绅申明大义，筹集钱款，无论乡绅愿与不愿，都得纷纷解囊。腾越地方，绅、商、学界多有开明人士，其中尤以华侨支持最为慷慨。得《革命方略》点拨，刀安仁更是倾其家产，捐出军用票银两万两，筹措了大量军需，一时间军饷筹集如汤沃雪，有力支持了起义军迅速发展。

公历10月29日，起义第三天，腾越义军誓师东征，张文光命陈云龙为前军都指挥、钱泰丰为副指挥，兵分几路出永昌、顺宁、云龙等地，约定齐会于大理。不久，起义军很快发展到25个营，声势愈加浩大。

11月3日，刘辅国率吴子元等人带领边防各营军士数百人到达腾越。张文光欣喜不已，当即召集地方父老、文武官吏，表彰刘辅国功劳，并一力推其为都督。刘辅国再三推辞："余何敢言功，不过应尽党职而已，功在诸先烈及各同志、海外侨胞。"经张文光反复恳求，刘辅国才就任民政司职务，每遇要事张文光必与之商议。后来刘辅国去职归农不问世事，直到1938年2月3日去世，此是后话。

吴子元跟随刘辅国到蛮允等地策动各边防营响应起义，没有遭遇麻烦，边防官兵听得腾越起义成功的消息后尽皆响应。起义各营如约在弄璋汇合，听从调遣。却因粮饷不济而未能即刻发兵，刘辅国不得不依照《革命方略》，向弄璋富户借得现洋，并凑上收来的卖房钱款，分发各营后才得开拔，因此多耽误了几天。

六、不辱使命　神州奇男

保路运动、武昌起义风云突变，与滇西腾越一样，省城昆明，仁人志士也加紧了反清举义的步伐。与腾越张文光关系至深的同盟会云南革命机关负责人黄毓英，已在七十三标三营右队谋得排长职务，并联络了大批新军军官，常聚于古幢寺、圆通山召开秘密会议，甚至还争取到哥老会龙头老大何升高的支持。

受同盟会组织委派，不久前黄毓英还冒死到协统蔡锷家中，力劝其带头举义，亮明了自己同盟会会员身份。在承华圃三十七协司令部院内协统住所的一楼客厅里，蔡锷静静听了黄毓英的劝告后厉声发问："你就不怕我、不怕死吗，怎敢这样说话？"

黄毓英坦然回答："不怕您我才来的。要是怕您，我就不来了！"

蔡锷万分惊讶，心想自己刚从广西调到云南，为何就有士兵敢当面直言造反，还说出不怕自己的话。但见来人仪表非凡，眉宇间透出灼灼虎气，双目有神，精光四射。加之武昌战事不时传到耳中，想严厉斥责，又有些爱惜踌躇。"你说你不怕我，你知道会受到怎样的处置？"

"我想，大人不会置我于死地。在东斌学校读书时，在下就曾拜读《军国民篇》。以大人见地，断不会因我拳拳之心而留难。三思后行率士而为，大人必会登高一呼！"他相信蔡锷。在日本军校读书时，横滨《新民丛报》刊载的《军国民篇》就曾对他产生过深刻影响，他喜欢蔡锷的文章观点。虽说蔡协统是立宪派领袖梁启超门生，可而今立宪人士分化，梁先生思想都已倾向革命，他没有理由还为清廷殉葬。最主要的还是看到他接任三十七协协统后，治军用人都与前任王振畿大相径庭。很多思想激进、具有革命倾向的军官都得到了重用。即使一时说他不动，也绝不至于被他随便处置了去讨好清廷。

黄毓英所在三营，刚上任不久的管带李鸿祥就是革命党人。因为李鸿祥的关系，他才得以入伍并就任该营排长。此时李鸿祥也想让黄毓英出面，先试探一下蔡协统态度。因为黄毓英曾为滇西各属主盟，态度坚决，在士兵中影响不小；另外也因官阶较低，目标不大容易迂回。李鸿祥认为以一低级军官身份前去说服协统率众举事，虽欠力度，但安全性更高，自己尚可以回旋。于是，黄毓英勇于担当起说服蔡锷的重任。

就任协统职后，蔡锷就曾听过黄毓英大名，眼见面前这位青年军官，不仅雄姿英发，而且还曾留学日本军校，甚至早在五年前就已读过自己的论著，不由得欣喜好奇，对他产生了好感。"你的来意我已领受，其他诸事并不再追究。不过，当下治军但求务实，切忌轻言妄为。你回去吧！请转告同仁，我自会运用时机。但要特别小心，不能稍有泄漏。"虽未接受黄毓英劝说，但也未严厉呵斥、追究。

武昌起义后，已在军中见习了三个月的特别班学员正式毕业，分配到队。此时，讲武堂内仅剩丙班同学200来人，反对清廷统治的串联活动更加频繁。不少人还到圆通山参加黄毓英、邓泰中、杨蓁、董鸿勋等中下级军官组织的秘密活动，回校后又鼓动联络，扩大组织。

"昨天有人带信，镇中、协中都有长官参加起义，不久昆明也要暴动。"李明远说得十分神秘。

“听说范石生、杨蓁、董鸿勋他们联络了很多人，准备大干一场。张总办、唐监督很久不见，汪监督、张提调行色匆匆，总像要有大事。”段云鹏兴致勃勃。

“你倒莫说，真有那么回事。不过张总办不比李总办，心思不在学堂，思想也不一样。倒是谢教官说话大胆，我看炮标有戏。”姚必光一直盯着李明远，还想听他说些实在消息。

“你俩莫乱瞎猜，做好准备就是！不过我很奇怪，为何不见堂叔？”武昌起义后，滇省同盟会和哥老会都不见动静，讲武堂里也无响应迹象，李明远心里直犯嘀咕。叫他二人莫猜，自己心里却疑窦丛生，忍不住便说了出来。

此时，三人都不约而同地想到已经分配到新军中的特别班学长，不知道他们响应武昌的行动都有了哪些进展。

7月，特别班同学18人被分配到省垣驻军见习，朱德、杨臻、范石生等9人一同来到七十四标。

二营，左队队官禄国藩前来要人。“刘管带，我的人呢？几个排长还在队里等着，只可惜腾不出位来。”

“急个哪样？朱德，排长不成就从副目干起，我给你撑起，还怕提不起来。”

“我急着用人，副目太委屈了。队里几个排长，随便都能干个队副，要不硬塞过去，空缺不就有了？后队、右队，看那几个狗贼翻天。”禄国藩一直支持刘存厚对二营带兵官进行调整，见有机会，乘机开个玩笑，顺便也想把队里能干的排长推荐给管带。

“那几个怂包，连新分来的士官生都不敢要，还敢要你排长。给老子拉屎，到时候看我把龟儿撤掉！”对从巡防营转过来的后队、右队队官，刘存厚一直不满。这些油子兵痞，思想保守不说，练兵打仗也无本事。仗着李督抚袒护，吃喝骗赖，懒垮垮软硬不吃。这次讲武堂士官生见习，这两个队官硬是顶着不要，把他气得火冒三丈。

禄国藩不再说话，他不想火上浇油，有本事练兵场上过招，对此，他倒是底气十足。积极接收讲武堂士官生见习，就是意在网络人才，要在队里把新式练兵法好好操演一番，遇到紧急情况，也好随时调用。

“你倒好生待我老乡哈！讲武堂冒尖的‘模范’。操练、战术都是好手，扯把子给你撑门面，莫只顾好耍给老子拉稀摆带。最近川省闹得凶惨，多留点神！”见禄国藩站着不动，刘存厚又再叮嘱。对待自己部下，热辣辣的家乡话说得直杆，可见关系很不一般。近来，国会请愿、保路风潮越闹越大，他与罗标统多次议论，对标里、营里的人事调整已经早有打算。

分到队里，朱德很快与士兵相处熟识，除云南籍士兵外，队中四川老乡不少。一排长刘发良是讲武堂朋友，不在话下。这时又有人来串联参加军中哥老会，入会后就是兄弟哥们。朱德向士兵宣传“五华社”活动章程，“官兵一致，废除打骂、体罚士兵制度”倡议得到大家赞许。得知一同分配到七十四标的范石生、杨蓁也都加入了军中哥老会，并利用哥老会做掩护，兵运搞得十分热火。还有与禄队官一同由日本回来，又从甲班二期毕业的邓泰中，此时也在二营宣传革命，在士兵中很有影响，心中更是高兴。

左队官禄国藩是个彝族汉子，出身云南彝良龙海富户大家，1910年从日本东斌陆军步兵专科学校毕业后回到云南，从排长干起，此时刚被提升为队官。在日本读书时，禄国藩就加入了同盟会，知道朱德是同盟会会员，又是讲武堂有名的“模范二朱”之一，所以十分器重。刘发良也是同盟会成员，还有王保国，与禄国藩交情原本不错。于是，几人常在一起议论时政、商讨军务，关系十分融洽。刚下早操，禄国藩、刘发良、王保国、朱德等人又聚在一起。

“玉阶步兵术科操练拿手，不如秋操我向刘管带建议，叫刘管带点将，让你带领全营操练一把，让前、后、右几队的官兵都看看。”原来，禄国藩见朱德代理排长操练步兵时有板有眼，心里就在琢磨，左队练兵有方，带操展示一定更好。

“玉阶没问题，当年李总办就常命玉阶全校喊操，多次得过表彰。”刘发良满口夸赞。

“刘兄过奖！整整看，不过管带点名才好。”朱德心里充满期盼，因为只要一站出来领操，士兵们便认得你，以后打交道就好办得多，对发动士兵一定会有好处。

“我与刘管带说说，现今队里缺司务长，你暂时管上！”乘队里司务长空缺，禄国藩当即安排朱德担任了这一职务，对于全营带操，心里也早有了主意。

才到左队几天，朱德不仅练操出名，还干上了司务长，在他看来，负责后勤有利于联络士兵，更易于在普通士兵中扎下根。

秋操，七十四标拉到野外，从巫家坝驻地一天来回大板桥，除急行军外，还有很多训练科目。一、二、三营拉开比试，各有胜负，但洋相百出，总不能令罗标统满意。回到营里，刘存厚又把前、后、左、右四队集合起来，按照训练比赛科目要求，要各队相互比试。这一下分出了高低，前队、左队最好，其余两队，连队官都搞不大清楚，士兵训练更谈不上。刘存厚气得连声大骂，令左队示范，派朱德、王保国、刘发良分别到前、右、后队带兵训练，效果极好，二营士气大为高涨。

一来二去，朱德跟其他各队士兵越来越熟，大家有事常来找他调解，因此在队中的威信与日俱增。一日，后队队官因打麻将输了钱，心中不高兴动手打了一名前来报告操练的四川籍士兵，恰巧被他碰上，便与这名队官理论起来。这队官本来就因朱德来队中带兵心中不快，见他又来管事，心中恼火，纠缠着就想动手。

“队官大人随意打骂士兵不对，若真要比试，操场上演练，也好给大家做个示范。”朱德不卑不亢将了队官一军。

“给我龟儿做哪门子示范？老子心情不好，你不要来管我后队闲事！”

“你心情不好，也别拿士兵发气，你不把手下士兵当人，人家谁肯跟你卖命？”朱德义正词严，直把那队官说得理屈词穷当面认错，士兵们知道后连连叫好。

官兵一致，废除打骂、体罚士兵的制度，很快得到军中哥老会袍哥们的支持，认为这与袍哥义气十分契合。再加朱德带兵训练讲解军事理论，闲时比试拳脚，让士兵们打心里佩服。谁都知道二营刚分来科班出身的军官，能文能武为人又好，将来定会成就大事，故而都愿跟他亲近，于是朱德人气大增。自担任司务长后，朱德精打细算，又与禄国藩商量，把几名能做饭菜的四川籍士兵调来当火头军，队中伙食一下改观，也为他结了不少缘分，身边更多了追随的士兵袍泽。

特别班学员正式毕业分配入队，因为拥护革命，自然都串联在了一起。正式成为带兵官后又联络起更多士兵，势头越来越大。武昌起义消息传来，军中士兵跃跃欲试，左队官兵也议论纷纷，大家都期盼着早日发动起义。

那天，禄国藩又把刘发良、王保国、朱德等人叫到一起。“武昌起义风声日紧，最近又有湖南等好几个省宣布起义，看来大清国气数将尽。我等务必做好准备，把袍泽都联络好，按照同盟会《革命方略》，组织队伍骨干，随时准备行动。还有，刘管带通知下来，协中有长官出面主持，起义胜券在握！”三人听完禄国藩传达的命令，异常激动，起义准备循序渐进，时间越来越紧迫。

近几天来，李总督、钟统制因武昌起义被弄得草木皆兵，镇中各标、营全部弹药都被收缴到了军械局，连士兵实弹训练每人配发的五粒子弹都全部收缴。见手下排长们都担心弹药问题，禄国藩一再告诫：“督署、总镇虽有提防，但也无须紧张。尽管放心，起义时上面有人撑头，枪弹一定发还大家！”禄国藩的话使紧张的气氛再次缓和下来。

七、新军官兵　大义凛然

讲武堂里，丙班同学还在暗中串联，大家的疑惑和想法都差不多，等待是难熬的时光。其实各阶层的人都在积极活动，同盟会、哥老会都没闲着，新军官兵们也开始筹谋，紧锣密鼓地在准备组织发动武装起义。

接到张文光准备起义的来电后，黄毓英激情振奋，对腾越甚至昆明响应武昌振臂而起，心中充满期盼，以为省垣起义已经刻不容缓。

10月16日，农历八月二十五日下午7点过后，昆明萧家巷内，时任七十四标第二营管带刘存厚家。十九镇参谋处总办殷承瓛、七十四标第一营原管带唐继尧、讲武堂监督沈汪度、讲武堂步兵教官张子贞、十九马标教练管黄毓成等六人秘密集会，讨论如何响应武昌起义，在昆明发动武装暴动的大事。

刘存厚喜形于色地说起四川保路运动和武昌起义，认为人心向背已经发生根本转变，大清朝失去人心势如累卵，云南起义时机业已成熟。“只是起义应该谁来挑头，在下一时还说不上来。”想不到刘存厚先热后冷，说到最后竟然有些忧虑。

听刘存厚如此说，唐继尧立即插话：“蔡协统入滇以来，军事安排井井有条，其才干威望，统帅三军不成问题。若得蔡将军出面号召，举义可事半功倍！”

“不过蔡公态度一直都不明朗，况且又是李督心腹，刚从广西调来。万一其不支持，并因此走漏了风声，后果将不堪设想！”刚从日本士官学校毕业到讲武堂担任教官不久的张子贞有些忧虑。

“根源而今被李督所疑，困据闲职，此时又因滇西防务琐事缠身；罗世子也因置办军火奉命外出，否则以根源在讲武堂中威望，联手佩金再加你我。发动已经带兵的甲、乙两期和特别班学员，再把丙班学员拉上，事可成就一半。听说继尧、鸿祥手上还联络有激进的带兵官，众人登高一呼且不万事大成！”沈汪度扳指掐算，不无惋惜。

听沈汪度说起李根源、罗佩金，唐继尧摇头慨叹：“汪度兄亦为讲武堂老资格监督，以兄之资格能为，在讲武堂中号召当不在根源之下。”

“我哪能与根源、佩金相比。外省籍人难以号召云南军士。况且在下老矣，年过四十，不惑不谋。不似根源、佩金年轻，并非谦虚，确是稍逊资望。”沈汪度缓缓回答，心中却想：现今张总办忙于教练处事务经常不在，唐继尧主政学堂不见务实，一下督练公所，一下炮标，到七十四标一营也才几天。步兵操练不熟，哪里根基都不稳当，对学员影响无从谈起。虽然感觉其志向不小，却始终坚持不说由其领导的话。

“云南举义，我看当以滇籍人士作为统领在士兵中容易号召。蔡协统刚到云南不久，非但不是滇籍之人，而且也不知道他是否肯为滇人真正办事。”殷承瓛沉吟良久，忧心忡忡地说出自己的不安。却无人附和，又见唐继尧不快，沈汪度有些尴尬，才赶紧止住话头未再继续。

会开了四个钟头，仍然推不出头。只拟出两份名单，一份是“可以稳慎周详参与革命的人员”，有三十七协协统蔡锷、十九工程营管带韩凤楼、七十四标标统罗佩金、炮兵十九标第二营管带谢汝翼、七十四标第三营管带雷飙、炮兵十九标第一营管带刘云峰、十九机枪营管带李凤楼；一份是“可共事革命的人员”，除李根源外，有炮兵十九标第三营管带庾恩旸、七十三标第三营管带李鸿祥、七十三标第三营排长黄毓英、七十四标一营司务长邓泰中等人。其中，黄毓英、邓泰中等官阶较低，但因发动起义本需下级军官和士兵响应，于是就有人提了出来。大家曾听李鸿祥和唐继尧说起过黄毓英，晓得有些来历；而邓泰中既是唐继尧表弟，又在军中激进士兵中很有影响，所以也被列入了名单。

确实，无论黄毓英还是邓泰中，都已联络了一大批中下级军官和士兵，常与三十七协杨蓁、董鸿勋、马骧、杜韩甫、吴品芳、范石生、蒋光亮、李雁宾等下级军官会商举义大事，秘密发展了不小的组织，早就成为领导士兵参加起义的中坚。黄、邓二人也是名至实归的革命党，激进的同盟会会员，特别是黄毓英，在后来起义中立有“首义之功”，起到了极其关键的作用。

两天后的10月19日，刘存厚、唐继尧借标统罗佩金奉命前往日本订购军械不成，半途而归后又要被派往安南接收军火，正想拖延不去，却又找不出搪塞总督的借口，相约其和一营管带雷飚一同商议对策。因雷飚既是蔡锷学生，又是蔡多年的老部下，关系非同一般，所以又托雷以请蔡协统向李督斡旋为由，早早地也把蔡锷请好。上午8点，众人来到刘存厚家聚会，意在乘机商议起义大事。

“哎呀呀！这可是七十四标的大团聚哦！难得，难得！罗标统不简单嘛！出去不长时间便有兄弟们接风摆宴。怎么样？快把外边听到、见到的新鲜事说来听听。”蔡锷先声夺人，边说边笑毫不推却地坐在了上首位置，也不避讳罗佩金心烦之事。

唐继尧笑道："我已卸去管带职位，如今一营已由靳参议调来的刘管带接手，只怕是个外人，哪里敢说标里团聚！"有意当着蔡锷的面，郑重其事地把对卸去一营管带的不满发泄出来。

"继尧如今高就，七十四标就是娘家，哪里能是外人！以后有事，还得你来掌控一营。蔡大人您说是吧？"罗佩金正想唐继尧回营，见他说笑，自然要接话头。眼睛盯着蔡锷，巴不得他立刻表态，不想蔡锷却笑而不答。

众人落座，罗佩金才把赴日半途而返、又要被派往安南的事说出。又有意无意讲起武昌起义后，中华民国军政府鄂军都督府派人到上海邀请同盟会黄兴、宋教仁前往主持大计，并获革命党、立宪派一致支持，共同致力于推翻清王朝帝制的天下大势。"听说滇省新军也有人议谋响应，诸位可否知晓？"

唐继尧乘机鼓动，"大清末运将终，我辈宜毅然决然誓师响应，以承光复大计。成败利钝且容计较，若徘徊瞻顾，趋利避危，则非志士所为。滇省距虏廷遥远，北方兵力难达，滇师速起可促西南诸省独立，然后联合北伐，援应中部各省，则直捣燕云，饮马卢沟，便一举可雪数百年之国耻。"

"继尧言语甚为激烈，容某再做思量。当下形势，不知在座诸位还有何议论！"蔡锷收起笑脸，态度庄重。

"属下谨遵蔡大人之命，赴汤蹈火在所不辞。"刘存厚、雷飚立身起誓，有意推蔡锷出头发动义举。

"以在下之见，大清已如累卵，不堪一击。蔡大人出面号召，诚如继尧所言，滇省可望一举光复。"雷飚原为蔡锷从广西带来的学生，蔡锷入滇前正是雷飚先行，对推举蔡锷为首十分支持。

见众人如此，蔡锷仔细思量了一番，认真说道："诸位所议，我亦反复考虑再三。只因在下刚到滇省，官兵联络尚且不深，号召恐难奏效。一人事小，响应义举事大。诸位可曾想好，一旦决定便没有了回头之路。"

众人见状，知道时机已经成熟，于是趁热打铁推举蔡锷为首，总理起义。只罗佩金心中还有疑虑，按其理想，若能公推一名滇籍统领，最好由同盟会主导。但这人又该从哪里去找呢？众人又再议论起义具体琐事，主要谈及官兵联络及弹药储备，直至晚11点方才散去。

10月22日下午8点，北门街沈汪度家。蔡锷、唐继尧、刘存厚、沈汪度、谢汝翼、韩凤楼再次聚首，讨论发动义举联络官兵之事。

就座后刘存厚第一个发言：“在下所在二营，官兵感情深厚，绝无问题。本营所辖四队，自讲武堂一、二期学员相继毕业归队后，排长都做了调整充实。前不久又接受了特别班毕业学员，人不多影响却大。其中左队最为可靠，队官禄国藩，手下几个排长都有能力，足可信赖。前队李家修也行，其他两队，队官从巡防营转来，作战能力不如前队、左队，但也不是靳参议所带来的北洋系，比较容易指挥。”

“炮标三营大都新人，少有北洋系插手，平时宣传言论已经十分激烈，官兵早就下了大干一场的决心。武昌起义消息传来，兵士们更是摩拳擦掌，绝无问题！只是弹药不足，最近又被标里强令收缴统存于军械库。自从在下被钟统制当众臭骂，炮营日子很不好过。”谢汝翼信心十足，却少不得诉苦。

蔡锷笑道：“还是那档子事！钟统制也是，什么造粪机、猪大肠的话都骂得出来。不过，谢管带遭此一骂，可真出大名了，因此更须忍辱负重格外小心，避免节外生枝。”

“工程营人员较为复杂，士兵联络也稍差，不像刘管带、谢管带那里基础好。但士兵普遍态度，总的来说也都支持武昌，不过议论颇多，说法不少。”韩凤楼则有些犹豫，斟酌了好半天。

听完众人汇报，蔡锷迅速做出估量：全省军力，新军十九镇两个协，除三十七协驻守昆明比较集中外，统制钟麟同旧部三十八协分散在滇西、滇南，至少要花半个多月时间集中，才能统一形成战斗能力。而各巡防营从来分散驻防，本来战斗力不强，调动更为不易，所以不足为虑。三十七协自己指挥，应有九成以上把握，既有驻军省城、便于集中控制的条件，又有战斗力强、实为滇省精锐的优势。其中七十四标全部、七十三标第三营，基本能够控制。七十四标一营虽刚换了靳云鹏的人，但到时可由唐继尧回营接管，想必不会困难。另外，炮兵第十九标三个营管带都已表明了参加起义心迹，标统韩建铎亦已赞成。十九镇马标、机枪营、工程营和辎重营的标统、管带们也都倾向革命，最关键还是军中中下级官兵都已相互串联，并以哥老会名义四下活动，随时准备参加起义，发动起义的条件已经完全具备。情况不明的七十三标，标统和一、二营管带虽为靳云鹏旧部，但营中多名队官却坚决主张起义。而城中李经羲督所控制的四个巡防营，除驻守督署、军械局、五华山、藩库、盐库和各城门已经占用大部分兵力外，只有南城外的第二营和第四营兵力比较集中，略有机动和一定战斗力。

蔡锷心中计算，发动省城起义已有八成以上把握。此时，清廷派遣北洋大军南下，已迫使起义鄂军撤出汉口、汉阳，退往长江南岸武昌设防。想到武昌起义军政府处境仍然危急，又说道："今日所议，以人心向背为要，诸位回去须继续联络官兵筹备义举。目前武昌方面胜负尚不明朗，各省亦未见动静，待我再把计划仔细周详，到时通知大家再议。"说完立起身来要走，一看表已是深夜1点钟了。

近日传来消息，民国鄂军政府起义军在与清军对峙的战斗中吃了败仗。原北洋新军头领袁世凯接替荫昌走马上任之后，又加强了对起义军的进攻，军力上清军占了绝对上风。不过，坏消息好心情，几天来连连阴雨微不足道，人们对武昌起义胜利的期盼，火势正旺。

10月25日，蔡锷、唐继尧、沈汪度、殷承瓛、张子贞、雷飚又一次冒雨来到萧家巷刘存厚家。包括蔡锷在内，谁都没带卫士随从，刘存厚家小、仆人尽都慌忙回避。

唐继尧面带愁容说道："谢汝翼被李总督叫去一天多还没回来。据说有人告发，说他四处活动逆反，此时大概是被扣在了督署。最近李总督、钟统制都很警觉，对从日本回国的朋辈防范更甚。听说李鸿祥也将被调离三营，形势十分严峻。"

听了唐继尧的话，众人都有些紧张起来。见大家眼睛都盯着自己，蔡锷不动声色，清嗓咳嗽，语气还像平常一样，"箭已在弦不得不放。自湘、陕、赣响应武昌起义后，各省新军尽皆闻风而动，我看大局不出一月必有巨变。袁世凯谋略我大概能猜一二，若不出所料，其未必会与鄂军胜负决战。只要鄂军能再坚守武昌几天，大势将明！在下已经拟好了滇省发动起义的计划，稍后请继尧宣布。关键众位是否心齐，如若皆有义举决心，我等尽可当下歃血为盟，以便实施。诸位以为如何？"

武昌起义后，10月22日、23日分别传来湘、陕、赣几省相继起义，宣布独立并成立军政府的消息，一时间军中热议甚是轰动。蔡锷也已打定主意，决心出头领导滇省义举。

见蔡锷提议结盟，众人求之不得。原本殷承瓛还抱有滇人出来主持的念头，见蔡锷态度坚决，亦不好表露异议。刘存厚取来纸笔墨砚，由殷承瓛在宣纸上写下"协力同心，恢复汉室。有渝此盟，天人共殛"的誓词。在房中关圣帝神像前祭拜后，将写有誓词的纸烧成灰烬和在酒里，分而饮之以结同心。

"最近军中又收缴了一次弹药，营中几乎已无弹可用，万一起义时还拿不到弹药，士兵枪支成了烧火棍，且不糟糕！"刘存厚有些担心。

“所以攻占军械局便是急所。枪一打响，进城队伍必先攻占军械局。后续部队也要分兵支援，其余布置则可按计行事。万望诸位各把其位共谋大事，可保一举成功！”蔡锷部署道。

因为李经羲直接干预三十七协人事，李鸿祥将被免去七十三标第三营管带职务。会后蔡锷放心不下，还得命人先把李鸿祥找来，在决定义举大计之前再落实七十三标情况。28日，李鸿祥按照约定时间，带着刚被撤查了排长职位的黄毓英来到唐继尧家中，蔡、唐二人早已坐在房中相候。

七十三标情况本来就不如七十四标和炮标，标统丁锦是个文人，虽不懂军事，但却由北洋系推荐，随原三十七协协统王振畿而来，是死心塌地效忠清廷的顽固分子。标里三个营，除李鸿祥的三营外，其余两营管带也都是随王振畿一起来滇的北洋系军官，均为丁锦亲信。而三营官佐，相当于副营级的督队官，以及前、后、左、右四个队官都是北洋系军官。如果李鸿祥被调走，七十三标全队恐怕很难发动，假使这样，起义兵力将大打折扣。

“蔡大人、继尧兄，都还好吧？”李鸿祥打着招呼，还未坐定便自说自嘲起来，“最近，我可是运交华盖、四处碰壁呀！”

“鸿祥兄运交华盖，作何讲来？”唐继尧不由笑将起来。

“蔡大人一定听闻，前几天在下被李总督招去，劈头盖脸就问：‘听说你最近想反叛大清，可有这事？’总督如此问话，哪里还有什么好事。说是碰壁都怕轻了！”李鸿祥苦笑。

蔡锷见二人只开玩笑，忍不住道：“现在什么情形？你可把军权移交了？”

“总督那样问我，却还佯装说不相信我会干反叛的事。然后叫我把三营分开，分别交给一营、二营，枪则要交到军械局。并令我立即动身到富民、罗茨、元谋、禄劝和武定去招新兵。今天早上，又下令撤查了我这位排长，尽安排些靳参议带过来的人。大人你说这葫芦里卖的啥药？是不是怀疑上我，想调虎离山不成？”李鸿祥边说边手指黄毓英，向蔡、唐二人介绍。

听李鸿祥说到自己，黄毓英上前一步立正敬礼，“二位大人在上，排长黄毓英前来报道！”

蔡锷看了唐继尧一眼，哈哈大笑，“认得，认得，黄排长与我倒不是初交。别来无恙啊？”

唐继尧也不住点头，“邓泰中向我推荐，说毓英老乡，父交子往。不想如今在李管带手下已为肱股。鸿祥不晓得吧？我与黄排长不仅是东川同乡，还是街坊呢！

一别经年，令尊一向可好？”

“难得唐大人记挂，真是感激！而今家父在川省做事，好久未回东川。唐老伯父也还好吧？”黄毓英早听说在七十四标担任管带的唐继尧是自己街坊，却因没有机会而少有联络。此时见唐继尧说起同乡、街坊的话，甚是亲切。二人所说东川，其实就是现今会泽，当时东川府就设在如今会泽县城。

“好，好，好！多谢毓英挂念。说了这多闲话，也该听听蔡大人布置安排。”见蔡锷、李鸿祥都急着想说正事，唐继尧忙把话题一转。

蔡锷接下话头，对李鸿祥轻声道：“找你来正为此事。三营兵权，李总督已经发下话来，拖着不交也不是事。等会儿沈监督、刘管带，还有张教官要来，大家一起商量，看该如何对付。”

听说还约了沈汪度、刘存厚、张子贞等人，李鸿祥自然高兴。心想起义早点发动，还交什么兵权！而今起义千钧一发，不可再延迟啦！一定要力劝蔡锷马上号令起义。

“怎么，子贞也从日本回来了？我还以为要有一段时间呢！”李鸿祥有些兴奋。

“是啊，不仅张教官，罗标统也回来了，半路上遇到武昌起事，回来后李督又要叫他去安南。眼见武昌事情闹大，这种时候哪里还能往外边跑。他不想去，正跟李督打圆场呢！前几天标里人还聚过一次。”唐继尧说着，又向李鸿祥努嘴，偏头往谢汝翼租住的侧房看了再看。“汝翼好几天都没回来，家里人急得团团转！”意在提醒李鸿祥，谢汝翼出了麻烦。

“以我之见，立即动手得了，蔡大人撑头指挥，兵力绰绰有余。听黄排长讲，下边士兵串联都做好了准备。七十三标靠的就是这些排长，最多还有几个队官，我也顾不得其他。否则让钟统制、靳参议他们占了先机，一切尽都枉然。”李鸿祥更加急切。转头又问黄毓英：“怎么样？毓英说说。也不是初次向蔡大人、唐大人报告，不妨把下边士兵们的想法说出来听听。”

“蔡大人、唐大人，在下今早已经交卸，管带叫我暂时不走，现仍待在营中。而今营里，若男儿酣梦乍醒，毋宁于枪林弹雨中为同胞求幸福而死者比比皆是。只等大人登高一呼，便可蜂拥而起。诚如李管带所说，当下情况紧急，起义必须尽速，否则将有不测，那且不辜负了军中将士一片苦心！”黄毓英情绪激昂，还要再说下去，却见沈汪度、刘存厚走进门来，把已到嘴边的话又咽了回去。

张子贞也脚跟脚跨进院来，身后还有几人。黄毓英认得其中黄永社、邓泰中、杨蓁等几个曾经聚会过的下级军官，心想来了那么多人，恐怕是要最后定夺大事了吧？心念起时早已有了主意。

众人入座，蔡锷主持。刘存厚抢先发话："目前军中各队枪支几乎都是新式五子枪，倒是不成问题。可每枪只配有五发子弹，一扣扳机就完。起义前还该设法多领取些子弹才是。"

蔡锷紧锁眉头，面有难色，"钟统制如今已有防备，收缴子弹的命令一道又一道发下来，实在不好违抗。刘管带所虑，确实是个问题。"

"如果子弹不能解决，起义只有缓期，否则太危险了！"见蔡锷也对子弹问题十分担忧，刘存厚不禁丧气。

"李总督已经采用调虎离山之计，先是把根源调走，接着是烈钧赴京观秋操，方教官去广西赴任，继尧调到讲武堂，把营管带职都交给那个刘……什么的，北洋系！"李鸿祥一时想不起接替唐继尧七十四标一营刘管带的名字，"此时又要把我弄去招募新兵，毓英排长也给免了，汝翼又是这样，都是危险信号哪！所以，起义非迅速发动不可，绝对不能缓期！否则带兵官都给人家换光了，还拿什么起义？"

"原先议定抢先攻占军械局的计划，就是针对子弹、枪械短缺问题。先把军械局围起来，起义军缺子弹，难道钟统制、靳参议的兵不缺子弹？"张子贞斩钉截铁，坚决不同意刘存厚延期起义的意见。

沈汪度不住点头称是，表示赞同张子贞主意。刘存厚只是摇头。屋中一阵静默。

"今事机已急，别人不干，我就单个干。"黄毓英忍不住发声说道，语惊四座。不少人知道黄毓英曾被滇西各属推举为主盟人统率义军，听后并不敢疑。

刘存厚还想再说什么，刚想张嘴就被唐继尧高声打断。"黄排长大名，在下早有耳闻，今日相见，果然英雄本色，佩服，佩服！我亦同意鸿祥、子贞意见。按照蔡协统谋略，弹药不足之事已经有所考虑。若再等待，未必就能找到更好办法。李经羲、钟麟同反会加强防范，且不贻误了起义先机？"

"鸿祥、继尧、子贞、毓英意见都对，存厚所虑也是我所担忧。诚如子贞所说，而今收缴子弹，不独三十七、三十八协，巡防营也一样。李经羲、钟麟同也不能确信谁造反谁不造反。起义军缺子弹，他们也一样缺子弹。先攻下军械局最是要紧。那就决定：10月31日，也就是重阳节当天晚上，农历九月初十凌晨3点发动起义。诸位还有什么意见？"见多数人支持立即起义，蔡锷发令确定了起事时间。

众人一致同意，李鸿祥、黄毓英终于松了口气。李鸿祥更是雄心勃勃，"那就由我率三营先把七十三标搞到手，再进城攻占军械局，存厚兄尽管等我消息，安心攻打督署抢夺头功得了！”

蔡锷复又布置：“起义军入城，首先占领军械局，并攻打各衙署、库、局。当下分工就按李管带（鸿祥）所说，七十三标负责大东门至小西门以北地区，重点在夺取军械局、攻打五华山。大东门至小西门以南地区和其余各署、局之事交由七十四标完成。重点在督署，南城外二、四两个巡防营。七十四标进城后，雷管带（雷飚）即率第三营支援李管带攻取军械局，以防不测。炮兵在小东门及小西门至南门城墙一带放列，向督署、五华山射击。另外，五华山上之两级师范，靳云鹏已率辎重营两队人马和宪兵队先期驻守，并从机枪营调了几挺机枪从后山协同巡防营防守军械局。其枪弹必很充足，此乃攻打军械局一大隐患，须加倍小心。原想策动机枪营、辎重营、工程营、马标协同起义，恐怕也要打些折扣。只得暂时先放一放，以免惊扰太大走漏风声，到时再行通告。”

又命唐继尧宣布了起义时的标志（军帽白布套）及各标口令：七十三标主攻军械局，单取一个“军”字；七十四标主攻总督署，便取“总”字为号。命李鸿祥在北校场率七十三标三营，争取掌握第一、二营起义，即时派刘祖武、张开儒前往接应。蔡锷自己则亲到巫家坝，集合七十四标、炮标，率起义军主力进城。到时，唐继尧回任七十四标一营，如此，驻昆新军便可基本控制。将刚从讲武堂特别班毕业，并与七十四标、炮标士兵均有联络的杨蓁、范石生调来护卫，特授权二人，遇有反抗者即可当场击毙，以防不测。众人推举蔡锷为临时革命军总司令。

“居中内应，非讲武堂莫属。”蔡锷思考一阵之后，决定由沈汪度、张子贞率讲武堂丙班学生在城内接应，到时占领城门迎接起义军进城。命令全体起义部队各司其职，务必于10月31日拂晓，占领昆明东、南、西、北四城及圆通山，并开始总攻。当天还议定，起义军进城后司令部设于江南会馆；光复后设军都督府，蔡锷任都督。

会后，蔡锷把李鸿祥、沈汪度叫到一边悄声问道：“根源怎么还未回来？今日之事还拜托汪度兄代为转告，举事时需根源到鸿祥处统筹指挥。七十三标情况复杂，单祖武、开儒襄助还显力薄，祈望根源克期至返，鸿祥大事功成。”李鸿祥、沈汪度默默点头并不作声。带着对起义的期盼与忐忑，众人陆续散去，分头抓紧准备，就等起义日子到来。

近来李根源常常出差，刚从滇西回来，当晚便约了顾品珍、张开儒、何国均等人在罗佩金家中集会讨论举义之事。会还未散就得到了蔡、唐等人开会的消息。可第二天又要忙着到杨林等地筹备秋操，因此，一直未能与蔡唐等人进一步联络。

在听到革命党人秘密集会的风声之后，十九镇统制钟麟同就下达了收缴弹药的命令。近来风声日紧，这个除总督外云南新军的最高军事长官，时常一人唉声叹气，忧心忡忡。几天来的阴雨，使他心情更加郁闷。已布置总参议靳云鹏把辎重营调往五华山驻守，那里一则是昆明最重要的制高点，二则可兼顾防守军械局。但此时却仍然放心不下。靳云鹏太过奸猾，滇省编练新军，虽同受朝廷委派，但靳却到处安插亲信，威风八面。想到此，钟麟同不由得心里咯噔一下，激起了一身鸡皮疙瘩。

那日，新任协统蔡锷呈报印制好的《曾胡治兵语录》，提起王秀楚所著《扬州十日记》，有意无意评说前朝大将史可法扬州抗清之事。像是劝谏，大有要人改弦易辙、顺应民主宪政潮流、恢复中华文明之意。使人不禁狐疑，他也成了革命党不成？

几天前，参谋官杨集祥的话一直在他脑袋里翻来倒去，“蔡锷、李根源、罗佩金等人活动频繁，行动诡异。要镇压云南革命，必须先把这三个人抓起来。”对此三人，他不得不倍加提防。

“最可恨那个名叫谢汝翼的炮标管带，仗着日本留学回来，不思痛报君恩，却整天在营中妖言惑众。好在总督听从劝谏，把人缉拿到署，只可惜心慈手软尚未痛下杀手。”钟麟同这样想着，右手不由握拳狠狠砸在案桌之上，直撞得手指骨节一阵疼痛。“对革命党定要严厉处置，杀一儆百。可如今总督一味暗弱，再三姑息，听到乱臣贼子作乱也不在意。甚至一再为蔡、罗、李三人打圆场说好话。”他实在有些担忧，面对武昌动乱和滇省新军状况，总督还有什么判断、良策？

总督李经羲正忙着在督署部署卫队构筑防御工事，并从滇南增调巡防营卫队赶往昆明协防，预计四五天后即可到达。为增强督署、五华山、军械局和各司、库守备，新调来的辎重营两个队、机枪营八挺马克辛重机枪和宪兵队分别被布置在了各重要防区。巡防营驻扎城中，除原已守备在各地要紧之处外，还有部分机动。已饬令马标分队随时做好准备，可快速驰援几十里范围内防务。加起来足有三四千人可以便宜指挥，唯一难以判断的是何处、何时、何人会发生暴乱！十九镇新军能否听从指挥，也是个谜！

从省城驻防的情况看，七十三标在北校场，七十四标和十九炮标在巫家坝，马标及工程营在甘海子，机关枪营在太和街西廊南端，辎重营在归化寺，但已有两队分别移驻五华山和协同督署卫队驻守督署。宪兵队200多人原驻龙井街，此时已被靳云鹏带往五华山。巡防三个营，一营三哨，其中一哨驻北门，一哨驻虹溪试馆，一哨协同驻守军械局等处；另外两个营在南城外驻守。李、钟二人认为省城新军兵力大部分可控制，遇到紧急情况再行调遣不迟。

起义发动前，起义方和当局对自己掌握兵力的估计都不完全准确。因为调防缘故，一些原先赞同起义的标、营和军力此时反被李经羲、钟麟同控制。而李经羲、钟麟同认为绝对可靠的将佐、子弟兵，此时却已厉兵秣马准备起义。

起义一触即发，但敌对双方却势均力敌。最令人担心的是，从滇南调往昆明的巡防营卫队，本来就与驻昆新军联系不多，营中即便有同盟会和哥老会活动，却因不知省城酝酿起义的情况，一下子也聚集不起人来支持起义。反而会因服从总督调遣而成为镇压起义的可怕力量。

云南省城昆明，此时山雨欲来风满楼，正酝酿着一场惊心动魄的大事变，虎啸龙吟，风云际会。

八、月曜重九　省垣起义

腾越起义消息传来，在云南讲武堂师生中引起了巨大反响。比起先前听到的湖南、陕西、江西等地起义，腾越起义更加令人振奋。似乎千里之外的传闻，一下子变成了身边的现实，感觉大不一样。区区迤西道一个散厅，虽领南甸、干崖等七土司地，然地处边陲，却摧枯拉朽，一战功成，深深地触动了省垣意欲造反的新军官兵。武昌起义后十多天来接二连三几个省宣告独立，已把人们心中的热望点燃。腾越起义更是一面镜子，照着省垣，既是鞭策也有隐忧。

入秋以来，雨水少了很多，九十月间，昆明便进入了叫作“秋老虎”的季节，这可算是一年中最为闷燥的日子。晚间，菜海子水泽边讲武堂校园内，蚊虫飞舞，叮咬人十分厉害，可大家议论起义却热情高涨。教官们也因大事在即，早已顾不得按部就班教书、操练。

10月30日，农历九月初九重阳节，星期一，月曜之日。晚操散后，李明远、姚必光、段云鹏等七八个人回到教室。待众人坐定，李明远才小声传达了起义命令：“守望相助，谨遵号令！”这是丙班一个同盟会小组起义临战前的动员，这些天师生们枕戈寝甲，终于等来了起义号令。自从设立特别班后，李明远就成了丙班最具影响的人物，同盟会小组活动自然由他组织。

下午，教官张子贞带回蔡协统命令，沈汪度监督和张开儒提调立即进行了布置。学堂中同盟会小组也接到了准备起义的指令。刚上任的总办张毅和监督唐继尧都不在校，有人甚至怀疑张总办会阻挠起义，主张把他抓起来先干掉。唐监督则因协助蔡锷组织联络，并准备回七十四标一营重掌军权，一时无暇顾及学堂。

起义就在眼前。令人紧张而又兴奋。高兴的是，几天前被收缴的枪支又发回到各人手中，只可惜弹夹空空，让人不免忐忑。其实，讲武堂平时训练，除了实弹打靶外也从来不发子弹，但此时不同，马上就要起义，没有真枪实弹怎么行！

“各位的白布套是否都准备好了？起义时别忘戴在头上，这是标记。”李明远把夏天罩军帽用的白布套拿在手中，边做示范边问。

众人摘下镶着红边的军帽，把军帽翻转过来，取出里面的白布套，试着套在军帽上看牢不牢。一个个剪去发辫的光头，此时更加显得张扬。

几年前军校师生学习日本军校剪辫易服，早就成为社会舆论的焦点，清廷时而认可，时而追查，暴露出当朝政令不一、令行不止的诸多矛盾。讲武堂中也曾有人因剪辫惹祸，全得校方上下周旋才得过关。此时革命气势高涨，同学们又纷纷剪掉发辫，学堂中光头到处可见。

“起义时统一号令，必须注意警戒，防范奸细造事。同盟会小组听我指挥，不得盲动！”

会议短暂紧张，李明远布置完毕即宣布散会，谁都来不及说话。姚必光走到段云鹏身旁小声问道：“子弹什么时候发，几十发总要有吧？”

“几十发咋够？真打起来，扳机一扣，子弹哗啦啦出去，百发！”段云鹏大咧咧，侧头看见正走过来的李明远，更加傲气十足。

李明远一步上前，手搭二人肩膀，乘势往中间一拢，二人冷不防撞到一起。

“子弹、子弹，一天就是子弹。即使发了子弹，也不许随便开枪，服从命令才是关键！”

“命令，什么命令？明远越发像个官了，张口服从，闭口命令。”段云鹏很不服气。

“服从命令，子弹要发！想要瞌睡，就有枕头。”姚必光嘻嘻哈哈，谁也不得罪。

三人说笑间回到宿舍，悄声哑气走进寝室，才发现气氛很不一般，大家都和衣躺在床上，似睡不睡的样子。原来，讲武堂几乎所有的人都参加了起义行动。

起义前夕，金风肃杀，讲武堂里到处充斥着抑制不住的兴奋与激动。虽然未发子弹，但却似快枪上膛，已经能闻到火药点燃的气味。

远处隐约传来枪声，有人纵身跳起趴在窗前向外张望，暗夜里却什么也看不清，秋夜的流萤在窗外纷飞，四处一片寂寂。远处的枪声不多会就消散了，只有时远时近、时疏时骤的狗吠声，夜沉静又躁动着，更加让人急切地想知道枪声和狗吠究竟在什么地方，那地方又发生了什么样的事情。

半醒半睡间猛然听到集合号响，同学们迫不及待地冲出寝室奔往演武场，只见教官们头带白布套，雄赳赳地站立在观操厅上，监督沈汪度、提调张开儒，教官顾品珍、张子贞、王兆祥、孙永安、王廷治等人端立其中。操场上人已是黑压压一片。此时只有丙班、队附军士和教职员三四百人，正是学堂成立以来人最少的时候。尽管如此，却因学员文化水平、基本素质不错，而且与军中派系都无牵连，所以对起义认识十分统一。见总办张毅和监督唐继尧不在，便有人开始寻找，让人失望的是，原总办李根源和丙班教官刘祖武也不在。有人开始议论，一时间操场上嗡嗡声响不断。

沈监督像是知道学员们心思一样，集合完毕后便大声宣布："张总办教练处公干未返；唐监督回七十四标一营，襄助蔡协统率部起义；李总办、刘教官已赶往七十三标与李管带一起发动兵变，起义已经提前打响！现在我命令：全队准备出发，打开昆明四门迎接起义军进城。"

他身后的张提调立即上前发令："各队队长出列，领取子弹，其余队员原地待命，戴好标志，准备行动！"

各队队官领取子弹后，按每人5发分发。想不到大战在即，只发这点子弹，比野外实弹演习还少10发。以往演习，每人15发子弹，限令射5发，其余10发演习完后上缴。段云鹏有些失望，一跺脚，把背在身后的大刀掂了掂，只觉刀在鞘中跃跃而动，"没有子弹，到时我用这把大刀，杀他狗贼跶虏。"

起义学员跟随教官，大部分由沈汪度、张开儒、张子贞、孙永安、王兆祥、王廷芳等率领，前往昆明四门策应起义军进城。骑兵科学员则随顾品珍策马在城中四处巡逻。李、段、姚三人随队，乘着夜色绕过九龙池、菜海子，过玉龙坡，直奔昆明北门——拱辰门。

本来，到北门的讲武堂起义学员任务是去打开并守住城门，好让从北校场过来的七十三标起义军顺利进城。可到达时却见城门大开，守门士兵的头上都带着起义标志白布套。接上头后才知七十三标已经提前起义进城，把守城门的正是七十三标起义官兵。听说起义军主力正在攻打军械局，领队教官忙率领队伍迅速折返，沿北门街往南，从学司署旁上螺峰街缓坡，直奔军械局而来。才到梅园巷口，就见七十三标士兵迂回行动，准备再一次发起进攻。远处，总督府也传来密集枪声，知道起义已经全面打响。

在军械局前的临时掩体中匍匐下来，一打听才知道，七十三标在起义准备过程中出现意外，提前发动了起义。

原来，该标三营右队排长黄毓英、王秉钧和文鸿揆等人与士兵一起搬运准备起义的弹药时，被值日队官唐元良发现并引发争执。唐元良是靳云鹏带来的安徽籍军官，听说还是他家亲戚。虽然也是甲班二期学员，却与同班同学邓泰中、蒋光亮、文鸿揆等人向来不和，见文鸿揆和士兵一起搬运弹药，便上前查问。王秉钧脾气火爆，对唐元良占着总参议关系当上队官一直就不服气，见他颐指气使便上前搭话，只两三句就顶撞争吵起来。文鸿揆碍于与唐元良同班，心中虽然不悦，担心事情闹大，忙上前相劝。

李鸿祥正与下午刚到的刘祖武在营部商议起义细节，听到吵闹声便出去查问。见值日队官唐元良正与排长王秉钧、文鸿揆等人争吵，忙把唐元良拉进屋。“今晚就要起义，你看着办！”听到“起义”二字，唐元良脸色煞白，不由得神经紧张，全身发起抖来。想着靳总参议交代随时注意士兵谋反动向的话，不由得急出一身冷汗。

说话间，忽然听到一声枪响，接着又是一阵喊打的声音。李鸿祥打开房门，却见右队官安焕章连喊“救命”，踉跄奔来。士兵们紧追其后，刚到门边便见安焕章“扑通”倒地。士兵们一阵欢呼，见唐元良还躲在李鸿祥身后，便有人举枪射击，唐应声趴伏在地，哀号一声闭目身亡。紧接着，与士兵发生冲突的督队官薛树仁也被士兵开枪击毙。这三人都是靳云鹏亲信，听说唐元良与士兵发生冲突，安焕章报告薛树仁后一同前来弹压。因为平时欺压士兵惯了，安焕章见士兵开箱取枪，便用指挥刀和皮鞭乱打，并大声喝骂。一些刚拿到枪的士兵，见二人要把事情闹大，便开枪射杀了安、薛二人。因为薛、唐、安三人平时作威作福，欺压士兵激起众怒，躲在李鸿祥身后的唐元良也未能幸免。

在场士兵一拥而上，强烈要求李管带立即起义，率领三营前去捉拿标统丁锦。见反叛的枪已打响，情急之下，李鸿祥、刘祖武决定提前发动起义。排长黄毓英、王秉钧、文鸿揆成为起义中坚和协同组织者。一营队官胡庚先，二营队官马为麟、排长蒋光亮、杨秀林、王裕、沈得全也率一、二营大约5个队参加了起义。

一营管带成维铮把营里四队中的三个队带往营盘后虹山躲避；二营管带齐世杰见势不妙，闻讯逃命。标统丁锦带领卫队赶来，朝起义集合士兵胡乱放了阵枪，打伤两名士兵，起义官兵反击后不敌溃退。

晚8点40分，李鸿祥自任标统，马为麟任二营营长，刘祖武为三营营长，率领七十三标两个多营兵力，整队出发直奔螺峰山军械局而来。在北门外，遇到了正往北校场赶的李根源。刚下轿的他，不适黑天暗夜，带头跳城壕时一步踩空，被土坎崴了脚。

李根源卸去讲武堂总办职务后，既无兵权也无实力。处理完滇西片马事件善后，又忙于秋操筹备，几天前还被派往杨林、宜良公务。因为与罗佩金、殷承瓛等人坚持由同盟会或滇籍人士领导武装起义，所以并未参加蔡锷、唐继尧等新军将领起义前的秘密会议。只是27日晚在罗佩金家中集会，商议起义事宜时被告知："10月30日晚到北校场，会同李鸿祥，领导三十七标起义。"

30日下午，刚刚回到昆明家中，风尘仆仆的他还来不及抹把脸，就被李总督派人催促，要到督署等候召见。见了总督，才知腾越爆发了起义，要他带兵前往迤西镇压乱党。回家刚吃过饭，沈汪度就急匆匆踏槛而入，"根源兄到哪里去了？找你一个下午都不见。急死人！"

"我也正要找你！腾越出了大事，27日起义，一夜城下！下午回来，才进家门就被李督叫去，想着今晚发难之事，我才着急！"

"腾越起义这等大事，咋才晓得？学堂里都议论得开了锅！蔡协统要我转告，请你速到三营，与鸿祥一起统筹起义。下午5点祖武就已过去，明日凌晨3点，一举而动。"沈汪度风急火吼。

听说蔡锷要他率三十七标进攻北门、东门的密令，李根源两手一拍大腿，急着要走，"赶紧，赶紧！这些天被支使得尽往山旮旯里钻，哪里听得什么消息！今赶回来，又叫我带兵去打腾越。正要找你，这下好了，我去找鸿祥！"话还没完，就听得远处传来枪声。

"哪来的枪声？"李根源问。

"凌晨3时起义，这么早怎的就有枪声，该不会有什么事吧？"沈汪度也颇感诧异。

李根源一步跨出房门，侧耳细听，感觉枪声正是来自校场，心里不由"噔噔"跳将起来，"管他的，爹死娘嫁人，我去！"。

"正是！鸿祥那里人手不齐。协统、鸿祥、继尧、存厚、子贞和我都碰过头。

原本要祖武、开儒和你下午就到北校场，协统意思你来总统。开儒有事未去成，枪声发自教场，只鸿祥和祖武，莫非……”

二人说着，再次辨认枪声方向，笃定就是北校场，心中难免不安。

“七十三标不单丁锦作怪，一、二营管带也是他的人。我得赶快，好做鸿祥后援！”李根源当即要了一乘轿子，急急忙忙就往北校场七十三标驻地飞奔。才到北门外，就与李鸿祥所率起义军相遇。大喜过望，跳下轿来带着队伍就往回赶，谁知心急跳沟坎时便崴了脚。

来到北门城下，却见城门紧闭，这才想起地方迷信求晴的事，心中骂道：“愚昧之至！”幸喜刚才出城未走北门，否则还不知现在该怎么办。

这年昆明雨水特别多，已酿成灾害，风水师算定北方属水，关了城门便可堵住水气通道，以为这样可以求晴。知府按照风水师说法，晚上便把北门关闭起来。其实，昆明四门常年敞开，只巡防营士兵在城门口设防把守，恰巧这年，单单拱辰门早开晚闭。

李鸿祥找来队官、排长下达命令：“黄排长，立即带人翻越城墙，打开城门，放大军进城。我带队为你后应，务必清除城垛上巡逻敌兵，只许成功，不许失败！”说话间，蒋光亮、王秉钧、杨秀林、卢涛、董鸿勋一起出列，齐声请战：“我们去！”

在黄毓英带领下，众人持刀带枪，搭成人梯，悄悄爬上北门旁城墙。刚一登楼，就见巡防营一哨人马过来，走在前边的人喝声发问：“口令！”黄毓英情知不妙，举枪便射，两名巡防营士兵应声倒地，其余拔脚就逃。众人乘势冲下城楼，杀掉守护城门的士兵，杨秀林举起手中大斧錾断门锁，打开城门，起义军千余人迅速涌入。进城后李鸿祥立即分兵，一队攻打军械局，一队抢占银圆局。

在军械局前的临时掩体里，李明远看见起义军中一个十分活跃的身影。听人喊他“黄排长”，猛然间想起，这人就是曾在腾越张先生家中见到过的革命党人黄毓英。

大概是前年四五月间，张先生从干崖回到腾越，召集自治同志会骨干开会，请大名鼎鼎的革命党人黄毓英来做鼓动。李明远印象最深的是，为参加河口起义，他宁愿放弃留学日本东斌学校的毕业资格，提前回国。那种为革命务实不求名的精神，深深打动了他。今天，眼见他在起义军中上下奔走，领头指挥的样子，心想志士勇往直前，四方闻风而动，反清大潮定将势不可挡。

战斗十分激烈，起义军与军械局守军仍在对峙。

这时，盘踞五华山的清军守备还从后山工事中不停地向进攻军械局的起义部队身后射击，官兵伤亡，险情不断，战斗异常艰难。

五华山本是昆明城中的重要制高点，山前南望总督府，山后紧挨军械局。十九镇统制钟麟同、总参议靳云鹏布置精锐，重兵占据了坐落于山间的武侯祠、劳公祠。

李根源刚从军械局大门口喊话回来，见到讲武堂丙班学生十分高兴。忙叫队伍原地进入战斗状态，作为预备队等待发起新一轮进攻打响后再伺机而动。他认得军械局总务官和巡防营管带，知道就在里面指挥把守。队官、哨长中还有乙班一、二期毕业学员，想通过喊话鼓动他们临战反正。可喊了大半天话都不见守兵动静，还差点挨了枪弹。李鸿祥很不耐烦，硬拉他退下来再次研究守军火力配置，准备发起进攻。

姚必光匍匐在李明远、段云鹏中间，眼睛不停地向军械局大门、高墙和掩蔽在五华山山坡树影间的楼宇亭台，以及草丛中与军械局防守火力配置形成犄角的地堡张望。

军械局地处五华山东北的螺峰山头，四周围墙坚实高大，围墙四角配置了德国造加特林重机枪。这种机枪口径很大，火力威猛，军中俗称“格林炮”。巡防营卫队凭险据守，不时用格林炮往外射击，炮火扫向临时掩体里埋伏着的起义军，“突、突、突！”掀起阵阵黄土碎石，对进攻造成不小威胁。

阵地前沿，李鸿祥与李根源、刘祖武正在商议对策，一排格林炮弹突然呼啸着横扫而来，三人险些中弹，被枪弹掀起的泥沙碎石溅得满头满脸，周围不少士兵受伤，四处血肉飞溅。这时，起义军枪弹几乎打光，进攻火力大减，守军巡防营卫队更加有恃无恐。

五华山上，碉堡里的机枪也疯狂地向起义军扫射，阵前伤亡接二连三。千钧一发之际，军械局大门旁不远处的围墙脚下突然火光冲天，浓浓烟雾伴着巨大的爆炸声弥漫开来。七十三标一队士兵穿过烟雾，肩扛扶梯跑步迂回，准备从五华山南面红栅子门进攻。再从山上往下，对固守军械局及五华山西北半山顽抗的清军形成夹击。领头军官文鸿揆大家认得，此时相见，更觉其勇武异常，豪气冲天。

认识文鸿揆还是年初正月十五。晚间学堂放假，李、段、姚三人一起到菜海子放孔明灯，放完灯又到莲华禅院烧香，碰巧遇见甲班二期几个同学。都是讲武堂校友，校外相遇比在学堂中更显亲热，相互打了招呼不说，还在一起喝茶聊天直到很晚。文鸿揆因家中老母生病，特意来给老人家祈福，因此还引得姚必光想起早年过世的母亲，文鸿揆也给他留下极深印象。以后常在学堂见面，一来二去也就熟了，知道文鸿揆毕业后到七十三标当了排长。

后来听说，攻打红栅子门的时候，文鸿揆身中数弹不幸牺牲。就在起义前一天，文鸿揆得知母亲过世消息，因李管带通知起义而未能奔丧，并留下“奔丧事大，起义更重大，假如以身殉国，也可以报答母亲了”的沥血之言，却不幸一语成谶，成为讲武堂同学死难第一人。

蔡锷带领殷承瓛、罗佩金、唐继尧、刘存厚、雷飚、庾恩旸、刘云峰、李凤楼等起义军中高级将领和三十七协本部官佐，以及范石生、杨蓁等护卫来到七十四标驻地巫家坝。召集七十四标和炮标重要将校详细布置了起义计划之后，得悉七十三标已经发动，于10点30分集合两标官兵誓师起义。

蔡锷悲愤交集，情动于中而形于言：“各位兄弟！钟统制疑本协及炮标官兵作乱，今已饬令到协，限当夜将枪炮收缴后再行惩办。”说到此，场内官兵惊愕哗然，嘈嘈嚷嚷。于是，又提高嗓门鼓动道：“我辈军人无辜受累，冤之枉哉！”情深意切，激昂铿锵。受其感染，官兵们又是一阵躁动。“清朝专制，已经数百年了，我四万万同胞饱受奴役之苦！近日武昌起义，是一次惊天动地的大爆发！现今全国四下响应，皆欲扫除专制复我民权！我等军人乃中华一分子，与其被怀疑、被缴械、束手待毙，不如拼死一击！当下，我欲率本协将士造反，诸位可相从否？”

“相从！”场内官兵齐声回答，吼声震天。

官兵们热血沸腾，蔡锷再接再厉：“这次起义已经筹划了很久。在我身后，协中将官都已执戟在手，全军上下听吾号令。‘天亡清廷，就在当下！’吾辈都抱定破釜沉舟、杀身成仁、不成功毋宁死之决心！我云南革命党人的荣辱聚散、生死存亡，革命大业的成功与否皆在此一举！”

越说越激昂，湘人语气中的犀利刚强，如雷贯耳震撼了在场官兵。

众将官齐声高呼：“驱除鞑虏！恢复中华！”“革命万岁！”士兵们也应声狂吼，杀气冲霄。

此时，谢汝翼刚被李经羲开释回到队中，蔡锷便命谢当场宣布起义，随即又派唐继尧回任第一营管带。由于部署周密，又因起义声势浩大，所以并未遭遇反抗，七十四标、炮标以整军建制参加起义。

正好此时总督李经羲来电要求蔡锷率军进城平叛。得知七十三标起义军已经进城，于是又由总参谋长殷承瓛宣布命令，起义军迅速分路攻进城来。

罗佩金、唐继尧、刘存厚分别率队从五里多南天台攻入城中，直扑市中心总督署，并将总督李经羲和兵备处总办王振畿围困于督署之内。雷飙率七十四标三营增援五华山、军械局；蔡锷则亲率一支人马直取江南会馆，之后又率人到军械局巡视战局。谢汝翼率炮营沿东南城墙放列炮阵，炮击各处守敌。刘云峰、庾恩旸等则奉命率炮十数门，分别随七十四标一营、二营进攻督署。

重九昆明，秋日的天边泛出密密的繁星，似乎正向人们示意，天空放晴，清朝在云南200多年的专制统治，即将归于共和。

七十四标、炮标起义军进城，沿途仅遭马标、巡防营零星抵抗。经起义官兵一路追杀，马标、巡防营乱放了几枪，便如泛萍浮梗般很快溃散。

五华山、军械局守军则因抢先占领了有利地形，又有充足弹药补给，与起义军打得异常激烈。七十三标久攻军械局不下，弹药越来越少，情况十分紧急。此时，攻克军械局获取军械，已经成为起义军生死攸关的当务之急。

重九第二天，31日上午10时。蔡锷指挥七十四标、十九炮标再次增援军械局，前线指挥部立即决定，对军械局发起最后猛攻。谢汝翼率炮标士兵从西城门把炮运到梅园巷口架设放列。七十三、七十四标官兵在前，讲武堂学生在后，分别埋伏于军械局大门、五华山西北门前周围。

只听得“轰！轰！轰！”几声炮响，谢汝翼指挥炮兵开炮射击，炮弹直击军械局大门后巡防营守军工事。起义军再次发起冲锋，各队官兵同时跃起，冲向军械局围墙、大门。因为担心炮弹直接轰击军械局引起仓库弹药爆炸，炮火只能直射围墙，仅仅炸开了围墙一角，仍然打不开进攻通道。

眼看一轮冲锋又被阻击，李鸿祥急派工兵强行挖掘炸开的围墙缺口，却连连遭到五华山守敌侧后方机枪的扫射。李根源指挥一队士兵，搬来几桶黑色炸药堆放在围墙缺口下引燃信火。只见火信像蛇一样舞动，滋滋燃着青烟，一声巨响，军械局围墙终于被炸开一个缺口，起义军官兵再次发起进攻，欲从大门和围墙缺口攻进军械局。

讲武堂学生作为预备队，眼巴巴看着七十三、七十四标起义军冲锋队前前后后突上突下。大队人马紧随其后冲杀向前，相互掩护避开了守军正面弹雨，逼近军械局大门和被炸开的围墙，却又遭到五华山上守军枪弹的阻击，冲锋士兵接连有人中弹倒地。

李、段、姚三人都忍不住举枪向五华山地堡瞄准射击。堡中仍然喷射着火蛇，机枪子弹从碉堡抢眼中扫射出来，进攻官兵又是死伤一片。讲武堂学生都在射击，无奈步枪子弹很难打中碉堡内枪手，令人更加焦虑。

李根源振臂高呼："今夜战死者，得葬于五华山顶万寿亭！"激励官兵向前。在众人心目中，五华山就是一块龙脉宝地，得葬于万寿亭，似乎就与身世显赫的王公贵胄甚至皇帝一样，家人后代都能享受到莫大福气，于是无不奋勇向前。

正在这时，一发炮弹从梅园巷打出，直击隐蔽在五华山上的枪堡。与此同时，军械局大门也被熊熊大火烧塌，轰隆隆一声倒下。但见炮标管带谢汝翼带头，众人一拥而上，把军械局大门前防御工事里张皇失措的巡防营守军砍杀得七零八落。

打了一夜的军械局巡防营守军困倦难当，再加士兵本来多不愿打，只是被李经羲派往军械局增援督战的总办唐尔琨所率督战队步步威逼，才不得不勉强应战。不过占着工事坚固和弹药充足，才给起义军造成了巨大伤亡和困难。见起义官兵接二连三冲进大门，早就无心抵抗，丢盔卸甲，纷纷缴械投降。

昆明重九起义成为辛亥武昌起义以来发动起义省府中战斗最惨烈者，军械局、五华山战斗尤为悲壮。

讲武堂学员也接到进攻命令。段云鹏冲在前面，姚、李二人紧随其后一起攻进了军械局，会合后各队清点人数，所幸无一伤亡。

起义军得到弹药补给，讲武堂参加起义学员每人又增发了10发子弹，虽然不多，却让人十分高兴。攻占军械局后，李根源、李鸿祥立即分别带队，增援攻打五华山和总督府。谢汝翼在激战中受了轻伤，行动不便只好留在军械局主持发放军械。之后，沈汪度也来到局中，一同主持军械局事务。

听说打下军械局，各路人马纷纷前来领取弹药装备。也有混吃混穿的地痞流氓，乘机到军械局讨要军装，冒领枪弹滋事，谢、王二人坚决进行弹压，事态才得平息。

李、段、姚所在编队随李根源前往攻打五华山，抬着由军械局运来的五桶黑色炸药，炸开围墙进入后山，却没有遇到任何抵抗。原来，七十三标马为麟、董鸿勋部已经率队攻占了五华山上劳公祠、潘公祠、武侯祠和两级师范学堂等制高点，把钟麟同所率清军压制到山间一侧，分散了钟麟同军火力。此时，钟麟同被炮击伤，手下官兵四散奔逃，后山地堡里的兵勇先后撤离，起义军很快占领了五华山。

重九之夜当晚，七十四标二营左队司务长朱德接到队官禄国藩通知，要求立即联络军中同盟会、哥老会兄弟做好起义准备。与管带刘存厚、前队官李家修歃血盟誓后，晚9时，禄国藩召集左队排级军官分派任务，把口令，标记和攻击目标布置停当后，指定王保国、刘发良和另外一名排长接替右、后队官，率部起义。

右队、后队先前队官军事素质不高，刘存厚早与李家修、禄国藩约定，一旦发动起义，只要这些队官有意反对或者胆怯，就派左队排长前去接任，掌控队伍。果不其然，起义消息才一发布，这三个队官就拉着手下人马开逃，王保国、刘发良立即顶替了右队、后队队官。此时，前队官已由邓泰中接任，李家修升任督队官。可起义刚开始，与朱德一起被派去运动巡防营的左队排长却不见了踪影，士兵们跟着稀里哗啦四处逃散。

朱德率队追赶逃兵，宣传、鼓动逃兵们重新振作参加起义。来到南城外财神宫，巡防营官兵早已听到新军起义消息，纷纷投奔，兵员一时大增，按战斗序列重新编队后，便立即向总督署发起进攻。担任主攻的一营在进攻督署的战斗中因督署重型机枪火力太猛，进攻受阻正往后撤。恰好朱德率部向前猛攻，超越一营，成为进攻督署的前锋区队，率先攻入督署。

禄国藩率二营左队人马随营管带刘存厚指挥徐徐而进，经塘子巷、得胜桥，占领了羊神庙。在大南城一带留下人马掩护炮兵放列后，又率部攻占小东门，俘获警备队官郭昌临，中午赶往总督署增援。

据守总督署的清军卫队、辎重营增援和机枪营四挺重机枪凭借有利地势，居高临下向起义军猛烈射击。见此情况，朱德指挥前锋区队分兵一路由二纛街向总督署后穿插，炸开总督署后墙一路进攻，与守军展开了近距离争夺战。

七十四标一、二营主力汇集于粮道署、巡警道署、小学堂及龙王庙街、甬道街、兴隆街、沙腊巷、二纛街、文庙街、东院街一带，把总督署团团围住发起猛烈进攻。

总督衙门卫队中有不少四川籍士兵，朱德曾奉同盟会组织命令与卫队营有过秘密联络，并利用同乡关系和卫队营官兵结过袍哥。卫队中袍泽见朱德率领起义军进攻督署，很快倒戈，跟随前锋区队官兵一起冲进西辕门。还有零星卫队在大门内散落放枪，朱德命令军士还击，才接上火，就听得“轰隆隆”炮声连天。庭中一棵大树被炮弹击中砸倒在地，守军卫队丢盔卸甲，逃之夭夭。禄国藩、朱德等乘势率队冲锋，其余大队人马随后也冲进了督署。炮击中几名起义士兵也不幸被误炸死伤。中午1点多钟，又有七十三标增援赶到，协同七十四标占领了总督署衙门。起义军攻进总督署后，擒获兵备处总办王振畿，总督李经羲却不见了踪影。

刘存厚飞骑而至，跑马巡视，见督署内办公室及都督私室陈设不乱，命禄国藩率左队驻守后，即返回南城。12日，邓泰中、王保国、刘发良率队回营，在谢汝翼指挥下又开赴呈贡，防御清军巡防营进攻。

九、大势如潮　日照河山

重九之夜，为配合七十四标起义军合攻南城，讲武堂教官顾品珍率骑兵科十多名学生在城中驰马飞奔。深夜12点，一标人马快速通过南城门，向东过德胜桥，刚到塘子巷便与马标标统田书年所部斥候队遭遇。顾品珍挥刀向前，激战中头部不幸负伤，而马标斥候队也无心恋战，接战不久就匆匆往大东门外撤退。

原来，七十三标在北校场起义后，田书年奉钟麟同之命率马标一队急奔城中救援，被顾品珍骑兵队一阵厮杀后感觉情况不妙，正想由东门外退回驻地甘海子，正好碰上蔡锷率起义军进城。田书年以为蔡锷也是奉钟统制调令而来，而蔡锷则以为田参加了起义，于是命令田书年率部巡防城外土匪。两相误会使得田书年在重九之夜既与起义军打了战，又无意中参加了维护起义秩序的巡防。而田书年本人，虽有同情革命的倾向，但却犹犹豫豫，局限于服从军令和职责，起义前又无人联络，所以几乎成了镇压起义的帮凶。其实，重九之夜很多人就是这样，稀里糊涂参加起义的有，浑浑噩噩镇压起义的也有。中国民众反对封建专制、对民主共和的认识其实还有相当大的差距。

当夜二更，起义军进城攻打军械局和总督署不久，李经羲便从督署东北角越墙而逃，只身经文庙下东大街，慌慌张张想从大东门出城。尚未近前，便见起义部队士兵严整把守，知道此路不通，待折返身，张皇失措间又失去了方向。只随脚乱走瞎窜，却在东大街北廊一小横巷前遇到一40岁上下，身穿士林蓝布大襟开衫急匆匆回家的敦胖女人。见胖妇穿着还算讲究，忙上前哀告请求予以收容。胖妇也是听见城里四处枪声，害怕出事才从自家所开布店赶回家，不想却遇上了亡命总督，知其身份后十分惊骇，只好允诺带其隐藏。二三日后，又转移到如意巷总督署肖巡捕家。肖巡捕平日里常随总督外出护卫，本是总督亲信，匿藏总督算是出于私情。

李经羲匆匆出逃后其家眷尚在署内，最放心不下的就是三姨太，此时正在肖家吹大烟的他，想着三姨太每日烧烟点炮服侍的殷勤，心中倍觉懊恼。待听得军都督府蔡锷着意寻访，并放话决不与之为难，这才出而自首。蔡锷派省谘议局长至肖家接往省谘议局，劝其反正却遭到拒绝。而身为一省总督的李经羲，浑浑噩噩，自始至终都没弄清楚起义的由来。

当北校场营房起火时，有人前来报告：李根源是起义军头领！

李经羲并不相信，“我待李根源不薄，想不致如此。况且下午还在督署见了面才走的，说好要去滇西的嘛！”

过后又接报告：蔡锷、罗佩金与李根源合兵造反，已率兵入城。

李经羲仍不相信，“蔡锷我曾以心腹寄之，决不至如此！”

当他自首，见到起义军指挥官正是自己收过门生贴的蔡锷时，立即气得昏死过去。

面对起义紧急情况，地方大员竟然昏聩如此，可以想见晚清统治是怎样一个状况。平心而论，李经羲并不完全是个昏官，年前登大观楼时还曾吟诗：“西山惨淡滇池碧，万象埋忧入酒杯。”流露出对国运衰败的忧伤。他也料定大清朝这艘千疮百孔的烂船终有一天要沉没，甚至还领头发起支持立宪派的国会请愿运动。有人提醒讲武堂多革命党，虎大伤人。他虽调换了李根源的总办职位，但对其却一直珍惜厚爱。对蔡锷更不用说，在其身处困境时不仅资助银圆还收过门生帖。有人揭发蔡锷反叛朝廷，他还把密信给蔡阅看，劝其要小心提防。但当蔡锷、李根源要他做出抉择时，李经羲却说身为朝廷命官，岂能以下犯上。对大局大势的判断迂腐至极。蔡锷只得说服部下，由参议会做出决定，派手下爱将雷飚陪护李氏全家，搭乘滇越铁路火车，礼送出境。

第十九镇统制钟麟同在起义军进攻军械局、总督署时，与靳云鹏一起在五华山上指挥抵抗，被炮弹炸伤后饮弹自杀未遂。再次受伤后，被几名军士架着走出南门红栅子，初十日清晨八时，转向四吉堆蹒跚而行。在一家轿子铺前，好不容易雇得一乘小轿，抬着欲往南城外陆军医院救治。途径大南门，被布置在那里的七十四标、炮标士兵围观，混乱中被人击毙，头颅被大铁铲砍落。刘存厚闻信后，命人将其首级悬于大南城城头上示众，血淋淋的人头瞪着双眼，狰狞恐怖。蔡锷在江南会馆司令部听说钟麟同殒命经过，不禁摇头叹息：“冥顽不化，该当一死。”却又不忍其首级悬于城头，随即命人收殓安葬。

总参议靳云鹏兵败后逃回马市口家中，当夜又化装成轿夫，逃至城隍庙神台下，躲了一天一夜，又饿又累十分狼狈。11月1日晚潜入云南府站，乘滇越铁路火车逃出昆明。此公狡狐，硬是从起义军眼皮底下逃脱。后来在北洋政府做过内阁总理，倒应了李经羲嘲骂他“眼斜心不正”的话。

王振畿被俘后，自愿投降却仍为乱兵所杀。

李、钟、靳、王四人，都是大清王朝驻节滇省的重要军政首长。在昆明重九起义时，因人品心性不同，在位时所作所为不同，落得的下场也不同。虽有偶然因素，却也实在让人不得不认真思量！告密的参谋官杨集祥在起义中被杀，更是落个惨死不义的下场。

参加重九起义的，新军官兵6000—8000人，其中150多人阵亡，300余人受伤。而守护督署、五华山和军械局等处清军总计官兵千余人，则有200余人死，100多人伤。

公元1911年11月1日，农历九月十一日，昆明全城光复。这是自武昌首义后，继湖南、陕西、山西数省，最成功的省会城市新军起义。

重九夜，何升高听到连天的枪炮声，知道发生了重大事变。一大早小云虎便急匆匆赶往仁寿巷，一路遭遇起义军守卫多次盘查。好在云津市场离仁寿巷不远，大南城外也不是起义军攻略的主要地区，早上行人仍然能够通行。头天下午即有人传递消息给他："新军中哥老会的人都已做了起义准备。"在小云虎看来，起义也是袍哥发动。只是想不到事情发展得如此之快，舵把子何爷还来不及行动，起义就已成功。小云虎兴奋之余又不免懊恼。兴奋的是反清复明大业终于有了结果；懊恼的是这样的热闹事哥老会总堂都没来得及参加，因此也无功可攀。在这一点上，云南袍哥怎么说也不能与邻省四川相比。同样的袍泽，此时川省哥老会已发展成各县、府反正中坚，势头大得连一贯强硬的川督赵尔丰都奈何不得。

小云虎走进香堂，见何升高只身一人，垂头坐在那把老旧的堂主椅上，抱着水烟袋猛吸，太阳穴处青筋突起，一脸烟态显得十分疲累。何升高始终盼着清王朝垮台，可这一天突然到来，却不是预期的结果。哥老会总堂被晾在了一边，起义军首领们根本不把袍哥总堂当一回事。

何升高问道："听说黄毓英打响了重九起义第一枪，是不是啊？"

"是，黄等人搬运起义所用弹药被人发现，情急之下开的枪。据说起义比原计划提前了好几点钟。"小云虎把刚刚打听来的消息，小心翼翼地报给龙头老大哥。

"你赶快设法与黄毓英联系。一定要动员新军中的袍哥，支持他出面主持军政，决不能让大权落在那些新军大官的手里。"何升高想了一阵，"咳咳咳"地吐出一口浓痰。

何升高对新军头目借哥老会名义发动起义，心中总觉不快，只是木已成舟，不得已将就认栽。小云虎因掌管黑旗事务，几天前曾见黄毓英来总堂，要何爷动员袍哥起义，与滇西张文光呼应。据何升高讲，黄毓英不仅是老相识，而且关系极深，当年黄在滇西做袍哥主盟人，便得总堂不少支持。小云虎因入会较晚，一时也搞不清这关系由来，而从黄、何二人见面时称兄道弟的情形看，那关系确实很不一般。黄毓英也一直敬佩何升高，有人就曾听他多次说过“何升高是一位讲义气的好汉”。

何升高附在小云虎耳边一阵交代，小云虎令他听后大惊失色，“何爷要干哪事？不怕事败军政府抄了总堂老底？”

“大丈夫谋事，敢作敢为，宁肯做他妈盗跖，也不做毫无趣味的柳下惠！”何升高一脸嗔怒。

小云虎心想：“何爷如此，恐怕要闹出事来！”

见小云虎不说话，何升高又再交代：“当下，五爷趁乱尽快把南市区治安管理起来，为我袍哥霸住一块地盘。”

小云虎喏喏点头，心中却忐忑不安。

昆明重九起义成功后，军都督府立即通电传檄全省，大势所趋，省内各地响应，纷纷起义宣布反正。

公历11月1日，滇南新军七十五标教练官赵复祥，与讲武堂甲班一、二期毕业的排长盛荣超、何海清等人，会同10月底刚分配到七十五标做见习排长的讲武堂特别班18名毕业生，联合临安府富商大绅、民军领袖朱朝瑛，发动了滇南临安起义。起义成功后，第二天即推举朱朝英为正都统、赵复祥为副都统，正式成立南军军政府。

同日，省府起义通电传到大理，电文送到知府周安元、太和知县胡懋芬手中。不想二人不辨时事，决定秘而不宣。又因二人怀疑驻大理新军三十八协七十六标官兵与革命党牵连，害怕新军联络党人造反，于是又伪造了“昆明被土匪围困，令曲同丰率军前往营救”的总督电文，以图调虎离山。却因电报局担心事情重大，不愿假造电文，才使得拙计不成。二人只好将省府电文公开，请大理文武官员和地方绅耆共商对策。

这天开会代表满座，你推我让无人出声。军需委员吴绍璘暗中授意地方士绅周宗麟、赵绍周、李文源发言，提议赞同省府反正。参加会议的三十八协协统曲同丰表态支持后，把反正电文发往昆明。公历11月4日，大理自治总机关部成立，推举赵藩担任总理，由云龙、李复兴为协理。

公历11月3日，云南军都督府正式成立，蔡锷被推举为都督，至此，武昌起义已24天。这期间，除湘、陕、晋等省外，还有江西10月23日成功的九江起义和10月31日成功的南昌起义，及10月29日发生在直隶滦州的兵谏，新军将领们向清政府提出了类似最后通牒的十二条要求，在全国都产生了重大影响。

云南军都督府成立当天，上海发生了武装起义，紧接着贵州、浙江两省革命党人相继发动新军起义成功。

推翻清王朝统治，结束帝制，开启民主共和新纪元的一场大革命在全国各地如初升红日照耀河山，蓬勃兴起。

云南省军都督府成立后，全省各地反清大势如潮，辖区属地传檄而定。可惜临安起义成功后复遭蒙自清军反扑，剿灭清军后起义军进驻蒙自又生兵变，随后各地匪乱乘时而起。在大理也发生了兵乱，腾越军东进后爆发了腾越、大理之间的“腾榆冲突”，战火硝烟一时难平。各地形势波谲云诡，起伏跌宕，军都督府面临着十分复杂的困难局面。

起义成功后，五华山两级师范学堂校址改为大中华国云南军都督府，都督府设参议院、参谋、军务、军政等部。在选举都督的过程中，果然有人提议黄毓英出任都督，却因附议者不多因而作罢。

同盟会云南分部领导人李根源担任参议院议长兼军政部总长，参谋部由殷承瓛任总长，韩建铎担任军务部总长。

都督府秘书处负责处理公文，由周钟嶽担任处长。

军都督府成立后，即向全省发布了《布告全省同胞文》宣传起义宗旨，公示新政纲要，布告省垣反正；号召全省汉、回、满、蒙、藏、夷、苗结合一体，维持共和。清王朝终于结束了从公元1659年以来，在云南252年的专制统治。

这时，正在湖广总督任上镇压武昌起义得势的袁世凯，旋任清廷内阁总理大臣，清廷皇族内阁遭到解散。

第四章

乱世新政

一、新政待举　暗流涌动

昆明大南门那口明朝永乐二十一年所铸大钟，高高地悬挂在城头宣化楼上。晨钟敲过，在复归静寂前的片刻嗡嗡作响。斜阳穿透层云，返照出如血的霞光，就像是与钟声和韵的回响，似乎要把重九起义的成功，渲染出如火的激烈和深沉的淡定。

城楼下，小云虎正带领十来个黑旗袍哥，大摇大摆地在街市上巡查。反正的巡防营小队也在巡查，两支队伍相遇，相互间都面带友好的微笑。小云虎上前向巡防营小队长拱手打着招呼，巡防营士兵也一齐朝小云虎和黑旗袍哥们招手致意。

一大早，街面上商铺尚未开张，只有三三两两学童结伴上学，顺着街边一边走一边戏耍打闹。

“点点豆豆，南山咳嗽，张飞骑马，拿刀就挨剐。”孩童们大声唱着流传久远的童谣。南山是谁？究竟是南山还是蓝衫，谁也说不清楚。可这童谣却一直传唱，也不知唱了多久。那句“拿刀就挨剐”的话，说的什么意思？在小云虎听来甚至有些瘆人。

袍哥中有人听见学童在吼叫自己小时候唱过的童谣，又都是熟识的街坊子弟，一时兴起，便又笑又闹地拦在街中，与唱童谣的学童们玩笑逗闹。学童们好奇，嬉笑着更加大声地吼唱：“点点豆豆，南山……”

听见学童们大声吼叫，小云虎故作凶恶地抹了带头小孩一巴头，唬道：“小声点，别吵邻扰舍的，挨刀讨剐！”

孩子们冷不防被骂，一哄而散，跑开去复又大声吼道：“小二狗家嬷，得闲么来坐坐，有糖吃，有酒喝……”只图好玩，认得是骂人的话，却并不懂得真正的意思。最后那句“冬天还有花被窝”尚未叫出口，有大人骂道：“挨剐的，吼个鬼头！还不赶紧规规矩矩去上学，小心嚷出祸来！”学童们笑闹着渐行渐远，巡逻的大人们则打着哈哈，笑闹不停。

这就是重九起义后几天来昆明大南城外云津市场一带景象，充满了成功的喜悦和祥和的气氛。每天晚上，小云虎依旧带着兄弟们在云津夜市大井旁练把式，向畅春园及附近商家收取保护费，街市比往常热闹，弟兄们的日子自然滋润了许多。

近几天赶香堂的人络绎不绝，龙头老大哥何升高十分高兴，便有心筹些钱，托古董商崔掌柜悄悄地再弄几条大枪。

那天，何升高命小云虎把崔掌柜请到畅春园商谈购枪一事。晚间这里生意正好，灯红酒绿熙来攘往，窑姐们忙着应酬客人，打情骂俏热闹异常。小云虎陪坐在龙头老大哥何升高身旁，听他与崔掌柜低声交谈。

“崔掌柜，我看就这样了，具体的事你与五爷商量，我只等你们的信就是。”何升高说着站起身来，就要告辞。

小云虎和崔掌柜也赶紧立起身来连连应诺：“何爷放心，何爷放心！”

何升高道：“五爷陪崔掌柜多玩一阵，我有事先走一步。”

房中留下小云虎和崔掌柜，坐下又嗑瓜子喝茶。崔掌柜兴致正高，想着能做成一桩买卖，心中高兴嘴里便哼唱起来：“我坐在城楼观山景，耳听的城外乱纷纷……”摇头晃脑，好不得意。

小云虎却另有心事不大高兴，只因陪着崔掌柜，不好老沉着脸怕扫了人家的兴。于是起身环顾左右，见房中床铺家私一应齐全。除八仙桌和几把沉甸甸玫瑰椅外，四开门的顶箱柜雕有《牡丹亭·惊梦》的连环图，还有带大扇面英国玻璃镜梳妆台和一架摆满了时尚玩意儿的多宝格，齐胸靠边的一个格子里摞着一小沓猩红颜色的“薛涛笺”，散着馨香。特别讲究的还是那张雕花桃木架子大床，红床绿褥艳丽整洁，此房便是畅春园当红挂牌头号姑娘接客用的上房。连小云虎这样的武夫粗人，看到这雅致的摆设，也不免心旌摇荡，难怪英雄气短，枉死温柔之乡。

正想入非非，老鸨母已推着一位美艳姑娘，故作扭捏进到房中。崔掌柜立起身来，笑吟吟、色迷迷地点头让座。

小云虎刚要说话，老鸨母一把抓住就往外拽，回头笑语交代：“如玉姑娘好生招待崔爷，别耽误了时辰。”说着，连推带拉将小云虎送到楼下另一间房。“小翠姑娘等你大半天了，还不快去赔罪。”

其实，这屋小云虎常来，小翠也是他最喜欢的姑娘。本来今天一到就想过来看看，只是龙头老大哥交代的事不敢马虎，抽不出空来。这老鸨母早把人的心思摸透，如此安排正合他意。

小云虎是个懂规矩的人，虽常来畅春园逛，却从不往上房走动，那里价高，无论谁来逛窑照样都得开钱。自己一伙人虽然收着园里的保护费，但一码归一码，逛窑的钱也还是要开，价高了玩不起。上房是妓院营生敛钱的重要所在，去的都是富户商家各种重要人等。小云虎吃喝一半靠着园子，不敢随便搅扰了这里生意。最近手头松动，常来逛窑，多半是在这稍次一二等的房里与小翠姑娘玩耍。这次何爷交代，特意要在头等包房中谈事，这才为崔掌柜定下了如玉姑娘，想不到还真长了见识。

小云虎走进房来，见小翠姑娘一人坐在桌旁嗑瓜子，也不招呼，便沉下脸来，拣把椅子坐下，也抓起一把瓜子嗑了起来。龙头老大哥与崔掌柜所谈之事让小云虎心里不大喜欢，见小翠姑娘这样，越发地不开心起来。

原来，何升高急着筹钱买枪，碰巧先前在四川泸州做成一桩云土生意，要小云虎陪同崔掌柜前去泸州哥老会香堂收取烟款。崔掌柜正好要用这笔钱在四川淘点古玩到昆明来卖，想着不用带钱前往川省，心里自然高兴。另外，直接支用讨回的钱，冲抵掉何爷托买枪械的开支，比向何爷要钱便当，弄不好还可略微占点便宜，当然乐意。

小云虎自小因父亲抽大烟弄得倾家荡产，双亲早故，童年孤苦。后学武跟了师父才吃上饱饭，在师父教导下，对鸦片毒物十分憎恶。参加哥老会后，也从来不跟帮会中走私鸦片的事瓜葛牵连。不想为买枪而破了戒。枪是黑旗本钱，心中不舍才答应下来，却又有些懊丧。

小翠不知就里，见小云虎不理不睬，坐在那里不像往常一样动静，便起了狐疑。原来还想装模作样拿捏一把，好让他先跟自己亲热，不料他却只坐不动，心中倒没有了底气。磨蹭着挪到他身后，便又捏又捶地按摩起来。小云虎本来喜欢小翠，只是一时心情不好，又见她冷冰冰的，所以故意装出且食蛤蜊漫不经心的样子。谁知打鸭惊鸳鸯，倒把小翠姑娘弄得六神无主，心里七上八下起来。

她小心地把手轻轻搭在他的背上，解开衣领扣，又揉又捏地一边推拿一边轻抚。力气使得恰到好处，早把一介武夫大汉弄得心痒猫抓起来，嘴里却不停叫嚷：“好酸痛呀，轻一点，轻一点！”

“这么老大个人，娇情！轻了不起作用！”小翠娇嗔道。

“你这手法，到底跟谁学的，痒酥得人受不起哪！”说着，小云虎顺势便把那手捂住不让再动，只觉柔软如酥，细嫩腻滑，一时触动心气，更是快意难当。小翠本青楼女子，最是能解风情，见他这样，早就扭动身子凑了过来。贴身短褂下突起的双乳，在他裸露的臂膀上擦来抹去。他斜着眼看她娇小身躯有节律地扭动，红扑扑的瓜子脸像是被敷了一层淡粉，泛着丝丝汗绒。在又薄又软短褂绸布下突突跳动的滚圆乳房，润泽乳沟隐隐微露，便忍不住伸出手来，顺着乳沟往下轻抚。她佯装惊叫地半推半就，细语咿呀地顺势蜷在他的怀中。

缀满翠珠、彩绸花饰的架子床上，她粘在他的身上，雪一样白嫩的肌肤散发出火辣辣逗人的幽香，二人一丝不挂方才显出俊男靓女的本色。小云虎硕壮体魄润透出的油亮肌肤，紧贴在充满生机，勃勃而动的娇小身躯之上。带有几分市井习气，下流的黑旗五爷和青楼妓女之间似乎并无多少高尚爱意，但房中之事却热烈尚且诚挚。原始人性最强烈的欲求把痴男怨女莫名其妙地黏合在一起，风情流连。

小云虎早已血气奔腾，身下热流涌动，硬生生勃发膨胀。她忍不住伸出手来一把攥住，移动身子紧贴过来。架子床吱呀声响，闷闷地急切切震动。他喘着气，低头使劲吮吸小翠发出喃喃声音的嘴唇，她呻吟着拼命扭动身子，两人更加紧紧地拥在了一起。

只有在小翠这里，小云虎才体会到女人的这种好处。他只认得小翠这样的女人，而小翠也只有跟他在一起时，才有了如此愉悦的冲动。当小云虎把自己身体里用不完的精力尽情地往小翠身上抒发净尽之后，便有了那种永远忘不了的倦意。男人竟是如此的威风畅快，在他心里，一种愉悦的遐想一直挑逗着他对女人充满了期盼。

在与小翠相拥入睡的时候，小云虎还想到一个人，几天前晨练时在畅春园门边墙脚旮旯里“捡”到的那个顺宁女人，与小翠相比，骨子里明显地透着高贵，漂亮不说，还别有一番风情。虽落难之人，但举手投足间总像是知书达理的富家小姐。出于对官宦人家女子发自心底的敬畏，他不敢轻易向这女人示爱，但心底里却始终充满了向往，只是这向往里又多了几分好奇。他总想娶这样的女人回家，只要想起一个人享用的甜美，他的心便不由得突突颤动。

建立新政后的云南，设立政治行政机构，布告全省，致力于改良政治建立民主共和地方政府。并积极倡导廉洁高效，厉行治理财政以振兴实业，促进工商。充满了奋发向上、励精图治的新气象。而起义后各项善后也是有条不紊，省内各地大都市不易肆，一如以往。对于云南新政，都督蔡锷曾骄傲地说：“秩序上之严整，实为南北各省之冠。”可是，诚如小云虎等人此时迷迷瞪瞪的日子一样，百姓们期盼的没有踮捞欺压、遂心如意的安定生活并未如期而至。清廷余孽未尽，几十万大军依然与起义军相向对峙，滇省各地也匪乱纷争不断。小云虎得与小翠姑娘如此相拥而卧，尽享的不协调愉悦，正好映衬出哪个时代男男女女们所承受的乱世煎熬。

云南军都督府成立后，迅速招兵扩编、重整军制，改镇为师、协为旅、标为联、营为大队、队为中队、排为小队，把重九起义前全省一个镇的兵力，增扩为两个师，此后又将旅改称梯团。

第一师由韩建铎任师长兼国民军总统，下辖谢汝翼第一梯团和李鸿祥第二梯团；第二师最初委任曲同丰为师长，却因其坚辞北上投归北洋系而去，便改派李根源任师长兼迤西国民军总统。

此时川省政局仍为镇压“保路运动”的赵尔丰所把持，加之匪患四起，弄得民不聊生。除重庆成立了蜀军军政府外，革命党人并未发动号令统一的全省反清举义。武昌军政府黎元洪、黄兴及湖南督军谭延闿纷纷致电滇省，敦促滇督蔡锷援蜀以解鄂危。重庆军政府都督张培爵、副都督夏之时等也迭电请援。于是，云南军都督府决定派兵入川。

赵尔丰迫于武昌起义后湘、陕、晋、滇、赣等地纷纷起义和川省民众聚集成都的压力，释放了蒲殿俊、罗纶等人，并颁布《四川自治方案》，将民政暂交蒲殿俊，军事交朱庆澜掌管，自己则隐于朱庆澜身后操控川政。

朱庆澜本是赵尔丰亲信，掌管川省军事后，始终听命于赵。实际上赵仍拥有精兵，故而川省军、政各行其是，很难成为一体。川中各府县附和着各种各样的同志会政出多门，袍哥堂会蜂起设立，大大小小的司令部遍及全省，进而截收税款，抢掠财富，一时乱匪四起。

当下，云南省军都督府将第一师两个梯团组成援川军，拟定第一梯团从昭通入川，直取叙州府城；第二梯团则借道贵州威宁、毕节，从川南永宁向泸州、重庆开进。

公历11月14日，援川滇军第一梯团克期出发，意图消灭附和清廷的赵尔丰，以及为镇压保路运动从湖北急调入川的端方所率清军，以解救川民于水火。

军政部总长李根源接任第二师师长并兼迤西国民军总统后，节制滇西文武官员和处理滇西善后事宜。因为滇西腾、榆冲突事态纷扰，正准备率军前往滇西平定纷乱。

讲武堂丙班已经停课，学员们都到新扩编的军中任职见习，姚必光、段云鹏和李明远都被编入了陆军第二师，将随师长李根源前往滇西。

第一梯团从昆明出发后一个月，12月16日第二梯团也开拔出滇。不久，省军都督府又组建了第三梯团，由唐继尧任梯团长，意欲从滇东北出贵州假道北伐，直接支援武昌鄂军政府。

二、劳师援川　蜀道艰难

第一梯团在谢汝翼率领下，历经近30天，于12月中旬陆续到达叙州。云南军都督府要求："我军所到，务将现任官吏撤换，巩固民政，一面严加防范，勿堕奸计。"这一做法，对川南已经取得政权且各自为政的同志军来说无疑是虎口夺食。因此，当第一梯团进入川境之后，便遭到了川省各府县同志军的强烈抵制。滇军在占领的各府县自行撤换原来官吏，使得川民对滇军援川的目的深感疑惑，于是冲突频发，特别是当地富户对滇军尤为猜忌。

援川滇军一直困扰于与地方各种不同同志会的交道，一路上见各地会党聚众而起，有人甚至自称大王、千岁，肆意抢掠祸害，比起一般匪类更为猖獗。也有假借同志会名义，互相指责为土匪的，一时真匪假匪让人难以分辨。

叙州周围，自称同志会的几千人已经围城数月，反复驱逐不散。据说这些人的首领都是府河一带哥老会头目，保路时聚于叙州府城，现在则于府城外陕西会馆内设置司令部，已经发展到擅自提取盐款、截收各种税捐的地步。

这时候，新任第一梯团副官长禄国藩走马上任，正匆匆赶往叙州。想着马上就要与过去二营战友相聚，心中充满了期盼，一种战马嘶鸣欲奋蹄的冲动跃然于心。

重九起义后，禄国藩一直率部留守总督府，云南军都督府成立时，又被调往五华山警卫，旋即升任云南军都督府警卫大队副大队长。不过，心中却总觉得不十分妥帖，王保国、刘发良和朱德等人虽然也曾在警卫大队待过一阵，但多半只是带兵上街巡逻，论功行赏也没有得到提拔，援川后一直还当排长、连长。反倒是一些并未参加起义的人，因在清军中军阶较高，此时反而担任了更高级别的军官。禄国藩本人倒升了官，在省军都督府发布的起义有功人员表彰通报中，还受到了表彰。为此他心里总是不平，老部下们功劳、苦劳哪样没有？关键时候带兵打战，都当过队官，现在有的反而还只是个排长。

记得重九起义之后常与王保国、刘发良、朱德等人谈论军事，聊家常款乡情。曾经讲起川、滇、黔几省风土人情和汉、彝、白等各民族的风俗习惯，大家都感兴趣。想不到如今真要一起在川省共事，却不知那时所说玩笑，会不会让老部下们碰上。朱德是四川人，知道那些尽是滇省夜郎自大编排出来的瞎话。可王保国、刘发良却不然，二愣二愣地说什么“四川耗子打牙祭”，以为四川人真拿吃老鼠当好事，心里烦腻得不得了。

前不久刘发良曾来信说军中新人太多，军校出身的队官几乎都得全武行，从司号长到连长样样要干，说起来常常好笑。也不知现在情形怎样，如若那样，滇军援川的战真怕难打！

禄国藩到达叙州时，正值一梯团与围城同志军会众双方谈判不下互相僵持的当口，于是被派遣陪同参谋长顾品珍拜会围城同志军会众头目。叙州围城的会众头目有胡潭、罗子洲、关得胜等人，谈判答应发给会众遣兵费用，要求围城同志军和平解散。然而胡、罗、关等人则要求滇军收编同志军，发给饷银后服从滇军派遣，并答应不再截收税款。谢汝翼实在为难，时下连滇军本身的军饷都成问题，哪里还能再增兵员。况且增兵一事还需省军都督府照准，并非梯团就能决定，而一旦强行驱散，又要动武难免杀戮。

“不战而屈人之兵，这是《孙子兵法》中的善善之策。小斋、介卿，你们一定要把握住啊！”谢汝翼思虑重重，对派遣顾品珍、禄国藩前去与围城会众谈判，始终忐忑不安。

“梯团长所虑甚是，但几天以来胡、罗、关等人一直不肯接受条件，硬说永善魏焕章从嘉定带过来的几十人已被编入滇军，为什么不一并把他们也都收编，以为是歧视川人。”顾品珍心知其意，深感为难。

“简直胡搅蛮缠！魏焕章等人不过候差而已，并无固定军饷。胡、罗、关他们干不干？况且人家魏焕章在先，事都已经安排满了，哪里还有活干？你问介卿（禄国藩），魏焕章手下那几个昭通人是他认得的朋友，邹什么的，他弟弟邹世俊留学日本，你也认得，资质本不一样！”

“梯团长也别说，魏焕章手下参加滇军候差的二十来人，几乎都是云南青年，对滇军本无异心。而胡、罗、关所率人众就不同了，以为滇军入川侵占了川省利益，所以一心想靠滇军滋养，形同打劫，当然不一样！”见谢汝翼提起禄国藩介绍的邹若衡、龙登云、卢邦汉等人，顾品珍自然知道，只是跟同志军谈判艰难，他更倾向于快刀斩乱麻，尽快了断。

“谢梯团长不用刀兵一再相劝的良苦用心我也知道。不过我看胡、罗、关等人性本强悍，而此地绅商又对滇军疑虑甚多，两者互通消息，恐怕一时很难劝说离去。”禄国藩曾跟顾品珍到陕西会馆与胡、罗、关等人谈判，深感会众骄狂，并一直担心会众答应领取遣散费后还是不走。对于同志军的态度，他与顾品珍一样。

“就是，就是！听说要给遣兵费，会众眼都红了，不减反增，就是想捞几个钱！”一说起来，就让顾品珍想起谈判中会众所出难题，心中实在愤恨。

听顾、禄二人一再抱怨，谢汝翼沉吟半晌，心中也暗自思忖：假若顾、禄二人此去再谈不成，说不得只有痛下杀手，转抚为制。否则来到叙州十多天都进不了城，那是什么事？尽管如此，他还是决定按照原先约定，发给胡、罗、关等人8000吊钱的遣兵费。

滇军反复派员再三劝告围城同志军的做法，反而激怒了胡、罗、关等人，发了遣兵费还是不散。其后，又煽惑叙州原保安营、巡防营，挑拨川、滇两军发生冲突。

12月26日，谢汝翼命令副梯团长兼联队长张开儒，亲率邓泰中大队攻击围城会众聚集的翠屏、真武两山。并由北城、西城架设山炮连续轰击胡、罗、关所率会众。翠屏山一战，会党头目罗子舟被炮弹击中身亡，其余会众被炮轰击后夺路而逃。滇军乘势出击，直追了30余里，围城会众全被打垮驱散。与此同时，谢汝翼还命大队长黄毓成率部，汇合第二梯团张子贞步兵联队开赴自流井、贡井驻扎。

此时，李鸿祥所率第二梯团顶寒风冒雨雪，经贵州毕节过赤水河向四川挺进，进入四川后，也碰上川省各府县争闹自治独立。保路同志会曾经发动大批农民袍哥进城保路，新政成立后，同志会有散有留，其中一些品行不端的人纠集在一起，偷盗抢劫沦为土匪，确实严重地扰乱了社会秩序。年底，二梯团从滇、黔、川三省交界的赤水河入川，便遇匪首那玉丹抢劫瓢儿井盐税和沿路商贾旅客，据说劫银达数万两之多。有人前来梯团指挥部报信求救，李鸿祥思索再三，认为匪徒乃乌合之众不堪一击，劫银数额十分巨大，得手后甚至可以补充饷源很是值得，于是命大队长黄毓英迅速率队前往剿匪安民，当即活捉那玉丹斩首号令。

其后又在磨泥镇击溃罗三三，驱散其徒众数千，放出被拘百姓数十人，很快安定了地方秩序。到达永宁后又与踞守老君营的土匪和蓝荣卿武装展开激战，一战毙敌数百，并生擒蓝荣卿等尽皆斩杀于市。

小云虎与崔掌柜到达泸州，正值滇军出兵援川，川省各县府同志会、哥老会争相宣告独立之时。

仲冬时节的泸州，依然是万树葱茏天清气朗，江风袭来还有些许的温和，让人感觉着一丝暖意。长江由西向东绕城而过，与沱江交汇于此把泸州分隔为三，形成背山环水的小城风貌。江边酒肆、船舫鳞次栉比，灯红酒绿街市如锦。明朝三大才子之一的被贬状元杨升庵曾有诗云“江阳酒熟花如锦”，诗中的江阳便是泸州。泸州自古就是著名的酒乡，酒从泸州出来，老窖香飘溢远，不仅香味浓烈，而且多多有余顺着长江流淌，流向了各处醪肆酒楼。宋代大文学家、诗人、书法家黄山谷曾被贬泸州，也禁不住发了“江阳酒有余”的感慨。

小云虎与崔掌柜从泸州城中的报恩塔过来，匆匆而行进了江边的一家老号酒肆，随意点了本地风味小吃猪儿粑、卤菜和老牌鸭子，并请店家现捞了一尾长江活鱼，按泸州地方口味烹调了来。眼望着窗外浊浪翻滚的江流，和着一壶老窖香曲，慢慢地边吃边聊，一番谈笑后，心中的不安顿时消解了不少。

到达泸州之后，二人总听到滇军与同志军开战，哥老会袍哥深为不满的话。街市上纷纷扰扰，谣言风传。因为正要找泸州哥老会方山香堂办理提款之事，所以一时间有些犯难。

崔掌柜提议先不要忙着去拜码头，所以二人到泸州后即找客栈住下，随后又在城中转了一圈，甚至还到附近名胜古寺逛了一趟。崔掌柜依然惦记着古董，少不了要去看看古玩店，可转了半天，古玩商铺关张的关张，歇店的歇店，好不容易碰到一处卖旧货的商家，所卖东西拉拉杂杂，可称得上古董的一样不见。

此时，原清廷边务大臣、做了川省总督后无奈被人公开反对只在暗中控制川政的赵尔丰，因复辟不成反被新任都督生擒，斩杀于皇城明远楼暴尸于市。新任成都大汉四川军政府都督的尹昌衡，自封为川省哥老会舵把子龙头老大大汉公。为此，滇、黔、湘三省军政府曾联名电斥四川军政府为“袍哥政府”，拒不承认，并一致支持张培爵领导的重庆蜀军政府，公认其为四川唯一合法的革命政府。川东南57州县尽皆归附重庆，并与成都大汉四川军政府互争雌雄，相持不下。

在泸州，永宁道尹刘朝望迫于形势，剪掉辫子以示反正，自任川南军政府都督，电告重庆蜀军政府有意归附却一直未获承认。原赵尔丰所部巡防营和端方一团驻扎泸州城外，因蜀军政府尚未承认川南军政府，驻军依然故我，致使泸州政局动荡晦暗。

小云虎和崔掌柜已经打探明白何升高寄存贩卖云土钱款的泸州方山香堂龙头大爷牟方公几天来都在沱江对岸的小市广开香堂，预计当晚返回方山，所以便决定第二天前往香堂拜码头。

一大早，小云虎和崔掌柜来到方山脚下云峰寺，按照原先所留联络方法，很快递出名帖。此时二人只在寺中闲转，就等舵把子开水口，走累了将就在寺中石凳上歇脚，渴了就喝口寺中售卖的老鹰茶。好不容易等到牟方公传唤，却已经过了晌午。小云虎、崔掌柜一早起来只随便吃了几块黄粑，在寺中多喝了些茶水更加刮削，等到方山香堂来人，二人早就饿得前心贴了后背。

随着来人昏昏往前走了半个钟点，这才来到一家不大的茶馆，茶馆里早已齐整整地坐了方山香堂一屋子人。屋中上首坐着一位三十五六岁的汉子，小云虎估摸着应该就是牟方公，于是上前打躬招呼，并报上自家龙头老大何升高名号。

双方对上切口，问明是来香堂提取银款，并想顺便办些川货带回云南的滇省袍泽，牟方公笑了起来："前些时候何大爷带来口信，说是五爷和崔老板要来提取银款，我就说兵荒马乱提什么钱。虽一路有袍哥相助，匪倒不在话下，只是这乱兵做事不管三七二十一，袍哥也奈何不得。"

听了这话，小云虎忙立起身说道："正是这理儿，只是这钱急着要用。不瞒龙头大爷，就因何爷托崔老板买了几样东西，钱款未付，害得崔爷银根吃紧，店里财物难以周转。因为何爷这边存得有钱，崔老板又想来川省淘点古董，所以相约了来。另外近来各地举义反正，越闹越凶，川滇两省相邻，泸州又是热闹的水陆码头，何爷吩咐要我过来与龙头大爷联络，互通信息，也好望风相助。"

"这就是了。为何孟三爷不来？记得上回是孟三爷来这边办的事，大家兄弟都合得来。"

"三爷从这边回去就打摆子，病怏怏的哪里都走不得。要不然何爷也不至叫我一个没头没脑、半生不拉熟的人来办这件大事，还让您老费心。"

"我说呢！这孟三爷也忒怪，我这边人还在想，他却毬毛没了音信。要是能来，赶上这趟水口，不是又要快活几天？"

"这边打摆子向来厉害，你们倒要小心，别染上了。前年子总堂龙头大哥、舵把子佘爷举事，就害在打摆子上。人都奔到豆沙关还被抓获，36岁，年纪轻轻便被害死。"说起打摆子，牟方公又想起龙头大哥佘英。

"佘爷一去，泸州这地面就全乱了。袍哥堂口自顾自做事，再没有个撑头。现今川省各地到处都搞举义，唯独川南泸州，还让刘朝望这前朝狗官的来做都督，你说可不可恨？"

牟方公说起话来一句赶一句，好像并不喜欢有人插嘴。小云虎、崔掌柜都是识相之人，并不接话，只一边听一边点头。

"前天我到小市，就是去祭奠佘爷。这些天，拜香堂立码头人多，屁沟子夹紧了也干不过来。好虽好，就是乱些，要是佘爷还在，也不至于如此。"牟方公说完若有所思，想不到却念出一首诗来："牡丹将放射先残，未饮黄龙酒不干。同志若有继我者，剑下孤魂心自安。”

原来这就是泸州哥老会反清义士佘英两年前临刑留下的绝笔。文理虽不顺畅，却自有种凛然就义的壮志豪情。

小云虎、崔掌柜对看一眼，心想这两天在城中转悠倒也不白耽误，见闻不少，佘爷的事也听得一些，便随声附和：“佘爷可是袍泽定盘，打出来就作得了数。”牟方公默不作声，似乎心有所思。

泸州反正，并不像昆明新军起义说变就变，闹得干脆。原本刘朝望官声平平，此时并不太得人心，加之哥老会四处扩张，城中来了不少乡下的袍哥，头扎高髻绒球，四处游荡，也有胸前拖带像戏文里武生打扮的，遍街都是扬手“桃园三结义”打招呼的帮会会众，闹闹哄哄。

牟方公沉吟半晌，见小云虎、崔掌柜并无多话，突然发问：“听说滇军入川，已到泸州地界，一路上对我袍泽不怎样。你俩倒是跟我说说，这些人究竟什么来路？”脸上微带愠怒。

二人早就料到牟方公必有一问，可重九起义后不久他们就离开了昆明，后来的事知之不多，滇军入川也是到了泸州之后才听说个大概。不过小云虎胆大，有问必答：“云南重九新军领头，并非袍泽主事，因此何爷才想弄些快枪，也不怕日后跟狗日的结上梁子，托崔老板想了法子，只是现如今不痛不痒，就缺银子。”

说着，侧头瞄了崔掌柜一眼，崔掌柜连连点头应承：“是，是是！”

“崔老板是有本事的人啰，将来有机会还请多多关照！”牟方公撇嘴一笑，抱拳一躬，轻描淡写并不再细问深究。

“哪里，哪里！舵把子有用得着的地方，只管吩咐，在下还巴望龙头大哥提携！”

说话间，茶馆里已经摆上酒菜，几张茶桌拼成一张方正大桌，众人围坐起来满满当当好不热闹。牟方公上首坐定，小云虎、崔掌柜一边一个，众人序坐后杯盏言欢。

小云虎提起钱款之事，牟方公在饭桌上随便说句话便已安排停当，并答应帮崔掌柜找古董玩家、商贩，在泸州要把滇省袍泽之事办得漂亮。说起钱款，牟方公说生意不是他与孟三爷所做，泸州堂口各管各，方山香堂只放款洗钱，鸦片生意归老六爷堂口把持。因老六爷常常押运大烟到陕甘贩卖，生意钱款一向存放在方山香堂。孟三爷贩卖云土，买主是老六爷，当时谈定老六爷欠款由牟方公作保，收拢来后在方山香堂存放。等到钱款凑齐，牟方公带信给云南总堂要人到泸州提款时，恰恰孟三爷生病推迟了几天，又因各地起义反正，把事给耽误了，如今钱还存放在香堂账房。

小云虎和崔掌柜前来提取钱款，走的是黑道，可办的却是把款项换成银票带回昆明，或者是提取部分现款在川省、泸州置办货物的事，过节并不太多。大家高高兴兴吃完饭，天已擦黑，小云虎、崔掌柜告辞出来，牟方公一再相送，约好隔天还到茶馆，与崔掌柜想要见的古董商见面。

小云虎、崔掌柜如约再次来到方山脚下云峰寺附近的那家茶馆，牟方公找来的几个古董商早已聚齐那里，可并不见带来什么古董。大家见面，照例相互客气一番，按序列坐后，免不了又要摆些龙门阵叙叙家常，可仍然不见古董商们拿出什么货来。

还是牟方公先开的口："常话说，'盛世收古董，乱世便黄金'，此时正当乱世，崔老板为何打老远跑到川省来收古董？"

"不瞒牟大爷，在下做古玩生意已有20来年，这些年哪阵不乱？这也要看各人机缘，乱也有乱的搞干，世道一乱古董就好收，价钱也便宜。"崔掌柜眯缝着眼，神态谦恭。"前阵子昆明领事馆的法国人要我帮找几个香炉。云南蛮夷之地，昆明巴掌大个地界，您老说说看，能有哪样？不乘机到川省来淘点，我店里那点货怕是要应付不下去了。"提起洋人，脸上露出得意之色。

牟方公听到崔掌柜跟洋人办事，很是不屑，"我说什么了不得的东西，费力淘神，泸州香炉多的是，叫啥子，宣……宣……""宣"了好一阵都没"宣"出来。一旁坐着的古董商们，有想插话的，话到嘴边又强忍着咽了回去。

"龙头大爷说得是，如今宣德炉到处都是，可真宣凤毛麟角，可遇不可求。但凡能够寻到，我还舍不得出手呢！仿的呢，又大多粗制滥造，根本要不得！"崔掌柜用手轻轻掸了掸衣袍笑道。

"都说做古董生意的人最是活泛，崔老板此中翘首，随便找两个糊弄一下洋人得了，何必大老远跑来寻那些仿品假货！"

"牟大爷不知，这洋人也是有见识的。莫说假货骗不了人，就是骗得过，也骗不得。他要知道受骗，我这生意就难做了，吃不了兜着走。"

众人点头称是，牟方公笑了起来，复又伸长脖子往门外看，大声吼道："龟儿些，咋还不见？老子屁股都磨起茧了，还不进来！"

"龙头大爷猛倒起喊，还不赶紧，巴起进嘛！"门外有人应声，也跟着一阵猛吼。

随即便见一溜邋里邋遢汉子，七八个人手提肩扛，抱着些杂七杂八的东西，挨个儿蹑手蹑脚探进茶铺里来，神色猥琐，十有八九都是吹上鸦片的瘾君子。崔掌柜见状心都凉了半截，心想这哪是买古董，简直就是捡破烂、败家的主！虽然这样，脸上却还装出惊讶的样子，连声感叹："嗳呀呀！想不到这天把就有那么多好东西送了来，开眼，开眼！"

"众位，展眼！"牟方公得意扬扬，招呼众人就要去看，"这些苦人儿不容易，都是些七磨八难的人，祖上留下点儿东西，不小心就卖的卖、败的败。崔老板看得上眼，随便挑两样，算是做好事，救助人了！"转头又对着几人骂道："还不找个安生地方把东西磕起，驮着不费力，安逸说？"

众人七手八脚把桌子凑拢来，把东西小心放在桌上，牟方公这才带着崔掌柜、小云虎等人顺着桌子挨个儿仔细看起来。崔掌柜边看边点头，也不说好坏。

"是好是坏，崔老板也不发个话？"

小云虎不懂古董，进了茶铺半天，一句话都插不上，见牟方公催问，哂然一笑，摊开双手只管摇头。

崔掌柜面色从容，缓缓说道："众位老板见多识广，看得上的且先请，我从各位处受让，费用嘛，按宝店行规就好！"

众古董商相互对望，点头称是，"崔老板谦虚了，龙头大爷请来的贵客，不用讲究那些规矩。还是崔老板先请，还是崔老板先请！"这些人你推我让，谁都不肯先下手要货。牟方公、小云虎虽说外行，心里却都明白，崔老板既是谦让，又讲规矩，是有意给牟方公面子。而众古董商更是清楚崔老板久经历练，真是行中人物。

桌上东西并非一无可取，古董商们虽一再谦让，也禁不住牟方公两声吼，便各自拣喜欢的挑了几样。问过价都不甚高，又加牟方公瞪着眼看，便都不予还价，要多少就给多少。崔掌柜默不出声，等众人交割完毕，这才发话就要古董商们挑拣的东西。只要愿意，另加些价全数收下，杂七杂八一二十样，货色怎样亦都心照不宣。

小云虎陪崔掌柜与古董商们游戏周旋，又在泸州耽误了几天，倒也收获不小。最让崔掌柜高兴的是，居然还真收到了一尊铸有"琴书侣"款识的精铜鱼耳香炉。据传，这便是宣德鼎彝铸造监工吴拜仁召集工匠私铸的东西，虽不如宣德炉名气大，大概也不会是暹罗进贡的风磨铜，但做工却十分考究，淡紫铜色泛出深邃幽光，很是难得。另外还有两尊"飞云阁"款识、做工极为精巧的小铜香炉，应付洋人绰绰有余。泸州一趟，崔掌柜还寻得了几幅署名"蜀山猿老"、当朝泸州大书画家张船山的山水花鸟画，诗书画一体，画风颇近江南徐渭，十分耐看。虽然东西不少，价钱却不甚高，银款余下不少。还是牟方公想办法，央及古董商们以古董交易款的名义，通过云南和川、渝之间的同庆丰钱庄，把钱款悉数汇回昆明。

三、奇正用兵　平黔遭贬

在泸州办完事，小云虎、崔掌柜前脚走，第二梯团滇军后脚就到。

公历1912年1月16日，第二梯团到达泸州。城中巡防营才与滇军交火就夺路溃逃，随后端方部守军也在滇军进攻下很快败退。第二梯团缴获了端方军快枪300余支、炮数门、军马几十匹，先后控制了纳溪、泸县、隆昌、江安、南溪等地，与川南军政府在泸州合流分治。

李鸿祥到达泸州后，当即移驻城外，并命令所部清除附近散兵和纳溪一带武装，此时毗邻泸州的合江县守军来信紧急求救，说县城已被同志军围困两月，并有盐款30余万很可能被抢，于是决定派兵前往解危。

滇军大队长马为麟带领二大队长途奔袭，到达一个叫兴隆场的地方便与自称同志军的大队武装遭遇。开战后滇军精兵凭借训练装备优势，特别是马克辛机枪巨大威力，很快瓦解了同志军乌合之众，击毙击伤敌众上千，围城之困顿解，合江城内守军亦反正投降。此时，川南军政府革命军总司令黄方也率部前往合江。

这天有人前来报信，声称城内发生抢劫，市民不堪骚扰，盐款安全再次受到威胁。李鸿祥听后急命马为麟、黄毓英带队前往弹压，不料却与黄方所率武装遭遇，当即就在城中交火大战。黄方兵弱，有人在交火时高呼：“革命军打革命军了！”可滇军仍然勇猛进攻。川南军政府百余士兵被全部击毙，黄方亦被枭首，由此引发川南军政府和川民对滇军的怨恨。重庆蜀军政府闻讯后，立即派蜀军政府川南总司令但懋辛前来调解。但懋辛息事宁人、顾全大局，才使双方争斗平息下来。

此时，成都大汉四川军政府派兵南下，打算占领自流井、贡井，川、滇两军又在自流井发生冲突，几乎引发大战。后来还是重庆蜀军政府都督张培爵调解，并派时任重庆蜀军政府顾问的胡景伊前来沟通，答应拨付30万银圆，充作援川滇军军费后，冲突得以避免。

一直以来川省各界都意欲促成成、渝两军政府合并，组成统一的四川军政府。重庆蜀军都督府已经把合并之事列入议事日程，而大汉四川军政府近来也拟改组，近来袍哥风声不好，坐镇成都的大汉公尹昌衡，下令取缔哥老会，成都市内200多公口招牌一夜尽收。大汉四川军政府与重庆蜀军政府开始了合并谈判，故而此次重庆军政府主动出面，诚心化解援川滇军与大汉四川军政府之间冲突。大汉四川军政府进兵自流井、贡井，主要还是看中了二井的盐款收入，并想截留盐款以增强军政府实力。与滇军对峙，多少影响了大汉四川军政府与蜀军政府谈判的筹码，于是也顺水推舟，同意了重庆蜀军政府调解。

小云虎、崔掌柜从泸州出来，原想前往叙州一趟，一则同庆丰在那里有一个分号，从泸州过去可就近知会一声，以免到昆明后又生枝节；另则想顺便再看看古董，叙州比起泸州，市面还要热闹，崔掌柜以为更有搞头。然后再从叙州经昭通、东川回昆，沿着过去的“铜路钱路”淘宝，想必还能再买点东西。在泸州所收古董并不太多，且多是铜器、书画，只用木条钉成的箱子包装，雇两三匹矮脚马驮着，并不十分扎眼，白天赶路，下午早早安歇，又有牟方公照应，所以一路还算顺利。走到叙州地界，听说滇军入川后与四川地方武装、川军在府城下对峙，局势十分紧张，这才改了主意直接往滇省昭通地界上赶。

那日渡过长江，来到川、滇交界的水河地区，忽被一队士兵拦住，强要检查所驮货物。小云虎、崔掌柜一听都是滇人口音，便报了昆明商号名头，可士兵们并不理会，还是要扣下货物查验。二人知道这货物一被扣下，根本就没了发还希望。情急之下，小云虎想起讲武堂相识的刘焕轩毕业后在原七十四标当排长，忙抱拳说道：“众位兄弟，在下小云虎，向与滇军官兵交好，诸位可认识一位叫刘焕轩的长官。”

士兵一听此人直呼自己队官大名，先是一愣，而后见小云虎腰圆膀阔，竟与刘队官一般勇武异常，恐怕真有来历，一下便和气了许多。

“这位老板认得刘队官？”

“在下不才，与刘队官是旧友。”小云虎一听对方认识刘焕轩，还唤其为队官，喜不自禁。

士兵听小云虎是队官朋友，马上面带敬意地上下打量了一番，“刘队官就在水河村子里，离此地不远，我陪二位老板去一趟好了！”

“难为长官，能见一面最好，一年多没信了。”小云虎大喜过望。

小队官交代手下士兵仍在原地查询过往商旅，领着二人赶着马驮再往前走，不多远便望见一村落，村中一户大院，正是第一梯团步兵二联一个中队队部。队官刘焕轩正与司务长商议筹集军饷钱粮之事，看见路边设卡的小队长带着马驮过来，十分高兴，定睛看时，才认出跟在后面一人竟是滇省哥老会黑旗五爷，忙上前抱拳招呼："五爷怎的到此？"

小云虎心中高兴，忙给二人介绍："这位，昆明长春坊广聚斋古玩店崔老板，焕轩兄、刘队官，你我袍泽。"

"幸会，幸会！"刘焕轩、崔掌柜抱拳施礼，大家都很高兴。

所谓不打不相识，讲武堂操场比武之后，二人交了朋友，原先心中的龌龊嫌隙，也因几句暖和的话便一一化解。刘焕轩本是豪爽之人，并不计较比武场上些些小事，异乡相逢，自然把小云虎当作故交，心中惊喜自不待言。小云虎也一样，经历了那么多山重水复，能够再见刘焕轩，更是百感交集。而崔掌柜在眼看自己费力淘神花了不少钱淘来的古董就要不明不白被打劫掉时，忽见小云虎认得这样一个队官，欣喜之情可想而知。

刘焕轩招呼二人坐下叙谈，听小云虎、崔掌柜把一路到泸州买古董遇到的事讲了一遍，这才叹道："入川一月有余，队里补给不足，川地百姓又夹在会党土匪和川、滇两军中间不敢买卖，军需供给十分困难。滇省物资调运不易，所以只有想办法走一步算一步，实在愧疚。"

原来，晚清时节云南财政一直都需部库拨款和各省协银，尽管年银通常补充160余万两，也仅是勉强维持。此时各省独立，清廷乱作一团，云南军都督府成立后，部库拨款和各省协银都已全部停供。滇军出师川、黔，又在滇西、滇南抚定内乱，几处用兵，军费自然匮乏。虽出师各部屡屡获胜，可军需仍然不足，逼使团、队私筹军饷之事频频发生。

"刚才兵士是否得罪二位？"突然想起这事，刘焕轩忙问。

"没事，没事！嗯……"崔掌柜欲说不说的样子。

"这位队长一听在下跟刘兄交好，就把我两和崔老板的驮子都带了来，你说巧是不巧。"小云虎手指马驮，哈哈大笑。

崔掌柜一旁赔笑，此时见机忙说道："早先还想去一趟叙州，听说路上乱不好走，准备过江后取道水河，再经盐津、大关、昭通、东川回昆，还怕路不好走。这下好，遇上你们，来到滇省地界还怕哪样！"

"一路乱得很，到处都有土匪伏击，近日清剿好些。此地离叙州不远，骑马半天来回。在下常有军务要到叙州，再过半点钟就得上路，崔老板若有事一起同去最好！"

见刘焕轩如此说，崔掌柜便动了心，与小云虎商量后觉得就去一趟无妨，于是把马驮暂交队中司务代管，又跟刘焕轩一道折返叙州。

在叙州，崔掌柜把银票之事落实妥帖，又买了些杂七杂八的古玩杂物，第二天再回水河。乘便塞给刘焕轩200银票，说是支援滇军作战，带上马驮又往回赶。得刘焕轩指点，留了沿途滇军相熟同僚名号，再加来到云南地界，小云虎黑旗五爷名头说出也还靠谱，所以一路顺畅无话。赴川一趟，刨去支助刘焕轩的银票，崔掌柜似乎并未赚得太多，不过淘了点滇省少见的古董，结交了道上几个朋友。

此时四川成、渝军政府议和已成，久拖不决和繁复重重的障碍终于在清军入陕、滇军援川和哥老会纵横的几重压力下相互妥协消散。

当下，清廷重兵进犯潼关，再次威胁川政安全，援川滇军在与四川军政府北伐团协商后，拟经成都继续北伐。2月5日，滇省都督蔡锷致电已经率兵进入黔境的唐继尧："蜀氛未清，陕势颇危，我军应改道入蜀。"希望第三梯团暂置黔事，并力赴川。

蜀军政府委派胡景伊为全权代表，与成都军政府北伐团委员王馨桂及交涉委员邵崇恩在自流井成功调解川、滇两军冲突。与滇军师长韩建铎及梯团长谢汝翼、李鸿祥，联队长张子贞等人谈判达成，并拟"滇川北伐条约"八条，议定川、滇两军准备一道编队北伐，出师陕甘。

1912年，新年伊始大事不断。1月1日中华民国南京临时政府成立，孙中山就任临时大总统；2月12日清帝退位；2月13日袁世凯通电赞成共和，接着就是孙中山向临时参议院提出辞职；2月15日参议院选举袁世凯为临时大总统等。消息传来，惊天动地，援川滇军再次接到命令，停止北伐，原地待命。

1912年3月12日，统一的四川军政府成立，尹昌衡和张培爵分别担任军政府正、副都督。其后川督尹昌衡致电临时大总统袁世凯催促滇军撤离四川，借"如占领贵阳情事"指责滇军籍名援川，冀图经成都而乘机夺取川政，拒绝滇军援川之意甚为强烈。

尹昌衡所说的"如占领贵阳情事"，指的是唐继尧所率第三梯团假道贵州北伐，最终变为代平黔乱、夺取大汉贵州军政府政权一事。

公历1912年1月28、29两日，假道贵州北伐的滇军第三梯团分别由梯团长唐继尧和支队长庾恩旸率领从昆明出发。出发时上千民众夹道送行，打出了"不平胡虏，请勿生还”的标语，情景感人，场面壮观。

沿途，三梯团并未遭遇清廷势力武装抵抗，只是哥老会因为各地起义成功而更加兴起躁动，广开香堂。担心哥老会组织对新政贯彻的侵扰，主张平乱剿灭采用强硬手段的唐继尧，在第三梯团开往贵州途中对沿途哥老会进行了剿杀。2月初抵达沾益，抓获滚龙哥老会头目张绍荣，审讯后得知沾益哥老会是昆明珠市桥许疯子（谭爷）所发展，于是急电回昆，请蔡都督“严拿正法”。

唐继尧剿杀哥老会的做法与省军都督府意见基本相合，接到急电后，昆明即开始了行动。

再说贵州大汉军政府，早于1911年11月4日就已宣告成立，杨荩诚、赵德全为正、副都督，张百麟、任可澄为枢密院正、副院长。军政府成立后即发出“直捣黄龙，组织政体，唯一共和，统治中华，唯一吾族”的讨清檄文，成为继鄂、湘、陕、滇、赣、晋之后又一宣布独立的省份。可惜为了争夺政权，随之而来的却是贵州立宪党人耆老会与控制军政府大权的自治学社矛盾陡生，争斗不已。唐继尧沿途攻杀哥老会的行为，深深震动了与哥老会有着千丝万缕联系的自治学社党人。率兵入黔，更助长了耆老会宪政派夺取贵州政权的决心，使其制造了贵州“二·二”政变。

事情源于1911年12月底，贵州枢密院副院长、宪政预备会会长任可澄携刘显世、郭重光等人致电云南都督蔡锷，声称贵州“公口横行”，请求北伐滇军取道贵州“代平黔乱”。贵州枢密院立宪党人戴戡因与蔡锷旧交，便自告奋勇赴滇求告云南军都督府，并联络了在云南军都督府任职的黔人刘显治、周沆等人，上下游说，极力请求蔡都督派兵入黔平乱。第三梯团出发后，云南军都督府就滇军取道贵州抑或改道援川之事，反反复复，始终犹豫不决。“二·二”政变，耆老会首先发难，攻击了自治社首领、枢密院院长张百麟，并枪杀了巡防营统领黄泽霖。张百麟逃脱后，组织起十多万自治会人众，等待时机准备向耆老会立宪派反攻，贵州党争进一步加剧。

蔡锷曾担心滇军过深卷入贵州党争，引发争议而多方树敌，不断密电唐继尧：“暂置黔事，并力赴川。”戴戡、周沆在得知蔡锷“暂置黔事”的打算后心如悬旌，又急忙赶往第三梯团本队，苦劝唐继尧入黔平乱，并私许其主政黔事坐任黔督。

耆老会成员并力相邀，使唐继尧有心出兵贵阳，他认定“天意催人演大同”，在贵州必定会有自己一番更大作为。而此时，清朝皇室已经宣布退位，假道北伐已无依凭。

“先遣各队，入黔已深，抵威、毕一路粮草未预筹，改道种种困难，谅在洞见。”他给蔡锷发了一封试探性电报。

“强欲入黔，必生冲突。以我兵力，不难荡平。然劳师靡饷，而究蒙阋墙之恶声，终非是计。”蔡锷复电。

唐继尧深知蔡锷所虑唯流言蜚语，并非不愿助立宪派耆老会一臂之力。于是又发一封电报，口气强硬：“北伐滇军，已深入黔，碍难改道！”

唐继尧意欲强行入黔自有主张，其实也暗合了蔡锷担心莠民乱政、支持立宪派贤达维持局面的主张。恰好此时川、滇两军签订《北伐条约》，滇军在四川与川军对峙的局面出现转机。蔡锷一直意欲促成贵州问题解决，却担心川、滇战事而难下决心，此时后顾之忧全无，“希即督所部，戡定黔乱为要，毋庸改道入川也。”收到省府批示电文，唐继尧心中暗喜，2月25日立即率师东进。

2月27日，滇军第三梯团主力到达贵阳郊区。当天，关于黔省之事，蔡都督一共发出三封电报：一封给民国临时政府副总统黎元洪，一封给黔军将领刘显世、胡锦堂；一封给唐继尧。

给黎元洪的电报是：“已饬北伐队留黔震慑，适与尊意相同。”

给刘显世和胡锦堂的电文为：“滇黔关系密切，未能坐视其糜烂，已电饬北伐军留兵震慑。”

给唐继尧的电文则再次强调不必入川。

3月3日，唐继尧率军突袭贵阳，刘显世军攻督军府，胡锦堂所部把守城门及重要路口。贵阳巡防营毫无戒备，很快就被击溃，阵亡人数当以千计，仅威西门外，沿街死亡的巡防队、哥老会会众及百姓的尸体就有上百具之多。后来，滇军又在螺丝山斩杀俘虏上千，遍山尸骸，一些人头挂在树上，仍打着“英雄结”，妇女小脚鞋、花手巾、花包或挂在尸体上，或丢在尸身旁，假象造作，似有杀人者栽赃陷害之嫌。

3月4日，贵州省议会推举唐继尧为临时都督。三日后蔡锷复电唐继尧，鼓励其“勉为担任”。

1912年5月6日，援川滇军两个梯团分别撤回，会师于嵩明杨林，后又移驻昆明。援川之举以善因而未果，引来后人评说褒贬不一。而入黔之军，卷入贵州党争，强夺赵德全督黔之事在前，俘虏枪杀其人在后，无辜生灵惨遭涂炭，开创了民国以来一省军都督府以武力夺取邻省政权的先例。

四、省府抚西　步履蹒跚

重九起义之后，姚必光、段云鹏和徐正文被分在同一个连队担任见习排长。从昆明出来，连队驻扎在安宁州附近螳螂川畔杨柳庄，一边待令，一边加紧训练。

滇西内乱不止，省府派遣李根源率兵抚西，因为情况尚且不明，暂时按兵不动，连队在杨家庄一住就是好几天。士兵多是新近才招募来的市民和周围农民，哥老会会员不少，积极性颇高，见队伍驻扎一动不动，都来问排长姚必光、段云鹏和徐正文。三人自然也不知道，只得命令士兵把新装配的德国克虏伯式步枪拆了又装、装了又拆，擦拭得油光铮亮。新兵们临阵磨枪，整天苦练，军事素质大有长进。

杨柳庄离著名的“天下第一汤”安宁温泉不远，沿着螳螂川往前走，山环水绕之间，离螳螂川畔不远的石崖绝壁处，有一座观音寺，观音寺内就窝着远近闻名的一池温泉，取名“天下第一汤”。据说这名还是明朝正德六年状元、嘉靖朝因议大礼遭廷杖被贬谪云南的名士杨升庵所题。可惜战事纷繁，士兵们虽满身臭汗，疲惫不堪，温泉亦近在咫尺，却不能带大家前去痛快洗浴一番，姚必光不免有些遗憾。

“唉，云鹏，你说这温泉水是不是能治疥疮？我们排有人好像得了干疙癞，成天伸手往下身抓，让人看着恶心。前两天只是一两个人，今天早上出操，几乎所有人都在抓，一传十十传百那还了得！莫说打仗，就是不打也经不起熬。找队里军医，说硫磺还没到，我想不如带这些当兵的到温泉泡上一泡。”徐正文想起早操看见士兵只顾抓痒，懒心无肠的样子，心里十分着急，曾听段云鹏说老家大理温泉可治疥疮，前来问询。

“就是啊！大理老家那边山里一处温泉，过去巡防营常在那泡疥疮，就是温泉水中硫磺作用。”见徐正文问，段云鹏万事通的样子，很是得意。

“温泉这么近，能去一下就好了。”徐正文十分惋惜。

“就是。军令太严，营房都出不了一步，我等只能望梅止渴。在家我倒泡过温泉，那滋味真是赛过神仙。”见徐正文一脸沮丧，段云鹏添油加醋，有意把泡温泉的舒服演绎出来，眯眼伸脖子弄腿。

“不过安宁温泉不属于硫磺泉，据杨升庵说，那水‘掬之可饮，尤发茗颜’，不知能不能医疥疮。”见段云鹏有意逗徐正文玩，姚必光忍不住插嘴。

“哦！这倒是个问题。不过听说这个安宁温泉，水比最著名的华清池还要好，不知道吧？”说起温泉，段云鹏总是知道得多。见姚必光说安宁温泉水能沏茶，不一定能治疥疮，也有些怀疑起来。想起曾经听说“天下第一汤”的来历，打了个圆场。

不经意的一句话，却让姚必光浮想联翩。华清池的故事传说不少，《长恨歌》中“春寒赐浴华清池，温泉水滑洗凝脂”，很多人都能吟诵。可从小小安宁温泉，一下联想到盛唐的华清池乃至“安史之乱”，姚必光自己也觉好笑。不过史事往矣，尤可鉴今！恰恰此时也正是乱世纷扰，与唐朝天宝十四五年间好有一比。只是当下，反正后独立各省兵事繁忙、匪情不断，不由感叹天道沧桑，尘露人生，突然觉得安宁这地名取得真好，也许驻兵安宁就是吉兆，唯愿滇西之事早平，万事安宁！

一日，姚、段二人乘到队部开会的机会，去了一趟两年前上昆明时与李明远三人住过的那家旅店。房子还在，因为战事和时局的关系，旅店生意很是清淡，房子也显出一副老态陈旧的模样。因为战事和时局的关系，旅店生意很是清淡，房子也显出一副老态陈旧的模样。掌柜的老头已经换成一个30来岁精神抖擞的中年男子，说是老东家儿子，子承父业。听说二人是两年前在店里住过的客人，因驻军在附近过来看看，掌柜讪然一笑。“难得长官瞧得起，前几年这里确实兴旺发达了一阵。如今却不怎么好了，照此下去，也不晓得还能维持多久。家父去年过世，我才接手，长官以后用得着只管来找，在下一定尽力。”那掌柜一再客气，又领着二人看了旧时住房，可神色却有些异样，似乎想不通住这屋的穷小子，怎就变成了军官。

姚、段二人十分感慨，想起留在师部李根源身边做见习参谋的李明远，也不知现在怎样，听说正准备随师长赶赴大理。在姚必光看来，师长一到大理，离部队开拔的时间就不远了。倘若战事一开，身不由己只得把生死置之度外，倒不如临战前让大家好好清理一下内务。从军医处领来的硫磺粉等待分发，得赶快命士兵用硫磺泡水洗澡，并连衣物都得一齐烫过，否则像三排那样弄得干疙瘾蔓延，说声开拔，那才痛苦难耐。当即归队忙去安排军务。

腾越起义成功后，滇西军都督府派出的东征军一路报捷，很快就攻取了永昌、顺宁、怒俅、云龙、永平等地，并直抵大理合江、平坡、漾濞。正当东征军节节胜利之时，却遭遇大理军阻击，两军开战，东征军损失惨重，后续事态的发展，更于东征军、滇西军都督府不利。

由于东征军扩编迅猛，入伙之人鱼龙混杂，东进过程中曾多次发生扰民事件。大理民间盛传东征军军纪涣散，此时兵临城下，百姓十分恐慌。自治总机关部出于保土安民目的，派重兵驻守西洱河关卡、洱海出水口天生桥，意欲阻止东征军入境东进。同时急向省军都督府报告情势，甚至不惜伪造滇西军都督府文件命令，以图赢得省府的袒护。

在东征军兵进大理之前，驻永昌清军逃亡大理时截断了腾越、永昌通往大理和省城的通信线，使得滇西军都督府与昆明、大理电信都失去联系。滇西军都督府只耳闻省城光复，却未能确信大理反正，加之东征军都指挥陈云龙贪功冒进，大理军用计诈降，致使腾、榆两军在合江四十里桥接战，东征军惨遭败绩。

因为滇西通信断绝，消息阻隔，大理假信和滇西战事使得滇西军都督府与省军都督府陡生嫌隙。正当其时，上海《东方杂志》载文披露云南干崖第二十四任宣抚使、滇西军都督府第二都督刀安仁与日本东亚公司合作兴办实业的陈年旧事，声言："腾越厅干崖土司刀安仁乘滇省响应革命之机，率士勇数千人取道永昌府黄达铺，进攻大理府。"一时流言四起，省军都督府也有人指责刀安仁"勒索金银""反抗汉人"，把腾、榆之间冲突无端地联系到他的身上，刀安仁因此受到省军都督府首脑们的极度猜忌。

领导重九起义的原新军将领们，在成功夺取政权之后更加相信自己的实力和地位，愈发希望以省会优势迅速控制全省局面，争取早日安定。省军都督府以其强势的省府义举实力，始终维系着云南起义的正统地位，这一地位根本不容区区边陲的腾越来分享，即便是在起义过程中他们互有呼应，也不会因此而稍有恭谦。说起来还因腾越义举成功在前，短短几十天，起义军就发展到20多营，势头之猛犹如破竹。而重九起义响应在后，滇西军都督府东征之举，与省军都督府控制滇省局面的设想自然产生矛盾。

大理反正后一直声言服从云南军都督府领导，其头领、原三十八协协统曲同丰，在滇省新军中的地位原与蔡锷相同，此时表示完全臣服于省，实在是一件十分不易的事。曲随即进入了省军都督府，并被授予军务部部长兼第二师师长职务。

滇西军都督府则不然，张文光之辈尽皆布衣，名噪一时的东征军都指挥陈云龙，也不过原新军七十六标小小队官。仰光同盟会机关部直接指挥腾越举事，雄心不容小视，可正是在这一点上，恰恰与省军都督府发生冲突。所以，滇西军都督府自然要遭遇省军都督府打击排斥。

滇西军都督府大帅张文光迫于形势已经下令撤军，腾越、大理之间战事稍有闲隙，各方和解在即，地方又有了些许安宁。为表示接受滇西各方和解，李根源准备先赴大理，再到腾越，并代表省军都督府授予张文光正都尉职，后觉不妥，又升协都督职，授腾越镇总兵。而东征军都指挥陈云龙，此时则被饬令通缉追捕。

在省军都督府新设的官阶中，协都督常代领军中旅级职务。张文光被授予腾越镇总兵，官阶略高于军职。而在省军都督府解决腾越、大理两军冲突对峙的纷争当中，无论人事安排或者追究肇事，滇西军都督府都落了下风。

初冬时节，滇省天气一反常态连日阴霾，比往年更早地进入了寒冻冷季，北风嗖嗖，让人感觉十分压抑。

二师指挥部里，李根源忧心忡忡，前几天不小心得了感冒，清鼻涕一把接一把老是不得干净，身体还发着烧很不舒服。可即便是病了，他也一定要等马骧、杜钟琦前来一起商议抚西事务。

门外李明远持枪护卫，已是师长身边见习参谋的他，如今正满腹心事。最近几天，大理自治总机关部与腾越滇西军都督府闹得不可开交。在省军都督府的调停下，东征军撤回永昌，可滇西军都督府多方作为还是颇受猜忌。而大理方面，曲同丰早已离开大理，而且连省军都督府授予的军务部长兼第二师师长职务都一并辞去，离滇赴沪另谋他事。

曲同丰一去不归，引得大理城中乱象丛生，群龙无首，军中十分混乱，市民们更加惊慌。一些士兵头缠青布，留尺幅于脑后，扮作江湖侠客模样，以此来表明自己会党或同志会身份。更有歹人混迹其中，扰乱秩序，乘机哄抢存饷，号称“龙头老大”。七十六标第二营管带孙绍骞继任标统后执掌了大理军政，但军中“拜乡”“开山堂”折腾闹嚷，早已是会党猖獗，军纪糜烂。据传，孙绍骞“一计害三贤”。首先，暗中唆使士兵打死准备接任标统的教练官郭昌龄，后又嫁祸于第一营管带蒋辅臣，使得蒋被曲同丰枪毙，曲则因此害怕兵变而一路潜逃。此时，孙绍骞对腾越起义军防范更加严密，甚至连接替赵藩担任迤西自治总机关部总理的由云龙，都被其怀疑为欢迎腾越军的人而意欲剿杀。

在师长李根源处，李明远曾经看到从省军都督府转来的张文光致省电文。电文详述大理、腾越两军对峙争斗的原因，申斥孙绍骞等人策划诈迎、杀害腾越军士兵的行为。而省军都督府态度却大都指责腾越军和都指挥陈云龙，李根源也致电张文光“陈云龙本系无赖，尤易勾结为患”，下令悬赏缉拿其人。这些让李明远心中很不是滋味。假如都是革命，为什么就不能坐下来谈判。张文光先生的人格品性，一直令李明远十分钦佩，他深信大理、腾越间矛盾绝不是张先生所挑动，相反却怀疑孙绍骞出于仇视革命才挑起了这场战事。对于曲同丰，李明远也无好感，滇西闹成这样，就是因为他派兵阻击东征军，无端杀害反正部下所致。要是必光、云鹏也在师部就好了，心中烦恼可以随时向好友倾诉，不至像现在这样一味憋屈。可是，上层间的这些龌龊事情，都是军事秘密，即便他二人就在面前，也不便拿来议论。李明远心中十分苦闷。

师长李根源一直以为节制滇西并不是一件轻松之事，腾榆矛盾。表面是一场误会，实际上却反映出地方之间深刻的利益冲突，以及分享起义成果的权利斗争。陈云龙居心叵测、执意进攻自然可恨，孙绍骞阻断联络、编造假信也很可疑，诸多问题在他脑海里翻腾，让他不得不认真考量。说起来，滇西军东征也符合中山先生所定革命方略，只是腾、榆两军打得这样惨烈，追究起来，难道一个陈云龙就能承担罪责？为何消息不通，为何诈降捕杀？血腥狠毒，乱世阴谋无处不在，必须处处提防。

看到都督蔡锷来电："陈云龙率兵东向，经此间累电劝阻，该匪反肆野心，诚恐蹂躏生民，始檄榆军迎击。"进击腾越军，其实就是省军都督府在支持。李明远心中焦急，听说师长一直在等马骧、杜钟琦前来商议抚西事宜，他还是满怀希望。在腾越时他就见过二人，几年前曾与黄毓英一起来过董库村，他希望滇西困境迎刃而解，文光先生莫受牵连。

马、杜二人到达师部时已经很晚，与李根源商议后决定先行出发，当晚便匆匆赶往滇西。在省军都督府调停下，腾越、大理双方都愿受新政约束。陈云龙则在东征军撤回永昌后被通缉追捕而逃亡缅甸。于是，李根源调集二师一个大队2000多人，兵发滇西处理善后。

因慑于省军都督府威势，大理并未对腾、榆之间是非曲直稍有争辩，抚西军很快就完成了对大理驻军的整编。滇西军都督府代表也来到大理，在李根源督促下，省军代表对腾越提出了严厉的"九条要求"。张文光除对立即将滇西20多营裁汰为7营一事表示"遽难径行，恐生不虞"外，也都基本赞同，并请李根源尽早率部到腾越会商处决。1911年12月17日，李根源率部到了大理。姚、段、徐三人所在连队被编入了司令部卫队，大军一路走走停停，一个多月时间，未放一枪一弹，终于在1912年2月1日抵达腾越。

李根源一直怀疑张文光另有所图，以为陈云龙率兵东进实际上就是受其指使。马、杜二人在滇西不仅为张文光开脱，甚至也为陈云龙开脱，"陈云龙忠厚公明，腾永称颂。”二人在写给李根源信上再三恳求给陈予以录用。为缓和腾越军中的紧张气氛，到达腾越前，李根源与从大理随行前往的赵藩共商对策，不得不复电张文光，违心地对陈云龙假意褒扬，心中却甚是反感，连带对张文光也产生了极坏印象。

抚西军进驻腾越之时，滇西军都督府很多人都充满疑虑。得知李明远在省军师部充任参谋，龙润民、吴子元不等张文光发话，便急匆匆赶来要与他理论一番，叫他也做个评断。腾榆战后，龙、吴二人倍觉压抑，如今省府大军压境，更是人心惶惶。东征军陈云龙等人被通缉追捕，原以为是谣言的裁军之说，在省军到达后的第二天也得到了证实。短短时间，腾越军就被接连遣返数千人，裁撤之狠让人百思不得其解，起义成功的喜悦，已被失落、彷徨所替代。正好此时传来第二都督刀安仁在南京向大总统报告腾越起义情况，受到中山先生鼓励表扬的消息，对照省军都督府抚西所为，二人更加愤懑不解。

腾越起义成功不久，张文光出于澄清革命事迹的考量，提议推举刀安仁为滇西军政府代表，前往上海、南京向同盟会和正在积极筹备中的民国临时政府报告腾越光复情况，最主要的还是去疏通各方关系，为滇西军政府赢得道义上的支持。1912年2月，刀安仁到达南京后即向临时大总统孙中山报告了腾越起义及滇西军政府情况。

龙、吴二人找来，李明远并不敢擅自与二人见面，报经师长同意后，才在驻地接待了老友。世事多变，别后相逢，想不到会是这样，非敌非友不得自由，三人都百感交集。都是反清起义的胜利者，又曾是一起参加革命的同志，但如今一方是省府派来执行裁撤的“钦差”，另一方则是怀璧其罪的对象。三人知道李根源一到腾越就拜访了张文光，却因缉拿陈云龙、蒋树本，还有裁撤盈江国民军及罢免刀安仁第二都督的事，会面很不愉快。最严重的是，李根源大张旗鼓裁撤永昌、腾越驻军，这事让张文光心里十分不安。

近来昆明不断传出哥老会被取缔解散的消息，更令龙、吴二人十分震惊，也让李明远疑惑不解。重九起义前，同盟会等革命党人一直都以哥老会为号召，在老百姓和清军中下级军官、士兵中宣传发动。为什么起义刚成功，省军都督府就要剿灭在革命中立了大功的哥老会？腾越自治同志会虽是同盟会外围组织，其实与哥老会也有很深渊源，昆明整治哥老会，势必波及腾越。省军都督府解决腾榆矛盾是否与这些事情有关？打击哥老会究竟是出于什么目的？

一番客套寒暄后，气氛变得沉闷而又凝重。

“二位找我什么事？听说协都督最近身体不适，看过大夫没有？师长到腾越后也觉不大畅快，琐事繁杂，总让人感觉为难。”见龙、吴二人半天不说话，李明远很不自然，半天才开了口。

“我俩就是来闲聊，也未跟张先生打过招呼。只是不解省军为何如此对待腾越，是不是师长对协都督还有成见？”龙润民问道。

“那怎么会？！自到腾越，师长就知协都督功劳最大。我也清楚合江、平坡、漾濞之间冲突腾越军死伤不少，但那毕竟大理地界，自治机关部守土，你能怪罪？赵藩老现在随军驻节腾越，赵先生本来就与腾榆冲突有些干系，会同处理滇西善后，师长又能怎样？”李明远的苦闷并不亚于龙、吴二人，他们想不通可发牢骚，而他却连牢骚都不能发，自己一番说辞不过强词夺理。

李明远知道同盟会直接领导的腾越起义，是以自治同志会、新军下级军官、士兵为基本力量，其中很大一部分就是哥老会成员，并不为官僚政客所控制。这与省城昆明由新军军官领导发动的重九起义有很大不同，与大理反正更是不同。除了反对清王朝统治外，其参与人员的基本结构不同，利益取向也不一样。滇西军都督府遭到省军都督府的打压在所难免。正因为堂叔既是同盟会云南负责人，又是省军都督府派往滇西处理事务的首席官员，所以才会感到处理滇西事务艰难。这也是李明远难于向龙、吴二人言明的隐衷。堂叔内心十分矛盾，张文光和马骧、杜钟琦竭力为陈云龙开脱，对他都有不同程度的影响，还有那个反正后担任东征军总参谋的原永平知县蒋树本，说其挑拨离间、居心不良，似乎也无太多凭据。可惜所有一切都已成为定局，省军都督府对陈云龙成见至深，处理滇西事务的总体方略不可能有任何改变。况且陈云龙也非善辈，说是敢死之士，确实有些肝胆侠义，可一小小队官，又能怎样？大理方面说他“强抢豪夺，糜烂地方”，虽有夸大其词之嫌，但两军相持，毕竟死了人哪！对错也一时很难说得清楚，深究其人，尤其可疑而且可恨。

确实，近来李根源常常夜不能寐。到达腾越之后，他发现这里情形跟原来想象并不一样，甚至不像大理，民情、秩序都好了许多，对张文光印象也有所转变。可新政待举一切都得从长计议，厉行省府既定方略就要打破现有格局，滇西军都督府必须撤销整合，在如何处置张文光和滇西军都督府的问题上，颇感困扰、矛盾。不想此时却听到了刀安仁在南京告状的消息，恰如火上浇油，一种被人搅局的感觉油然而生，心想这分明是煽动各宣府使独立，妄图帝制自为、兴夷灭汉，还说是得中山先生批示“间有可行”。他决心新账老账一起算，准备电告省府甚至中央严行拿办，借此打开整治滇西、特别是腾永沿边土司之地的局面。而今抚西之事表面上还算平顺，大理没有遇到麻烦，想不到腾越也很顺畅，滇西军虎狼之师，竟然不费一枪一弹便已偃旗息鼓。经过周密布局，准备裁撤的上万人马已被调遣集中在永昌、腾越一带，虽有怨愤，但腾、榆两军杂处相互制约，甚至也未发生仇杀相拼的恶性事件。但履霜坚冰至，裁撤怨兵麻烦之事尚多，必须小心再小心，不可不预先筹谋以防不测。

在腾越纷繁事务中苦苦思索，李根源还十分担心省军都督府所坚持的援川入黔举措。近来省中电文频传、消息不断，政见分歧再生，待决之事千头万绪，更加令人心烦意乱。滇军援川后，常听到川省会党武装糜烂地方，滇军剿灭土匪战事惨烈的消息，似乎川南到处都是趁火打劫的假同志会土匪。何以四川遍地皆为土匪，让人十分不解。他想成都大汉四川军政府成立之后，赵尔丰已被尹昌衡斩杀，那么滇军兵进川省是否已师出无名？此时谣言四起或真或假，他不知道究竟是出自敌对双方互相构陷的阴谋，还是另有机抒大有文章。进入贵州的第三梯团已经由“假道北伐”变为“代平黔乱”，一路杀伐陷入黔省党争，因此引来非议。劳师动众得不偿失，是否有立宪派党见之谬而与同盟会方略大相径庭。他十分忧虑，下决心向都督蔡锷谏言重新考虑滇军援川和北伐布局，令唐继尧不要过多陷入贵州自治学社与耆老会、宪政会之间的矛盾。

五、腾永兵变　平乱矫枉

腾越城外财神庙二师师部，李根源正秉烛夜读处理军务。看到省军都督府处理滇西军“一要示以诚信，二要临以兵威，迫使就范，严行裁汰”的电文，不由得思绪万千。曾与赵藩老先生及迤西贤达多番商议过撤处腾越军和干崖国民军的问题，大家也都主张严厉裁汰，不容迁就。但在如何裁撤的问题上，却意见纷纭矛盾重重。

到腾越前，张文光曾经来电：“虽首义，初意只图恢复汉业，祈两公将文光懋赏撤销，推恩同时举义之人，宣示奖励。”电文恳切，陈情悲凉，赵藩老先生看后也不由得为之动容。到腾越后几次接触，他也感觉张文光并不像一心追逐权力、搞阴谋诡计之人。对待裁军，看得出张文光内心的不甘，却能隐忍不发，确实让人佩服。其配合裁处态度诚恳，令人感叹“从前两军交斗，实因邮电未通，以致自相矛盾”，这也使得他在处决滇西善后时颇感踌躇。他深知爱惜士兵、子弟是做官本分，张文光有些想法也可理解，处陈云龙以死，连马骧、杜钟琦都觉过当，更何况张文光。不过，处决陈案意在平息腾榆争端，在他看来，对一意孤行之人实行严惩，不仅必要而且无可厚非。寓生于杀，厘清滇西乱局，不杀几个蟊贼以儆效尤，真是不行！而今陈案已向民国政府呈报，不日即要押解人犯赴京听候司法审判，至于是否死刑其实并无悬念。曾被其击毙的新军管带张桐，与时下北京执政的将领颇有渊源，冤冤相报，其必一死已经毫无疑问。

腾越城郊陆军监狱。寒冬时节，窗外冷雨夹着碎雪，淅沥不停唰唰作响。阴冷的牢房里，前滇西军都督府东征军都指挥陈云龙手足重镣单独关押，蜷缩在墙角旮旯的草堆上。三四个月前的那个敢死之士，此时正半昏半睡，在寒冷饥饿中瑟瑟发抖。上身仅着一件又脏又破的内衣，还是腾越发兵东征时所穿，逃亡缅甸时，军装外衣早不知被丢弃在山林中什么地方，此时任是严寒，却无人再给添件衣衫。

昏睡中耳旁一直响着枪炮声，似乎还在大理合江四十里桥的深山峡谷，东征军遭遇榆军伏击，官兵中弹成片倒下。冒着热气的鲜血从士兵身体里喷射出来，殷红殷红的忽而变成怪兽獠牙，忽而又成了雨血染湿的九星战旗，各种各样的幻影在眼前飘来浮去，他想呼喊，却始终喊不出声来，想开枪发令，却怎么都扣不动枪机，只感觉身体像是被冻住一样，渐渐僵硬变冷，动一动都难。这是愤懑、后悔强烈交织的反应，也是内心深受伤害的黑色梦魇。他挣扎着，想要抬起手来，可刚刚一动，接着就是撕心裂肺的疼痛。镣铐紧锁着的手脚皮开肉绽，刚愈合的伤口被刮裂开，伤疤下露白的肉芽再被磨破，脓血混着黑垢，污秽浊臭，更有突突的疼，像被撕咬啄食。疼痛中醒来，这才意识到这里是监狱——腾越起义后，滇西军都督府接管了的原巡防营监狱，他是被军都督府抓捕关进监狱的囚犯！

此时的陈云龙，再一次回想起东征，想起被榆军杀害的何大林、刘玉兴，以及四十里桥接战之初，被大理假意谈判抓走的谈判代表杨大森、祝宗云、陈定洲、王桂清……大理方面挑起事端，诈降设伏陷害东征军残害人命的事，恍惚就在眼前。想起大理兵败，想起从保山经龙陵逃往缅甸有如丧家之犬的日子，让人心痛入骨。

可为什么令人心烦的杀场轰鸣声至今一直不停？隐约间，他似乎又觉得那是有人在击打身边的木隔栏。“嘣嘣”的瓮响，交混着窗外密麻的噼啪声，此时，却成了蹿入梦境让人焦虑的枪炮炸响。原来，窗外的噼啪声是不停的鞭炮声，也不知什么人，竟在荒郊野地没完没了地放了又放。

他强睁开眼，只看见光线透过窗洞射进房来，虽只一抹灰白，却与牢房的阴暗形成强烈对比，特别刺眼。对面牢房有人在使劲拍打隔栏，狱卒也在敲击送饭的木桶和竹梆。想起刚进牢房时看见关押在对面的囚犯，正是兵发永昌时抓获的淫匪飞贼、“烧香会”狂徒死囚，他心中不由得生出无尽哀伤。想是那人又在作怪，闭上眼睛再睡，却昏昏沉沉地怎么也睡不着。

窗外的鞭炮声一直不断，似乎还有老人颤颤巍巍的哭喊：“云龙！云龙！你醒醒！”是出丧吧，哪家又死了人？这年月，死人如此寻常，要不然炮仗怎么会不停地放？又想：怎么会有人喊自己名字，莫不是……他似乎看见了爹，看见爹跌跌撞撞、声嘶力竭地在喊。也许是“鸟之将亡其鸣也哀”吧，爹的喊声如此哀伤，早已不似以往斩钉截铁不容违抗。看见爹这般模样，任是铁了去死的心，也不免热泪盈眶。

在记忆里已经很久没看见爹了，陈云龙心里愧疚，泪水禁不住在眼中流淌，他分明听见眼泪簌簌滴落的声响。一直强忍着的愤恨冤屈，在这一刻突然迸发，他忍不住就要放声大哭了一场，为爹、为自己、为无辜死难的战友，还为曾经舍生忘死甘愿付出一切的事业！

说来也是莫大讽刺！事业成功了，却反过来要夺自己性命。对面牢房死囚耶笑怒骂、狰狞张狂，声音越来越大，莫非这就是真相？他早已料定终于会有这天，要成为可悲的牺牲。是啊，“坚强者死之徒也”，在成就了的事业里，死亡并不可怕，可怕的是，在成功胜利者的眼里，赴死之人不过是个败类，与淫贼盗寇一般！冤屈而死，或许便是敢死之士的宿命！只可惜不是死在鞑虏手里，也不是在拚死厮杀的战场，而是死于奸佞小人的阴谋和诡计。小人得势君子危，真是一点不假啊！让人最痛苦的莫过当下，小人们以起义胜利者的身份招摇过市，大行其道，而自己……

“夫唯不争，故莫能与之争。”爹说得对啊！不让自己反清，不是要保大清，而是循的百姓规矩！他说这是“道”，是不变的“道”。想起离家时一直呆立家中的爹，他不禁怅然喟叹。此时又见到爹，他真想掏开心窝再说句话，却怎么也说不出口。想抱抱爹拉拉他的手，却无一丝力气。心里只默默呼号：“爹！好想你啊，爹！”闭上眼，泪水又忍不住流了出来。鞭炮声又响起来，可爹却倏忽间不见了，犹如幻影般转瞬消逝。他怅然若失，悲从心生，绝望地放声大哭，刚才看见的爹，竟然是闯入深心的梦！

对面牢房又传来怒斥叫骂声："陈云龙狗杂种，你也有今天！一齐见阎王的死鬼，报应，报应啊！"接着就是一阵狂笑。对面囚犯已经疯了……

死？！敢死之士本就不怕！想到死，他有些不屑，对面囚犯的疯狂更使人感到厌恶。出生入死，既然有生必然有死。谁都会有一死，大丈夫死有何惧？这样再想，便又有了崇高的念头。可转念间又心生悲戚：现在这死，太过窝囊！无奈之情涌来，他再次感到凄惶。想起张文光先生的劝导："以前是非，将来自有公断，一切冤诬谣言，祈无听信。"可如今谣言四起，群疑众谤，在名与利的面前，假话成真似是而非，连张先生都不知道事情会变成这样。"谎言！"他在心里大声骂娘。权利、欲望，以白为黑，道貌岸然，只有欺骗没有真诚，就如娼妓一般。

还热爱共和吗？那个不属于他的明天、美好的大同境域，陈云龙有些失望。没有跶虏特权、没有皇帝会是怎样？皇帝逊位他听说了，可民国总统还是清廷大臣，革命原来这样。宿命，敬畏权势是宿命！他似乎心有所悟，虽然此时这感悟已经挽留不住生命，但却使他寂寥的灵魂多少有些慰藉，也许他并不孤独。

想起起义时被自己开枪打死的张桐，他有些茫然。此时，张管带好像又在眼前。梦里，神情茫然的张管带胸口冒血四处喷溅，黏着人就使人不能动弹，实在让人嗟叹！人间大道杀气肃然，是残阳血染云霓，凄风播撒苦雨，还是无形的诅咒弥漫天际……陈云龙想着，似乎又看见如血霞雨和乌黑浓云在旷野里缠斗，千军万马，恶龙冲天。

这时，有人跟着狱卒进来，黑暗中看见前东征军都指挥痛苦地躺在地上，禁不住打了一个冷噤。那人颤抖着双手，把带来的包袱递到狱卒手中，低声说道："给陈都指挥换上吧，好好待他几天！"

狱卒接过包袱，手也颤抖得厉害，把包袱放在陈云龙埋在草堆中的头侧，使劲摇动着把他叫醒。

"云龙兄，对不起！老伯过世了。"见他醒来，那人说话哽咽。

大滴的泪珠从陈云龙的眼眶里滚落下来，那人也陪着哭。幽幽阴暗的牢房里，充斥着特有的霉臭，寒风嗖嗖刮进狗洞般大小的窗户，使这霉味带着一股寒意，弥漫着让人喉头发苦。那人呆立着躬下身想要咳嗽，睁开眼睛的陈云龙正望着他，这才发现，那满是风霜的脸冷峻蜡黄，扭曲着就像戏文里的催命无常。

陈云龙的泪水挂在腮边，却面含微笑，意味深长："我——就——来！"声细如丝，断断续续。

2月的腾越寒气难挨，李根源手里拿着一把火钳，拨弄着火盆中燃烧的栗炭，脚搭放在火盆架子上，此时才感觉脚趾头隐隐作痛，也许是一直坐着不动，不知不觉间就受了冻。盆中火炭经轻轻一拨，脱落下一层白灰，又燃烧出红红的火，热烘烘的暖气升腾起来，让人十分舒坦。

想起在大理，路过诸葛武侯七擒孟获处，赵藩先生提起九年前在四川做道员写给时任川督岑春煊的那副对联："能攻心，则反侧自消，从古知兵非好战；不审势，即宽严皆误，后来治蜀要深思。"他又一次深深地陷入了沉思。那副对联此时就挂在成都武侯祠内，而赵老先生的话，似乎颇有深意。在处理腾越的事情上，赵老先生一方面主张严厉裁军，另一方面又坚决反对杀伐。而自古权利争斗你死我活，腾越之事，内里实则是省军都督府与滇西军都督府的控制权争。腾越部分军人以云南首义之功幻想荣勋嘉赏，并想藉此获取官阶，与省府解决滇西的初衷至相矛盾。大理方面不少人的眼睛也一直盯着腾越，担心腾越会占了大理上风。如若不能大力裁撤腾越军，大理恐怕也不会善罢甘休。裁军和杀伐，早早地就被契合在一处，矫枉过正，对此他该如何拿捏分寸、处决适当?

倒不是怕张文光，而是那两三万人的军队，大大小小诸多将校军官，说起来都是反清义举功臣，多有豪壮之士，裁军对他们的伤害，不能说不大。逼必反，反必乱，弄不好或将引出其他事来，滇西动乱事小，功败垂成，影响全省安定事大。到滇西前特别调阅过道光朝永昌"京控案"文档。65年前，曾在广东虎门销烟、名扬四海的林则徐出任云贵总督，采取诱降、杀降政策，即"初借渠魁以剪羽翼，继以羽翼尽而及渠魁"的做法，处理了滇省一桩大案，结果并不让人钦服。那仅仅是当地回汉民间因小事引发的矛盾，官府处理不当导致汉族哨练和回民相互打斗酿成祸乱，双方参与的人数都很有限。而如今要解决的则是滇西军都督府及其组织的23营起义大军。腾越起义不仅是滇省反清首义，在永昌、腾越极得民心，而且是由同盟会仰光分会倾力组织布局，撤军必会损害他们的利益。

"每临大事有静气！"李根源心中犹豫，嘴里却在反复念叨，以警醒勉励自己。夜已经很深了，屋外风声萧然，院里那棵老柿子树，干枯的枝干被风刮得"啪啪"作响，树叶已经落光。"双木不成材，今到云南来。永昌多少事，看你怎安排？"这是民间流传当年林则徐处理永昌案的打油诗。他深思沉吟，不觉哼出一句："腾越多少事，看你怎安排？"心中苦涩，只觉好笑。省府抚西，腾永分量最重，两地民风民情相似，东征军退出大理后，主力几乎全部驻扎永昌。拘捕陈云龙时，永昌军中反应甚至比腾越还乱。所以抚西之事他不仅注重大理、腾越，也十分关注永昌。

迤西向有烧香结会习俗，民风强悍，每逢械斗必有领头闹事者兴风作乱。李根源一直担心抚西会不会像京控案一样，处理完毕后还会埋上一场历时数年、遍及滇省的动乱。他虽以第二师师长兼国民军总司令的身份节制迤西文武官吏，被省府委派全权处理滇西事务，但真正做事却还要考虑诸多因素，也不得不顾及省府执政意见。这与当年林公处理永昌案不无相似之处，所以也十分担心意想不到的事情发生。

“苟利国家生死以，岂因祸福避趋之。”林公的著名诗句又浮现在他的眼前。家国大事，民生所系，千古兴亡多少事，悠悠来去，民生才是最重要的啊！只要守定民生，不起祸乱，自然也就对得起家乡父老。哪怕是委屈一下腾越，甚至委屈一下自己，只要腾越安定、滇西安宁、滇省不乱就是。他心念已决，不由得眉头稍展，也就拿定了主意。

“守定气节，任由后人议论、历史评说，只要不负此心，就是乡情贬责，同盟会不解，他也将在所不辞。个人成败荣辱，只好顺其自然。”他这样想着，不由得又在心中感叹。听得城中打更的梆声，他默默地跟着数，梆声四下，隔了一阵又是四下，掏出怀表一看，已过深夜两点。“四更天了，这么快？”心事无限更亦短啊！把文牍、书案整理一番，正准备进里屋安歇，忽听到急促的脚步声，紧接着就是一声“报告”。

“进来！”

李明远急匆匆进屋，凑在他耳旁说了几句，惊得他连忙起身，大衣都来不及穿就急匆匆往屋外走。刚出花园拱门，就见张文光侧墙而立，面色凝重。

“绍三兄深夜到此，一定是有要紧之事，赶快请进屋相商！”李根源抢上前拉住手就往屋里相让。

“深夜造访，打扰将军！”张文光并不推辞，当下跟随李根源进屋。

“绍三兄一人？何事劳您大驾，命润民、子元过来通报一声就行了嘛！”

李明远倒上茶来，见张文光凑近李根源，已把军中有叛逆士兵串联、欲在凌晨潜入财神庙攻打省军师部，得手后投靠滇西军都督府的事说了出来。李根源大惊，忙问原委，于是，张文光又把裁军引起恐慌、军中有叛逆者联络二师中对处理腾越事件不满的永昌、腾越籍士兵，准备动乱起事，前后事由全部报告了李根源。

“李师长，念我腾越义举草木不惊，如稍坐视，则地方糜烂矣！”张文光话还未完，便已哽咽。

“根源奉命抚西，多有违拗，难得我兄大义为怀，在下十分钦佩。当下情势紧急，不知有何计较？”李根源见张文光动了真情，不胜感动，眼见五更将近刻不容缓，嘴上请张文光出主意，心里却早已有了打算。

“李师长若不介意，我已让润民、子元在外等候，只需明远率领一排，随我到乱军汇聚之地待命，但凭我来处理就行。”张文光坦然承担，李根源丝毫不疑，忙招李明远近前，布置停当后又把二人送至院门，这才反身回屋。

警卫连长带领姚、段、徐三个排长急匆匆来到师部门外，还未报告，便听得屋里发话：“进来！”

四人进屋，见师长独自一人坐在火盆边，火盆里刚添了薪炭，蓝红色火苗正往上冒，撩起淡淡青烟。副官长走进屋来，用手指了指火盆边的木凳，示意四人坐下。不等坐稳，连长就报告了警卫布置情况。李根源听后微笑：“我料张协督此去必能平定扰乱，不会再生大事。即便如此，也还需各位约束士兵，加强防卫，以防不测，多辛苦些方能换来安宁。”

四人连忙起身立正敬礼，一齐回答：“是！”

见师长摆手，副官长走上前来，带四人静静退出。

姚必光回到排里，士兵们已经荷枪实弹埋伏在财神庙外的简易工事里。师部周围还有不少士兵在巡逻，除警卫连外，外围部队也在转移集结。

凛冽的寒风吹过，即便是穿着大衣，可身体贴着山林间野地下的寒冷硬土，还是感觉冷气钻心，特别是脚，冻得生疼。这天是腊月十五，接近五更天时，月亮还在西南方向的当空高悬。此时星光恬淡，夜色迷蒙，四野犹如寒霜渲染的《万里江山图》一般，壮美冷峻，广袤浩然。战事纷繁，处于其间，让人感觉别样的寂寥，脑中不断回想起随军进入腾越后的人和事。不知为何，心中也为腾越军所受到的严厉裁处而抱不平，大概是受李明远影响吧，他有些同情腾越。今天突然发生的事，使他更加担忧，一丝不快堵塞在胸中难以抹平。

清晨，李明远带去的那个排，将带头鼓动闹事的人押回到师部。

“协都督留下处理善后，要我解押人犯先回，事完后他随即就来。”李明远报告。

李根源点头沉吟，心中却极难过，看到叛逆者，他不免自责失落。出身教官的他，平时很重视官兵感情培养，也懂得爱兵如子的重要。但为何当师长真正带兵才几天，就要被部下弑杀？人心莫测，世事难料，可见抚西处处暗藏杀机！

审问还在进行，既查不出主使，也没有更深层原因，仅仅就是对省军都督府处理大理、腾越纷争不满。这让李根源十分恼怒。在他看来，深思熟虑的抚西方略，考虑到方方面面，自认为对腾越也有姑息。如今遭人反对，甚至不惜谋反，让人实在难以容忍。虽已抱定切勿滥杀信念，但也容不得大逆不道，他决定首开杀戒，以明军纪，只等张文光一到，就立即下令枪毙叛逆士兵。

这时，张文光带着龙润民、吴子元来到师部。“全得绍三兄，方避免了一场动乱。”李根源连忙迎出门去，又将审问结果和打算枪毙叛逆士兵以示惩戒的想法说出来。

“李师长如此诛杀，诚恐辜负了文光良苦用心！腾永之事，愚见以为‘以抚为上，切忌杀戮’。多年前，林则徐处理迤西永昌丁灿庭、杜文秀京控案，想必将军早已知晓。依我看，林公杀戮太重，虽一时起到震慑乱民的作用，却终归抚慰不足虎头蛇尾，致使后来杜文秀造反祸乱滇省十多年。”

张文光说出的话，正中李根源忌讳之处，他一直担心抚西不当会激起家乡党人逆反而引发更大动乱。夹在大理迤西自治机关部和腾越滇西军都督府之间，甚至夹在省军都督府和同盟会中间的李根源，公务与乡情都有割舍不掉的情愫，党务和行政更有难以把握的分寸。最怕的就是像林则徐当年处理永昌回汉乱民闹事一样，几年后事主又阴错阳差生出意想不到的事来。如若这样，自己在乡人面前不仅失了信义，而且还要为扰乡乱民担罪不起。

“协都督英雄肝胆，菩萨心肠，若以绍三先生高见，谋逆士兵该如何处置？”听张文光议论，李根源心中敬佩，更想再听听他的想法。

“依我看，将军可暂时羁押谋叛者，待事态平息，问清情由后再行发落。总之应以感化为怀，尽少杀戮。”张文光毫无避忌坦诚以对，使李根源深受感动。再者既然张文光告知其事于前，总不能陷人于不义，一旦杀了人，对张文光来说便有些不近人情。于是决定听从张文光劝告，不仅不杀那些士兵，还要与之面谈，希望此举能释谋逆士兵前嫌。

在以后相处的日子里，李根源察言观色，注意张文光言行，看到腾越义军纪律严明，终感来腾越之前的印象尽属误会，对张文光的为人倍加称赞：“约束军人，保卫地方，宿怨不报，私亲不用，外交得手，内政有归，清吏之有才者器使之，无才者遣送之，度量豁达，心地光明，忍辱负重，推贤让能，非吾所能及也。”自此二人成莫逆之交。

赵藩到达腾越后，目睹腾越情况，同样十分敬服张文光。

腾越、永昌裁军在仓促间进行，从永平、云龙等地撤回来的腾越军以及等待整编的大理军各营云集腾越、永昌。因滇西战事已经平息，上万等待裁撤的怨愤骄兵聚集一处，滋事生非越来越难管束。

那日，永昌都统、兼理民政的彭蓂，应前军总指挥钱泰丰之邀，到永昌城内腾阳会馆宴饮，席间因赏玩新枪走火，钱泰丰被误伤而引发内讧。钱泰丰在腾越组成东征军时任前军副都指挥，曾率军攻取永昌。上年11月底接替陈云龙出任总指挥，在士兵中极负声望。被误伤后部下一片惊怨，手下卫兵因愤怒难忍，失态戕杀了彭蓂，之后彭蓂部下又围攻钱部，城中一片混乱。

彭、钱之死事出意外，永昌军政一时群龙无首，由此引发了一场动乱。永昌驻军中一些不满裁军的将领，策动大队长王太潜率部叛乱。该部前身为腾越首义之营，起义时管带张桐被陈云龙击毙，营副王太潜接任，整编扩充为大队。进攻大理败退永昌后一直萎靡不振，对省府撤军之举更是充满敌意。故而乘乱在永昌城中大肆抢掠，又肆无忌惮地焚烧了数百无辜人家。

李根源急忙调兵遣将平息叛乱，将叛军另一将领黄鉴锋及其部众诱入腾越，处决百余人后，又令王军撤出永昌听候裁汰，并一举捕杀了王太潜。随后一鼓作气，将腾越、永昌军20多营遣散大部后缩编为7个营，裁并后的7个营被编入西防国民军，分别派往各处要隘驻守，军中校官多人被杀。事态平息后，又乘势发令裁撤大理军。与此同时，还对干崖第二十四任宣抚使帕荫法、滇西军都督府第二都督刀安仁进行了清算。除追剿干崖国民军枪械武器外，还电告省军都督府和民国政府内务部，以“煽动各宣抚使独立”罪名状告刀安仁，使其含冤下狱。被押解北京的陈云龙等人也被民国政府处决。

李根源率兵抚西，本想和平施为，可最终还是杀了人，而且杀了很多人。虽在协调各方势力、意见及迅速处决滇西事务方面成绩斐然，对稳定全省新政起到了至关重要的作用，但腾越起义诸多将领被不同程度清算，冤狱枝蔓则让人不免遗憾。刘辅国心中愤懑，决意辞去滇西军都督府民政司司长职务，张文光也随即请辞协都督兼腾越总兵职，获省军都督府批准后又委为协都督兼大理提督移驻大理。李根源奉命改组腾越政务，设立腾冲府，滇西军都督府随即撤销，滇西数十州县宣告抚定。

六、滇西治理　宏愿早殇

治理滇西，清末余留的少数民族地区“改土归流”是件大事。针对刀安仁以及正康土司刀上达叛乱的处置问题，李根源、赵藩二人就曾与省府交换过多次意见，提出过武力解决平定土司作速设县治理，或沿袭土司旧职逐步建立县级流官政权等几个方案。

“对于蔡都督来电，不知樾村老有何见教？”收到省府回复“改土归流”意见的电报，李根源特意请来赵藩虚心求教。

“省都督府担心土官铤而走险，寻求外国势力庇护反而酿成外交纠纷的顾虑不无道理。但先从教育、司法裁判入手，安抚羁縻土司的办法，却用时弥长，虽稳健而不可期。更何况英夷虎视眈眈，总想乘隙而谋，不得不防啊！”赵藩沉思良久，左斟右酌。

“樾村老所说不错。片马事件后英军一直觊觎怒俅及腾永土司之地，真是不得不防啊！但迤西沿边，大小土司几十处尽皆割地自雄，动辄酿祸外交，与五族共和观念大为不合。为大局、为国家，所以不能不筹议改流啊！”李根源心中忧虑，只恨没有一个两全之策。

“总统官所虑极是。蔡督‘争取少数民族民众支持，为后来改土归流做准备’之命，似对改土之事稍有裹足之意。不过我倒有一策，不知当与不当。还须与总统官相商。”

“樾村老暂勿亲言，待在下先说出主意来，看是否不谋而合。”

赵藩笑而不语。自从上次商议保留土司名号、设立县级流官制度若干问题之后，他就知道总统官所虑问题。此时见省都督府来电，两相结合便估摸着总统官意见与自己相差无几，于是只颔首点头静缄其口。

“按照省都督府想法，在下以为现宜采用存土置流，实行不改之改。”李根源道。

“总统官所言，是否在保留土司制度同时，设置一套流官行政体系，按民国吏治法规施政。而土司头人则依约定俗成之乡规民约，在所辖区域内辅之予管理，土流并治，自成一体，并逐步移风易俗，强化流官治理？”

“正是，正是！樾村老可赞成此法？”见赵藩畅快地说出自己想法，李根源十分高兴。

“老朽与总统官，不敢说英雄所见，不过却上下合辙。前几天我还写了一个条陈，正想呈送总统官，恰好还在身边，就请总统官过目后品评再议，如无不当，就放开手来干上一场！”赵藩从怀里掏出一册文书，递到李根源手中。

此时，逃亡印度的十三世达赖喇嘛派遣亲信达桑占东潜回西藏，组织“民军”武装叛乱，向驻藏川军发起了进攻。面对川藏复杂局势，边地治理成为滇西施政的重大问题。李、赵二人在滇西实行土流并治，实际上是对土司制度采取了一种较为缓和的改革措施。尽管如此，还是遭到了不少土司的抵制。

7月，以参谋部总长殷承瓛为司令的西征军两个纵队从昆明出发，总部经丽江进军西藏。前锋左队于8月中旬在溜筒江与西藏叛军激战，以无一伤亡、仅折手枪一支、消耗子弹1400发的代价，击毙击伤叛军各30余人而大获全胜。随即又攻克了盐井、乡城等地，缓解了巴塘之围，一举威震川藏。虽然打了胜仗，但改制冲突与边地战事却不断加剧，使得迤西治理更加复杂。

此时，迤西辖区内，腾永土司地区已经设置行政委员，怒俅地区也派遣了拓边队武装进入，拓边队后改为殖边队、殖边营。用武力和行政手段以解放家庭蓄养奴隶为突破口，采取促进社会转型的“开笼放雀”政策，积极推进改制，确实冲击了边地土司制度的社会基础。

一系列积极有为的举措，引起了英国政府的嫉恨不满。殖边队进入怒俅独龙河下游之初，便与从印度而来的英军发生了激战。英国驻腾越领事照会云南军都督府，对殖边之事横加干涉，省军都督府则对其进行了反驳抵制。此后，李根源派兵抓捕了带领英军进入片马的向导，竟被英国领事告到民国政府。不久，李、赵二人先后被解职离开滇西。而先期率军西征援藏的殷承瓛，也因中央政府担心滇军沿滇缅、藏印边界进军会引起英国政府干涉，再加川省又屡屡拒绝滇军援藏，而被下令撤军，最后于1912年12月10日率部撤回昆明。

交割完腾越事务，李、赵二人都不禁感慨，既然夙夜筹谋，政无不举，西事既平却又多番受挫，今之解职，多有闲暇，反而忘年相伴，便不免常常谈论些诗文绘画，倒也愉快。李根源自幼好杂学，因一直忙于学业政务，文艺之事早已荒疏。如今在赵老先生带动下，不觉又来了雅趣兴致。

在永昌李根源下榻的寓所，士绅徐先生带着那幅传家的古画手卷，约请赵藩、李根源两位官长鉴赏。那是一幅林涧苍秀、丘壑幽深、墨气滃然的山水画。徐先生缓缓展开卷轴，宣纸古旧发黄，因画幅太长始终看不到全貌。李根源很不过瘾，忙叫铺于大书画桌案上展看，一尺来宽一丈多长的画，赵藩沿着案边仔细从画的一头看到另一头，又盯着画中一处和钤印看了一阵，良久方才手捋须髯点头微笑。众人见状不敢多话，再看画幅，不见落款，只在边角处有两方不大的钤印，白文“罗牧之印”，朱文“梅水”，都道是好画，却没人说得出其中名堂。

“樾村老一定看出了门道，能否说来听听？”李根源忍不住开口。

赵藩莞尔一笑，回坐于案桌下首八仙桌旁的高背靠椅上，端起茶盅抿了一口，不说话先论茶：“这茶好得很哦，不知是哪里得来？”

一名士绅连忙立起打恭：“这是从龙陵腊勐云雾山中采摘来的野生古树茶。永昌茶商自己制作，茶倒是好茶，就是粗糙了点。”

“哪里粗糙？昨晚我才喝过，感觉不错，所以拿来招待诸位。别说不好的话，那且不是笑话在下！”李根源毫不客气，说得几位士绅连连作揖。

大家说笑，赵藩却只在一旁品茶，默不作声。

“别尽顾了扯闲，还是敬听樾村老指教。”见此情形，李根源哪里忍受得住，手指画卷，迫不及待说道。

赵藩放下茶盅，轻言慢语，“那也不是闲话。今天品好茶，正合了欣赏这画趣味，难得难得！”

众人不知所以，相顾茫然，只等他把故事道来。

“这画少说也有两百年了。画家罗牧、罗饭牛，明末清初之人，与八大山人朱耷同时，相交甚厚。《画征录》有传，称其敦古道、重友谊，能诗工书画，山水笔墨意在董源、黄公望之间。”赵藩说得慢，端起茶盅又抿一口，“罗饭牛名气不小，师承有序。初从梅江魏书学画，后又精心研习董源、米芾、黄公望。受董其昌文人画影响至深，曾经康熙鉴赏，誉为‘逸品’。只是云南地处边远，知道的人不多，能在永昌看到这画，很是难得，很是难得！”众人不住点头，徐先生更是喜形于色。

“不过，此画长卷，怎么到得徐先生之手？”赵藩问道。

“听家父说起，是伯父收得此画，并辗转由家父收存，才留了下来。”

“罗饭牛自幼家道贫寒，至中晚年还不时卖画以补家用。所以其画流传甚广，并颇受世人推崇。后来与朱耷一同组建东湖书画会，更是名重一时，被尊为江西画派鼻祖，堪称一代画宗。此画是其晚年力作，‘梅水’为闲章，与其梅江学画的生活经历有关，画的正是孕育其心的梅江山水。莫看山水平远，随意展开，中间却蕴含老先生几十年铺设染画的功力哪！只是饭牛之画当初多在江西、江浙流传，怎么到的永昌？先世兄如何收得？”

见赵藩如此问，徐先生连连点头，再答道：“正是，正是，先世原居江南，洪、杨之乱时举家迁往滇省。家伯父路途染病亡故，画才传到家父手中，这也是先世留下的物件，难得的念想啊！”

“这就是了，先世家传该当好好收藏。此卷雅可赏玩，更何况还有那番经历！”赵藩沉吟，捋髯点头。

众人复又看画，越发称赞这画画得好。李根源还在兴头上，见赵藩没了后话，忍不住又再发话：“樾村老刚才说‘品茶赏画’像是有所专指，不知可有什么意思？”

“倒也没有多少考究，只是这罗饭牛老先生除了画之外，最擅长的就是制茶之事，所开茶庄不仅有名，而且还赖其养家糊口。”

言犹未尽，赵藩接着闲话：“在下原本对饭牛书画也知之不多，还是在川省做盐茶道时，偶然得知清初江西制茶界居然还有一代画宗，不免有了兴趣，便下功夫专心寻过，果然是笔墨趣味，凝练厚实。不想今天得在印泉和诸位面前卖弄，还望海涵呐！”

“这哪里是卖弄。樾村老学识渊博，我等今日得长不少见识，备感荣幸。”

李根源带头，赵藩主讲，大家品茶说笑，其乐融融。都说永昌、龙陵、腾越、顺宁一带日照充沛，云雾缭绕，适宜种茶。而高山密林中还有不少古茶树，将来好好发展，定可成为迤西一大产业而广济民生。

李根源点头称是：“可惜樾村老与在下都已离职，不过以樾村老与某在省施为，定会将迤西诸事报于都督。待战乱稍定，一应经济事务都须列入政务首要，发展农、茶本民生所系，总须用心考较才是。”

赵藩点头微笑，心中不胜赞许。徐先生在旁听李、赵二人对话，并不敢插嘴，忽见二人都不说话，正好瞅了个空，忙请李、赵二人对画题跋。李根源执意推脱，只请赵藩信笔写了一段画品传承的由来，给了徐先生一个交代，众人高兴散去。

重九起义后，云南军都督府筹划北伐，援川入黔以及西征援藏、经略滇西，皆以担当时艰为己任，励精图治，雄心勃勃。却因种种缘故，遭遇来自各方各派政治势力的掣肘不得圆满。然九年之蓄并非一得之功，此时一系列卓越的政治军事活动，不仅对声援武昌起义、捍卫国家统一起到了极其重要的作用，亦为后来滇省首义护国奠定了不容忽视的基础。

七、乱世袍泽　突遭劫难

省城昆明近日来时局纷扰，哥老会袍泽被抓、香堂遭查，总舵主何升高焦躁万分。在他看来，民国新政对哥老会袍泽的狠毒超乎寻常，甚至连前清狗官都不如。昨日有人来报，谭爷被捕入狱，关押在蒲草田模范监狱。

“许疯子何事被抓？”何升高紧锁眉头问道。心中暗忖：不会是贩卖云土和购买枪械的事吧？这个许疯子，知道的事实在太多，不知他扛不扛得住？他不敢再往下想，担心万一谭爷招供，滇省哥老会可就全都完蛋！何升高一筹莫展，后悔派小云虎前往泸州，至今音讯全无。此时他确实想多有几个精明强悍的人随护身旁，更何况黑旗五爷。

重九起义前，小云虎鼓捣杨宗泽盘下的云津市场春社茶馆刚刚开业。而今已成为哥老会广开香堂的会所，也是舵把子常来的地方。此时，何升高就坐在茶馆靠里贴墙的一张茶座上，双目紧闭，面无血色，正为谭爷被抓惊愕沮丧。

上午10点，通体三面木隔板的门面已被打开，阳光射进屋来，茶馆很是敞亮，伙计们捅火、舀水跑来窜去。离喝茶听书时间还早，客座上空落落的十分清静。前不久小云虎从畅春园门口领回来的标致女子，不声不响地忙着抹桌扫地，偶尔看一眼懒散盘腿蜷坐在高背椅上的龙头老大何升高，眼神里透着不安。

何升高瞥了一眼，嘴中哼哼嘟噜：“女人，祸水！”声音小得只有他自己才能听到。“老五害得杨老板不轻，家不成家，总该有个了结！”想着不由得“嘿嘿”冷笑。这女子正是小云虎心中一直挂念的英子，可惜来路不明，让众人都有些担心。

三四个月前，一日小云虎早起晨练，天蒙蒙亮，刚走到大井旁，就见畅春园门旁墙角旮旯里有一堆花花绿绿的东西。走近一看，发觉蜷着个人，踢了两脚叫起来才看清楚是一个十七八岁姑娘，满身黑灰，一脸惊愕，却掩不住直往外透的秀气。小云虎顿时就起了狐疑，心想畅春园这地方怎么会躲了这样一个女人。

“姑娘好面生，哪来的呀？”小云虎向来好事，劈头就问。

那女子抬头见一彪形大汉立在身前，慌张从地上一骨碌爬起来，站定后嗫嚅涩涩答道："小女子到省城寻亲，一时走迷了路。大爷行行好，我歇歇就走！"

"我问你从哪来？"小云虎听那女人外地口音，知道是云南地界上人，却分辨不出究竟何州何县。

"小女子在顺宁帮工，半月前上昆明寻亲，不想亲戚家主人亡故，我那亲戚也不知到了哪里。走投无路，迷迷糊糊就到了这里。"那女人一脸无助。

小云虎思忖：这女子身上衣服脏兮兮大洞小洞，甚至露出身上皮肉，可仔细辨认，却都是上好绸缎布料。这些天，满大街剪发辫、抓杀旗人乱作一团，连李督那个深藏官衙的娇羞三姨太，都被士兵当作尤物，押在街头任好事者品评，轰动一时。"姑娘可是旗人？还不快说出来！"想着，随口吐出句话。

女子一听，吓得魂飞魄散，脸色煞白一句话都答不上来。

见女人这样，小云虎一时也无了主意，因时间还早，便把她带到春社茶馆。刚要敲门，就见杨宗泽从茶馆里开门出来。这些天茶馆初初开张，哥老会集会又多，事情繁杂，他不得不在茶馆里住下料理。一早开门正想叫伙计起来捅火，把晚间已经蒸得的蒸糕、馒头、包子拿到茶馆外重新上笼，好等赶早市的人前来买吃。见小云虎冷不丁领来一个脏兮兮邋里邋遢的女人，心下好生疑惑。

"云虎大侠可来得早，不会有什么事吧？"

"进屋慢说，进屋慢说！"小云虎快步走进只开了一扇铺门的茶馆，那女子也战战兢兢地跟了进来。

杨宗泽这才看清邋遢女人不仅年轻，还有些漂亮。于是把小云虎拉到一边，悄声问道："你从哪里弄来这人？"

小云虎这才把如何见到女子以及心中猜疑说将出来："我看，定是旗人！"

"嗯！那你怎么还往茶馆里带，就不怕军政府查拿？"

"我看她可怜，说是在顺宁帮工，也不知离这地界多远。口音重得很。"小云虎像是动了恻隐之心。

"顺宁帮工？"杨宗泽想起前几天报上所说知府被杀事件就在顺宁，再看女子，感觉甚是蹊跷。她听二人说话时慌里慌张的眼神让他更加怀疑。

"你看要不要送官？"小云虎很是犹豫。

"送官？"

"我看像是官宦人家小姐，疑心就是旗人。不如送官得了，以免惹祸。"

杨宗泽也猜测此女定是旗人，听小云虎说要送官，心中惊惧自不待言。而今《滇军政府讨满洲檄》正在风头之上，旗人如惊弓之鸟，送官什么下场？本来就对不问青红皂白抓杀旗人甚至连小孩都不放过的做法深为不解。再看这女人，已是哀哀戚戚，胆胆怯怯，不由得心软。

“你既把人带来，又要送官，且不是害人又害己。官府追查不仅枉受牵连，还白白背个害人名声。依我看，旗人也分好坏，楚雄崇知府就是好人。这女子若是旗人，也该分辨好坏。这样乱的世道，还往昆明来投什么亲戚，八成与顺宁知府被杀有关。”

“你这一说，我倒怀疑这女子不仅与顺宁知府有关，恐怕还与藩台世增有关。”小云虎把嘴凑近杨宗泽耳朵，生怕女人听见。

杨宗泽转头再看，越发狐疑，心中暗想：五爷也是，尽干蹊跷之事！既然知道厉害，咋还往茶馆里带？转念再想：这女子面善，怎都不像坏人。人遭难时伸手搭救本为常情，五爷又做错了什么？

“杨老板，你看怎么办？人都带到这里，送到局子，不管怎样处置，都会坏我大侠声名。我看她年纪轻轻，半夜在窑子旁蜷缩，不怕被卖了当姐？不到难处也不会这样。人都带来了，九死一生又送她上绝路，且不作了大孽！”见杨宗泽只顾出神，小云虎也在心里盘算。

近来各地排满消息不断，《大汉报》排满言论最是激烈，凡是满人，早已逃的逃藏的藏。假若这女子真是旗人，甚至与世增有关，五爷和自己且不都成了窝藏清逆罪犯。想到此，杨宗泽不由得头顶冒汗。

见杨宗泽着急，小云虎也知事情严重，一跺脚生出条主意：“要不送畅春园得了，先叫鸨母好生照看，等外边清静了再送她回家。”

“哪里的话？年轻轻姑娘送那地方还不坏了名声！”杨宗泽心想连五爷都不愿意报官，怕惹上趁火打劫拿人性命献媚权势的名声。难道我这个读书之人，反要送人家清白女子到窑，那岂不是连大字不识的人都不如？有了主意，便决定把她留在茶馆帮工。

这女子确是顺宁知府琦璘寄女，小名英子。琦璘遭乱匪谭占标杀害后，她与家人逃出顺宁，一路颠沛竟在途中失散，还算相识几个乡人，又结伴前往大理。不料大理也乱作一团，城中会党大开公口，排满风声甚嚣尘上，军人在四处抓捕、枪杀逃官人犯。亲朋好友早已四散逃亡，她只好再往楚雄，一步赶一步便到了昆明。原想投靠远亲、藩台世增侍妾，想不到世增被杀后家里人役也都作鸟兽散，哪里找得到人。又见到处都在剃发剪辫搜捕满人，早吓得六神无主，正无着无落之时，竟被一顺宁婆娘看见，说是前年知府大倡茶事，在凤山植茶时见过，于是带到家中，囫囵给吃了几口开水泡饭。

原来，这婆娘确实认得英子，因在省城做小买卖，近来生意不好正愁钱用，见英子长得标致，想起畅春园鸨母曾叫帮忙物色茶女，知道琦璘家人懂得茶事，又见省府四处追查满人，只道是个机会，便想暗暗把她带到畅春园卖掉。不想英子见其行事诡异，看要带她进园，便起了疑心，抽空悄悄跑掉。却因不认得路，就在云津市场、新城铺一带转了半天，至晚又寻路回到畅春园。想到绝处，狠狠心打算把自己卖掉，思来想去不忍，彷徨间错过宿头，又累又饿，心一横也不知害怕，便在墙角里蹲了下来，迷迷糊糊过了一夜。

得知女子来路，倒把杨宗泽吓出一身冷汗，知道救人难，撒手不管也难，最终还是冒险，做成一桩善事。茶馆本来就想找人做招待，见英子梳洗干净，换了衣服，又吃了两个刚蒸热的包子，恢复五六分精神后，模样楚楚动人。又见小云虎两眼勾勾直望，巴不得要人应允的样子，更加下定了决心。

这茶馆原是小云虎窜掇盘下，出钱并不太多，虽开张不久，生意却很不错，特别是重九起义前后，茶馆几乎就是会场，买卖很是红火。自从保路运动消息传到昆明，这里就天天客满，最多一晚曾聚集了上百袍哥。每天各种消息在这里风传，听着灵通人士讲述各种逸闻趣事，满屋子人一会儿欢声雀跃，一会儿高呼惊叹，甚至还引来巡警追查。重九后，茶馆生意更加红火，新政期间自然成了哥老会广开香堂的重要会所。

谁知茶馆收容女子之事，被长舌人把话传到了丁晓芸耳里。不知事情原委，又见丈夫几天都不归家，丁晓芸心里犯醋，便起了疑惑。丁晓芸何等样人，纵有心事也不会轻易说出，更不会吵吵嚷嚷。只是杨宗泽回家不给脸色，也不说话，只想让他明白，主动把事情说出来收场。谁知他并不知她心事，只以为这些天茶馆事多顾不得家，让妻子心里不快，所以并不以为然。见他如此，她更生气，干脆连人都不理。想不到妻子这样，他只好扭头再回茶馆，一来二往真就起了嫌隙。

小云虎想着英子，时时前来关顾，却不敢轻易表露爱意。见她在茶馆勤脚快手做事麻利，尤其精于茶道，特别善于品鉴茶叶好坏，只道为杨宗泽找了一个得力帮手。与崔掌柜到泸州办事，心里都还一直牵挂。

茶馆里，杨宗泽、英子和几个伙计都在各忙各事，何升高一个人坐在高凳上，越想越不对劲。什么时候了，派去打探消息的人一个都不回来。正伸头往茶馆外看，却好三爷邓祥带着猴子小三慌慌张张过来，进屋拉起人就要走。

“咋这慌张？等我缓缓神嘛！”何升高使劲甩开邓三爷手。

“军都督府来抓人了，还不快走！”邓三爷低声附耳，何升高陡然一惊，慌忙随了二人，一起仓皇而逃。

云南军都督府中，一些曾经在前清担任职务的新军军官，过去为维持清朝统治的社会秩序，常年防范哥老会，对哥老会一贯反感。起义中哥老会虽积极支持拥护革命党，不少会众直接参加了武装起义，甚至成为起义军中骨干，但这些人仅是下级军官和一般士兵，起义成功后，绝少有人担任军都督府和军队重要职务。而哥老会本身各个堂会相互独立没有隶属依存关系，造反时一哄而上热热闹闹，起义成功后各占山头，各行其道，并无统属，会中一些人得意忘形，做出些事来对社会正常秩序亦有扰乱。四川、贵州近来传回消息，遍说援川、援黔滇军遭哥老会武装围堵要挟，频生冲突。这些消息在昆明哥老会香堂中也引起了不小争议，有指责川、黔哥老会的，也有怀疑滇军和云南军都督府的，骚乱时常发生，对社会治安形成不小压力。

各省军都督府甚至北京民国政府，意欲取缔哥老会的声调越来越高，都督蔡锷也一直对省城哥老会活动有所顾忌。出于对军中士兵甚至很多中下级军官都参加了哥老会，在举义发动之初也是借助哥老会号召才形成凝聚力量的考虑，才未采取严厉措施。此时情况变化，一是出兵川、黔滇军的压力，二是新政初定，顺应民国政府解散会党、排除乱民干扰的大政，省府决定杀一儆百，抓捕打击哥老会主要头目，而对大多数成员既往不咎，只求新政安定。

在云南军都督府取缔哥老会的行动中，龙头老大何升高并未逃脱省军都督府追捕，很快就被关押进了昆明蒲草田模范监狱。杨宗泽也不意受到牵连。一些哥老会头目被捕后，供出春社茶馆曾是重九起义前后昆明哥老会广开香堂的公口，是哥老会人员联络、议事之地。作为茶馆老板的杨宗泽，自然脱不了干系。

那天，何升高从茶馆出走后，杨宗泽就觉得阵势不对，忙把英子找来想打发家去。却因小云虎走时念念不忘反复交代，此时他不在家，总觉不好支应。人是五爷领来，要把人打发走，须得跟他打个招呼。杨宗泽这样想着，不由得直在心里叹息，其实也不舍她就此离去，这些日子，茶馆中事全得她一手照应。但情况紧急，此地已非安生之所，所以决定把她先送到大板桥宋铁匠处暂避风头。不想才从大板桥回到茶馆，就被军警抓捕。

八、黑旗余勇　亡命他乡

小云虎和崔掌柜紧赶慢赶好不容易才回到昆明，未进城便先来到大板桥宋铁匠家，打算把崔掌柜的东西在这里放上一放，也顺便问问法国人帮买的枪械是否有了眉目。一见面，宋铁匠就拉住二人，到背静处左询右问：“正找你们呢，咋个还在这里？何爷、谭爷、杨老板都被抓起来下了大狱。”

二人听后大惊：“哪里走的水？怎会一起被抓？”

“抓杨老板干哪样？老实人一个，不相干嘛！”小云虎很是疑惑。

“究竟何事说不清楚，个把来月世道乱得神乎，风传整治乱匪、清除会党。听说三梯团出师贵州，一路杀了不少袍泽，龙头大哥被抓恐怕与此有关，至于谭爷和杨老板我就说不清了。”

小云虎想：谭爷结识的人又多又杂，会不会是谭爷出事，牵连到龙头老大。可杨宗泽又为哪桩？要问茶馆其他事情，却不好开口。

“买枪的事怎样，会不会有人趟了浑水？”崔掌柜紧皱眉头问道。

“一时看不出来，前几天法国人还带信来说，枪械已经发出，冬季正好行船，不出意外再过一两个月货就可到，我以为涨水了呢！”宋铁匠所说“涨水”，其实是哥老会中切口，意思是有了好事。

崔掌柜还在琢磨，小云虎当机立断：“我看崔掌柜买的这些古董，暂叫宋师傅找个地方放放。大家先在附近找个去处安顿下来，打发人把邓三爷、猴子小三找来，见面问了再说。”

宋铁匠连连称是，转而说道：“前两天杨老板领来一女子叫我安置，说是要等五爷回来，想不到他回城后就被抓进监牢。那是什么来头？我心里发慌，不会是她惹的祸吧？”

“你说那女子现在哪里？是不是茶馆新近招的帮工，一个旗人！”小云虎心中更加焦急。

“藏在山中窝棚里。旗人？旗人也不至于牵连他啊！最近旗人得到保护，外出逃跑的都回了家。”

听宋铁匠这样说，小云虎亦忧亦喜，知道英子无事，且山中多了一处窝棚，不由得感了兴趣："什么窝棚？"

"哎！一处应急之所，少有人知。说是窝棚，其实也有三五间房，莫小瞧了，有人招呼着呢！"宋铁匠不知小云虎问话何意，只顾拍打胸脯。

"知道的人少，那才是好！到那躲几天吧，你也一起去，莫大意了。"

想不到小云虎出此主意，宋铁匠先是一愣，继而拍掌大笑："好啊！想不到一二十年派不上用场，而今倒好，不躲清逆，倒躲大汉新政！你说好不好玩，活该的现世报！"见宋铁匠如此自嘲，话说得爽朗硬气，一点都不怨天尤人，小云虎、崔掌柜都大笑起来。

当下，宋铁匠打发人四下里各办各事。之后，即带着小云虎、崔掌柜钻老林过大沟，往山里走了不少路，来到一处独家村。原来，这独家村是宋铁匠为防不测，十年前请远房一个表兄帮忙建造。说是窝棚，其实不小，倒像是深山中庄园，与宋铁匠共事的人尽皆不知。宋铁匠本是黑道出身独脚大侠，专做官府禁止的生意买卖，打铁不过遮掩而已。因一直跟崔掌柜、小云虎关系接近，见清王朝已被推翻，便有了金盆洗手之意，以为避难之所也无须保存。杨宗泽托其安顿英子，便毫不犹豫地把她领到了这个地方。

"世事难测啊！我还以为再不必用这窝棚，谁想先是藏个不相干女人，现在却是袍泽哥们。好在风声并未走漏，深山还是深山！"宋铁匠不无感慨。

英子见宋铁匠领着小云虎等人到来，满心欢喜，忙下厨做饭，并按宋铁匠交代，特意杀了两只母鸡，热腾腾招呼众人吃饭。

几个人安安稳稳在独家村住了两天，就有猴子小三已到大板桥的消息传来，宋铁匠要去领人，被小云虎拦住。

"我先去见个面，果真没事，再把他带来。万一小子装神弄鬼，三个时辰不见，你们就远走高飞，也别指望我不会把这窝棚给供出来。"说完便随宋铁匠表兄匆匆赶往大板桥。

一见自家大哥，猴子小三就号啕大哭起来。小云虎心烦意乱，"什么事？只哭爹喊娘号丧！"

猴子小三即把那日与邓三爷带何升高从茶馆出逃的事慢慢说了出来，"刚转出云津市场，走到铁路设防营操场，迎面就遇到一队巡警。我在邓三爷、龙头老大后面断后，见状不得已拐进街边羊神庙小巷，他二人躲闪不及，被拦住盘查，才几句话就被带走了。据说省府发了何爷通缉，巡警就是按着画像抓的人。到了局子，二人又被送往蒲草田，成了模范监狱里头号要犯。想找关系探监，都说上边强令不准探视，所以一直没法见到何爷，邓三爷也无消息。另外，杨老板也被抓了起来，五爷亦在通缉之列，都说是谭爷那里走的水，崔老板那边倒没听见什么风声。”

听猴子小三如此一说，小云虎也断定，何爷被抓、自己被通缉，甚至杨宗泽被抓，多半都与谭爷出事有关。沉吟半晌，再看猴子小三，并无不妥的模样，这才带着人赶回了独家村。

崔老板向来就是机灵之人，听猴子小三和小云虎这么一说，想了又想，仔细思量，虽觉得还应避避风头，但自己毕竟与被通缉的小云虎不同，在一起躲藏似有不妥。考虑到这么多人在一起目标太大，行动也不方便，估量自己还可以找生意上有关系的洋人帮忙回护，比起小云虎甚至宋铁匠来又多了一些办法。当下决定与宋铁匠、小云虎和猴子小三分手，自寻活路而去。

小云虎也想起了嵩明一个不入道的兄弟，打定主意暂时前去投奔，也要向宋铁匠告辞。见小云虎要走，猴子小三急了，想着这么长时间不见，一见面又要分手，心中十分不舍。

“五爷要走，也该把我带上。要不待我暗自回家取了家伙，随便哪座山里寻个去处，从此打家劫舍，五爷走到哪里，我就跟到哪里!”

“取什么枪，回去不得！打家劫舍，什么时候了还想再生枝节？”小云虎恶恶狠狠，想了想最后还是答应带猴子小三一同出逃。

宋铁匠再三挽留，却禁不住几人都执意要走，只好现煮几块牛干巴给他们路上充饥。崔掌柜要往城中，自认为用不着这些，就叫小云虎、猴子小三带上，以免一路弄不到吃时挨饿。提到英子，宋铁匠不免怜惜：“这女人真可怜，前几天一直问杨老板怎么不来，见了你才又高兴几天。此时散伙，我该如何交代？”

“这女子官宦人家小姐，要不是家里出事，决不至于如此。人年轻又漂亮，走路不方便。杨老板一下还出不来，旗人的事已不打紧，就烦宋师傅送她回顺宁去吧！”小云虎说着，隐隐闪过一丝担忧，心想万一英子家破人亡，找不到那该咋办？无奈救人救不到底，只由她凭运打彩。

英子的美以及那美透射出来的气息，小云虎并不熟悉，可他深深地喜爱那种味道，凄婉里蕴涵着高贵，让人思慕又让人胆怯。在难言的期盼和痛楚中，他也会想起小翠，那是另一种味。畅春园里谁都可以去玩。想着好久没去畅春园玩耍，见不到小翠，也有些失落怅然。

见小云虎等人急着要走，英子也是依依难舍，因为好久都不见杨老板，免不得再三询问。可众人都含糊其辞，惶惶然然，就觉情形有些不对，见小云虎等人慌慌张张来了又走，心中更是不安。

夜深人静，月光似水流洒向山间，独家村静静地在幽幽月光下矗立，显得十分孤寂。小云虎独自来到屋后林间一块空地，立桩站定凝视远望，风轻轻地拂过山林，发出飒飒声响。待心神稍定，这才抬手移足、顺颈提顶、松肩垂肘游身走了一趟若飘若浮的八卦掌，立腰溜臀，缩胯合膝，身形变幻得倒有了几分神气。

英子站在远处，见小云虎走如游龙、翻转似鹰，心中感叹："好飘逸的身形啊！"眼前这个男人，曾在危难中若谦谦君子般搭救受难之人。而此时，身处危难却依然气定神闲。对于他，她心存感激甚至敬佩，可知道这个人对她心怀爱慕之后却不免惆怅。少不了还要把他与另一个男人比较，那个文质彬彬心慈好善的杨老板，不苟言笑却让人极感亲近，一段时间不见，就让人牵肠挂肚心念不忘。五爷的市井习气和他的豪爽一样自然，却与她闺中所受教养并不相宜。杨老板则不然，虽做的茶馆生意，却一副读书人模样，悲天悯人全在于知书达理。她心里喜欢却又惋惜，当听说老板妻子聪慧贤淑、能诗会画的时候，心里竟不由自主地难过甚至酸涩。

小云虎练完一趟拳，天边已经朦胧，山后透出来一抹淡淡的橘黄色晨光，翻滚着的云层，携带喷薄朝气冲天而起。当他转身向院房走来之时，不意间看见英子，远远地在洒扫庭院，一袭白衣飘洒晃动，心头不由得阵阵狂跳。急匆匆往回走，待转过房屋旁的土坳，走进场院时却不见了人，不由得呆立止步。想着即将离别，他有些无奈，"躲过这头再回来吧！"他咬牙发狠道，有些绝望，却又心有不甘。

谭爷被抓之后，抵不住拷问，不仅供出了龙头老大何升高，也供出了小云虎、邓祥在哥老会负责黑旗事务及托崔掌柜购买枪械之事。只是小云虎陪同崔掌柜到泸州提取大烟钱款时谭爷正为联络会党忙碌，二人走时他不在家，回来后未进家门就被巡警候个正着，所以并不知道详情。这些天来，巡警因找不到小云虎，便天天在云津市场四处设伏，单等他现身后便马上抓捕。也是小云虎做事从来果断，因此躲过了这次劫难。崔掌柜自以为无事，回家后即遭抓捕，何升高、谭爷被处决后，与邓三爷等人一样都不知所终。

第五章

共和忧患

一、平冤路远 生死茫茫

在监狱里，杨宗泽最放心不下的就是妻子，丁晓芸又怀了孕。那天从大板桥回来，本想早点回家，可刚回茶馆，就被军警带进了监狱。不能陪妻子到医院去做检查，使他始终有一种负疚和说不出的哀伤。洋人西医与中医不同，孕妇一开始就要检查，以后不断复查，确定预产期后，再住院生产。

升平坡大法施医院是昆明开办最早的洋人西医院，开业十多年来，不少人说好。杨宗泽费力说服老人，决定让妻子到这家医院生产，约好第二天一早去做检查，可家都没回，就发生了如此大的变故。

他心下后悔，要不是妻子没头没脑不搭理人，本该尽早提醒一声。如今面见不到，话说不上，硬生生相隔天远。也不知究竟为什么被抓，几次过堂，刑讯拷打，问的都是茶馆、哥老会的事。可除了反清复明，并不清楚何升高、小云虎还做了什么坏事。至于英子，狱警提都没提一句，他有些狐疑，竟自下了决心："管他问不问，再不说一句英子的话。"他料定英子无辜，那么好的人能做什么坏事。况且，近来满人已经得到甄别，无辜的尽都回了家。

狱警逼供没少用刑打骂，但在哥老会他涉事不深，再问答不出来就是答不出来。只是不解，民国新政不清算清贼余孽，反过来却要追究哥老会活动，起义时袍哥亡命冲杀，新政为什么就要拿袍泽开刀？杨宗泽虽入会不久，但心中的确敬服袍哥。在他看来，哥老会一直以反清复明为己任，袍泽真情实意，豪爽义气。反观新军统领，起义时承诺的是驱除鞑虏、创立民国，可一坐上衙门，便都成了吃人的虎狼官僚。

难道是会中有人得意忘形，起哄胡闹惹来的祸？但为什么单单抓了龙头老大、谭爷和自己。龙头老大和谭爷做了什么事他不清楚，可自己赞成共和、拥护新政，如果说私藏旗人余孽还有些牵连，可英子她是什么余孽？杨宗泽左思右想，却想不出个所以然来。说是开茶馆聚众闹事扰乱社会治安，可开茶馆也是正经买卖。想起朱师傅的评书《七侠五义》刚刚开讲，"狸猫换太子"故事峰回路转，冤案才理出个头绪。不由感叹：世事纷扰冤狱如斯，古往今来，虽世殊时异却始终难免，市怨结祸何时能了？记得茶馆里袍哥聚会迎宾，有一次川南叙州来人拜堂，因一桩事谈不拢，差点捞了梁子。人竟这样疯狂，哪怕袍泽，也免不了相互争斗，更何况不是袍泽的新军军官，斗个你死我活那是自然。

丁晓云刚刚得知，家里几天前接到省府战报：三哥在进军叙州府城时遭假同志会土匪袭击中弹负伤。想着杨宗泽被捕入狱后再无消息，面对家中接二连三发生的岔事磨难，心中苦楚，后悔前阵子与丈夫闹别扭。原以为那个叫英子的顺宁女人妖媚狐气，来路不正，细细揣摩却不尽然，心中委屈，不过是无名的醋意酸水。

记得那日左等右等不见丈夫回家，想着第二天要到医院做检查，这才火冒三丈气冲冲赶往茶馆。远远见茶馆关门闭户，心中已是七上八下，推开门只见一片狼藉，早已顾不得兴师问罪。伙计上前哭诉：掌柜刚被衙门里来人带走，正想往家报信。才一听这话，人就硬生生被定在了原地。

定是那个女人惹来的晦气。“五爷领回来的女人呢，怎么不见？”她劈头就问。

“一大早总舵主就被邓爷、猴子小三请走，英子也被打发了去。脚跟脚掌柜出门，晚间回来，刚进门就出了事。”有人回答。

“好端端个家，让这女人搅的！”无名火起直冲脑门，正自怨愤，就有人一惊一乍赶进屋来，“不好了！总舵主被抓进了大牢。”

“总舵主？总舵主咋会被抓？”这时她才知道出了大事，转念细想：宗泽被抓难道与何爷有关？再想打听，却问不出个名堂。

杨宗泽、吴靖宇出事的消息，让一向精明的丁老爹连遭打击。丁晓芸回到娘家，见父母神情恍惚，心里一阵酸楚，眼泪止不住就流了下来。“哇！”的一声刚哭出声，腹中胎儿跟着就“扑腾”动了一下，心里不由一阵震颤。

把快两岁的女儿交给婆婆，也顾不得身子不便，成天只在外奔波，打探丈夫下落。绞尽脑汁也想不出杨宗泽犯了哪条王法，平白无故就被下了大狱。钱使过不少，还是未被允许入狱探监。更让人焦心的消息是说杨宗泽牵连上何升高、许疯子大案，与沾益“滚龙会”土匪阻挠三梯团北伐有关。丁晓芸对丈夫与何升高、谭爷及小云虎的关系一向清楚。茶馆中事，除了新近来的那个顺宁女人，杨宗泽回家都会与她叙说。哥老会黑道上的事，他不会掺和，只不过在人家地盘上营生，不得已拉些关系。本来，春社茶馆并不想开，无奈何升高成天使小云虎催促，这才仓促开张。开张后生意不错，却怎么就扯上了谋反？要说谋反，那也是谋的前清朝廷的反嘛！前不久杨宗泽还喜形于色、欢呼雀跃，对军都督府拥戴有加，说什么共和民主、五族共处，没有鞑虏欺压，老百姓日子好过。何以转眼就成了新政囚犯。如今三哥负伤，讲武堂好友都随军援川、平黔、抚西去了，好久都听不到一点消息。一帮哥老会袍泽，抓的抓逃的逃，再也找不出能帮得上忙的人来，她脑袋里乱糟糟一筹莫展。时间过到6月，讲武堂复课。到承华圃找姚必光几次，却都没有结果，连传个信都不许。省里裁军，从四川撤回的军队集中在承华圃等待整编，四处乱哄哄的，讲武堂也不放假，学员一律不得会客。

抚西归来，李、段、姚三人又回讲武堂上课，却各怀心事。

李明远情绪低落。一起跟随张先生多年的腾越同志会好友，抚西时全都离他而去。刀安仁被捕，刘辅国辞职，张文光郁郁赴任大理，陈云龙、彭蓂、钱泰丰死得那样无谓，这些都让他愤懑不已。

段云鹏却是意气风发、喜形于色。大理驻节时跟随李根源、赵藩等人一起上鸡足山的经历，使他备感兴奋。先兵后礼，杀气腾腾的捉奸毁佛之事峰回路转，拜见虚云长老，李师长佛心顿悟，不仅赵藩老高兴，他也高兴。见老和尚容颜清癯气宇不凡，正若佛理以性为海无所不容，化解兵戎竟在平心静气无形当中。偶尔与赵老攀谈，只觉先生不仅学识渊博，而且平易随和，更因乡情切切另有一番因缘，甚蒙先生垂爱。抚西于他确实是一段难得的机遇与经历。

姚必光既不像李明远那样郁闷，也不像段云鹏那般喜悦。与参加重九起义看到流血牺牲情形不同，抚西时所见，杀的竟是起义军中的“乱兵悍匪”，看到李明远所受煎熬，他对抚西也产生了怀疑，不由彷徨起来，革命到底为了什么？

丁晓芸还在舍命奔走，当确信杨宗泽冤狱难以挽回之后，对丈夫的心疼，瞬时取代了猜疑与怨恨。在她人性的感知里，善良固守心底，在孤寂的静思中，仿佛听见丈夫飘荡在凄清夜空里的无助求诉。无辜总是那样令人哀叹，为什么善良的人总是那样容易受到伤害？”三哥此时已经回到安宁老家养伤，一时帮不上忙。能想到的就是去讲武堂找姚必光，毕竟是丈夫的挚友，也许还能想点办法。也顾不得反复受阻，挺着个大肚子，一次次前往承华圃打探。哪怕只有一丝希望，她也决不放弃。

转眼已经入秋，秋后问斩自古相传，新近消息都说何升高谋乱谋反哥老会大案，牵连多人必遭处斩，她越发心急如焚。入秋后一直阴雨连绵，昆明的天气就是这样，一阵风一阵凉，突如其来的一场大雨，又把人淋得透湿，寒气攻心苦瑟瑟挺个肚子整日奔波劳累，越发苦不堪言。昏昏沉沉中不知不觉又来到讲武堂校门前。

她不甘心，心里总想老天有眼，丈夫朋友定有办法救人。三番五次请卫兵通报，却怎么都讲不清，卫兵只用诡异的眼光看着这个大肚子女人，以为又有人作孽，要正色驱赶，又见她脸色煞白，病态难磨，这才动了恻隐之心，同意转交字条。离开讲武学校，只觉全身无力，每走一步都眼冒金星。近来脸脚浮肿得有些异样，身子像灌了铅一样，原以为是成天在外奔波累的，并未在意，这时才有些害怕起来。挨到洪化桥，好不容易雇了乘轿，刚坐上就觉心慌难耐，胸口闷胀，腰杆更是疼得要命，忙叫抬往升平坡大法施医院。

等杨家二老和丁家父母赶到医院，见丁晓芸躺在病床上昏睡不醒，主治医生、老小姐玛丽操着带洋人口音的话埋怨道："怎么搞的，才来两次就不见了。必须定期检查，你们却不遵守，再晚一步，母子命都不保。"

家里人目瞪口呆，杨宗泽母亲半天才回过神来，忙问："现在怎么样了？"

玛丽医生掉头看了病人一眼，无奈地摇摇头，叹气转身走出病房。只有护士还在整理药品，特别大的眼睛，却显得毫无表情，见有人问，转过头来，"病人很危险，可能异常分娩，现在发热，十分严重，医院马上会诊，看有无办法。也算来检查过，不然更是麻烦！"

深夜，丁晓芸醒来，见家人都在面前，心一酸就哭了出来。只记得轿子抬进医院，之后便被担架床送进产房病室，曾给她做检查的玛丽医生正好在，只看了一眼就决定收治住院。打针吃药后感觉好了很多，腰杆仍然很痛，头也疼得厉害，闭上眼就觉得热，嘴皮子干得要命。不知不觉睡了过去，梦中居然见到了英子。

前不久看到一份登载有《满人尽忠汉人》的旧报，被所载内容打动，报上所说顺宁知府琦璘被害之事，让她觉得定与英子有关，越想越是不安。"难道真是轻信闲言，冤枉了受难好人？"恻隐中带着自责，找到英子，果真就有缘由。此时，顺宁案大白天下，英子已离开避难窝棚，得知杨宗泽冤狱，也在四处托人营救，二人因此成为好友。

见婆婆公公还在身旁，丁晓芸忙道："讲武堂找人不方便，宗泽朋友也没见到。托卫兵带了个字条，不知能否收到。如果还没消息，烦爹再去看看，不知能不能帮忙。"断断续续说完，又昏昏沉沉想睡。杨老伯只是讷讷点头。

想不到姚必光还真收到了丁晓芸字条，见情况紧急，便与李明远、段云鹏商议，请假去杨宗泽家打探。好在校长刘祖武原先曾经担任丙班班主任，见三人情急，又听说是学生吴靖宇家事，立准给假，于是三人相约前往三市街。

滇西抚定后，6月回到讲武堂，姚必光等人只听说何升高大案牵连诸多袍泽，曾经疑惑议论，独不知杨宗泽也成要犯。复课之初，新任校长谢汝翼管理严格，为免遭撤军影响，长时间封闭训练并不放假。学堂改名讲武学校后，刘祖武接任校长，一样校禁森严，外界消息全部断绝，以至于丁晓云找了几次，连信都带不进去。

三市街上冷冷清清，一大早三人便已来到广源米铺门前，可敲了半天门都无人应答。转到云津市场找小云虎，一打听也出了事。才知杨宗泽就是因受小云虎、谭爷牵连，涉及何升高案才被抓进监狱。如今的云津市场，连过去小云虎等人摆摊练把子的大井旁场子空地上都堆满了沙石木料。畅春园正大兴土木，周围一片片民房封的封、拆的拆。据说省军都督府下令，要把城里所有妓院都集中到云津市场以便管理，现正赶工增建房舍。

姚必光懊恼不已，想起丁晓芸娘家在西门外庆丰街开了家米铺，三人又急匆匆赶往庆丰街。问了店中伙计，才知丁家二老到医院看望女儿一夜未归，于是又连忙奔往大法施医院。来回折腾，早已过了晌午，也顾不得又累又饿，马上进了病房。

丁晓芸打完针，刚要推入产房，会诊结果是胎儿横位，孕妇极度虚弱，并伴有妊娠中毒而导致全身浮肿，产妇和胎儿都有生命危险。杨家、丁家人都在哀求医院保佑母子平安，丁晓芸知道后哭道："宗泽死活不知，可怜肚中血脉，千万不可断绝！"

丁老伯强忍揪心疼痛，嗓音嘶哑一再哀告："求医生救救命！求医生救救命！"

见到姚、李、段三人，几位老人不约而同地落下泪来，拉住手又是一阵哽咽。可惜丁晓芸半睡半醒、恍恍惚惚，来不及说句话就被推进了产房，心里却在祝祷："终于找到人了，但愿老天开眼，宗泽能洗不白之冤。"

手术十分漫长，因学堂事急，问清情由后，三人不敢久留，从医院回到学校，也丝毫不敢怠慢，李明远设法找到堂叔，请他出面打听情况。第三天，噩耗传来，丁晓芸因难产大出血产褥而亡，生下一名男婴正在抢救。

姚必光万分难过，想着好好个人，短短时间竟有这般变故，更后悔把小云虎介绍给朋友，原是帮忙，想不到反而坏事。脑袋胀痛得就像要炸开一般，只有"救救宗泽"一个念头反复在脑海里翻腾。

李明远、段云鹏一样难过，还是免不了要来安慰劝导一番。"乱世煎熬真是一点不假，不知什么时候灾难就会降临头上！"李明远百感交集。

段云鹏也很感慨："宗泽一家碰上这事，只怪命不好哪！丙班那么多同学参加起义，援川、北伐、抚西、镇南，结果偏偏靖宇几人受伤，甚至有人殒命。最敬佩丁老伯，受那么大打击，还能硬生生顶着。死是生的轮回，让她早早托生，再赶好时光吧，当下救出宗泽要紧！”

这话说得姚必光心里又是一阵难过。闭上眼，好友音容笑貌又出现在他面前，丁晓芸的哀怨凄美，更让人心里发颤。人生离乱，生命哀伤，苟活的人到底还要承受多少苦难？太多的事在他心中划开道道血痕，不知为何，此时他又想起了死去的二姐和二姐的不幸。生命不可挽留，只有孤独的灵魂守候在寂寞时光里，恰如记忆的幽思，飘落在如烟暗夜。姚必光像失了魂魄一样，苦苦找寻，却总也见不到清凉世界里念念的牵挂。“时间已经不待，如果再不抓紧，宗泽就可能不再……”想着想着，禁不住又打了个寒战。他决不能让自己在追思的悔恨中与朋友相见，唯一要做的事，就是想办法救出杨宗泽！

李明远已把杨宗泽情况报告给了堂叔李根源，众人齐心协力，都要为他尽力澄清冤屈。多方努力终于有了眉目，据查杨宗泽并未参与何升高谋反谋乱，贩卖鸦片、购买枪械指控均无实据。同时还有琦璘家人做证，新政期间杨宗泽奉公守法，维护治安，甚至得到楚雄、安宁调查材料佐证。杨宗泽本是拥护省军都督府守法的商人和革命军有功人员家属。最关键还是李根源过问此事，司法局长吴垚不好草菅人命、随便处置，只得命令下属认真核查，却再也找不到什么抓人的证据，于是只好放人。

狱中几月，杨宗泽已是心力交瘁，病体缠身，日子怎么熬过来的，他已记不清楚。不间断提审、用刑，不仅摧残了身体，而且毁灭了心智，他只想赶快回家，与爱妻、儿女相见。

对于参加哥老会和结识那么多袍哥，他至今仍不后悔，甚至还十分怀念那段日子。那些常来茶馆的袍泽不仅勇武，而且侠义肝胆乐于助人，甚至也不像小云虎手下人那样，带些市井骗赖吃喝习气。他们中有铁匠铺师傅、商铺客栈伙计和附近乡下农民，在茶馆喝茶，照样付钱一分不差，不时还带些蔬菜瓜果土产送人，总是客客气气，令他一直敬服。杨宗泽在小云虎鼓动下加入哥老会，因此也得到袍泽们照应，却始终有些隔阂。小云虎习气让他不以为然，也许这便是他在哥老会所涉不深的原因。他并不是好事之人，会中琐事听到耳里一瞬即过，好玩的回家跟妻子吹上两句，逗她高兴，从来不当正经。对总舵主更是讳莫如深，他也从不敢打听过问，恰恰因此，狱中审讯再都问不出个名堂。英子的事未被追查，何况他生寄死归，下定决心守口如瓶。

走出监狱大门，他有些奇怪，为何四处里空空荡荡，不见一个家人身影。远远看见一人，像是英子，待仔细看时，却是成群的麻雀在旷地里啄食。以为幻觉，却有些奇怪，“幻觉怎的是她，莫非……”转念之间觉得好笑，再想妻子、儿女，不由得又加快了脚步。狱中每每孤寂，他总会想起爱妻，此时更加期盼与她相见。

被捕之前，丁晓芸曾说：“英子一半是水，一半是人，就似浣纱的西子，再好都要离得远些。”仔细思忖，却始终想不出她说这话的因由。可此时，当英子出现在他的脑际，才恍然若知，难道妻子就是为她发的暗火？而今，平白无故恍惚见到英子，不仅奇怪，似乎也有说不清的情怀。英子确实惹人怜爱，不仅心地善良，而且冰雪聪明。五爷倒是喜欢英子，可那喜欢更像泛海漂泊的水沫，浪一打就不知会到哪里。小云虎总是飘飘浮浮，无根无由惹是生非。他知道何总舵主、谭爷也都出了大事，那么小云虎呢？还有宋铁匠，特别是英子，他们现在到底怎样？

走到菜海子湖畔，看见这湖水波光，忽地一阵风起，水中白鹭惊霎，绕湖环飞洒落出串串涟漪。在湖水的倒影中，他似乎看见昔日袍哥，想着哥老会遭遇，心中只有苦涩。路上他总在想象进入家门的那刻，妻子似喜还羞的亲热。几个月一晃而过，对于人间冷暖，他愈发敏感，只有在温温亲情里，才能找到心灵的慰藉。“携子之手，与子同归。”这是他在狱中想起妻子、想起家时常常低吟的诗句。只有爱妻“终日望君君不至，举头闻鹊喜”的真情实感，才是他最期盼的事情！忽地记起妻子怀胎十月，应该已经生产，家里不来接他，一定是这缘故。想着新生命的诞生，作为父亲的他惭愧甚至自责：“蹲了几天监反倒矫情，疑神疑鬼起来！”慢腾腾挪步到家天已向晚，三市街一带人头攒动、灯火通明，与入狱前相比，只多了些散漫的士兵挤在人群中逛街玩笑，使闹市中平添了一股风与火的气息。

从滇西、滇南撤回的抚西军和镇南军，以及从四川撤回的援川军，经过几个月的遣散，大都已办理手续领了恤金。一些还没来得及回家的退伍兵，无事在城中闲逛，享受着省城里最后的时光。

按照民国政府意在弱化各省起义独立军政府色彩的政令，此时各省军都督府一律改称都督府，驻军也按新规进行了整编。滇军整编后剩下一师，李鸿祥被任命为师长，其余滇军将领交卸兵权后另有委用。担任省参议会议长的李根源，辞去迤西总统官和二师师长职务后，经短期调整，此时已北上进京，赴任国会众议院。其军政部总长职早被镇南回昆的罗佩金接替。唐继尧被拥为贵州都督之后，代黔平乱的滇军随其留守贵州，并未纳入滇军整编遣散系列。

杨宗泽走进家门，院里没有一点声息，只有厢房影影绰绰亮着一丝暗光。推开房门，一眼就看见外屋平常摆放八仙桌的地方，放了一张供案，后面墙壁上，苍白纸上大大写了一个粗黑“奠”字。供案上设了灵台，桌上一盏油灯，灯苗忽闪忽闪轻轻摇曳，那可是为亡灵指路、见证因果的陈设哪！仔细辨认，灵台正中供着的却是爱妻丁晓芸牌位。

冷不丁看到这森森阴冷的画面，心力交瘁的杨宗泽顿时如五雷轰顶，他大声呼喊：“晓芸！晓芸！”却怎么都听不到有人回答。跨步扑向供台把爱妻牌位捧在手里，眼泪就止不住扑簌簌滚落下来。“怎么会啊！”他绝望，无力自支的绝望，瘫坐在地泣不成声。他不知道入狱之后家里到底发生了什么事情，不祥的预感和猜测，像毒刺一样向他心里扎来。这是无端的啊！他想喊更想哭，尽管口干眼涩，他还是要喊，还是要哭。撕心裂肺的痛楚，即便在监狱里受刑也无法与之相比，一阵眩晕，意识渐渐模糊。迷蒙中他看见爱妻，怀里抱着孩子，笑盈盈用手抚摸他头。一转瞬忽而又泪容满面，蓬头垢面与他撕扯，哭喊着泪水滴到他的脸上。他感到口中丝丝的咸，爱妻眼泪流到他的嘴里，变作无助的哀伤。

等醒来已是第二天中午，极度的虚弱使他连转动一下头和身子的力气都没有。屋外强烈的阳光透进来，照在脸上，热辣辣地使得发涩的双眼异常疼痛。他想背过脸，可身子和头都不听使唤，这样熬着，不知过了多久。隐约间听到有人进屋，这才强挣着挪了挪身，想睁开眼，却又被强烈的光刺激得发痛发酸，耀眼炫目过后，什么都看不清楚。

姚、李、段三人来到杨家，昏昏睡了整整一天的杨宗泽终于醒来，只是依然不言不语，连米汤都未喝上一口，口中却不停念叨：“晓芸，晓芸！”他始终不敢相信妻子已经离去，心里绝望，只有绝望。姚必光等人的到来，也没有振作起他的精神，躺在床上，两眼无神，看着朋友，心中有苦却无言倾诉，任是想哭却流不出泪来。

原来，那天杨老伯到了医院，本打算看过特别护理中的孙子，就到监狱去接儿子。可刚出医院大门，就见丁家伙计赶来。“我家主母不行了！”伙计十分慌张。来不及说话，跟着伙计到了丁家，亲家母已经过世。在丁家待了一阵，从西门外庆丰街回到家已经很晚。走进院来，到处一片漆黑，连儿媳灵台前点的长明灯都不见了亮。记得出门时才添的灯油，心想儿媳命不好，不至于连长明灯都不照亮吧？战战惊惊走近厢房，才看见房门大开，儿子伏在供台前地上，先自吓了一跳，待蹲下来拉他的手，只感觉冷冷冰凉，心中更是害怕。昏暗幽光下，儿子蓬松长发盖着的脸脱形扭曲，就像庙里的泥塑，歪斜里泛着青蓝，他不习惯看刚剪去发辫人的模样，脑子恍恍惚惚。好不容易把儿子弄到里屋床上，已经精疲力竭，想喊醒儿子却又不忍。想起午饭时还剩下的米汤，热了来放上盐，一口一口慢慢喂给儿子。看见他眼中流泪，连连呼喊却不见醒，把从不哭泣的沧桑老人也弄得泪流满襟。

想着这些日子家中接二连三出事，老人连连感叹：“好好个家怎成这样？”后悔当初怎么就铁了心要到省城。“人的命也许就是这样。你想好愈不得好，老天捉弄人哪！”一夜折腾忙碌，又加急火攻心，他实在难以承受。歪歪斜斜回到自己房中，只觉全身滚烫，炙烤火烧般口干舌燥，扑上床便睡死过去。等姚、李、段三人到了人才醒来，已是第二天下午。

二、殊途相逢　有祸同担

丙班再次开学后课程更加紧张。姚、李、段三人为杨宗泽事情忙碌不少，见他已经出狱，虽心中稍许宽慰，却始终高兴不起来。特别是姚必光，免不了三天两头有空就要前去看望。

朱德被调回讲武学校，担任生徒队区队长兼军事教官，负责教练射击、步兵操典以及野外演习等学科术科。虽成了家却还是一星期有四五天要在学校里与区队士兵同吃同住。丙班同学见老大哥朱德当了教官，既高兴又嫉妒，有人甚至还想为难为难他。可他却不当回事，示范标准，循循善诱教习更显大将风度，众人无话可说，因此更受爱戴。有空他也爱光顾丙班，宿舍里常与老同学摆龙门阵聊天，说些重九起义后的经历和逸闻趣事。可如今他已是营级教官，而原来丙班同学却还是些排级士官，教学训练不免更加严厉。

小云虎和猴子小三逃到嵩明后不敢随便乱动，待风声稍缓，又往四川泸州避难。这时二人赴川，因所带钱物不多，为活命只好一路乞讨一路行，馊饭剩菜、饥顿饱顿常没个准，晚上就找破寺残庙或柴棚草堆过夜。各地方哥老会都遭到了前所未有的打击，四川也不例外。“大汉公”尹昌衡被调往川边征伐西藏叛乱，胡景伊护理川政后，对会党进行打击清算。号称袍哥的人已销声匿迹，途中二人并未得到袍哥帮助，跟前番与崔掌柜一起到泸州时的情形大相径庭。还未到泸州，就听说那里哥老会已经散尽，打听牟方公消息也无人说得清楚。却好遇到一班要到自流井盐场做工的伙计，二人便跟随这班人一起前往自流井暂度时日。

此时自流井属四川富顺县管辖，起伏山峦间蜿蜒的河溪交错穿插，山与水融为一体。古榕树下，会馆祠堂掩映其中，更有“半为青山半为楼”的美传。采卤的天车连片耸立，煮盐黑烟遮天蔽日，溪河水滨盐运码头上泊满篷船，到处都是一派忙碌景象。石板铺路的街两则，钱庄商号一家挨着一家，闹市里盐商盐工、跑运输的马帮、车贩、船工混杂其间，熙来攘往热闹非凡。与自流井比邻的贡井，也以产盐名闻天下，旭水河流经贡井，如带萦绕润泽如酥。两井一地相连，烟气互为吐纳，天车遥相望往，倒也显现出一派生机活泼的欣然景象。

二人好不容易在自流井一家盐场安定下来，干的是汲卤熬盐累活，一天上工十多个钟点，早上还要摸黑起来站桩练武，活计生计异常艰难。平常只能吃点青菜淡饭、家常豆花，十来天最多能见到三片两片回锅肉，味道倒好只是太少，让人吃得更加犯馋。几个月下来，不仅做活练武没劲，连走路都常发黑晕。小云虎、猴子小三也曾是吃惯见惯之人，听盐工们摆龙门阵，说起自流井盐帮菜美味，想起以前吃过的川菜，不免清口水直流。那日关饷，下晚歇工后，二人随便扒了几口饭，便相约来到街市，在一家盐帮饭铺要了壶烧酒，就着份水煮牛肉、酥锅魁和油茶甩吃一顿。正值酒半酣、饭半饱，不得不起身归家之时，一人走近来伸手就往小云虎后背上拍。小云虎练武之人，见状一闪身，忽地出手“嚓”一声就把那人的手攥在了掌中。定睛看时，不觉哈哈大笑起来：“牟爷何故在此？真是踏破铁鞋无觅处，得来全不费功夫啊！”

“我还问你因何在此呢！虎大侠不是早与崔掌柜回滇了吗，怎么还在自流井？”牟方公快人快语，却满腹疑问。

“一言难尽，一言难尽呃！当初听牟爷说滇军待袍哥不仁，我还不解。回到昆明脚未歇、家未进，就听得何爷被捕、谭爷被抓，这才晓得那话分量。躲过风头逃往四川，就想到泸州找牟爷，可半路听说香堂尽遭解散，打听牟爷不到，才到自流井来谋生。”小云虎鼻子酸涩，伤心流涕。

“想不到大家一同遭难，锤子民国，唉！”牟方公也是满腔怨愤。

他身后还有两人，相邀后五人又一同入座，再要些酒菜边吃边讲，才知道泸州方山香堂遭禁后，几个亲近兄弟逃到自流井开了一家赌场，暗地里经营些借钱、放贷生意，买卖倒也兴旺。刚才有人在饭铺门口瞄见小云虎、猴子小三，认出小云虎后并无把握，这才回赌场报告牟方公，一起过来看个究竟，果真就给撞上。牟方公等人所开赌场离这家饭铺不远，赚的是盐工们钱。盐工多是单身外来淘生，歇工无聊常到赌场厮混，打工挣来的钱，几下子就在赌场糟个精光。

小云虎略述泸州别后遭遇，以及总舵主被捕诸事，引得众人齐声骂娘：“龟儿袁世凯害我袍泽，狗日屁眼不透气，讨戳！”说着又扯到滇军。

“滇军进泸城，红边边虎狼之师，凶惨！”

“凶残?”听说滇军凶惨，小云虎脸红筋胀，生怕骂滇军会骂到自己头上。其实川话“凶惨”只是语气，并非就是贬义。

“滇军到泸城，初时打的端方、赵尔丰，接着攻合江又杀了军政府黄司令，妈×通吃，神抖抖杀人都不喘气！想不到清明前两天，东城外六河街火灾，上千家遭烧，滇军布告清匪，突然加强戒备，又是百姓遭殃。”

小云虎、猴子小三不由得“噢”了一声，心中真有几分不安。

“不过尹昌衡、胡景伊督川，更是毬××乱干，泸城住不安逸，这才搬到自流井来。唉，哪都一样！”

众人你言我语，牟方公还想说话，却听身后有人大声议论，侧耳细听更是叫人大吃一惊。原来是几个重庆来的商人，正愤愤不平议论时政，大骂新任川省民政长胡景伊，不时还夹带些议论大总统袁世凯谋杀国民党宋教仁之事。

“给老子，蜀军政府全败在龟儿手里，才接张培爵民政长，翻过脸又挤走尹昌衡，狗操奸雄一个！”

“我看龟儿一半奸狡，一半袁大头撑腰。如今民国越来越像一家天下，中华革命，革我个毬，还不是帝王将相争权夺利，牛逼哄哄民主共和，尽是荒腔走调！”

这边骂过，那边又有人接口：“说是政客，不过乡愿大盗！民党宋教仁遭枪杀，还不是那些政客所为。这党那党，你打死我，我打死你，搅得百姓不得安生，还说是个人所为！”

“什么个人所为？我看背后必有主使，不但赵秉钧脱不了干系，就是大总统也难辞其咎！”

几个人说来道去，声音越来越大，边说边骂像是吵架一般，渐渐地话里就带了些酒气。小云虎听得云里雾里，近来也风闻出了乱子，但深藏于打卤熬盐苦力当中，很少听也听不进那些的乱七八糟的馊事。

见那些说酒话的人越来越狂躁，牟方公担心惹事，起身抱歉道：“此地不可久留，是非太多，云虎大侠若不见外，请到隔壁赌场一叙如何？”

见牟方公如此说，小云虎也忙立身起来，“哪有见外之理，这里闹烦，走就走，先认个门也好将来走动。”伸手牵着牟方公就往外走，招呼猴子小三：“回头把饭钱结了，跟过来认认门！”

“开什么钱，我这挂账，张三快去，把虎大侠原先的账也一并挂了！”牟方公顿足摆手，哈哈大笑，拉着小云虎一步就跨出了门。牟方公如此豪爽，小云虎也不相争，随他出了饭馆。

进到赌场，不大的一间房，五六张方桌顺墙根摆放，正中一张长桌，掷骰子猜点的还在喝五吆六闹哄哄吵成一片。还有几间小房，搓麻将、打牌稀里哗啦，烟雾在满屋子弥漫，小云虎、猴子小三市井厮混多年，见此情形，再熟不过，心下十分喜欢。牟方公知道小云虎自幼学武，猴子小三也曾跟他练过家子，见二人看过赌场高兴，便有意邀约来帮忙做事，最便当就是维持赌场秩序。才一提议，二人便满口答应。

民国初年，奸雄当道，纷乱迭起，街头巷尾到处都能听到不满时政议论，不过，也有莫谈国是的警示。牟方公、小云虎都是江湖上混迹之人，身处乱世袍哥遭难，正满腔怨恨无处发泄，听人说起民国烂事，且有不火上浇油的道理。只是怕树大招风招惹是非，所以才躲到赌场里来。赌场里接着饭馆中话题，大家放开议论又有人讲出些惊天动地的事来。

“国民党宋教仁遭刺杀身亡，据说与大总统有关。”有人说道。

“好老火！尽牛逼下三滥毬毛子事，亏了还是总统。”牟方公开口骂娘。

事情原来这样，1912年8月25日，以同盟会为核心联合统一共和党、国民公党、国民共进会、共和实进派等政党成立了国民党，宋教仁出任代理理事长，并在年底国会议员选举中获胜。正当宋教仁准备赴京，大有组阁希望的时候，突遭刺杀身亡。举国震惊，国民党怀疑袁世凯主谋，他却矢口否认。

“屎壳郎打愣怔，还想抵赖，袁大头屁眼里肯定有屎！”

“听说国民党已与大总统反目，江西都督李烈钧在湖口起兵，战打得凶惨！”

众人你一句我一句议论纷纷，听得小云虎、猴子小三目瞪口呆。其他事不晓得，李烈钧却是知道，段云鹏他们的老师，云南讲武堂教官。可怎么就到了江西，还当上了都督并率兵造反。想问又不好问，只听众人再讲。

辛亥武昌起义前，李烈钧奉命北上观摩新军秋操。从昆明启程途径武汉时，起义刚刚三天，目睹起义军与进剿清军大战。到达北京后应第六镇统制吴禄贞邀请，参加晚宴与数十将官一起共谋反清之计。秋操完毕后被邀参加了已经起义的九江军政分府，担任军政府总参谋长。在率军与效忠清廷的江西巡抚冯汝癸作战时，拦截并劝说由武汉撤往上海的清海军舰队起义反正，被推为陆海军总司令。11月率队支援安徽安庆反正，后被推为安徽都督。袁世凯出任大清国总理大臣后，派冯国璋重兵进攻武汉，李又被鄂军政府都督黎元洪任命为五省联军总司令，使清军不得越过长江。1912年应江西临时参议会之请，被孙中山派为江西都督。在江西都督任上，李烈钧因反对袁世凯向五国银行大额借款，并公开指认袁氏为刺杀宋教仁罪犯而被解职。解职后赴上海参加孙中山主持的讨袁会议被推为讨袁军总司令，7月率部在湖口起义，开始了国民党的二次革命。

“可惜李都督兵败如潮，国民党垮杆殆尽。”

“捡呵皮打哈哈，莫说风凉话！你当是看西洋镜？给老子秋后算总账、锄除元凶袁大头定跑不脱。”牟方公一腔怨愤。

“还不是进步党使绊脚，选举败给国民党就帮着袁大头瞎胡搞，哪里讲什么道义。”

“癞蛤蟆顶锅盖，都不是好货，整治袍哥那个不下狠手，现如今牛打死马马打死牛，活该！”

众人七嘴八舌，尽情发泄心中不满，对民国政府、进步党甚至国民党在推翻清王朝后立即拿哥老会开刀、对袍泽大加贬斥的事都极为不满。对宋教仁被谋杀、对国民党的同情也十分有限。

1913年5月，以梁启超为精神领袖，由共和、民主、统一三党联合组成的进步党，延续宪政派的政治信仰和主张，与国民党形成对垒，成为袁世凯对付国民党的党团依靠。这是中国民主政治的开端：以袁世凯为首的北洋系军事集团为一方，支持进步党与国民党相抗衡，形成三足鼎立的政治局面。而哥老会则首当其冲成为各派政治势力打击的对象。宋案发生后，袁世凯利用国民党内意见分歧，以及很大一部分党人对国家政权的依赖迷信，构陷离间，使人心涣散的国民党逐渐丧失舆论支持，失去大势，“二次革命”很快失败。之后，党人流亡，国民党遭到解散，李烈钧也在退离江西后流亡日本。一段时间以来，“二次革命”成为街谈巷议的热门话题，赌场中众人无所顾忌，说得愈发热闹。

三、癸丑之变　壮志未酬

国民党成立后，李根源就任云南支部长。因为热心党务，加之其民主共和建国理念与都督蔡锷不尽相同，抚西时又多为张文光开脱，使得省府甚至蔡锷都认为其党心太重不予认同。在滇省军政界，李根源一直受到门生故旧尊重，而国民党又是民国初年最具影响的政治力量和党派。他如此强势出现在滇省政坛，多少都会使都督蔡锷及督府其他政客有所顾忌。重九之后推举都督，当初就有人力主推荐云南籍人士，目标人选正是李根源。此时，省府掀起了一股严厉打击会党热潮，主要指向是哥老会。却因同盟会与哥老会之间一直有着盘根错节关系，所以也有敲山震虎的“妙”用。

蔡都督力主发布的云南《严禁开公口山堂告示》，一方面从维护治安割除社会毒瘤角度出发，另方面也是为了配合民国中央政府解散帮会、秘密结社政令要求，客观上迎合了袁世凯隔断同盟会与会党联系的意图。

在推翻清王朝获取政权之后，军政府翻脸不认人，打击曾经为同盟会所倚重的会党力量，进一步削弱了同盟会乃至后来国民党在中下层百姓中的影响，自然也为李根源所不满。随着龙头老大何升高、谭爷等人先后被处决，云南哥老会一时作鸟兽散。上层政治斗争和复杂纷乱的世事，对军队里的中下级军官和士兵都产生了消极影响。虽然打击的是从来不与政府合作、遇乱必乱的哥老会及帮派会党，对维持社会安定也起到了不容忽视的作用。但是，在社会转型的大变革时期，新旧政体交替，政治、文化沉渣随之泛起，社会动荡，谁是真正的英雄和拯救者，谁又是注定的莠民，并不一定！怀着个人政治野心和目的，在大浪淘沙中逐流使转、翻覆天地的枭雄应运而生，大有所为，袁世凯便是这些人中的代表。

哥老会组织习惯以社会暗流的方式存在，对社会稳定造成了极大威胁。一些自以为倡导反清立下殊功的人，得意忘形还试图要向新政争一杯羹。甚至原同盟会中也有人在社会政治大潮中追清逐浊，以为可以捞到一官半职。而立宪党人更是权谋运营，费尽心机，以抢占地盘为能事。将军们磨刀擦枪，文士们雕肝琢肾，尽都希望谋取权位。人们对共和的理解，似乎只是在封建王朝落幕后，强者走上政治舞台，随意尽兴的即兴表演。

在云南，“二次革命”以军官杨春魁等人响应国民党号召、在大理起兵讨袁失败而告终。兵变假借李根源、张文光名义，短短几天就被省府派兵镇压。杨春魁被剿灭后，李根源以国民党云南支部长和国会众议院议员身份受到牵连，旋即亡命日本，在早稻田大学攻读政治经济，不久就听到了张文光惨死的消息。

讲武学校里议论纷纷，老教官李烈钧、方声涛都参与了谋反，同学周璧阶也战死在江西湖口。这些人都被校方作为反面教材宣讲清算，特别是李根源，直被指为心机诡秘、图谋不轨的政客小人。

李明远心事重重，堂叔不明不白的离去，使他倍受伤害，有时一连几天都不说话，与过去判若两人。段云鹏、姚必光都知道，自从抚西以来，他就像遭遇天道幻灭的魔咒一样，心绪不宁，神情恍惚，此时更是迷惘。李明远打算退学，想学黄毓英一样，为追求而不在乎学业虚名。

听说李明远打算退学，姚、段二人万分惊愕。“再有几个月就要毕业，四年寒窗不易，怎么可以半途而废！”姚必光焦急劝阻。

“一起来投的军校，不能说走就走！”段云鹏斩钉截铁。

李明远也在犹豫，四年寒窗苦读，枪林弹雨都走过来了，他也确实舍不得身边的朋友。可民党全军覆没，如今他对民国、共和已经失去希望。屈子的啼血之诗，无论是《涉江》“忠不必用兮，贤不必以。伍子逢殃兮，比干菹醢”的殇国，还是《怀沙》“世溷不吾知，心不可谓兮。知死不可让兮，愿勿爱兮”的绝命，都在他心中引起了极大共鸣。

眼看天要下雨，姚必光匆匆跑到他的身后，夺过书来提醒：“下雨了，还不快跑！”李明远木然呆坐，手中书被人夺走，才发觉雨滴已经落在了头上。

“怎么回事？喊你多少声都不应，赶快跑！”姚必光拉起李明远就跑。还没跑到宿舍，雨就哗哗地如瓢泼般下了起来，二人淋得一身透湿。“这样不行啊，明远！‘野火烧不尽，春风吹又生。’民党不会长此这样，你我不能沉沦。”姚必光抓起一块毛巾扔给李明远，自己也拿起一块抹着头脸。

李明远呆站着并不答话，好一阵才沉声说道：“屈子殇楚国亡，我殇中华志丧！”

见李明远还在苦思冥想，姚必光也很无奈。“即使这样，你也不该披发行吟，颜色憔悴，形如枯槁。屈子最后什么下场？”

“我哪敢比之屈子，不过读屈子的诗，心里的郁闷会得到抒发。自古天道迢迢，今日冤屈总要昭雪！”李明远一味苦恼，一味沉思，最后还是退了学，孑然一身回到腾冲。他难以忍受讲武学校的气氛，更看不惯省城昆明的炎炎浊气。姚、段二人虽然不舍，却毫无办法，只是看着挚友远去的身影倍显孤独。

姚必光也还没有从杨宗泽冤狱案中解脱出来，丁晓芸的离世让他痛感人世悲凉，二姐又常出现在他的梦中，无法挽留远去生命的疼痛，让人感到无助。难道说，人世沧桑只有无尽忧伤？李根源先生遭迫害，李明远也受到牵连，突变的风云使他更加担忧，浑浑噩噩的杨宗泽会不会再遭不测。睡梦中几次看到好友，哀怨的眼神像是谴责又像是求助。惊醒后辗转反侧，后悔当初介绍杨宗泽与小云虎认识。

如果不是这样，就没有冤案，好友妻子也不会含恨惨死！人生磨难什么时候才是尽头？姚必光一时哽噎，也想像李明远那样吟唱屈子：“沧浪之水兮滔卷澜，身陷旋流兮清与浊，皓皓之白，蠖屈而躬，实可哀叹”！声涩语顿，幽思绵长，不知不觉间竟流下泪来。“二次革命”失败使他倍感茫然，他不明白，同盟会、国民党为什么会输得这样惨！

茫然、彷徨，即使像李明远、段云鹏、姚必光这样一些曾经参加辛亥起义、个人前途不错的青年都也一样。民主共和被无休止的权欲争夺所污染，中华民国不得不经历又一场血雨的洗礼！

1913年，9月底，唐继尧回昆接替蔡锷出任云南都督，12月就发生了大理杨春魁兵变。谢汝翼关于张文光参与谋乱的报告，使其深信不疑，并借剪除乱党之机，将杨春魁起兵一事附会于张文光、李根源。又以腾冲驻军一名营长的告密信为据，诬陷张为幕后主使，向民国政府报告指证“张实与谋”。“着即诛锄。”袁世凯回电敕令诛杀。

1914年1月8日，张文光在即将启程前往日本留学之际，被省都督府派人暗杀于腾冲热海大滚锅温泉硫磺塘，年仅32岁。当晚，腾冲驻军管带黄安和也被捆至城中残杀。刘辅国在家中被围抄时连夜翻墙出逃，流落缅甸，多年后才得返家，躬耕田下，却已一贫如洗。

张文光被杀后，迤西道镇守使谢汝翼拟“镇压哥老会首领张文光具报电文”直接发往北京，声称“哥老会首领张文光，经第五团副团长施继伯派兵在腾属之硫磺塘缉获，于庚日明正典刑，大快人心。腾永安谧如常，乞纾廑念”。

其实，担任大理提督一年多来，张文光并不畅快。因腾、榆曾经交兵，使得他在任上人事关系极为复杂，有人对他十分抵触。谢汝翼被派往大理担任迤西镇守使后，省都督府一味袒护，很快就对张文光多方掣肘。官场尔虞我诈丑恶至极，令人十分厌倦，于是愤然辞去提督、协都督职回到腾冲，准备留学日本。其间，耕田放鸭形同一介平民，却仍不能幸免于难。

唐继尧主政云南，一方面在国民党与袁世凯的斗争中承袭了蔡锷主政时维护中央政府、拥戴袁大总统地位的姿态，另一方面又采取了更加强硬的削弱政治对手的策略。除李根源、张文光外，重九起义功臣罗佩金因父丧守制辞去民政长职，李鸿祥离滇赴京就任总统府顾问，谢汝翼进京途中遭遇刺杀身亡……据说都与唐继尧强化滇省统治有关，真假难辨。这是置身当时环境的一省都督需要观望事态发展做出的违心选择，还是采用韬晦之计，虚与委蛇的政治策略，至今仍有诸多说法，不一而足。这个时代的云南，激情化作悲壮，是不幸恐怕也是大幸。事实就是这样，迷离烟雨中的面具让人看不清猜不透，揭开面具更是狰狞得让人难以置信。

“二次革命”惨烈失败，使得党人不得不重新思考，曾几何时，“先定宪法，后举总统”，实行责任内阁的政见何等睿智。可如今，却灰飞烟灭几成过往，国体之争也随之成为民国宪政的苦涩记忆。翻开这段历史，可以映射出中华文化深刻的烙印，幼稚的民主政治家们终于搞不赢玩弄权术、意欲复辟专制的枭雄。是政治倾轧的成败，还是历史文化所使然？被断送掉的民主政治始终耐人寻味，历史不可避免地被误入歧途。

离开讲武学校，李明远回到腾冲。将近四年的军校生活、寒窗苦读半途而废，这是十分痛苦的抉择。孑然归来的一介书生，一事无成，孤单得甚至落寞。好在有沈雨欣相陪相伴，让他度过了艰难的时光。

抚西时堂叔主理滇西政务，他随军见习参谋，晓得一些其他人不知道的内幕，也因此内心一直矛盾。而今，堂叔因“二次革命”、大理兵变被政府通缉，更使他身心受到极大打击，他需要静下心来，好好思索一番。腾越更名“腾冲”已近两年，回到这里又使人想起抚西。听说龙润民、吴子元就要去缅甸经商，他像失了魂魄，有种从未感受过的凄凉。不知为什么，回到老家，最想见也最怕见的就是他俩。想起一起在王承谟先生处读书，一起参加自治同志会的往事，总有说不尽的感慨和牵挂。可牵挂没有回应，这牵挂太是孤单。抚西后，李明远一直觉得对不起腾越父老乡亲，对不起龙、吴二人，更对不起无辜死去的腾越、永昌士兵。他甚至怀疑堂叔是设好圈套，让情绪失控的腾越、永昌兵来钻，打死了人还反诬人家暴兵乱匪。是啊，胜者为王败者寇。而今堂叔遭人诬陷，就像是生死聚散、冤冤相报。

那天，陪沈雨欣到和顺，路上觉得一人好像吴子元，想打招呼回头找时人已不见。以后一直觉得身后有人指点，影影绰绰，可几次回头都不见人，只有山林间刮来的嗖嗖冷风，阴森寒寂。其实，他真看见了吴子元。吴子元也看见了他，因为一直想不通当年李明远为何要把他们拘押在省军师部，所以只想避开不见。只是看到他形容憔悴、满脸失神的样子，吴子远才有些心疼，想叫他，可话到嘴边又被强咽了下去。知道李明远提前退学，他想这一定与“二次革命”和李根源遭到通缉有关。不知为何，得知那个曾经十分痛恨的旧友堂叔被通缉后，他竟会像听到张先生被害、刘先生遭追杀一样难过。

急匆匆回到家，吴子远又万般后悔起来，第二天就要下缅甸，好不容易旧友相逢，却一句话不说就要离开。听说旧友就要大婚，不能参加婚礼，他更感失落，这时，好友孤独的身影似乎又在他的眼前踟蹰，他有些无奈。和顺祥在腾越起义中大力出资赞助，抚西时却被伤了元气，如今生意已大不如前，商号买卖很久都未能恢复。见缅甸洋纱行情尚好，龙、吴二人与刘老东家合议，想到缅甸找寻商机，打算先贩洋纱，等筹到资金后再慢慢打开其他商路，借以避开时下晦气。早定的主意，却挨了不少日子这才得成行。

从界头出境，山间小路上，吴子元跟在龙润民身后一步一滑地向前慢行。又是一年冬季，路途中高黎贡山冷杉尖尖的枝条上，银色雾凇在凛冽寒风中不停摇曳，冷冷阳光下，冰花晶莹闪烁。“润明你说，省府抚西，李根源到底做没做过对不起腾越的事？”尽管已过去将近两年，只要与龙润民在一起，吴子元就会满心狐疑，把话扯到抚西事情上，更何况此次出发前还见到了李明远。

“我看李师长也有难处，省府虽授命他全权处决滇西事务，可对腾越其实早有决断。他能不按省府、蔡都督指令行事？”龙润民快人快语不假思索说道。最近，回想起省府抚西腾越发生的诸多事情，觉得很多地方都存在疑问。

“我也这样想，要不然文光先生怎么会委曲求全，同时又十分敬佩他呢！而今文光先生不幸遇害，辅国先生受牵连被追捕，李师长自己也被逼得亡命天涯。民国竟是这样，倒还不如当初。”吴子元愤恨不已，眼圈发红。

“前天看见李明远，听说就要和沈雨欣结婚，完婚后就在腾冲安家。快毕业的人了，突然退学回家，我看大有苦衷。”

“哪看见的，怎不早说？”听吴子元说见到李明远，龙润民十分惋惜。

“我倒想跟你说。因为忙着下缅甸要走的事，哪有时间！再说，当初你我发誓不与他交往，不提也罢。可我在想，张先生、刘先生和李根源一起受难，其中定有玄机！你说，当初是不是错怪了他？”

“说起这话我也在想，根源、文光先生当年是不是已有默契？否则这结果真让人疑惑。至于刀安仁先生，我想那定是新政担心腾永土司归流闹出事端而办的冤案。另外，明远这人向有主见，怎会说退学就退学？记不记得当初要约你我一起投考讲武堂时说得那样坚决？”说起李明远，龙润民感慨不已。

二人一直记得被李明远拘押在省军师部那天的事。坐了一夜冷板凳，第二天清晨被放出来后，走到街上看见到处是血，知道出了大事，急匆匆赶回滇西都督府，张文光、刘辅国都不见，几个办事厅局一片狼藉，像是遭劫一样。后来才晓得是调回腾越裁撤的永昌军闹事，在冲击省军师部时被伏兵机枪扫射，死伤上百才姗姗散去。

“你说，我俩遭拘押是不是有些蹊跷，为何偏偏就是那天永昌军就出了事？”此时想起往事，吴子元觉得有些蹊跷。

“我也一直疑惑。记不记得，他一言不发绷着个脸，你我到底说了什么，也不至于要拘押吧！还有那个排长，一会儿倒茶一会儿拿点心，不像是对待犯人。”

“就是！明远是不是早知要出大事，有意扣下你我？”

“如果这样，那么他们一定晓得会有兵乱。张先生、刘先生晓得吗？假若真是省军设计激变永昌军，那才可怕，当兵的也死得太冤枉啦！”面对吴子元的发问，龙润民细细考较，越想越觉后怕……

往事迷离，二人一时无语。想起出发前一同到卧牛岗张先生新坟前拜别，凄风苦雨冷冷清清的情景，一种莫名的忧伤袭上心来。“登彼西山兮，采其薇矣。以暴易暴兮，不知其非矣……”龙润民轻轻哼唱《古逸·采薇歌》，深深被不食周粟的伯夷、叔齐故事所感动。

四、缅北瓦城　悟道经商

山栖谷饮，出了界头进入缅甸，过密支那，乘船沿风景秀丽的伊洛瓦底江顺流而下，不几天就到达了缅北最大城市曼德勒。腊月的曼德勒，有如腾冲的春天一样温暖。清晨，黎明初晓时排着长队，从雾气弥漫的曼德勒山寺庙中走出来的和尚，三三两两混杂在人群中托钵化缘。居民们争相把做好的饭菜放到和尚的钵里，这样的善举，让化缘的和尚一个个笑逐颜开。在这个信奉佛教的国度里，僧侣一直受到尊重，男人几乎都有剃度出家的经历，这是孩童接受教育，开始“成人”的大事。

龙润民、吴子元二人一早起来，沿着绮丽的伊洛瓦底江绕行于曼德勒山山间，从山脚拾级而上，登上1700蹬石阶，来到山顶一座印度教的神庙。神庙四周由方形的柱和柱子相连斗拱形成的贯通回廊所包围，在晨光照耀下，金顶红瓦灿然夺目。而回廊方柱上镶嵌的玻璃装饰，这时早已透射出五彩斑斓的晶莹，使整座庙宇显得神圣、富丽。二人来到这里，既不是游兴所致，也不是为了朝拜。他们到这个久负盛名的佛教、印度教圣地，是要与腾冲“茂升昌”商号的陈掌柜见面。

腾越起义时，陈掌柜曾大力出资捐助滇西军都督府，与二人一向交好。因支持、同情张文光，此时也郁闷离乡，恰好因生意在曼德勒滞留，听说二人到了曼德勒，便相约到这里见面，一来山上清净，二来是要将二人引见给一位高僧。

走进神庙，二人刚想脱鞋步入殿堂走廊，便见陈掌柜手牵一个十岁左右的男童迎面走来。

“久违了！润民、子元，这边请。”陈掌柜边说边把二人引到神庙旁一间禅房中，指引着向一位盘膝而坐的和尚行礼，“快来拜见大法师！”

房中坐榻上，正趺跏打坐的和尚忙起身合掌，“阿弥陀佛！善哉善哉！”念诵声中带着浓重的四川口音。

几人入座后听陈掌柜介绍道：“此乃圆通大法师，刚从大理鸡足山过来。农历一月二十六恰逢稚子十岁生日，孺子向来多病，相请大法师点化。”

“十岁孩童，本心纯净，倒也无须点化。只是娇生惯养外邪入侵，故此多病。我开一剂药，慢慢调理，不用多久就会好转。不过吃药不固本，固本尚须健体强身，多做些户外活动才是。”大法师取出纸笔写了一剂药方：黄芪五钱、山茱萸四钱、白术三钱，还有补骨脂、益智仁、覆盆子等约有十来味药。写好的药方递给陈掌柜，分量、煎熬、服法都清清楚楚。“小儿是脾、肺、肾三脏功能失调，膀胱与三焦气化失约所致。总之小儿除病，调理为上，药是不可久服的。辅以食疗，多煮些白果，配上糯米饭食用，滋补中气固本护元最有好处，宜常吃而不宜多吃。”

“多谢圆通大法师了。”陈掌柜合掌打恭连忙道谢，又指着二人与法师说道：“刚才与法师说的二位施主，才到瓦城，腾冲和顺祥外柜，曾是文光先生左右，而今也算是蒙难不平之人了吧！”曼德勒附近，历史上曾有一座叫作阿瓦的古都，华侨常把后来贡榜王朝国都曼德勒叫作瓦城，陈掌柜对圆通法师说瓦城而不说曼德勒，其实只是一种习惯。

圆通大师转向二人，点头含笑：“文光先生提督大理时，我在鸡足山护国祝圣寺虚云禅师座下，得与先生相识。先生大仁，却不意命遭劫难，实在可惜！佛法布施，众生所相，大苦大难！”说完喟然长叹。

听法师说起张文光先生，二人都不由伤感起来，鼻子一酸，眼泪就要出来。见二人眼圈殷红，法师忙打躬作揖，“阿弥陀佛！二位施主不必难过，张先生在天，定往极乐世界而去。我佛普度众生，一是布施僧众，二是布施诸已，‘布施诸已’就是要布施自身的贪、嗔、痴、怨各种心邪。这是佛法修行根本，也是敬佛布施的内涵真义，助人思过如此而已。二位施主不必为西去之人太难过了！”

龙、吴二人虽不完全懂得，但还是会意地点了点头，慢慢平静下来。

“耿耿于心终难有悟，视其为解脱，就是解脱。二位施主自去领悟，领悟得了，即可飘然于世俗拙见之外，御伤心自误于身了。”见二人不语，圆通大师再宣佛法、布善行慈。

听了圆通大师的话，龙、吴二人和陈掌柜仿佛觉得心胸都宽阔了起来，那种可包可容的布善行慈境界令人折服。

吴子元忍不住问：“此地乃印度教神庙，大法师在此布施会不会有所干涉？”

“道不同佛亦相通。印度教本来就与佛教有千丝万缕关系，只不过我佛主张众生平等，慈悲为怀。印度教则植根于印度社会根深蒂固的阶级分类。不必强求，只要开悟便能合一，我心向佛，见性就能成佛，故而能度众生，包容万方。”圆通大师说佛颇富哲理，奥妙深沉，似难理解却能感人。

龙、吴二人和陈掌柜相视点头，颔首而笑，却各有不同领悟。

“我到瓦城，意在游历，所以印度教神庙也定要前来看看。好在现今庙中僧侣已多是比丘，实不相犯，尽管如此，此地也不宜久留。我打算过几天就启程前往蒲干，然后再去印度、尼泊尔参拜佛祖圣地。据说如今要在印度找寻佛教踪迹，也避不开印度教。佛学博大精深，独不知何时方得圆满，再回故土。”法师面带微笑，乡情含蓄并无惆怅。

在曼德勒，龙、吴二人还在陈掌柜引领下逛了几天集市，了解商务行情，发现英国洋纱原来只是东印度公司在曼德勒所开工厂用缅甸种植的棉花做原料生产出来的缅甸纱。由于缅甸土地和气候条件都十分适宜种植棉花，工厂的纺机又是东印度公司从英国直接购进，不仅样式新，技术也十分先进，再加廉价材料和劳动力，生产成本极低，所以卖价比起国内土纱还要便宜。

在陈掌柜引荐下，龙、吴二人很快就为和顺祥签下一批洋纱订单。尽管早就有做洋纱生意的打算，但见龙润民与英国公司样子傲慢的洋人老板签订合同时，吴子元还是有些担心，他担心订单太大引来非议。在腾越就耳闻洋纱进口之事，有人说得像鸦片一样，指责商家打击了本土新兴纺织业，甚至抑制了农桑，就像出卖了国家一样。原先商量稍稍做一点，他不便反对，其意还是在赚了钱后再做其他买卖。现在签下这样大单，专以洋纱生意为主，担心和顺祥会成为腾越商家乃至滇西商界的众矢之的。

“润民兄，这单是不是太大了点？合约期也长，我担心时局变化风险难于抵挡。商号银根那么紧，洋行贷款恐怕做不得哪！”见金发碧眼、鹰鼻大脸的洋人正在与龙润民、陈掌柜办理交割，吴子元十分担心。

“子元还担心啊？单笔买卖人家公司不愿做，得不到一点优惠。三年合约不长，银行担保分期付款正好缓和商号银根，要不是陈掌柜把茂升昌一院房质押了担保，贷款还做不下来呢！”

“洋人做生意比我们想得开，银行担保、不动产质押都是惯例，费用各算各，那倒不必担心。”听龙润民说起贷款担保，陈掌柜颇为老道。

“我等落寞，才跟洋人做这生意。洋纱还有贷款，只怕有违初衷，成了助洋夷损中华的帮凶！”吴子元一脸疑惑。

见吴子元如此说，龙润民先是一愣，然后会意，对着陈掌柜直笑，“看看，看看！我说子元定会担心，合约太大有风险不说，就怕背上恶名！”

“读书人做事什么都好，就是迂腐！”陈掌柜不假思索说道。

“迂腐？……”吴子元闷声闷气，似有不解。

“是迂腐。以为跟洋人生意便是卖国，实在大谬。当今社会，商贸为枢纽，贯通农、工、渔各界，外贸调节供需，平衡百业有何之嫌？只想坐守承业，自给自足利不外流，实在是作茧自缚，民生万难发展。说是予民实利，那么百姓为何不买土纱，反买洋纱？”陈掌柜侃侃而谈，丝毫不容吴子元有何质疑。

“陈老所言，真好一个题目。子元，我们得好好揣摩揣摩！”龙润民一直在思索，见陈掌柜侃侃而谈，心中不住喝彩。

吴子元也不由得点头，想说什么却又说不出来。

见二人如此，陈掌柜一脸肃然：“说说而已，别无深意。这些年来，外贸总讲义利，不敢敷衍。前清闭关锁国，以义贬利，结果怎样？两百多年，义不是义，利不是利，徒有说教！”

“陈老所论极是，限制对外交通贸易，闭关自锁，只是前清如此，并不利于民生。但义利之说恐怕并不简单。”见龙润民点头，吴子元终于又开了口。

“义利当然要讲，却不可因噎废食。最可笑者是有人热衷抵制洋货，动辄闹事，莽撞生乱极为肤浅，借兴邦大义之名，假商业资本杀伐。以我之见，振兴民族工商，所赖者民生，哪里是一次两次抵制所能改变！”陈掌柜所发议论龙、吴二人闻所未闻，尤其是针锋相对于近年来动辄发生的抵制洋货运动，让二人不禁一愣，细想又确实令人发聩。是啊，两百年来，从排斥异教到禁绝西方科学技术和政治经济先进理论，都是驾维护大义之名。借抵制以宣泄民气尚可，成为国策拒通有无，便是笑话！想起昨日陈掌柜说起的前清遗事，讲到禁烟中“严禁”与“弛禁”，甚至还为臭名昭著的“弛禁”打抱不平，说“其中自有道理”，就让人直觉心跳。今天再发宏论，更加让人惊愕。当然，洋纱并非鸦片，民国也未禁止，反倒是在陈掌柜一力撮合下，龙、吴二人做成了一桩生意，也因此拯救了濒临倒闭的和顺祥。

隔日，圆通大师启程，陈掌柜、龙润民、吴子元前去送行。众人吃了一种配有椰子肉、花生、芝麻食料的糯米糊，据说原本要在“搭敏呢摆”节日才能吃上，这时不是节日，却在街边食馆有售，使人得饱口福。众人吃完糯米糊，出城一路向南，走近陶塔曼湖，见湖上一座弯弯曲曲的木桥绵延远去，一端伸入湖面，在蒙蒙雾霭中影影绰绰。

来到桥头，圆通法师止住众人，合掌辞行：“送君千里终有一别，就在此桥别过，有缘还能相见。”

众人这才止步，陈掌柜手拍桥上木桩大发感慨：“这就是吴坪桥了，六十多年前建造的木桥，依然牢固不朽，简直不可思议。”建桥用的木头被雨淋风蚀得有些发黑，却仍坚硬不朽。时值干季，湖水退减，但湖面依然烟波荡荡，再加水清如镜，“之”字回环的木桥愈发显得宁静安详。

“不错不错。佛法包容，自然造化，这桥已与山川原野融合了啊！”圆通法师若有所思轻声自语道。

“是啊，多好的桥！可这么热的地方，木桥很容易被蚁蛀虫咬腐蚀，可为什么偏偏要用木头来造桥呢？”吴子元点头赞许，却不免要问。

“这桥柚木所造，油性木材不易腐蛀，不过就地取材、因地制宜而已。”前几天，龙润民就听说曼德勒陶塔曼湖有一座著名的木桥，了解到其中机巧。

圆通法师仰首望远，打了一句佛语：“在在处处，见性成佛。”

三人不解，面面相觑。圆通法师拈花一笑，说道：“如人饮水，冷暖自知。何必深究机缘，无造作，无断常才是佛性。老衲想说，阴阳之间道为主使，以用谋道不若逍遥于大道，桥来桥往只以平常心看待，便得证悟。”说完哈哈大笑。

听圆通法师如此说佛，不见机锋、棒喝，龙润民似懂非懂，原以为探究得木桥机巧，便可说人信服，不想大师乐道诵佛，哪来转语。“大师原来也通道学老庄，以佛学而老庄，以老庄而佛学，可谓第一人也！”

“禅宗佛道相融，早已有之。而今虚云师父一身兼承曹洞、云门、临济、法眼、沩仰禅门五宗，佛理道学深邃贯通，那才是享誉天下的大德高僧啊！”说完闭目念道：“周天三百六，无去无来。”

众人听得玄妙，只觉话中充满哲理思辨，心中更加敬服。龙润民恍惚想起“昼夜一百八”的禅宗著名公案，心想道法自然周而复始，无去无来何为第一？世人都争第一，争来争去倒便宜了那些玩弄权术于股掌的人。权争之害，害人心智，最后都是老百姓遭殃！

大师所讲似乎另有深意，龙润民还想提问却已来不及了，圆通法师合掌告辞，飘然而去。

送走圆通法师，三人回到城中时已向晚。曼德勒黄昏的云气，氤氲缠绵，四处佛塔宫庙烘托出一片敬佛的肃穆景象。神圣的曼德勒山就像入静的尊者，趺跏打坐在伊洛瓦底江畔寂寥的土地上。落日殷红的晕，像圣光一样，从山后泛出一层一层五彩的环，升腾在云端，映照出这里安宁的绚丽与寂静。传说佛祖释迦牟尼路过曼德勒山，曾指着这片广袤的原野预言2400年后将要出现一座繁华大城。果然这样，在贡榜王朝敏东王的统治下，传说化作了现实。而此时，英国取代了敏东王的统治，使这种繁华又多了一份惜别的忧伤。看着眼前这片土地，一个王朝消亡了，可竟然是断送在一个远在天边的帝国征伐之中。原本似乎已经习以为常的往事，此时面对断垣残壁到处佛塔的真山实水，却让人在不知不觉的思量中大为惊异，倒有了不少悲从中来的感觉。

陈掌柜与二人分手时突然问道：“辅国先生，二位是否要去看一看？”

“辅国先生！现在哪里？我与润民来瓦城，就想寻找先生！”见陈掌柜提起刘辅国，吴子元喜不自禁。

“刘先生不让随便告诉人啊！我也是考虑再三，倘若现在还不告诉你们，心里也觉不安，不如你们去找，就说是我说的也不打紧。只是如今先生艰难，既不经商也不要人资助，不知怎样帮他才好。”陈掌柜眼里已经噙满了泪花。

未料到这么容易就打听到刘先生消息，龙、吴二人悲喜交加，已是泪眼婆娑。

张文光遇害当天，也有人去刺杀刘辅国，所幸他警觉得以逃脱。可出走缅甸后一直杳无音信，都不知他是死是活。而今听说就在瓦城附近，想起腾越起义以来的种种磨难，龙、吴二人都禁不住想大哭一场。

深夜，龙润民一直不能安睡，想起圆通大师所说的话，四面圆通高深莫测。再想张、刘二位先生，以及洋纱生意和吴子元的犹豫，他不知道自己为什么会对洋纱生意那样笃定，与其说是有了新的感悟，还不如说又有了莫名的担忧。“阴阳之间，道为主使。”大师的话一直萦绕在他心中，突然又想起陈掌柜所说的话，“其中自有道理！”“百年来早有定论的禁烟之争，怎么还自有道理了呢？道是什么，理为何物？文光、辅国先生倡导的是道吧？‘大道之行，天下为公’说的也是道，那么，大道本身究竟是什么呢？而今民国，总是以行大道的名誉做事，可为何龌龊的杀戮不停不断？”想着想着，似乎就有了点儿“悟”，可惜这“悟”，却让睡意迷迷糊糊地带走了思绪。再次睁开眼，天色已蒙蒙发亮，看见墙上贴着一幅大不列颠英国基督教会印制的世界地图，地图上绘有耶稣和圣母头顶光环的图画，心中觉得有些恍然。“世界如此之大，天下相融可谓是道，那么图中所宣传的是道吧？陈掌柜所说的商贸之道是道；文光、辅国先生举义旗，行大义是道。这些都与圆通法师所说的道一样吧？那么杀戮也是道吗？道里深藏了太多的人欲，也许道也不是道啊！”

五、故交离散　深藏远遁

刘辅国避居在离曼德勒城好几十里远的荒山老林里，龙、吴二人拿着陈掌柜画的地图，好不容易才找到这片山林。

自从张文光遇难，刘辅国逃亡缅甸后就一直听不到他的消息，此时人在眼前，怎不百感交集！荒山坡上一间树杈茅草搭建的窝棚，刘先生正独自一人在窝棚四周灌木丛生的山坡上开荒种地。刨起的蓬松树根枝杈，聚拢堆放在窝棚旁，燃烧的茅草吱吱作响，草堆上飘出阵阵青烟，烟熏火燎的气味四处弥漫。刚挖过地，身上的蓝布褂已被汗水浸透，太阳晒过之后，又映出一圈圈白色汗渍。

见远远有人从坡脚走来，刘辅国放下手中的铁锹呆立着看了好一阵，才大声呼喊着奔了过去。“润民、子元，咋是你们？快来！快来！”他激动不已，伸出满是茧花和血泡的手搂住二人，喃喃说道：“好久不见，好久不见了啊！”

“先生受苦！先生受苦了啊！”龙、吴二人眼中噙着泪花，紧紧地和刘先生抱在一起。

“想不到民国竟是这样，腾越同志罹难的罹难、坐牢的坐牢，先生为革命奔走呼号，不居功不为官，到头来竟落得如此下场！”龙润民愤愤不平。

“如今奸人当道，袁世凯为政，窃夺革命成果残害无辜民众，遭遇追杀者也不独我一人，无所谓了。”刘辅国淡然说道。

“连中山先生都被迫亡命天涯，如此民国，唯独夫民贼御使专制，残害人民百姓比前清有过之而无不及，不知还要它做甚？”吴子元心中怨恨不吐不快。

“我也在想，民国乃中华民众之民国，如今却让窃国之贼把持，实在气不过啊！强取豪夺，世道如此，要扭转过来也非易事。想当初李根源统兵抚西，省军都督府就是以势压人处置的腾越。”刘辅国提起当年腾越抚西的话题，刻骨铭心的伤痛无以言表。

龙润民正想接嘴，刘辅国却话头一转，“半月前与茂升昌商号陈掌柜同来的圆通大师，说起因果轮回，我虽不信，可想想却也通达。人定要从悲伤、怨恨中解脱出来才有出路，才等得到那一天，看着狗贼们遭天谴。别看袁世凯、唐继尧之流如今得志猖狂，我敢料定，不假时日必被收拾。袁、唐之流如此作为，决不会有什么好下场！”

“我和子元也曾疑惑，日前在大神庙见过大师，说起文光先生，大师在鸡足山时就曾相识，经其指点，现今也有不少感悟。大师曾说：‘视其为解脱，就是解脱’，我想正是这样，解脱其实就是心境。就说奸人当道，我不信袁、唐之流为所欲为还会不遭报应！百姓心中自有乾坤，等着瞧吧，不是不报，时候未到。”龙润民见刘辅国提起圆通大师，不由得唤起心中所思，想起圆通大师所说禅语，也印证了刘先生的话。

“我正要问二位如何知道此地，原来是圆通大师。”刘辅国听二人讲起圆通大师，恍然大悟。

“其实是陈掌柜，圆通大师也是陈老引荐。”以为刘辅国误解圆通大师，吴子元连忙解释。

“当然就是陈掌柜喽！一再交代莫讲、莫讲。圆通大师才来过，你两个接着又来，山野深处亦难隐其身啊！”刘辅国无奈笑道。

嘴上这样说，心里却欣喜快慰，好久都未与人说话了，而此时，身旁两个正是他最思念、最想见的人哪！自腾越起义以来，种种经历施于内心的痛苦，因不能与人述说以至万般煎熬。此时见到曾经参加腾越起义的同志，一起讲述往事，心情自然激动。

昆明。宣化楼的晨钟把杨宗泽昏睡中唤醒，清韵回响，像天边飘来的梵音，既催人冥想，又唤醒默照。这声音虽与惯常听到的并无不同，可此时却有一种格外的感动，使人产生了别样的追寻。

这些天来，杨宗泽把以往所发生的事前后左右好好地想了一遍，似乎又有感悟。那天姚必光来，说起李根源先生因受赣宁兵燹和大理闹事牵连，被民国政府抓捕而亡命海外，以及李明远情绪低落退学辞行，心中不由一震。连李先生这样的英才雄杰都在劫难逃，更何况升斗小民。李明远也非平凡之人，如此决然退学诚若无奈，还不是前途暗淡。自己小小百姓了无靠山，哪里能与他们相比，于是便有了“天下冤苦，我难众人也难！”的想法。脑中突一闪念，顿悟“人生淡然，三界内纵有无限的思念与牵挂，总不免万般磨难”。一念心开跳出，就一块石头落了地。于是翻身而起，吃饭起居复归自然，大有饥来吃饭困来即眠的禅悟，并常常在静思中若有所得，对周遭细微事物的变化体察日深，愈发敏感。渐渐拿定主意，“弱水三千，只取一瓢饮”。也就有了晓芸在天，清丽洒脱，飘飘然更胜世间厮磨相守的念头。

那日，英子突然不期而至，一乘绿呢大轿，直抬到了丽正门外广源米铺门口，下了轿便径自走进院来。在安放丁晓芸灵位的供案前燃起一炷香，静静呆立了许久，看见杨老伯母进来，尚未开口热泪便滚落下来。

原来，丁晓芸找到英子，已是琦璘以“满人尽忠汉人”得到军政府推重之时。她已被原楚雄知府崇谦接走与家人团聚，读到丁晓芸给她写的信后，情丝跌宕。为感念杨宗泽救命之恩，在得知他冤狱受难之后，便与丁晓芸一道，各自想法为其解脱。见丁晓芸知性重情，临难宽怀，还前往看望，从此二人结成生死之交。

其实，英子也曾对杨宗泽怀有朦胧爱意。不像小云虎，杨宗泽文质彬彬，知情达理，心地善良，正合英子梦里心想的男人。知道他虽不曾入仕，可大清王朝崩亡之后，民国主张汉、满、蒙、回、藏五族共和，士、农、工、商平等，旗人特权一一取消，她以为入仕做官已不重要。想不到他却早已结婚，妻子美丽聪慧并且生育一女，不由得心中惋惜，充满了无由的妒忌与失望。因为父母早故被琦璘收为寄女，虽也算得上官宦人家小姐，却始终有寄人篱下的苦楚。伺奉主母、茶山劳作使其懂得不少事故因由。义父遇匪患遭杀身，仓皇出逃与家人失散后又只身流落省城，更使她体味到难得的人间真情，这份爱意便被深深埋在心底。义父大案昭雪后，她仍一直滞留省城，为的便是要帮恩人洗清冤狱。

丁晓芸产褥身亡后，英子到过三市街，小院凄清惨淡使她悲情彷徨，想不到却有一股热流在心中怦然涌动。不知是感激还是悲伤，大滴的泪珠夺眶而出。她不忍久留，匆匆拜祭后悄然离去，临走杨母默默递给她一封信，那是丁晓芸临终托付，写的什么，此时只她一人知道。英子四下里活动，甚至求告崇谦商量计议。杨宗泽出狱那天，她早早地到监狱大门口守望，只是在看到他的那一刻才心中犹豫，忍痛离去。

此时，杨宗泽见英子正对着母亲流泪，想起爱妻晓芸，心中更加难过。英子走近来盯着他看了一阵才缓缓说道："晓芸姐留下信来，嘱我照看兄长，你可要好生保重，对得起天上世上的人哪！"

看着这个美丽而又心善的女人，杨宗泽心中一动，这才注意到英子竟像晓芸一样，颦眉黛色秋波似水，哀怨而又温婉。听她说话，犹如皎月精光直射心底，杨宗泽迷惑了，想亲近她，伸手紧握住她柔嫩润滑微带兰香的双手。他以为是晓芸重生，可回眸间又变成了另一个女人，婷婷嫋嫋，哦！那是英子……他想起那个曾经走投无路的顺宁女人，心中只有不尽的悲悯。

第二天夜里，暮色如烟月光如水，杨宗泽一人悄悄走出家门，径往滇西大理宾川鸡足山而去。自此拜在大德高僧虚云老和尚座下，静坐参禅，"以智慧明鉴自心，以禅定安乐自心，以忍辱涤荡自心"，动静忘怀步入空门。

讲武堂复课一年多后，丙班分批毕业，第一期招生的老丙班生于1913年底分配；重九起义后、1912年6月后招收的插班生，则于1914年分配，合起来被统称为陆军讲武堂第四期。

毕业后，姚必光被分配到昭通独立营一连担任少尉排长，一同分配到独立营的还有黑楞徐正文。到独立营报到后不久，姚必光又奉父命回楚雄老家娶妻，妻子姓杨，因为家中聘定，父命难违，懵懵懂懂完婚后，再携妻前往昭通。

李明远、段云鹏都未能参加婚礼。李明远退学后在昆明没有滞留，入冬不久就与沈雨欣一道回了腾冲。段云鹏毕业后被分配到步兵二团一营，4月，滇南临安发生兵变，便随队急赴蒙自、临安等地剿匪。

民国二年，临安由府改县（后又改为建水县，此是后话），一些人因既得利益受损不满，再加历史遗留问题引发矛盾，远近闻名的土匪方位趁机联络当地驻军、步兵第九团中不安分的官兵策动士兵哗变，攻占县城，抢劫了富滇银行临安分行和众多商号，使四围百姓人心惶惶，不得安宁。法国驻越军方趁机收买土匪扩大骚乱。妄图以维护滇越铁路为名，派兵进驻滇南，欲趁乱获取在滇更大利益，一时间滇南局势十分危急。步兵第二团便在这样的情况下，于1914年初奉命开赴滇南。

省都督府迅速平乱后，把步兵第九团全部遣散，同时组建新编第九团，由禄国藩接任团长后移驻昭通。九团驻节昭通，所部几乎全部分散在四处铲烟清乡，昭通城中只有团部不多几人，城中驻军主要是昭通独立营。独立营虽不属九团建制，但营长刘发良系禄国藩老部下，二人关系又好，所以，刘营长对待禄团长仍像顶头上司一样。

姚必光把新婚妻子从楚雄接到昭通随军后，生活虽然平淡，却也过得安适舒畅，所谓不流浓艳不陷枯寂，不知不觉就到了中秋。

素有“锁钥南滇，咽喉西蜀”之称的昭通，历来就是云南通往四川、贵州的重要门户，在滇省是仅次于昆明的第二大城。牛栏江冲破高山峡谷奔腾而来悄然而去，带着一股苍劲的豪壮，从离城20里左右的桥头急转而下，由麻耗崇山峻岭间注入金沙江。秋天是这里最好的时光，天清气爽暖日宜人，青山育翠充满生机。

姚必光练兵归来，妻子杨氏正在准备饭菜，还未进家就闻到天麻炖鸡的诱人香气，土锅里腌菜红豆汤早已炖好端上了饭桌，一盘刚炸好的洋芋片加荞丝冒着油花还在滋滋发响，大碗中盛满了昭通人家最喜欢吃的热腾腾稀豆粉，刚炸好的油糕金黄油亮，摆放一旁。本来多半用于早餐的油糕，因为约了姚必光在昭通结识的同乡好友，因他爱吃，所以特意上了晚餐饭桌。炉灶上油炝的昭通酱酱味冲天而起，与配好的葱姜蒜和煮熟切片的五花猪肉炒拌一起，浓香中带着一股火辣辣的气味。这是杨氏到昭通后学做的昭通特色回锅肉。

昭通百姓所用一种名叫风炉的灶，用黏土窑泥制作，外形成圆柱形鼓状，内里中空两层，上层用来摆放燃烧的劈柴、褐煤，下层作为进风口，与上层由带洞或者栅格的炉板隔开，一是便于通风助燃，二是煤柴燃尽后的灰可以从洞或栅格漏到下层清除。昭通当地可以挖到褐煤，百姓又称柴煤，很早就用这样的炉子烧柴煤生火做饭起暖。只是生火时要用柴火引燃煤块，煤烟呛人，不如柴火便捷，但是点燃后却十分耐久，可以逐次加煤成天不熄。杨氏用的就是这种炉灶，在房门外屋檐下随便垒砌个台，炉子墩在上边十分方便。

房中摆着供桌、方桌、椅子、茶几，待客吃饭都在一起。里屋一间充作卧室，外屋简简单单温馨实用，独立营结婚带家属的年轻中下级军官，多半就住这样的房。

“今天什么日子，做了这么多好菜？”姚必光满心欢喜。

妻子并不答话，等把炒好的回锅肉盛在碗里，用丝瓜瓤洗刷好炒菜铁锅，顺便往炉旁房柱上钉的马掌铁钉上一挂，再在炉灶上炖好烧水的铜壶,这才喋喋抱怨：“李国聘从永善回来，叫人送了些新鲜天麻。我见难得，便把那只大黑阉鸡捉来杀了，和着天麻炖上。说好下晚一起过来吃饭，这会饭都好了，怎么还不见人？你一天混在队里，也不早点回来！”

“国聘来了也不早说，我还担心，去了三个来月都不见信。这就好，我到门口看看！”姚必光很是高兴，抽身就去迎接。

李国聘是从四川越嶲来的好友，重义豪爽的彝族汉子，因为一心想要当兵，到昭通后常与独立营官兵交往。因为志趣相投，与姚必光相交日久已如兄弟一般。当下投军不成，便由姚必光帮忙筹了本钱暂时去做生意，前不久跟人到四川凉山买卖，好久没有音信。

刚走出院坝，就见李国聘身着一袭蓝衫，大步流星走来。“必光兄，别来无恙？”只见他一脸黝黑，风尘仆仆，老远就向姚必光拱手招呼。

“贤弟辛苦了，看你这样，生意定然不错，可贺，可贺！”

“尽做些土产，乱七八糟的总算找到点门路。”李国聘淡淡一笑，脸上却洋溢着满载而归的得意。

“走走走，进家慢慢再说！”姚必光拉着李国聘左看右看，呵呵笑个不停。一进家门坐上饭桌，姚必光便忙问道：“说说看，找到了什么门路？”

“从永善过金沙江，经雷波进入凉山彝区，山高路险物产确实不丰。但有一样，牛羊皮极贱，收购后到叙州、昭通加工，或贩往内地都好赚钱。另外，彝人喜欢土布、银器，在昭通、叙州购土布和换些银圆带进凉山，便可换得牛羊皮，生意十分好做！”

“好啊，好啊！天下无难事，只怕有心人，说干就干上一场。只不过凉山彝区是官府三不管的地方，可得加倍小心才是。”

“就是，就是！好在彝家语言略可相通，性格脾气又都一样，一叙族谱就喝酒。大碗喝酒我倒不怕，彝人性情豪放，喝了酒就成兄弟，好处得很。”

说到酒，姚必光想起前些时排里一名昭通籍士兵带来的几罐老鸦崖下葡萄井泉水酿造的杂粮酒，送给自己一罐，因为味道香醇回味绵长舍不得喝，还窖在屋头地坑里没有开封，正好拿来庆贺一番。于是，二人品酒、聊天直到很晚。

讲武学校毕业后，到昭通独立营将近一年，虽地处偏僻，但也能随时听到不少家国大事，诸如大总统下令解散国会，解散各省议会和废除《中华民国临时约法》，公布《中华民国约法》，等等，新鲜事情不少，让人一时难以消化。真恨李明远、段云鹏、杨宗泽等至交好友如今天各一方，不得相聚畅抒情怀。徐正文虽然也是同学，但在学堂时就不太说得拢，所以往来相交并不太多。二次革命失败后，抓捕国民党人的事件经常发生，动辄关押杀头，总让人惶恐。好久不见李、段二人来信，捉拿孙文、黄兴、李烈钧甚至李根源的通缉令却从未间断，让人十分心烦。

段云鹏被分配到步兵第二团一营，可巧营长就是丙班学长、讲武学校区队长朱德。一同在二团的还有同学杨如轩等人，原先丙班要好的学长唐淮源也在团里二营当营长。步兵第二团隶属云南陆军第一师第三旅。此时滇军建制又将梯团改为旅，大队改为团，中队改为营，棚为班，而师、连、排名称和级别不变。

一营驻扎的建水、蒙自一带，地处北回归线附近气候炎热多雨地区，聚居着汉、彝、白、苗、壮、回、哈尼等不同民族，山高路险，森林密布，环境十分艰苦。中法战争结束后，光绪十三年，清廷与法国签订的《中法续议商务专条》，指定蒙自城为通商处所、中法约开商埠，这里便成了滇东南军事、政治中心。另外，地属蒙自的个旧，因盛产大锡而设立厅署专管矿务独立行政。自光绪三十一年设立个旧厂官商公司，使用国外进口机器设备和工艺开矿炼锡后，法、德、英等国公司纷纷云集滇南，争相采购大锡。滇越铁路通车后，更使蒙自、个旧一带成为滇省对外贸易的重要地区。

临安府兵变遗留下土匪猖獗的后患，严重威胁着滇南乃至滇省经济，步兵第二团驻扎在这一带，主要任务就是剿灭匪患。前些天，匪首方位围攻设于建水李浩寨附近村中的团保局，抢走团保局9条快枪，扰得百姓人心惶惶。二团一营派出小分队四处巡查，十多天来土匪踪影不见。这天，营长朱德率领贺老顺等人扮作客商，挑着陶瓷器具再来李浩寨，当晚宿于冷水沟一家客栈。不想晚间就有自称二团一营的军士前来搜查，并趁火打劫抢走众人钱财。

“哪里有自己士兵不认得长官的！”朱德看这些人既认不得自己，也根本不像士兵，断定必是土匪。打探到匪首方位当晚就要在冷水沟打尖，假扮一营军士的正是为其打前站的喽啰，便决定乘夜赶回军营，派兵点将捉拿方位。

一营驻地离冷水沟不过十来里路，乘夜来回正赶得及。清晨，士兵们突然包围了冷水沟。半夜刚到的匪首方位还在酣睡，听见喽啰来报，迷涩倒眼不知究竟，偷偷从墙洞里看见埋伏的士兵时，顿时倒吸了一口凉气。

冷水沟靠山临箐，村寨当中一条街，本是建水与外县相通的交通要道，道旁两侧店铺相连，百姓民房散散落落，是个不小的村寨。剿匪官兵把土匪围在了当街一家客栈，方位则率最为强悍的土匪开枪拒捕，负隅顽抗，军匪双方展开了激战。

段云鹏参加了这次战斗，在攻打土匪占据的客栈时。一个士兵悄声报告、“排长你看，有人从狗洞爬出来了！”

段云鹏定睛看去，其中一人正是方位。“此贼果然中了朱营长圈套！”不待细想，立即带领手下士兵向后山大沟奔去。

原来，朱德早有布置。在包围土匪占据的客栈时，见客栈后墙有一隐蔽坍塌的大狗洞，知道其中奥妙，便故意留下这个出口，并在狗洞通往箐沟的山路上埋伏下精兵，好等土匪从狗洞逃跑时半路聚歼。不料土匪狡猾，此时刨开狗洞出逃的只有方位和两三名护卫，其余匪众仍在客栈顽抗，用的是舍车保将计谋。

匪首方位据说大有来历，此人曾做过前清云贵总督锡良贴身保镖，辛亥革命后逃亡滇南联络旧部，勾结外国势力占山为王祸害一方。仗着自幼习武，武功高强再加生性强悍，杀人越货从来凶残。在滇南曾与步兵九团驻军中歹人勾结，聚集匪众横霸四野，成为当地危害最大的匪患。以往剿匪，军方常吃方位的亏，二团进驻滇南后渐渐取得主动，方匪终于穷途末路。但此匪非同一般，果真厉害，藏匿山沟深箐，不仅身手敏捷，枪法也十分精准。

段云鹏带兵赶到后山时，方位正沿着沟边逃跑，不断举枪与剿匪士兵对射。见又有士兵中弹，情况紧急，段云鹏瞄准射击，方匪脑袋中弹，一个踉跄跌倒在地呜呼身亡。客栈匪众仍在负隅顽抗，依仗着小店木楞房的空隙，不断向外放枪。剿匪官兵利用煤油延烧客栈后门，大火迎风一下子便熊熊燃烧起来，风生火起，店铺大门噼啪炸响突地轰然倒塌。众匪见势不妙，夺路而逃，士兵们乘胜追击，土匪死的死伤的伤，只有少数几人夺路逃进深山。

此役匪首方位毙命，但大家还是有些遗憾，引蛇出洞战术因土匪狡猾而不能完全实现，连带无辜百姓客栈被烧，客栈老板也被土匪枪杀。事后，全得朱营长报告旅长刘云峰，恳请地方对被害人员给予赈恤，对百姓被烧毁受损的房屋按价赔偿，四周百姓民心钦服，匪患一时抚平。

六、诸君重逢　意兴阑珊

讲武堂第四期插班的同学龙登云、陈寿昌、曾万钟等人于1914年底被分配到了昭通独立营。新来的人中，龙登云名气最大，那是因为他在毕业前的一次比武擂台赛中打败了法国大力士，讲武学校同学引以为豪，四处传扬。昭通是龙登云老家，所以大家都听到了不少关于龙登云的故事。因为在讲武学校时大家都相互认识，知道他要来独立营共事，姚必光、徐正文心中自然十分高兴。记得讲武学校丙班插班同学中，昭通籍学生龙登云、卢邦汉是表兄弟，都会武功，与段云鹏还攀得上些师承，关系虽然已经很远，却因此又有些不一样的交情。

龙、卢二人都是彝族，自谓出身黑彝颇有家世，后来龙登云改名龙云，字志舟；卢邦汉改名卢汉，字永衡。龙云不高且黑瘦，却有彝山汉子的刚劲。龙、卢二人曾经跟随在川滇一带名声响亮、江湖人称“马汤圆”的四川武师马得胜学武。传说曾有人用绳套住马师傅脖子，两人紧拉绳端，一般人早就断气，可他却能从容吃下烫呼呼的包心大汤圆，足见内功深厚，武功高强。二人在昭通传闻颇多，早年一起在昭通城私塾读书，后来联手来自永善锌厂沟的邹若衡，混迹江湖，被称为“昭通三剑客”。辛亥参加反清起义后投奔滇军。三人参加滇军，甚至龙、卢二人进入云南讲武堂，都与新编步兵九团团长禄国藩竭力推荐有关。

辛亥义举，邹、龙、卢三人参加了永善魏焕章所部民军，驻扎川南叙州之时，恰遇援川滇军与川省同志会武装及川军对峙。魏部昭通、永善民军面临着散伙的动乱，正好此时禄国藩调往四川，出任援川滇军第一梯团谢汝翼梯团长副官长。禄国藩早年就读昭通凤池书院，1904年被派留学日本，与书院老师萧瑞麟及邹若衡弟弟邹士俊同行。萧瑞麟乃龙、卢二人启蒙恩师，留学师生在昭通府城集中时，就与前来送行的邹、龙、卢认识。禄国藩本名陇高跃，因是彝良龙海黑彝家支陇姓子弟，与龙、卢二人族谱搭得上些关系，所以相交虽然不深，关系却很不错。副官长禄国藩在梯团长谢汝翼面前自然说得上话，见魏、邹、龙、卢决意加入滇军，且手下又多滇省昭通、永善子弟，于是便向梯团长谢汝翼极力游说。

那时援川滇军一、二梯团并不能随意扩招兵员，但后勤保障和辎重却急需人手。于是，经禄国藩四下活动，谢汝翼终于应允魏焕章精选二十余人加入滇军，给予候差员名义随军杂务听候安排。邹、龙、卢三人都获准编入了滇军徐采臣辎重营。

援川滇军撤退时，龙、卢二人随队来到昆明，邹若衡则押运枪械入黔。

三人中邹若衡武功最高、年岁最长，为人沉着、干练。早在四川叙州时，就被李贞白、杜钟琦介绍加入了同盟会，此后又与滇军大队长黄毓成相处往来密切，并积极参与了同盟会组织活动。滇军裁撤时邹若衡还在贵州，被留下担任了贵州都督署中尉副官，不久又被送往贵州讲武堂深造。

龙、卢二人随辎重营回到昆明后即遭裁汰。因不甘心就此回家，便再托禄国藩帮忙，禄国藩又托已经出任讲武学校校长的谢汝翼帮忙，才被录取做了讲武堂复课后第四期插班生。

此时，禄国藩既是驻昭通新编第九团团长，又是昭通独立营营长刘发良老上司，这关系非同一般。龙云讲武学校毕业回到昭通，不仅本身能耐过人，而且人缘好、情况熟，便如鱼得水一般。

曾万钟，昭通大关人，名气也不小。辛亥时在陆军小学堂受训，后编入北伐军随唐继尧出征贵州，曾担任排长指挥过一个中队打战。总能绘声绘色讲些军中故事，特别是代黔平乱时在贵阳与黔军、会党作战的经历。说起滇军在贵阳螺丝山杀人，陆小一个同学奉命杀俘虏，一刀砍歪，头砍不下来，脖子上鲜血直喷。被杀俘虏还转过头来骂人："妈儿！你干啥，紧砍不下来？"把这个同学吓得丢刀就跑，发烧打摆子病了一个多月。这事听得众人惊诧不已，甚至常常噩梦缠身。

陈寿昌，永昌人。上讲武堂前在家读书，没有从军经历，为人正直，沉稳干练，很好相处。

等新分配来的见习排长们都报了到，已经是大年过后的1915民国四年。营长刘发良在城中有名的饭馆清华园设了饭局。因为刚到昭通不久的禄团长既是他老上司，又是驻昭滇军最高长官，还曾跟随谢长官在讲武堂当过教官，与独立营的年轻军官们甚是投缘，所以也特意请了他来一起聚会。

饭菜上齐，都是昭通特色上好的菜肴：金钱腿、芙蓉烧鸭、天麻炖鸡、酥红豆、汤爆肚等，热气腾腾三大桌。几十名独立营带兵官欢聚一堂，其中不少是讲武堂毕业的青年军官，饭桌上少不得又要说些学堂中琐碎轶闻，议论些往昔比武斗勇趣事，惹得禄国藩、刘发良连番哈哈大笑，更是觉得热闹。

刚喝了一轮酒，禄国藩就说道："在座独立营兄弟，多与在下有缘。而今新编九团初创，我这个团长，手下兵不是兵将不是将，招了好长时间人都凑不齐，哪里像刘营长这里兵强马壮。如今曾万钟、龙登云、陈寿昌几人又入虎门，真是战将如云啊！"

"禄团长过奖了，独立营能有今日，还不是全得团长张罗。人虽不错，但枪械总不如第一、第七甚至二团。莫说独立营，就是九团新添军械也比不过人家。"刘发良话中有些抱怨。说起来也是，独立营和新编九团都是刚刚成立，步兵装备多从滇军老库存中调用，有些还是最初操练新军时使用的老式九子枪，想起来就让刘发良心中很不自在。

"刘营长莫急嘛！据说省府财政捉襟见肘，一是各省自顾，协济骤然中断；二是中央无力补拨款项，财政艰窘转甚于前。添置新式武器哪能那么容易。昆明省垣之地，驻军理当优先，你也别尽发牢骚！独立营、九团都是新编，到时自有新械供给。”禄国藩自接手整编出了乱子的陆军第九团后麻烦事情不少，而上头拨给的武器装备和给养却并不尽如人意，心中也有怨气。此时让刘发良一说，话听着倒是舒服，但随声附和想来又不合时宜，于是现编了一通训人的假话，有些言不由衷。

“是倒是这样！不过听说自蔡都督自降薪俸表率于前，再加急振实业，财政已经大有好转。可唐都督接手滇政一年多了，说是又兴整治，却为何总不见好转，也无新械装备九团、独立营？”刘发良很不服气。

“刘营长也莫说风凉话，我看要不了多久，好枪好炮有得你的。”禄国藩眯着眼睛，话说给刘发良，其实也是自己心中的期盼。

“我只希望再等两年，九团、独立营装备也能赶上一团、七团，再不济也得像二团一样。昭通可是毗邻川黔，扼滇省北向通衢的重要门户哪！说起来也非茅塞之地，还拿些烧火棍当法宝，且不惹人小瞧？”刘发良还在争辩，禄国藩暗自好笑。

“刘营长油腔滑调，设的是鸿门宴哪？叫我来茶都没喝上两口，就听你发了一箩筐牢骚，好不值当！”禄国藩假意恼火，说完看着惊讶的众位下官，哈哈大笑起来。

刘发良知道进退，见好就收，忙介绍曾万钟、龙云、陈寿昌与营里队官、排长们认识，接着又招呼众人吃饭。其实不少人原先认识，特别是曾在讲武堂、讲武学校上学的同学，一会儿工夫就都无拘无束起来。

姚必光紧挨龙云、陈寿昌而坐，见众人说笑，也对龙云说道：“龙兄拳打法国力士，长我滇人志气，不简单哪！”

“不敢，不敢！姚兄哪里听的传言？笑话，笑话了！”龙云故作谦虚，却掩饰不住胸中的一股豪气。

1913年底，丙班老同学分配后，讲武学校又招收了新生。癸巳中秋学堂校庆，特别邀请了驻滇英、法领事前来观礼。还在承华圃演武场搭起了比武台，供讲武学校学生和各界武术爱好者比武。不想法国领事却带来一名力士，见学校庆典安排有比武表演，那力士便要求参加比赛。也不知在场的云南都督唐继尧怎么想，当即便十分爽快地答应下来。那力士一上场，就接连打败了准备表演武术的几名学生选手，法国领事得意万分，却令在场的讲武学校师生十分尴尬，甚至连英国领事都深感惊讶。同学中有人知道龙云拳脚厉害，便左推右攘定要他上场应战，也因他本是血性汉子，当即一跃就上了场。坊间盛传龙云使出躲闪腾挪的身法连发怪招，把法国力士晃得晕头转向，无技出招，使不出力来，早已威风不在。

“龙兄使的哪一路拳？听说是一记飞腿，踢得那厮晕头转向。只双擒双抛，一击一撞，便把个胖大力士顶得四仰八叉。”

“哪有那神！不过是脚上草鞋不意脱落飞出，活该那厮倒霉，软蛋吓得分神，讨揍！最后使的还不是四门方卦和八卦拳，一起在学校练的那些，只是下手狠些罢了。”龙云嘻嘻一笑，平平淡淡毫不张扬。

“谁叫那厮张狂，讨揍不要钱，活该！还想跟中华武术较量。”禄国藩、刘发良都知道龙云勇斗法国力士的事情，见几人说得热闹，也过来凑趣。

宴散酒罢，新来同学都被分配到连里做了见习排长。龙云还是老行当，在辎重排当排长，干的不过是养马放牧差事，心中并不十分惬意。不过，讲武堂毕业同学大多志趣相投，独立营连排长几乎都成了朋友。

时间过得飞快，转眼间曾、龙、陈几人来到昭通已将近半年，此时川、滇两省相安无事，匪患也大为减少。独立营在城中扎营，军务并不繁忙，不像九团兵力分散各乡各县，清乡铲烟还有杂务。闲暇之时，一些人打起麻将，甚至还抽上了大烟，营中官兵懒散，军纪很成问题，甚至骚扰百姓，发生矛盾闹出了不少笑话。

一日龙云外出，回到排里见军士们正在杀猪，甚觉奇怪，心想既不是年节也无重大事项，并没有特别的安排，怎么就会有人杀起猪来？正要询问，忽见少年时的塾师萧瑞麟的好友李先生匆匆而来，面色晦涩却又十分客气，开口就是调侃：“毛老四不好意思，我家幼猪不懂事，误入禁地已被你们军士正法，现在前来领尸。”龙云小时被人叫作“纳吉毛老四”，尽管此时已在军中当了排长，李先生还是直呼其小名，可见关系相当亲近。一问才知这猪是李先生家所养，不知怎的跑进营房，被军士们捉住杀了想打牙祭。

龙云先自不好意思连忙赔礼：“对不起哦，李先生，死猪怎好赔给先生，我叫总务赔钱，再扣那几个蟊贼月饷。”

“不用，不用。前几天就想把这猪宰了，费事、淘气、不懂事。这下好了，用不着自己动手杀生。阿弥陀佛！”李先生话刚出口，转念一想觉得有些不妥，“本来也想犒劳军爷，既然事情有了交代就算，钱也不要扣了，就请兄弟们打牙祭给我留个人情，也好以后见面客气一些。”

“那怎么行？如此且不惯了那些蟊贼。先生家境尚可，要是偷抢了穷人的猪，还不等于要了人家老命。”龙云羞愧，在李先生面前出这样的丑，实在让他难堪。李先生不仅是他启蒙老师好友，还是昭通有名的文人儒士，1895年在北京参加过“公车上书”的昭通籍举子，也是他一直十分尊敬的师长。

后来，当了连、排长的讲武堂同学聚在一起，听龙云说起这事都觉好笑，却也担心，发生这种哭笑不得的事毕竟并不光彩，况且这事多了，也会影响驻军与地方百姓关系。可作为下级军官的他们，虽然忧虑却也无奈。这样的军队，不要说打战，平常只要不骚扰百姓就磕头作揖、阿弥陀佛。带兵官禄国藩、刘发良等人虽然都有整肃军纪的愿望，却终因敌不过混乱的时局风气，更无奈军饷不济人心不齐，势单力薄也只好走一步算一步，静观其变等待时机。军中官兵良莠不一，军校毕业的科班们却因素质尚可而深得禄、刘二人信任。于是大家相聚一起，有时议论国是，义愤填膺发些感慨，不过意兴阑珊，热闹归热闹，却尽是些琐琐碎碎的此来彼往。

滇军纪律涣散其实也是一时风气，各地概莫如此。民国成立之初，百废待兴，财政艰窘，大家都以为是军费滋养不足所致，而滇省更是如此。相邻川省近年来拥兵自重者连年征战，将军们争权夺利，说开仗就开仗，打打停停总是不断。民国上下几乎就是一个战场，省与省之间有战争，同省领兵者之间也有战争。而就任民国大总统的袁世凯却独断专行，假借平息纷乱排斥异己，党同伐异征战频繁，权势也越来越大，共和办得就如唱戏一般。坊间更有传闻，共和不适于中华，袁大总统已经动了称帝念头。昭通虽然闭塞，但袁世凯想称帝的消息，还是在这里引起了很多议论。

七、滇声报人　来营叙访

1914年7月8日，孙中山流亡日本期间，以“扫除专制政治，建设完全民国”为目标组建了中华革命党。因为在建党思想和办理入党手续等问题上与黄兴、李烈钧、柏文蔚、唐人风、李根源等原同盟会或国民党重要领导人意见不一，影响力大打折扣。黄兴拒绝出任中华革命党副总裁之后，实际上国民党人已经全面分化，党组织分崩离析。

李根源自“二次革命”后一直在思考政治教育、革命军事斗争相关问题。亡命日本，在早稻田大学政治经济科学习期间，似乎又得到新的启示，以为政治教育可以使革命思想深入人心。对孙中山要建立一个比过去国民党更为激进、始终坚持武装讨袁的中华革命党不以为然。他的意见得到了黄兴、李烈钧等人支持。8月，他以欧洲战事备受关注为由，倡议以讨论欧事名义组织欧事研究会，意在把散居各地的党人组织起来，得到了原国民党元老的广泛赞同。欧事研究会在日本成立后，美国、南洋、欧洲及国内上海的一些原国民党中上层领导人相继加入。组织相对松散、经常联络不过百多人的欧事研究会，因为拥有众多同盟会元老，所以政治地位很不一般。这些人曾极力反对袁世凯独裁专制，参加或赞同过以武力讨伐袁世凯的起义。在策略上支持黄兴政治改良的缓进主张，他们联合在一起蕴藏了极大的政治能量。欧事研究会成立后，李根源成为主要组织者和实际负责人，而精神领袖则是黄兴。

民国初年的政治在纷纭的吵闹声中徘徊争斗，或激进或退让，结果被北洋系军事集团所利用。袁世凯逐步控制了中央政府，民国蹒跚而行，各种危机潜伏丛生。

作为支持北京政府态度坚决、行动较统一的省份，云南曾经得到袁世凯的赞赏。对于中华革命党，滇督唐继尧也曾坚决打击、手段严厉，一度恶名在外。尽管如此，滇省党人还是借助各种各样的关系上下联络、坚持活动。

《滇声报》经理长杜钟琦因要撰写《矿业民营，不宜国有》的文章，以回应财政部关于造币之事而发布的“嗣后凡金、银、铜、铅当尽归采金局开办”新规，应邀来到东川矿务股份公司总经理、《滇声报》编辑长黄德润家中，商议如何前往东川、昭通等地调查省内民营矿业发展状况。

黄德润为滇省辛亥义举功臣黄毓英父亲。黄毓英身亡后，一直与爱子好友杜钟琦、马骧等人交往，并对二人创办的《滇声报》给予了大力支持。1912年，在北京政府鼓励保护工商“营业自由，载在国宪”政策鼓励下，黄德润曾与唐继尧的父亲唐学曾一起联合老家东川（今会泽）乡绅，将濒临倒闭的东川矿务局改组为股份公司，并取得了巨大成功。得知北京政府意欲推行金属矿业国有，并向洋行借款办矿的消息而十分不满。于是便想配合北京、上海、南京等地工商业界友人，向农商部条陈《改良意见书》意见，拟请《滇声报》组织几篇文章制造舆论，想要杜钟琦亲自组织撰写云南民营矿业调查材料，呼吁《小矿业暂行条例》尽快行文。

此时，唐学曾先生也落座在黄德润先生家中，二人正对财政部行文大加抨击，以泄怨愤。

“前清之亡，借端于铁路国有，今不言路而言矿，此亦国有，彼亦国有，将来更不知有几多国有。是以民将无矿可办，难免由此生出风潮，民国竟想效仿前清不成？”想起当年在四川任职目睹保路运动的情状，黄德润十分愤恨。

“政府国有，又向洋人借款办矿，就是意在攘夺国人矿权。始谋不慎大政倒持，良可寒心，实为至重危害啊！”唐学曾随声附和。

黄德润、唐学曾均是东川矿务股份公司大股东，对《滇声报》《觉报》一直支持，黄德润更是《滇声报》编辑长。杜钟琦担任报社经理长，不仅有向社会呼吁、主张正义的责任，也有为黄、唐二先生解难的情由。宣传鼓励民营、优惠小矿业厘税的事，正合了他的意愿。最近，工商界诸多矿务改良意见条陈在社会上盛传，在杜钟琦看来，诸如裁撤采金局、慎行矿务对外开放以防引狼入室、设立矿业促进会、筹办模范矿业、创办矿业银行、主办矿务杂志、妥为厘定关税厘金等条陈，不仅对振兴实业发展民族资本有益，而且关系重大，故而要再到矿区了解情况，才好动笔撰文。听说北京政府农商部正在酝酿出台《小矿业暂行条例》，其中包括准允开采小矿，给予新开金属矿享有暂免出口、矿产、矿区各税三年的优惠条款。消息传出，工商界热情高涨。为了帮助东川矿务股份公司争取税款优惠还诸地方、股东，杜钟琦也要做一些周边地区的民情调查。昭通、巧家一带有传统煤、金、银、铜、铅锌矿业，也需将这些地方小矿再加滇南情况综合为文，方能约略反映云南矿业省情。

杜钟琦另外还有一件要事，就是想到昭通禄国藩步兵第九团及昭通独立营联络官兵，以图壮大反袁力量。希望此次东川、昭通之行能得到黄、唐两位老先生支持。“黄老伯、唐老伯，此次东川之行，还想顺带到昭通、巧家等地看看那里矿业，把情况弄清，写出文章方可为道。只怕还需再耽误些时日，二老以为如何？”杜钟琦态度谦恭有礼。

“贤侄尽管去得了，到时我跟都督打个招呼，叫地方也行些方便。你此去全为爱护桑梓，他应支持！”不等黄德润答话，唐学曾抢先说道。

“就是，就是。钟琦不辞辛劳，能多了解些情况更好。近年来为不合理法规所限，矿业发展举步维艰，尤其要关注一下那些濒临关闭的小矿。昭通、巧家矿业发展比之东川问题还多，他们若能得益，东川公司利就更大。”黄德润对杜钟琦去昭通、巧家的想法也很支持。

在黄、唐二位老先生的支持下，杜钟琦顺利成行。从昆明出来，在东川待了几天之后，便一路过巧家来到昭通。

禄国藩因杜钟琦既是日本东斌学校学长，又是云南报业翘楚，消息灵通且与上层联系颇多，见他来到昭通，便特意请到家中吃饭畅叙友情。又约了朋友、心腹部下来听这位老同学从昆明带来的新闻。除新编第九团团部几个人外，独立营刘发良、雷淦光、曾万钟、姚必光、徐正文、龙云、陈寿昌等独立营军官也被邀参加了聚会。

“钟琦兄，你快跟这些弟兄们讲讲昆明的新闻趣事，昭通这地方实在闭塞，什么消息都听不到，简直能把人憋死。”

杜钟琦已跟禄国藩聊了半天，吃饭时都未嘴闲，见禄国藩当着那么多人发话，一时倒不知从何说起，担心出言不慎会引来麻烦。自从受中山先生之命从日本回云南秘密组织中华革命党以来，他一直谨慎小心。好不容易才与原同盟会支部长吕志伊一起联络上了滇军邓泰中、杨蓁、田钟谷等几位军官，并通过唐继尧贴身警卫副官邹若衡打探到些都督政治意向。此次到昭通来，虽有意联络同志发展组织，可还是怕讲过了头暴露身份。

“不知众位兄弟想听什么消息？一年多来，天下大事纷纷扰扰，新闻实在是太多了呀！禄团长，你是这里大哥，先起个头，怎么样？”

禄国藩是个直性人，先前听杜钟琦讲到欧洲大战，便道：“欧洲大战，接着讲。”

一提欧洲大战，众人都睁大了眼睛，军营中大家也常议论，不过枝枝节节，不得要领。出于军人本能，大家都想知道眼下这战打得怎样，于是屏声静气，单等杜钟琦讲出些没听过的战事。

杜钟琦低头默想一阵，突然问道：“诸位兄弟，大家知不知道日本强行派兵登陆我国山东龙口与德国开战之事？”大家正想听欧洲大战，冷不防杜钟琦却说出日本出兵山东之事，尽皆愕然。

“钟琦兄，快莫提这鸟事，说起来真让人肺都气炸。日本对德宣战却出兵中国，简直无理至极！这是趁乘我中华变革，国势羸弱之危取我领土！甲午开战以来，小日本垂涎中华早已昭然，此举更加露骨。”禄国藩想起在日本留学时，所感受到的日本政府那种向外扩张、野心勃勃的气势，心中总有一股义愤。

欧战爆发后，陆续传来的一些消息，成为禄国藩与部下、朋友聚会的重要话题。对于战争，军人们总有莫名的情结、兴趣，他们不仅关心战争的胜负，更关心原因和过程。日本对德宣战出兵山东之事，在昭通军营中也曾引起不少议论。“师出有名”这句古话尽都知道，日本出兵中国，不仅无理，而且嚣张。说起来只有怨愤，除了深恨日本政府外，也对民国政府的软弱甚为不满。而欧洲大战的诸多人事，什么俾斯麦、普林西普、费迪南德大公，以及德意志帝国、奥匈帝国与意大利王国缔结“三国同盟”，法国、英国、俄国签订“三国协约”等等，昭通滇军军官们所知不多。

“日本对德宣战，却到宣布中立的中国来，国人何止是屈辱！禄团长说得对，日本对德宣战只是借口，意欲取我领土才是真！这就是欧战，以强凌弱的欧战给我民国带来的礼物。”杜钟琦情绪激愤。

“大家都知道，欧战乃由塞尔维亚17岁青年普林西普刺杀奥地利王储费迪南德大公而引发，但真正原因，恐怕还是列强间的利益争夺。费迪南德大公在萨拉热窝被刺，只不过是为谋求欧洲统治权的德、奥找到了发动战争的口实。”杜钟琦讲述欧战带着自己的分析议论，让大家听来感觉格外深刻。

“对塞族来说，普林西普怕是帮了倒忙。如今奥国已向塞尔维亚提了不少苛刻要求，对一个国家来说，那实在就是屈辱！”刘发良插嘴说道。

“是啊！原因在于塞尔维亚弱小，德、奥早有并吞巴尔干半岛计划，塞国再示弱都无法挽回。”杜钟琦点头回答。

“经理长，你说普林西普刺杀费迪南德大公是爱国主义，还是盲目的民族主义？”还是刘发良发问，他一直琢磨，盲目的正义感和爱国行动，对国家算不算得一件好事。

“欧洲人的思维，搞不大清楚，我看爱国还是爱国的，只不过却让德、奥找到了发动战争的口实。弱国只有屈辱！钟琦兄你说呢？”禄国藩眨了眨眼，话带几分惋惜。

“要说屈辱，民国才屈辱！对我们这些军人来说，更是最大的屈辱！”姚必光还未放下日本出兵山东之事，见机发泄，只敢小声与坐在身旁的龙云底下议论。

“狗日的小日本，可恶至极！”龙云把拳头捏得咔咔直响。

“小日本？日本可不小咧！大和民族不得了。如今又控制了朝鲜半岛、琉球和台湾，国力远超中华，野心无限膨胀，倒莫说那个‘小’字，不得不担心哪！”禄国藩听到姚、龙二人说话，想起留学时所感受到的勤奋努力、秩序严谨的日本的社会氛围，不无感慨。日本政府曾暗中支持革命党、立宪派反清，现在又对反袁势力采取同情容忍态度，同时又觊觎中华领土，其中必有蹊跷。留学日本时接触过的那些老师、同学，表面上温文尔雅、客气谦让，内心里却始终看不起人。都说是岛国悲情，其实就是这样，与人缠斗，永远的不服气。对于日本，禄国藩既有敬佩，又有不得不防的厌恶。

“禄团长说得对。今天之所以说日本，就是希望众位切记国耻，务以维护共和为军人要务，心系国家为我中华富强而奋斗！”杜钟琦的话引得众人一阵喝彩。“而今欧战，因为殖民地争夺和各国势力范围重新分割，已经迅速扩展到非洲、亚洲和其他地区。日本参与其中，不是例外，只是太过蔑视中华民气。欧战已经演化为一场世界性大战，欧洲战场上，德军与英法联军在巴黎近郊马恩河至凡尔登一线爆发的马恩河战役已经结束。说起来本是两败俱伤，但其后的运动战，结果是英法联军被打败，德军成功地夺取了法国东北部广阔领土，目前战事仍然胶着僵持。”

“钟琦兄，你说这仗还会打多久，谁又会取得最终的胜利？”禄国藩听到这些最新战事，心中不免疑惑。照理英、法和俄国联盟应该比德、奥同盟更为强大，再加日本、美国都已对德宣战，为什么此时欧战还是德、奥胜多败少。普法战争的结果，会不会就是欧战的结果？

“我看欧战，或者说就是世界大战，一时怕结束不了。至于谁胜谁败还很难说。日本趁火打劫，未必会有好下场。不过，以我对日本政治家的判断，他们嗅觉倒是要比我们内窝子斗神得力的掮客灵敏。唯利是图，总要寻些好处。”

龙云因一直挂念在昆明任职的义兄邹若衡，知道杜钟琦与他关系非同一般，于是瞅准机会问道：“经理长在昆可见得着若衡，不知他在唐都督身边做得怎样？”

“在下在昆交往最多的就是邹副官了。”见有人问起邹若衡，杜钟琦很是高兴，想起当年介绍邹若衡加入同盟会，此时又时常仰仗他打探都督对袁世凯态度，自然有话可说。“邹副官做得还好。不过近来却有些不大舒畅。倒不是唐公待他不好，而是因为身处政治漩涡，耳闻目睹，知道事情太多，不免忧虑家国大事。”

“会不会是唐公一味支持大总统独裁专制，若衡兄不舒心？”龙云毫无顾忌地大声问道。

这冷不丁冒出来的一句话，把杜钟琦吓了一跳。问题十分敏感，杜钟琦也不免言辞闪烁，生怕暴露了自己中华革命党人身份，心里却想，昭通这些军人倒有民主共和主见，可交可用。

见杜钟琦吃惊，禄国藩忙打圆场。“这些马大哈放肆惯了，平时就不注重言辞。钟琦兄别见怪，多多包涵，多多包涵！”又假意嗔道：“国家大事，且容我等随意议论。莫在经理长面前乱说，特别是唐都督、大总统。不像话！”

“不打紧，不打紧！只要不被外人听见，大惊小怪的以为我等有什么图谋就成。”见禄国藩还在数落龙云，杜钟琦笑道。“唐公倒也不忌讳朋友议论大总统。据说有人曾在唐公家聚会时指责大总统，他听到也不责怪。”刚才的紧张气氛又缓和了过来。

杜钟琦与马骧等人一起创办的《滇声报》，正是以“不畏权势，秉笔直书，鞭挞丑恶”为宗旨，提出“独标新论，不涉党私，以大公至正之心，发激浊扬清之论”，并公开宣称“为民权而计，与恶政府反抗，与恶官吏宣战”。《滇声报》曾尖锐指出袁世凯所作所为是推行独裁之发轫，为倒行逆施之兆始。因为得到邓泰中、杨蓁、董鸿勋、蒋光亮等滇军中层实力派军官和黄德润先生支持资助，所以虽言论激烈却尚未受到清算。他所讲唐继尧不忌讳朋友议论大总统之事，就发生在滇军少壮派代表人物邓泰中、杨蓁身上。在都督家中集会时，身为驻昆滇军主力、步兵第一团团长的邓泰中和第七团团长杨蓁，曾多次公开议论大总统袁世凯，指责北京政府对外软弱无能，对内蹂躏国会、蔑视约法，似有不安于总统之位而思窃国之嫌，并以此试探唐继尧态度。唐听后不作声、不制止，态度宽容得让在座的人都认为他心有所动，为此也留下了容后再议的余地。

“经理长，报端披露大总统甚至革命党都在与日本国签订什么条约，因此而引发反日风潮。此时又出个什么救国储金，到底怎么回事？”刚升任连长不久的曾万钟关心欧战和日本进兵中国之事，又把话扯了回来。曾万钟所问之事，其实就是最近一直闹得沸沸扬扬、中日两国政府密谈中的“二十一条”。日本政府态度骄横，直视中国如狗彘、奴隶，公然蓄意侵犯中国主权的纷纷议论，早已使得偏处一隅的滇军将士们万分激愤。

“这位兄弟问报端所传日中交涉，确有此事。不过政府保密，独不知新闻披露是否属实。不过，如今中华国势不昌，日本雄伺身侧，定然不会有什么好事！”报端还有传闻，中山先生曾经表态赞成中日两国签订条约，所指是否也与“二十一条”有关，杜钟琦不敢相信。毕竟此事与自己想法相去甚远，与国人态度也大相径庭，所以，不敢妄议以免惹是生非。只是对救国储金一事嗤之以鼻，调侃几近戏谑。“当下，所谓救国储金不过是一些政客迎合政府所为。听说地方官员最为积极，在京城则是妓女们多所响应，众位想想这是为的什么？”惹得众人一阵哗笑。

“不过，听说大总统权衡利弊，最终还是被日本挟持。谈判签约势所必然，忍辱丧权即是卖国！”雷溢光坐在徐正文身旁，不知二人嘀咕了些什么，突然大声评说，把禄国藩都吓了一跳。

“雷连长且莫乱说，主权之事政府视若性命，利弊权衡怎敢儿戏。”禄国藩生怕雷溢光再说出些过激的话。心想才堵了这个的嘴，那个又冒出来，小子们真不晓事！

“禄团长，你说大总统、唐督这样，要是谢师长在世，会不会带头发难？”刘发良知道谢汝翼是禄团长老长官，虽已亡故，原先却是省里很有影响的人物。再不好说的话托词于谢，总不至于会惹出什么了不得的麻烦。话虽是问禄国藩，却更想借此揣摩杜钟琦的态度。既然是《滇声报》经理长，这么有影响的报纸，他敢不敢说？

禄国藩沉吟着并未马上答话，雷淦光却憋不住插嘴："而今大总统作为似有卖国、窃国之嫌。以谢师长一贯勇于赴义的精神，定然不会袖手旁观！"

禄国藩觉得好笑，心想这些部属尽借亡故师长之名再三试探。谢师长在世与唐督就有过节，这还用问？

姚必光、徐正文、陈寿昌几个级别低、年纪轻的军官不便插嘴，只是在心中思量当前局势。日本虎视眈眈，袁世凯左支右绌，老百姓群情激愤，革命党伺机而动，这当中究竟有什么联系？龙云、曾万钟、雷淦光年纪虽长，但军阶也低，不好随便插话，众人一时沉默无语。

见冷了场，禄国藩这才立起身来说道："维护共和民主，维护国权，是我现代军人之天职。谁要胆敢破坏，就坚决反对嘛！"禄国藩虽然困惑，但受在场众军官情绪影响，也有些激动。

独立营并不隶属于新编步兵第九团，但却统属第二师管辖，营长刘发良又与禄国藩关系甚好，所以大家一直把禄国藩看作自己长官，而且打心眼里敬佩他的为人。性格耿直的他，对待下属兵士素来亲善，在昭通官兵中极有影响。听他如此讲话，众人自是振奋，坐在他身旁的杜钟琦也颔首点头。平日禄国藩家中，刘发良、雷淦光、曾万钟、姚必光、徐正文、龙云、陈寿昌等人经常被邀聚会。总是禄国藩、刘发良端坐上首，静听军官们谈天说地。说起共和与民国总统袁世凯，常常议论争辩，随便惯了。连杜钟琦这样的客人在场，议论时政。也无所忌惮。好在杜钟琦是中华革命党人，因此也听到了昭通军中下级军官们渴望民主共和的心声。

在昭通，也会听到从昆明、外地传来些消息。恢复帝制之声日见鼎沸之时，不仅杜钟琦，邓泰中、李文汉也常通过关系联络禄国藩等人，宣传民情，为反对袁世凯复辟帝制造声势。看出杜钟琦同情党人，众人放言并不为怪，更何况他就是大名鼎鼎《滇声报》经理长。

"近来昆明党人十分活跃，禄团长所讲，倒像是党人报刊一样，可得多加小心啊！"杜钟琦笑道。

禄国藩本是直人，听杜钟琦说他讲话像党人报刊一样，心中一惊，连忙申辩："我们这些兵，只知道《滇声报》《觉报》，哪里还见过什么党人报刊。钟琦兄既是报人，又是《滇声报》经理长，肯定见多识广，再说些新鲜事来听听。"

见众人巴巴等他再讲新闻，杜钟琦只得说道："唐督对党人倒是下得狠手，说出来吓人！那天我到督府找若衡，见他情绪低落，一问才知头晚他随都督去军法处，看涂处长审问党人司令。一个贵州人，审完就枪毙，也不布告。”

“不就是秘密处决嘛！见怪不怪，这事多了。”

听禄国藩如此说，杜钟琦点头：“是，是！民国常有之事。说什么立法、立宪、戡乱，我看独裁专制最合大总统、都督脾气。若衡常常心绪不宁就是为此。前久，还有一名叫作徐潮清的党人，被斩杀后大卸八块。血腥狠毒，听后让人不寒而栗，好几天都噩梦缠身。”

“徐潮清，是不是腾冲徐天禄？癸丑之乱逃亡在外，四处通缉抓捕就曾乌掀掀闹腾了好久。”禄国藩想起当年跟随谢师长清查滇西杨春魁兵变余党时，腾冲就有一个叫作徐天禄的人。前久有人从昆明传来消息，说唐都督不经法庭审判杀了一个中华革命党人，大卸八块奇惨无比，想必就是此人。

“正是徐天禄，云南姚州人，曾寄籍腾越，辛亥时弃学从政后又经商。禄团长怎么知道？人死得太惨，也太可惜！”杜钟琦与徐天禄本来相熟，据说徐还是老长官李根源舅子，说起他被害惨状，心中尤觉凄凉。

“谢师长调任滇西，处理大理杨春魁乱后曾说起过此人。本来做学问、好好经商也罢，闹什么事嘛！听说是不判而杀。何以如此，你快讲讲。”

杜钟琦顿了一顿，这才慢慢说道：“听若衡讲，徐是党人总务，被抓后唐都督亲自审问遭其怒骂，大总统也被其狗血淋头历数罪状。都督羞怒，一气之下失了心智，也有人说大总统派来的特使在场，所以，当即下令刽子手把徐拖出斩杀。恰恰这刽子手凶残至极，硬生生把徐天禄头身手脚一砍六段，想以此邀功请赏。若衡对严刑峻法向有看法，忽见都督如此杀人，刽子手这般残忍，令人作呕。唐都督不经法庭审问擅自杀人，岂不是又回复到一人专制！民国若此，总统、都督都这样藐视法律，怎让人心不惨然！若衡人在督署，找不到发泄地方，所以苦闷。这就是我所说的喜忧参半。”

听到邹若衡身处督署，虽让人羡慕，却不能像在昭通一样品评时局，嬉笑怒骂肆意纵情，众人都暗自庆幸，也不禁为邹若衡的处境担忧起来。想到唐继尧积极追随袁世凯打击党人的残酷手段，都不由心生寒意。

八、帝制风波　惊扰南疆

1914年年底，辞去滇中道尹的前云南军都督府秘书处主任周钟嶽来到北京，就聘经界局秘书长。离滇前，唐继尧特别托付其带口信给自己的前任、困居北京的经界局督办蔡锷。“袁氏自平宁、赣后，予智自雄，蹂躏国会，蔑弃约法，停止自治，扑灭民国。窃其举动，将不安居于总统，必有窃国之日。蔡在京，宁能伈伈睍睍，屈服其下，将来为袁氏所忌，必遭危险。不如脱身南来，共图大事。”周钟嶽默记在心，到京后见到蔡督办便转达了唐继尧口信。时下，国人对大总统行政颇有争议，官场中怨愤情绪等等不一。唐继尧知道蔡锷在京并不遂意，故而带信致蔡，以表同情和相助心迹。蔡锷听后自然十分感动，也因此有了不少希冀，已到北京一年有余的他，因胸怀强国强军大志不得施展而备感愤懑。

从辛亥重九起义，到1913年10月4日奉调北京经界局止，蔡锷担任云南都督差不多两年时间。其间，曾致力于改革弊政、整编军队、平定匪乱、清理财务，很快稳定了政局。民国初年的云南新政充满了信心与奋发改革气象，在纷乱的政坛一枝独秀。那时，蔡锷治理云南，政声卓著、成绩斐然，深受滇省民众爱戴，而且还以身作则两次带头减薪节约公务，行为操守一时成为美谈。当政滇省，蔡锷也曾衷心支持袁世凯，并热切希望大总统能集权力于中央而图强中华。其中既有梁启超治国理念影响，也有他一贯推崇知行合一的政治主张。作为信奉军国民主义的军人，蔡锷一直坚持强军强国信念，可到京后，经界局督办的人事安排却与他心中的期盼大相径庭，让人实在失望。

来自滇省的承诺信任，使困居京城的蔡锷备感欣慰。而即将就任秘书长的周钟嶽，不仅才干超群，也是他主政云南之时的省府秘书长。同样做秘书长，周钟嶽的到来使得他感觉经界局事务有了依靠，可以托付。

与蔡锷一样，出生寒门的周钟嶽也曾留学日本，只不过学的师范、政法。少年科举，经府院试获取功名后，22岁的周钟嶽奉赵藩为宗师，相随受教，考中光绪二十九年癸卯科云南解元。这个剑川白族才子，在留学日本时结识李根源，并经他引荐，重九起义后出任云南军政部参事兼参议院参议、军都督府秘书处长。1913年由军政府秘书长调任滇中观察使，第二年改称道尹。

时间又过好几个月。北京西城棉花胡同寂静庭院里的国槐树下房中，去职的云南都督，昭威将军、参政院参政、陆军部编译处副总裁、全国经界局督办蔡锷辗转反侧难以入眠。近来，袁世凯意欲称帝的野心愈加显露，他也越来越感受到行动受人监视，自由被人控制，不意家事又凭空添出些乱来。自从杨度筹组筹安会以来，蔡锷一直痛感身心倍受煎熬。本为挚友的杨度，此时正执着于恢复帝制，并一味苦苦相缠要人表态。加之原配夫人刘侠贞在法院诉讼离婚，闹得满城皆知。两桩不顺心事一齐上身，直搅得他心绪不得安宁。正当其时，老师梁启超大作《异哉，所谓国体问题者》一石激起千层浪。因得梁先生教诲，便有了韬晦于世、藏锋于怀，决心成就共和的大志。“中国历祀之革命，皆因私权私利而起，至因公权公利而起者，无有也。以暴易暴，无有已时。”在感慨十年前所著《军国民篇》一语成谶的同时，不由得心中悲叹：中华为何会有如此宿命？

周钟嶽出任经界局秘书长后，蔡锷干脆把局中一应事务交予他代办，自己则在八大胡同与陕西巷云吉班姑娘筱凤仙交往日深，表面一味颓唐，有意做样子给袁氏、杨度等人看，暗中却与滇省唐继尧、黔省刘显世电报往来，并求教于老师梁启超，同时还与在美国的黄兴密件往来，互通信息相商大计。

对筹安会恢复帝制主张，周钟嶽也不赞成，并深知蔡督办心中苦闷，于是主动承担起了经界局中琐碎事务，隐忍不发埋头苦干，成为蔡锷在经界局中办理实事的主要帮手。任职一年来，与也是从滇省调来的副督办兼清丈处处长殷承瓛一起拟成《经界法规草案》，编纂了《中国经界纪要》和《各国经界纪要》等一系列重要文献，因此深得督办信任。此间，蔡锷与滇省常有电报往来，周钟嶽亦是知情担当。

“袁氏变更国体势在必行，公意如何？”蔡锷致电唐继尧意在试探。

“万难屈从！滇中已有计划，请公南来。”唐继尧决然回电，一来二往，大家心中都已有数。

不意云南陆军第一师参谋长路孝忱到北京统率办事处密告“唐继尧反对帝制”，之后袁氏也获悉蔡锷曾与滇黔电报往来的蛛丝马迹，于是布置军警借故搜查了棉花胡同蔡宅。这一举动深深地激怒了昭威将军，也使他更加警惕袁氏。

1915年8月14日，筹安会在北京成立，最初只是作为一个学术团体，打出的旗号是“为筹划一国治安，以研究君主、民主国体何者适于中国为事”。会中除严复对君主立宪不甚赞同，被杨度使用手段列为发起人稍意勉强外，其余诸人中颇有能揣摩大总统心思投其所好者，打出君主立宪、废民主而立君主的旗号，正好迎合了袁氏想黄袍加身的美梦，成为其妄图恢复帝制、蠢蠢欲动的强烈信号。

民国初年，根深蒂固的封建专制意识像一道高高的门槛，阻隔在芸芸大众与民主政治之间。辛亥后的政客们始终徘徊在利益、既得利益和对利益期盼的守护与争夺之间。封建专制王朝倾覆解体后遗留的巨大权力空间，吸引着各色政治掮客与枭雄粉墨登场，演义出光怪陆离的乱局，这就是年幼的民国，共和艰难、步履蹒跚。

前有杨度带头筹安会鼓噪，后有梁士诒领衔请愿联合会请求变更国体，袁世凯称帝舆论甚嚣尘上。筹安会成立不久，连地处边远的滇南都听到了袁世凯意欲称帝的消息。

那天，段云鹏奉命到二营公干，正好营长唐淮源江川老家的一个表兄到个旧采办锡器，唐淮源为表兄接风，在老阴山脚下一家玉溪人新开的饭庄聚星楼请客，邀段云鹏参加，丙班同学二营连副杨如轩也陪同在座。

“来来来！我给介绍介绍，段连长、杨连长。”唐淮源招呼着把二人介绍给表兄姚老板。姚老板伸手忙跟段、杨二人招呼，不想只听得段云鹏冷冷一句：“姚老板好！”也不伸手。

忙着介绍的唐淮源不免尴尬，嗯嗯哼道：“随便，随便！”心里却十分纳闷，段云鹏向来开朗爽气，今天何故这样？众人坐定，唐淮源这才开腔责怪：“你俩发什么梦冲？去了一趟卡房就这副模样，打招呼都不伸手。杨连长你说，云鹏做的什么子事？”

段云鹏“哦哦”搪塞，还是神不守舍的样子，好一阵才发恨说道：“今早从卡房过来，路过老鹰嘴，又有矿洞冒顶塌方，死伤砂丁乌压压排成一片，心里瘆得慌，这阵子都回不过神来。锡务公司扯淡，每次到卡房都见出事，拿人命不当事嘛！”

“这事多了，个旧哪天听不到，还是砂丁命贱！”唐淮源见怪不怪。

“背毬个屌垅，倒他妈八辈血霉！”杨如轩大骂，愤然之气溢于言表。

“锡矿如此难开，处理事故且不赔了老本？听说锡务公司都是德国进口设备，好大本呢！”姚老板似有不解。

“亏什么本，现今官府、矿主热衷争抢富矿，厂尖多如牛毛，开到富矿就赚大钱，拿砂丁根本不当回事。如今锡务公司让一个叫裴劳禄的洋人指挥，乱麻一团。德国进口设备，真有其事，怕不成一堆烂铁！亏钱倒不是矿难开，实是管理不善！”唐淮源在个旧时间长，见表兄姚老板问话，并不在意。

“我看是贪得无厌！官办公司贪腐，民办公司贪财，都一样。早就听说裴劳禄是个草包，礼和洋行狗屁工程师，技术不行还要听他指挥，干不成好事！”杨如轩道。

“为赚钱哪顾人死活。私矿更是与前清时矿主勾结官府一样，砂丁像牲口样看管，脚镣手铐带着，全然就是奴隶。”唐淮源说。

“民国不是发布过《禁止买卖人口暂行条例》，不准再有主奴关系，只能是雇主、雇佣的嘛！怎么还脚镣手铐？”见杨如轩、唐淮源二人你一句我一句数落矿主所干坏事，姚老板十分不解。

“马拉格那边，私矿200大洋买个苦力，终身背塃不发薪水，怕人跑掉严加看管，惨得很哪！”唐淮源解释道。

“原来这样，不合当今法律哪！富国裕民从何说起？”姚老板似信非信。

“什么富国裕民？倒便宜了贪官买办。锡务公司还好，工人领工资，不干辞工还可走人。私人矿主所开厂尖，多与地方官吏勾结，遍吃红黑两道，用的都是苦力。”见姚老板说起当今法律和富国裕民政策，唐淮源以为全是冠冕堂皇的表面文章。

段云鹏愤愤不平，“如今共和，这等之事硬是无人来管，龟孙子为富不仁，居然不整不治！”

姚老板虽为商家，可也时常听人议论政治。记得民国初年社会上掀起一股振兴实业热潮，说什么“政府图维于上，政党斡旋于中，莫不以振兴实业为根本前提”。再看此时，政党早已一个个被大总统拆散，抓人杀头，撵得鸡飞狗跳，斡什么旋，振什么兴！“大总统曾经说过，‘民国成立，宜以实业为先务。’现在看来，实业为先根本就是一句空话！”姚老板不无感叹。

杨如轩深有同感，而且比姚老板更为不满，“什么实业为先，不过骗人鬼话！大总统心里恐怕只想其他的事，哪里顾得了实业。”

“难得大家一起相聚，莫尽扯些不沾边的馊事败了兴致！”唐淮源见大家牢骚满腹，一直担心表兄不爱听，转眼瞥见墙上贴着的“莫谈国事”告示，连忙阻止众人，想换个话题。

“说得也是，佛川兄好不容易请次客，可别扫了兴！吃完饭还得赶回建水。”段云鹏当即赞同。

此时，步兵第二团团部移至建水，段云鹏和已经当了副团长的朱德都在那里驻守。从建水到个旧足足一百四五十里路，骑马得好几个钟头。

“别说我好不容易请客，几次请你们都不来，玉阶更是当官事忙，说说有无这事？”见段云鹏调侃，唐淮源很不服气。

“玉阶是新官上任，真没工夫来个旧吃饭。要不是卡房兵营有事，我们也到不得个旧。今可是误打误撞碰上好事。”段云鹏笑了起来。

“误打误撞？就你会误打误撞！当年小云虎……”唐淮源话未说完，便被段云鹏又一阵笑打断，弄得姚老板一头雾水。

说起当年，唐淮源不禁又问：“唉！必光、明远有没有信？一个到昭通，一个回腾冲，信都不见一个。说来也是，成天忙着剿匪，我这里也不得空，写哪样信！”

“几个月来次信，都讨老婆了，正忙着呢！这匪剿得伤神，兄弟、朋友结婚都不得到场庆贺。”

“明远不用说，早就跟那个沈……叫作雨欣的小姐是不是？必光喜酒也没喝上，也不请老哥，我还想兴师问罪呢！”唐淮源笑道。

“兴什么师，问什么罪？唐营长结婚又请过哪个？不过，云鹏结婚可不得不请。”杨如轩借题发挥。

“云鹏结婚？哪里的？”唐淮源忙问。

“八字没得一撇，莫听如轩乱说。”段云鹏不好意思起来。

“不讲不讲，远在天边近在眼前。”杨如轩神神秘秘，让唐淮源满心狐疑，姚老板则在一旁呵呵直笑。

秋日的个旧，清风送爽十分畅快。说笑间饭菜已端了上来，除卤鸡、石屏煎鱼、烧豆腐和小卷粉外，并无什么特别大菜。喝了口刚泡的新谷酒，唐淮源问道：“表兄可喝得惯滇南焖锅酒？度数高呢。”

“好得很！醇厚甘甜，带点谷香，酒色又清澈晶莹，就是太烈，有点冲。”姚老板并不客气。几杯烈酒下肚姚老板来了兴致，脱口道：“前几天到金碧公园云华茶园喝茶，戏没听好，倒听得些议论。说京里成立个筹安会，六君子抬轿子，研究‘君主、民主国体何者适于中国’，其实就是鼓吹大总统当皇帝，诸位听过没有？”

“民国大总统当皇帝？真是天大笑话！”段云鹏、杨如轩听后直摇头。

“可不是嘛！而今君宪之说甚嚣尘上，指责革命党搅乱天下。说什么制定国法要与国家历史地理相适合，中华共和难办。抬出千百年来皇帝一统天下乾坤稳固，百姓心有皈依的说法，鼓吹君主立宪。据说大总统已表赞同，还有各省将军响应。”姚老板把在昆明茶馆中听来的新闻说了出来，倒把生意人打哈哈应酬、莫谈国事的信条忘了个一干二净。

对于君主立宪之说，滇南亦有传闻，二团官兵时有议论甚是反感。原以为都是些帮闲文人、宵小之辈的莠语邪说，成不了气候。谁知才几天时间，恢复帝制之说竟如此横行肆虐。

段云鹏回想袁世凯自当总统以来，绑架国会、武力干预选举，之后又收拾了国民党议员，再搅乱进步党，一步步走向独裁专制的过程，腾地一下立起身来吼道："大总统不想做，倒妄图做皇帝，放他娘狗屁！好不容易才争来的民主共和，我就不信国人是非尽失！"

见段云鹏如此激动，姚老板吓了一跳，连连摆手摇头，"小声点！段连长小声点！昆明抓革命党风声紧得很，听说很多人因说了几句袁氏专制的话，就被抓了起来，唐都督真杀了不少人呢！"

"很是奇怪，滇南咋就这样安静？讳莫如深，也不知周道尹葫芦里卖的什么药！"杨如轩有些恍然。

"反清举义，袁氏本来路数不清，前倨后恭，窃取大位后整治党人，司马昭之心早已昭然。三四年来，共和不过是个门面，倒是跟日本人签订《十二条》直截了当，丧权辱国还慢说什么'顾谋国之道，当出万全而不当掷孤注，贵实力而不贵骛虚声'。甘为外辱实欲窃国，厚颜无耻之至！"唐淮源想起前些时候听到、见到和想到的一些事，深感事态严重。

"袁世凯破坏共和、唐都督独霸滇省，如今什么世道？谢汝翼师长被刺杀、李根源议长遭通缉。从中央到地方，从地方到中央，手握兵权的将军你争我斗，比土匪危害还大，我等却还在这里剿匪！不如回建水报告朱团长，发些信给带兵同学，大家联合起来，反他个袁大头屁眼朝天，看他还坐不坐皇帝！"段云鹏抑制不住心中愤懑，声音越来越大，把姚老板吓得一个劲儿打手势，要他再小声些。

"民主、共和、宪政，难啊！民国之兴，基于大义，然则匪盗四起，蛮野浮动；千百年封建专制，苛法虐政，迄今未改；一度战乱，元气大丧，民间愁苦怨嗟；帝王思想，根深蒂固，愚民不知共和为何物；悍将骄兵之日变，都督分府之日争，怅望前途，不寒而栗，如此民国不啻盗贼之世界，袁氏所为，早有恢复帝制迹象。我想大家都会大义声张，捍卫共和乃当代军人神圣职责，前赴后继共韬大义，中华才有出路啊！"看到表兄姚老板害怕的样子，唐淮源不无感慨，计深虑远的一套话，却像是从哪里背来的文章，文绉绉的。

一席话说得众人沉思默想，半天无语。姚老板忍不住又道："听说请求大总统当皇帝的还有什么全国请愿联合会。除筹安会外，梁士诒、朱启钤、周自齐等大官、巨商发动组织，甚至协逼各省成立什么人民请愿团，昆明街头也有人跟着起哄。据传北京一地，军警请愿团、商会请愿团、学界请愿团、教育请愿团、人力车夫请愿团无奇不有，最让人大开眼界的千古奇观还有乞丐、妓女请愿团，真是滑稽至极，亏他们想得出来！”

辛亥之后，中国社会秩序混乱不独表现在政治、军事和经济上，也表现在社会公众的价值取向和道德标准上。共和原则下的新观念、新道德在很多老百姓思想意识中甚为模糊。国体之争伴随着恣意妄为的权力游戏纵横捭阖，使人更加迷惘。在被混乱搅得心绪不宁、无所适从之时，谋求政治权威反而迎合了国人骨子里所蕴含的敬畏之心。无怪乎袁世凯甚至以为君主制给中国带来了数千年稳定，而民主共和则使社会遭受暴乱破坏。放着好好大总统、甚至是终身大总统不坐，也打起了当皇帝的如意算盘。

从个旧回到建水，段云鹏便迫不及待地把听来的消息报告副团长朱德。朱德听后也十分愤恨。多少年来百姓、官兵舍生忘死付出的牺牲，竟要被混世枭雄莫名其妙的妄念化为乌有。二团官兵很多人心里都不是滋味，除了愤懑，还有与共和难弃难离的意志信念。

九、共和忧患　迷惘彷徨

自清雍正五年（1727）实行“改土归流”，由乌蒙改制建府以来，昭通经历了近两百年的兴起和快速发展。古城民居和官式庙堂等各种建筑融合一体，形成了街市贯通、人气鼎盛的繁华格局。这里曾是云南通向四川、贵州两省的重要门户，也是中原文化进入滇省的重要通道、南丝绸之路通衢大道的要冲，当下更成了云南与川、黔两省连接地带的经济文化中心。

历史在喧嚣的吵闹声中跌跌撞撞地走进1915年。小城昭通漫不经心地照样过着烟熏火燎的散漫日子，在一片纷乱当中，让疑惑的阴郁久久地笼罩在古城居民的心中。

姚必光才进家门，就听妻子杨氏说好友李国聘、王祥章来找了几次，要他回来后一定到隔壁王祥章家中一趟。

李国聘从凉山回来，姚必光自然高兴，算算日子，又有好几个月不见。近来李国聘生意跑得勤，钱也赚了不少，更热闹的还是每次回昭通都会带些新鲜见闻。这么三头两头来找，肯定又有什么重要事情！匆匆赶到王祥章家，进屋就见李国聘、王祥章对坐在屋头八仙方桌的两端闷头抽烟，屋中一股浓烈的昭通叶子烟味，看样子两人已在这里坐了很久。

见姚必光进来，二人忙起身让座。姚必光还未坐稳就问："什么事这么急？找我那么多趟。"

"还问你呢，这晚跑到哪里去了？陈排长也找不着，是不是又在禄团长家中冲壳子？"王祥章问道，眼神中流露出几分艳羡。王祥章是新近才分配到排里的见习排长，据说与禄团长有些关系。独立营中与他相熟的人称他"小军门"，那是因为他被过继给大伯、前清总兵王世雄的缘故。总兵亦称"军门"，所以从小就被人叫作"小军门"。这日不巧被派往桥头，禄团长通知聚会时尚未回营。

说起王祥章大伯，那可是前清极有声威的猛将，曾带兵东征西伐打了不少仗。最有名的是光绪十年以两营管带职率部到安南抗击法军，宣光城一仗，会合提督刘永福，鏖战三十六昼夜获胜。他用家乡宣威土窑烧石办法烧制石灰，在水路出击时，以石灰投水阻止敌兵泅水凿船，大败法军，并一举收复安南北方重镇谅山及周边地区，战绩传为美谈。光绪二十六年，八国联军攻入北京，太后、皇帝被迫出逃避难，王世雄奉调前往保驾，受太后、皇帝嘉赏。后被任命为山西太原总兵，辛亥反正前不久，在云南普洱总镇任上病逝。

每次到禄团长家中聚会回来，姚必光和几个朋友总要再相聚一番，无论到没到团长家中的人，都会对聚会话题发番议论。姚必光以为，若是讲出刚才听到的大事，王祥章肯定又要后悔不迭，于是故意放缓语气，慢慢叙说："刚才在禄团长家聚会，听说北京杨度、孙毓筠等人组织了个筹安会，要拥戴大总统称帝，正要找你们说这事呢！"

"从桥头回来。就碰到李国聘，他在叙州也听到了这事。找你不见，陈排长也不见，真是急死人！"王祥章急急惶惶。

"我俩刚从团长家回来，快把他也叫来，再说说看！"

待陈寿昌过来，众人坐定后，李国聘便把在四川叙州听到的事讲了出来。"扯淡！"众人听后齐声大骂。

"团长家议论的也是这事。京城里真有狗彘不若之徒！辛亥闹了半天，大总统又想要做皇帝，共和岂不成了笑话！"姚必光义愤填膺。

陈寿昌也骂道："蝇营狗苟的筹安会，只顾舔大总统屁股，竟拿民国为他作祭。大总统做皇帝，实在是法理不通，天理难容！"

据说昭通人先辈几乎都是古时被贬发配来的罪民，骨子里总有些犟气，还有大山里彝人强悍的民风，故而这里的人文风气总透着一股坚韧，影响了驻军官兵，大家说话直来直去。四人一夜畅谈，忧心民国前景，愤恨大盗窃国，鼓荡着一股正气。

姚必光想起前几天收到的李明远、段云鹏来信。一个多月前发自腾冲的信，恰巧与二十多天前从建水发出的信同时到达，就像老朋友不期而遇。

李明远来信十分平和，没有太多新闻，只淡淡讲了如何在家读书、经商。说到张文光被杀以及想去缅甸寻找刘辅国的事时，也提到龙润民、吴子元前往缅甸、和顺祥经营洋纱生意种种事情，心里似乎还有一个难解之结。谈到最近读的书，李明远除了引述美利坚合众国《独立宣言》"人人生而平等，造物者赋予他们若干不可剥夺的权利，其中包括生命权、自由权和追求幸福权利"的话，还提到约翰·亚当斯、本杰明·富兰克林、托马斯·杰弗逊和乔治·华盛顿等民主共和的缔造者，列举了许多关于民生、民主、民权的事，抨击当下民国所为。众人听后都深有同感。

姚必光叹道："明远思虑重重，不幸信中一月前所虑之事果然应验，大总统尚且不思共和要做皇帝。无怪乎那些权蛆、民贼争名于朝、争利于市，民国果真是辙乱旗靡了。"

段云鹏的来信则满纸硝烟，不仅有李浩寨冷水沟歼灭匪首方位之事，还有最近在建水歼匪上百的捷报，充满了杀敌建功的高昂斗志。听说学长朱德升任团副，段云鹏也当了副连长，大家都很高兴。

"滇南剿匪，比昭通打得苦嘛！"姚必光很是感慨。

"还不是原先那个步兵九团留下来的摊子。"

"匪患滋生，就是兵匪勾结。而今大总统想当皇帝，匪乱又算得了什么。"

众人你一言我一语，说得异常热闹。姚必光在一旁细看段云鹏信中所说剿匪故事，那是击毙匪首方位后最大的一次胜战。

秋初，建水土司为争夺世袭职权暴乱，其中一方勾结土匪，率五六百人进攻渣腊寨土司署，抢劫、残杀百姓。营长唐淮源率部进剿，土匪败退松岭岗、普古乍村。星夜，副团长朱德再率兵驰援，兵分两路进攻松岭岗山寨、普古乍村。段云鹏随队攻打普古乍村，在朱德指挥下，炮击火攻一举取胜，俘获匪众上百。

"平定蒙自、个旧匪乱后，又随朱团长一起转战红河大峡谷。红河岸边土匪出没，不仅百姓苦不堪言，还阻碍了滇南通往国外的商路。"段云鹏信中把二团滇南剿匪经过写得十分详尽，读来引人入胜。

“必光只顾一人看信，也不跟大家说说。”见姚必光不讲话，李国聘有些不得劲，埋怨道。

“二团不简单！当年九团镇不住，还与土匪勾结兵变、乌烟瘴气，这回算是遇到了对头。”姚必光回过神来，还是忘不掉信中内容。

“是啊。滇南剿匪不易，瘴气大得很，在普洱我就见过，当兵的死掉不少。”当年王祥章跟随大伯在普洱居住，去过滇南，听过见过很是认同。

“士兵为保一方平安拼死卖命，将军却各打各的算盘。争霸窃国，民国整个哪样？”李国聘联想从叙州听来的消息，不免抱怨。

“我就想不通，人家美国华盛顿，一样带兵打仗的将军，就能在担任两届大总统后，拒绝领导军事政权提议，回到庄园过平民生活。可我们袁大总统，屁股还没坐热，就想当皇帝！”王祥章更加感慨。

也不知聊了多久，听到院外挷声夹杂着狗吠，才发现不知不觉间已是五更天了。

第六章

太义护国

一、反袁风起　云动滇乡

昆明翠湖边一幢小洋楼里，同盟会云南首任主盟人、支部长，重九起义后担任过省军都督府参议、秘书处秘书的吕志伊，正在摆弄几盆即将盛开的龙爪墨菊。闲情逸致，潇洒安然，哪里像是等人来商量大事的样子。

这时，《滇声报》经理长杜钟琦轻轻推门而入，见吕志伊正手捧花盆，专心致志地在修枝剪叶，笑道："吕公好雅兴，大晌午都不歇息一下，这不是陶令爱菊，东篱之下吧？好得很喏！"

"我哪能比之陶潜，人家是'结庐在人境，而无车马喧'，养菊逸性。我这刚从拘押中脱身的乱党，闹市喧嚣，不过游手好闲而已！"吕志伊见杜钟琦一进门就调侃玩笑，也大声回应，像是要说给院外人听似的。

"这就对啦！大隐于市，小隐于野，志伊——志隐，莫非志在大隐？"杜钟琦依然玩笑。

这话把吕志伊也逗得直乐，"志隐，也有这样打趣我大名的？只杜撰终奇可也！要不是唐都督回护，真不敢就在家中会客，免得牵连大家。"仍然大声说话，二人相互把各自的大名打趣一番，真是要把话说给外面人听似的，边说才边把人让进屋里。

原来，吕、杜二人都受命于中山先生，先后回到云南暗中宣传讨袁，秘密发展中华革命党。吕志伊不久前刚回昆明，想不到一回昆就遇到了麻烦，以为仗着与滇省军政界的老关系，再加专门托人向唐继尧表示"欲回滇省"意愿，在唐表示欢迎并承诺欲聘为高级政治顾问之后才启程赴省。谁知刚下火车，才住进客栈就被警察厅拘捕，确实把人惊出了一身冷汗。几个月过去了，警探监视仍然未撤。

这便是政事堂统率办事处所干好事。吕志伊人未到昆，缉拿电文已至："有乱党李根源、吕志伊等回滇，煽惑军队，须严密注意查拿。"昆明司法科寇宗儁科长受命负责拘捕，古里古怪地连吕志伊要见熟识的警察厅厅长唐继禹，都不答不理。后来，还是邓泰中、杨臻得到信息，赶来解救才得解脱，并带往督署面见了都督唐继尧。经邓泰中、杨臻、杨罗佩金等人设法，最终唐继尧以"吕志伊并未和李根源同行回滇，不过是一人欲往滇南经商"为由释放，交邓泰中带回家中"监护居住”。这阵刚在翠湖边租了一院房住下，利用与滇省军政界上层特别是与邓泰中、杨蓁相处甚好的关系，并有携巨资回滇创办纱厂的本钱和都督唐继尧回护，所以不知受谁指使的警探也奈何不得。表面上干脆“日以莳花种竹，饮酒赋诗为事”，常常在家大张旗鼓宴请宾客吟诗作赋，暗中却与各界人士联络反袁。

杜钟琦到吕志伊家，实际是来报告一件要事。不久前，步兵一团邓泰中、七团杨蓁两位团长曾于督署游说，力促都督唐继尧率省讨袁。滇省反袁称帝，似乎又有了新的进展。一、七两团是滇军精锐，当下就驻扎昆明北校场。省城驻军除这两个团外，只有巫家坝炮团一部和干海子补充兵大队。相较之下，一、七两团不仅编制齐兵员足，且装备精良。便有人说一、七两团其实就是都督警卫，邓、杨二人与都督关系很不一般。二人受中华革命党影响，反袁态度十分坚决，敢在唐继尧面前直言“拥护共和，反对帝制”，而唐还能和颜悦色不予追究。杜钟琦与二人关系密切，又与都督贴身警卫、副官邹若衡要好。得知邓、杨二人联手促唐表态反袁详情后，喜不自禁，特意赶来与吕志伊商量下一步如何行动。

“钟琦兄，赶快讲讲情况，都督现在怎样？好久不见邓、杨二君，真是急死人了！”不待坐定，吕志伊已急不可耐问道。

“这次邓、杨二人面见都督，确实非同小可，正如杨团长所料，唐都督态度大有希望。我怕节外生枝，建议二人尽量少见吕公，情况多由我来转达，不知吕公以为如何？”杜钟琦一脸喜悦。

吕志伊要听杜钟琦讲邓、杨二人面见唐继尧的事，谁知他反提个问题，问完又不说下文，急忙摆手，“此事等等，讲完都督态度再说。”

“反袁称帝，唐都督似乎已心有所动，只是尚未表态，毕竟兹事体大，想必也得有个过程。”

听杜钟琦如此说，吕志伊并不满足，急切问道：“你只说个结果，不过瘾！我就是要听过程。都督说了什么？”

“邓、杨二人面见唐督，直截了当地问是否有筹安会鼓吹大总统称帝之事。见唐督点头默认，便强烈要求唐督率省宣布独立，起兵讨袁。特别是杨团长，态度最为坚决。”

“杨蓁行事一贯如此。邓泰中呢？唐都督对二人劝谏有些什么反应？”

“杨团长不仅态度坚决，而且当下就为唐公献计，颇具谋略。邓团长虽不直接出主意，但却一心一意支持杨团长。唐督只是眯着眼笑，看样子很是赏识。”

“那唐公说了什么话没有？”吕志伊又再追问。

“听若衡讲，唐公见邓、杨两位团长时他也在场。唐督听杨团长说手下带兵官和士兵早已摩拳擦掌，反袁勇气百倍，并要都督小心注意时，只说‘我认得，你们把军队好好掌握起，就好说’。若衡反复琢磨，以为唐督已经心动，才来问我。”

“我看已不打紧，态度虽然暧昧，但其心已能揣摩，也许已暗下决心准备摊牌了吧。”听杜钟琦所说情况，吕志伊满心欢喜。

“我想也是这样，都督不对邓、杨二人下手，而叫他们掌握军队，那就有戏。冰冻三尺非一日之寒。而今省府劝进大总统称帝正闹得沸沸扬扬，也不能期望他立即表态反袁。毕竟一省都督，人命关天又系一省甚至国之安危，审时度势反复思量，这才合乎唐公脾气。”杜钟琦进一步分析。

“杜兄所说不错，但还是得想办法促成其事。”吕志伊越听越有了信心，只是怎么促成，此时还拿不出好的主意。

“听若衡讲，一天杨蓁单独去见唐督，说‘袁世凯要当皇帝，统兵官们都很愤恨’。唐督只瞪着眼听，并不表态，急得杨团长发狠道：‘历代古人做事，决定于该不该做，不应只计成败。如若该干，纵然失败也要干，古今道理本来相通！’唐公听后哈哈大笑，不说对也不说错，有意思得很。当天晚上就叫若衡陪他到云华茶室听戏，说是场间休息到大厅找人吹牛。可惜一出戏还未听完，就不得已退了场。”杜钟琦不紧不慢，说到带劲处却顿住话头。

吕志伊低头沉吟：“唐公哪里来的闲心，还去听戏！”

事情原来这样，唐继尧确实喜欢滇戏，特别是泰洪帮李少白和栗成之、邱云林等名角在云华出演滇戏后，闲暇时都会带上亲随前往。只是自从头年子警察厅颁布《取缔梨园规则》之后，好长时间都没再去，更何况而今茶园只不过几个上海来的女角唱髦儿戏，他并不喜欢。

看着艺名“珍珠花”的女伶主演的《金山寺》，唐继尧连打呵欠，戏中一直打打杀杀的场面实在不对他的胃口。“还是栗成之演的《七星灯》好啊！单单孔明临终时的脸色变化，就把鞠躬尽瘁死而后已的诸葛武侯给演活演绝了。”说起滇戏，唐继尧总是津津乐道，回味曾经看过的戏目，比较正在上演的《金山寺》，他真有一种山珍海味不过瘾的感觉。邹若衡不知听他说过多少遍，栗成之初露头角，与李少白在华云搭台合演，一出《七星灯》，就把《孔明拜灯》逊下一筹，以至于让唐督久久难忘。“出师未捷身先死，长使英雄泪满襟啊！”说起《七星灯》，唐继尧又想起了六出祁山、功败垂成的三国蜀丞，不由得深深叹惜。历史上从未有以西南一隅而雄争天下的先例，即便雄心勃勃的蜀汉，最终也为魏晋所终。区区羸弱滇省，能否担得起天下大任，是他一直担心又不愿说出的隐忧。可看到滇中将士反袁称帝众志成城，他又何尝不想振臂而呼大展宏图。问题是血腥拼斗能有几分胜算？对于一个上有高堂，下有姊妹兄弟、儿孙满堂的封疆大吏来说，起兵举事其实是很难做出的抉择。唐继尧想着，转头看了一眼坐在身旁的邹若衡，却见他紧锁眉头，一直警觉地往戏园走道上看。令人心烦的是，一眼就看到了宪兵队长刘以椿和好几个熟悉的面孔。

“唉——好好一场戏，竟被这家伙搅黄。刘队长布置警戒，动这么大干戈，哪里还有看戏乐趣，走吧，都督！”邹若衡叹息道，催促唐继尧撤退。

“等等看，不知中场休息会不会有人议论民国改行帝制。”唐继尧还不甘心，坐在包厢里依然不动。

邹若衡这才知道，都督来云华，原是想听人议论袁氏称帝之事。但二人行踪已被宪兵队发现，四周警戒惊动太大，不仅已难听到议论，而且还会引来预想不到的麻烦，于是力劝唐督抽身退场。

出了戏园，唐继尧仍不肯打道回府，又借故转到劝业场书铺买书，想到人多的地方再听些舆情。恰巧遇到黄德润先生，于是硬把老先生请回督署叙谈。黄老先生向来反对帝制，开门见山就说了不少反对袁世凯称帝的话。老太爷唐学曾先生在座，见黄德润放言议论时政力主讨袁，心虽不快却不好阻拦。他盼着儿子马上封侯，对反袁称帝的事总不以为然，可面对黄德润，自然不便顶扛，干着急而已。

“唐督十分认真地听黄老先生发议论，虽不表态可也未曾打断过老先生话。”杜钟琦把从邹若衡处听来的东西，像说书样有滋有味地讲给吕志伊听，见吕志伊听得两眼放光，越发说得眉飞色舞。

“我说唐公那来闲心，放着天大的事不忙，反倒去看髦儿戏听人吹牛。”吕志伊笑了起来。

“吕公说说看，唐督是不是已经心有所动？”杜钟琦借机追问。

吕志伊欣然点头，“钟琦兄说得对，我看唐公不失为有识之士，可以期待！当下邓泰中、杨蓁已成关键人物。虽唐督知道二人与我关系，但我毕竟嫌犯之身，二人常来容易招惹是非，由你经常与我联系可也。不过众谋之事，大家也还需要在一起商量筹谋。到时候把罗佩金、顾品珍、黄毓成等人都请过来，喝茶饮酒，看他司法科人怎么办。”

自1914年受孙中山之命回到云南以来，杜钟琦与马骧等人联络三迤会会长、重九光复首功黄毓英父亲黄德润先生集资出版了《滇声报》《觉报》，并先后在《滇声报》担任过副经理长、经理长职务。因为黄德润先生的特殊身份，从四川移居昆明后受聘为云南都督府顾问，担任过都督府司法司长、司法筹备处长等职。此时又与唐老太爷等人合伙在东川办矿，生意如日中天十分红火。黄先生凭着与唐家关系，说话自然极有分量。当年蔡督离滇赴京，黄先生曾一力支持李鸿祥、谢汝翼阻止唐继尧回滇主政。但毕竟事过经年，且唐继尧回省后李、谢二人并未生事麻烦。只是谢汝翼被刺杀后，几乎所有关心谢的人都不约而同地把账算在了唐继尧头上。对此唐无以自辩，而唐、黄两家关系却并未受到影响。

黄老先生热心公益事业，对筹安会鼓吹袁世凯称帝的种种奇谈怪论深恶痛绝。所以《滇声报》《觉报》在他支持下，又因马骧、杜钟琦等人同心协力，才得以突出重围带头揭露袁世凯及其同伙卖国求荣、妄图复辟帝制的卑劣行径，在滇省影响不小。早在8月，袁世凯使人组织筹安会鼓吹帝制消息刚刚传到云南，《觉报》就旗帜鲜明地公开反对帝制，发表了很多文章。此时，马骧刚卸去路南知事职务回昆，更一心致力于《滇声报》，曾发文疾呼“共和成，民国兴，皇帝出，吾国死”。此语在滇省广为流传。

在吕志伊、杜钟琦、马骧及杨蓁、邓泰中等人努力下，滇省中华革命党人已经联络了一批中下级军官。此时云南，特别是昆明舆论大大倾向于反对帝制拥护共和，连滇军中颇有影响的人物罗佩金、顾品珍、赵又新、黄毓成、张开儒、叶荃、李曰垓等人也都不同程度地表态或秘密筹谋反对袁世凯称帝。

知悉都督唐继尧也有反对袁世凯称帝意向之后，吕志伊兴奋不已，“假若唐公决心再大一些，云南虽穷乡僻壤，首发其难亦未为不可。”心里早已想好了反袁义举的名号：“护国！”并与李曰垓反复讨论再三，刍议讨袁檄文。

不意风云突变，几天来大好局势急转直下。9月，袁世凯册封唐继尧为一等侯爵，并派何国华专使到云南授勋，意在催促云南表态拥护帝制。何专使乘滇越铁路火车入滇，抵达昆明时，唐继尧亲率滇省高官到站迎接，并预先制备明轿，结扎采绣极为排场，督署警卫营与补充大队近2000名官兵列队欢迎。又由排头官兵跑步穿越路旁巷道和近旁小街，赶在何专使前与尾排队列相续，队列由火车站一直到五华山督署大门，声势浩大。授勋时，唐继尧特意安排在五华山督署鸣炮108响，以致敬意和庆祝，仪式十分隆重。

没想到就在省府欢迎何国华专使的宴会上，发生了滇军第二师师长沈汪度酒酣指责袁世凯复辟帝制一事。更想不到的是，第二天一早沈师长便因中毒暴亡。一时间消息传遍全城，人心大乱，特别是曾公开表态主张讨袁反对帝制的人，立即感到处境危险。

杨蓁见袁世凯专使来昆，又闹出这许多事来，心中焦急，约了邓泰中三番五次到督署催促都督表态，并一再向邹若衡打探都督态度。

在昆明，手握重兵的邓泰中、杨蓁、董鸿勋、蒋光亮等人时常在古幢寺、昙华寺、圆通山集会，把主要精力放在了联络同志、扩大队伍、积蓄力量方面。滇军中另一些军官，如李文汉、田钟谷、金汉鼎、李伏龙、周联芳、张效巡、王洁修等又成一伙，每星期都在景虹街杜钟琦家讨论，意在策动唐督早下决心，并将讨论情况密电步兵第九团团长禄国藩和滇南、滇西熟识军官。另外，罗佩金、顾品珍、黄毓成、刘祖武等曾经活跃在滇省政坛的高级将领们也经常在罗佩金、刘祖武家集会，讨论筹划反对袁氏复辟之事。民政司司长李曰垓也和赵又新等人筹议反袁大计，甚至将筹议意见汇报都督唐继尧。军中、政界甚至坊间多有秘密或半公开活动，议论、筹谋反对袁氏称帝。李曰垓、吕志伊和罗佩金等人原先也有联系，于是，省城军政界中已经逐渐形成了一股共同反袁的力量，影响遍及全省。

这日，罗佩金、赵又新、黄毓成、叶荃、张开儒、邓泰中、杨蓁以及杜钟琦、马骧、李文汉、李植生、田钟谷等人再次聚于吕志伊家秘密会商，议定了促唐反袁四条原则：一、要求唐于适当时机表态；二、如唐反对帝制，则拥其为领袖；三、若唐中立，则送其至河内；四、仍赞同帝制，则杀之。

李曰垓、赵又新、黄毓成又先后向唐继尧进言，力促其早下决心。黄毓成还与流亡在外的李根源、李烈钧等欧事研究会成员取得联系，并力邀这些曾在滇省和滇军中有过重大影响的人物前往云南，促成唐继尧反袁。必要时甚至可以登高一呼，取代唐在云南首举讨袁义旗。一贯猛打猛冲的董鸿勋还四处放言："如果唐都督再不表态反对袁世凯复辟，就要先解决云南的混沌局面。"与邓泰中、杨蓁相互呼应。分布于省内各地的滇军营、团甚至旅级军官，如：何海清、禄国藩、王秉钧、朱德、朱培德、杨益谦、黄永社、刘云峰、华封歌、赵钟奇等几乎都坚决拥护共和，反对袁世凯称帝。带头闹事的董鸿勋突然从被撤职的处分中解脱出来，调派滇南担任步兵二团团长。滇军将士同仇敌忾，正准备迎接一场反袁称帝的生死大战。

从夏入秋，唐继尧一直病体缠身，也许是思绪烦忧，也许是深感责任重大，一直都有身负千钧的沉重感。离黑龙潭不远的通讯营中，只有副官邹若衡一人相伴。此时，那些赞成帝制和反对帝制的人都不在身边，没有吵扰，也才能静下心来认真思考。可听不到争斗吵闹的声音，似乎又使人感到孤寂甚至无助。派往新疆联络都督杨增新共谋反袁大计的专使马一等人被杨无由斩杀，显然是一个十分糟糕的信号。杨乃滇人，这事使得唐继尧顿生顾虑。讨袁起事若无人响应，以贫瘠滇省之人力、资财去对抗袁世凯所能动员的倾国之力，岂不是以卵击石？癸丑之役，国民党以七省之力讨袁尚且一触即溃，区区云南又何足论哉！举义大事关乎滇军万千将士身家性命，更涉及千万百姓民生安定，这不能不让他思绪满腹，踌躇难决！然则帝制厥行，共和不昌民国不存，却又令人彻骨心寒。多少年来，为建立民国而牺牲的英烈，以及期盼共和的亿兆百姓和追求人格的芸芸众生，难道竟只是袁氏一人称帝的牺牲？揽滇省军政大权于一身的大都督而今心结郁郁，缠绵彷徨。在他心里，也曾有过“放眼江山谁为主，大地茫茫任我行”雄视天下的期盼和恣肆任行的欲望。并未想讨袁究竟是为天下苍生，还是为心中那个英雄情怀。他只觉身心备受煎熬，目睹时艰忧从中来。漫步黑龙潭清水池畔，想起当年率讲武堂子弟打野操，在这里讲平乱建功的大唐名将郭子仪，评精忠报国的南宋抗金英雄岳武穆，那浩浩披襟赋大风的豪气，在当了一省都督之后，反而孱弱了许多。凌空怅怀，却更多了些无由的心事。

有人说唐继尧犹犹豫豫瞻前顾后，与重九起义时判若两人，天差地远。是的，可正因为如此，才看出那个一脉相承心志不变的人。此时，他所重重思虑的，自然是身后的功名利弊，甚至还有一省的百姓苍生。

黑龙潭里一群群鱼悠然游弋，道观里的老道笑容可掬地陪在一旁，伸手指着幽深如墨的龙潭水，对一直凝视冒着神秘气泡寒潭的唐继尧道：“都督您看，这龙潭里的鱼可有什么特别？”

唐继尧低头看了一阵，也有些好奇，黑龙潭中的鱼脊背是透明的，于是笑道：“这鱼好像没有脊背一般，连骨头都能看到。”

“正是！都督所见不错，据说这鱼与在本观修道的一位祖师有关。”老道很是神秘。

“道长说说看，竟有什么来历？”唐继尧颇有兴趣

“传说一位叫作秤砣老人的祖师曾在龙泉观修行，多年后被发妻寻到。因为他老人家在家喜欢吃鱼，那发妻便油煎了一条鲤鱼带来，想借此引动祖师俗念。见到香喷喷的油煎鲤鱼，祖师拿在手里便吃起来，却只吃鱼脊，咬一口就扔下龙潭。谁知鱼一入水就活了过来，脊背却像烂的一样，后来龙潭里就生出许多这种稀奇古怪的烂脊鲤鱼来。”道人所讲的正是代代相传的黑龙潭龙泉观秤砣道长的故事。

唐继尧只觉这鱼稀奇，而道人所讲故事不过附会之说很是一般，听完后并未感觉特别有趣，便敷衍道：“哦！祖师成仙了？”

“都督笑话了，不过本观祖师的一件趣事。”道长一幅谦恭模样。“昨晚，小道给祖师爷上完香，像往常一样在龙潭边随意转圈，不想却发生了一件怪事。”

“什么怪事？说来听听！”见道人神秘兮兮，唐继尧心上腾地一跳。

“黑夜里潭中似有龙吟，只见百尺潭中连珠直冒胜过往常，小道急回观中，向祖师爷求告。当夜梦中，便见黑龙升腾与北来飞虹缠斗多时，随后云气逐渐向北，并有数百小龙紧紧相随，祥瑞之气弥天漫地。一梦醒来正自琢磨，还想请出《周公解梦》推演，便见都督不期而至。这事怪不怪？”

见道人讲出这番故事，随行的邹若衡不由得心中暗笑：“这道人如此深谙江湖奥秘，编出故事竟然紧扣都督心门。”却见都督沉思默想，故而并不敢放肆言笑。

昨晚，唐继尧写了首诗，其中有“辟天龙剑作雷鸣，底事苍穹太不平”的句子，不想竟然与道人所说梦境、气韵一一暗合，不由得感觉惊奇。他也不再多问，当即骑马返回五华山督署。

二、联合阵线　息怨消攘

此时滇省反袁之势进一步高涨。见军中官兵对袁世凯称帝一事异常激愤，唐继尧心中明白，经过重九起义洗礼，同盟会在云南影响还深，民主共和观念很得人心，心腹部下反袁心切，足可依赖。蔡锷及李烈钧、李根源等一些原来在滇省军政界颇有影响的人物，似都意欲回滇号召，也促动他暗暗下了率部起事的决心。

李根源在日本以欧事研究会名义联络四方人士，并且特别重视曾在滇军中任职的军官将佐。讲武堂毕业的军官很多都升任了滇军团长甚至旅长，连、营级军官几乎遍布所有团队。李根源坚决的反袁态度和即将回国的表示，对当年那些学子产生了不小影响。对此唐继尧心中有数，他不愿自己的老同学在这举国瞩目的举事中抢了自己风头。他也意识到，若不带头反袁，今后滇省将难统辖。于是紧急召集了罗佩金、李曰垓等时下省中最具影响力的人物，共同讨论所谓国体问题。到会的人不多，一上会李曰垓便决然说道：“赞成共和与拥护帝制，实无讨论余地。三言两语便可决定，付诸表决可也！”结果不出所料，与会者一致赞成共和，反对帝制。

唐继尧当即下定决心，欲与滇省将士共谋反袁。

1915年9月11日，唐继尧在警卫混成团本部召开了在昆团级以上军官秘密军事会议，会议主题为讨论国体问题。

“今日之会，乃征求全体之真实意见，望各尽言，以备取决多数。”唐继尧开诚布公，直言心意。众人不知其用心，只以“将军意思为意思，并无意见”搪塞。“我以诚心求真意，众位却如此敷衍，叫我如何决策？”唐继尧正色冷笑。几次三番、还是不得要领，“投票吧！无记名投票。”唐继尧只有苦笑。事情重大，军官们还有顾虑，“投吧！”众人顺水推舟。投票结果是全体一致反对帝制。唐继尧不得不想，军官们表面敷衍，心底里原来早有打算。于是当即厉声宣布：“全体真意如此，当有福同享有难同当，成败利钝皆勿后悔！”接着，会中议决三件事：积极提倡部下爱国精神；整理武装准备作战；严守秘密。

10月7日，仍然在警卫混成旅本部，唐继尧又一次召集秘密会议，把原与黄毓成等人一起议论的云南起义四项原则重新议定，即：中部各省有一省可望响应时；黔、桂、川三省中有一省可望响应时；海外华侨或民党接济军械时；如以上三项时机均归无效，则本省为争国民廉耻计，亦孤注一掷，宣告独立。并决定派吕志伊赴上海，设法向避居海外的孙中山先生报告，请求在南洋华侨中募捐。又派李宗黄、刘云峰等到江苏，赵伸、吴擎天等赴广西，李植生往四川，杨秀林等前往湖南，秘密策动各省响应讨袁起义。

11月3日再次召开秘密会议，讨论由罗佩金拟定的起义作战方案，方案拟定：以滇军一、二师整编为一军，分为三个梯团，以剿匪为名将第一梯团运动至叙州附近，第二梯团至泸州附近，第三梯团往重庆方向，出其不意一举攻占叙、泸并重庆三城，然后宣布云南独立。并决定由唐继尧坐镇昆明，罗佩金为第一军军长，殷承瓛为参谋长率军出川。之后，便全力以赴积极准备，共赴明知艰难却万死不辞的讨袁之战。

面对袁世凯独裁专制，全国各自独立的反袁力量，如中华革命党、欧事研究会，及国民党、进步党瓦解后支持民主宪政的政治势力和倾向讨袁的西南地方实力派，不约而同地都在寻求联合力量。甚至连康有为、郑孝胥等一些前清遗老、保皇党人也以为有机可乘，想利用革命党力量阻止袁世凯称帝复辟大清。以孙中山为首的中华革命党自始至终不改武装反袁宗旨，此时又加紧在国内组织武装起义。却因“凡百事体，皆须以自己之人物为中心”，发动有限，亦因敌我力量悬殊而屡遭失败。

袁世凯以见好邻国图谋称帝，忍心迎受丧权辱国的“十二条”。该条约谈判签署的内容，与外间所传“二十一条”并无多大区别。一度因疑虑外国列强威逼，担心民国政府内扰而不堪抵御外辱，主张革命缓进暂时放弃反袁，以支持政府抵制外敌侵略、维护国权的欧事研究会见此情形，又重新树起了讨袁大旗。黄兴、李烈钧、陈炯明、柏文蔚、钮永建、林虎、熊克武、李根源、程潜等17人于1915年5月9日联名通电后，欧事研究会抓紧行动，向全国表明了与袁世凯宣战的决心。他们紧紧抓住转机，担负起了联络各派力量的使命。黄兴摈弃前嫌，特命儿子黄一欧赴日本向孙中山表示“如有所命，极愿效力”。强烈希望与孙中山重新合作。中山先生也表示：“应当利用当前的大好时机，联合一致”。并希望黄兴尽早赴日，共商讨袁大计。出于对大局和对自身影响力的判断，中华革命党武装讨袁重点一直在湖南、江苏、广东、江西、上海等地。欧事研究会主要负责人则通过分析研究认为云南起事条件最为成熟。其主要原因是袁氏在云南的力量相对薄弱，军事上有险要地势可依。邻省四川地方军队系统庞杂，袁氏委派的都督陈宧一时难于统辖，可以权为屏障。两师滇系陆军中下级军官几乎云南讲武堂出身，曾受李根源、李烈钧等人影响，颇具革命倾向，素质超乎北洋。主要当政者唐继尧、罗佩金等人，均为同盟会老人，内心深处对共和怀有较深感情等。

不久前，李烈钧还特意请人绣了一幅“西南保障国家柱石”的锦旗，托人送给滇督唐继尧以试探其对党人的态度。曾传回唐对赠品题字自谦，避重就轻只对绣品书法、质地和做工盛赞一番的消息。李烈钧相信，唐继尧内心仍然同情党人，所以更加坚定了以云南作为武装反袁基地的想法。据说这也得到了黄兴支持和孙中山先生认同。为此，黄兴还特意致函张孝准，嘱其接应蔡锷回滇，并写信给唐继尧，陈述蔡锷回滇只为讨袁，不做都督、不留滇省的想法，以此打消唐心中疑虑，鼓动其率先举义。

听到李烈钧提出全力促动云南起义的策略后，一直与云南军政各界保持联系的李根源也认为可行。虽然其一直以为唐继尧私心甚大，尤其不甘人下，自己曾在滇省特别是对云南讲武堂学生的影响，会使其心有顾忌，可也觉得争取唐继尧起兵发难，是发动讨袁义举的关键，所以宁肯不回云南，也要支持李烈钧尽早与唐联络，定下从滇省首先举义的反袁大计。听说原进步党领袖梁启超也在暗中设法联络滇省，并说动蔡锷回滇助唐讨袁。李根源甚至认为李烈钧回滇宜早不宜迟，势必要赶在蔡锷拿定主意回滇反袁之前。他认为如此大事，民党人士应该勇于争先，决不能让进步党人抢了先筹。

在南洋新加坡，方声涛与李烈钧正在秘密商讨回滇具体步骤。虽然黄毓成多次来信相邀，反复密函往来，但唐督态度似乎仍然徘徊。袁氏不断以封侯、拨款拉拢，使想在云南发起首义武装讨袁的欧事研究会诸人焦急万分，前往滇省的时间也被一再推迟。

“烈钧兄，滇省军官多与在下有师生之谊，还是在下先行赴昆，待探明情况后再请仁兄启程不迟。”见李烈钧低头不语，方声涛建议。

“师生之谊，声涛有，在下亦有，你在滇时间还没有我长。”听方声涛自告奋勇要想先赴滇省，李烈钧很是不以为然。

“烈钧兄有所不知，当年在下凭着会些拳脚，与同学多所交往，特别是丙班，没有不与在下交好的。如今这些人大都手握兵权，不仅是促唐反袁的重要力量，也可作为保护在下的依凭。不是在下夸口，当年李兄陆小总办高高在上，可比不得下人缘。最重要的还是李兄目标太大，在下却灵便得多，与唐继尧回旋，仁兄比我不得！”方声涛指着李烈钧魁梧高大的身躯，得意扬扬，对昔日上司多少来了点调侃。

听方声涛如此说，李烈钧也忍俊不禁，心里却不由羡慕方声涛在讲武堂时的师生关系。想了想才缓缓说道：“毓成在昆与反袁人士多有联络，且与佩金交往甚密。入滇后可先与他取得联系，稳住后再思进退为好。一来毓成、佩金可以其身份做掩护；另外通过二人也可与反袁力量联络。不知方兄以为如何？”

“我也是这样想，毓成与我向来投契，只是经年不见，不知是否还那样刚强自用。”见李烈钧已经松口，方声涛再自斟酌，脑海中浮现出日本士官学校老同学黄毓成的样子。二次革命时，黄毓成奉蔡锷之命率兵攻打反袁的熊克武，进入重庆后又因争夺渝城地盘与剿熊川军大战，被袁世凯责罚免职，向有“黄牦牛”外号，犟得出名。如今他闲居昆明，与被边缘化的罗佩金及邓泰中、杨蓁、邹若衡等人过从甚密，一直在秘密谋划促唐武力讨袁。

二人议定李烈钧暂留南洋，方声涛先行赴滇，待时机成熟后再让李烈钧跟进。10月，方声涛带着几名学生秘密潜入昆明，不声不响住进了骑兵教官黄毓成家。

“声涛兄别来无恙！知兄与烈钧谋划回滇，在下翘首相盼多时啦。为何烈钧兄不一起来啊？”不见李烈钧，黄毓成有些失望。

“烈钧乃赣宁起兵首犯，目标太大，小弟先行，还望吾兄全力相助，成全李兄回滇。听说滇省近况复杂，唐督态度暧昧，烈钧不敢贸然回来。”看黄毓成问话的样子，方声涛感觉得到他的失望。

“上个月，中央何专使到昆册封唐督一等侯爵，确是胡搞热闹了一番，那阵势看了叫人冒火。最可恨是沈师长酒后说了几句直话就被下毒，亏他下得了手，不就是对袁氏称帝不满嘛！汪度可是滇省重臣，忠心耿耿，唐督有些过分了！”黄毓成咬牙切齿，把手中水烟筒拍得嘣嘣直响。

赴昆前虽也听说袁世凯加紧册封各省都督，唐继尧拟封一等侯爵。可万没想到情况会如此严重，二师师长沈汪度被害，使人不得不怀疑唐继尧是不是又要反水。方声涛忐忑不安，莫非欧事研究会寄予厚望的滇省要让袁氏封爵搅黄了局？禁不住问黄毓成，“变化怎会如此之快？唐继尧且能为个虚爵断送一世声名。亡我共和、夺我民国者，定将遗臭万年，难道就没有人为他出谋？”

“这倒不是，我与邓泰中、杨蓁相约几次到督署劝说继尧。在下甚至摔了枪，可不知为何，他直到现在还犹犹豫豫不肯明确表态。”黄毓成道。

“早就知道你与邓、杨二人向唐继尧摊牌的事，他不该是犹犹豫豫的人嘛！为何变成这样？既不明确表态反袁，又不对你们下手。邓泰中、杨蓁自是不同，一向为唐督所倚重，而今又是省城驻军中最具实力的带兵官。却不知黄兄有什么撒手锏，竟敢胁迫都督把枪摔在他的桌上？”见黄毓成那副恨铁不成钢的模样，方声涛不知如何给他劝慰，心中却为敢于与唐继尧直言并在他面前摔枪的黄毓成叫好。

“我有什么撒手锏？不过光杆一个，凭义愤而已。重庆与王陵基一战两败俱伤，把老本都输光了，要不是唐督收容我还无处可去哪！”黄毓成一语潸然。“在邓泰中、杨蓁和在下紧逼之下，唐督倒是同意了起义四项原则，所以我才电告你和烈钧速速来昆。不过我却始终放心不下。那天在唐督家谈判，唐老太爷就认为我们耽误了他家封侯之事，很是不满。何专使到昆热闹非凡，我担心老先生会乘机戳黄滇省反袁义举大事。”

听黄毓成如此一说，方声涛仔细再想，不免手心手背都出了汗，担心唐继尧执迷不悟，半途反悔。深知唐继尧随时都下得了狠手，心中更加忧虑。“唐督态度至为重要！佩金、志伊和你手中都无兵无权，如果他不出头，滇省大局不好控制呀。”

“一直有人游说于他，邓泰中、杨蓁最为有效，还有董鸿勋。唐都督最忌讳的就是这些手握兵权的少壮军官。看得出来，他内心也反对袁氏称帝，只是身负一省责任，犹豫倒也情有可原。”见方声涛焦虑，黄毓成把本来不想说的话都说了出来。事情重大，且成败取决于能否对唐继尧态度做出正确判断，黄毓成确实尚无把握。

袁世凯派往云南的封爵专使何国华还在滇省四处活动，唐继尧态度变化的可能性确实存在。但是在滇军中营、团级带兵官强烈主张反袁称帝者，知道的已有四十多人，几乎占了同级军官的大半。驻昆第一、第七两个主力团，在力主反袁的邓泰中、杨蓁控制之下，反袁已半公开化，对省垣形成了强有力威慑，对促唐反袁起到了极其关键的作用。

方声涛左右思忖，考虑到李烈钧到昆可以促使唐继尧下定决心，且不至于出太大问题，再加李烈钧一再催促，黄毓成也期盼他早日来聚，决定通知李烈钧启程入滇。

欧事研究会成员谷钟秀、杨永泰、徐傅霖等人于1915年10月5日在上海创办了《中华新报》，作为联合全国讨袁力量形成阵营的第一份报刊，很快便产生了强烈影响。此时，进步党人也完成了由拥袁到反袁的转变，从而使中华革命党、欧事研究会和国民党、进步党瓦解后形成的新兴反袁政治力量联合成为可能。袁世凯公开鼓吹帝制后，进步党人断然与其决裂，原党首梁启超公开撰文揭露袁氏称帝阴谋，力主武装讨袁，并暗中协助蔡锷准备逃出北京，积极为武力讨袁做了大量实事。

欧事研究会的李根源、程潜从日本启程回国。11月3日，李根源带着欧事研究会的嘱托，与程潜匆匆由横槟出发，乘船直赴上海。前不久在日本召集欧事研究会成员开会的情形，仍然历历在目，萦绕于心。此次回国，按计划要在上海与从美国、南洋等地回国的欧事研究会代表商讨下一步讨袁大计。对李根源来说，回国就好似重生的期盼。“二次革命”后炼狱般的煎熬，使他更加急切地想回国再建一番伟业，把政治学理论付诸实践，可这些年他所感悟出的国策，在袁氏称帝的残酷现实面前，似乎并不可行。此时他还要以战士的身份，先去参加一场惊动天地的血战。李根源全身如火烧般发烫，满腔热血在胸中涌动，与程潜在甲板上被海风扑簌簌一吹，那热血似乎就像要凝固起来，瞬间寒气钻心，直刺骨髓。

“程兄，此次回国各方人士聚齐，必须要有一行动方针方可指导，克强先生明确表示，民党已经到了联合一致对敌、武装讨袁三次革命的关键时刻。我想最好能在他的意见上统一认识，制定一个行动方针，以利相互策应、发挥作用，关键就是要联合行动。钮永建一定会带来克强和留美同志意见，待与南洋和国内同志会商后即刻付诸行动。你看如何？”李根源双手围抱胸前抵御袭来的寒风，声音有些颤抖。

见李根源冷成这样，程潜也禁不住打了一个寒战。“莫在甲板上待了，咱们回到舱里再讨论吧！还有好多大事，恐怕不是一句两句就能说得清楚，且莫受了凉，那岂不成‘出师未捷身先死’！”说着，拉起李根源就要往船舱里跑。

李根源甩开程潜，开怀大笑。“出师未捷，程兄说什么话？丧气丧气！莫不是还有《仇国论》者，不赞成武力讨袁？”他一直担忧有人会节外生枝，提出反对联合讨袁的意见。

“哎呀！李兄这玩笑开得重了，我劝你暂避寒风，你却损我志气，到时我做给你看，惟楚有才，三湘弟子，三千越甲可吞吴。”

“好一个三湘弟子！湖南之事自然程兄独步。你是有志之士，我亦苦心之人，破釜沉舟、卧薪尝胆，彼此彼此。”说的虽是玩笑话，却风风火火充满杀机。李根源已下定决心，回国就是要发动一次捍卫共和、武装讨袁的大运动。他自喻“苦心之人”，其实也流露出不便言说的苦衷，深思谋虑，切不可为争权攘利所害。

一路乘船，二人总有说不完的话题，本来在日本就已经反复议过的事，临回国前还是免不了要权衡再三。各地欧事研究会成员平日里多是电报、书信往来，多少年了，聚集一处讨论大计方针还是首次，让人怎不担心！二人深深感到，“二次革命”以来，民党伤痕累累，内部分歧不断增大，很多人心里都有阴影。

11月7日，进步党人孙洪伊等发表了《进步党反对帝制之通电》，愤然指出：“帝制发生，人心愤恨，若不即此终止，灭亡之祸，无可幸逃”。表明了进步党人反对袁世凯称帝的决心。

从美国回来的钮永建，从南洋回来的林虎、章梓、冷遹、陈强、程子楷、耿毅、章士钊等先后抵达上海，会同已在上海的谷钟秀、杨永泰、欧阳振声、张季鸾等人，欧事研究会各路人马欣然聚首，好不热闹，其中也有已和中华革命党取得联系并加入该党的人员。大家分析当前局势，认为中华已到了千钧一发的要危急关头，主张要与各方人士联合行动、团结一致共谋讨袁。于是在重新制订的行动方针中，合作和一致行动，成为最受关注的大事。

三、大义为重　春风化雨

李明远自从回到腾冲，除了照顾老母，帮助沈家打理生意外，余下时间就是读书写字。但袁世凯称帝的惊天大事，还是让一心世外的他惴惴不安。那天到全仁街王开国先生学馆，欲求教南诏时腾越国辖制及其与永昌节度的关系，见王老先生正与一位西装革履的人在书房说话，知道是外地来人，正要回避，却被先生喊住。“明远快来，看看是谁！”

见王先生招呼，他又折身返回书房，却见一位精明干练，年纪约三十四五岁的男子，好像在哪里见过，却又一时想不起来，正在愣神，那男子已伸出手来，眯缝着眼也有些疑惑地打量着他。

“你俩见过面的，来来来，我给你们介绍。”王开国一手拉李明远一手拉那男子介绍道：“李明远，印泉侄儿，受乃叔牵连，讲武堂差几个月就毕业的，如今肄业在家。”

“在下李明远，久违久违！”李明远忙点头致意。

“久仰久仰！李岱宗，表字恩沛。”穿西装的客人更是客气。

王开国先生再向李明远介绍：“这就是常跟你们提起，曾在香港富滇银行做事，现在‘利源’‘长利’行等多家商号帮办的恩沛先生。记不记得？”

李明远想起在王先生学馆读书时，就常听人说起的一位学长，曾因赌石买了一块无人入眼的黑皮料，解开看涨发财、撞上好运，后来此人与另一位叫作张荣庭的学长一同在香港做生意，因二人关系甚好，又都极富传奇色彩，以至常常被人混淆。在同学中学长张荣庭名气更大，李明远只记得当年在学馆见他的模样。而今在腾冲，富滇银行香港分行行长张荣庭可算得上是大名鼎鼎的人物。据说上学时张荣庭偶尔买卖玉镯就能赚到大钱，众人都说那不仅是运气，更是眼力。他弃学从商后做粮食、土产生意也是什么都能赚钱，其事迹被学友们传得神乎其神。张荣庭是七八年前去的广州，后来到香港，李岱宗紧随其后也到了香港。二人在一起生意越做越好，越做越大。在学馆时确实见过李岱宗，那时他与张荣庭一起来找先生，偶然一面，难得王先生好记性，丁点小事都记得清楚。

李岱宗原籍永昌府保山县，却自小在腾越长大，发蒙后一直在王开国先生处读书。张荣庭，腾越城关人，早年也在王开国先生学馆读书。李、张二人既是同学又是好友，形影不离，只要一说起李岱宗自然就会想起张荣庭。李明远到学馆读书时，张、李二人已经弃学从商。所以，虽然二人故事听得不少，印象却不很深，特别是李岱宗，不知怎的总被记成张荣庭。

此次李岱宗取道缅甸回腾冲，据说只是帮张荣庭办点家事，两三天就要回港。不久前，张荣庭因资助孙中山、李根源等反对袁氏政府活动，被香港当局拘留检查。因此李岱宗回到腾越也不声张，只因想念王先生，所以前来学馆看望，却被李明远恰巧碰上。知道是李根源先生堂侄，李岱宗自然十分高兴。“在香港，根源先生常来走动。明远的事也曾听先生提起，可惜啊可惜！而今军事人才缺乏，明远还是不要荒废。”

“今腾越同仁，死的死散的散，我学军事不过是为驱逐跶虏、振兴中华而萌发的心愿。不意几年来民国竟是军阀任事，屠戮无辜，所以一直在想救万民于水火实非军事所能为。兴教育、明至理、济民生才是正途。”李明远放言议论，意犹未尽。

李岱宗开怀一笑：“明远真若乃叔！我听乃叔言论，总以政治教育为事，明远与乃叔如出一辙，莫非是乃叔所教？”

“堂叔虽为在下先生，却已经两三年不通音信，恰是这两年来，在下常向开国先生求教，欣然有所感悟，让您见笑了。”

“哪里哪里！明远所言固然不错，不知可晓得中山先生关于宪政的理想，应当以何种方式实现，行的又是什么步骤？”李岱宗问。见李明远低头思索，接口又道：“恐怕没听过吧？在下曾听中山先生私下议论，斗胆思忖先生致力于以武力反对袁世凯，虽不得已而为，却恰是我中华实现宪政之必然。莫说当下军事乃反袁称帝所依凭，即便袁世凯倒台，实现民主宪政之途径亦必有消灭军阀土匪之役，建设中华更有保家卫国之需，故而军事实不可荒废！”

李岱宗侃侃而谈，虽仍处于袁世凯当政之局，却毫不惧怕，把李明远也鼓动得热血沸腾起来。“先生从港归来，定知袁氏意欲复辟帝制一事，国人痛切，民国如此多难，实与滥用军力有关。”

“所以，就要以其人之道还治其人之身。武力反袁，势所必然！”李岱宗答道。

“但谁又能保证袁世凯之后不会有唐世凯、李世凯、张世凯！看看滇省今日，唐继尧大权独揽迫害异己，腾越吃亏还少？文光先生在天之灵……”听李岱宗所言，李明远心有所动，可嘴里却仍然还在争辩。这些年来耳闻目睹，身历了无数的事，特别是张文光先生被残杀惨死更是刻骨铭心。因为对时局深恶痛绝，不知不觉间便又说起旧事，话才出口就已悲痛难忍。

李岱宗听李明远提起张文光，心中也不免感伤。在香港多次听李根源讲起，李明远进屋前，与王开国先生正好就讲到腾越起义前后诸事。于是说道：“文光受人爱戴，实是人民对民主共和的怀念，民心向背已可定论。袁世凯倒行逆施早已天怒人怨，‘天作孽犹可违，人作孽不可活’，袁氏妄行帝制，只是自掘坟墓自取灭亡！”

见李明远淡然军事，李岱宗也不好明说自己是受李根源之托、张荣庭指派，为武装讨袁做准备，到缅甸向华侨筹集捐款。辗转腾冲也是想联络滇西同志，为入滇讨袁海外人士多谋一条通路。想起随身带来的《青年杂志》创刊号和最近几期《中华新报》，忙递给李明远，“拿去看看吧！很不错的，那篇《敬告青年》的文章很有活力，恐怕于你会有帮助。乃叔处我当转呈问候，也权以李先生名义，代问家人、父母好。根源先生常常思念家乡，无奈时局所困不得而为。此次在下甘冒风险回转腾越，能与开国先生和明远晤面，不仅值得，实在也是备感荣幸！唯望先生与明远不会因我而蒙祸。好在今日天下大局嬗变在即，我料不远将来必有一番壮举。前不久吕志伊先生从滇省到港，发动侨居港澳及海外人士捐资集款支持滇省行反袁大义。听说唐继尧已经决心反袁。目前，各地志士仁人都往滇省聚集，你们难道还不知道？”

见李岱宗发问，王开国和李明远都面面相觑，感觉并无所闻。王开国开口问道：“岱宗说必有一番壮举，连唐继尧都肯出头反对袁世凯，我看还需忖度，腾越路远，可海外消息还是可闻，怎么就没听说？滇西边城，吃亏省府的事实在是太多了啊！更何况是唐继尧。我张大帅被杀害不说，连一天官都不愿做的刘辅国也不放过，刀安仁出狱后不久也在北京郁郁病殒。转眼又是多少年了，腾越的人有家不能归，有地不能种。根源与唐同学共事多年，又一起重九举义，还不是被追杀得亡命海外。岱宗可得多加小心才是，也该提醒根源、荣庭注意。”李岱宗与李明远一见面就不停议论畅谈，王开国倍感欣喜，但还是忍不住要提醒二人小心。先前他虽一直在听两位弟子说话，却因不是自己所关心的话题，不大留意。说起张文光，并议论起袁世凯破坏共和复辟帝制，以及唐继尧意欲反袁等事，这才担心插话。在他看来，弟子们一个个明事理、辨是非，终是不忘自己“遵圣言、笃凤义、端职业、淡荣利”教诲的表现。可小人不得不防，他一定要提醒弟子。

李岱宗笑了起来，“唐继尧反袁称帝一事不会是假。在香港，不仅印泉先生，还有木欣（张荣庭）都听吕志伊亲口所说。先生知道，吕天民曾与印泉先生一起被袁氏、唐督逼走他乡。本来就犯不着为他做宣传，也不会平白无故地去化缘筹款。老实告诉二位，我此次到缅甸，就是听从印泉先生建议，受木欣委托，前去动员南洋华侨捐款。在缅甸时还想去找辅国，却一时打听不到确切消息。能够暗中潜回腾越，虽说是顺便，却也有联络同志之意。”

听李岱宗如此一说，李明远、王开国都深以为然。

李岱宗又说：“如今克强与中山先生携手相谋，吕志伊虽是受唐督委托到海外筹款，实际上却多假中山先生和克强之名行募天下，并得到他们的支持。联合讨袁已成大势，甚至连梁任公的进步党人，也都愿意联合，共谋武装讨袁大计。”

“天道大义，他唐继尧能够举起义旗反对袁世凯，也算是有胆有识的人了，只要其痛改前非，文光地下有灵也会感知。若其真心做事，滇西也可尽释前嫌同心辅助。不过必须要为文光、辅国及滇西同志平反昭雪，我心才得安宁。岱宗、明远你们说，对还是不对？”王开国先生听李岱宗说出是受李根源、张荣庭所托联络同志，想想这些年来的腾越，不由得感慨万千。

李岱宗和李明远连连点头，特别是李明远，吐出郁结胸中长长的怨气，一下便松快了许多。

王开国笑道：“讲了半天也该歇歇，岱宗明天要走，说是要替荣庭向我讨一幅字。想了半天还是不晓得写什么好，明远你也过来，看看出个主意。”

“先生如此在意，令学生实在不敢当哪！木欣以为常年在外，有先生的字挂在堂前，就如回到腾越，心中也有了寄托。写什么都可以，先生学问谁敢趋及。”看着老师立于案前深思入静的样子，李岱宗深受感动。

王开国还在沉思，最后终于濡了濡笔，在浓墨中一裹，又在砚边稍稍舔干，飞快地在砚台旁的瓷盘水中一蘸，提笔在手，于铺开的腾越玉泉宣纸上，一会飞笔如泻一会顿笔拙涩，抑扬顿挫立即书就一幅大字中堂：“划野当鹑尾，中原险半收。江山余战垒，花柳出征邮。细雨归帆涩，荒途去马愁。茫茫前后事，且独吊孙刘。”写的是乾隆朝滇西永昌府人袁文揆《过荆州》诗。诗中的“鹑尾”，为二十八星宿之一的张宿，于辰在巳，楚之分野属荆州，原是指的地域。但在算命书中，鹑尾也代表着生长于大地的根，坚强而深厚。王开国先生选取这首先辈乡人的感怀诗，表达了对学子的牵挂和时局的担忧。

从王先生学馆回来，李明远翻看李岱宗带来的杂志，特别是《青年杂志》创刊号上那篇《敬告青年》的文章，其中引论奇多，似乎颇有深意，文章中提到的一些欧美哲学家名字，他有些知道，有些还不认识，于是又到图书馆查找了几天，借了不少相关的杂志回家认真读了半月，更感觉这世界的丰富，心中也豁然开朗了许多。对文章中提到的青年必须正确抉择的六大原则问题，他印象很深，尤其是“当以科学与人权并重”的话，更是振聋发聩，说到他的心头。再看文中一段话：“其不能善变而与之俱进者，将见其不适环境之争存，而退归天然淘汰已耳，保守云乎哉！”像是对自己所说，便有些坐立不安起来。再想到龙、吴二人，不禁在心里发问：他们也会支持滇省反袁吗？

总结退学后的生活，李明远也说不清为什么竟会如此，连向龙、吴二人做解释的勇气都没有。静心思忖，解释起来必会牵涉堂叔，也会对省府抚西有所贬抑，实在不好说话。可如今天下大势嬗变在即，民初至今袁氏一以贯之，真相已露，抚西瑕疵也无须再三遮掩。

《告青年书》中“人之生也，应战胜恶社会，而不可为恶社会所征服”的话又一次跳荡在他的脑海之中，鼓动和激励着他，犹如春风化雨，洒向他生命虚空的低谷，一阵清新，又有了人的足音跫然。再读《中华新报》，其中《时局痛言》《国耻》《中日交涉谈》《纪中日交涉》等一系列披露“二十一条”交涉过程的文章，饱含言辞凌厉的剖析，更加清晰地揭露了袁世凯急欲称帝的心理，外交受辱实是由其一手造成。还有抨击捐献储金的社论，李明远想起前不久县衙还专门来收取过爱国储金捐款，不仅自己被哄着掏了腰包，连同一条街上靠卖杂货艰难度日的孤身老妪王大妈，也被强逼着凑了一块大洋。原来，这些钱全变成袁世凯谋权篡国欲当皇帝的活动经费，实在让人痛心疾首，哭笑不得。

想起滇西大帅张文光，他再次誓言：“先生有灵在天，明远当与袁贼不共戴天！”听李岱宗说起在缅甸时想寻找刘辅国而未寻到的话，他也心有所动。前久因忙于照顾雨欣生子，再加自回腾越以来，一直心绪不宁等缘故，所以并未想过要到缅甸去寻先生。此时，他觉得真是到了该把先生接回家的时候了。近来常有消息传说蔡锷、李烈钧即将赴昆与滇省都督唐继尧一起主持讨袁军事，云南就要宣布独立。堂叔为什么还不回来？他有些疑惑，细细思索又不免感慨。

冬至这天，李明远又到卧牛岗后山张文光先生墓前祭拜。卧牛岗上，林木苍翠，土台堆叠，显得十分冷清，荒草丛中土坎崖壁旁先生的孤坟兀然而立。见坟头上满插着的坟标，甚至还有新的纸钱，才知道新近有人来过。可环顾左右，他却始终找不到想要寻找的身影，此时周围一片寂静，更加有些瘆人的寥落。坟头已长出了不少荒草，在寒风中显得凌乱萧瑟。忧伤的冬天似乎永远带着一种神秘，热乎乎的心都能凝成冰霜。把带来的祭品摆放在张先生墓前，他跪拜在地默默无语，久久都不起来。

从卧牛岗下山路过张文光、刘辅国先生在董库村的旧居，人去楼空的冷落景象使他更觉心酸。往事历历在目，二位先生常与前来造访的各方人士纵谈国是，密谋反清大计；自己和龙润民、吴子元几人一起印传单、送密信的情景至今还让人念念不忘。而此时，清王朝虽已倾覆，腾越起义的筹谋之地，却物是人非，一派凄凉。不远处的阎家塘温泉，氤氲热气带着一股浓烈的硫黄气味，弥漫在山野峡谷中，扑在脸上，湿漉漉地飘绕不散。深深的怀念，让人久久不愿离开。他想再与张先生做一番述谈，面对袁世凯倒行逆施，民主危机、共和临难的大事，他确实有很多话要说。如果唐继尧带头竖起反袁大旗，对这个杀人仇寇，是否应该给予支持？国难当头大义为重，党争私怨也许只是无谓，他决心已定，要把刘辅国先生和龙润民、吴子元找到，大家相约一处，再好好干上一番大事。

四、讨伐逆贼　志士担当

接到方声涛的信，李烈钧决定立即动身赴滇。12月初，即与九江起事讨袁的几名老部属一起赶赴香港，找到了李根源。

“印泉兄，讨袁事大联合要紧，我已向孙先生申请加入了中华民党，不知你意下如何？而今滇省犹豫动摇，声涛来信颇为担心，万一唐继尧想不通，滇省发生倒唐之事，且不是未行大义反先自伤一羽。”李烈钧十分担忧。

“民党之事，我不着急，协和兄切勿多虑。继尧脾气我知，必将深思熟虑而后为，说他犹豫，我看不是，大事面前要他立断果决也难。这人总要等待时机，看准做事倒也不会回头，我兄此去亦可促他早下决心。”想起当年与唐继尧在讲武堂、省军都督府共事的经历，李根源心下沉吟。

“据说当年由黔回滇，他可是排斥异己肆意杀伐，翻脸不认人的啊！连你都吃苦不小。”李烈钧话中有话。

“党同伐异，不仅是他，过去的事提它作甚。不过，你倒提醒我，他对那个‘权’字，比之你我更要看得重些。之所以犹豫，我猜多半尽在于此。”李根源听李烈钧提起当年，想起“二次革命”后偏心于党的蔡都督推荐已为一党的唐继尧回滇主政之事，感慨良多。

“按照克强意见，聚集滇省只为促唐行大义而已。以我之意，事成后决不滞留，是成全继尧而并无喧宾夺主之意。根源兄说的可是这个？”李烈钧听李根源说出那个“权”字亦很敏感。辛亥之后，多少体味到权力滋味的他，深知权力可以刺激起来的能量，又岂有在这个“权”字面前不踌躇思忖的道理。

李根源哈哈大笑，“你我之心，天人共鉴，但继尧此时却不得不权衡利弊，左右思量。毕竟你我了无牵挂，而他却身系一省都督。若李兄当年随便答应起兵招讨，反而不可思议。”

“印泉兄所说甚是。当年湖口起兵，要不是情况紧急，中山、克强指令，我也曾犹豫不决。”

“我看继尧所以担心，还有一虑。试想滇省独为，以其区区影响力，反袁之举能否成功实无胜算。若有高人前来滇省号召，以此赢得举国相助，大事方才有望。高人固然可期，却又担心大势旁落，故而进退两难难于决断。因此，李兄入滇定当掌握分寸，只要促他举旗反袁，便可藏剑于怀唯命是从。我之不能入滇原因即在于此，实在是担心继尧猜忌。对了，前天张荣庭陪吕志伊来过，知道你要过来，又听说江苏冯国璋已经接洽，钮永健、林虎也拟到广西联络陆荣廷、陈炳焜，至为高兴。说是要拜会中山先生，把促滇反袁之事向先生报告。吕公还说，此次赴港澳、南洋等地筹款虽是受唐督所托，实则也是中山先生准允，意在联络各方共谋反袁。如今看来，继尧决心已下，滇省率先举事也是水到渠成。”

“志伊为中山先生所遣，我也早就听说，不想也会被继尧相托，正好应了联合讨袁的大势。既如此，大事可成矣！对了，说起张荣庭，我还想向他先借点钱带回滇省，这次赴港正为此事。你看如何？”听说吕志伊受唐继尧委托已经到港活动，李烈钧很是高兴，对入滇携手唐继尧反袁更是充满信心。想起富滇银行香港分行行长张荣庭既是李根源腾越老乡，又与中华革命党和欧事研究会都关系至深，于是想请李根源帮助撮合，借得一笔反袁资金。

“荣庭处肯定没有问题，只是我和钮永健、林虎等人在沪港活动经费均由他筹措，支用不少。听说中山先生也得他资助，前不久《中华新报》开办，荣庭又拨给报社7万元。为这些事巡捕疑他谋乱，还抓他去坐了几天班房。李兄再去借款恐怕有些困难。今晚我先打个电话，说说看。”李根源思忖了好一阵，仍是有些为难。

李烈钧不住点头，心里却很着急。赴港之前他已经致函张荣庭提到借款一事，说是到港即去办理。听李根源如此一说，感觉当下这事似乎已很难办。

见李烈钧沉默不语，李根源继续说道：“另外，前不久张孝准代表克强所借200万，款项已分发各处。滇省义举，兄亦可提取部分支用。如今党人到处都在募款，实在并非好事。南洋各埠就曾因克强和你我募捐、孙先生也在募捐深为不解，结果两方筹款都受影响。依我之见，既然联合，民党就该统一筹款，至少应划分片区各不相扰，统一支配才好。发动滇省义举本来事大，李兄打算原本不错，荣庭处我肯定要说。不过，今后筹款必须统筹方可，滇省首义则当优先满足。”

听李根源说起筹款艰难，李烈钧深有同感。不久前与方声涛在南洋筹款，就与国民党南洋支部和筹款委员会闹了不少矛盾，至今心中还都不快。“筹款之事应当好好计议，否则，如此下去民党内部先自闹得跟乌眼鸡一样，还谈什么讨袁！”

李根源默然，心中却嗟叹不已。

因为有约在先，第二天李烈钧还是去找了张荣庭。在他看来，不管怎样，张荣庭也是多年朋友，无论如何都得前去拜望。即使借不到钱，也该当面道谢一声。不想一见面，张荣庭即填好一张10万元富滇银行汇票，装入封袋烫上蜡封递在李烈钧手中：“李兄把此据带往南洋或者昆明均可，只需交予银行柜台，出示印鉴即可提款。根源昨日电话嘱我一定尽力，兄等此次赴滇，已将身家性命抛于脑后，在下钦佩自当尽力。兄若再有所难，祈望万勿客气，滇省民风淳朴，必会迎诸君共张义帜。袁氏凶残，其军力胜滇省数倍，此去必有殊死一搏。兄统滇军克敌制胜，无事相托，只望能珍惜俾省民力，一举功成。”

想到举义反袁的艰难，张荣庭不禁稍歇低吟：“风萧萧兮易水寒，壮士一去……”那个“兮”字还没出口，李烈钧连忙打断：“荣庭可别再念后文，我既不是刺秦的荆轲，反袁滇省亦非当年燕、赵，且莫说一去不还的话。”又笑道：“与根源说起，荣庭兄近来十分艰难，能予相助，实在感激。有兄相助，弟赴国难当万死而不辞！”

李烈钧身材魁梧，性格爽直，出此豪言壮语，声若洪钟，大有舍身成仁气概。张荣庭不禁为之感动，想想即将发生的战事，以区区云南一贫弱之省来对抗袁世凯统辖之民国政府和北洋军嫡系，力量对比悬殊，胜算希望渺茫，不由得感慨万千，热泪盈眶。再看李烈钧，早已眼圈湿红，热泪滚落。一场从军力上看力量悬殊的战争，得滇籍同仁大力支持，实在令人感动。“荣庭等我佳音。多难兴邦，只此一战，已非往昔唯军力可定胜负。民气堪用，且容弟代浴血将士玉领兄意，战必制胜！”李烈钧壮志豪情溢于言表。

昆明，1915年12月9日，巫家坝步兵第一、第七团3000多名滇军官兵参加了都督唐继尧秘密召开的讨袁誓师大会。

“辛亥起，全国民众历经千辛万苦，费尽心血才推翻清政府换来民主共和，如今袁世凯却要帝制自为，取消共和置四万万民意于不顾。云南军民公议：‘誓死反对，在所必争！’”唐继尧言出心声、义正词严，立即引得在场官兵一阵应和，“誓死反对，在所必争！”的高呼声震天价响。“……常人办一事，谋一业，犹必一往直前，坚决不饶，乃能克敌于成。矧杀敌致果，触处皆险也；冲锋对垒，随时皆危机，而可不振奋精神，争先效命乎？”唐继尧的长篇训诫大鼓士气，说到强烈之处，台下总是报以掌声、口号声。“期于必死，而反不死，正所谓精神之战胜，不亚于勇力也……”唐继尧高声说道。面对视死如归的滇军将士，凛然而言，自己也为之感动。官兵们再次振臂高呼：“誓讨国贼，捍卫共和！”一时悲歌慷慨。会后，一团、七团悄然向川滇边境开进。滇省的讨袁之战，已经付诸行动开始布局，意欲在公开布告讨伐袁世凯之前夺得先机。

12月12日，袁世凯果然昭告天下废止民国，改国号为“中华帝国”，并定于1916年元旦举行皇帝登基大典，起为“洪宪元年”。

李烈钧等四五人携借款及海外、港澳侨商捐助，从新加坡至海防，再转河内，于12月中旬来到越、中边境小城老开，准备搭乘滇越铁路火车直赴昆明。听到袁世凯已经公开称帝的消息后无不义愤填膺，立即起草《讨袁檄文》发往香港，托李根源登报发表。一心只想早早赶往昆明以行大义，不意却被中方河口海关监督硬生生拦截，阻止前行入滇。李烈钧心急如焚，打听到海关已密电省府请示。可几天下来，却不见唐继尧回音，急与随行众人商议，假如海关还不放行，便要强行闯关，到昆明直接找唐对话。于是亲拟电文：“此事为国亦为兄，今到老开已多日矣。三日内即闯关入滇，虽兄将余枪决，向袁逆报功，亦不敢计。”发送滇省都督。并与随行人员做好了闯关准备。

此时滇军上下整编的整编，扩建的扩建，正紧锣密鼓地秘密进行着战斗动员。为何把李烈钧等人阻拦在越南老开，想必唐继尧自有深意。

昭通。李国聘又从雷波渡过金沙江，到四川凉山做生意去了。说是想歇一歇，却并未在家多待几天，一方面是舍不得要赚的钱，另一方面也想到外面跑跑，打探点消息回来，一去又是一个多月。现如今到处兵荒马乱人心惶惶，不由得让人挂牵。姚必光最想听些外面消息，第一个想到的就是李国聘。

李国聘把从凉山收来的牛羊皮拉到重庆卖掉，一趟生意果真赚钱不少。原本从凉山下来就到叙州，卖完皮子后立即返回昭通。可刚到叙州就听说重庆新开了一家制革厂，大量收购牛羊毛皮，价钱比叙州高了许多，于是便雇了趟船顺长江而下，三四天就到，只是水急浪涌，礁滩湾流又多，差点出事，因此又耽误了几天。在重庆，确实听到不少有关袁世凯称帝的事，传得神乎其神，有人说连国号都取好了，叫什么“洪宪”还是“红线”。大总统十几个姨太太，吵着闹着争当贵妃，果真是“红线”乱作一团。大公子袁克定拉拢扶植党羽，恢复帝制比老头子还要积极。什么请愿、劝进，全是他的主意，自以为当了太子，将来必将继承大统。想把消息告诉大家，李国聘马不停蹄往昭通一路急急猛赶，过了盐津、大关，还有不到一天路程，心里却愈发着急。“袁世凯称帝，几年来民主共和且不是白干了不成？”李国聘这样想着，不由得挥鞭疾驰。

那日出操，姚必光很晚才回到家，一进门就听妻子杨氏说：“下午收到封信，像是段云鹏寄来，可这么早来信，时间不合。”杨氏虽不识字，笔迹的样子大约会看，而寄信收信日子却记得更加清楚，因为不到收信的日子，所以也不敢断定是否就是建水来信。姚必光拿来一看，信果真寄自滇南。信中，段云鹏讲到筹安会和袁世凯称帝一事，概说二团上下反袁群情激愤，相约独立营、九团联合反袁。说各团都在串联，新任团长董鸿勋态度很是坚决，朱德已经升任团长，调补充队训练新兵。因为事情紧急，先发一信联络。姚必光算算时间，正好与自己寄给段云鹏的信撞了对头，那信说的也是筹安会和袁世凯称帝、鼓动联合反对的事。想来此时段云鹏也正好收到那信，真是英雄所见，所有人都想到了一起。知道段云鹏当了连长，姚必光自然高兴。

这些天，禄国藩常来走动，听说独立营就要整编为团，这消息让人十分振奋。近来昭通盛传武装讨袁已经开始行动。可也有负面消息，世事纷扰让人不免心烦意乱，一会儿听说某省将军上表进劝大总统称帝，一会儿又是某某团体请愿要求恢复帝制。废除共和、恢复帝制的闹戏紧锣密鼓，你方唱罢我登场，让人心不得安。

段云鹏来信，透露出滇南军民反对帝制的决心与士气，让姚必光再一次看到了希望。敲开隔壁王祥章家房门，把信给他看后，二人便匆匆来到营长刘发良家，正好禄团长也在。姚必光把段云鹏来信照实说了一遍，禄国藩笑道：“好个朱玉阶，升团长也不说一声，说联合就联合！前天杜钟琦带信来也说要联合。看来又有一场好戏。袁大头啊，袁大头，放着好好的总统不当，想做什么皇帝，乌龟屁膀，倒行逆施天理不容！”

刘发良又说道：“已经接到通知，独立营扩编为团，不久就有大事，好好回去准备吧！”

“独立营扩编成团，带兵官不够啊！你们这些军校、讲武堂毕业的科班要起好作用。”禄国藩郑重其事，像是还有后话。

即将成立的昭通守备司令部也在当地招兵买马准备开张，下级带兵军官奇缺。据说守备司令将来总管昭通乃至滇北地区军务，而禄国藩则是要带兵离开昭通出征。

从刘发良家回来，姚、王二人又找到陈寿昌，三人一夜叙谈，既兴奋又猜疑。知道一桩堪与重九起义比肩的大事件就要发生，昭通首当其冲，正处于前敌一方。

作为军人，他们都惴惴不安，并努力安下心来静候命令。滇军上下决心为共和拼死一战，神圣的使命感不禁油然而生。

五、各路英豪　五华聚首

12月的昆明，隆冬严寒并不似北方那样凌厉，不仅绿树成荫，而且庭院中还有飞花飘红。五华山上光复楼内，中华民国云南都督府中，唐继尧正自琢磨李烈钧发自老开的电报。虽是冬天，阳光从窗外照进屋来，仍然十分暖和。而此时他心中也是一阵阵热流涌动，炽烈如火。

虽然袁世凯改国号称帝已在预料当中，但当看到“中华帝国”布告的那一刻，心里还是十分震动。毕竟民国多年，没有皇帝的日子，让这位封疆大吏感觉到发号施令的自由和畅快。反复咀嚼着“中华帝国”的大号，又有许多郁结与不平陡然而生，甚至不由得厌恶。想起父亲的惋惜，他有些好笑，到手侯爵，那又值个什么！冥想间却听得窗外鸟鸣莺啼，叽喳声热闹非凡。自下决心讨袁以来，这里所有的风雨雪月，似乎都成了助兴的丰城剑气，连平日里吵闹的阳雀鸣叫声也会逗引一省都督走近窗前，驻足而立，似乎其中暗藏着种种玄机。环视四处碧树，想起当年曾是“五华鹰绕”的省府驻地，如今已少见鹰的踪迹，不由得愈加感慨。“一上飞云居五华，松涛声里好为家。西风昨夜吹来早，寒菊当门独自花。”想起清人孙鹏那首描写五华山景的《移居》诗，低声吟诵，心中更有了一种对五华山省府难言的眷念。

记得原省府秘书长周钟嶽曾经说起，1906年修建优级师范学堂大楼时，曾于光复楼址的水池中挖捞出南明永历帝玉玺。据说玉玺出土时紧紧贴着一具枯骸，推测是殉节的掌印宫人。玉玺乃国敕命之宝，如今想起，倒让人有些浮想联翩。这里曾是南明皇宫，南明为清军所灭，永历帝亦被吴三桂逼死，悲凉的故事，见证了这处钟秀神奇之地。优级师范学堂大楼在重九后改作省府驻地，并起名“光复楼”，按照旧时说法，五华山就是当年的帝宫之所。

“要立正统，追索至明，此地当为一源。”想到此，滇省都督莫名地打了一个冷噤，禁不住有些惶惶簌簌起来，孙鹏诗中分明写的五华寺嘛！寒菊当门，飞云五华，那才是它的原貌。正自想得出神，却听副官邹若衡报告，忙传唤“进来！”

只见邹若衡神采飞扬，举手敬礼后快步走至都督办公桌前双手递上一封密电。唐继尧尚未拆封，心里却已猜出几分：莫非蔡公已经到达？展开电文一看，果真是蔡锷密电，电报发自所乘货轮，告知即将抵达河内，克日可望入滇。一想到蔡锷即将抵昆，心中不由得兴奋起来。自1913年秋蔡锷离滇，又是两年多未见面了。而今细想，自己坐镇滇省左右贵州，实在是全得蔡公扶持，不然哪里会有今天。此时心中早已没有了担心蔡锷回滇主政的隐忧。

唐继尧再一次环顾四周，当墙而立的橡木书柜、文件柜暗褐色的厚实柜门持重板扎，漆色透着柔光，令人十分不舍，相随两年多来，似乎也有了深厚的感情。双手杵着桌案不由沉思：松坡到昆，这屋该当原物奉还。想到蔡锷入滇后的地位职务，他不禁有些苦涩。算算蔡锷行程，两三天内即可到达河口。再看李烈钧电文，陈情恳切措辞激烈，逗得他不觉好笑。“好歹也是做过都督之人哪，怎就不知我意？”这样想着，又暗自嘲解：“烈钧啊，烈钧，老开几天就急成这样，蔡公还在路上的嘛，都督不做了两年，还等不得热稀饭起皮。”心里如此一想，不觉就笑出声来。一直立在桌旁等待训示的副官邹若衡不免诧异，小声咳嗽了一声，示意还在等他示下。

发现自己失态，他忙取出毛笔，先在李烈钧电文上批示复电：“良朋远至，将莅昆明，造福至大，尧喜迎公，特不敢预有表示，兹派舍弟继禹恭迎，愿稍候之。”低声嘱咐邹若衡：“还叫老三按原计划再辛苦一趟，护送李公到昆后，立即转回河口迎接蔡公。其他人我不放心，时间正好赶上，叫他不得有误！”

唐继尧所说“老三”，即其堂弟唐继禹，因排行老三，故而年长位高或轻贱他的人都叫他“老三”，是昵称也是绰号。此时唐继禹任滇省警务处处长，因为近来各方人士纷纷赴滇，所以警务十分繁忙。唐继尧早就决定由唐继禹担任迎客使者，专门迎接从滇南门户入省的重要人物，以为这样既便于警卫，又能代表自己不失礼仪。唐继禹绰号“唐三瞎子”，实则强悍机灵，十分老练，时年25岁，正是想逞强出头的年纪，接令后便连夜赶往河口。

邹若衡走后，唐继尧又陷入沉思，心想授勋专使何国华至今还在滇西视察边务，再过几天即要回昆。此时已经到了必须妥善打发的时候，回头再叫邹若衡安排，切不可稍出乱子。

大事办妥，静下心来把刚写好准备赠送三妹惠赓的感怀诗誊在信笺纸上，仔细默读一遍，心中甚是得意。“饭罢从容理钓舟，浮生大梦尽风流。频年悲悯人空老，举世沉沦杞独忧。热血不禁真爱国，冷心翻笑假封侯。静观一悟曲肱乐，身在天风最上头。”打开文件夹把誊写的诗文插入文档，却在不经意间又看到了统率办事处那封密电：“诛杀蔡锷，封郡王，得酬金三百万元。”他不由得好笑：袁世凯还想借刀杀人，封官许愿真肯痛下血本，如此下三滥，只怕是枉费心机！

授勋特使何国华，其实是洪宪大典期间袁氏派往各省监视地方大员动静，京城高官中的一位。看到密电，唐继尧想到其人其事，心中不由得恨恨骂道：心怀鬼胎口蜜腹剑，明是授勋，隐则监视。袁氏实在乏术，可怜一国首脑只剩此道，且有不败亡之理！为了筹备兵事，滇省曾以阳示恭顺、假行劝进请愿而应对，竟然也麻痹了这位特使。看来，乘势待时不能不为，忍辱负重为的只是大节。想到滇省终能以真面目笑对天下，他不由得畅怀人生，更多了一份壮志豪情。

12月17日，李烈钧一行顺利抵达昆明，拜会过唐继尧后便住进黄毓成家。四川熊克武、但懋辛等人也已经来到昆明，住于邓泰中家中。黄、邓两家成了众人聚会的场所。

李烈钧等人刚刚安顿下来，18日，唐继尧又收到统率办事处电报。电文：“唐将军公忠体国，智勇兼优，必可震慑消灭。倘有乱党赴滇，准将军全权便宜处置，无论何人但有谋乱行为，立置于法。”

稍后再次来电：“乱党多人入滇，由唐便宜行事，立置于法！”

最后又有电文：“蔡锷、戴戡偕乱党入滇，应严查防！”

统率办事处三番五次来电，已显惊惶之态。唐继尧一面巧与周旋，一面严密布置，令驻扎滇南的滇军第二师师长刘祖武派兵沿途布防，严加巡查。另外又与法国驻越南梅总督联络，让其妥善安排保护蔡锷一行过境。并于当日赶往黄毓成家，看望了聚集在那里的省外来滇众人，让大家深受鼓舞。但李烈钧心中却始终解不开被其无端阻在老开的心结，待唐继尧走后便憋不住问方声涛：“你说唐都督他葫芦里究竟卖的什么药？叫我在老开等了那么几天，硬是一直不回电报，如今却又像没事一样。”

看着在屋内来回走动疑惑不解的李烈钧，方声涛笑了起来。“我想恐怕还是因为李兄目标太大，唐都督不愿你早到昆明招摇，故而拦你一下好等蔡公来后会齐。”

“就是，就是。听说蔡公已抵河内，预计后日便可抵昆，如此一算，李兄到昆时间正好，不多不少早了两天。既先于蔡公到昆，又不至于太早而闹得风声太大，反而不便接应。”听李烈钧和方声涛在那里议论，黄毓成忍不住插嘴。

"也许吧！我说唐督不愧老谋深算，你俩说得有理。继尧韬略，若能如此指挥阵战，决胜千里定然易如反掌。"李烈钧有意调侃，哈哈一笑。

见李烈钧、黄毓成如此开怀，方声涛更是高兴，"原先讲武堂丙班我的那些学生，像董鸿勋、朱德、朱培德、范石生、唐淮源、田中谷、李文汉等人如今都已是营、团级带兵官了。抵昆后早想联系，却担心太过唐突，一直打不定主意，二位仁兄说说看，弟是否可以见见这些学生？"

黄毓成对滇省这两年的情况更为熟悉，见方声涛说出想联系讲武堂弟子的话，连忙阻拦。"据我所知，董鸿勋新近接手步兵二团，是为唐督心腹；朱德、唐淮源在滇南剿匪，名气蛮大，前不久朱德调任补充队队长，负责训练一团新兵。其他几人，范石生在炮团当营长；田中谷、李文汉在邓泰中手下步一团当营长；朱培德在杨蓁七团当营长，驻扎思茅、普洱时得了疟疾，恐怕还未好全。除石生、中谷、文汉外，大都远在外地，联系并不方便。董鸿勋接手二团，朱德到补充队，其实都是唐公扩编队伍为讨袁战争所做的准备。说起董鸿勋，那可是一个性急之人，甚至比邓泰中、杨蓁都还敢言，在都督面前，竟然要行兵谏。8月因率兵包围审判厅要求释放因宣传反对帝制、抵制筹安会而被逮捕审判的《滇声报》主笔徐虚舟，曾一度被撤了团长职务。正因他敢直言，如今反而得了都督重用。我看下面带兵官问题不大，这些人为反对袁氏称帝，即便是与唐都督闹翻都在所不惜。关键还是要促唐讨袁，倘若唐都督不首发号召，甚至于出面镇压，则滇省必会未行讨袁而先自乱，那岂不是要失却最好战机？"

李烈钧点头表示赞同，方声涛也觉有理，大家一心一意做事，共为滇省首发义举出谋划策。

近来黄毓成家热闹非凡，民党及欧事研究会旧友们大都聚集于此商议大事。其中不少人担任过民国高官、军队将校，大家只有一个心愿，就等滇省都督唐公一声号令，即行讨袁。省垣手握重兵的邓泰中、杨蓁，以及讲武学校教官杨森等人也常来与李烈钧、方声涛、熊克武、但懋辛等前辈教官和辛亥老将们一起磋商讨袁大计。受到鼓舞，回到团队和学校后又做一番宣传，让手下官兵更加增强了讨袁起义的斗志和决心。

"烈钧兄入滇以前，杨团长就为唐都督设谋，请以第一、第七团以剿匪之名先行开往昭通，出其不意陈兵川滇边境，待讨袁号令昭告天下，便可一举入川。听说罗佩金也是这个意思。可如今一团、七团静驻不动，不知都督又有什么打算？"黄毓成忍不住问杨臻。

“当初听我出计，唐公倒是欣然同意，我也摸不清楚，反正现就这样。”杨蓁说话模棱两可，闪烁其词。

“邓、杨二位团长还在这里四处悠游，哪像出兵的样。毓成兄老说前队已经开拔，我就不信！”方声涛手指邓泰中、杨蓁，又在质疑。

“我看，都督还是在等蔡公，只要蔡公一到即可号令天下。虽到时发兵已失先机，但川省一地北洋系人马也鞭长莫及，唐都督所算正在于此。”李烈钧屈指算了一算，不由得点头微笑。

“就是，就是！唐都督所虑的乃是孤掌难鸣。依我所见，你我一方，蔡公又一方，联合起来更有力量。蔡公与梁先生关系密切，而梁先生内外联络，消息至关重要。另外恐怕就是礼让，毕竟蔡公原是唐督上官，滇省都督又是蔡公所荐，等他到后再行大计，是为礼让，不知对否？”熊克武插进来也一起议论。

听几人你言我语，都在猜度唐继尧谋略。黄毓成点头笑道：“我说唐公尤像孙仲谋，此时群英聚会，他却还有心思独处一隅考虑细节，不愧为大将之才啊！”

“不过，先机一失将来必要付出代价，用我将士性命来换这些噱头，恐怕不值。”半天不说话的但懋辛直抒己见，对唐督甚是不解。

坐在一旁的杨森也点头附和：“但将军说得是。兵贵神速，一寸光阴一条命，与其在这里耗着，不如早一天发兵。既然袁世凯废改国号欲做皇帝在前，我们还等什么？晚是动，早也是动，晚动不如早动，已经是事不宜迟了啊！”

“而今万事俱备只欠东风，事已至此，大家也不必多所议论以免分心，我想蔡公一到必有所为。倒是先到之人需把手头要准备的事都做好，特别是军饷粮草，可不能有一丝耽误。不若邓团长、杨团长先把下月兵饷支了，好让官兵早有安排，出征用命少些牵挂。”李烈钧语重心长，看似漫不经心，却是暗中点出邓、杨用兵之急。

“我团兵饷倒是早就发了，自从接到出发命令，所有事都提前做了准备。不瞒诸位，明天我即先行，决不误事！”邓泰中话中有话，眼睛不住往杨蓁直看。见杨蓁点头，这才又道：“杨团长你别笑，疑兵之计你比我会搞，七团、一团谁也离不开谁。我在前边等你，别把我撂到半道上就行。”

“我撂你做哪样？还不是要唐公发话，你走你的，可别拉我做垫背。”杨蓁一笑了之，也是话中有话。

见邓、杨二人东一榔头西一棒地抬杠，众人如坠迷局一般。但一团、七团似乎已经在动，可究竟到了什么地方，仍还摸不着边际。

“邓、杨团长云遮雾罩，我也不想打听，只要一团、七团已经出动，那可就占得先机。我看唐督其实是早有布置，却还遮遮掩掩，用的是明修栈道、暗度陈仓之计吧？”熊克武笑了起来。这位曾负笈东渡、士官学校毕业的高材生，心中越发佩服滇省都督。

“我看当务之急，还是统筹军事计划，议设指挥首脑。明日唐督在五华山省府召集会议，一定议及此事，诸位得静心细想，不可耽误了大事。”听众人议论，李烈钧心中早已有底。当下又认真分析了种种形势，并把赴滇前后的各种想法细细地梳理一遍。主意已定，也不想难为邓、杨二人，或非要探听些先机军务。环视众人又道：“各方人士聚于一堂固然有利，但必有一人主使方能全军听命。”再次提醒大家，一定要把如何说服唐继尧和其他参会人员的首要问题想好，以待来日计议。

六、赴滇之路　山高水长

北京。11月9日，蔡锷来到刚辞了云南财政厅厅长之职，到京城不久的袁家普家。说起民国初年一起在滇省励精图治，节约财政的话，二人兴致勃勃。

“家普兄可知道，当年在下提出滇省三年内不求协饷，完全是出于国家乱局，协银无从着落，滇省主动不要协银，尚可免除部分解款的实际。却给你们这些理财当家的人带来了不少困难，真是辛苦了啊！”提起往事蔡锷动了感情。

“都督倒不必歉疚。蔡公在位两年，财政精打细算，虽有援川、抚西、镇南、北伐、援藏等军费开支负担，但府库仍能勉强维持。对此我也曾不信，实在是不简单啊！”袁家普仍称蔡锷“都督”。回忆当年云南财政度过的艰难时日，深有感触。“不久前清理富滇银行库存，无意间竟查得长银60万大洋。家普因处置此款与唐督意见不合而被免职。想想也是无官一身轻，再不用为陈芝麻烂谷子的事去伤脑筋。财政税收，这差事真是难干。”

袁家普说完，见蔡锷沉思不语，心中不免沮丧，以为他并未认真听自己说话。不想蔡锷却问道：“家普兄怎不讲了？我还再想听听。你说富滇银行多出60万，会不会是李（鸿祥）谢（汝翼）两位师长从四川带回的川军政府补助滇军的军饷。我记得是40万啊。援川军需花费实在不止此数，能够结余，也多亏将士用命，诸君理财，要不然这钱早不知去了哪里！”

袁家普连连摇头，“那倒不是。从哪里多出的，至今都说不清楚。”心中暗想：“蔡公不愧大材，三四年前的事还能记得一清二楚。”

“你说说看，财政、财务多钱的事有时比差钱还让人着急，有多必有少嘛，这是常有的规律。”

袁家普深表赞同：“就是。我就想仔细查查，万一因此冒出什么亏空，那就不好交代了。从川省带回的那40万，早已作为富滇银行基金入了账，清出的钱款都是零零散散汇总而成，也不知跟哪些事情有关。唐督不让再查只好作罢，要不咋说是多出钱呢？”

见袁家普如此一说，蔡锷点头笑道：“随便问问。如今身体不好，喉头常常疼痛，也无心去管更多的事，过几天还想去天津就医。”就此岔开话题，其实是有意回避。省账平白无故多出这么一大笔钱确实不是小事，财政厅长要想查个究竟也是顺理成章。但唐继尧为什么不让查？他猜不透，也不想刨根究底去问。说起病来，蔡锷近来常觉喉头发痒隐隐作痛，说话间又下意识地咽了口唾沫润润喉咙。“不过，我赴天津就医之事，你我知道也就是了，不要在外边说起。如今袁家父子看管甚严，随便不让走动，在京就如虎柙牢笼一般，丝毫不得自由。”

“蔡公一人赴津恐怕不便，家普近来无事，我陪您一起去好了。”听说蔡锷要去天津，袁家普自告奋勇意欲陪同前往。

“不用，不用！这两年天津常来常往也走惯了，为这病已经不知跑了多少趟。”蔡锷笑了笑，坚决不要袁家普相陪，神情却显得有些凝重，像是一去即要久别的样子。

11月10日，陆军中将哈汉章为父母祝寿请客，蔡锷应邀前往，饭后与韩凤楼、李鸿祥等滇省在京老友聚会打牌，通宵达旦。11日清晨，当他从哈家出来时，发现密探们还蜷缩在隐蔽之处，初冬寒夜坚守已经倦态难掩。他也因一夜大战几乎没有和牌而有些无精打采，疲惫不堪地拐进新华宫，径直走入经界局办公小院。

暗中监视的密探们一夜苦熬，想不到蔡锷一大早就进了办公室，心中懊恼，不免松懈。于是都忙着偷空到新华宫门边传达室里小憩，好养足精神等他回家时再尾随监视。

蔡锷叫来秘书长周钟嶽交办事务，“近来在下不适，惺庵兄代劳尤为辛苦。今日我欲再往津城捡看喉疾，局中事务还拜托吾兄操劳。待我走后，明日请代拟一假条送交总统府请假一周备案，另拟公文一份，拟请派卫燕平会办代理经界局督办职务。我这一去，或许还会费些时日，以后若有大事定捎信予你，亦烦君为我办理。”说完轻轻叹了口气，“如今共和危难，我欲再回滇省联络旧友共谋大计。只是袁家父子看守严密，继尧反对帝制之事已有人来京告密，政事堂电令川督防范，近况尚不了然，所以一时还难计划。我走之后，君可自处，亦可循我之迹前来相会，北京万不能长此困处下去，切记哪！”

“都督放心，在下遵命照办就是。辛亥以来，共和深入人心，北洋系中，不满帝制之人亦大有人在，只是迫于袁氏淫威暂时不敢妄动。唐督之志我亦深知，原本就令我带话谓公宜早脱身南往，共维国事。如今形势纵有千般变化，想来继尧亦不会害公于不义，公当自为珍重，先将养病体，再行大义不迟。先时也有樾村老（赵藩）和子畅（李曰垓）带来口信，备说滇省近况，连天民（吕志伊）都已回至滇省，唐都督还亲出回护，其中玄机公可度之。”周钟嶽早已热泪盈眶。

蔡锷点头会意，心想秘书长所说固然可信，但外间传闻唐继尧投靠袁氏以谋一爵，不得不防。不过，想他做事有始有终，似是犹行韬晦之计，如此掩饰至深，足见深思远谋。但此事重大，性命攸关，也不得不防他见机而退，意犹反水。是时流言蜚语甚嚣尘上，情势复杂，连相交至深的蔡锷，对身在云南的唐继尧都不免有所疑虑。

看看时候不早，蔡锷就要出发，周钟嶽送至经界局院门口，并未发现监视密探，二人依依道别。

自政事堂转出西宛门，蔡锷换了一身便装，这才直奔火车站，买了一张三等车厢车票，搭乘火车，趁夜潜入天津。当晚住于蹇季常家，第二天即到日本人所开共立医院就医。

袁世凯得知蔡锷赴津治病的消息，特派蒋方震前往探视，说是探视，其实就是暗中查看他就医情况。并让蒋方震带信，叫蔡锷务必早日回京销假，出席登基大典。

蒋方震来到医院，暗示袁氏多疑，蔡锷唯有苦笑，“人都这样了，大总统还不放过，蒋兄该当如何复命？”

蒋方震也对袁氏复辟帝制不满，苦于身陷京师，此时虽为袁世凯专使，但也十分支持蔡锷出走。“蔡兄此次赴津，实是有人告密军政执法处，雷震春处长报告大总统，才派了我这趟差事。近日消息，大总统将要公告帝制复辟，他们父子向来器重却也忌惮于你，公告帝制大事在即，且有不更加防范的事。不若我先以蔡兄病情回京复命，俟后兄再回京销假，以迂回之计麻痹松懈袁氏，不知兄意如何？”

蔡锷心领神会，点头一笑。“蒋兄真是军校高材，三句话不离本行，我意早决，到时相机行事这是自然。兄所筹谋，颇有诸葛之风，某当潜记在心。不过兄也当自谋，京师是非之地不可久留！”说着，便把共立医院日本主治医所做的病历交给蒋方震，“这医生大公子熟悉，诊断书务必使大公子知晓，方好跟大总统说话，不然老头子总是疑心。”

蒋方震接过诊断书附在蔡锷耳旁轻言：“明修栈道，暗度陈仓，三十六计，走为上计，弟与兄意相合。”二人相视而笑。

七天后，蔡锷又出现在北京城中，清晨与云吉班筱凤仙一道驱车前往大栅栏，商场中一逛就是半天，大包小抱，好似置办年货一般，买了不少东西。后又来到琉璃厂荣宝斋，与挚友戴戡合演了一出金蝉脱壳计，使戴戡陪筱凤仙先回八大胡同，蒙混过跟踪密探后再乘火车离京赴津。

原来，此计早经周密谋划。在天津就医之时，就有袁氏密探布置于共立医院四周，从天津直接出走相当困难，于是才用了与蒋方震所议之计，杀了个回马枪。回京后，有意先进新华宫销了假，并往经界局嘱周钟嶽待自己离开天津后再为其请假一月。完事后有意招摇过市，又大摇大摆地去了八大胡同，瞅准时机溜进琉璃厂，以戴戡做掩护甩开密探，一到天津便登上日本商船“山东丸”直赴日本。

在天津治病时，蔡锷就将身怀六甲的如夫人潘氏接到天津，在离津赴日的同一天，潘氏也取道香港转赴昆明老家。之前，母亲王老夫人和夫人刘氏已携子女回到老家湖南宝庆。此时，蔡锷早已把家眷安排妥当，正好轻装简行，以赴国难。

袁氏父子忙于发布帝制公告，准备洪宪登基大典，也无暇顾及蔡锷。再加蔡锷布置缜密，行踪并不全在他们掌控之中。知道蔡锷回京销假后更是放下宽心，相信他不至于又离京城，监视暗探也有松懈，故而蔡锷得以乘机再次逃离。

经界局中，周钟嶽按照蔡锷吩咐，再以督办名义向袁世凯呈文请假：“锷假期已满，所恨病仍未愈，特请恩准续假一月，俾得迁地疗养。”几天之后，袁世凯方才得知，事已至此，只得批：“着给假两月”以示宽怀。

蔡锷所乘“山东丸”于11月18日夜间由天津起航，从香港转而日本，风雨兼程，经十数日才抵达日本横滨。当即电报呈送政事堂：“唯有移住气候温暖地方，从容调养，庶医药可望奏功。查日本天气温和，山水清旷，且医治肺胃，设有专科，于养病甚属相宜。兹航海东渡，赴日就医，以期病体早痊，再图报。”

袁世凯心中懊恼，却不好再说什么。一面派辛亥时曾带兵镇压滇南临安起义、失败后逃亡北上的前清蒙自道尹龚心湛代理经界局总办职务，又以张元济代理蔡出席参政院参政，并在蔡锷呈文上批令："一俟调治就愈，仍望早日回国，销假任事，用副倚任。"

蔡锷嘱咐黄兴派往天津接应后又先行到达日本的张孝准在日本各地旅游，每到一地即将预先写好的明信片发给在京政要、友人，以示自己正在日本各地游历，并设法让袁氏父子知道，以掩护下一步赴滇实现反袁称帝的行动。之后，蔡锷从日本悄悄启程，会合前来接应的戴戡、殷承瓛、刘云峰等人，经上海转抵香港，由张荣庭接应，接往利源长行栈歇息。得知李烈钧、熊克武、方声涛等人已动身赴滇，民党诸人已与任公联络，李根源、程潜不日又将由沪赴港进一步策划讨袁大计，滇省起义大事已定，欣喜不已，恨不得立时就赶到云南。张荣庭预见众人在港处境危险，连夜联系法国货船送蔡锷等人转赴越南。此举正好躲过了袁氏密探的追杀和香港巡捕房抓捕。张荣庭本人则在送走蔡锷之后，被巡捕房传讯拘押，几天后才被放回。

抵达越南后，因法兰西驻越南梅总督受唐继尧之托，早已安排专列接送，并派法国士兵护卫。

统率办事处探知蔡锷从海防沿滇越铁路乘专列赶往滇省之后，除急令越籍亡命徒寻机暗杀外，又密使云南蒙自道道尹周沆、阿迷县（今弥勒）知事张一鲲在滇南沿途截杀。同时还以"总统令"发往云南都督署致电唐继尧："若见蔡、戴，可便宜行事就地正法。"

唐继尧急复电："蔡旧部已妥善安置，不致有变。"与袁氏恣意周旋，表现得沉稳而又持重。

此时，蔡锷等人正乘火车从滇越铁路径奔昆明。从越南海防到昆明，855公里的路程，南北之间海拔落差竟达1800余米，路途之难不言而喻。该铁路轨距宽仅一米，名曰"米轨"。铁路跨越长江、珠江和红河几大水系，沿途山川河流众多，地形十分复杂，一路上隧道桥涵不断，弯道又多又长，行驶车速奇慢。18日清晨，专列从老开驶入河口，唐继禹接车后，迅速挂上军列，在"JF-51"型蒸汽机车车头牵引下，一路急驰，历经险阻，躲过袁氏布置的多起截杀，终于12月19日抵达昆明。自此，蔡锷踏上其人生辉煌的历程，实现了讨袁护国宏愿。

七、忠肝义胆　再造共和

12月21日，唐继尧召开会议，热忱欢迎远道来昆的讨袁志士。蔡锷、李烈钧、任可澄、罗佩金、刘祖武、张子贞、方声涛、顾品珍、熊克武、黄毓成、殷承瓛、由云龙、籍忠寓、刘云峰、杨蓁、唐继禹、李曰垓、戴戡、孙永安、龚振鹏、戢翼翘、但懋辛、周官和、王伯群、李雁宾、庾恩旸等参加了会议。

会上，戴戡首先宣读了梁启超发自南京的电文："宁已发兵，望公速发，外交紧急，刻不容缓！"

宁已发兵！不会是三分北洋天下的冯国璋首发义举了吧？在座众人一阵欢呼。"云南起义只能算是附议了。"有人惋惜地议论。

面对议论，唐继尧趁势发言："袁氏不安于总统之位久矣，今假借民意制造已成，欲置我四万万同胞于不顾，天理不在，人格何存？闻梁公金陵来电，鄙人尤深感事机紧急，故滇省义举不能不早日宣布，否则胜算稍纵即逝，我等忍辱负重所做努力且不白费！"

蔡锷立起身来，铿锵有力呼应道："今江苏先发云南响应，闻风而动者必众，横扫袁氏指日可待！"

李烈钧等人也先后发言，把海内外万众激愤争相一搏的消息再绘声绘色一说，使得在座滇省军政要员们尽都欢欣鼓舞，壮志盈怀。

也有人质疑"以滇省之力抗击袁氏北洋之师，亦如以卵击石，更何况而今其还驾皇帝之名，狎全国之兵"。祈望唐都督及众首脑们慎重行事。

蔡锷当即回应："辛亥重九，滇省以一旅之师使百年清政一夜倾覆。而今袁氏私图称帝，其力若死。民意共和，众志成城，活力彰显，人心向背，以全国视之，反对帝制者十有八九。况江宁冯国璋兵强马壮，其既起兵，滇省并非孤旅，只要大家把军队掌握好，反对复辟一定能够成功！"

唐继尧接话道："蔡公之言情真意切，大家赞不赞成？"

众人起立，高声应答："赞成！"

大家一致认为，既然南京已经起兵，云南就应当立即宣告起义以示响应。只是原先布置一团、七团暗地陈兵川滇边境，待宣告起义后再出其不意攻占川南重镇叙州的战略已难实施。虽然两团人马都已经提前出发，但紧赶慢赶都到不了金沙江边，秘密行动将因此完全暴露。谁知梁启超发来电文，不仅“宁已起兵”情况不实，所谓“外交紧急”的话也不知从何说起。

按照罗佩金初拟、多方商议的创建三个军出兵川、黔、桂的军事计划，唐继尧宣布了武装讨袁的部署。大家讨论后一致赞同，但在指挥首脑的问题上却发生了争执。

唐继尧激动地说：“吾辈枕戈待旦，只为拥戴前辈率领，讨伐国贼，尽人之责！”诚心表示愿意推举蔡锷为主帅。

“唐都督不要再推辞了！我之赴滇只为讨贼。得滇省协力，所愿能遂已倍感欣慰。蓂赓深谋远虑，在下与协和共商，讨袁大计宜以蓂赓为总，某与协和辅之。”见唐继尧意欲推举自己为主帅，蔡锷一再坚辞。

“如若蔡公不愿出面，协和原是承过头的，就请协和出来主事可否？”唐继尧转而建议。

蔡锷还在谦让，想不到唐继尧突然冒出这样一句话来，一时无语，眼光不由得转向李烈钧。见蔡、唐二人推让争论，唐继尧突然话锋一转扯上自己，李烈钧不由得心中一惊。“蔡公坚辞，在下更不敢当。以我之意，莫若还是以蓂赓地主为大，总领大局主内，蔡公外主攻伐之事，我当辅之，此乃上策，莫再争论才好。”

李烈钧话没说完，蔡锷便道：“今日之计意在讨袁，他事可以缓议。唯与唐公约，诚若协和所说，蓂赓在省协调诸事，我与协和分任军事主领征伐，否则某当避走！”

唐继尧还想推辞，却被众人一片叫好声打断，三人都不好再坚持，当下决定：蔡锷、李烈钧分任第一、第二军总司令，各统一军出师四川、广西；唐继尧以云南都督、第三军总司令主政后方，运筹帷幄保障军需。

大事稍定，又有人提出：当下我军已次抵川边，犹仍沿用滇军固有建制，恐不宜于义举之号召，建议先定义军名义，再行义举。

“建文元年，明成祖朱棣兵发南京，称为‘靖难’，我看就叫‘讨贼军’或者是‘讨逆军’吧！”蔡锷到昆后希望立即发兵讨袁，见有人提出义军名称的事，首先倡议。

李烈钧在香港时，早与李根源一起讨论过义举名号，并在上海与江苏都督冯国璋的代表接洽过，当时就有“共和”和“讨逆”之说。冯国璋对“共和”没有异议，却不接受“讨逆”二字。现听蔡锷提出“讨贼”“讨逆”，便把曾与冯国璋联络之事说出，众人听后又是议论纷纷。

李曰垓和吕志伊也曾有过议论，认为如果起义名义不定，对内不足以明确系统，对外不足以端正视听，并初拟了“护国”一名。于是说道：“袁氏接受日本‘二十一条’，帝制告成国且不国，恐共和亡而国亦亡。讨袁关系国家存亡，非一般叛逆可比，护国家之义举应以‘护国’立名！”

“护国”名号一出，众人都觉甚好。蔡锷笑道：“曰垓所言极是，‘护国’二字掷地有声，把反对帝制与挽救国家危亡结合起来，言简意赅意义深远。”

“就用此名！‘护国’不仅响亮，更便于联络各方。”唐继尧一锤定音。

22日晚，唐继尧、蔡锷、李烈钧、任可澄等又约请共议义举的曾任、在任滇军中高级军官39人，齐聚五华山光复楼，在大厅关圣帝、岳武穆神位前叩头祭、拜宣言立誓。

唐继尧带头起誓：“拥护共和，吾辈之责。兴师起义，誓灭国贼。成败利钝，与共休戚。万苦千辛，舍命不渝。凡我同人，坚持定力。有渝此盟，神明必殛。”

宣誓毕，众人又以银针刺破手指，在案前黄纸上血书签名，又将签名黄纸燃尽成灰和于酒中，唐继尧、蔡锷、李烈钧和任可澄带头举杯一饮而尽，众人信誓旦旦，光复楼内鼓荡起一股拔山举鼎的磅礴之气。

稍后众人步出光复楼，在五华山顶举目望远，默祷许愿。凉风袭来，让人顿觉清新爽快，明誓的激情一时化作心中的期盼，讨袁大计实为护国，多么神圣啊！天际间深邃无垠的夜色带着神秘的沉寂，让人忍不住又充满无限遐想。而今大旗凛然而举，愿天下志士赴国难伐忤逆，尽能望风而动。

唐继尧抬头仰望星空，见北斗七星恍若精魂，在天空中粲然摇曳，心中不胜感慨。自重九成立军都督府以来，斗转星移又是四年多时间，自己入主五华山，算来也两年多了，日子过得真快！此时北斗破军之星冲光向北，似乎预示着一种玄机。斗柄朝北虽是一年冬季到来北斗七星的自然状态，但为什么恰在此时滇省会起而发难？没有刻意的选择，也没有心理的暗示，偶然之间却也使人忽发奇想，这恐怕就是天意吧？想起幼时塾师所讲王莽篡位，因相信道士谣言蛊惑，崇拜北斗以七星为圣明以致最后兵败的故事，唐继尧不觉好笑，自己向来不信天相，为何此时又会有这些奇奇怪怪的想法？护国义举毕竟是一件惊天动地壮举，纵使有飞黄腾达的人生，历史上又有几人能够遭遇如此大事？他的心绪久久不能平静。

蔡锷也是心如潮涌，一年多来忍辱负重就为这天。滇省不负所望，得以成就伟业，这是多么令人欣喜的事啊！“为四万万同胞争人格，为四万万同胞争人格！”

他在心里一直这样默念，是啊，四万万同胞人格神圣而不可辱！“东风吹彻万家烟，迎面湖光欲接天。千载功名尘与土，碧鸡金马自年年。”想起初入五华山主政滇省时所作的诗，禁不住低声吟诵起来。

“啊呀！将军四年前旧作，此时吟唱别是一番意味！”听得身旁有人小声道好，扭头看时，却是与自己一同回滇的殷承瓛。

重九后省军都督府初迁五华山时，蔡锷见此山气势逶迤，山环水绕处竟扼省垣之要，更有楼宇房舍拥立其次，俯仰之间自然蕴含一种王气。见菜海子水清如玉，碧树苍苍掩映成荫，入夜，四围灯火到处炊烟，有感而发写下了这首感怀之作。

当时，殷承瓛任参谋部总长颇有文名，蔡锷曾以诗示之，一同感叹功名尽若尘土。见蔡锷低吟旧作，昔时光景如昨，引得殷承瓛也无限感慨：“护国之举，堪为重九之后续，往者如斯，来者亦然！”想起誓师会上蔡锷的致辞：“袁势方盛，吾人以一隅而抗全局，明知无望，然与其屈膝而生，毋宁断头而死。此次举义，所争者非胜利，乃中华民国四万万众之人格也。”铮铮之词言犹在耳，更加心潮澎湃。与蔡锷相处经年，总让人觉得他身上有一种悲情，原来这悲情竟是责任，为民而争、心系万家的责任。因责任而难为，便总有明知不可为而为的气概。殷承瓛打从心里佩服蔡锷的才智，更钦佩他的为人。

公历12月23日，乙卯冬至。唐继尧、任可澄联名向袁世凯发出通电。同日，蔡锷、戴戡也联名致电袁世凯。两电洋洋千言，对执意称帝的袁世凯甚至还在谏劝。按照唐继尧的说法是先礼后兵，用兵之前力劝袁氏永除帝制，仁至义尽，实是为发起护国之战而赢取更大道义空间。

第二天，唐继尧再次任命一批中下级军官，并放饷发械准备出征。邓泰中因早些天就已赶往前行的军中，蔡锷入滇后在昆明召开的几次重要会议均未参加。杨蓁也于21日参加完在唐都督家中举行的秘密会议后，匆匆赶往前方军中。

与此同时，袁世凯也正连连下达申令、策令、公报，加快了中华帝国复辟的步伐。对政要、都督、将军们分亲王、公、侯、伯、子、男等爵位大事封赏。

12月25日，等待袁世凯回电既无消息后，独立滇省又以唐继尧、任可澄、刘显世、蔡锷、戴戡名义联名发出二次通电，宣布：“深受国恩，义不从贼，今已严拒伪命，奠定滇黔诸地，为国婴守。”宣告独立后的云南向全国立誓：“拥护共和，反对帝制。”正式发动护国起义。几天来，唐继尧、蔡锷、李烈钧分别在昆明各界民众集会上发表演说，宣讲云南独立的意义、精神，亲领民众高呼“拥护共和，反对帝制”口号，进一步激发民气。昆明乃至整个云南反袁护国情绪蓬勃高涨。

得都督府拨款一万元成立费，12月26日，护国第一军总司令部在昆明八省会馆正式成立，蔡锷移驻会馆，指挥所辖各队分路向四川进发。俟后，总参谋长罗佩金又向殖边银行借得十多万元，交付一军财务，准备带往永宁成立护国银行。

邓泰中、杨蓁所率一团、七团，行经东川府时接到军都督府命令：步兵第一、第七团分别改称护国军一支队、二支队，两支队合编为一梯团，刘云峰任梯团长，作为第一军左翼。第二、三两个梯团的四个支队为中路，人马也整编集结待命出发。另设偏师第四梯团，由戴戡率滇军一个营，外加炮兵连从毕节分道贵阳，策动贵州都督刘显世起义，拟作为护国第一军右翼，实则是为护国黔军留下一个番号。与此同时，还派人到黔南兴义一带，策动守备黔军起义。

原重庆籍川军将领熊克武与曾在川南甚有影响的但懋辛一道，随第一梯团出发，希望尽早回到四川，号召川民响应护国军讨袁并重组军队。

第一军为护国军主力，总兵力设置为已成建制的三个梯团，相当于三个旅，总兵力约7000人，外加兵发贵州的第四梯团。

此时，滇军精锐、装备精良的第一梯团早已进入昭通，第二梯团正由滇南各地向省垣聚集；而归于第三梯团建制的五、六两个支队，一是以昭通独立营为基础整编，二是从滇南江外土司管辖地调凑兵员编成补充队整编，因新兵众多，一直加紧训练，武器装备和兵员尚未完全到位。

几天来，云南军政各界连连举行集会，唐继尧、蔡锷、李烈钧又联名发布《讨袁檄文》，历数袁世凯20条罪状，更加鼓舞士气。据传，梁启超早写就的一篇讨袁檄文，唐继尧看后感觉与此时云南起兵形势已然不适，又命护国第二军秘书长钟动另行撰文，檄文发布后全国震动，再造护国军声势。

八、铁流滚滚　漫道雄关

初冬的昭通，下了一场小雨后骤然间就变得奇冷无比。早晨起来，冰凌结在瓦檐上，一串串滴落着慢慢融化的冰水，依然透着凌厉。寒夜刚刚退去，雨便夹着雪越下越大。不知为何，这年冬天雪下得这样早，天也出奇的冷。傍晚，朔风又起，雨雪消停后，冷风依然透着一股坚韧，带着些许踧踖。

陈寿昌和李国聘一直在王祥章家中等姚必光，王祥章耐不住性子，出门望了好几回，记得分手时他只说去一下即回，可准备好的饭菜都热了几遍，还是不见人影。

独立营编为九团一营后不久又被授予护国第一军第三梯团第五支队番号，扩充为团，正在整训。不出所料，支队长正是九团团长禄国藩。刚提升为连长的姚必光忙着训练新兵，随时准备随军入川。听说辎重排排长龙云马上就要调往省都督府，下午曾来连队找过他，可因新任连长都在接受禄支队长训示而不得见，姚必光心中不免牵挂。虽然已和王祥章、陈寿昌、李国聘几人约好相聚吃饭，可还是想找龙云问一问。辎重排里不见人，又在营房里转了一圈，再从连队出来，刚到大门口正好撞上迎面而来的龙云。

“必光兄，这么晚还在队里，下午找你知不知道？”

“正是这事，到处找你不见，听刘营长说，省府调你赴昆，什么时候走？”姚必光有些不舍。

“正要告诉你呢！我也是刚得刘营长通知，省府直接来的命令，叫到警卫大队报道。可惜不能一起上前线了，到连里就是道别，禄团长在训话，不敢打扰。”

说起禄国藩，龙云还称团长。其实，整编时滇军编制仍然保留，12月24日，都督署重新任命禄国藩为云南陆军步兵第九团团长，刘发良任第九团第一营营长，同时将第九团编为护国军第五支队。雷淦光任副营长，曾万钟、姚必光、徐正文升任连长。

“到省府当差当然不错，护国之役在即，担当大任共济时艰，又能与若衡兄在一起，连禄团长都说好。”姚必光说道。

“我想也是这样，可陈排长被编入了留守队，只有刘营长、雷连长、徐排长你们几人相随禄团长。大战在即，独立营的人却各奔东西……”龙云不无惋惜。

“独立营注定要被编入九团。民国这些年，尽打些零零碎碎的小仗，说是剿匪，其实剿的都是种烟乡民。如今大仗在即，营里兄弟却不能同生共死建功立业，真是可惜！”姚必光感慨道。

“大丈夫立世当轰轰烈烈，眼看就要大干一场，真舍不得。”龙云眼圈微微发红。

见龙云如此难舍，姚必光笑道：“走走走！别在这里站着，风怪冷的，寿昌、祥章在家等着吃饭，一起去吧。”拉着龙云就走。

来到王祥章家，见他正往紫铜炊锅火筒中添炭。见二人进屋，连忙招呼道：

“龙排长也来了！必光找你老半天，寿昌、国聘等不得又买下酒菜去了。弟妹弄好的火锅，汤都干了几回，再熬就成糊了，快来快来，一起热闹热闹！”

王祥章话没说完，陈、李二人推门进屋，李国聘把手中提着的卤牛肉、酱汁鸡往桌上一堆，张罗道：“快把酒倒上，趁热下酒，万和家的卤牛肉，正是冬季美食。”

见龙云也在，陈寿昌笑道：“听说龙兄要上省城，大家都很高兴，只是今日一别，往后就难见面了。”

王祥章倒好酒，“来来来！先干这杯，今天是必光做东，嫂夫人前几天刚回楚雄，所以叫我和弟妹操办。龙排长既要到省，我们这些人实该有所表示，干了这杯，为二位兄长略壮行色！”

众人围坐在热气腾腾的火锅边，屋里升腾起暖暖的酒气。

龙云起身，举杯道：“听说一、二支队已进入昭通，我们这些川滇边界驻军，原来在前面的，现在反落了后，惭愧啊惭愧！在下明天就要前往省城，匆匆此去前路漫漫，来不及辞谢，不好意思啊！先敬大家一杯，万望各自珍重！”话中无限感慨，杯中酒一饮而尽。

“龙排长此去担当大任，在下恭贺，尽在不言中，切望多多保重！”姚必光也一口喝光杯中酒。

“哪里，哪里！必光此次升任连长，马上又要带兵出征，这才是大任呢！不过，依愚所见，此行一定艰难。滇军出川从来不易，我在那边待过，难得很哪！”想起辛亥随军入川，龙云颇觉不易。

“当兵打仗本军人天职，我等祈盼这天久矣！袁贼不除国难未已，赴难蹈行，某等不敢言惧。众位留守本土，责任亦大。只此一战我军虽主动出征，诚若龙排长所说，入川定然艰难。此时袁军云聚川中，兵力数倍于我，殊死一搏在所难免。护国有功，虽马革裹尸亦当壮行，国难当头，大家均需勉力担当！”说起出征，特别是与昔日兄弟好友分别的话，姚必光感触良多。

以昭通独立营为基础整编的护国军第五支队，第一营基本足员，营长刘发良，下设四个连队，曾万钟一连，姚必光、徐正文分别为三连、四连。第二营则由讲武堂甲班二期毕业的杨福桢担任营长，杨与王祥章同乡，所以把他调到二营。因为从各县补充队临时调集的兵员首先满足一营编队，所以二营不仅枪械配备零落，且兵员也尚未凑足，一时还难成军。一营即将出发，二营还将滞留昭通。想到平时相处要好的朋友，到省城的到省城，调二营的调二营，留守的留守，当下离别在即，一向珍重感情的姚必光心中更是倍感难受。

五支队一营出发前，昭通城中气氛已经十分凝重，云南独立通电和讨袁檄文发布后，这座连接川省、处于交通要冲的滇省第二大城，一下子成了护国军兵发川省的前线枢纽。新兵招募、守备司令部成立等所有事项统统汇集在一起，街市上全副武装的士兵匆匆列队而行，让本来不大的小城，显出一派肃杀气象。

五支队一营新兵整编还算顺利，毕竟老兵不少，大家斗志又都很高，所以新兵一到，马上就感受到临战气氛，训练科目很快便都掌握。新兵大都是从昭通周围的巧家、永善、彝良、镇雄、鲁甸一带招募，生长在高寒贫困山区的农家子弟吃苦耐劳、服从指挥，只是独立营原来装备一般，此时兵员扩充，匆忙间枪械尚未配齐。任是禄国藩三番五次催促，可答应配备的枪械总是迟迟不到。听说省里新近从日本订购的一批军火，运到越南就被法国海关扣压，督署正在交涉，大家听后都很窝火。看到第一梯团路经昭通时装备整齐、雄赳赳的样子，五支队包括禄支队长在内的所有人无不羡慕，甚至有些嫉妒。

邓泰中、杨蓁各自赶到队中不久，两个支队便在昭通会合，未曾停顿，又北出大关、盐津，直往滇川边界挺进。

眼看五支队开拔刻不容缓，可武器弹药及军饷还未到位，禄国藩急得团团转。有人提议把库中收缴的云土拿来发给士兵充作军饷，这主意让他大伤脑筋。听说省军都督府也在打各地收缴入库大烟的主意，还暗中收罗派人运往上海、香港出售。云南乃厉行禁烟之省，过去盛产烟土，当初查获收缴入库的大烟能以10万两计。为了讨袁护国，更因军需严重不足，不得已便打起这些烟土主意，实在让人哭笑不得。禄国藩不想蹚这趟浑水，但军饷不足让他心忧，确实也有士兵希望发些烟土，甚至比得了大洋还要欢喜。假如不发军饷就出发，万一士兵们不情愿，闹出事来就不好收场。

晚间，找来营连长们商议，却众口不一，最后只得一拍桌子发狠说道：“无论如何队伍都得按时开拔。军饷不足，排长以上带兵官暂时不发，没有省府命令，也别再打大烟主意，各人带好各人兵，违者严惩不贷！”

“听说补充的兵饷后天就到，搞得好也不至于耽误大家。按照禄团长意思，先把士兵们军饷发完也好，只要钱一到马上就给大家补上，到时事情就好办了。”司务长立即附和，少不得稍作解释。

“依我说这次饷银捐了算了。听说罗参谋长把家中几代人的积蓄都质押给了银行，拿出12万银圆全用在护国军需上。我等区区几个月军饷，贡献护国算得了什么！”徐正文倡议，众人附和。

“大家说得对，国家有难，匹夫有责。禄团长也不必为区区一两个月军饷大费周章。这就回营做好准备，说开拔，就开拔！”营长刘发良扬手挥臂，斩钉截铁道。

散会后姚必光久久不能平静，想不到一向吊儿郎当的徐正文居然如此豪爽，首先说出捐献饷银的话，不得不让人刮目相看，暗暗敬佩。

龙云骑了一匹高头大马，风雨兼程赶了800多里路，来到昆明，抵达五华山时早已人困马乏。在警卫大队报道后，前来接待的竟是邹若衡，一问才知原来就是他向唐都督推荐的自己。

“我就奇怪，独立营整训出征在即，为何一个调令叫我立即到省，原来是若衡兄从中作伐。”龙云一路在想，猜测此事与邹若衡有关，听他说出原委，不禁释然。

“龙兄言重了，什么作伐，把我当媒婆了不是？只因唐公一向对我好，我却要跟随蔡公出征，总有些不舍。”

“是啊！毕竟一晃又是两三年时间，唐公手下做事实在不易。”龙云为周若衡感叹。

在省都督府邹若衡一向很受重用，虽然前段时间心情不畅，却并非唐公待他不善，而是自觉身处是非之地，又逢非常时期，遇到疑惑不解之事所以郁闷。本来人生不遂意十之八九，能在都督府做成这样，已经非常不易。

“龙兄不必担心，其实唐公是很好相处之人，我上前线，唐公身边总得推荐个靠得住的人吧！只好委屈你了。”邹若衡盯着龙云，嘻嘻一笑。

见龙云并不理会，又道：“我可是在唐公面前打过包票的哦！兄当尽力才是，好在这里并不难处，只要能干，定会得到赏识。”

“那若衡兄为什么要离开唐公另投蔡公？”龙云好奇问道。

“只因蔡公到昆后唐公命我接待，蔡公点着名要我去当他的警卫保镖。我虽在唐公处倍受信任，但觉蔡公英雄本色，加之能上前线，所以也就答应下来。”邹若衡说着，眼神中透出一种期盼。

听邹若衡这样说，龙云心想他并不是那种得陇望蜀、喜攀高枝的人，钦佩蔡公或是想上前线，应该就是他的真实想法吧。“若衡兄胸怀大志，何苦拿我来当垫背，我这个替身恐怕未必见得会讨都督喜欢。”

“垫不垫背，等见了唐都督再说，龙兄两年不见话锋越发犀利了，再往下你与都督去说，我可不敢当哪！”

二人相互调侃，随便玩笑，都是胸怀大志之人，尤其龙云，知道邹若衡的举荐是自己人生中的一次机遇，心里十分感激。见邹若衡话都说成这样，哪里还好意思装模作样。“值此国难当头，国是维艰之际，你我命运早与国运系于一身。唐公、蔡公尽皆人中龙凤，而今反袁大计始行，乾坤未卜难定，我本一卒，正当舍命为国。感谢若衡兄致诚推荐，此时某虽不能直上前线杀敌，但也深知肩负责任之重，我必尽力，兄且放心！”

龙云说话渐入正题，余下的邹若衡也不必多讲，只是问道：“唉，说了半天，近来邦汉（卢汉）怎样？好久都听不到他一点消息，像是消失了一样。”

“邦汉从滇南调辎重营任职，最近在兵工厂驻防，你怎么会不知道？上年子一起回老家，他与泽清大婚，别后一年多没见面了。”提起表弟，龙云分外牵挂。

“你又不是不知道邦汉为人，向来不轻易吭声，知道我在唐督这里，也不带个信来，所以问你。”邹若衡一分无奈，一分歉疚。

见过唐都督，龙云即被留在都督府副官处担任中尉副官，走上一条叱咤风云的人生之路。

公历1916年1月14日，蔡锷率护国第一军司令部总队人马，与何海清所率第四支队2000多人并为一路，从昆明出发开往前线。第二梯团均由滇南驻军改编，建水陆军二团改编为第三支队在董鸿勋率领下，已在6天前经昆明赶赴前线。此时已逼近滇黔边界，以图借道贵州毕节入川。紧随三支队，梯团长赵又新所率梯团本部也已先期出发。

唐继尧为出征将士壮行，唐学曾、黄德润二位先生一同送至拓东路状元楼始还。唐继尧则一直把蔡锷送到东郊归化寺旁三块碑，照例洒酒饯行，依依惜别。

凛冽寒风中，蔡锷策马手握军刀，眼望护国军将士从身边列队而行，不由感慨：“战事始开，挥师北进，护国壮哉，军之魂魄，青史永鉴！”

转头又问身后的警卫副官邹若衡：“害怕吗？”

“不害怕！能跟将军上前线讨伐袁世凯是我的愿望，也是最大的光荣，怎会害怕。”

“你说我们这一战能打胜吗？”

“能打胜，一定能打胜！”邹若衡言辞豪迈。

“真能打胜仗？为什么？”

“真能打胜仗！”邹若衡毫不犹豫地回答：“因为国人支持。袁世凯反对共和，复辟帝制，私谋皇权，天理难容！”

听邹若衡如此回答，蔡锷笑了起来：“是啊！得道多助，失道寡助，袁氏就要完蛋了！”说完翻身下马，执鞭缓步而行，对邹若衡意味深长地说道：“讨伐袁世凯这事表面上看很危险，唐都督也一直担心以云南一省之力难抗袁氏。但我却有把握。江苏冯国璋起事在前，贵州刘显世就不用说了，广西陆荣廷还会响应，四川陈宧虽唯利是图，但我已推荐雷飙旅长在其部任职，将来定会起到作用。当初离开云南，我保唐督督滇，已经设想袁世凯难免会有今日。果不其然，唐都督不负众望，此是大功啊！护国力量并非云南一省，等着瞧吧，不要多久举国尽为护国之师！”说完一拍马腿，纵身跃起，稳稳地落于马鞍之上，扬鞭疾驰，随着马蹄声一阵轻响，早已转过一个大弯不见了人影。蔡锷特立独行，连上马的姿势都与众不同。邹若衡也急上坐骑，策马紧追而去。

山坡下护国军队伍严整徐行，相隔一段就有铁血十八星旗或中华民国五色共和旗帜在队伍中迎风招展，引军向前。蔡锷思绪万千，重九起义以来再没有亲自统兵打战，更不用说率兵出征打大战了。他很少有过像这样千里征程一命麾的感觉。护国军魂，志在共和！既然此役关系中华之大局，作为军人，他决不能畏首畏尾，只有一战争胜！“竭股肱之力，济之以忠贞，以求勿负我父老之厚望。”想起《告滇中父老书》自己属意所写的那段话，心中不免感叹，永护民国，责任重大，兴亡成败，在此一举！

第七章

热血军魂

一、兵进叙州　捷报频传

冒着凛冽寒风和纷飞雨雪，护国军第一梯团将士轻装徒步，一路疾行。从东川府城出发时，士兵们就把大部分衣物和挖工事用的铁锹寄存县府，连续急行军直奔川滇边境，以快速突进的方式奔袭川南重镇叙州。寒冬腊月，士兵们头戴斗笠，身披油布雨衣，脚穿草鞋艰难行进。进入盐津后，沿着横江在高山峡谷间穿行。来到银台山豆沙关地界，天下起了冰凌，士兵们身上遮雨的油布被冻成硬壳，崎岖山路旁的树上结满了雾凇，路险地滑，摔伤的士兵不少，被草鞋磨破的脚泡在泥泞冰水里，钻心彻骨地疼。

公历1916年1月16日，护国军到达川滇边界的盐津老鸦滩，听到附袁川军张振鸿部在不远处的四川境内燕子坡一带构筑工事，枕戈待旦。敌军已抢先占领了兵书所说的隘形险形之地，并布下重兵把守。攻，犯兵家大忌；退，则有松弛畏缩之嫌。一梯团进退维谷之际，有乡民来报："川军还在调动，关隘守军只是临时征调的彝人土司兵，虽十分强悍，却连对手是谁都不知道，甚至还以为是'打冤家'，纪律松弛，士气不高。"刘云峰、杨蓁认为这是天赐滇军取胜良机，不能错失。曾有先头部队在燕子坡前新场一地与北军遭遇，杨蓁见敌军队形散乱一触即溃，判断北军主力尚未完成集结，不过是在调遣过程中仓促应战。这情形正与乡民报告情况相符。于是建议乘北军尚未立脚，护国军分左右两翼协力进攻，挫敌军锋再乘势分割其主力。两军相接，北军稍战即仓皇向燕子坡退却，护国军乘势向前。

17日，邓泰中率一营在燕子坡小高地组织佯攻，梯团长刘云峰和杨蓁则率二支队从下游渡过大关河，绕道攻击正在集结的北军主力侧背。燕子坡北军腹背受敌，混杂其中的"打冤家"土司兵和张振鸿部川军突然遭袭，乱作一团大败而逃，护国军首战告捷。

邓泰中大喜道："杨队长视敌之踪而争形势，赢得先机，此时敌锋已挫，我军可趁势锐进横扫千里！"

刘云峰、杨蓁极为赞同，立即下令全线出击，尾随溃败敌军迅速入川，北军惊魂未定，护国军乘胜追击。

18日，护国军在横江附近黄果铺又击溃前来增援的北军伍祥祯混成旅，并缴获枪炮弹药无数。晚上宿营横江镇，看见四处张贴的中华帝国洪宪元年布告在风中飘摇，将士们越发斗志高昂。

19日，一梯团进攻金沙江北岸，全军将士奋力拼杀，把兵力占优的北军杀得丢盔卸甲，并控制了水陆通道安边城。

21日，遭受重创的北军伍祥祯旅弃叙州城而逃，一梯团兵不血刃进入城中。百姓盛传护国军有如飞将军从天而降，沿街遍设香案夹道欢迎。

伍祥祯败退后，遭袁世凯褫夺川南镇守使职。随后，冯玉祥率北军主力第十六混成旅从南溪、自流井发兵，由东向西进攻叙州；伍祥祯旅又从败兵溃退集结之地百花场卷土而来，由北向南对叙州进行反攻；川督陈宧警卫团携数营兵力，也由成都顺岷江而下，经犍为直逼叙州府城西门；巡防军统领朱登伍则调集十数巡防营，伏于叙州之南准备伺机而动。

在叙州，护国军与北军又展开了一场殊死大战。北军冯玉祥部最先到达，推进至离叙州不远的白沙场便遭遇护国滇军一支队二营顽强阻击。面对强敌，田钟谷所率二营坚守阵地寸土不让，全力拼杀，营中连长一死一伤，部队伤亡惨重。杨蓁闻讯率二支队增援，与北军战至翌日黄昏，邓泰中又率人马增援。两军连日大战，肉搏中北军旅长冯玉祥负伤，一名营长阵亡，士兵死伤数百而被迫东撤。

冯旅撤退后与伍祥祯旅合兵一处，又集结数营兵力，转攻护国军一支队一营。一营长李文汉率部迎击，与北军在白沙场附近宗场一地激战，北军再被逼退。几天后，北军又组织起数倍兵力分四路三番五次实施强攻，战事惨烈，最终冯玉祥旅突破护国军防线，一梯团被迫撤离叙州。北军进城后，旅长冯玉祥并无获胜的喜悦，想到为袁世凯复辟帝制卖命，不过扮演走狗角色。正踌躇间，惊闻川军二师师长刘存厚在纳溪通电起义，并分兵进攻混成旅屯集军需物资的江安、南溪两县，还在长江马腿津截俘混成旅运送伤员的船只。南溪兵站被夺，混成旅辎重补给损失过半，既担心腹背受敌，又极不情愿与护国军作战，更无心在叙州硬撑，在占领叙州后的第二天，除夕夜冯玉祥即率部向自流井撤退。

寒雨潇潇，夜黑路烂，四处枪炮声和农家燃放的鞭炮声响成一片，混成旅虽主动撤离，却也不免草木皆兵。看着官兵狼狈奔逃，苦不堪言，冯玉祥也陷入深深的矛盾和自责中，本来对袁世凯当皇帝就有想法，如今却要苦苦为这个皇帝卖命打仗，士兵们怨声载道，为了洪宪皇帝战死、负伤真是冤枉，仗虽获胜却痛感窝囊！

退回自流井后，冯玉祥即向蜀军都督府高等顾问刘一清诉苦："杏村兄，你说这仗什么意思？不明不白，手下官兵不想打，我也不想打！"

“我又何尝愿意打，总部那些参谋也都不愿意打！玉祥兄，还是你跟陈都督讲讲，最好把军中将士的厌战情绪说给他听听，也好让陈公自己做个决断！”刘一清也抱怨连天。

冯玉祥心有所动，当下就给陈宧写信，直言所部官兵不愿为帝制卖命，痛陈附逆之祸及弊端。陈宧虽为袁世凯心腹，但在得知部下不满帝制十分厌战的情况后，特别是在探知北洋系实力派人物段祺瑞、冯国璋等人都对袁氏称帝持不赞成的态度后，心中也萌生了要与护国军暗中联络、互通声气留上一手的想法。

护国军兵进叙州震动川南，川民奔走相告，一时间，投奔护国军成为民众热议的话题。

乙卯大年三十除夕夜，牟方公在自流井赌馆招待手下吃年夜饭。刚刚酒过一巡，就见猴子小三等几人兴冲冲从门外一阵风抢进屋来，还未落座，就大叫大喊道：“护国军已经打到纳溪，刘师长都宣布起兵讨袁了！”

“什么事一惊一乍？刘师长参加护国军的事早就传遍，还值得大惊小怪！叫你们到泸州打听消息就这点事？”见猴子小三欣喜若狂十分得意的样子，小云虎有意要煞一煞他风头，假意嗔怪。

牟方公坐在小云虎身旁，使劲拍了小云虎一巴掌笑着说道：“莫怪他莫怪他，你听小三再说！”边说边叫人搬凳子设坐，让猴子小三先喝口酒静静心。

“在泸州，还听说护国军已经攻占叙州，熊克武、但懋辛一回川南就组织了护国招讨军。在川南刚刚起事的吕超司令和众多川军旧部纷纷归附，一口气就招募了三四千人，正向富顺、荣县而来。一路上咱几兄弟就合计，滇军投不了，刘师长那里散兵游勇也占不到便宜，不如回来报告牟爷，干脆投奔招讨军去，管他娘的杂牌偏师。”猴子小三涨红着脸，兴奋得不得了。说完瞪大眼睛十分期盼地望着牟方公、小云虎，饭桌上众人也都屏声静气，等待牟方公发话。

牟方公转脸看了看小云虎，点头笑道：“刚才我还在与虎爷商议，听说熊克武一路招兵买马，离此已经不远。不若大家都一起前去投奔得了，以免在这里窝囊。”

牟方公话还未说完，小云虎就接过话头：“自古大丈夫立志，当轰轰烈烈扬名后世。我等先前受政府谗害，共和不成反为贼寇，冤哉枉之。如今才知是狗日袁大头想称孤道寡、倒行逆施，不反此贼天理难容！”

众人一起附和：“就是，就是！吃完年饭明早就走！正好讨个大年初一利市。”

大家说话热闹，牟方公也是喝得兴起，再三举杯。年菜一道道端上桌来，满当当、热气腾腾，香气四溢。

有人用筷头夹了一坨扣肉送在嘴里，吃得肉油直往外冒，想着牟方公、小云虎所说的话，感觉这安逸生活就要完结，不禁有些担心：“好好赌场生意，这干房屋家当，人一走全都垮杆，实在让人心噎得慌！”边说边舔舌头，咂吮着流到嘴边的肥油。

猴子小三一拍桌子跳起来，“给老子这些坛坛罐罐，砸就砸！要我说，一把大锁锁起门算毬，还惦记我个锤子！”

“胡扯八道！哪能像你这样，说话牙齿不打商量？没得赌场，这两年你啃老子屁股。大口马牙，癞蛤蟆打鸣气鼓食涨，好大哈口！以为投军是过家家玩耍？”见猴子小三说话不知高低，小云虎连忙制止，狠狠地瞪了他一眼。又向牟方公和众人连声道歉：“对不起哦！这猴子搬包谷，搬一包丢一包，吃撑了胀的！依我所见，得容牟爷先把赌场事情安排好，留几个人继续维持场面，以后也有个退路。其他愿意参加护国军的，那就趁早一起前去投奔，我是一个！这里毕竟川军地盘，悄悄一走莫起响动。”两眼望着牟方公，样子虽然平静，心里却比猴子小三还要着急。

“本来嘛，小三所说不无道理，这点坛坛罐罐也算不得啥子。不过我倒赞同虎爷说法，留下几人把生意理抹归一，将来众位有条退路。老子有言在先，投军自愿，留赌场倒要由我点名，推三阻四小心捏鼻子呛水。将来我等不死，还回来伙倒混吃混喝，到时候莫给老子顶锅盖冒死不是人，偷奸耍滑！”牟方公一拍桌子立起身来，说话不急不缓，点了两三个会做生意的可靠伙计，指定老道之人为头，才又说道：“如此万事大吉，可以拔脚出门，明儿一早拜别王大爷，诸事妥当便可放心大胆一走了之。虎爷、小三，话说在这里，如若大家将来还在一起同生共死倒无话说，倘若在军中身不由己，各分东西遇到过不去的坎，别忘了到赌场来落脚。”话尽情深，举杯邀众人一饮而尽。

民国以来，袁世凯滥用国权枉杀无辜，早使广大民众特别是原哥老会袍哥兄弟十分不满。而今既有护国军出头征讨袁氏，民间豪壮之士自然不惜抛家舍业，纷纷都要投军讨袁。

大年初一一早，牟方公特意命人在赌场中门里门外放了四五串炮仗后，领着手下一二十人来到釜溪河畔有名的火井沱，远远看见一家大院，门口炮仗噼里啪啦炸成一片。牟方公抬手向前一指，对小云虎笑道：“这就到了，王大爷家一大早炮仗炸得天响，撅着屁眼都吹机号响，一定是有好事。”

这王大爷原来也是昔日泸州城哥老会中有声望的堂口掌舵人，是牟方公多年朋友，此时来到自流井经营盐巴运输生意，已成为商会中说得上话的老板。这几年更是暗中常给赌场撑场面、揽生意，与牟方公交情愈发深厚。

牟方公因为与众人说定赶早出发，也顾不得大年初一王大爷家兴不兴串门子，还是特意绕道来打个招呼辞行。听说牟方公十几号人要一起去投奔护国军，王大爷手巴掌往大腿上一拍，说道："方公要去参加护国军讨袁，合天好事，在下冲瞌睡都要一只眼撑倒起瞧热闹。前几天就有人来央我向熊师长举荐，还在屋头歇着，昨晚吃年饭都在打主意。既然有你这尊大佛，我就拜托你把他们都带去求个路子。"

"看你说的，王大爷！人多又不是坏事，有你老撑着，背锅也要抖伸了来。你老看我这一二十人，再加些也不嫌多。只可惜人多枪少，当初从泸州就只带出来五六把短枪，百十发子弹。"牟方公正想托王大爷向熊克武举荐，不想一见面他倒先说起荐人带人的话，二话不说，便十分爽快地应承下来。

原来，辛亥光复后，熊克武受命于南京政府担任蜀军北伐总司令，王大爷那时就跟随他一起进入四川。癸丑之变时恰巧在家养伤闲居，虽然未受牵连，却因与泸州哥老会关系不浅难免受到影响，于是便悄悄从泸州迁到自流井。熊克武亡命日本，他曾暗中资助钱物，算是熊的旧友。

说话间，王大爷叫人拿来纸笔，写了一封举荐书递在牟方公手中。"说起枪来，我这里暗中倒弄得几件，你就分发给几位会玩的兄弟，也算是我给老上司带去的见面礼吧！"说着命人抬出一口大箱，打开一看，竟有十几条长枪、五六支手枪、上千发子弹，众人看得点头咂舌赞叹不已。这时，王大爷才注意到小云虎，一眼就看出是长年练武之人，笑问道："这位是……"

牟方公连忙介绍："这位是在下好友，滇省哥老会黑旗五爷，前年子避难来到自流井，在赌场中帮忙。因他乌龟壳厚实，不愿出头与外间交往，故一直未向大爷提起。"

"犬子前久想请师父教习武术，不知你那里就有现成，费力淘气到处去寻，学了几天，那小畜生又不好生练，给耽误了。"王大爷连连抱怨。

"可惜，早知道就该向大爷引荐！"牟方公也有几分惋惜。

听二人如此说话，小云虎急忙上前自谦道："在下那点三脚猫本事，还不耽误了公子。只是与大爷相见恨晚，错过了相与讨教的机会。"嘴上这样说，心里也确实后悔。牟方公早有意邀小云虎结识王大爷，只因他顾虑自己寄人篱下，又是受到通缉追捕之人，不便太事张扬，所以一再坚辞。以为深居简出于己于友方便，却因此错过了与高人相交的机会。

这时，在王大爷家寄宿想要投奔护国军的人已被从后院中叫了出来，将近七八位，一见面都忙跟牟方公等人招呼。

“这些兄弟就拜托二位带着，投了护国军一定精神，建功立业，给在下也挣些脸面！”王大爷说得十分诚恳。

这些人大多是贡井、自流井打卤场上盐工，也有过去的袍哥，与王大爷有些交道。知道他与熊克武关系，因为想要投奔护国军，所以便向王大爷讨教，想得他的举荐。大年节上被王大爷留住了几天，哪知正好搭上牟方公、小云虎这班人。

牟方公认识盐工中一些人，盐工中也有人知道牟方公来历不凡，当下都十分高兴。牟方公也不客气，三下五除二把这些人编入队伍，并分派了职责。就这样，牟方公和小云虎带着将近30来人20条枪，大年初一冒着绵绵细雨，从自流井出发，满怀期望地前去投奔护国招讨军。前往叙州途中，正好与撤退的十六混成旅擦肩而过，一路上除碰到个别北军掉队残兵外，并未遇到什么麻烦。也有三三两两结伴前往叙州投奔护国军的人，牟方公统统收罗队中，才几天时间，就已凑成一支五六十人的队伍，于是编成三个小队，一路寻找护国招讨军而去。

二、支援前线　行募侨商

在五叔带领下，李明远随沈家商队经过几天艰苦行程，终于从腾冲来到缅甸北部城市曼德勒。坐落在伊洛瓦底江畔一片冲积平原上的缅北大城，四野里热气蒸腾，典型的热带雨林环境，不经意间就让人闻到空气里四处弥漫的幽幽草香，诚如飘散在袅袅烟雾中的酒蜜使人隐隐若醉。炊烟洒落在城市的角落里，街市酒旗招摇，商铺林立，远远地就能感觉出喧嚣闹腾的热情。天空中彤红的残阳，在城中参差屋脊房檐缝隙透出的山后流云间穿行，陨落前泛出橘红色的柔光。疲惫的商队缓缓而行，在落日余晖中像是披着金色的袈裟，与斜墙灰瓦的楼房矮屋形影相映。1月，这里正值干季，天气仍然热得像火烧一样，比腾冲的夏天甚至还要炙酷。而城市周遭的佛山圣景，却像入静的佛陀一样，泰然打坐在伊洛瓦底江环绕的绿水碧野间，娴静安祥，使人心里又多了一丝清凉。

一连走了十多天路，李明远感觉从来没有过的困倦。即便以前一人翻山越岭从腾越到昆明求学，或是在讲武堂打野操行军训练，以及抚西时在军中参谋传令，都从未体验过这样的艰辛劳累。在商队中，他既是总管又是学徒。尽管五叔情况熟稔，而且不少出力，但终究还是替代不了他劳心劳神、身担责任的操持。一路上辛苦自不必说，而受蚊虫、蚂蟥叮咬的困扰，也叫人痛苦难当。还有一种小得几乎让人看不见、叫作“小黑虫”的恶毒飞萤，不知不觉间就把人的脸手腿脚等裸露在外的皮肉叮咬得大疙瘩上起小疙瘩，奇痒难耐。一不小心，这些疙瘩还会淌水化脓，肿胀又殃及四周。这一次，李明远实在是被这小虫给折磨得坐卧不宁，寝食难安。

沈家“延茂昌”商号，在曼德勒城中一条东西走向的热闹街市上经营日用杂货，并兼办马帮货物驮运。周围类似商号不少，商号临街的铺面呈长溜形，间架既高又有进深，显得十分宽敞。铺面后连着一个四合小天井，由二层木板搭建的十来间房舍合围而成。商铺和天井后面，紧邻一个人马混杂乱哄哄的场院，几乎与商铺格局形成一体，这里则是沈家商号的仓储客栈。场院左右两侧的墙垣下搭有两排马厩，厩里能同时并排栓三四十匹骡马过夜。这里永远散发着草料与马粪混合的气味，引来不少蚊虫、苍蝇。

从腾冲到曼德勒的路上，李明远因被小黑虫叮咬厉害，看到商号这样的环境，感觉极不舒服。尽管小天井上房院落房间也还干净，但一开窗看见苍蝇、蚊虫在飞，又闻到一股马厩气味，就有些头昏脑涨。前天被小黑虫叮咬处奇痒难耐，忍不住用手抓了几下，就成了又红又硬的大肿块，昨日里肿块冒出黄水。在到达曼德勒之前，有些肿块已经发炎化脓，此时皮肤紧绷着，看起来又红又亮。

把李明远安顿好，五叔就急匆匆出了门，很晚才领着一位衣履不整、鼻梁上架着高度近视眼镜、肩挎药箱的医生走进房来。

医生姓马，见李明远双眼微闭躺在床上，挽着裤腿露出一双肿胀变粗的脚杆，高跷着搭靠在床脚头挡板上。摇头叹道：“这位老板大概是初次下缅甸吧？不知道小黑虫厉害，手随处抓随处痒，遇水非化脓不可。”话语带着浓重的广东口音，瓮声瓮气让李明远听不明白，只是忙坐起客气地笑着点头。

五叔站在一旁倒是听得清楚，向李明远传话道：“说你用脏手越抓越坏事，又用水洗过，肯定是化脓了。”

“前天歇店时用热水烫脚，觉得烫着舒服，不想晚上就不对了。睡梦中越发忍不住要用手去抓，第二天就肿得不得了，走路愈发胀痛，没关系，歇两天就好了。”李明远说道。

马医生倒是听得懂李明远和五叔的话，见李明远自己不在意，摇头又说：“老板可要小心，这小黑虫可会要人的命啃！你这是来得早，如果晚了，瓦城这地方又热又湿，搞不好会得什么……什么败血症。那时，再出钱也无济于事。”

马医生说话慢慢吞吞，打开药箱取出一个装有透明液体的玻璃瓶和一包棉纸包着的药粉，打开瓶盖，一股酒气扑鼻而出。“这是英国酒精，李老板忍点疼，先消毒再上药，这样好得快。”二话不说就用药棉蘸了酒精，往李明远化脓的肿块上来回轻擦，直把李明远疼得汗流满面龇牙咧嘴。擦完酒精又在肿块处洒上药粉，用纱布裹好后才说：“好了，莫随便打开纱布，不能再用手抓了。实在痒，隔着纱布按一按，明天我叫阿妹过来给你打针，最多后天就会见好，不要紧的。”

“先生说得是。怎么，小妹也在瓦城？李老板您该认得，老东家乘龙快婿，在下侄女婿。”见李明远半信半疑，五叔打个圆场。

“哦，哦！沈老东家的女婿啊！失敬失敬。在下与沈老东家交情深呢！好久不见，不知可好？阿妹刚从英国学医回来，她是洋医，比不得你我，李老板一定也信洋医，打针可以吧？”听说李明远是沈家女婿，马医生高兴起来，不免又仔细端详了李明远一阵。

“托您老福，岳丈一向还好，这一二年忙着带孙子，门都懒得出，好长时间都是五叔帮着跑的缅甸。晚辈初学生意，在瓦城还要多住几天，以后万望关照！”李明远请五叔包了诊费，送在马医生的手里。

“沈老先生家在下一向不收诊费，李老板也不需太过客气。”马医生一面推让，一面提起药箱就要告辞。

五叔抢上一步，再把诊费塞在马医生手中。“我们少东家初到缅甸，以后还烦关照，等他脚消了肿即会拜请各位，到时定请赏光。今天这个就算见面礼了，另外带了点腾越产的安宫牛黄丸、六神丸，先生给人看病，用得上就用。”

“说起药来，我这里还有几盒‘虎标’万金油，真正胡文虎家永安堂虎豹行所产，刚从仰光带来。听说令侄被小黑虫叮咬，我就准备好了，咋一说话就给忘了。”马医生从药箱中拿出一包24盒装的万金油，递在李明远手里又再交代：“这里天热，随时都可以用的，涂擦在头上、太阳穴上醒脑，涂擦在蚊虫叮咬的地方止痒消肿。破口处不要用，等脚上的脓包散去再用。还有，被叮咬了的地方涂擦后蚊虫不会再来，你试试看！”说完点头含笑告辞而去。

五叔送马医生折返回来，一脸眯笑：“马医生这秘制粉药一上，明天就会大好。怎么样，现在痒止些了吧？”

“凉阴阴的真不怎么痒了。我说五叔哪里去了，原来是去请医生。叫个人去不就得了，还劳您老跑一趟。”见五叔为自己忙出忙进，李明远很是歉疚。

“马医生不是一般的人，别看土气，却医术高明，地面上消息也很灵通。商会的事，除了‘茂升昌’陈掌柜外，就马医生交往人多，影响最大。都是老相识了，我们刚到瓦城，下边人请不礼貌，不如自己跑一趟。”

“我看这马医生倒是热情，只是人品，将来联络各方可能依赖？”见五叔说到正题，李明远问道。

“正是呢！商会人多嘴杂，多个人多一份情，况且老东家当年主持商会，也得马先生不小助力。人嘛，行医做生意都可以，学问跟东家、开国先生倒不好比。说起来，还是茂升昌陈掌柜更为牢靠，在商会你岳丈都敬他三分。到时找陈掌柜，也请马医生上下联络，一齐帮你出头，事情定然好办。”见李明远担心联络商会事难，五叔说了自己主意。又道：“这么晚，我也该回家了。你婶知道我到瓦城不归家，可不饶人！”急匆匆就要赶回城里家中。离开曼德勒回腾冲又是好几个月，五叔对家中妻儿确实挂牵。

他已想好，只等李明远熟悉了商号生意，就立即辞去延茂昌职务，只在曼德勒照看自家玉店，陪伴妻儿，安度晚年。这事早与堂哥多次商量，好不容易才把堂侄鼓动出来。他独不知李明远赴缅，多半因为与李岱宗相遇，受护国兴军影响，有意联络缅甸商会，在华侨中募集捐款支援前线，并借此寻找刘辅国先生。恰恰他思退交卸，碰上了这样机会，其实，早在李明远执意退学要回腾冲之时，他就动了再回瓦城的心思。只因为那桩赔本买卖全得堂哥出钱出力托人情，才保住现在身家，不好意思有了着落就提回家的事，过了两三年孤寂一人的生活，这才感到妻儿在一起的福气。从昆明回到腾冲一年多来，虽然堂哥命他打理缅甸生意，两三个月总要在腾冲、瓦城间打趟来回，多少也得兼顾妻儿家事。眼看儿子就要出国上学，女儿年后也要出嫁，这才下定决心跟堂哥敞开心扉，不想却正合了堂哥心意。

昆明西院街商铺此时已另聘掌柜，生意还是不错。沈先生当初只想女婿讲武堂毕业留省谋事，为女儿备份嫁妆。而今二人都回了腾冲，昆明商铺只剩下做生意的用途，另找掌柜并无不可，不想生意越做越大，还非要亲自上下打理。等抱了外孙，便干脆只在腾冲、昆明管理省中商务，即把延茂昌缅甸生意交由堂弟照管。听说女婿要到缅甸发展，堂弟又一再推荐，也就更加坚定了让李明远到缅甸做延茂昌掌柜的想法。他虽不大支持女婿去做涉及政治、不着边际的大事，但对于他想联络乡人、投身商会的说法倒还认可。所以就叫李明远跟随五叔先下一趟缅甸，待在商会中立下脚根，便把商号事务一一接手。

沈雨欣则因要带儿子，行动不便不说，沈先生还怕缅甸天热，女儿、外孙受不了，所以只让李明远学五叔样，在腾冲、瓦城间来回跑动。

李明远对生意上的事向来不感兴趣，但自己家中原本也有些产业，为安养老母，在腾冲时就曾染指木材买卖，而且盈利颇丰。见岳丈诚心将缅甸商号相托，妻子也一再催促，这才同意先跟五叔跑几趟马帮，待熟悉情况后再做决定。结果岳丈和五叔都不同意，硬要叫他顶了掌柜名头，五叔只顾问相助，二人都说不担责任难成商家，有道是“三天学个庄稼汉，十年难学生意人”，执意让李明远以延茂昌商号掌柜名义在缅甸商埠活动。

在向王开国先生反复讨教之后，李明远最终决定开始自己新的人生。另外，他确实想在缅甸找机会与龙润民、吴子元重归于好，以释心结。姚必光、段云鹏的来信都讲到讨袁之事，异口同声反对帝制、保卫共和，使他不由得又想起当年在讲武堂学习立志造反的往事，更激发起心中的热情。《青年杂志》《中华新报》及《滇声报》《觉报》中的那些文章和议论，也如黄钟大吕无时无刻不在震动鼓舞他投身护国义举。共和罹难、中华维艰，他岂能袖手旁观？

延茂昌在缅甸商务的日益发展，确实需要有人照应。五叔暮年，想过点安闲日子情有可原，自家木材生意也还可在缅甸寻找商机。缅甸盛产柚木，柚木是绝好造船材料，如果能运往上海、香港销售，确实很有前景。还有从印度转运、买卖檀香、紫檀也可赚钱。岳丈之请，其实一举几得。

走进嘈杂的曼德勒街市，鳞次栉比的大小商铺一家挨着一家，土基、木板搭建的铺面房屋，懒懒散散拥挤一处，倒廊磕壁显得凌乱无章。店铺中很少看得见坐堂的掌柜，可一有顾客进来，就有人从商铺的阴暗角落里探出头来招呼客人看货。曼德勒天气实在太热，连站柜的人稍有空闲都要躲在阴凉处喝茶、喝咖啡、打瞌睡，否则恐怕早被这热闷昏了头。

李明远与五叔来到茂升昌已是午后，在街面上这是最大最好也是最有气派的一家，一连好几通铺面相连的大商铺，大小掌柜就有五六个。陈老板是大掌柜，刚从外面回来，见叔侄二人进屋，眨着眼睛看了半天才拍手笑道：“这不是明远大侄子吗，什么时候到的？”

“到了好几天了，只是明远的脚被小黑虫叮咬，肿一块脓一块的，要不是马医生给敷了药，还怕出不了门。今天好点，就硬要央我来看陈叔，明远到瓦城第一个拜望的可就是你老了啊！”五叔抢着回答。说着把手中一大包从腾冲带来的血豆腐腊肠和一罐骨头参递在陈掌柜手中。陈掌柜也不客气，接过东西就叫铺中伙计送进伙房。把二人让进商铺后院酸角树下的凉亭里，坐下后又令人泡茶倒水，高兴得不得了。“沈老板太客气了，明远也不是外人。快说，找我有什么事？”

“这次到瓦城，一是奉岳丈之命照看延茂昌生意；二来是想打听辅国先生消息，而今时局有变，我想先生也该回家了吧。快两年听不到先生一点消息，实在牵挂。再就是润民、子元……”见陈掌柜开门见山问起自己有什么事，李明远直截了当地说出了要找刘辅国先生和龙、吴二人的话。

“不会还有滇省独立、讨袁护国的事吧？说来也真不巧，辅国先生前半年还在瓦城，近来却不知到了什么地方，我也正在找他呢。润民、子元见过他一次，后来再去就不见了，刘先生怕是不愿有人打扰。”

得知刘辅国先生不在曼德勒，甚至连消息都没有，李明远不免有些失望。“听说先生过得很苦，既如此只得慢慢打听。至于护国讨袁，也不敢瞒陈老，印泉、荣庭先生都曾来信，说南洋捐款困难，要我到瓦城找先生共商大计。”

陈掌柜眯起眼睛，好半天才缓缓说道：“润民、子元最近去了仰光，这年头乱世纷扰，各人都忙，不知何时能回得来。听说荣庭已说动‘和顺祥’刘老东家为护国讨袁募捐，他二人到仰光恐怕就为办这件事。不过中间好像还有问题，仰光支部不赞成，润民、子元左右为难。”说完盯着李明远再看，见他不答话，又道“前不久香港富滇分行为滇省护国募捐，荣庭出力不小。李岱宗到瓦城来，就说是受荣庭委托，要在华商中做些宣传。我还暗中助他回了一趟腾冲，可惜你们都不晓得。”

李明远点了点头，五叔却想不起李岱宗是谁，更不知道李明远与李岱宗在腾冲见过面。“这李岱宗是谁，我怎么就不知道？张荣庭倒打过几次交道，上回‘延茂昌’香港分号找富滇银行做抵押贷款，我跟东家去办，还是他批准的。”说着顺手从衣兜里掏出一包新式英国产的Marlboro香烟，抽出一支递在陈掌柜手里。

陈掌柜把纸烟接在手中，从衣兜里摸出洋火，先替五叔点上，自己也吸了口烟，说道：“李岱宗，你怎么就一点想不起来？也是腾越老乡，原在富滇香港分行做事，到瓦城来过几次，现今转到利源行，一直在帮张荣庭。”见五叔说不认识李岱宗，陈掌柜满脸疑惑的样子。

“啊呀呀，想起来了！人家叫他李襄理、李恩沛是不是？你说大名，我反倒听不懂了。”五叔突然想起，一拍大腿笑了起来。

“就是，就是！我说奇怪，怎么连李岱宗都不认得。明远不认得不打紧，将来还有交道，那可不是简单人物。”

听陈掌柜如此说，李明远忙道：“李襄理、张行长我都认得，王开国先生学馆里读书的学长。上次李先生回腾冲，得在王先生学馆遇见，受教颇多。这次来瓦城，也是因为李襄理联系上印泉堂叔和张行长，才叫我到瓦城来找您老。”

“我就说嘛！明远好几年不肯轻易出门，说是跟开国先生做学问，怎么说来就来，原是这样。也好，想通了就干几桩轰轰烈烈大事！我没得说，等润民、子元回来大家再一起干。患难的腾越同志，有什么过不去，我来帮你化解，辅国也包在我身上，找回来大家一起好生筹划！”陈掌柜兴冲冲劲头十足。说完悠然地吸了一口烟，好一阵才吐出轻袅淡淡的气，像是卸去了千斤重负一般。

李明远与龙、吴二人的关系陈掌柜全都晓得，知道三人心中疙瘩都是因为四年前省府抚西的事。自从李根源被民国政府通缉、张文光被杀害、刘辅国被追捕等相关事件接连发生，陈掌柜早已把其中因由看得通透。如今袁世凯倒行逆施公然称帝，更说明当初打压腾越并非简单之事。李根源平息兵变，冤抑杀人其实与当时政治环境有关。权力之争、党派之争，滇西军都督府与省军都督府在统一权力、控制大局策略上的不相容，才是造成腾越惨遭清算最主要的原因。

民国之初，袁世凯把“统一”当作推行集权专制的代名词，强调“统一军令”“统一政令”等。云南军都督府积极支持袁世凯政府统一行动，同时也以“我”为主地对全省实行统一。后来借镇压国民党“二次革命”枪杀张文光、通缉追捕李根源，其实都是上至袁世凯、下到唐继尧所谓“统一”的结果。共和之声虽然还在持续回响，但各派政治势力在这种氛围中所形成的角逐争斗却始终充满血腥。民国初年的政治不过如此，强者当道，人欲横流。

同样经历民国初年的政治动荡，陈掌柜和刘辅国对待世事显然持有不同态度。也许是刘辅国涉足政治更深，所以后来对世事更加深恶痛绝，多半是幻灭后的回避。陈掌柜虽也赞同刘辅国不问世事，但他自认是江湖中区区商人，回避政治却回避不了人情，看着前来求助的有难之人，总也不敢袖手不管。

在腾冲与缅甸之间，陈掌柜联络华侨华商，是高人中的高人。当初腾越成立自治同志会他就大力支持过张文光，后来腾越被打压、国民党被袁世凯解散，他又在腾冲、缅甸等地组织接应，使很多人免遭更大迫害。陈掌柜一直与中华革命党人和欧事研究会都保持联系，虽从不出头，但却暗中联络各方，成为曼德勒支持讨袁的重要人物。见李明远说出来意，心中就一直在想，有人出头最好，自己竭尽全力予以支持，不怕做不出事来。因此不等李明远再说，欣然笑道：“明远今到瓦城，想必定有所为，在下一定支持。只是你我宜分工合作，有明有暗，你出头我在后，如此更好。”态度坚定不容置疑。李明远本想陈掌柜出面最好，意欲推脱，但见他态度诚恳，一时不好拒绝，也就点头默认。

从延茂昌出来已是傍晚，陈掌柜硬要留二人吃饭。席间陈掌柜提议，第二天到云南会馆，把瓦城华商中与沈老先生有交情且有影响的人请来，待大家先见了面再议讨袁，以他在华商中的面子，力挺李明远出头组织大家为护国讨袁做一番大事。

云南会馆还是60年前新迁都到曼德勒的敏东王所赐，如今贡榜王朝早已不在。30年前，瓦城被英军攻占，贡榜王朝倾覆荡尽。但云南会馆还在，并一直见证这座城市的辉煌与凄凉。曼德勒虽然只是短命的敏东王朝国都，但却是佛祖预言的繁华城市，不仅让人敬畏，也更让人景仰。在英帝国治下，缅甸首都迁往仰光，但在云南华商的心里，瓦城一直是国都，这座充满宝石诱惑的名邦不仅神圣，而且庄严。

第二天傍晚，李明远与五叔来到城中的云南会馆，只见一座雕梁画栋、三间四柱三明楼琉璃瓦不出头的石牌坊当街而立，颜体楷书“云南会馆”四个大字端庄浑厚，镶嵌在主楼当中的花板上十分醒目。李明远一看就想起昆明的金马、碧鸡和忠爱坊，不禁感叹：“到这里就像回家一样，难得瓦城还有这么一个地方，华商真不简单！”

曼德勒的华商大都来自云南，其中又以滇西腾冲、永昌最多，所以云南会馆似乎也是腾冲、永昌会馆。偶尔有来自广东、广西或是其他地方的华商，多少都与腾冲、永昌有些瓜葛。

“确实不简单！据说云南会馆牌坊几乎与瓦城一样年纪。当年会馆占地30多亩，古树苍苍，鸟语花香。不想几十年变化如此之大，原先的深深庭院，如今已成闹市一隅。”五叔陪着李明远在牌坊下左摸右看赞叹不已。正感慨时，见陈掌柜、马医生和几位华商已经款款而来。

李明远与五叔忙迎上与众人一一招呼：“久仰，久仰！有请了，有请了！”

众人见面不免说笑一番，见李明远对门楼牌坊感兴趣，有人道：“会馆就像家乡干板菜沏的汤，淡淡的酸，香香的味。油珠飘落在透明若玻璃、清如开水的亮汤最是简单，却每顿饭都离不开。看见牌坊‘云南会馆’几个字，就像把汤往大米饭上一泡，没有菜照样要吃三钵头。”这话说得众人一阵畅快。

“所以说会馆就是家，无论繁忙还是悠闲，你都会想到这里来喝茶聊天，与乡亲在一起会让你忘却了异乡的孤寂。”

“古诗说‘独在异乡为异客’，这个‘独’字用得最好，只有孤独时才体会到异乡的漂泊与零落。如果那么多乡亲聚在一起，互助互爱你还会感觉孤独吗？”五叔引了一句唐诗，也不管贴不贴切，说出来就觉得有一种特别的深沉，似乎也找到了儒商的感觉。

“呵呵！都说你们腾冲、永昌、云南，这也是我们两广人的家呀！倒莫光说干板菜，我独喜欢普洱茶，配上粤菜，饭后一盅，回味无穷。”马医生嘿嘿说笑。

稍后言归正传，陈掌柜把李明远郑重其事地介绍给众人，这才说起护国讨袁的正事。李明远、陈掌柜有备而来，自然成了主角。尤其是李明远，虽然在商会中初次露面，但因在腾越时就为不少人熟知，又在讲武堂受过严格训练，抚西军中参谋也见过大世面，举手投足间自然有一种做大事的气度。况且沈老先生、陈掌柜在瓦城华商中影响不小，马医生上下串联，让初出茅庐的他沾了不少光，讲出话来大家都觉有分量。说到讨袁护国，众人直入正题，把如何组织募捐、如何宣传鼓动热热闹闹地议论了一番，并分头料理各办其事。

一段时间以来，云南会馆成了李明远每天必到的地方，在那里，华商们会向他通报经办之事，遇到问题向他讨教，渐渐地他就成了商会中举足轻重的人物。虽然参加了瓦城华侨商会活动，与仰光华商总会也建立起联系，但面对商会中形形色色的人，到真正开募和处理护国捐款时他才知事情并不简单。并不是商友们吝惜钱财，而是大多数华商对国是并不十分理解，也有辛亥后省府抚西留下的阴影，这里的华商很多就是当时受难出逃之人。

辛亥前缅甸华商支持腾越自治同志会，出人出钱，腾越起义成功、滇省光复后不仅没有给华商补偿，反而因取消滇西军政府，直至后来国民党遭打击等影响，十有八九都伤了元气。近三四年来，曼德勒不少华商商号就是由“二次革命”后被民国政府追查，从滇西等地出逃、亡命海外的人所开。虽然都是落难之人，其中也有中华革命党、欧事研究会及进步党人之分，暗中争斗也很激烈，尤其是在捐款问题上，甚至到了相互指责的地步。国民党仰光支部受中华革命党领导，对独立滇省及李根源、李烈钧等人在南洋募集护国捐款一直不满。据说龙润民、吴子元也参加了仰光支部活动，在曼德勒早就不见二人身影。

李明远感到迷惘，同是讨袁捍卫共和，甚至同是国民党，可大敌当前还在明争暗斗，涉及钱物更是锱铢必较。

一日，商会中又聚了不少华商，讨论如何处置最近募集到的护国义款时，争论已经不可避免。

“自护国军兵出云南，贵州望风响应以来，川省师长刘存厚也于阵前倒戈反袁，当下川南激战正酣。前番瓦城捐款已凑足两万，正欲按照公议汇往富滇银行护国捐款账户，不意昨民党支部转来筹饷局委员长邓泽如电令，指定商会把捐款汇往南洋。陈掌柜颇觉为难，才请众位前来相商，大家都说说看，该怎么办？”李明远眉头紧锁。

谁也没想到汇款比动员捐款还难，兴奋过后的深思让每个人都觉得问题复杂。原因正是党人之间有一股强大的力量在互相扭斗，支持中华革命党的人和与欧事研究会关系较深的人，在捐款问题上产生了尖锐的矛盾。

本来这次捐款是由茂升昌、延茂昌两家商号以援助滇省护国讨袁义举名义共同发起，曼德勒滇省几大华商带头，各界人士自由捐赠，款项虽然不多，意义却十分重大。在座有人支持中华革命党，有人支持欧事研究会，也有支持对袁宣战的云南护国军政府，不免你一言我一语争持不下，甚至反唇相讥互不相让。

除了进步党人外，在南洋欧事研究会与中华革命党一直因筹款问题矛盾重重。仰光支部因申请立案关系仍然沿用国民党支部名号，筹款活动也以国民党支部名义进行，却一直受南洋中华革命党党部领导。而欧事研究会的黄兴、李烈钧、方声涛等人在南洋关系甚深，也以国民党名义组织筹款。因为双方所争取的捐资对象政治倾向基本相同，故而以讨袁为号召的南洋筹资活动使得中华革命党和欧事研究会冲突频生。中华革命党南洋各埠筹饷局委员长邓泽如曾以中华实业公司的名义，在南洋募集到数十万元捐款，并已汇往国内充作中华革命军军费。此时又以发行革命公债方式继续筹集讨袁义款。而政治观点倾向于欧事研究会的中华水利促进会，也曾以公司名义集资，发行革命公债或股票筹款。双方争抢捐助，反而使捐款人疑惑并严重影响了义款筹集，使得近来南洋捐款越来越少。

“不知润民、子元是怎样处理和顺祥刘老东家答应富滇银行张荣庭捐款的，可惜他们不在瓦城，不然……”见众人吵闹，陈掌柜十分困惑，想起“和顺祥”也曾捐款滇省，如今并未听说出了什么乱子，很想借鉴。

见足智多谋的陈掌柜都这般手足无措，又听他提起龙、吴二人，李明远心中泛起了一阵莫名忧伤。他之所以下决心赴瓦城经商，原本就想借此化解与二人的误解，可现在又为捐款一事，不仅化解无望，还担心生出新的矛盾。可对仰光支部的汇款要求他却始终心存疑虑，难道为援助滇省护国讨袁义举的善款，也一定要汇入南洋账户？党人之间的嫌隙，难道比捍卫共和讨袁还重要？民主宪政之路如此艰难，正面是袁世凯大张旗鼓公然称帝，背后又有盟友间的明争暗斗。想起下缅甸前，在腾冲听到有人要为张文光平冤昭雪的议论，心中不由一动。中华的磨难如此深重，前者冤屈尚未昭雪，后继者怨斗又接踵而来。他不禁要问：在毁灭与重整的过程中，国人摈弃千百年来压在头上的封建王朝，一定就会迎来心中的民主与共和吗？

眼下，云南护国首义震动全国，贵州宣布独立后，虽不再有其他各省响应独立的消息，但与护国滇军同时出发的各省招讨使，都已深入川、湘各省，四川熊克武、湖南程潜回省发展反袁武装都取得较大进展。全国各地大小规模不等的反袁起义相继发生，其中不少打出中华革命军旗号，可惜短时便被袁世凯派兵剿灭。党人不相为谋各行其是的做法，也让人感到有一种借行大道而自谋私利的晦暗。

三、泸纳交兵　军锋受挫

护国第一军主力与洪宪袁军交战的决胜之地其实是在泸州。按照护国军战略设想，第一军主力兵进泸州后即向川东重镇重庆进发，如能出其不意攻占重庆，便可在全国引起震动，形成的号召力不言而喻。倒戈护国的川军二师本就驻守泸州一带，这也是天赐护国军的绝好良机。

段云鹏所在第一军第三支队，在支队长董鸿勋率领下，于公历1916年2月4日抵达泸州外围纳溪。这天是大年初二，董鸿勋与护国川军师长刘存厚商议，决定乘北军援军尚未到达，倾聚纳溪的所有护国军兵力会攻泸州城外长江南岸的蓝田坝，扫除占据渡口的北军后转攻江阳泸州，以图在四、五、六支队和总司令部到达之前建立殊功。

在川军中，二师只是装备不整的杂牌军，一直在川南各县负责清乡。云南护国起义后，袁世凯急令川督陈宧进剿。为把护国军消灭在入川之前，陈宧命就近的二师前往阻击。师长刘存厚不得已率部南下，到达永宁时得知护国军中路主力取道毕节，强渡赤水进入川、黔边境，左路则已进逼叙州，两军大战在即。刘存厚本滇军旧将，辛亥时援川留在川省，一直与蔡锷、唐继尧关系密切，经唐、蔡多番联络，也早有讨袁之心，无奈势单力薄，不敢贸然行动。得知护国军进抵川省之后，即于公历1月20日在永宁忠烈宫召集所部营长以上军官歃血盟誓，响应护国义举。并暗中派遣所部舒云衢支队占据了泸州外围纳溪县城，又在纳溪、泸州之间的棉花坡、马鞍山一带高地构筑工事，做好了迎击北来之敌的大战准备。同时把所部田颂尧支队派驻长宁，摆出了攻占江安、南溪的架势。布置停当后即传令其余所部，于公历1月30日前向纳溪集结，然后电告川督陈宧，谎称已经奉令拟从长宁会攻叙州。

在与护国军董鸿勋部取得联系后，川军二师主力从叙永县境一路佯败，回师纳溪。27日，在撤往纳溪途中，喜闻贵州护军使刘显世宣布独立，更加坚定了起义的决心。尽管此时驻守泸州城的拥袁川军熊祥生部已渡过长江，并占领了长江南岸渡口蓝田坝，还准备沿泸纳本道南下阻击护国军。但刘存厚还是在回驻纳溪之后，立即发布了讨袁护国公告，并自任护国川军总司令。布告一出，川省震动，不仅川南民众闻风响应，就是附袁川军中亦有官兵准备倒戈迎接护国大军。

因与刘存厚有约，护国滇军第三支队到达纳溪后即与护国川军合兵一处。刘存厚派邓锡侯、田颂尧两支队配合董鸿勋支队迅速攻打蓝田坝，并欲乘势将驻守南岸的北军全部肃清。

纳溪位于泸州东南、与长江交汇的永宁河畔，在长江南岸，距泸州城仅20余里，因有长江相隔，使得两地之间联系稍难。并不平整的泸纳本道在浓荫密布的竹树丛林间蜿蜒穿行，成为两地之间最为重要的枢纽交通。

泸州地处沱江、长江交汇之处，东面大江如练浩然而去；南面长江舟船往来繁忙，隔江相望的蓝田坝沉沙露白，烟云茫茫；西边沱江、长江由东北面相汇而来，大气磅礴、绝壁险峻的透龙关扼要成隘，形成泸州西门坚固的城防。

公历2月5日，护国军军锋直指泸州，首先向蓝田坝发起了进攻。虽遭阻击，但三支队本是滇军精锐，护国川军两个支队也是二师主力，早把驻守蓝田坝的北军杀得七零八落，溃败北逃。

6日清晨，护国军占领蓝田坝，并进据与泸州隔江相望的月亮岩高地，北军渡江溃走。护国川军团长陈礼门立即率舒云衢支队在月亮岩列放火炮，轰击泸州城中熊祥生旅部，打得正在为援军接风的熊祥生及众将官张皇失措，越墙而逃。之后，舒云衢支队又以佯攻泸州城的态势牵制守敌，掩护董鸿勋支队和护国川军邓锡侯、田颂尧支队向泸州进击。三个支队乘胜绕道蓝田坝下游的泰安场渡过长江，直指沱江北岸泸州小市，当晚占领了离小市不远的大龙山、罗汉场等制高点，远远地隔沱江支流小河看漫不经心的泸州古城在袅袅烟雾中热闹过年。

时值农历丙辰龙年大年初七，虽有战事，可城里依然灯火辉煌，远处不时传来噼噼啪啪的声响，闹哄哄地让人分辨不出是枪炮声是鞭炮声。

接到传令兵停止前进的命令后，已升任副营长的段云鹏急匆匆找到营长唐淮源和支队长董鸿勋，焦急问道："泸州就在眼下，支队长为何突然下令不前？"

“莫急！支队长刚接电令，正在查看地图，情况有变！”唐淮源眉头紧锁。

“还想喝老窖解渴呢，好端端怎就停止不前？”段云鹏依然十分兴奋。

唐淮源打手势阻止道：“莫打扰支队长，正着急呢！”

“什么事嘛？支队长历来干脆，今天咋绵扯扯的！”段云鹏虽官阶低年纪也小，但与唐、董二人曾是讲武堂丙班同学，平时说话随便惯了。大家知道他脾气豪爽，所以即使大战在即，只要不是情况紧急，随便与主官说话都不计较。

董鸿勋紧锁眉头专注地望着山下的泸州小市好一阵，见段云鹏还在身后与唐淮源争辩，扭过头来恨恨瞪了一眼，只说了一个字：“撤！”

段云鹏还在愣神，唐淮源赶紧拉了一把，硬声说道：“走！月亮岩失守了！”

段云鹏一惊，“月亮岩失守？”见董鸿勋、唐淮源一脸沮丧并不答话，心中已凉了半截。

一天一夜之间情况变化竟如此之快，眼看就要到手的泸州城眨眼间失之交臂，护国军三个支队独军孤悬，情况十分危急，与初攻蓝田坝时已是冰火两重天。

熊祥生旅再次渡过长江，沿途打击后撤的护国军。董鸿勋指挥联军从原路撤退，遭北军阻击，损失十分惨重。仓皇间三支队一队人马突然擅自溃逃，护国军被拦腰截断，再遭重创。好不容易稳住队伍，且战且退，逼不得已退守远离纳溪的双河场。待援军赶到，稳住阵脚后才知道，护国川军团长陈礼门因月亮岩失守饮弹自戕，所部全部溃散，蓝田坝阵地又被北军控制。

护国军进攻泸州初战失利后，刘存厚、董鸿勋又多次组织进攻，意欲夺取月亮岩、蓝田坝均无所获。之后，两军对峙，直到护国军主力聚集纳溪，蓝田坝、月亮岩仍在北军控制之下。

三支队、护国川军在纳溪汇集与北军开战之时，护国滇军二梯团周宗濂营经昭通再往叙州向川南集结，四、五支队也日夜兼程逼近纳溪。五支队从昭通出发，名为一个支队编制，实则只有整编后的昭通独立营一个营人马装备，枪械弹药甚至兵员严重不足。因军令紧急，只得让勉强足员的一营先期出发，二营则由杨福桢继续整编，待兵员枪械凑齐后再前往川南。

姚必光随队一路北上，经过叙州府时，北军四面合围护国军的激战正酣。营长刘发良立即率队与先期到达的周宗濂营合兵一处参加了叙州保卫战，另外还有熊克武所率护国招讨军吕超、周官正支队与之配合，共同抵御从西线犍为而来的陈宧警卫一团的进攻。吕、周支队刚刚整编，五支队和周宗濂营枪械弹药装备也不太齐整，与北军接火后渐渐不支，且战且退撤至牛喜场附近，情况十分危急。

可万万想不到，占领叙州的冯玉祥十六混成旅在攻进城后的第二天主动撤离，匆匆北去。冯旅撤退后，腾出手来的第一梯团主力当夜渡江，迅速向北军警卫一团发起了进攻。五支队一营、周宗濂营和吕超、周官正支队也全线出击，北军猝不及防，交战不久就落荒而逃。护国军追至岷江边牛喜场，缴获北军50余船枪炮辎重，其中还有大炮。

第二天，二支队支队长杨蓁率部袭击北军朱登伍巡防营，大败朱部，北军落荒而逃。紧接着，北军伍祥祯混成旅和川军统领张占鸿部也败退北撤。川督陈宧四路合围叙州进攻护国军的计划最终归于失败。

首次出战，仓促上阵的五支队打得并不如意，交火之初北军炮火轰得天昏地暗，几乎让人晕头转向。后来反攻，虽然打了胜仗，对五支队而言，不过是收拾了些北军丢下的辎重装备而已。战后，周宗濂被记过，刘发良被撤职，足以说明司令部对西线战绩十分不满。虽然看到护国军打败拥袁军再次进入府城，可五支队官兵却始终兴高不起来。

支队长禄国藩急匆匆从昭通赶来，那日行军，跃马扬鞭飞骑而至。正指挥连队警戒的姚必光上前报告："前方未见敌情，尖兵排已到达预定地点警戒，可以宿营待命！"

"姚连长怎么这样，蔫头蔫脑打不起精神？总还是打了胜仗的嘛！好，命令全队原地宿营加强警戒。"禄国藩飞身下马，径往道旁一座小山包走去，兴致勃勃的样子。因为马上还要整队赶往泸州参加会战，他一心只想着鼓动士气，重振军威，更担心官兵们的沮丧情绪继续蔓延。刚刚接到护国军左翼司令部刘梯团长电令，要他与李文汉营长会齐后，立即到司令部一趟。为此他一直都在盘算，见面后如何向刘梯团长，以及陈天贵、邓泰中、杨臻等老朋友们解释，要为五支队多争取些主动。

望着远处金沙江、岷江汇合处，禄国藩心潮起伏，见雷淦光、姚必光等几人紧跟过来，这才扬起手中马鞭往前一指，"这里就是三江交汇之地，顺江而下，永宁、泸州指日可达！临阵换将，常有之事，刘营长另有任用，你们丧什么气？雷营长不是顶上来了嘛！等李营长一来，我就去见梯团长，打了胜仗，五支队也该有份。"

见支队长这样，众人一时宽慰。代理营长雷淦光深感愧疚，连忙上前摆手说道："战打不好我也有责，开初北军炮火确实太猛，大家都被轰昏了头，战打得确实冤孽。禄团长不提也罢，那好意思还去争功！只等到了泸州，再好好打给他们看看。”

“雷营长此话不错，泸州会战五支队可真不能再当熊包。爹死娘嫁人，到时候九子枪一顺，给老子枪弹、刺刀一齐上，拼命！”禄国藩说话直接豪爽。

众人听后均默默点头不敢多言，围拢在他身边，随他指点向四野张望，只见细雨中峰峦蜿蜒，山间河谷浓雾如障。一时间阴霾的天空似乎又变得温润浑厚，烟雨迷蒙不过是增加了些想象的色彩。

丙辰龙年大年刚过，立春后最初几天本该放晴，可这年天气反常，阴雨连绵总不见晴，昭通地面甚至还下了小雪。如果不是刚才禄国藩那番话鼓动众人士气，也许还有人怨天尤人指天骂地。这天气确实对出击作战十分不利，可谁知道，恰恰是这坏天气帮了护国军大忙，连天雨雪看似给进攻的护国军造成极大困难，实则却使不熟悉雨战、山地战的北军更加举步艰难。袁世凯在皇帝美梦酣然未醒之时，原以为占尽天时、地利、人和，可此时这天气似乎便是魔咒，印证着天网神谶。

不一会儿，一支队一营长李文汉率小队卫兵飞骑而至，翻身下马，近前说道：“梯团长请禄支队长到司令部叙谈，我带路，这就走！”

“走吧，刚刚赶到你就来，急得很嘛！”见李文汉和身后卫兵装备齐整的样子，想起一梯团路过昭通时的军威，禄国藩不禁有些眼馋。

李文汉也是讲武堂丙班生，特别班毕业，刚打完叙州保卫战正在兴头上，见要请禄国藩，便自告奋勇策马来迎。不仅因为前些时常与禄国藩联络反袁，关系甚好，而且也想见见五支队的丙班同学曾万钟、姚必光、徐正文等人。另外听说泸州战事正酣，更想借此搭手五支队参加泸纳会战。

见曾万钟、姚必光、徐正文与禄国藩谈兴正浓，李文汉不禁笑道：“我军再胜，看来北军一时不敢来犯，一营官兵急欲杀敌报仇，不若请禄团长帮忙游说，请邓、刘两位长官放兄弟到泸州干它一仗。”

“若得一营同到泸州，那当然好，文汉兄定可夺得奇功！”听李文汉如此说，姚必光很是高兴。

“李营长有意前往泸州，就请禄支队长说说。我们支队长跟你们支队长什么关系，我看保准有戏。”曾万钟趁热打铁连连鼓动。

“就是，就是！”见禄国藩似笑不笑装样不闻的样子，徐正文小声帮腔。

“禄团长，帮个忙嘛！宗场一仗北军诈降杀我信使，此仇不报心不得安。”李文汉恳求道，确实真心想带一营参加泸纳会战。

禄国藩心中已有定夺，只说了一句：“雷营长率队宿营待命！我去了就来。”转身上马和李文汉一道飞驰而去。

来到第一梯团司令部，见刘云峰正与参谋长陈天贵，一、二支队长邓泰中、杨蓁在商谈军务。

“叙州一仗，梯团长、参谋长指挥，支队长用命，厉害呀！小弟刚从昭通赶来，当面请罪，五支队打得不好，甘愿受罚。不过九子枪冒烟，五支队枪械实在不行，我担心到泸州再出问题。此时北军退却，不若把一营借五支队一用，也好叫李营长到泸州扬扬一梯团威名。”禄国藩说话单刀直入。

“临战借兵，开什么玩笑？不行，不行！伍祥祯旅只是溃退，并未折损，而今尚有回望之势。朱登五部西面而来，冯玉祥旅、周骏师也在集结。叙州扼长江要冲并直通滇省门户，万一失守，恐怕对我军进取泸州、虎望川渝都很不利。”杨蓁觉得十分好笑，又不得不耐着性子认真分析，意在回绝。

禄国藩被杨蓁当头一棒，心里凉了半截，其言句句在理，更是让人泄气。可他实在舍不得就此放弃，想起路上李文汉一再提醒：“刘云峰好说话，关键是邓支队长。”便硬着头皮并不搭杨蓁的话。又振作精神，拉下脸皮说道：“如今熊景帆、但怒刚都已招募不少兵员，我看可堪一用。眼下护国军进驻叙州，一梯团一时无战可打，泸州却战事吃紧，李营长闲着实在可惜。蔡总司令亲率主力会战泸州，一营立了功还不是挂在一梯团头上！”

“临战借兵，兵家大忌。禄支队长学刘备借荆州啊？开什么玩笑！”刘云峰笑了起来。

“禄支队长也真开得出口，一营乃一支队主力，文汉一走我还打什么战！”邓泰中很是不以为然。

见三人嘻嘻哈哈不以为意，禄国藩突然话锋一转：“泸州乃护国军主力师出四川军锋所指，蔡总司令发起主攻的战略要地，一梯团不买在下的账，也该支持一下总司令吧！”这话说得犀利，使刘云峰、邓泰中甚至一贯善辩的杨蓁都愣了神，不好再说什么。

见众人如此，禄国藩又和颜道：“步兵九团已在昭通集中，朝发夕至可对叙州予以支援，而且新招募训练的补充队多达三个支队。我敢担保起誓，在昭通禄某说话算话，五支队二营和补充队一到，都归刘梯团长指挥。”此话一出确实有些分量。禄国藩曾任步兵九团团长，实际上曾是昭通首席军事长官，而今五支队二营和补充队都整军待发，既然答应归一梯团指挥，以一个营换将近一个支队兵力也并非赔本生意。刘、邓、杨三人都在心里打起了算盘。

禄国藩、邓泰中本是日本东斌学校同学，一同毕业回滇，关系向来不错。援川时禄国藩在谢汝翼手下做副官长，与邓、杨二人都有交往。筹安会发起复辟帝制之初，邓泰中、杨蓁、李文汉就曾与身在昭通的禄国藩互通消息，共议讨袁大计，相当投契。见他死磨烂缠也不好当面重话回绝。

杨蓁眼睛望着刘云峰，想让他抵挡一阵，不料邓泰中突然松口："既然禄团长看得起我一梯团官兵，我也舍命相陪，把一营借你一用。不过，杨福桢或补充队一到，我可就要扣下来补充一支队了，到时候国藩兄可莫赖账！"

杨蓁只有苦笑，"既然邓支队长答应借兵，我也无话可说，只是叙州兵力已然不济，补充队什么时候到，新兵训练成什么样子，也不知能否派上用场，这些都是问题。切望再莫来调兵遣将了，否则叙州不保，泸州也难进展！"

禄国藩出人意料地借到了一支队李文汉营，队伍一下子整齐强大了许多。冒着绵绵雨雪，公历2月13日晚，将近14日凌晨，第五支队所属一营与一支队李文汉营赶到纳溪，听到的却是三支队、护国川军联合进攻泸州先胜后败，川军二师团长陈礼门兵败自戕的坏消息。士气高涨的官兵们被当头浇了一盆冷水，情绪马上低落了一大截。进入阵地后，得知何海清所率四支队先前到达，驻守在相邻阵地上。护国联军在北起靠近长江边的头脊梁到南面永宁河西、双河场一线集结了近万兵力，三支队吃败仗的消极影响才稍有缓解。

五支队驻扎在棉花坡南头脊梁与纳溪东北马鞍山之间泸纳本道当口正中。相邻阵地上除第四支队外，还有护国川军舒云衢、邓锡侯、田颂尧三个支队。刚打了败仗的第三支队则驻守最西头的双河场、冠山，以防永宁河西面之敌。

14日下午，代理营长雷淦光、一连长曾万钟陪同支队长禄国藩前来连队视察，见姚必光蹲在木桩上查看地图，打趣道："姚连长这地图，怕是学生用的吧？比例这样，怎么看得清楚？"

"看不清楚也得看啊！谁叫营里连好用的地图都不发一张。听说三支队攻打蓝田坝，就因道路不熟走岔道，错过了合击北军进攻泸州的最好时机。"姚必光勉强一笑，忙把地图仔细折叠起来装进挎包，立等支队长、营长训示。

"这种天气，拉不拉得出去？"阴沉的天好像要下雨，禄国藩用手中木棍敲打着脚下的泥土故意发问。

"怎么拉不出？支队长也忒小看三连了，我们这些兵来自昭通山区，吃苦耐劳，打光脚一天都要走几十里地。这算什么！”姚必光把手中木棍往地上狠劲一戳，精神越发振奋。

“那就看你们的了！随时准备好，说出动就得给我出动，到时候莫拉稀就成！”禄国藩转身快步又往四连走去。

四、天意巧合　以弱胜强

川南的竹林蓊郁苍翠，阵地四周都是挺拔秀丽的翠竹，一阵风吹来，竹枝摇曳，发出嘎嘎声响。姚必光一夜未眠，看着夜空中闪亮的繁星，心中畅快了许多，阴天突然放晴，似乎预示着胜利的召唤。“北军会不会也想利用这天气，向护国联军发动进攻？”姚必光把刚看的纳溪、泸州周边地形图在心中默记了几遍，又再想如何打战的问题。

五更时分，五支队和李文汉营已在埋锅造饭，吃完早饭天还未亮，一千多人悄悄开拔。姚必光率领一营三连走在支队中间，深脚浅脚地沿泸纳本道急奔长江边的蓝田坝渡口。按照计划，五支队要与四支队联合行动，准备拂晓前向驻守蓝田坝的北军发起反攻。可还未到达预定的合击地点，就与迎面而来的北军人马突然遭遇，边打边走，好不容易才到达预定地点，却久久不见四支队影子。禄国藩感觉情形不对，忙命支队迅速南撤至纳溪与蓝田坝之间的九川山布阵待命。

原来，四支队未能按照作战计划到达合击地点是因准备不及，上午8点才整队出发。向蓝田坝行进途中路经棉花坡时，忽闻纳溪城、双河场东西两个方向枪炮声响成一片，正在判断敌情，就接到护国川军总司令刘存厚命令，让他们停止前进，并带上驻守棉花坡护国川军一个营，绕道冠山西面，从小河口抄敌后路袭击北军左侧。

此时，北军一路人马已经渡过长江，从西南迂回到纳溪城，炮击了离双河场不远的安富街浮桥。另一路北军主力5000余人又从双河场偷渡永宁河，占据了冠山南端高地，驻守冠山的护国军三支队与之激战，情况十分紧急。围攻纳溪和攻占冠山南端高地的北军除川军熊祥生、李炳之旅外，据说还有北洋系曹锟部第三师的精锐王承斌团、张敬尧第七师的一个步兵旅外加一个炮兵营。

驻守双河桥的护国军三支队一营主力飞驰援助冠山，二营则从永宁河西岸向北军右侧展开攻击，在永宁河西南岸冠山以北一带与北军搏杀。北军因重兵偷袭掌握主动，优势十分明显。四支队加入战斗后，护国军兵力陡增，遭遇强力阻击的北军一时不知进退，只好把大队人马隐匿于冠山南面的甘蔗林中。2月正是甘蔗待收季节，蔗株一人多高正好供人隐蔽。不意却被护国军观察哨发现，并迅速开炮轰击。北军被护国军三面阻截又遭炮击，伤亡惨重，只能撤离战场，往永宁河边双河场一线溃退，一路又遭护国军阻击，败兵仓皇渡河，退至永宁河东岸高洞场时，队中10个营长9个伤亡，死伤多达1700余人。所幸增援赶至，并占据了两侧高地，方才抵挡住护国军三、四支队的追击。护国军久攻不下，三、四支队撤出战斗后退至永宁河西，于沿岸构筑工事组织防御，与北军隔河相峙。

同时，北军一部迂回纳溪对棉花坡强力猛攻，与护国川军工兵营陈光仁部展开激战，工兵营得到增援并有炮队向北军轰击，大获全胜。此外，由泸纳本道而来，意欲经棉花坡进攻纳溪，而与五支队对攻的北军刘湘团和新到泸州增援的李炳之旅陈能芳、赵成吉两个营，在遭遇战中受到重创后慌忙退回蓝田坝，使得进攻棉花坡的北军更加孤立无援。

纳溪一战，北军企图抄护国军侧背的作战计划全盘告吹，士气大受打击。但曹锟、张敬尧部北洋军及熊祥生、李炳之等拥袁川军，合兵一处尚有三四万人之众，加之北洋军武器装备精良，实力远胜护国联军，于是又集中兵力从泸纳本道不断向护国军驻守的马鞍山、棉花坡等阵地展开进攻，形成北军在纱帽山、九川山、朝阳观背北朝南，护国军在头脊梁、马鞍山、棉花坡、双河场依南向北的对峙局面。

从九川山撤回后，五支队被派驻守棉花坡阵地，禄国藩却为15日未能回师棉花坡参加围攻北军的战斗而懊恼。“白白在九川山浪费一天时间，仗也没捞到，好运气全给何矮子掳干了。”自从重九起义立功受奖之后，禄国藩似乎再也没有了当年的运气，硬仗轮不到打，所带团队作战能力在滇军中也只算得二流。在叙州好不容易把一支队一营借来编在队中，纳溪一战却只在一旁干相。

1914年奉命整编滇军步兵第九团后，禄国藩就一直在昭通各县负责清乡、铲烟杂事，成天与种大烟的乡民打交道。川滇边境历有匪患，清末匪患更甚，可新编第九团移驻昭通后，却连剿匪的仗都轮不上打。此次出师四川，明明是一个支队编制，到头来却只带出了一个昭通独立营。还好借来李文汉营，对照武器装备一看，人家除了德国造五子枪外，营中还有退管炮，连队机枪也多配了好几挺。尽管只是暂借，但面临大战，有这样一个营归支队指挥，还是感到了一丝满足。

大战间隙，禄国藩把营长李文汉、雷淦光和几个连长找来，一边抱怨15日运气不佳，一边布置阵地防守。在棉花坡阵地上，五支队紧挨着护国川军陈光仁的工兵营，正处于泸纳本道要冲、陶家大瓦房村后山坡的一座高地。隔着水田，对面山上就是北军红庙阵地，不远处还有北军重兵镇守的朝阳观高地。

1月22日川军第二师师长刘存厚宣布起义之前，陈光仁工兵营就一直驻守在这里，而棉花坡就像一道屏障挡在泸州与纳溪之间，成为纳溪门户。二师起义后，刘存厚又要求工兵营进一步巩固加强防御，正如所料，北军始终把突破棉花坡护国军阵地作为泸纳争战的要点，反复进攻却都被护国军击退。几天来，工兵营硬战不断，伤亡惨重。所以，刚从九川山撤回来的第五支队便被直接派上棉花坡，接防了工兵营大部分阵地。

雷淦光听禄国藩说起运气不佳，有些不以为然。"要说运气，那也不是始终不变，你看三支队董队长原来运气一直不错，唯独指挥攻打泸州就吃了败战，实在是人算不如天算。"

"我看董鸿勋性子太急，支队长中数他急躁，去年带兵包围审判厅也是这样，虽出于义愤，却未免孟浪，反让人抓了把柄。要不是唐督都回护，哪里还有今天。"曾万钟深为董鸿勋惋惜。

"就是！在丙班每次点名董鸿勋都在我前面，回答一个'到'字，声音响亮，急得就像小钢炮。你几个都记得嘛，把前面那个鹤庆人，孙什么的逊得像羊咩，一点儿没劲。我这么精神的人，跟在他后面也得费力提气像牛吼。一看就知道脾气火爆！"李文汉压低声音说道。

"我说也是，人家何海清慢慢悠悠地倒得了机会，真是天意巧合，五支队早早出发，却扑了个空。现在回想起来，昨天作战计划也跟董支队长攻取泸州一样，还是急于求成，支队回撤时没被北军追击就是大幸！"禄国藩若有所思，心中隐隐后怕。

雷淦光小声笑道："禄团长说的是。我觉得护国军主动出击不错，但总是过于急躁冒进。北军虽军心懈怠，但毕竟人多武器好，实力不差。昨天一仗得益于何支队长兵发得晚，胜在侥幸而并非谋划得好。所以，今后每战必要用心，不可一味强为才是。"

李文汉连连点头，"就是，就是！不过，禄团长老把我营作为预备队放在山后睡觉也不是事，别把一营见外了嘛！"

见李文汉单刀直入表示出对被安排为总预备队的不满，禄国藩心中好笑，"李营长多心了不是？好事慢慢磨，好钢用在刀刃上嘛！一营战斗力远胜于独立营，现在好好休息，遇上强敌一定派你上场。”

听禄国藩如此说，雷淦光不免有些憋屈，虽说叙州一仗打得不好，但自支队长率队以来，一路急行军到纳溪，遭遇战说打就打，谁都没有拉稀，还说独立营怂包，心里可不服气。“昭通独立营大多穷山沟里子弟，吃得了苦受得了冤，哪怕再苦的硬战大战都不含糊。文汉好生预备着，等独立营不行了你们再上，有你打的好仗！”说话不敢大声，却用了八九分气力，逗得李文汉和禄国藩都笑了起来。

“雷营长倒莫吹牛，我看北军并非吃素，先让李营长休息，轮下来再让你休息。如果真能这样，仗就好打了不是？只怕两个营一齐拉上去打还嫌不够，到时候莫给我当软蛋就成！”禄国藩道。

围在圈外的连长们听后都点头称是，并在心里暗自鼓劲。众人都是军校出身，知道教程中阵地战的打法要领，其实打硬战多留预备队本有好处，一营、独立营轮着来当然更好。这样既便于士兵休息，又可在关键时候调动有生力量出击，出其不意。

五、棉花坡头　热血殷红

北军指挥张敬尧在得到大队人马增援后，又令战斗力较强的精锐吴佩孚第六旅和泸州城防川军熊祥生旅打先锋，对据守纳溪的护国联军展开了新一轮进攻。在绵延几里的战线上，护国联军与来犯北军昼夜相峙。

15日晚，北军连夜频繁调动。川督陈宧在万县等地新招募的补充团被陆续调往前线，大规模进攻马上就要开始。

凌晨，雨后高悬着的冷月把一缕缕幽光洒向山林，静谧深邃。见北军阵地上火光闪烁，姚必光愤愤道：“狗贼北军太猖狂，调动队伍都不隐蔽。”

“张敬尧仗着人多枪好，大皮夸夸一点不把护国军放在眼里，看来马上要有大仗，狗日讨打！”雷淦光也一脸鄙夷。

其实他们所见，是换防进入前线阵地的北军第三师补充团，因为刚招募训练不久，军事素质不高，夜间调防打着灯笼也不怕暴露。却让对峙的护国军官很看不起，以至于小瞧了北军一头。不过北军人多势众，也是有意暴露杂牌军行踪夸大军力，欲对护国军施加心理压力。

16日一早，北军开始了进攻。棉花坡正面阵地受到北军第三师补充团、第六混成旅和川军刘湘团的猛烈攻击。

青石板铺成的泸纳本道从棉花坡蜿蜒穿过，又在起伏不平的丘陵谷地间隐没消失。哪怕是冬季，这里依然丛林翠竹掩映四野，护国军五支队、李文汉营和陈光仁工兵营隐蔽其中，在棉花坡背南朝北的山头建起阵地。转过当道而立的山包，阵地后山一个团聚型自然村分布在起起伏伏的山坳当中，村庄三面环山一面有莲花塘，很是符合中国传统风水宝地的条件，却扼泸纳本道咽喉，锁纳溪重镇门户。北军一旦突破，护国川军二师司令部所在地纳溪古城将门户洞开，无险可守，护国联军战线也将被分割撕裂，后果不堪设想。

一阵猛烈的炮火后，北军发起了冲锋，棉花坡北坡脚突然冒出数不清的士兵，摇旗呐喊一拥而上。看着北军士兵冲锋，护国联军阵地上官兵怒目圆睁，憋足了劲只盼一声令下就举枪射击。可北军冲锋在前的第三师补充团呐喊声音虽大，往上冲的速度却很慢，三五成群磨磨蹭蹭，好不容易才接近护国联军阵地，进入了九子枪射程。

禄国藩在前沿阵地上指挥作战，见敌兵慢腾腾半天才摸上来也不着急，只是悄悄移动到马克辛机枪的壕垒中，等待最好时机下令开枪。对面北军红庙高地上，还有人马不断从高地上涌下来，向棉花坡缓缓运动。

突然，一阵急促的冲锋号响起，只见逼近护国军阵地的补充团士兵一跃而起，向护国联军阵地发起快速突击。在棉花坡山脚的北军人马也迅速冲向棉花坡半坡，大有随补充团之后一举强攻的势头。一看严整的战斗队形，就知道是北洋军混成旅人马。禄国藩果断发令："打！"马克辛机枪立即喷射火焰，密集的子弹向冲在最前面的补充团川军冲锋队扫了过去。枪炮声在棉花坡四处暴响，坡头水田里水花烂泥四处飞溅，已攻到护国军阵地前的北军冲锋队死伤连片，剩下的人仓皇失措抱头逃窜，回撤的败兵逃过半坡，就遇到了继续冲锋的混成旅人马。见此情景，禄国藩不敢懈怠，立即把马克辛机枪转移到新的壕垒，准备迎击北军进攻。

第二轮冲上来的北军却是拥袁川军刘湘团。不知何时，刘湘团已越过混成旅冲在前面。2月6日攻占月亮岩、打退陈礼门混成团，并一直据守蓝田坝渡口的就是熊祥生旅精锐、战斗力在川军中首屈一指的刘湘团。五支队几次迎击，都未能瓦解刘湘团强悍的进攻。

独立营预备队早已进入了阵地，眼看北军又要发动新一轮攻击，禄国藩高声喊出军参谋长罗佩金鼓动护国军将士的誓言："胜而进，打死袁；败而退，即自戕！"只听得阵地上众人"杀！"的一声喊，山坡下正在仰攻的北军士兵不知所以，惊吓得连打愣蹭畏缩不前。马克辛机枪再次响起，北军士兵连片倒地，但仗着人多势众，在督战队威逼下仍然强攻不退。战斗打得极其惨烈。见北军如此拼命，禄国藩暗令独立营官兵上好刺刀准备肉搏，全体将士都下定了拼死一战的决心。

山坡后支队总预备队营地，李文汉率领一营官兵准备就绪，就等禄国藩一声令下。可一阵枪声过后却不见北军继续上攻，被打得匍匐在地的北军士兵跳起身来就往坡下溃退。

"雷营长立大功了！"在望远镜里，禄国藩看见棉花坡下，一队人马从斜刺里杀出，拦腰冲向北军。急令号兵吹响冲锋号，阵中官兵大吼着跃出战壕杀向敌阵，把来不及退走和还想往上攻的北军士兵杀得鬼哭狼嚎。

原来，雷淦光接支队长率队伏击的命令，和姚必光带着从连里挑选出的精壮士兵，配备了刚缴获的麦德林式轻机枪，摸黑潜入棉花坡半山，顺山坡冲沟迂回到一片茂密的甘蔗林中埋伏下来。看到前面一片开阔台地面对护国联军阵地，前边正好有包坎、树丛，想必北军上攻定会有人在包坎下停顿，于是便以包坎下的树丛为目标，南北一线、三人一组分散隐蔽。当北军吹响第三次冲锋号时，北军人马已经攻到了护国军阵地前沿。雷淦光看见几个长官模样的人正蹲在包坎后一棵树下指挥作战，于是命三名号兵同时吹响冲锋号，姚必光令机枪手对准北军前沿指挥官开枪扫射，又率小分队冲出蔗林，杀向敌阵。正往上仰攻的北军突遭袭击，指挥官又被乱枪射杀，群龙无首，只顾四处逃窜。雷淦光见小分队突击已阻断了北军进攻，立即收兵迅速撤回护国联军棉花坡阵地。

此战小分队无一人伤亡，还趁势缴获了敌军机枪。回到阵地，见禄国藩、李文汉还在指挥清扫战场，缴获了不少北军丢弃的武器弹药。而之前气势汹汹的北军，此时已退回到红庙高地坡脚蛰伏。

"亏得小分队及时出击，我都担心快顶不住了。"禄国藩笑道。

"一营士兵已经上了刺刀，就等禄支队长一声令下，真想拼他一场肉搏！"李文汉不无遗憾。

"小分队一出击，害得文汉肉搏也拼不成，至今仗都没捞到打，闷不闷啊？"禄国藩又开李文汉玩笑。

"独立营从没打过这么漂亮的仗！不用李营长出战，真是大长锐气！"雷淦光喜形于色。

“我看北军架势，一场恶战在所难免，到时候少不了要看文汉手段。”见雷淦光、李文汉喜笑颜开，禄国藩郑重其事说道，面色凝重。

“独立营打得好！我营不过禄团长顺手牵来的‘羊’，哪敢争功！倒是要小心点才行！”李文汉说话故意低调。

“此次雷营长、姚连长立了大功，我给你们记上，还得再接再厉。我看北军不弱，是得小心点！”禄国藩招呼众人聚拢过来，又要布置任务。却见徐正文从二连阵地猫腰跑来，喘着气往前凑：“诸位长官聚在一起，不怕一颗炸弹打过来五支队全部报销？”

“怕报销，你干吗也往前凑？”曾万钟很没好气。

“不是支队长召集开会嘛？不瞒众位，我有神护，炮弹根本打不到。先前副连长就在我跟前受伤，我却一点没事，不信打赌！”

“‘黑楞’别卖关子，副连长受伤你还幸灾乐祸。这里我俩看过，北军炮弹根本打不着。”姚必光一巴掌拍在徐正文肩上。

见营连长们都已到齐，禄国藩匆匆布置了任务，补充了伤亡军官缺位，便带着李文汉等人下山回指挥部。连长们也回连队布置阵地，准备迎接新的战斗。

棉花坡战斗显现出前所未有的惨烈，在北军的攻击下，护国联军阵地险情不断。中午之前北军再未进攻，开饭时姚必光与雷淦光蹲在壕沟里边吃边聊。

“北军战斗力不弱，你说这仗还要打到什么时候？”雷淦光说道。

“重九起义攻打军械局，我没好好放一枪仗就已经打完，抚西也是如此，从没见过这种阵仗。北军赢一阵我军赢一阵，死伤那么多人。”姚必光回想先前打过的仗，泸纳之战才让他真正认识到战争的残酷、牺牲的代价。

说话间，徐正文急匆匆跑来向雷淦光报告：“营长，红庙正面北军又有异动，估计马上就会发起新一轮进攻。”

听徐正文如此说，雷、姚二人跳起身来，雷淦光合上饭盒往挎兜里一塞，说声：“走，前边看看！”抬脚就往阵地前沿跑去。刚冲出十几步，就见北军一连五六发炮弹呼啸而来，一颗炮弹落在他的身旁，爆炸声中火光四射、烟雾弥漫，雷淦光应声倒地。

姚、徐二人忙奔过去，只见雷淦光浑身血肉模糊，已经没了气息，兜里的饭盒滚落在地，饭中混着血和泥土，地上一片殷红。北军炮火还在护国军阵地四周轰鸣爆炸，姚必光抱着雷淦光泪如雨下：“雷营长，雷营长！”徐正文也满脸泪水，任是呼号，雷淦光再也醒不过来。传令兵闻声而来，看到牺牲的雷营长，怵然呆立。姚必光抹了一把泪，大声喝令："赶快报告支队长！"就见山坡下北军密密麻麻，开始了新一轮的进攻。徐正文强忍悲痛回到连队，姚必光匍匐在马克辛机枪手身边，两眼发红，直盯着仰攻的北军。

仗战打得极其艰苦。禄国藩把指挥部移到了前沿阵地，李文汉率领一营也上了一线，刚进入阵地就遭遇了一场恶战。大队北军已经越过五支队防守的第一道壕沟，正要发起突击，李文汉营一名排长带着机枪手架起马克辛机枪一阵狂扫，把刚刚越过壕沟的北军冲锋队又打了回去。接着进入阵地的李文汉营官兵全线出击，把刚被机枪打懵头的北军冲杀得抱头鼠窜，仓皇逃命。李文汉营不愧护国军精锐，一上阵就显出了强大的攻击力。仗一直打到天黑，北军都未停止进攻，似乎决意要突破棉花坡护国军阵地。双方士兵在阵地前昏天黑地反复拼杀，战况愈加惨烈。

五支队因使用落后的九子枪吃了大亏，士兵每射一枪枪管里就会冒烟，烟气聚在一起升在空中，形成十分显眼的目标。北军炮兵瞄准发烟处开炮，使得阵地上短途突击还稍占上风的五支队遭受意外伤亡。李文汉营士兵使用德国造五连发步枪，武器装备并不吃亏，却因战斗打得激烈，北军进攻人数越来越多，伤亡也很惨重。护国川军陈光仁工兵营更是打得只剩下几十个人，棉花坡护国联军阵地几乎失守，险情不断。幸得好董鸿勋率三支队及时增援，才化险为夷。

六、碎首黄尘　杀气萧然

傍晚下起了大雨。这场突如其来的雨水兜头将不惯山地雨战的北军浇得措手不及。泥泞的坡道又湿又滑，爬坡仰攻的北军吃了大亏，在护国军顽强阻击下死伤惨重，棉花坡阵地上阵亡士兵的尸体成堆连片。大战间歇，两军阵前死寂般沉静，山风掠过荒坡，有如幽魂呼号，空阔山谷笼罩着一股凄厉的戾气，让疲惫的官兵心中更多了一份哀怨与悲凉。

姚必光陷入深深的痛苦，一天之中，代理营长雷淦光牺牲，一连长曾万钟，负伤离队，阵地上连排级军官打得只剩一半，五支队一营四个连重新整合，加在一起兵员不足原来两个连，大半个阵地已由三支队接防。"身既死兮神以灵，魂魄毅兮为鬼雄。"姚必光默念屈子《国殇》，为曾经朝夕相处的营长雷淦光，也为连里捐躯的士兵们祈祷。天日昭昭，共和精神不泯，他坚信护国军将士的血不会白流！

“段云鹏来棉花坡了吗？”姚必光期盼能与好友并肩抗敌，可三支队只有一个营增援棉花坡，不知道段云鹏在不在这个营里。抵达纳溪后听到的第一个坏消息就是三支队吃了败仗，那时就为段云鹏担心，但因为战事紧张，始终打听不到好友消息，他心里很是焦急。

“我想去三支队看看，不知段云鹏过来了没有。”与徐正文一起布置完连队防务后，二人静坐在战壕里待命。此时一营收缩防区，姚必光、徐正文两个连并为一连，虽各自还叫连长，可手下士兵却只两个排，作战归于一个连队系列指挥。

徐正文正杵着下巴发愣，见姚必光刚才还在默念屈原的《国殇》，这下却拔腿要走，心里很不得劲。“丢下我一个人？要去一起去！”

“嗯，哪敢！我去问一问就回，不知云鹏、淮源来了没有。你先守一下，莫叫支队长找不着人。”

“不晓得支队长在哪里。不然跟他打个招呼，到三支队指挥部一问就成，还用你到处瞎问。”徐正文挥手让姚必光先去，嘴里却在嘀咕。

“听说到司令部开会去了，赵梯团长到达纳溪后正与刘师长商议调整作战方案，恐怕正在布置。”

“战事紧急，调兵遣将就是，开那么多会干哪样？找段云鹏问问三支队消息也好。我看棉花坡还要大打。如今赵梯团长指挥，可得心中有数才是。”徐正文说话总是阴阳怪气。

“顾梯团长未到，六支队也才赶到永宁，三梯团就我们一个营，加上李文汉也只两个营。赵梯团长指挥就指挥，管他二梯团、三梯团的！听说蔡总司令马上就到纳溪，总司令、顾梯团长到后自然顺畅。”徐正文老发牢骚，姚必光知道就为指挥序列不顺，生怕五支队吃亏。

“再这样打下去，恐怕很难进展。眼下指挥序列混乱，战斗力影响很大，梯团长和六支队咋还不到？”见姚必光接了话，徐正文知道他对目前状况也有不满。“你别老在这里猜疑抱怨，大战在即就该专心打仗！寸辖制轮，倒是九子枪冒烟的事情莫疏忽了，不行就叫士兵准备短途出击，多打近战随时准备肉搏。”

“既然如此，阵地就须重新布置，我也想用近战，只怕队里新兵扛不住。”徐正文赞同姚必光的提议，却担心新兵吃不了硬仗。

徐正文老脾气改不掉，平日里常疑神疑鬼，战打得不顺更是要发牢骚。知道再说下去无用，姚必光抬脚要走，一边说道：“我到那边防区看看与三支队接合部的兵员配置，顺便打听云鹏消息，等会再来碰头。”

山谷热地，冷雨飘洒，雾气弥漫在苍凉的四野。荒坡上被雨水冲刷出的深深浅浅的小坑里，还汪着一摊摊血水。姚必光顺着连队阵地往西北方向缓缓而行，见士兵蹲伏在阵地壕沟坑道中，迷迷糊糊偷空冲瞌睡，心中不免难受。连日血战，士兵疲累不得养息，再来大战不知还能坚持多久。走到五支队与三支队接合部，叫来三支队士兵打听段云鹏消息，都说刚才还在壕沟里，此时大概是跟支队长和营长查看阵地去了。得知段云鹏来到棉花坡，姚必光心中高兴，只是见不到人，不免遗憾。

段云鹏也在打听姚必光消息。一到棉花坡就听说五支队牺牲了一位副营长，连排长伤亡过半，不免担心好友安危。进入阵地后即与北军激战，停火后天已黑尽更不敢四处乱窜。问过相邻阵地五支队士兵，得知正是姚必光所率连队，猜想他一定会来碰头，索性就在壕沟里等候。不想半夜里被支队长董鸿勋和营长唐淮源叫到阵地前沿兜了一个大圈。

棉花坡南坡山洼中的村子里，护国军三支队指挥部就设在一座叫作陶家大院的房院里。房前屋后长满了南竹、毛竹，大院四周还有十来家错错落落的农舍。山后就是棉花坡北坡坡头护国联军阵地。阵地前水田环绕埂道纵横，虽无险可守，却依凭一片高地及高地上的丛林和山后不小的村庄，成了泸纳战役中护国军据守的重要关隘。

三支队前线指挥部里，董鸿勋正在幽暗的油灯下沉思，脸色十分憔悴。昨天刚从永宁河西岸率队过来，还未进入阵地就听到激烈的枪炮声和喊杀声。长途奔袭的三支队官兵冲向阵前，迎面就见五支队和护国川军工兵营将士正与涌上来的北军殊死肉搏。三支队杀入敌阵后，北军不支溃退，护国军才又占稳阵地。交接工兵营阵地和接手五支队部分阵地后，又接连击退北军五六次冲锋，至晚才得歇息。三支队与北军对阵不到半月，伤亡严重、消耗巨大，他不禁深深自责，战打成这样，恐怕真与攻打泸州失利、指挥不当有关。

营长唐淮源走进指挥部，见董鸿勋一脸沮丧，忍不住问道：“还不歇会儿，怄什么气？”

董鸿勋“嗯”了一声，面色凝重。

“这几天战事紧张，难得清静下来，你得好好歇歇，我到阵地上看看。”唐淮源说着转身就往外走。

“急什么，二话不说就走，开我玩笑？”董鸿勋很不客气。

唐淮源忙说："我想叫段云鹏组织个突击队专打穿插，你看怎样？"

"突击穿插当然可以，只是这里敌我兵力云集，地域又太狭窄，云鹏带头打太过危险，再斟酌看吧！"

前往棉花坡增援途中，董鸿勋就一直在考虑进入棉花坡后的战斗序列和三支队该怎样打。也曾有组织敢死队打穿插的想法，但进入棉花坡阵地后遭遇的几场硬仗，使他担心打穿插危险，所以一直把这想法藏在心里。

"做没把握胜任的事，不道德。"拿破仑是董鸿勋十分敬佩的军事大家，记得他的很多警句，初战失利的自责，突然间就想起拿破仑这句话。初到纳溪草率决定进攻泸州以至失败，使他一时理不清打穿插的诸多利弊，不敢再草率决定做没有把握的事情。棉花坡阵地四周山坳中水田连片，山虽不大却连绵起伏，沟壑纵横，小溪大河全都涌入永宁河再汇入长江，山与水回环交融。横亘在长江边泸州与纳溪之间的棉花坡，集中了敌我双方上万兵力，似乎真有些密不插针的感觉。敌我兵力悬殊如此巨大，董鸿勋担心主动进攻会很不利，需要格外小心。

"攻打泸州失利不能完全怪你一人，也莫说那个法国佬吃败仗的话了，北军不仅兵力强，在战术指挥上确有高明之人。穿插打不动，就利用阵地条件发起短途出击。但北军人多武器装备好，老这样打怕消耗不起，这战打得让人憋气。"唐淮源见董鸿勋不愿冒险打穿插，虽不甘心却也犹豫起来。

"唐营长知我心里滋味，倒不是打了败仗气馁，而是护国战输不起，责任重大。滇省通电起义以来，转眼已50多天。可而今仅贵州一省和川军二师响应，这声势实在很难撼动袁氏，现在就等江苏、广西动静。仗打不好，望风而动者必裹足不前，后果不堪设想！"董鸿勋忧心忡忡，十分自责。

"全国响应迟早之事，不久就该有变。"

"所以速胜不得，只有坚持！"董鸿勋说道。"我已决定向蔡总司令请辞，败军之将无颜面对三军。更何况支队里居然还有临阵脱逃的营连长！我这支队长不受处分，谁受处分？"话里带着强烈的挫败感。

想起被董鸿勋命人用扁担痛打的临阵擅逃军官，唐淮源隐隐间坚定了一个信念：作为军人，在强敌面前即便是战死，也不能表现出丝毫的怯懦！

唐、董二人相对无言，偷袭泸州失利之后，这样的情形已不止一次。尤其是听到第一梯团二次进入叙州，至今仍控制着府城的时候，更觉得自惭形秽。

大院里静悄悄的，只有远处的狗吠不时打破沉寂，凄厉而又绝望。雨淅淅沥沥又下了起来，阵阵冷风好似带着一股煞气，透出大战在即的血腥气味。

“我到阵地上看看，士兵们打了一天，还在雨里冻着。”唐淮源站起身来，他再也受不了屋里沉闷的气氛。

“等等，我也去！仗没打好，心里憋闷，莫说还责打了他们营长。双河场一战虽搬回点本，可功劳还在人家四支队。要不是何矮子回师及时，三支队又要险遭败绩。看看大家也好！”董鸿勋站起身来，紧了紧大衣，样子十分疲倦。

二人所说四支队支队长、人称“何矮子”的何海清，讲武堂甲班二期毕业，辛亥时滇南起义的功臣。护国起义出兵前与董、唐二人长期在二师任职，关系一直不错。14日与北军一战出了大名，不但作战勇敢，指挥更是果断。大家都说他是员福将，甚至以为双河场大胜蕴含冥冥天意，像是要降大任于斯人一样！

见董鸿勋对几天前的战事一直耿耿于怀，唐淮源不由得放慢脚步，故作轻松地说道：“我看这也是运气，所谓谋事在人成事在天。要是四支队准时开拔，何海清哪里杀得了回马枪？假如按原定计划行事，不仅三支队支持不住，护国联军整条战线都要乱套。禄国藩五支队、李文汉一营，包括何矮子在内都不知道怎样！这就叫歪打正着合乎天意。三支队不是不能打，只是运气不好罢了。那天我们三面受敌，连伙夫勤杂都上了阵，其他支队再能打，最多也只这样！三支队打得如此之狠，却无一丝功劳，你说这不是运气？”

二人边走边说，顶着寒夜的冷风穿过门堂，刚到门道口长石阶上，两个传令兵一前一后紧跟着跑了出来。四个人走出大院，沿着泥泞的小道，冒雨往坡上爬，一路上撞到好几起躲在暗处的哨兵。

壕沟纵横的临时掩体里，士兵三三两两，身披蓑衣手执长枪，躺着、靠着。这时隐蔽处一个声音突然吼道：“谁？口令！”接着就是一阵紧拉枪栓的声响。

“支队长！”两个传令兵一齐喊道，还未看清哨兵的位置，就忙跳上前挡在董、唐二人身前。

段云鹏在前沿阵地指挥部的掩体里迷迷糊糊刚合上眼，隐约听见哨兵询问和支队长的应答声，挣扎着窜起身来，正好看见董鸿勋、唐淮源立在坡头。跳出壕沟连忙招呼：“这么晚了还来查岗，不放心啊？”

“段营长怎么还在这里？不是拨了几间房给你了嘛！预备队和二线士兵赶快抓紧时间睡觉。多布几个哨就是了，都在阵地上干熬不是个事！”董鸿勋见段云鹏从掩体里钻出来，心下十分感动。

知道他不放心前沿阵地，唐淮源笑道：“云鹏就是这样，我也管不住。说是当年跟玉阶剿匪整惯了。”话说得轻松，心里却满是爱惜。

段云鹏陪二人把阵地巡视了一遍，看到士兵们都恪尽职守，毫无懈怠，都放了心。

对面红庙北军阵地黑幽幽一片山林，偶尔闪过一丝亮光，倏忽间又熄灭掉，似乎告诉对峙的护国联军：那里有人。

董鸿勋笑道："北军不过如此。抽烟、用火暴露目标的事都不管，并非无懈可击。"说话间又隐隐听见红庙方向远处传来一阵狗吠，凄厉哀号。

段云鹏注目远望，"又是山哪边，这狗叫声不对，怕是又有人家遭难了"

"北军成分太杂，补充队军纪最差，这狗要不是遭打杀，哪里会是这种叫声。"唐淮源很是蔑视。

忽听得远处一声枪响，紧接着红庙山坳里到处都是枪声，甚至还看得见开枪喷射的火光，过了一阵才平息下来。

"又抢人杀人了吧？北军弹药实在充足，当兵的胡乱开枪都不管，袁大头真舍得啊！"听到枪声，董鸿勋摇头叹息。

唐淮源不忘调侃："北军真把枪弹当作过年的炮仗了，这么热闹！"

听唐淮源说起过年炮仗的话，董鸿勋恍然有悟，"今天初几了？这年过的……成天打仗，大年没过成元宵也要泡汤。"

"明晚就元宵，大年都要过完了。等北军来攻，也命炮兵多放几炮，炸翻龟儿，包袁大头汤圆，应个节气。"段云鹏上来凑趣。

"我倒忘了，今天几号？"见段云鹏说起明晚就是元宵，董鸿勋拍着脑袋，压低声音笑问道。

"现在几更？成天枪声，不见梆声，也不知什么时辰，17号吧？"段云鹏不好意思地哑然一笑。

"你的怀表呢，怎么不见带了？"唐淮源问道。

"昨天还带着呢！一到棉花坡就拼肉搏，不知掉哪了。真可惜，还是瑞士的呢！托人从上海买来，倒不倒霉？"

"狗日袁世凯，弄得国无宁日，大年过节还得顶风冒雨打仗。我的那块护身玉佛也不知掉到哪里，还是老母替我在寺里开过光的。"唐淮源想起家中母亲，不免伤感。

"该当丢失！我佛慈悲，哪里容得法器在杀场浸染血光，关键是老伯母给你的护身符丢了可惜。想家了吧？等打完战，我买块红翡玉观音送你。男戴观音女戴佛，请老伯母再到寺里请高僧开光。塞翁失马焉知非福，说不定还换得块更好的呢！听说玉可转运，丢了碎了都是替人消灾，你可是躲过了一劫！”董鸿勋乘机调侃。

“劫什么劫，仗要打佛要带，无奈，无奈！”段云鹏随口说道。

“无奈？说不通嘛！不会是吃败仗心里不痛快吧，莫是厌战？”唐淮源见心无尘染的段云鹏居然说出“无奈”的话，很是惊诧。

“说起厌战，我看北军更该厌战，为一个皇帝老儿卖命真不值当。要不是怕吃败仗丢性命，我估计早该撂挑子不干才对。”董鸿勋插话道。

见唐、段二人不解，便把从各处听来的很多北军将领不愿打仗，暗中跟护国军联络、应付川督陈宧的事说出来。

“我巴不得打进新华宫，把狗日袁大头脑袋拧转来当毬。倒不是厌战，只是吃了败仗，心里不舒服。只觉得北军打得这么狠，难道真有人肯为独夫民贼卖命？”对陈宧帮着袁世凯打护国军，段云鹏恨得咬牙切齿。

“如今当官的扯淡，裙带关系相互拉扯，听说陈宧老婆就是袁大头寄女，他帮干爹坐皇帝，士兵就得遭殃。老子倒要看看，袁大头龟儿皇帝到底坐不坐得成。我不厌战，打他个锅底朝天，战死也要奉陪！”唐淮源更加愤恨。

唐、段二人说得热闹，董鸿勋反倒躲在了一旁，深图密虑地自顾自往前边走边看。“我看阵地纵深还要再加强一些，在坡头那地方，应该布置挺机枪，并把壕沟打通过去，再布置一个班兵力接应，二位以为如何？”董鸿勋手指前面坡头，征求二人意见。

见董鸿勋突然发问，二人不由得打个愣怔，段云鹏想了想才笑道：“营里几挺机枪，那倒是个很好的枪位，可以先布置一下。”借着月光，三人都看到坡头一块露头岩石下有个十分理想的枪位，只是稍显孤立。

“视野开阔，便于从侧面打击顺泸纳本道攻入坡埂阵地前三四十丈的敌人，控制面很大。只是过于突出，容易被敌军炮击。”董鸿勋再说道。

“我看不要紧，枪位正好在露头巨石之下，应该稳当。左右山石尚可搭建掩体，炮打不着，仅仅与坡头阵地相距较远不易联络。”唐淮源连连点头。

“但转过那个石嘴就是一个凹沟，可以开条道以便联络，从那里撤退，正好可以避开上攻之敌视野。到时在坡头布置一班人接应，可保万无一失。”段云鹏来了精神。

三人你一句我一句筹划妥当，董鸿勋忙命唐淮源调兵遣将，段云鹏连夜督促布置。

雨早就停了，正月里下雨本不多见，总是雨一阵晴一阵。天蒙蒙亮，阳光便在氤氲的云气中翻腾跳跃，像是要冲出深泽的火龙，泛起红扑扑的光柱。山谷间雾气四散环绕，蔼蔼渺渺地显出几分神秘，树林里鸟雀啁啾，预示着即将到来的是一个适宜两军对攻的大晴天。大战又要来临，护国联军阵地上看不出什么动静，可沉寂中却带着冷冷的杀气。

七、援兵复至　战友情深

段云鹏举着望远镜观察红庙、朝阳观北军阵地，隐约间看到北军军官正在指挥士兵从泸纳本道石板路两边散开，摆开了进攻阵势，马上发令：“一连各班排注意，北军就要开始进攻。听我号令，连队进入掩体防备炮击，随时准备出击！”

传令兵迅速跑向山后传令全营进入阵地，预备队也整装待命。这时北军已以扇形拉网之势，三人为组，向护国军阵地蜂拥而来。传令兵刚跑出十来步，段云鹏就听得身后一阵轰响，扭头看时，只见尘土飞扬，传令兵抖落身上泥土，跃起身又跑下山坡，顺着墙道隐入陶家大瓦房村中。与此同时，二连士兵已经冲出掩蔽所，进入阵地壕垒。远处五支队阵地上也隐隐看得见士兵进入掩体的身影，护国联军严阵以待，又准备与北军展开一场绝地厮杀。

一阵炮火轰击过后，浓浓的硝烟还未散尽，北军便已成团成队地涌上了棉花坡。枪炮声在山野里轰鸣，炮火掩护下的北军士兵密密麻麻地攻上山坡，护国军官兵迅速进入阵地，棉花坡头却依然沉寂，就像没人一样。北军已经进入五连发和九子枪射程，护国军阵地上还是没有动静，北军指挥官好像也有准备，指挥部队有序地停了下来。

段云鹏提醒道：“北军进攻又有变化！”

话还没有说完，北军红庙阵地后连发数炮，炮弹在护国联军阵地四周一阵狂炸，进入阵地的护国军官兵遭到突如其来的轰击，伤亡不少。正慌乱间，却听北军冲锋号响彻山谷，从棉花坡坡脚到坡头，几里宽的一条线上，成千上万北军士兵杀声震天直往上冲，很快就有北军突击队员冲到护国军阵前，并连连摔出一串串手雷。

手雷是新式武器，民国初年只有北洋军嫡系配备了手雷。显然，打头阵的就是北洋军主力，攻势比起前两天明显迅猛了许多。在手雷的爆炸声中，攻上来的北军士兵已相距不远，这时，段云鹏才铆足了劲大吼一声：“打！”

话音刚落，身旁的马克辛机枪就是一阵猛射，紧接着四周枪声大作。护国联军阵地上，五连发、九子枪、机枪等各种枪械枪弹齐发，把北军冲锋队打得踉踉跄跄，七零八落。可前边的北军士兵被扫射趴在地上还未立起身来，后边的人马又很快冲了上来。此时，三支队阵中四五挺马克辛机枪发挥了巨大威力，再次冲上来的北军士兵很快又被打了回去。

满山满坡都是北军官兵，往回溃逃和向前冲的北军士兵迎头撞在一堆。从红庙山坡上下来了北军督战队，只要见到逃跑在最前面的溃兵就开枪射击，不少回撤士兵被击中倒地，跟在后面撤退的一时慌了手脚，站在坡道水田边的土埂上惊惶失措，身后溃兵却继续涌来，许多人被挤得跌下了水田，乱哄哄一片。就在这时，护国军阵地上打来的炮弹在北军溃兵中轰然爆炸，水田里、土埂上，烂泥浊水和死伤士兵的血肉四处横飞，棉花坡上一片狼藉。尽管如此，北军士兵还是在督战队压迫下，重新整队再攻护国军，激烈的战斗又一次打响。

打了将近整整一天，北军攻势开始衰退，护国军火力也减弱了许多。北军再次进攻，冲锋队分散开来，护国军阵地上的马克辛机枪很难再找到理想的射击目标，阵地上只响着五连发和九子枪稀稀落落的枪声。只见北军步步为营，分小组缓缓通过最容易受到打击的开阔地，步步逼近棉花坡头，护国军阵地上的火力似乎已经不足以阻挡北军进攻，情况十分危急。就在这时，北军冲锋号再一次响起，北军上攻，护国军士兵亮出刺刀，正准备跃出战壕肉搏拼杀。突然，阵地前方侧面一阵沉重的马克辛机枪声“嗒嗒嗒”响起。战前董、唐、段三人暗中布置的机枪在阵地前方突然发威，从侧面猛烈扫射，突前到护国军阵地前的北军士兵连片倒下，慌乱中又有不少人调头奔逃，成百溃兵不顾一切冲下山坡，搅得北军进攻阵形大乱，混乱的大溃退把督战队也冲散开来。

拉锯战还在进行，其间总有预想不到的事情发生，忽而有利北军，忽而护国军又占了上风。正值战斗紧急关头，朱德率第六支队赶到阵地，护国联军几个支队合兵一处，终于打退了北军进攻。

马不停蹄一夜疾奔，六支队官兵饥肠辘辘、又渴又累，二话不说立即投入战斗。在稳住阵地后，还几度冲入敌阵，杀得北军闻风丧胆，逼使正面之敌张皇失措连续溃退了好几里地。

北军全线撤退，护国军枪炮弹药也几乎打光，兵力极度消耗。六支队接防后，伤亡惨重的各支队重新布防，并在陶家大瓦房村中就地休整。

此时，护国联军总司令蔡锷与参谋长罗佩金、秘书长李曰垓，以及随六支队一起赶来的第三梯团长顾品珍从永宁出发，一面研究作战方案，一面快马加鞭赶往前线。在反复讨论了第二梯团长赵又新和护国川军总司令刘存厚联合拟定的泸州纳溪会战方案之后，意见仍不统一。因为顾品珍要随六支队一同赶赴前线，总司令部也将随后赶往纳溪，讨论只得暂时搁置。

“赵梯团长、刘师长来电陈说纳溪战事，如今两军形成拉锯相持不下。当下六支队已经火速增援，你再说说，下一步该如何应对？”骑在枣红马上的蔡锷，与骑白马的参谋长罗佩金边走边谈。

“棉花坡阵地军情危急，六支队和随军补给上去后应可缓解，况且顾支队长已赶往前方，二、三梯团指挥序列即可重整，我看暂时问题不大。但敌军兵力优于我军三倍有余，我也想就此与总司令辞行，先行赶往纳溪权作安排，以便司令部到达后易于坚守壁垒与敌相峙，再寻战机。”罗佩金乘蔡锷问起纳溪战事部署，说出自己的想法，主张以守代攻，

“滇省首义讨袁，时至今日已两个多月，然响应者只刘显世贵州一省。今国中观望者甚多，我只希望集中全力打好泸纳一仗，尽快取得一场胜利以破僵局。参谋长是否赞成？”蔡锷眉头紧锁。

“据前方战报，泸纳战场上滇军弹药消耗甚大，连上缴获，而今弹药也只剩出征时十之五六。护国川军更是消耗殆尽，那还是全得起义前陈宧拨了一批弹药、枪械到南溪，不然哪里打得到现在。”听蔡锷想主动出击发起总攻，罗佩金不好直说心里的担忧，小心地算起了弹药账。

“是啊！如今护国军弹饷两缺，亏得前方将士用命，换了别的队伍，还不早就闹哄哄垮杆散尽。也是这些年来滇军培养意志，坚忍刻苦不虚！催了唐都督好几次，弹饷总不见来，贵州刘显世处我也去了电报，不知是否能匀得出点。弹药军饷，还有补充队都是问题！”说起弹药匮乏之事，蔡锷心中十分烦闷。

前方来报都说兵员、弹药缺乏，粮饷不济，因为总不见唐继尧发来军需，蔡锷确实有些狐疑不快。然而，天下大事错综复杂，护国讨袁本非易事，以区区滇、黔两省财力、物力、兵力对抗袁氏政府和北洋军劲旅，艰难困苦可想而知。而护国军出征后与袁军接战将近两个月，能够相持不下，外间看来已是奇迹。可从护国讨袁的大局需要来看，号召全国也确实需要一场重大胜利。

二人讨论未果，罗佩金却急欲赶赴前线，激烈胶着的战局实在让人放心不下。蔡锷也心急如焚，虽然一直在说“护国讨袁是不可为而为之事”，可心里却始终期盼着一场大胜，只是此时深切感受到的则是出师讨袁的艰难远胜于先前估计。司令部作战意见不一，也让他倍感烦扰，策马疾奔，已自暗暗下了决心。

18日一早，北军再次发起进攻，北洋军主力张敬尧第七师进攻双河场，曹锟第三师所部吴佩孚第六旅进攻棉花坡。

参谋长罗佩金辞别总司令蔡锷后，快马加鞭于当日抵达纳溪。适逢战事吃紧，当即赶往前线，指挥护国联军全面反击。

泸纳战场，滇军四个支队加上李文汉营，以及护国川军三个支队并零散民兵全部投入战斗，接连几天在棉花坡与北军打得天昏地暗。接防三、五支队和护国川军工兵营部分阵地后，六支队打得异常艰苦，一营长曹之骅身中数弹，肠子被打出来还拼死指挥，被送往战地医院，两天后因伤重不治身亡。其他各支队官兵伤亡也十分惨重，三支队副营长董鸿铨身负重伤，护国军阵地险象环生。

可巧天气又突然阴郁起来，冷雨倏然而至并且越下越大，棉花坡两军阵前泥泞的山路更加泥滑路烂。在护国军的拼死抵抗下，北军一次又一次的进攻都被瓦解。久攻不下，累遭挫败，北军厌战情绪日盛一日，张继尧只得下令撤兵回守，继续与护国军对峙，两军阵前暂时平静。

2月19日，罗佩金、赵又新指挥前线护国联军分四路对敌实施反击。拂晓，禄国藩率五支队一营，附山炮一门、机枪一排，由黄土坡向蓝田坝进攻；何海清率四支队两营，附炮二门、机枪一连，沿永宁河向双河场进攻；朱德率六支队两营，附炮兵一连、机枪一排，由棉花坡向菱角塘进攻；护国川军一营迂回渡江，佯攻泸西龙透关，掩护主力反击作战。四支队进展顺利，第一天就收复了双河场，并逼迫敌军后撤十余里之远；六支队正面进攻却遭敌顽强阻击，军锋受挫。

2月20日，罗佩金令四支队改道由双河场向菱角塘侧后进攻，与六支队对菱角塘之敌形成夹击之势。战至22日下午，菱角塘之敌虽被击退，但因北军援兵开到，护国军弹药不济，所以被迫退防。

2月23日，护国第一军总司令部抵达纳溪，蔡锷立即巡视了各主要阵地。随后又与先行到达的参谋长罗佩金、护国川军总司令刘存厚等，共同商议向北军发起总攻的作战方案。

罗佩金对作战方案仍有迟疑，而刘存厚则支持总司令的总攻计划，当晚即在纳溪护国川军司令部召开了营级以上军官的战前动员大会。会议决定：护国川军为左翼助攻，从头脊梁、马鞍山阵地对北军九川山、纱帽山阵地展开突击以牵制北军主力；舒云衢支队渡过长江，对江北白塔山、石棚等地零星北军实施扫荡，清除江左之敌。护国滇军为右翼，从棉花坡至双河场，以何海清率领的第四支队为主攻，向朝阳观方向实施突击，集中全军炮火压制朝阳观守敌，配合支持四支队主攻。其余各支队仍旧依托原驻防阵地，对正面相峙之敌采取攻势，摆出一副全面出击的阵势，实则是集中机动兵力和能够调动的火力，先突破北军左翼阵地，打开缺口为全面反攻做好准备。

不料，北军此时也命令川军刘湘团于25日拂晓从长江北岸石棚运动到对岸纳溪，企图渡江后从侧后抄袭护国军司令部。闻讯后，蔡锷即令四支队抽调一个营于当夜秘密偷渡长江，协同已在江北的护国川军迅速击溃刘湘部，驱逐江左之敌后占领方山。由于刘湘所率川军的袭扰，护国军试图首先突破北军左翼阵地的作战方案暂时未能实现，纳溪战场再次形成相峙局面。

禄国藩从纳溪开会回来情绪高涨，到处大讲"扪虱而谈"的笑话，很是鼓舞士气。五支队官兵暂时忘掉战友牺牲的悲痛，重整旗鼓准备迎接新的大战。

禄国藩所讲笑话，出在蔡总司令到达纳溪后召开的支队长以上军官会上。从纳溪前线来参会的军官，竟有人当着司令长官的面在火盆边自顾自地掐虱子。蔡总司令看到后饶有兴味地讲了一段典故，自己也脱了衣服烤着火捉起虱子来，并神情自若地进行军事布置。

总司令所讲典故出自《晋书》，说的是东晋大将桓温北伐，青年士子王猛身穿麻布短衣投大营求见，一面滔滔不绝纵谈天下大事，一面旁若无人扪虱的故事。王猛后来成为前秦丞相、大将军，是历史上公认的杰出政治家和军事家。蔡锷借讲王猛故事激励护国军将士，正好与护国军纳溪会议讨论军国大事的背景，有云龙风虎的感应交融，所以笑谈立即引起了大家的共鸣。看到总司令边讲典故，边掐虱子谈笑风生的样子，大家干脆都脱了衣服，边听总司令布置作战计划，边大模大样地捉起虱子来。说来也是，自从护国出兵以来，一连几十天谁都没能换衣洗澡，再加生活条件极差，以至满身虱子。有人把虱子抓了扔在火里，直炸得啪啪作响，给纳溪军事会议凭空增添了不少气氛。

护国军以哀兵弱旅抗击兵力几倍于己、武器精良、供给充足的北军，艰苦卓绝可想而知。"扪虱而谈"虽为笑谈，却足以看出护国联军出师不易和将士们为民主共和精诚用命的顽强精神。

就在禄国藩开会回来的当天，姚必光、徐正文终于见到了段云鹏和唐淮源。在三、五两个支队阵地的结合部壕沟里，四人说起战争、说起离别后的各种际遇和思念，都有讲不完的话。段、唐二人因前几天三支队进攻泸州失利，心中仍有阴影，又刚送走身负重伤的战友、丙班同学董鸿铨，所以情绪不高。

“又是丙班同学。六支队曹营长（之骅）也牺牲了，那么机智的一个人。唉！可惜也有贪生怕死之徒，你说邹冕咋搞的嘛？”见唐、段、姚三人闷声闷气，徐正文自顾自说。

从三支队副营长董鸿铨受伤，六支队曹之骅牺牲，冷不防说到二支队连长、丙班另一同学邹冕身上。这是护国战以来最让丙班同学痛感耻辱的一个人。在刚结束不久的叙州保卫战中，居然丢下连队临战逃跑，造成极坏影响，此时正遭军法处置。而该连坚守阵地的3名排长及50余名士兵全部阵亡，英勇壮烈长歌当哭。

提起邹冕，却让唐淮源想起那个在偷袭泸州不成、回撤中擅自率部退却使支队遭受重创的带兵官，心中仍然恨恨不已。“邹冕贪生怕死是他一个人耻辱，而三支队差不多是全线溃退！”所说带兵官也是丙班同学，所以大家心中不畅。

见唐淮源说得十分认真，姚必光忙打圆场：“三支队打了那么长时间，接连四五场硬仗不容易。董支队长全力以赴并未气馁，棉花坡打成这样也该赚够了本。”

段云鹏见唐淮源又提打败仗的事，甚至还说到原来相处很好的同学、战友临阵率队逃跑，心里闷闷不乐。想起退守双河场阵地后，被支队长派人用扁担打得皮开肉绽的那个溃逃军官，更有恨铁不成钢的感愤。

姚必光话未说完，想不到徐正文瞪着眼睛就骂了起来：“邹冕活该，丢开手下士兵不管，只顾逃命，哪里配当长官！兴洲倒情有可原，毕竟战事紧急判断出错，与溜之大吉的逃跑到底不同。拿扁担狠打未免过分，毕竟还是营级长官嘛！”

真是哪壶不开提哪壶。急得姚必光心里直骂：“黑楞好不晓事！”

半天不说话的段云鹏，也忍不住发飙：“临阵脱逃致使全队死伤那多，叫二师怎么瞧得起滇军精锐？军法处置我看都不过分！”

唐淮源赞同道：“贪生怕死、卑鄙自私就不配做军人！”

“邹冕如今生不如死也是咎由自取，怪不得别人。兴洲也是，丙班的同学，真为他们惋惜。”姚必光也说道。

“求生原是人的本能，贪生怕死也无可厚非，但是……”徐正文眨着眼睛，一副玩世不恭的样子。

“但是”还没说完，段云鹏便吼了起来：“但是！但是战争需要责任，不负责任枉为军人！”

徐正文吐吐舌头，心想段云鹏脾气还是不改。“什么责任？我看战争就是枭雄游戏！”

“正文此话差矣！难道说护国之战也是枭雄的游戏？”段云鹏当头棒喝，毫不退让。

徐正文心里不服，“血腥杀戮冠冕堂皇，胜利了恶魔也是雄杰！”他想将心中的疑惑说给同学、战友，却不知如何敞露，说出话来更加咽咽瑟瑟，“我在想，此战与戆宁兵燹已无区别，要是打败了，你我什么下场？”

“所以说，此战只能胜不能败！正文如此多虑，倒也值得好好想想。几年不见，黑楞脾气还是那样！”唐淮源知道徐正文爱说风凉话，本心并不像表面样子浮躁。

“黑楞想法我知道，就是怕仗打不赢大家做无谓的牺牲。原先说那么多省要独立，可护国开战已60多天，除了贵州，其他地方都不见动，神乎其神的江苏至今还态度不明。倒不是说受了谁骗，但究竟出了什么问题，总该有个交代！”姚必光为徐正文打圆场，自己也有一些想法。

“还不是黑楞成天吹嘘的梁任公言过其实，不过天下大事瞬息万变，也怪不得。我倒相信‘得道多助，失道寡助’。民主共和大势所趋，护国之战一定会万众响应。人心向背早有定论，只要坚持，胜利必在当下！”唐淮源很是自信。

姚必光听后不住点头，“是的，认定护国讨袁发乎正义，即便是败也要像当年文天祥一样，虽不自量力也敢以身赴难，那才是真英雄真豪杰，也不枉为军人一场！”

“丙班竟然也有逃兵，一颗老鼠屎搅坏一锅汤，臭，实在是臭！”徐正文摇头晃脑，又把话说到丙班身上。

姚必光淡然一笑，“说什么风凉话，好好丙班出几个人，奇什么怪。”

“些些臭事，无损丙班。几百同学，当连长、营长、团长的，打得好的人多了，难道不是荣誉？”段云鹏激动起来，知道徐正文自嘲自讽，还是用话顶了回去。

很长时间不见，几个老同学你一言我一语说得正欢，却见传令兵跑来向唐淮源报告：“支队长请唐营长速到指挥部！”引得众人心中一阵狐疑。

唐淮源赶回三支队前线指挥部，见董鸿勋正在收拾行装，诧异问道：“支队长要去哪，收拾东西干啥？”

“不单是我，你和张营长也得走。总司令部下达的命令，因对泸纳战役失败负有责任，撤去三支队营长、支队长职务，并立即到司令部报道，连以上军官降半级使用。”董鸿勋两眼都是血丝。

“那谁来接手三支队？”唐淮源急切地问。

“朱玉阶。他带来的滇南子弟补充队一些来三支队，一些留六支队交三梯团王秉钧参谋长指挥。”董鸿勋冷冷答道。

听说朱德接手三支队，唐淮源“哦”的一声松了口气，“玉阶来就好，都是二团的人，三支队还能打！”

“这些天全军序列都有变动，左翼一梯团、包括熊克武的护国招讨军都要派队前来增援，纳溪大战就在当下。至于我，恐怕要被留在司令部了，或者是到赵梯团长那里去当参谋，反正不是主官，不过旁观者‘轻’罢了。”董鸿勋很是失落。

唐淮源强笑道：“你看你，嘴上说请辞，真正命令下来还是难受！这样也好，对战事有个交代，撤职原在预料之中，还气哪样？”

董鸿勋也笑了起来，“是啊！舍不得支队，还想打袁大头哪！”

唐淮源学着《霸王别姬》戏里的腔调，哼哼哈哈苦笑念白：“力拔山兮气盖世，时不利兮骓不逝……”

还没念完，董鸿勋就摆手拦道：“你看，你看，又来了！都是跟玉阶学的，整天岳武穆、文天祥，什么时候又来了项羽？我可不是落魄的霸王，唱什么《垓下歌》，女儿腔腔的晦气！要唱不会唱《大风歌》？”

说完哈哈一笑，随即压低声音哼唱：“大风起兮云飞扬，威加海内兮归故乡，安得猛士兮守四方。”声调铿锵，神情凝重，引得唐淮源不住好笑。

八、再战纳溪　血染沙场

牟方公、小云虎带着五六十人投到护国招讨军时，已是农历丙辰年春节过后的第六天。历经战火的川南村镇仍有些年节气氛，也有人不顾战事纷扰，时不时燃放些鞭炮。按照习俗，这里大年要到正月十五元宵过后才算结束，所以这些天来炮仗和战火相伴，硝烟没完没了。

蔡锷刚到纳溪，护国军退至头脊梁、棉花坡、永宁河西双河场一线与北军对峙拉锯。总司令部会议决定护国军左翼再派一个支队参加泸纳会战，招讨军也要抽调大部兵力增援纳溪。

护国招讨军刚刚筹建，不仅兵员匮乏，而且枪械奇缺，骤然间来了带有不少枪械的五六十人，使得刚得“招讨军”名号的司令官熊克武和参谋长但懋辛高兴至极。因名号不正、供给缺乏，队伍难以扩编，随护国军第一梯团出征时雄心勃勃的熊、但二人一度焦虑，甚至对刘云峰和杨蓁、邓泰中也都有些埋怨。

杨、邓二人出于对滇军利益的维护，一直反对授予熊克武四川义勇军司令名义，刘云峰也故作矜持久拖不报。不想此时蔡锷急令左翼增援。在一梯团兵力不敷使用的情况下，刘云峰考虑再三，只好向都督唐继尧请示，分别委任熊、但二人为四川护国招讨军司令、参谋长。招讨军名号打出后，很快就招募了上千人马，把原来虚张声势的四千人马补足，也有了向川中、川东发展的欲求。牟方公、小云虎适时投到军中，且有王大爷推荐，自然很受信任。

招讨军成立后，熊克武把所率人马编为两个支队，周官和、吕超分任一、二支队长，牟方公、小云虎等人都被编入了吕超支队。二支队长吕超，原是叙州本地人，曾在牛喜场起义举兵，收编民团、江防等数百武装，被中华革命军授予川南区司令名号，熊克武、但懋辛随护国军入川后即易帜拥戴二人。一支队长周官和，则是一直跟随熊克武的旧将，云南讲武堂甲班二期毕业，四川合江人。

那日，熊、但二人正在商议招讨军发展大计，突然接到护国联军左翼总指挥刘云峰通知，要求立即到第一梯团指挥部议事。原来刘云峰接到蔡总司令调兵电报后又接手令，知道总司令调兵情急，在与参谋长陈天贵商议后还是难于决断，于是决定把熊、但、邓、杨等人找来共议决断。

北军冯玉祥旅撤兵后，一梯团虽又重新占领叙州，但兵力薄弱问题却十分突出。五支队借走一支队一营后，一直都没有像样的兵员补充。护国军左翼仅有第一梯团一支队一个营和二支队两个营及炮营，虽然足员编制，但加起来总人数不过三千。护国招讨军此时虽然扩编迅速，但收容队伍参差不齐，号称四千，实则兵员和战斗力并不尽如人意。

叙州为川南重镇，是川滇两省交界处的经济、文化中心。护国军二次占领叙州后，川军伍祥祯旅和周骏师一直派兵骚扰，牵制着护国军一个营兵力。自流井方向，冯玉祥旅也随时可能向叙州再次发动进攻。仅凭第一梯团、护国招讨军和义勇民军加起来的六七千人兵力，要想守卫叙州已经十分困难。若再调走一个精锐支队和招讨军大部，护国军守卫叙州则只是摆样，北军进攻，失守必成定势。如此，滇省门户将豁然大开，万一北军南取昭通，或者合围纳溪、永宁，后果不堪设想。

对此，刘云峰实在有些犹豫，一方面蔡总司命令调兵急切，不能拒不执行，另一方面从叙州敌我对峙的态势判断，抽调兵力必至败局！

第一梯团指挥部里，梯团长刘云峰、参谋长陈天贵，以及杨蓁、邓泰中、熊克武、但懋辛几人围坐在一张长条桌旁各怀心事。听刘云峰把事情来龙去脉说完，好长时间都没人发声。只有传令副官不时推门进出，小心地走到梯团长面前，悄悄说上几句话或递上一张纸条。

“今天请诸位来共商军事，实在是在下对这问题果决不下，军令不好违抗啊！”见众人都不讲话，刘云峰缓缓说道。又把总司令的手令和电报郑重地传与众人阅看。

“叙州兵力本来单薄，几次战役伤亡兵员、消耗弹药都未得到补充，莫说抽走一个支队，就是不抽，万一北军来攻，叙州恐怕也未必能保！”知道刘云峰已顶不住，杨蓁“蹭”地一下立起身大声争辩。

邓泰中也应声附和：“队伍打了一个多月，弹药不足，人员都得不到休息，此时调人胜似釜底抽薪。”

“以我之见，护国军目前只能守不能攻，能守住纳溪、叙州就好。等待各省响应起义，到时转守为攻，兵进川省再定大局。把叙州兵力调到纳溪主动进攻，不仅叙州不保，纳溪也有危险！”杨蓁进一步分析。

见杨蓁反对得如此厉害，刘云峰并不说话。原先他曾考虑派杨蓁率建制整齐的二支队前往增援纳溪，叙州留下炮营和一支队二营，因势利导以疑兵虚张声势。如果叙州不保，则退守滇省横江一线，只担心纳溪护国军侧翼会完全暴露在北军军锋之下。杨蓁的分析与刘云峰想法一致，更增加了他对派兵增援纳溪后不利的担忧，叙州果真失陷，护国军处境必定十分危险。见刘云峰低头不语，众人面面相觑一时沉默。

“总司令命令只有服从，别无他话！”但懋辛觉得蔡总司令调兵增援泸纳，等于是放弃了叙州，但此举正好与招讨军挺进川中、川东设想相符，招讨军增援泸纳，既服从军令顾全大局，又得以借护国军力深入川境趋近故地重庆。因此不顾杨、邓二人激烈反对，仍然主张服从命令。

一听此话，杨蓁、邓泰中一齐立起身来。“总司令命令自然应该服从，但叙州怎么办？先前我军以一个梯团再加周宗濂营和五支队，以及招讨军几千兵力都无法挡住北军进攻，让十六旅转瞬间即攻入城中。要不是人家撤退，一梯团还不知驻在哪里！”邓泰中正想开口，却被杨蓁抢先把话说尽，二人对调兵都强烈不满。

杨蓁话音刚落，但懋辛还想接过话头争辩，熊克武抢先说道：“泸纳会战，总司令亲自指挥，此事备受外间关注，战事局面对影响其他各省响应护国至关重要。叙州虽然要紧，比起泸纳还是事小，军人以服从为天职，总司令调派自有深意，故别无选择，只能派兵增援。”

熊克武资历本来不浅，国民党发动二次革命，癸丑之役时就以川军第五师师长职率部讨袁，并被推举为四川讨袁军总司令。兵败后逃往日本参加了中华革命党和欧事研究会活动，在国民党中也算得上是大名鼎鼎的人物。不久前与李烈钧等人一道被黄毓成邀请到昆，积极促进了滇省护国首义，连唐继尧、蔡锷、李烈钧对他都礼让三分。在熊克武面前，邓、杨二人还算小辈，所以纵有意见，也不好对熊过多指责。

“所以说嘛，从军事全局看，叙州只是枝节，泸纳才是根本。即便叙州丢失，横江、盐津一线仍可设防，北军不可能长驱直入。如今摆在面前的是：违抗军令万一贻误战机，又由谁来负责？”见熊克武支持，但懋辛态度更加坚定。

见但懋辛说得如此斩钉截铁，杨、邓二人急得连连叹气。“既然如此，还不如左翼兵退滇省，暂避敌锋！”杨蓁再退一步，邓泰中只是摇头。

众人各执己见，刘云峰却已下定了决心。“陈参谋长，也把你的主意说来听听！”

“总司令调遣，若违令不往贻误战机责任由梯团长承担，所以还是要由梯团长说了算。”陈天贵支持刘云峰服从调兵命令，话说得委婉，众人还是尽知其意。

因为杨、邓强势，刘云峰一直觉得指挥不便。在明知总司令调兵叙州定将不保的情况下，他更是不好强压杨、邓二人服从，所以要借助众人之力来强制执行命令。既然熊、但、陈三人都支持派兵增援纳溪，他不用单独说服邓、杨，也不必一人承受放弃叙州的煎熬，派兵增援纳溪也就顺理成章。

此时他心中已经有底，便淡淡招呼传令官道：“请马鑫培、田钟谷、金汉鼎、周宗濂几位营长进来，听听他们意见再决定不迟。”把熊、但、邓、杨几人都弄得张口结舌，不知背后还有什么名堂。

原来，刘云峰接到蔡总司令命令后，请杨、邓、熊、但开会的同时，也通知了金汉鼎、田钟谷、马鑫培和周宗濂四位营长，只是要求他们到指挥部的时间稍晚。刚才传令兵递上条来，刘云峰知道四人已在指挥部外等候。不一会儿，金、田、马、周四人齐刷刷正步跨进指挥部，向在座的各位长官立正敬礼，飒爽军风表现出护国滇军精锐的训练素养。

刘云峰招呼四人坐下，立即问道：“蔡总司令来电要一梯团再调两个营增援纳溪，你们看谁去好啊？”

由于事先并不知邓、杨支队长意见，又得知李文汉营在纳溪打得十分出彩，四位营长都心里发痒，于是奋勇争先要率所部前往增援。

“泸纳战场乃护国决战之地，今战事吃紧，一梯团本全军精锐，此时不去更待何时？”金汉鼎义正词严。

反对派兵前往纳溪的杨蓁气得一拍桌子蹭地站起身来，“既然这样，我就不好管了！”说完拂袖而去。

杨蓁一走，邓泰中也坐不住了，连连说道：“叙州不保，叙州不保！”心中沮丧无以言表。

“和卿、映波对派兵增援泸纳都有看法，建议我抗令不从。陈参谋长及熊司令、但参谋长则劝我服从军令。几位营长都说说你们的意见，炮营留守叙州，周营长看合不合适？”刘云峰坦然说道。

金、马、田三人诧异地看着邓泰中，好半天都没人说话。

“怎么都不说话了，平常都是有谋略的人嘛，还是铸九先讲！”刘云峰点了金汉鼎大名。

金汉鼎想了想道：“比如大树应先固本，本固则枝叶繁茂。主军如果失利，违令不听调遣的责任是无法逃避的。”慢吞吞说话疙疙瘩瘩，意思却很清楚。

马、田、周三人均点头赞同，邓泰中低头不语，心情极为矛盾。

因为杨蓁已经坚决表示不想带兵前往纳溪，邓泰中也一力推脱，所以刘云峰顺水推舟，命金汉鼎代理支队长，与马鑫培率领两个整营主力，即刻发兵增援纳溪。金、田、周三人都是讲武堂丙班同学，后来与杨蓁一起从特别班毕业，马鑫培乙班一期，邓泰中甲班二期，大家都是校友。四人一起说出服从命令的话来，杨蓁一走，邓泰中也不好一人坚持抗命，更何况几位营长背后还有梯团长、参谋长支持。

护国军一梯团出征以来，几乎所有大战都是杨蓁出主意指挥，仗虽打得不错，但作为梯团长的刘云峰却压力不小。杨蓁指挥确有办法，胜仗打得多伤亡却很少，只不过主见太强，对梯团长、参谋长都敢随意顶撞，更瞧不起东拼西凑的招讨军。对此，熊、但二人早就察觉，心中也有看法，尤其听说邓、杨二人阻挠刘云峰向唐都督请封招讨军名号之事后，更是不满。在是否调兵增援的问题上，刘云峰犹豫不决，杨、邓二人坚决反对，熊、但二人权衡利弊，虽然也觉得叙府危急，却并不想有所迁就。于是，极力劝说刘云峰服从命令，于情于理都占了上风，而且正好帮刘云峰煞住邓、杨二人锐气。如今，刘云峰不但得到熊、但二人的支持，还得到一梯团参谋长和四位营长的支持，心中自然高兴。但看到邓、杨二人失落的样子，想着叙州必然失陷的结果，心中也不免有些惶惑。

金汉鼎、马鑫培两个营和招讨军大部一走，叙州护国联军只剩下二支队田钟谷营、炮营一个连和护国招讨军二支队一部，总计兵力不到两千。重新布防后，二营、炮营被布置在叙州城中要地和城边吊黄楼、翠屏山等制高点，护国招讨军则沿岷江渡口设防，以防北军乘虚而入。

27日下午，第一梯团两营精兵赶到纳溪，金汉鼎被任命为临时支队长，护国招讨军也取道泸北，向泸州集结而来。

28日清晨，护国联军从长江北岸石棚到长江南岸的头脊梁、马鞍山、棉花坡、双河场将近20里的战线上全面出击，对北军发起了总攻。何海清率四支队主攻，从棉花坡侧翼攻击北军防御的石保沟阵地；禄国藩率五支队和一梯团李文汉营，配合四支队行动，攻击北军朝阳观阵地；朱德率三支队、王秉钧率六支队在棉花坡阵地待命，配合主攻伺机出击。另外，第二梯团长赵又新指挥双河场守军三个连，实施阵前反击策应正面进攻；金汉鼎率一梯团金、马两营，作为总预备队在双河场待命。

总攻前，蔡总司令大病一场高烧不退。原来，那天蔡锷率赵又新、顾品珍两梯团长战前巡视，出了意外。

当时几人分作三队来到两军阵前一片开阔洼地，那里四处是梯田，田里泡满了水，才铲过草的田埂泥土润潮，窄溜溜的埂坝踩上去又软又滑。突然北军阵地上机关枪一阵扫射，“突！突！突！”打得田里泥水四溅。邹若衡急忙护着总司令滚下田埂，四五个人紧跟着匍匐在田埂下的水田里。一名军士想翻上田埂，刚一露头就被枪弹打中了脸，跌落在水田中。梯田两端的顾品珍、赵又新等人一伙往前跑，一伙往后撤，很快就隐蔽在田埂包坎下的草地上，即便是干地，却也被嗖嗖冷风吹得直打寒战。泡在水田里的蔡锷等人更是狼狈，被邹若衡用身体护住的总司令丝毫动弹不得，只感到一阵胸闷喉痛。直到天黑，蔡锷等人才被总参谋长罗佩金派来的警卫队接应离开水田。回到纳溪护国军指挥部，夜里就发起了高烧。大战在即，司令官生病实在不是什么好兆，蔡锷彻夜无眠。

作战方案没有改变，按照预定计划，四支队向石保沟发起进攻，集中起来的炮队，立即向北军阵地猛烈轰击，进攻部队得到极大支持。

就在四支队与北军战斗胶着之时，五支队和李文汉营对正面北军朝阳观阵地也展开了猛烈攻击。战局瞬息万变，石保沟战斗受北军主力吴佩孚旅顽强阻击难以突进，五支队进攻北军重兵把守的朝阳观也受到阻击，战略计划一时很难实现。可想不到，侧翼却出现了重大战机，北军吴新田旅疏忽大意，差点让护国军全线突破。

蔡锷来到朝阳观正面战场督战，在泸纳反攻大战中，这里成为两军争夺的重要战场。

朝阳观山势雄峻，控制着周围好几个大小高地，是泸纳战场最重要的制高点之一。北军一个旅在此构筑工事，重重叠叠布置了密集火力网，意图阻止护国联军进攻。早先五支队、李文汉营正面仰攻，伤亡惨重却未能有效突破，总司令亲自上阵督战还是不见进展。此时，五支队兵员得到补充，王启文继任一营营长，连队重组，姚、徐二人分任一、二连连长。见朝阳观敌阵久攻不下，支队长禄国藩急得亲率一连带头冲锋。听说总司令亲临督战，红着眼睛大吼：“跟我上！”

随着响起的冲锋号，众人跳出掩体一起冲杀。禄国藩才冲出几步，就被迎面射来的一梭子弹击中，姚必光紧随其后，抢到支队长面前，只见一股鲜血从他下腹部涌出。“赶快包扎！”姚必光转身对传令兵喊道。再往前看，周围护国军士兵被朝阳观山上的机枪扫射，压制在一片水田狭窄的堤埂下不能动弹。急忙发令：“一连各班、排赶快向两翼散开，以小组协同队列，轮番进攻。”队形刚散开，就听得轰隆隆几声炮响，炮弹落在堤埂、水田里，尽管士兵已经散开，还是有不少人被炸死炸伤。姚必光抹掉脸上泥水，正在判断形势，却听五支队新一轮冲锋号吹响，知道王启文、徐正文带着二连已经上来。只得重新组织一连士兵3人一组、5人一班轮番冲锋，拉开了很长的战线。北军重机枪还在扫射，枪声不断，炮弹“轰轰”炸响。不久，冲锋队已接近北军前沿阵地，并逐渐向中路重新集结。阵地上又响起了密集的枪声，五支队进攻再次受到遏制，伤亡惨重。

正相持间，李文汉营冲锋队突然从侧面冲杀过来，北军猝不及防，阵地被冲开了一个缺口，双方士兵展开肉搏，杀声不断，五支队四个连队也乘势突入敌阵。两军短兵相接，北军抵挡不住开始后撤，不料此时炮弹突然从北军朝阳观阵地山后打来，轰鸣着在拼杀肉搏的士兵中爆炸，一时间血肉横飞，惨叫声一片。

五支队补充新兵不少，攻入敌阵肉搏拼杀并不占优，伤亡十分惨重。此时所有的人又都暴露在北军炮火之下，见李文汉营开始后撤，也不得不退下阵来。整顿后再次进攻，却只能在北军阵地前反复攻坚形成拉锯战，久攻不下，最后只能和李文汉营一起撤回坡脚护国军阵地。

回到阵地，姚必光四处寻找禄国藩，徐正文赶来说道："支队长刚被卫生队送往阵地医院，腹部、腿部都受了伤。负伤时服了百宝丹，后来又给吃了虎力散，血已经止住。"

救护队又送来不少伤员，有人呻吟，有人在大声骂娘。

徐正文问："一连伤得怎样，为何这么晚才撤下来？"

"伤兵太多，一连在半坡掩护了好一阵才敢下撤，李文汉营拼肉搏时遭敌军炮击更惨。张敬尧狗日的不是人，竟然下得了手，连北军也一起挨炮！"姚必光牙关紧咬，想起攻上北军阵地时肉搏战中惊心动魄的一幕，仍心有余悸。

撤回的李文汉营士兵说营长左腹股沟受重伤，手被打断，大腿也被刺伤，已被送往战地医院。营里几个连长也都不同程度负伤。

损失惨重的五支队和李文汉营一同接到后撤命令，刚把零零散散的队伍集合起来，就见六支队人马开向前来。六支队与三支队一起从棉花坡护国军阵地往北进攻，三支队攻打朱坪，六支队则迂回到了朝阳观。

姚、徐二人带领连队剩余官兵在阵地后预备队的掩体里进行休整。在开往前线的官兵中，他们看见了支队长王秉钧，丙班同学、副营长赵晋荣，以及其他相熟的连排长，还来不及招呼，队伍就匆匆开了过去。

朱德奉命率三支队向北军朱坪阵地前沿推进，第二天夜晚，护国联军才寻得机会发动新一轮进攻。

朱坪高地是几天前棉花坡大战两军对峙时，北洋军第三师第六旅吴佩孚部抢先占领的阵地。此时就像楔子般直插在护国军棉花坡阵地的腰上，成为第六旅控制护国军实施反攻的重要制高点。

阵地里壕沟绕行，并用树木和拆毁民房的椽柱木板搭建了不少掩体。这里林木、荒草丛生，火力布置十分隐蔽。最近护国联军调整炮位，军中配置的有限退管炮都调往石堡沟协助四支队进攻，一整天都未向朱坪炮击。北军瞅准机会又增加了兵力，想先从这里突破护国联军阵地。

乘夜，三支队连长杨如轩率80多人的突击队潜至朱坪敌阵前沿，将近拂晓，突然向北军发起了攻击。杨如轩身先士卒，枪上刺刀率领突击队员冲入敌阵，犹如神兵天降，与朱坪守敌展开肉搏。守敌不明情况，惊慌失措全线溃退，北军阵地被冲开一个缺口，突击队杀过朱坪坡头并纵深急进。乘此机会，行动队立即跟进实施火攻，骤然间，朱坪阵地火光冲天恍如火海。睡梦中惊醒的北军官兵仓皇逃窜，突击队乘胜追击，正要把混乱北军驱赶下高地时，冷不防从山下侧路杀出成百颇具战斗力的人马。原来，从朱坪溃退的北军败兵刚下坡头，便遇到从七块田过来准备偷袭护国军棉花坡阵地的一个连，于是两军合一又立即反攻上朱坪。正往前冲的三支队突击队员虽然勇猛，但人数不多，侧翼受到打击，正面又被压制，当即便被迫退回朱坪。

冲上朱坪的北军看到阵地上火光熊熊，热浪袭面，一时犹豫正畏首畏尾之间。埋伏在掩体中的段云鹏“唰”的一声从背上抽出大刀，大喊一声“杀”！飞身跃出。七八十名手持大刀的士兵紧随其后一跃而起，吼道：“冲啊！”跳出掩体，齐刷刷突上高坡，杀向敌阵，抡动大刀切瓜砍菜般一阵冲杀，把正探头探脑的北军斩杀得头断血流，心惊胆寒。杨如轩率领的突击队也返身杀回，兵合一处使汹汹而来已经准备拼杀肉搏的敌兵也慌了神，才一接触便溃不成军，四散奔逃。队长朱德率领三支队大队人马乘势又攻上朱坪。

段云鹏率队追杀逃敌，转过山坳，斜刺里杀向从朱坪溃逃下来的一队北军，“呼啦”一声，大刀队杀向敌群，仓皇间北军连长举枪射击。段云鹏左臂负伤，鲜血直流，一跺脚手起刀落迎面就是一刀，敌连长倒地身亡。再要向前，忽见前方杨如轩正与两名北军军官缠斗，刺刀你来我往难分难解。段云鹏上前大刀一横，“哐噹”一声，便把敌军官两杆枪横挑出四五尺远。满身是血、到处是伤的杨如轩也纵身上前，刺刀刺翻北军一名军官。段云鹏返身抡劈，伏身旋刀而进，杀向另一名北军军官。可恨不远处却有北军士兵举枪射击，情急之下段云鹏腾空跃起，顺势把手中大刀甩出，两肩抖落，展臂松腰，徒手连绵八卦刀势，挺身向前，挡在杨如轩身前。“噹！噹！噹！”几声枪响，段云鹏身中数弹，鲜血从手臂、小腹喷射而出，飞出的大刀砍中敌兵臂膀，北军军官被他一掌劈中脖颈，倒地身亡。此时，杨如轩右手又被枪弹打断，倒在地上不省人事。护国军突击队员举刀向前，溃逃之敌鼠窜四散，放冷枪的敌兵也吓得跪倒在地举手投降。一名突击队员跃起上前就要砍杀，却听一声“住手”！段云鹏挣扎着阻拦，“他已重伤，愿意投降，莫再杀戮！”说完即不省人事。

突击队员们抱起两位连长，连声呼喊，杨如轩鼻息微弱，段云鹏毫无反应。朱坪高地上的大火还在燃烧，山间林木噼啪作响，火借风势燃烧正旺。突击队员们抬起段云鹏，背着杨如轩，缓缓走回朱坪，哭声早已连成一片。杨如轩被送往战地医院，段云鹏却再也醒不过来。

看着段云鹏凝神苍白的面容，像是在安眠，亦像是在冥想，朱德心潮翻涌久久不能平静。耳旁除了风声火势“呼啦啦”爆响，再也听不到其他声音。朱坪阵地上，士兵们正在加固工事庆祝胜利，可惋惜哀伤爱将的离去，仍然久久地让支队长朱德不能释怀。

一战告捷，三支队一举拿下朱坪并逼敌后退数里，对护国联军主动出击的整个战局至关重要，战后，这里成为护国军插入敌身，与七里坪北军对峙的重要阵地。

第八章

暮雨残阳

一、磨砺以须 退兵习坎

攻击朝阳观的战斗激战正酣，护国军轮番进攻伤亡巨大，北军火力虽有减弱，但却仍然没有暴露出可供选择的突破口。

在前线总司令指挥所里，护国军将领们心急如焚。蔡锷叹道：“此次激战，实乃我国自有现代枪炮后的第一战啊！”参谋长罗佩金也深感战事惨烈，认为再打下去恐怕对采取攻势的护国军会很不利，建议道：“朝阳观山势雄奇，居高临下，火力配置十分严密，于我军进攻很是不利。蔡公莫如暂时后撤，诱敌深入，再选有利地形设伏，可聚而歼之”。蔡锷好友、高级顾问蒋方震也在一旁仔细观战，听后点头不语。

这时，作战参谋快步跑进指挥部，高声报告：“一支队金汉鼎部发现朝阳观左侧山腰有北军指挥所，疑为敌吴新田旅部，现正准备突袭，请总司令下达命令”

原来是有村民报信，说北军中坐着四人轿的一个大官，在该指挥所进进出出。金汉鼎随即派人侦查，探明敌情后正准备组织马鑫培营进行偷袭，作战参谋知道后喜不自胜前来报告。蔡锷当即下令：“打！”又举起望远镜，向参谋所指的朝阳观左侧山腰方向观察。

马鑫培营偷袭吴新田旅指挥部很快得手，北军指挥官猝不及防仓皇逃窜，山坡上扔满了枪支弹药和辎重器械，不少官兵掉到水田里做了俘虏。一支队乘胜追击，很快攻占了敌指挥部和朝阳观左侧北军阵地。

江北护国川军舒云衢支队也连克石棚、方山，之后又向驻守龙透关的北军逼近。邓锡侯、田颂尧两支队连日从头脊梁、马鞍山出击，都获得了胜利，北军阵线处于一片混乱。

护国联军轮番进攻前赴后继，朝阳观北军开始不支准备放弃阵地，甚至连重型装备山顶炮也已开始后撤，形势对护国军十分有利。可惜就在最关键的时刻，前线部队却打光了枪弹，加之兵员不济，不但无法继续发动攻势，还面临着北军一旦反击便无力抵御的危险。叙州方面也传来战报，北洋系伍祥祯第十三混成旅、冯玉祥第十六混成旅及朱登伍部川军，集中了两个整旅加六个步兵营，乘护国军防守空虚，分四路向叙州发起反攻。3月2日，冯玉祥率十六混成旅再次攻占叙州府城。

邓泰中、杨蓁部被逼退守横江一线，刘云峰和梯团指挥部则撤至盐津，战局急转直下，护国联军处境十分危险。

禄国藩、李文汉负伤后，金汉鼎代职五支队队长，并有李小岚营划入支队序列，经过补充整顿又被派往前线。临战，邹若衡被派率李小岚营攻打朝阳观附近高地，腹股沟中弹负伤，被送往战地医院。在朝阳观激战中，又有六支队副营长赵晋荣阵亡，其余连排长及士兵殉难者不计其数，战斗惨烈，更胜于前。

参谋长罗佩金和护国川军司令刘存厚商议后，再次建议总司令暂行撤退。蔡锷亦深感弹药缺乏、士卒疲劳、指挥序列混乱而不利再战，于是下达了撤退命令。3月7日护国联军撤出纳溪，并渐次退往大洲驿。

当初发下“一个月平定西南”誓言的北军二路指挥张敬尧，与护国联军接连打了两个多月，不仅纳溪城未攻下，还吃了不少败战，损兵折将之后被袁世凯严旨切责“作战不力”，记大过处分，致使北军士气低落，张敬尧更加沮丧。

云南宣布起义当天，袁世凯曾召开国务会议决定兵分三路征讨滇省。一路军由第六师师长马继增指挥，总兵力40000人，从湘、黔南下。二路军由第七师师长张敬尧指挥，总兵力42000人，由川南入滇。一、二两路军又合归坐镇重庆的虎威将军、第三师师长曹锟统一指挥。第三路军原拟调两广兵力，欲经海路借道越南再搭乘滇越铁路火车北进。因不知法国总督府态度，而两广驻军又非北洋系，调动麻烦，所以只议未决。一、二路军随即组建，又得川督陈宧全力配合，北京政府很快调集了五个正规师10万大军，以合围之势发兵云南。最先与护国军接战的除川督陈宧部北洋军和川军外，就是张敬尧指挥的二路军。

在袁世凯眼里，滇军兵力单薄仅万余人，而且军饷不足，不堪一击。可想不到二路军在川南与护国军接战后竟然相持不下，甚至还吃了大亏。以为稳操胜券的袁世凯在连续发布讨唐征滇电令，宣布唐、蔡等人构中外之恶感、违背国民共意、污蔑元首三条罪状，褫夺唐官职爵位责令听候查办之后，却见兵力装备远胜于护国军的张敬尧部不进反退采取守势，自然十分不满。

退至大洲驿，蔡锷始终懊恼，棉花坡大反攻护国军不胜的原因竟出在后勤供给不足。第一军勉力独支，开战两个多月仍不见其他各省响应，也使一贯不服输、极想速胜以为号召的他更加烦恼。

“你看看！我军枪支破损不得修理，衣服褴褛不能更换，弹药耗尽无法补充，饷已告罄无款可支，这仗怎么打！”蔡锷开口抱怨。

听总司令话中有话，李曰垓连忙搭腔：“我军以不足10营兵力，抗击已愈50营之强敌，寡众悬殊能打成这样已经是竭尽全力了啊！诚如罗参谋长所说‘非暂退不足以全师’。松公不必气馁。”

正在仔细查阅地图的罗佩金听见李曰垓对总司令说起自己，抬头疑惑地望着二人说道：“泸纳战场我军大部被动为阵，非自由选择阵地，十分吃亏。补充队逐渐加入后建制又多所分割，旷日与敌相峙，敌能更番休息，我则夜以继日；敌能源源增加，我则后顾难继。撤至大洲驿便于给养利于休息，且能伺敌以制胜，我看很是不错！”

对于护国军军需供应，蔡锷一直都有想法，在军锋受挫之后，被强烈的求胜欲所困扰，执拗的他尤其不满。因为后勤供给影响，抑或是双方军力悬殊，甚至指挥不当等，致使护国军未能完成泸纳会战的既定战略，横亘在蔡锷心里，让他寝食难安。他不理解留守昆明的唐继尧为何迟迟不发粮饷、弹药，也不清楚他究竟遇到了什么困难。待听了李、罗二人议论，蔡锷也觉有理，不再言语。

护国军撤至大洲泽后全军士气一度萎靡不振，司令部长官们一面检讨战事失利的原因，一面也积极地思进图变。特别是军需问题，除了一再急电昆明请唐都督速拨粮款、武器弹药和补充队外，又向贵州刘显世请求援助。并佯取攻势加强防守，以图迁延时日，伺机待变。

此时的北军也因内部矛盾相互掣肘，北洋系精锐又多不习惯山地作战，后勤补给也发生了困难，更重要的是，国内外反袁称帝声势越来越大，北洋系大腕冯国璋、段祺瑞等人已开始表明反袁称帝的态度。广大北军官兵更为替窃国贼盗卖命而深感羞耻，厌战情绪十分严重。

护国联军被迫从纳溪撤退时，稳操胜券的北军竟然小心翼翼却步不前，让护国军在大洲驿获得了休整的大好时机。

姚必光随五支队且战且退顺永宁河南下，撤至离纳溪城大约60来里的大洲驿，在白节滩构筑阵地，警戒牛背石方向之敌。营中士兵多以为护国军战败撤退，情绪十分低落。总司令部战报则一再强调，护国军主动撤离纳溪到大洲驿进行必要休整，并非不敌北军战败。不时有少量北军前来骚扰，因弹药补给一时接济不上，为节省弹药，护国军还以鞭炮置于洋油桶内燃放，虚张声势以阻敌进袭。

代支队长金汉鼎召集连长以上会议，布置总司令部作战方针：“按照‘守则固我右侧，出则冲彼侧背’的战法，下一步作战要领将是‘集结主力避开正面接战，伺机出击从侧后翼打击敌背部的方法为主’。各位还有什么问题？”

“哎——我问一句，听说总司令把指挥部设在永宁河的船上，到底是为什么？”徐正文神叨叨地小声问道。

“总司令把指挥部设在哪里，也是你我好问的吗？你自己去问总司令得了！”金汉鼎见徐正文又来了在讲武堂时的那股“邪劲”，没好气地说道。

“这是遵从易理，取‘菜’得永宁河水，必兴蓬勃生机的意思。听说泸纳之战受挫就与不顺易理有关。不信你想想看，‘泸’同‘炉’，‘蔡’纳于‘炉’中，自然备受煎熬之苦，破解玄机将有胜机。”徐正文扳指掐算，故作神秘，引得众人一阵大笑。

“就黑楞名堂多！你也懂《易经》啊？连总司令的心思都给你算中了，倒适合到司令部做个参谋副官，将来我等亦可跟着沾光，多得些情报消息。”金汉鼎连说带挖苦。

在大洲泽，蔡锷确实把指挥部设在了永宁河上的船中。徐正文消息灵通，抑或如他所说，总司令真有“得水而活”的用意。细细推敲，似乎也暗合《易经》“坎卦”道理，“习坎，重险也。水流而不盈，行险而不失其信”。

见众人玩笑已开得差不多，金汉鼎正经说道：“闲言少叙，还是讲正事，莫跟着黑楞一起捣乱！怎么样，必光先说？”

姚必光正在琢磨新规要领，见金汉鼎要自己先说，毫无准备，便只拣最简单的小事说起。“我军兵力毕竟不如北军，以少胜多宜在运动中寻找战机，绕行侧击敌后的战法恰合此意。但兵贵神速，否则无从谈起。”

“正是如此。‘凡战者，以正合，以奇胜’，出奇制胜在于变，运动实是寻求变机。再具体说说。”金汉鼎很感兴趣。

“队里能不能花钱弄点布条来，休整期间各人多打几双合脚的草鞋，到时候好换。”想不到姚必光说的仅仅是多打几双草鞋这极普通的事，众人一阵大笑。

笑后细想，草鞋之事确实是个问题。滇军军饷匮乏，士兵配不起皮鞋布鞋，穿的都是自打自编草鞋。但草鞋既磨脚又容易坏，也有缠上布条的，不仅穿着舒服，而且牢实。想起从昭通出来一路雨雪，早起赶路，士兵们赤脚穿草鞋，被冰凌扎得鲜血淋淋，遭冰水浸泡钻心疼痛的情形，徐正文也认为：好草鞋确实很起作用，打运动战多打几双好点的草鞋是件大事。

“必光说的是，现在队里士兵多一双好草鞋都没有，行军跑路，真怕不行！”

“姚连长、徐连长说得不错，队里出钱买些布条来发给大家。等饷银下来就办，花不了几个铜子，是不是啊？”金汉鼎当下同意。

见金汉鼎发话，徐正文又来了劲儿，“一时恐怕找不到那么多的布，要不然先找几捆山草、麻草来，凑合着多打几双。干等饷银也不是事，再不动手就怕一开战错失机会。”

会场上众人你一言我一语议论纷纷，诸如冬衣单薄、行装脏烂、卫生条件不好、虱子疥疮危害，甚至有人吹烟应该管管，等等等等，尽是些杂七杂八的事。护国军下级军官们心里所想的事，不过如此而已。但是，也莫小看了这些，搞不好便都是关乎军心稳定的大事。说着说着，又有人扯到了军饷，大家担心军饷发不出，下边的人都快沉不住气了。

听众人七嘴八舌，最后还是扯到了饷银，金汉鼎心中有数。“军饷就快拨来啦！一到就发给大家，据说有南洋华侨捐助、贵州刘如周支援、省里东拼西凑拨来，莫嫌少，来之不易。”

众人听后都开怀大笑，出征以来第一次听到发饷，散会后大家尽都欢喜。果真不久，队中兵员、弹药就都得到了补充，姚必光、徐正文也一道晋升营副，老兵们的普遍升职大大提高了士气。

一日，金汉鼎、姚必光、徐正文等人在营部议事，会后姚、徐二人刚起身要走，就被金汉鼎叫住：“必光、正文留一下！”

二人面面相觑，这天开会就见金汉鼎脸色不好，此时被冷不丁留下，实在让人狐疑。再看金汉鼎脸嘴，更加难看。

等姚、徐二人坐定，金汉鼎这才颤抖着从怀里掏出新来的战报，声音哽咽着说道：“泸纳一战，曹之骅、段云鹏、张振业、赵荣晋，丙班的好几个同学都牺牲了！”

听到这些名字，特别是段云鹏的名字，姚必光脑袋“轰”的一声就像炸了一般，全身冷汗直冒。金汉鼎再说了些什么已听不见，心里就像被掏空了似的，浑身上下一点力气都没有。

“泸纳会战才打了几天，丙班同学就牺牲那么多，据说叙州那边也不少，伤的更不消说。战报上没写，估计不下二三十吧！”徐正文摇头甩手，无限伤感。

姚必光一直在想段云鹏，要说什么却说不出来。几天前阵地上促膝谈心还活生生的人，想不到转瞬间就阴阳相隔永不能见。他想哭，也哭不出来。自从安宁相遇成为同窗，其间联络袍哥义结金兰，加入同盟会一同起义，前往抚西历经磨难，四年时间，那种不求同年同月同日生，只愿同年同月同日死的义气情意，一直令人珍惜至重，难以忘怀。想起段云鹏教练武术时恣意纵情、嬉笑怒骂的音容笑貌，他心中的哀伤如潮翻腾。这时，雷淦光的身影又浮现在他眼前，无数死难战友，相继而来又相继离去，只留下带血的伤痕伴他孤独悲怆。屋后的河水寂寥流淌，若瑟瑟琴弦发出委婉颤声，叙述往事哀伤且悲壮。其间似乎又有一种情怀，那是战友在迢迢归路上发来的祝祷吧？他不由得聚精会神，揣摩起流淌的音符。想起那天与徐正文说起《周易》坎卦，重卦“坎”的图形，好像大江滚滚流，舟在水中行，又有水域泽国中偶遇陆地的意境。既是舟船前行的阻碍，又是漫漫无归，疲惫生命在栖息。卦辞：“习坎，有孚，维心亨，行有尚。”他好像有所领悟，身上那彻骨的冷，竟慢慢地变得暖和起来。

这时又听金汉鼎说道：“王麟书、胡岳在叙州白沙场阻击战中也牺牲了。”二人同是丙班同学，他的声音有些哽咽，显得十分哀伤。

因为并不是战报上的消息，众人始终不愿相信，但叙州失守，战事惨烈不堪言说的事大家早都听说，也知道金汉鼎的话绝非空穴来风，心中更加惨然。

“汉鼎兄你说，咱们付出了那么多，都两个多月了，怎么还不见各省响应！原先不是说冯国璋、陆荣廷都要宣告独立的吗？”徐正文想了好半天，问得依然十分犹豫。

这个话题，在护国军中上至司令、下到一般士兵都反反复复提起问到。护国军发兵之初，就听得冯国璋已经起义，陆荣廷马上就要宣布独立的消息。但仗打了近两个月却还不见冯、陆有什么动作，大家都在猜测，这些猜测让作战不利的护国军官兵们不免有些泄气。

“我也一直琢磨，听总司令讲，梁任公已在全国四下活动，马上就有大的转机。”金汉鼎想了想，犹犹豫豫地说道，心中既有期盼也有疑惑。

“听说广东临武将军龙觐光被袁世凯封为云南查办使，已率粤军第一师假道广西攻入滇南，正与第二军在滇桂边界展开激战。陆荣廷把这些土匪都放过来了，还有什么转机？”姚必光沉浸在无尽的悲痛中，听金汉鼎和徐正文议论冯国璋、陆荣廷，怨恨这些人不遵约定，心中十分愤懑。

“是啊！陆荣廷怎么又把龙觐光放过来呢？会不会是见护国军出师不利又要反水？”徐正文更加疑惑。

金汉鼎一时也找不出话来回答，于是愤愤说道：“这些人坛坛罐罐太多，考虑问题复杂，见风使舵，本来就不一定靠得住！我看打铁还靠本身硬，护国军拼着退守滇省，也要与袁氏不共戴天！”

姚必光点头称是：“舍得一身剐，敢把皇帝拉下马！管他的，既然要干就应坚持到底，我就不信偌大一个中国，只滇、黔两省拥护共和！”

金汉鼎、徐正文深表赞同，三人一直谈到很晚方才散去，每个人都有思虑，当然也有期盼。大家憧憬着一场重大胜利，全国护国讨袁力量都行动起来，残酷的战争快点结束。

姚必光一夜未眠，闭上眼睛就看见段云鹏走来，满身是血，神情凝重而忧伤。昏昏沉沉中又想起杨宗泽，空门中的静修，能使他抛却俗世情愫和无穷的烦恼吗？忽而又像是见到了李明远，这才发觉，自己对朋友刻骨铭心的思念。杨宗泽出家，李明远退学，段云鹏阵亡，都像刀割开他的心，伤痕处血迹斑斑，就像诅咒的神谶，“神圣的灵魂，生命都曾牺牲！”

二、留守都督　煞费周章

护国战争最艰苦的日子，正是第一军主力久战泸纳不利撤至大洲驿，北洋军第十六混成旅第二次攻入叙州，广东龙觐光率粤军进攻滇南，自2月底到3月15日广西宣布独立前的这段时期。

留守昆明的唐继尧忧深远思，焦虑万分。督署几乎每天都会收到出师四川的第一军总司令蔡锷催要弹药军饷和补充兵员的电报。护国第二军自组建以来，也因饷银和枪械弹药不济而一直未能发兵。直到粤军大兵压境，附袁乱匪乘势攻占个旧、直逼临安之时，第二军一、二梯团先头部队才在滇、桂边境的富州、广南一带，与龙觐光部匆匆接战。

初春三月，昆明五华山上梨花、桃花和垂丝海棠相继盛开，光复楼前一片片白，一片片红，花树纷繁争艳的景色热闹非凡。尤其海棠，既不像梨花那般冷艳，如雪般卷地折草，肃然可敬，也不像桃花那样妩媚，笑脸春风，讨人喜欢。它开得热闹世俗，却半随风雨不留诗，堪堪让人惆怅。闹嚷嚷的喜鹊飞落在省府院内参松翠柏之上，叽喳吵闹着不肯消停。枝头的麻雀、黄鸟也毫不示弱，捉对鸣唱显得十分繁忙。

唐继尧正在都督府办公楼中批阅来往电文和战报，眉头紧锁，心急如焚。“又是催促军饷和弹药的急电！”翻开文件夹看到的还是发自永宁的告急电文，心绪更加焦躁。最近这样的电文看了一封又一封，却因尚无良策难于回复。自从护国发兵以来，他就像被架在火炉上烘烤一般，每天都有问题，每天都有解决不了的困难。最令人担忧的是：一度风风火火遍传的江苏、广西起义，竟然在云南宣布独立后两个多月的时间里久久不见动静。唐继尧心中不禁疑惑，护国之战究竟出了什么问题？他感到，以穷困僻壤的云南、贵州区区之力，跟袁世凯政府相对抗，就好似以卵击石！那种独木难支的窘困，只有坐镇昆明苦苦煎熬的他才能体会。

军械、军饷、兵员不足问题最为突出。自民国三年云南向德国秘密定购200万元武器被中央政府扣留之后，滇省军械只得零零星星增补添置。前不久派军需长、兵工厂长到日本购买急需军火，直至此时还毫无消息，也不知又出了什么问题。蔡锷赴滇前托人在日本商谈借款赊购军械的事，至今也毫无进展。战争才打了两月，弹药军饷就如此困难，再打下去还会怎样，实在让人不敢再想。第一军出发时随队带走的将近百万发枪弹和一万多发炮弹，连上缴获的都已打光。如果战事继续，弹药军饷等后勤补给定将是个令人十分头疼的难题。想到这里，唐继尧不禁冒出一身冷汗，隐隐寒意直逼心底，甚至连窗外如火的骄阳都显得若有若无，淡然无光。

梁启超、蔡锷来电一直说广西陆荣廷已经答应起义，只是等待时机。但此时，为何又把粤军放过来祸害？唐继尧心中思虑，不由得又记起“宁已起兵”的谎报，一种莫名的不信任油然而生。“如今这事，实在是很难相信陆荣廷究竟是真反袁，还是在应付松坡、任公和自己。世事难料，真是不到最后一刻，不知道还有什么事会发生！”陆、龙二人本是儿女亲家。听闻，陆荣廷儿子此时就带着桂军精锐在龙觐光军中充任警卫。唐继尧思绪联翩，想到广西陆荣廷，想到广东的滇南龙家兄弟，不禁要问：“护国之役难道只有滇、黔两省孤军奋战？”

看着窗外绿树红花和骄阳铺地的明媚春光，他想起了早先在外地巡视时所写的诗，不由得又细细品味怀想：“一觉人寰梦未阑，只因谈笑挽狂澜。弥天荆棘刊删意，满地疮痍补救难。”不知怎的，这诗意境竟与此时的心绪如此贴切。回到案前，调墨润笔，信手写下在《史记》中偶然读到的《楚狂接舆歌》：“凤兮凤兮！何德之衰？往者不可谏兮，来者犹可追也。已而已而！今之从政者殆而！”此时，他既有挽狂澜于既倒毫不言悔的气概，又有痛恶天下无道、“高歌一曲垂鞭去”的困顿。不知是自嘲、自讽还是自诫，面对冷冷世界，只有一任复杂心情的宣泄！心里更加清楚，护国之役义无反顾，坚持到底才是出路。

看着自己的书作，唐继尧满腹惆怅，等落上了“古楚狂歌继尧书”款识，又钤上“蓂赓”名章之后，心绪才稍微平复。看着行中带草的书作，他有了一种痛快之感，尤其是“已而，已而”两组相同的字，被写成一行一草。行书落笔厚重，草书飞洒飘逸。最后的“殆而”两字狂草连写，“而”字竟像一个大大的“问”。也许不合法度，却蕴含了无限情感。曾经考过前清科举、中过秀才，后来又留学日本的护国军都督，还真练过几年馆阁体和王羲之《十七帖》。虽书法字法略显拘谨，但却不失酣畅，和他的生命一样，纯任自然，任由战马骄嘶，稻粱肥厌！

秘书厅长由云龙叩门而入，见唐继尧正立在一幅刚刚写就的大字中堂面前入神，不由笑道：“都督真是信步闲亭，谈笑樯橹灰飞，什么时候了还有书家逸致？”

“战要打，饭要吃，天要下雨，娘要嫁人，总不能愁眉不展计穷智短吧！快来看看写得怎样？”唐继尧不以为然，依旧说笑，好像专门把由云龙叫到办公室来，要商量布置的事情并不紧急重要。

由云龙看都督这幅书作，并不像平时给人题写匾额所用楷书，而是采用更自由的行草书体，甚有几分二王味道。内容却是借讥讽反衬孔子的《楚狂接舆歌》。“这恐怕是唐公近来所写最潇洒的一幅字了，自然放纵，很是不错！可就是这《楚狂歌》……”欲说又止，似有疑义。

“《楚狂歌》怎么了？当下不正是如此！”唐继尧笑了起来。

见都督如此说笑，由云龙问：“唐公所写，原来是伤怀时下啊！难道厌倦了不成？”唐继尧笑而不答。由云龙又道：“该是时候了！唐公应该写‘将飞者翼伏，将奋者足跼’那首古逸诗，很有智慧、希冀。”

唐继尧还是笑而不答，只把写好的中堂放在一旁，缓缓道：“秘书长坐啊！看看第一军来电，已经堆了一大摞了，麻烦您老处理一下。如何回复，秘书厅先拟个稿。滇省此时艰难，你也是知道的！”

“都督布置，我已请财政厅算过账，松公出征时带走银库200万中的100万；第二军成立时拨了8万；第三军一梯团赵钟奇提走2万；挺进军黄毓成10万；省库所剩80万添做全省各部军需，都已陆续支用所剩无几，预算早就用完了啊！至于富滇银行发行的公债……”由云龙早有准备，立即报出账来。

“前不久省府向各机关提借存款，已经到账72万。另外裁并闲冗机关、关停中学以上学校；归拢起来的起义前中央所拨盐款；设立筹饷局，在各县所募捐款，以及派出古道、赵伸、吕志伊等前往香港、越南、缅甸等南洋各处，海外募捐的款项，几笔加在一起又有70万。拢共150万不到，也该由财政厅提出个分配预案来吧？你与籍忠寅厅长商量一下，定出个数呈报于我再作定夺。不拨款松公怕是顶不住了。”不等由云龙说完，唐继尧打横杆扒拉出另一本账。嘴上说着，心里却想巧妇难为无米之炊，这家实在不好当哪！仿佛负了千钧重担。

但在由云龙看来，此刻的都督好似一个思虑好谋的智者，非要把种种困难咬碎嚼烂一样。记起筇竹寺大雄宝殿前的那副对联：“双手把大地河山捏扁搓圆，撒向空中毫无色相；一口将先天祖气咀来嚼去，吞下肚里放出光明。”心中更加钦佩眼前这位都督。

正恍惚间，却听唐继尧笑问：“怎么样，眼前困难，熬得过熬不过？”

“唐公这账算得清楚，籍厅长那里凑出来的也是这数。”由云龙心想都督这账算得竟像财政厅长一样，钦佩之余不免又有些担心，如今财政捉襟见肘，都督会不会再出新招，增加民力负担却要秘书厅行文？“而今滇省民生困敝，财政捉襟见肘，都督这账可是算完算尽了的，别再增加滇省民力负担了啊！”

“是啊！李烈钧、方声涛他们所募捐款虽也陆续到账，但多为第二军自筹军饷。而今二军刚出发就碰上硬仗，实不敢统筹调用，只能做望梅止渴的利市，难解松公之饥哪！滇省民众再急公好义，如今也不能妄自加重负担，只好勒紧裤腰袋尽量多匀些给前线官兵了。”唐继尧一脸无奈。

“当下，最伤人脑筋的还有枪械。兵工厂虽日夜赶工制造子弹，维修残械，但无奈滇省生产能力本来不强，很难满足军需。外购武器又钱款奇缺，贷款门路也不通！”听了都督想法，由云龙放下心来，可细细思想，还是叹息。

“是啊！在日本办理的购枪贷款毫无进展，如今护国军弹饷两缺不好办呐！”

见唐继尧说起在日本置办枪械一事，由云龙犹豫道：“听说梁任公已说动云阶老（岑春煊）出面到日本洽谈贷款购置枪械武器的事。云阶本是干卿（陆荣廷）、子诚（龙济光）上司，此时出面，对策动广东、广西响应护国起义应该会有些影响了吧？”

“云阶此时出面自然是件好事，我看干卿原先还较靠谱，但前不久却帮着龙觐光出兵滇省，实在叫人有些看不懂，如若真有动静，那倒显见此人多谋！任公我不敢深信，其虽上下奔走出力不小，但毕竟党人作风，所以周旋终究还是出于‘研究会’对政治大局的把握和谋略，与滇省民生能有多少与共休戚还不好说！”唐继尧若有所思，话语间流露出对梁启超几次误传消息的微词，对党人作风也多少有些不屑。

“松坡、志清（任可澄）对任公推崇备至，反对帝制任公首发其难，对滇省举义出力不小，募集钱款更是尽力。我看梁先生热心改革国政，应该不啻为志同道合者流。”由云龙有意调和，说的都是好话。

“任公与松坡师生情重交往俱深，而任可澄、戴戡也都是任公弟子，为老师说话那是自然。但若为滇省计，则须再听其言复观其行。虽然此时志者不怠其责，勇士奋力争先，但不敢暴虎，不敢冯河，先贤们的处世之道，我辈还须谨记。”唐继尧很是自负，对由云龙的话不过淡然一笑。

由云龙点头默记，对唐都督更是刮目相看。唐继尧说话正在兴头之上，见由云龙只点头不接嘴，又再说道：“如今护国之战需饷浩繁，丝毫容不得疏忽闪失，我已罗掘无计，还望秘书长为我出谋。任公以及党人在全国及海外所募集的捐款虽也不少，但以军需相衡差距亦甚遥远，刚才所算那账只好均一均，松公处紧急，优先考虑一下吧！”

在由云龙看来，唐都督所说不无道理，自护国战争打响以来，前线一再催款、催枪、催要人，弄得秘书厅焦头烂额穷于应付，又不便草率回复，十分难办。既然得了都督指示，就想早些命人处理，于是匆匆告辞而去。

由云龙走后，唐继尧一人又静思默想。洪宪三路讨伐大军紧紧逼在滇省家门。除护国第一军主力被逼撤至大洲泽外，戴戡所率第一军右翼在攻入川黔门户綦江后即遭阻击，不得不退守贵州赤水；王文华部护国黔军在直进湘西之后也被敌军压迫，不得已后撤。而南来的龙觐光粤军，虽是临时拼凑的民兵杂牌，却趁护国军四处受敌之机大肆进犯。又与滇南地方和部族土司势力勾结一起，像恶肮拊背的魔兽一样气势汹汹逼人至甚，致使滇南一带反叛不断。

财政厅所拟军饷分配预案提交都督府后很快得到批准，几天来唐继尧心情稍有舒缓。他希望省府有限的军饷能早日运抵前线，特别是士气低落的大洲驿。这时低头看见办公桌玻璃板下压着的护国开战后自己所写汉高祖刘邦名句：“运筹帷幄之中，决胜千里之外，吾不如子房；镇国家，抚百姓，给馈饷，不绝粮道，吾不如萧何；连百万之军，战必胜，攻必取，吾不如韩信。”不由感慨，汉初三杰的不同经历和结局令人扼腕。而此时，护国军成败利钝难定，他一个都督又能做些什么?

“报告！”忽听门外一声喊，唐继尧漫不经心地应了一声：“进来！”人却没能从重重的心事里回过神来。

侍从副官龙云将一本文件夹轻轻放在都督办公桌上，见唐继尧沉思的样子什么都未表示，转身就要离去。

唐继尧这才抬起头来，轻声道：“志舟，你留一下！”

“都督有何吩咐？”龙云站住脚，心中十分狐疑。

“我看你整天闷闷不乐，是不是还不习惯做副官的事情啊？”不等龙云回答，又道：“前几天副官长（马为麟）为你求情，想让你协助他去招募新兵，我同意了。

不过，办完事还要回来，可莫要把心耍野了。”说完摆了摆手，示意龙云退下。

龙云从唐继尧办公室中慢慢退出，心中却如五味瓶打翻了一般，酸辣苦甜咸一起涌上心头。自从来到都督府，他便觉得这位护国军都督对自己并不十分感冒，只不过碍于邹若衡推荐，才勉强安排。听到都督说“办完事还要回来”的话，心里暗暗叫苦，担心自己费尽心机好不容易找到的一个合适位置，会被新兵补充队中发生的那件事给彻底地打乱和改变。

自打接任邹若衡做了都督府侍从副官后，龙云就一直忐忑不安，不能出征杀敌不说，最让人受不了的就是都督的不冷不热。身在督署，就像被关在牢笼里一般，大大小小的事总让人无所适从。刚好副官长马为麟被派到新兵补充队负责招募新兵，龙云便说动他带自己一同前往，以便就此从都督府脱身。马为麟深知龙云身手，尤其喜欢他是讲武堂第四期毕业的科班，所以有心把他带走并当即向唐继尧做了汇报。哪知新兵补充队成立大会那天发生了一件大事，之后唐继尧虽仍然答应龙云前去招募训练新兵，却坚持要其完事后马上回都督府履职。

此时的龙云，确实受到了唐都督的特别关注。

护国开战以来，袁世凯始终想置首倡讨袁的护国军政府都督唐继尧于死地。潜伏云南的暗杀团利用新兵补充队成立之机，暗中布置了刺客埋伏在队中企图行刺。乘唐继尧亲临新兵补充队成立大会观礼、检阅时飞刀偷袭。所幸龙云手疾眼快，用佩刀挡开飞刀，又一脚踢翻刺客，将其制服，轻而易举平息了一场惊天大案。

这件事倒让唐继尧想起当年讲武堂学生毕业典礼时与法国大力士比武、飞腿踢倒对手的那个黑瘦学生。记得邹若衡推荐龙云时曾说过：“龙副官就像一匹貌不惊人的巴布凉山马，在危急之时才显出它的能耐。”不由恍然大悟，莫非他就是眼前的龙云？只怪前些时以貌取人，差点错过了一个人材。回到督署，唐继尧很快提拔龙云担任了近卫军中队长。原先答应马为麟要人只不过顺水推舟，他要走也只由他，此时却不一样，生怕龙云去了补充队就不回来，所以再三交代。

护国战争结束后，唐继尧将滇军扩充为八个军，并成立了警卫军，后建佽飞军。佽飞军实际上是唐继尧的贴身警卫队，尽由经过反复挑选的武功高强之人组成。龙云又被提拔为佽飞军副队长，不久升任队长，成为唐继尧心腹，也为其后来夺取云南省主席职位，埋下了伏笔。

三、叙州失守　初谈和议

牟方公、小云虎等人被编入招讨军二支队时，正赶上护国军左翼调整布防。招讨军大部东进泸纳战场增援护国军主力，仅留二支队一营兵力协助一梯团两个营留守叙州。二人所在连队恰被派往岷江南岸渡口牛喜场设防，牟方公升任副连长兼排长，小云虎也被提拔为排长。该连多为二支队吕超旧部，牛喜场曾是吕超讨袁起义发起之地，十多天前，该部又曾在这里成功设伏打败附袁川军，连里老兵都以为此地有招讨军制胜福祉，紧要关头被派往这里，对曾经的胜仗越发吹得天花乱坠。

北军首次反攻叙州时，护国军二支队田钟谷营与北军主力第十六混成旅在叙州东北面长江北岸的白沙场展开大战。招讨军吕超支队在配合金汉鼎营击溃附袁川军后，奉命驰援田钟谷营，途中惊闻田营败退撤离阵地，于是回师牛喜场并在附近隐伏。之后，乘十六混成旅撤出叙州之机，再次出兵击溃附袁川军。听说十六混成旅又要再次进攻叙州，竟不以护国军兵力弱，身处险境为意。

在牛喜场渡口驻防已经几天。那日，小云虎带领排里士兵在岷江边巡逻，看见渡口处有人赶着四五匹驮马正从一摆渡小船上下来，心中猜疑，“如今战事频频，这商人也太胆大，天都快擦黑了还敢把货物从江北驮往江南。”不觉朝马驮又多看了几眼。马驮显得很重，每从渡船上下来一匹马驮，摆渡小船的吃水就会明显地浅出一截。他有些警觉，忙带人过去查看，却见马驮里全是包裹严实的干羊皮。马驮主人又黑又壮，与一般商贩老板模样也大不一样，这时已笑嘻嘻迎上前来，把手中的老刀牌香烟连连敬上。

小云虎接过烟，搓捏着凑在鼻下嗅了又嗅，眯着眼问道：“好香的烟啊！你老板真不简单，世道这么乱还敢出来跑生意，倒像是有些本事的人哦！膀圆腰壮，练过把式的吧？”边说边用手插进马驮里的皮货中探查。

那老板瞬间就变了脸，可还是强作镇静地狠吸了一口烟，忙上前与小云虎搭讪：“长官辛苦了！”说话间脚下一绊，一头就跌将过来。

小云虎闪身让开，手已从马驮中抽了出来，一抬手把马老板接住。扭头却见赶马人也趋前伸手过来，只一眨眼工夫，赶马人、马老板一人一只手，像是扶人，却有意把小云虎双手紧紧攥住。四周的人都围拢过来，小云虎若无其事，使劲一甩手，“你这老板走路不长眼，跌倒也不安分，往我身上扎什么扎？放手，放手！”接着又拍手笑道：“哪来的皮子，腥臭得狠！”

马老板稍有松懈，喏喏搭话：“彝区收来的粗皮货，熏烘膻臭，莫脏了长官。”

说话间，就听小云虎一声大吼：“拿下！”突然一个双蹦，站桩展臂“噗”的一声，把马老板、赶马人蹦出两尺开外。巡逻士兵一起向前，正要捉拿，只见那边围上来四五个人，抢近前来双方一场群斗。

小云虎独斗二人，敛爪藏锋使出罗汉拳种种招式，飞起一腿，先把赶马人踢翻在地，进身边腿一脚，再把他肋巴挞断两根。顺势伸手施出擒拿法“拿骨”招式，“唰”地插手扣住了马老板手腕，紧接着趋步上前，另一只手向前滑动顶住马老板手肘，一旋便将其压在身下。就在这时，江边船中射来一排子弹，小云虎身子一振，手一松，缓缓地倒在地上，鲜血从他的手上身上汩汩地流出。被压住的马老板也身中数弹，扭动几下伏身不动。

巡逻的招讨军士兵一起冲向江边，举枪向小船射击，枪弹打得船篷“嘭嘭”冒烟，船顺水离开江岸，向北驶去。众人擒住赶马人等，围观者早已四散，也不知其中有无夹杂的北军奸细。猴子小三扑向小云虎号啕大哭。小云虎伸手缓缓撸开外衣，露出那把别在腰间的银饰匕首，刀鞘上已浸满鲜血。然后吃力地从贴身衣袋里掏出两个胭脂粉盒，紧紧握在手中，颤抖着递给猴子小三，眼瞪着半天说不出一句话来。胭脂盒上带着点点血污。猴子小三记得，那是初到自流井盐场打卤，第一次领到工钱时二人上街，小云虎左挑右选，翠绿、深红一样一个。

“虎哥买胭脂盒干啥？女人东西，两个？”他故意问，偷偷笑。

“去去去！多什么嘴？”他开心得意，把胭脂盒揣进口袋。小云虎心里揣着小翠、英子，如今一晃两三年，家回不去，心里的女人还在……

小云虎喘着粗气，捧着胭脂盒的手抖个不停。“虎哥，你想她们？”猴子小三大哭起来。

小云虎眼中落下泪来，手抖得更厉害。“虎哥，等你伤好，我陪你去找！”猴子小三放声号啕。哭着哭着，就见小云虎双手一撒，一红一绿两个胭脂盒滚落在地，打着转在沙砾上滚动，最后翻倒在沙窝里。

猴子小三只觉撕心裂肺，肝肠寸断。一生一世的大哥，生死相依的袍泽，曾经声名赫赫的大侠，可直到死却连大名都没人晓得。捡起沾满沙砾、血迹斑斑的粉盒，他小心地揣进怀里。他知道，红的英子、绿的小翠，他要亲手交给那两个女人。

巡逻士兵们打开马驮驮子，发现皮货里包裹着不少枪支弹药，当即把赶马人带到了支队指挥部。审问后得知，赶马人和马老板都是北军派出的小分队队员，准备潜伏到岷江南岸，在北军发起总攻击时袭扰叙州府城中的护国军指挥部。

在得知北洋军主力冯玉祥旅与伍祥祯旅二团、附袁川军周骏师两个团将于第二天凌晨向叙州发起进攻的消息后，护国滇军把江北岸兵力集中到吊黄楼，南岸兵力集中到翠屏山，做好了最后的迎战准备。

3月1日，趁北军初到立足未稳，杨蓁指挥田钟谷营，配合新到的刘国威工兵连突袭抢占催科山高地，以图控制吊黄楼浮桥。却终因兵力单薄败下阵来，工兵连不幸伤亡殆尽。北军在催科山布置了炮兵，向驻守吊黄楼、翠屏山的护国军轰击了整整一天。催科山居高临下，冯玉祥旅以密集炮火轰得第一梯团指挥部抚州会馆四处崩塌。吊黄楼浮桥也被炮弹击中，运送护国军弹药的马帮连人带马掉到江里，马锅头被江水冲走，连尸身都找不到。周宗濂所率留守炮连也进行了有限还击，双方隔江炮战，岷江、长江两岸硝烟弥漫。

在抓获北军小分队队员后，北军就要渡江发起总攻的消息得到了进一步证实。梯团长刘云峰感到叙州护国军所面临的形势比原来预想的还要严峻。北军不少突击分队已经潜伏过江，发起渡江总攻的北军数倍于护国联军。兵力单薄的护国军完全无法抵御北军进攻，指挥部不得不连夜下达撤退命令。与护国滇军一起，招讨军也于当晚乘夜一路向南，紧张有序地穿过僻静街市，撤到金沙江南岸。

牟方公所率连队殿后，最后撤离牛喜场。刚渡过金沙江，就听到岷江渡口和叙州城里传来密密麻麻的枪炮声。

冯玉祥旅再次进攻叙州，并未像十多天前第一次进攻叙州时那样遭到顽强抵抗。见护国军主动南撤，该旅也未乘势追击，进退之间像是商量好了一般，所以双方均无重大伤亡。得手后获得政事堂嘉奖，可嘉奖令和奖励钱物却迟迟不见，使进入叙州的冯旅官兵好多天心里都不大高兴。原来，政事堂收到十六旅捷报后担心军情不实，经过核实后才对外宣布胜利。然而，袁世凯对率兵攻克叙州主将可获晋封郡王、军旅得犒赏30万大洋的许诺却没有兑现。十六混成旅二次兵进叙州之后，冯玉祥只获得了“忠勇奋发”三等男封爵、颁授陆军中将衔嘉奖。冯旅将士更是仅仅只得了年酒、水果慰劳和“众将士栉风沐雨，奋不顾身，连战多日，勇气百倍”的表彰，30万大洋被小气的政事堂赖了账。因此，士气大打折扣，也使打了胜仗的冯玉祥旅丧失了乘胜追击的锐气。

统率办事处认为叙州护国军主动撤离，冯旅捡了个便宜，嘉奖不能按洪宪皇帝许诺兑现。并因护国军主力并未受创，所以希望冯旅再接再厉继续追击。面对政事堂统率办事处“乘势兵进滇省”的急令，冯玉祥则以官兵伤病太多、部队需要补充休整为由止步不前。

而此时，张敬尧正率讨伐滇省二路大军与护国军主力在纳溪苦战。北京政府统率办事处想借十六混成旅进占叙州、再攻滇省取胜势头解决泸纳缠绵战事的打算，遭到冯玉祥的推拒。

因冯玉祥在叙州按兵不动，护国军亦因此得到喘息机会。

从叙州撤离后，牟方公率部随招讨军沿川滇边界南下，并在筠连参加了歼灭试图阻击护国军撤退的县巡防营战斗。招讨军乘势攻入县城惩治了依附袁世凯的县知事及其同伙，一时威名远播。随即又移师向东，顺利撤至川南建武。在建武，牟方公升任连长，猴子小三也当了排长。

刘云峰在撤出叙州之前，收到留守昆明的唐都督来电：“袁世凯已派龙觐光为‘云南查办使’，率军由广西攻入滇南，兵逼滇桂门户剥隘；红河民军叛乱，个旧失陷、临安一带民心扰动。”率兵退回滇省之后，坏消息接二连三，因此心情大为沮丧。

积极拥袁称帝的龙氏兄弟出自云南红河地区江外纳更、稿吾土司世家。同父异母的几兄弟，哥哥龙觐光被册封为临武将军督理云南军务率军兵进云南；弟弟广东都督龙济光又密派儿子龙体乾潜入滇南，勾结土匪叛乱，给护国军政府制造了极大的麻烦。

“老窝都要被人端了，还在这里硬打个毬！”听到个旧失陷，杨蓁吼了起来。

“丢了叙府，切莫硬撑了呀！退回滇省据隘防守才对，别把一梯团老底都耗光了！”邓泰中也一样烦躁。

曾在滇南统兵驻扎过的刘云峰，知道个旧失陷和临安扰动意味着什么。本来，对北军大军压境就深感不安，此时更加担心。他深知滇省安危系护国大业之成败，所以也想退回横江、盐津凭险而守，保存兵力。

护国军一梯团退至横江、盐津后，刘云峰、邓泰中和杨蓁又先后赶往大洲驿，向蔡总司令报告叙州失守战情。梯团总部和田钟谷营、炮营里弥漫着战败的阴郁。一梯团惨重的牺牲不仅没有换来胜利，甚至也未得到总司令部谅解，邓、杨支队长还几乎失去了作战指挥权。撤至建武的护国招讨军也受到影响，情绪一度十分低落。

那天，猴子小三一人在工事里正把又软又黏的川南著名小吃黄叶粑往嘴里塞，就见连里一名士兵跳脚抹手跑来，气喘吁吁地说道："冯玉祥北军昨派人来与刘梯团长商议停战的事，你可知道？"

"商议停战！怎么商议法？我咋就不知道！牟连长晓得吗？"猴子小三十分疑惑。

冯玉祥此时打了胜仗，照理说应该乘胜追击，扎在叙州不动已经匪夷所思，如今又要商议停战，更是令人费解。北军究竟什么用意？二人正在猜测，却见牟方公带着几人缓缓走来。猴子小三忙迎上去，"正找牟连长呢！北军派人商议停战之事，是真的吗？"

"我也刚听说，哪知你的消息比我还快。这事有些奇怪。"牟方公也很疑惑。

猴子小三不禁幻想，"如果北军和谈，且不是战不用打，人也不会死了吗？可惜虎哥……"想着想着就出了神，"假如这样，一梯团守在横江也不必动了。如果北军再攻，那可不堪设想！"

"嘘！小声点，不要命了？这不是帮着北军说话嘛！"有人提醒。

"管他呢！说归说打归打，还得做好打的准备。听说刘梯团长就要调往大洲驿，罗总参谋长换来指挥左翼，恐怕还要大打。"牟方公抬手拍了猴子小三一巴掌，毫不在意。

猴子小三听后又生疑惑，"如今胜负未见分晓，谈判停战，到底是谁胜了呢？"

"谈什么屌判！和议、和议，装神弄鬼要些什么花样？"牟方公大声说道。

四、洪宪退位　天道苍苍

护国第二军总司令部于公历1915年12月26日正式组建。由于粮饷、军械不足，在第一军尽遣滇军精锐出战川南之后，第二军军力配备难题便一直困扰着留守滇省的都督唐继尧和第二军总司令李烈钧。好不容易等来南洋捐款，唐都督左拼右凑方得成军。张开儒、方声涛分任第一、二梯团长，总参谋长何国钧兼任第三梯团长，可何国均一直没有到任。

1916年2月21日，第二军先头部队由昆明出发，3月9日抵达滇东南与广西交界的广开府广南。

此时，被袁世凯任命为云南查办使的龙觐光所率粤军第一师已从广西借道而来，并在百色设立了征滇军司令部，号称万众，分四路兵发滇省。第一路由粤军混成旅旅长李文富率4000余人进攻滇粤关津、云南重镇剥隘；第二路派虎门要塞司令黄恩锡率3000余众逼近广南；三、四两路则分别由少将张耀山和中将朱朝英率兵千众在白色附近策应，以图阻止护国黔军南下。又使龙氏子侄兄弟龙体乾、龙毓乾潜入滇南联络地方武装，从元阳逢春岭老家，土司地区召集当地部族，已经轻易地攻占了个旧，正起兵直指蒙自。朱朝英之子也率一支人马，在建水城外威胁骚扰，朱家本临安望族，城中接应不少，一时间建水军民人心惶惶。

龙觐光、龙济光兄弟二人，出生红河土司世家，而朱朝英则是辛亥时领导临安起义的首脑，在滇南一带都有极大影响。服从滇督唐继尧指挥的滇南驻军打了这边，那边又有人冒出来捣乱，于是只能凭城固守，但粮食不能久支，总有旦夕垂危之感。

护国军抵达滇南后即与入侵的龙觐光部粤军遭遇，方声涛所率第二梯团与龙军黄恩锡部战于广南；张开儒所率第一梯团与李文富部战于剥隘附近皈朝。同时，又商得第三军总司令、留守滇省的护国军都督唐继尧同意，急令护国第三军第三梯团——准备开赴湘西的挺进军黄毓成部，会合第一梯团赵钟奇部，取道贵州直向广西，攻击龙军后方。第三军第五梯团两个支队也直逼蒙自，并趁势收复了个旧。

第二军一梯团与粤军在剥隘的战斗异常激烈，双方反复拉锯达七八天之久，护国军以弱势兵力，却打得两倍于己的强势敌军惊恐万状。其间发生了一件神奇怪事，使得战局发生了戏剧性转变。

李文富本广南大户，两军开战地区的农民十有八九都是李家佃户。而李文富以一个整旅，外加号称一个团的500多民兵杂军，装备了新式步枪、机关枪和大炮，对阵多持儿子枪、单响、毛瑟，甚至铜炮枪和大刀、长矛的护国第二军第一梯团三个步兵营、一个炮兵连和一个机枪排，占尽了天时、地利、人和。开战后李文富部士兵轮番上阵，一些人打仗，一些人休息吃饭。而护国军却因兵力单薄，全部都拉到了一线，吃饭睡觉只能在阵地上囫囵对付。

在兵力悬殊少有胜机的情况下，护国军准备放弃阵地主动撤退。梯团长张开儒命令炮兵轰击敌阵掩护主力撤离。炮兵连长鲁子才测知敌军隐蔽位置后连开两炮，可巧一枚炮弹竟直射入敌军炮管，炸毁了敌军大炮，并使四周士兵伤亡无数。遭此打击，敌军官兵惶惶不安，很多人以为“护国军炮弹打得这样精准，必是神谶”，更相信护国军神兵天降不可战胜。于是纷纷投降，一梯团乘势夺取敌阵，收复了皈朝、剥隘，粤军心胆俱裂，大败而逃。护国战中“两炮定胜败”的传奇故事由此流传开来，连第二军总司令李烈钧都感叹：“怪事，怪事！真是天意。”

3月15日，刚被袁世凯任命为贵州宣抚使的陆荣廷，突然在广西柳州发出《讨袁檄文通电》及《陆荣廷梁启超护国倒袁电》。代陆荣廷在广西督军署应付事务的陈炳焜也在南宁发出《广西独立及军民推举陆荣廷为都督通电》。广西宣告独立，护国战争大局陡然直转。

同一天，在川南，第一军总司令蔡锷发布作战训令：以右翼朱德支队、金汉鼎支队和护国川军张煦、廖廷桂四个支队为主攻。由赵又新梯团长任前敌指挥，从白节滩向牛背石发起进攻，得手后即向纳溪、蓝田坝侧击。训令强调：“护国军只宜布置少数兵力应对正面之敌，而要以主力攻敌侧背。各级军事主官作战时务须多留预备队，以便伺机运用。”

此时，第一军重整编制，各支队在补充兵员之后，原先的支队编号都进行了调整。金汉鼎已调离五支队，改率参加泸纳会战的一梯团新编支队，五支队复归第三梯团顾品珍梯团长指挥。中路第三梯团，由泸纳本道佯装主力，虚张声势，抢占茶塘子一带高地后，伺机向驻守鹞子岩的北军进攻，意在牵制敌军主力，掩护护国军右翼行动。护国川军刘存厚部进驻牛滚场，虎视江安方向北军，对中路梯团形成掩护。何海清支队为左翼，进驻合面铺、中兴场等地，警戒叙州、江安之敌，与刘存厚部形成掎角之势。另外，命驻扎赤水之护国黔军杨汝盛营逼视合江，伺机进取，得手后再袭江津，切断綦江之敌后路。

3月17日，护国军按照作战计划，全线发动了反击。

几天来好消息连连不断，首先是戴戡所率护国军第四梯团，以4000多人兵力一路进攻，已至綦江，对泸纳战场的护国军形成了有力支援。由于护国黔军突击綦江，北军綦江失守，使得曹锟不得不急调李炳之旅驰援，从而大大削弱了北军在泸纳战场的兵力。北军部署在泸纳战场各战略要地的一线部队只剩下两三千人，后勤保障也遭遇挑战，面临弹尽粮绝的困境。而护国军弹药补给及时到达，使军心为之大振。最为鼓舞人心的还是陆荣廷公开宣布广西独立，并与护国第二、第三军合力，缴了已进至滇、桂边境龙觐光粤军的械。

广西独立后，陆荣廷军即与黄毓成挺进军及赵钟奇第三军第一梯团会攻百色，一举击败归附龙济光的朱朝英部，并命桂军扣押了粤军主将龙觐光，逼使其辞去云南查办使职后，通电宣告赞成共和。

北军兵力分散，顾此失彼。在广西宣告独立后，又有江苏都督冯国璋联合江西李纯、浙江朱瑞、山东靳云鹏和长江巡检使张勋等五将军向袁世凯发出密电："要求取消帝制，惩办帝制罪魁，请袁自行辞职"。消息传来，北军士气更加低落。虽然五将军密电也要求南方各省取消独立、退出战区、保护战地人民，但在众人看来，那不过只是陪衬而已，其反袁称帝和惩治罪魁的态度已经明确，北军将领们哪里还有打战取胜的信心。护国第一军主力回师出击后，北军主力很快退至双河场，并在双河场遭到金汉鼎支队的猛烈攻击。

反攻战打响后，朱德、张煦支队攻打朝阳观，廖廷桂支队向分水岭和合江县先市镇方向进攻的战斗均获胜利。战至22日，朱、张支队已经到达距蓝田坝仅4公里的南寿山，廖廷桂支队占领了分水岭，金汉鼎支队也在攻占双河场后，与北军隔永宁河对峙。

正面佯装主攻的顾品珍梯团所部，在占领茶塘子、鹞子岩后，已迫使北军退守到纳溪城后的观山一带。护国军左翼的何海清支队，也乘势占领了江安城。从叙府赶来的招讨军也投入了战斗，护国军还得到了川南各界民众的大力支持，从东到西全线出击，大有千钧横扫破竹之势。历时一周的护国军泸纳反击战，取得了重大胜利。

这次反击，护国军毙敌近千，缴获枪支弹药无数。北军主力第七师又遭重创，张敬尧无可奈何叹息道："自与护国军接战以来，9000多人打得只剩不足5000，将校伤亡殆尽，士兵损失几近于半。"北军厌战情绪十分严重。可惜此时担任主攻的护国军右翼几个支队弹药也已消耗殆尽，而补给却始终续接不上，总司令部只得下令暂停进攻。

在全国一片反对声中，在各地武装起义不断和诸多省份将要宣告独立的情况下，3月22日袁世凯宣布"取消帝制，改行共和"。

23日，护国军不进反退，撤至茶塘子、红花地一线防守。北军在重新布局双河场到纳溪城东的战线后，也采取了守势。

护国军司令部中，蔡锷、罗佩金、刘云峰和李曰垓等将领们议论纷纷。自从袁世凯宣布取消帝制以来，关于打还是停的问题让人纠结。众人心中既有来之不易的胜利喜悦，也有经历千难万险、事业未竟的愤懑。

“人生几何，六十老翁以退而安天下，尚复何求？无论有弹无弹，必须一战，袁须下台方可罢休！”蔡锷胸臆难平。

“袁世凯必须退出政治舞台，否则实难告慰我护国军死难将士，天理不容！”刘云峰力主谈判，也赞成袁世凯必须下台。

罗佩金默想：“如果袁世凯还当总统，滇省讨袁岂不半途而废，前功尽弃。但此时军中弹尽粮绝，再打又恐无有胜算。”正犹豫间，却听李曰垓说道：“总司令权衡，照道理袁不下台护国之责未尽，实该一战到底。但我军情势，弹饷双缺，再战不胜更堪忧虑。滇省子弟无罪而葬身沟壑，个人牺牲是一回事，但累及千万弟子，又怎么向滇中父老交代？”

“秘书长所说不错。但袁世凯若仍行大总统职务，以其为人，滇省护国首义必遭清算，这岂不是放虎归山，伤人必在其后。”罗佩金虽然也觉得再打胜算不大，却更担心袁世凯秋后算账。“而今晓岚（刘云峰）与北军商谈停战，这对补给不足、无力再战的护国军来说不啻是件好事。但也得提防袁世凯和北军反水，将来难免会遭清算。”

见罗佩金对自己与冯玉祥、张敬尧谈判还在担忧，刘云峰连忙解释：“我看，北京政府向蔡总司令建议停战议和的电报，虽是以黎元洪、徐世昌、段祺瑞三将军名义所发，却完全出自袁世凯。不过，与张、冯二将军谈判，我真的感到北军将士确实不愿再打。特别是冯玉祥，早就对袁世凯称帝心怀不满，对停战甚有诚意。北洋军并非铁板一块，停战之后，袁氏未必还能像以前一样可以随便指挥控制北军。”

李曰垓见刘云峰说起冯、张二人和北军将士不愿再战的事，也不住点头。“张敬尧师乃北洋军精锐，一直冲锋在前为袁氏卖命。连他都不愿再战，我想袁世凯之沮丧，不言而喻。如今复辟帝制遭全国舆论普遍谴责，袁逆内外交困，不信其总统还能再当下去。‘不战而屈人之兵’本为上策，不妨先行谈判停战，以观后变可也！”

“秘书长所言，在下不是没考虑，只怕袁氏行诈，一旦缓过气来，护国军不仅丧失了一次进攻良机，可能还要遭殃啊！不过，任公带来消息，也说策动五将军反袁极为成功。如今袁世凯前后院起火，无疑已是焦头烂额。想不到陈宧也带信来表示和意。既如此不妨就按秘书长之意，先行谈判停战以观后变！袁氏虽被迫取消帝制，但却仍想脱下皇袍，照当总统，其心不死，狡猾无耻，实堪痛恨！”蔡锷虽然担心，反复权衡后对谈判还是寄予很高期望。

护国军和北军双方边打边谈，再无大战，3月底最终达成停战协议，战事渐渐平息下来。

泸纳之战，护国联军以劣势军力顽强阻击了袁世凯几倍于己的精兵，显示了滇、黔、川三省军民护国举义的决心和讨伐袁世凯称帝谋国的坚定意志，可歌可泣，实堪称颂。

滇东南，龙觐光部在滇、桂两省的余部也先后溃败或向护国军投降，护国第二、三联军全线告捷。紧接着，两军沿珠江而下进攻广东，战事十分顺利。袁世凯计穷智短，护国战争赢来了胜利的曙光。

洪宪退位，不仅是护国军的胜利，也是天道苍苍，全国各界反对复辟帝制力量联合阵线共同努力、日益壮大的胜利。

五、捐款构怨　梦断愁肠

袁世凯下令取消“洪宪”年号、放弃帝制的消息迅速传播，滇省各处欢欣鼓舞。远在缅甸曼德勒的侨商们也欢聚一堂庆祝护国起义的胜利和重大转折。

陈掌柜去了一趟仰光，此时刚回瓦城，听说华商聚会也赶了过来。见到风尘仆仆的陈掌柜，李明远兴奋异常，巴不得要兜底把仰光的情况问个明白。因为很多事情要做决定，就等陈掌柜到仰光与民党分部沟通的消息，特别是与龙润民、吴子元联络的事，让他忐忑不安。

“怎么样，还顺利吧，见到润民和子元了吗？”李明远急切问道。

“见是见到了，不过那边的人对你我还心存芥蒂，他二人也不便表态与我们联合，都是因为捐款结怨惹来的麻烦！”陈掌柜眼圈发红。

“不是都说好的嘛？齐心合力讨袁护国，怎么还谈不拢？”听到仰光支部有人对捐款一事不满，连龙、吴二人都不表态，李明远有些着急。

“听说邓泽如在南洋组织筹款曾经立下规矩，只以党和筹款委员会为事，利益决不与他人分享。即便是民党中人朱执信原先在南洋筹集反袁经费，亦曾被其指责，说是干扰了中华革命党的筹款活动。我等捐款用于援助滇省发动护国之战，与南洋邓泽如所率筹款委员会奉行的宗旨并不完全相合。”陈掌柜摇头叹息。

“中山先生也很支持云南护国的啊！南洋《光华日报》还曾登载过先生手令，怎么说的，‘云南护国军卓著功勋，即速筹款，不得违误干咎’。此话真真切切，难道润民、子元还不相信你我？”

“润民、子元倒不怎样，也很想到瓦城来与你联系，但周围的人都受邓先生领导，对印泉、克强、协和和韵松他们都不以为然，更何况你我。甚至有人耿耿于怀，认为前段时间中华革命党革命公债发行不利，与你我在瓦城募款支持滇省护国有关，骂我们是水利促进会走卒。”

李明远听后不由得皱眉，“我根本没见过水利促进会的人，即便是印泉先生，也只是李岱宗刚从腾冲回香港时带过几封信，讲的都是共和讨袁之事。”心里却在想：“这么久不见堂叔，到缅甸后也没联系，可为什么总有人要把捐款汇往富滇银行的事往他身上扯？”万万没有想到，民党内部的鸿沟竟如此之深。飞短流长，二缶钟惑，陡然间就有种无助和失望的感觉。

商会里，大家都赞成把钱汇往富滇银行，一是因为考虑到滇省护国首义，护国军既是讨袁战争的主力，战又打得十分艰难，太需要海内外各界支持；二是因为瓦城华商多半来自滇省，都希望捐款能汇到护国军手里；最主要的还是捐款本来就是以援助滇省护国名义发起。可有人却说这是水利促进会操纵商会所为。商会中谁是水利促进会的人呢？况且李烈钧而今已奉中山先生之命护国。他苦思冥想，始终不解。

陈掌柜见李明远额上冒汗，好一阵都不说话，才凑近他的耳朵悄声说道：“既然这样，不如乘袁氏宣布取消帝制之机，你我就此隐身而退。”

李明远点头默然，众人又议论了些什么，也没有再听进去。他只觉得脑袋里既空泛又满胀，只在心中做出了要回腾冲一趟的决定。

散会后，李、陈二人走出会馆，沿着城中小街的石板路缓步而行。夜幕下并不繁华的街市，商铺早已关门，偶尔一两家卖烟酒的杂货小铺门开着，柜台上亮着黯淡的灯在远处忽闪忽闪。如钩的明月和疏朗的星，在街市狭窄道路两旁屋脊上方高高的天际发出幽光，惹起二人无限的思乡惆怅。

李明远快快道：“陈老啊，按照您老所说的话，我想先暂时回一趟腾冲。此次来缅甸，有一半是为寻找弼臣先生，可快半年了还没一点消息，润民、子元的面也见不到。等我把腾冲的事情处理好，那时回瓦城多待些日子，再以先生意见为计，好好谋划将来行止。”

“那样也好，暂时回避一下，免得党见偏颇，兄弟阋于墙，且不让袁氏们看了笑话！”陈掌柜也是心中抑郁。

“天下大事，历来如此，而今虽帝制撤销，但前路仍然迷茫。袁氏仍在总统大位颐指气使不说，党人之间争斗又再枪剑相向，参横斗转，究竟是天将黎明，还是三更夜黑，我也说不清楚。不过，苦雨终风也解晴。我始终相信润民、子元能够理解，天理自有公断，总会有人出来主持公道吧？你我顺应天命就是。”

陈掌柜听后不住点头，心中却不免叹息，想起此次赶赴仰光办事不成悻悻而回的缘由经过，觉得李明远所说更有道理。本来受他之托去找龙润民、吴子元，就是要向民党仰光支部做个解释，希望今后能够按照中山先生意愿，同心协力共谋讨袁大计。可惜龙、吴二人虽联系上了，却因有人要把劝募革命公债成绩不佳归咎于中华水利促进会破坏，并迁怒于瓦城商界为护国募捐，使得他二人也不好说话表态。

被人误解是一件十分痛苦的事，被知心朋友和同志误解更是如此。陈掌柜、李明远因为被人误解，最后下决心要回老家腾冲，自然是想暂避锋芒，远离江湖是非之地。

从曼德勒出来已经三四天了。这日中午，大山里雾气弥漫着在山林峡谷间徘徊萦绕，还没完全散开。殷殷的阳光就已从云层深处柔弱地透射出来，在湿漉漉的天空中映出一圈圈橘红色的晕，并悠悠地随雾飘散，变成了越来越淡的环。阳光如此飘摇，犹如风裹挟着丝丝雾雨飘洒如烟，让行走其间的人有如梦幻般的迷茫。四五十匹马组成的马帮驮队，在山间小道上行走，穿过一片密林，从南向北缓缓而行，踢踏的马蹄声不绝于耳。

马队中，李明远一身蓝布短打，瘦削的身躯，却显得十分精神。陈掌柜也一路同行，好多年没有回过老家的他不免有些兴奋。虽然父母早些年就已去世，腾冲已找不到几家亲戚，但毕竟日暮乡关，始终还是割舍不下。老家观音寺后杆兰坡上，父母双亲墓园的松涛总是牵魂系魄让人牵挂。还有浓郁的腾冲小街风情、油香火辣的大救驾饵丝，以及咸酸辣麻香五味俱全的大薄片，所有一切都让人回味无穷，幽思怅怀。

临行前，二人相约置办了好些缅甸货物，如黑白胡椒、香草精和洋纱等。又听从马医生建议，购买了上千打“永安堂”虎豹行的万金油，四五十匹马，驮的全是两人为商号置办的货物。李明远还特意托五叔挑了一块开过口，透着一线透明阳绿的老坑半明翡翠毛料，准备带回腾冲请手艺好的玉工解开，希望能做副好点的手镯或饰品送给母亲、雨欣。

一路上李明远都在听陈掌柜高谈阔论，从明清到当下，野史本传、策论小说话不绝口。李明远读书不少，可陈掌柜讲的那些东西，却让他依旧感觉新鲜。陈掌柜说起几年前抵制洋货，用洋纱烧火的旧事，李明远忍不住笑道："我们也干过呀！几年前腾冲爆发抵制洋纱的事件，学生们上街宣传，把自己家里的洋纱甚至纺机都搜出来烧掉。如今看来就像儿戏，不过一个'闹'字，有人带头一吼，各种各样的闹法跟着就来，只觉好玩。"

"谁说不是，自明清以来，国朝所实行的禁海和闭关自守政策，使人们早就习惯固守中华一隅，不与洋夷图利的思维。原先子元对经营洋纱就有顾忌，还是我再三鼓动，润民才下决心把这生意做起来，后来'和顺祥'得利于此不少。听说刘老东家还动过心思要把生意做大，打算在大理或者昆明建厂，开纺织公司呢！只是现在政局不稳，又爆发了战争，才暂时搁置下来。敢不敢做洋货生意，不仅是勇气和胆识，最重要的还是观念，看你能不能融汇'义利'二字。洋务不畅，国家不兴啊！"陈掌柜侃侃而谈，饶有兴味，心中很是得意。

"我说陈老，你这些话让我想起了刚读过的一本书。书中说，面对现在世界应取的态度和抉择，有一条叫作'世界的而非锁国'，讲的就是要与世界大势相融合。不单是在商贸上，而且包括政治、思想甚至文化，以为中华的希望，就在于与世界的共融，做生意合乎这个道理。"李明远兴奋地把在《青年杂志》上读来的文章，加上自己的感悟，添油加醋尽兴讲些出来，让陈掌柜听着也觉新鲜。

"民主共和不就是跟西洋学来的，要不然我们还不是老皇帝倒台了，新皇帝又上，其兴也勃，其亡也忽。西学里的东西，民主与科学最为重要，作为一种文化精神和思想，它将影响一个时代。可说起抵制洋纱，我还真弄不明白，有用之物自然存在商机，烧毁了能起什么作用？"

"就是就是！西学要吸收，洋纱也该可以贸易！只是如今常听人讲义利，我也弄不清楚，这义利与洋纱生意之间该如何取舍。"听李明远讲民主、科学，陈掌柜又回过头来想"义利"。看来陈掌柜对洋货买卖的"义利"问题思考颇深，这倒让李明远吃了一惊，自从做起洋纱生意以来，他也一直在思考这个问题。

"有人说买卖缅甸洋纱，会害滇省农桑。您老想过没有？"

"农桑发展，顺势而为！滇省适合种棉之地本来不多，国纱那么贵，谁买得起？商贸之道在于益民，说有害就有害啊，我才不信！"

两人你一句，我一句地讲得起劲，前边马帮队伍却已经停了下来，马锅头捧着烟筒，笑嘻嘻地走上前来招呼："二位老板，赶快到那边歇歇，水都快烧开了。见您老二位在后边吹牛走得慢，我就把人马给扎住了脚。你看这个马队，前后拖了将近一里多路，这回子总算聚拢来了。吃过饭，再慢慢走吧！”

二人忙点头答应：“早该吃午饭了，后边还有人吧？今早赶路不少，肚中正饿着呢！”

“还有，还有，人马多了首尾不见，难带得很哪！上午路好走，贪多了点。饭倒煮了一阵，再煸一下就好，先喝碗茶，一下就得。其他人不用管，他们自会另起炉灶，各人搭伙做饭，整惯了的。”马锅头笑着。把陈掌柜和李明远让到路边一个用石头围起来的火堆旁，周围几个大石墩正好当凳子坐。

原来，这火塘就是往来马帮反复使用所设，前边的人在这里做饭，吃完灭火走人，后面的又来这里歇脚，就着原来火塘燃柴做饭。来来往往，自然就成了一个站。

“噢吼，歇脚喽！”有人高声喊着，林间传来阵阵“噢吼——噢吼”的回响，后边的人应和着，山谷里一阵阵声浪，半天都停不下来。

“喝碗热茶！”

“抽杆烟！”

马帮师傅们相互打着招呼，驮马或放或拴地在路旁啃草吃料，小小的一块空地，顿时热闹起来。

火塘上焖着满满的一罗锅饭，有人正用炭火慢慢烘烤紫铜罗锅中已经快熟的饭，一股烤焦的锅巴香味四散开来。壶中的水在火塘上煨得“噗噜噜”直响，白色的水汽与燃火飘出的青烟混在一起，袅袅娜娜。刚起锅的腌腊肉和豆腐血肠香喷喷冒着热气，逗得人直想搛一块送进嘴里解馋。有人拿来一块盐，扔进冒着烟的油锅中，炒拌几下，又把滇西特有的干板菜拧成段放了进去。干板菜在锅里噼里啪啦一阵炸响，伸缩舞动，扭曲变形，变得又酥又泡，泛起一股略微带酸的煳味。有人迅速把壶中的开水往锅里一沏，飘满油花的清汤立即滚沸起来。

马锅头盛了两钵头饭，拈了几片腌肉和豆腐血肠搁在饭头递在陈、李二人手中。二人各自舀了一勺汤，“呼噜噜”狼吞虎咽地吃了起来。干板菜烧出的汤看着不怎么样，泡饭吃却蛮有味，淡淡的酸中带有一股焦煳的油香，再配上煎炒的腌肉、血肠，一大钵饭很快就被送下了肚。

“二位老板，跟我们一起吃这样的饭不习惯吧？赶马人就这样，一年到头挣点钱不容易，苦到头穷到头，最终还是一无所有。一生人到底为个哪样？”马锅头讪讪说道。

“我跑马帮时，你几个还不知在哪呢！这条道十天两头，十多年都这样，挣钱实在不易！给你们说‘莫胡花，攒着点！’‘穷走夷方急走厂’。有了赶马这点见识，将来不论下南洋、去印度，或是到玉矿掏宝都用得着。最起码也得回家做个小本生意，老婆娃儿一起过日子才安稳。”陈掌柜见马锅头说起马帮的辛苦，深有同感。

“白天有酒喝，晚上有奶摸！”陈掌柜正说得高兴，一个愣头愣脑的小伙哂笑着插了一句嘴，引得众人“嘿嘿”发笑。

马锅头脸一红，揪着那小伙的耳朵一阵教训：“你不学好！什么年纪，当着陈掌柜、李老板也敢说平日脏话，还不赶紧告饶。”手上一使劲，小伙子就疼得嗷嗷乱叫，更加引得众人哈哈大笑不止，好一阵热闹。

陈掌柜抹了抹笑出来的眼泪，郑重其事说道：“也莫说，这倒话丑理正，过日子这样，也算是安居乐业了啊！当马锅头也就一二十年时间，过了四十就吃不消啦！”

这次到缅甸李明远才认真跟马帮跑过一趟路，到底还不熟悉，可对马帮的辛苦，还是有了不少体会。上次到瓦城有五叔陪着，这次回腾冲又有陈老板做伴，这俩人都是跑熟跑惯的“老江湖”，各有各的说道。一路上逸闻趣事不少，吹着牛说着话，沿路看看风景，再难走的路不知不觉就走了过来。只是树林中蚊虫、蚂蟥叮咬，还常常遇到拦在路上的蛇，让人很不安逸，从腾冲到瓦城时吃亏最大的就是小黑虫。听陈掌柜还在说多年前跑马帮的事，正想接嘴问话，却见一个马帮师傅捧了一把翠绿绿的野菜，兴冲冲跑过来，隔着人就把手中的野菜连叶带杆撇成段，扔到还剩下不少干板菜的汤锅里。火塘边的人又忙着凑上一把火，不一会儿汤就滚沸起来。马锅头帮李明远和陈掌柜各盛了一碗菜汤，笑道：“这是水芹菜，你们尝尝，新鲜清香，只是有点微苦，很好的东西哪！”

李明远夹了一筷头，边吃边问：“山上哪来这东西？在家我看常长在水沟边上，有时也弄来吃，可没这个味。”

“下边不远处有股箐沟，水芹菜多的是，家里好东西吃多了，当然觉不出这菜的味。”采水芹菜的师傅笑着说道。

“说的也是，今天这饭吃得香，恐怕就是因为走了那么多路，食欲大振的缘故。不过，饭菜简单反而能够吃出好味道来。那些年我跑马帮，吃着什么都好，这些年却怎么都找不到那种感觉了。”陈掌柜特别舒心。

见陈掌柜又提当年跑马帮的事，李明远笑了起来，“听家母说起，陈老当年可是远近出了名的马锅头，单手可以给马上驮。”

“好汉不提当年勇，现在老了，不中用啦！你看，手无缚鸡之力，不干活手杆细了一圈。这趟回家走这么几天，人就快散了架，实在是力不从心了啊！”

李明远与陈掌柜说话，惹得身旁几个马帮师傅都睁大了眼睛愣愣直望，满是惊羡。看得出来，陈掌柜手上还有不小的肌肉疙瘩，而今差不多60岁的人，精神头还这样健朗，想必年轻时一定有把力气。

回到腾冲，李明远又去拜望了王开国先生，得知张荣庭和李岱宗都曾来过信，还问起过自己。在王先生处还听到各种好消息，护国军已与川督陈宧商定停战；第二、第三军出师告捷后直下两广，取得了一系列重大胜利；4月6日广东龙济光宣布独立；4月12日又有屈映光在浙江率部独立。各地党人纷纷起义，中山先生已由日本启程回国。堂叔李根源先生也已从香港回到广东，并拟出任在肇庆成立的两广护国军都司令部副都参谋，都参谋由梁启超先生担任。李明远变卖处理了家中部分产业，准备再到曼德勒置办货物扩大生意。又购买了两万元革命公债，三万元汇入富滇银行支持滇省护国军需。

儿子开始蹒跚学步，口中咿咿呀呀，样子十分可爱。

在缅甸置办的货物很快销售一空，洋纱和万金油都被昆明商家全数买走，据说准备销往内地。胡椒和香草精也分发给了腾越的老客户，还嫌货物不够。为母亲和雨欣买的翡翠石料，送到沈家自己的作坊加工，听说能开两对上好手镯，余料还可做些佩饰挂件，比起曼德勒买的毛石，价又涨了将近十倍。

陈掌柜在腾冲无事，没待几天便急着赶回了瓦城。李明远却因母亲近来身体不适，还须在家照看，所以要耽误些日子。

护国战争的各种消息不断传来，5月8日护国军务院在肇庆成立，5月9日孙中山在上海发表《第二次讨袁宣言》，都十分鼓舞人心。

那日，李明远正与岳父商谈缅甸和香港商号生意之事，沈雨欣领着儿子在一旁玩耍。

“明远啊！你从瓦城回来我就在想，咱家这生意，老是东一榔头西一棒的没个主营，恐怕不是长事。缺了可靠的货源和可靠的商家联手，最怕的就是摸不清行市，把握不住容易闪手。玉石翡翠生意，你五叔在瓦城赌石，咱家在腾冲、昆明、上海和香港都有商号，这是腾越商家老行当，可莫丢了。马帮运输这事也好，师傅们路都跑熟了的，收益很是可观，其他事收拢来不做也罢。洋纱赚钱做也无妨，只是听说有人想在大理办纱厂，也不知什么时候开得起来。纱厂一旦开工，只怕这生意就得停手，我们本钱不多，万不可与人争锋。况且，即便买卖做大，我想也不要与之争利，国人投资办厂不易，买卖洋纱势必遏制纱厂发展，恐有助纣为虐之嫌啊！”沈先生若有所思，语重心长。

“阿爹所说是有道理，我也想过。当初与陈掌柜合议买卖洋纱，就曾讨论过‘义利’问题。如今变法频仍，以正当之法牟利，实为资本发展之取向，此是不变之理。我也知道‘正当’二字至关重要，当然不会助纣为虐。至于洋纱生意，如果有了本钱，学学张状元的大生纱厂，私募些股本装它上万锭子，把厂开到昆明，也好与英伦纱厂争上一争。陈掌柜也有这个意思，不过关键还是经营，没有获利，余皆空谈。”李明远小心翼翼回应岳父。

见岳父面上并没有不高兴的神色，这才放下心来。“这次回腾冲，处置了家中一些闲置产业，为的就是凑点本钱，想集中用于发展缅甸商贸。家母原来托人照看的那家木器行我去看了几次，想接过来专做木材生意。假如木材能走海路运输，那就可以把生意从缅甸做到上海、香港、广州。到时候我还想到仰光开家商号，以便联络海运，在那边，缅甸柚木、印度紫檀、檀香销路都很不错。”

沈老先生点头道：“正好，正好！咱家香港商号也可组织接货，只需把各段收益结算清楚，不消额外投资，可以试试。不过如此经营你就太操心了。雨欣现在一时还帮不上忙，等玉儿长大了些，腾出手来也叫她帮着做点事情才好。”

二人正说得投机，邮差送来一封皱巴巴的信，信封上有“寄自川南”字样，李明远一看便知是姚必光所写。拆开来看，信写得十分简单，寥寥草草几个字：“泸纳之战，云鹏于棉花坡不幸阵亡，弟必光泣泪相告，万望珍重！”写信的纸，汗浸雨渍已是褶痕斑斑，看来是匆匆写就，又在身上装了很长时间才寄出的。信封上的邮戳已经十分模糊，只隐约可辨是三月中上旬。信发自永宁，在路上已经足足走了两三个月，比起过去从昭通所发的信，差不多多花了三四倍时间。

李明远满眼是泪，悲痛欲绝，只觉胸中逆气翻腾，咳出一口痰来，竟带着红红血丝。几年来日日牵挂，他似乎看见好友孤身走来，挥动手臂像是有话要说，又像是郁郁辞行，待要问话，转瞬间已不见人……

沈先生见女婿看信后愣坐不语，忙问道：“谁的来信，什么事？”

沈雨欣抱着儿子走近前来，从李明远手中拿过信，看后也愣在一旁，好一阵才答道：“姚必光来信，泸纳之战段云鹏牺牲了！”

云鹏牺牲了？”沈先生悚然一惊，脑海中一下子浮现出了那个有说有笑的白族小伙。在昆明时，段、姚二人跟李明远一起到过西院街玉器店几次，沈老先生不仅见过二人，而且曾在一起聊天，知道二人是李明远学堂里最要好的朋友和金兰兄弟，所以也像对待子侄小辈一样多有教诲。在他印象里，段云鹏是一个性格爽朗的活泼青年，当年跟李明远来家时谈论武术，说起师门似乎还与自己有些渊源。可这么一个活泼爽朗的青年子弟，却突然之间说没就没了。静坐一阵，心稍安定，忽然想到什么，起身坐回书案，提笔在手，饱蘸浓墨一顿一挫在纸上写下几行大字："是气势磅礴，凛冽万古存。当其贯日月，生死安足论。地维赖以立，天柱赖以尊。"

"云鹏为国捐躯，当得起文山《正气歌》。你到寺中做个佛事帮他超度，也不枉金兰兄弟一场。把这贴字也带去烧化了送他，留在心里做个祭奠。可惜云鹏尚未婚配，他父母双亲那里，有时间应该多去看看。"

李明远点头不语，心想云鹏一生刚正，虽无惊天动地伟业，但人格气质却堪与伟人比肩，"正气"二字实堪与配。

看着李明远双眼含泪，沈老先生不忍心再多说话，摇了摇头默默走回自己房间。书房里只留下李明远和沈雨欣带着儿子，静默着坐了很长时间，谁都没有说一句话。只是玉儿，李、沈二人一岁半的儿子，睁大眼睛呆呆地看着自己的母亲，转而又看看父亲，见大家都沉着脸不说不动，突然"哇"的一声大哭起来。

屋外须臾间又下起了小雨，五月中旬并非腾冲雨季，但丙辰龙年，全国各地特别是南方各省，从大年初一开始，雨水就特别多。腾冲是雨湿地带，这年雨水与往年相比更是多了不少，下雨也成为常事。

不知过了多久，沈雨欣才把玉儿哄得不哭不闹，李明远接过手来，下意识地用手轻拍几下，反把玉儿弄得又哭闹起来。沈雨欣把儿子接了过来，哀怨地望着丈夫，只轻轻说道："先回房休息下吧！"话说得好像轻松，可心里却十分酸楚，眼里早就噙满了泪花。李明远好像没听见妻子说话一般，只是直愣愣地坐着发呆，心里却空荡荡的像游魂飞出九天，好一阵才叹息道："必光为何只写了这么一点点？"川南战事三月底刚停，传言战事惨烈无比，滇省将士死伤，比之辛亥竟多了百倍，不想段云鹏也已阵亡。想起那时自己还在曼德勒为捐款风波烦恼，如今看来，那才是"人间龌龊，抱风云者几人？庶俗纷纭，得英奇者何有"！瓦城所经历的龌龊，比起为国捐躯的段云鹏和血战沙场的姚必光，那又算得了什么？心中不免自责。同为护国，牺牲和纷扰，实在让人嗟叹。

六、友军反目　祸起萧墙

帝制撤销后，袁世凯仍为守住大总统位置不惜最后一搏，一面故作姿态表示“万方有罪，在予一人”，一面又摆出高高在上的姿态威胁，“今承认之案业已撤销，如有扰乱地方，自贻口实，则祸福皆由自召，本大总统有统治全国之责，亦不能坐视沦胥而不顾也！”矫揉造作，想当皇帝的时候，巴不得把大总统贬抑得一钱不值。皇帝做不成，又厚颜无耻地自称大总统，以图再谋出路。不过，袁氏如意算盘早已被人看穿，很快遭到了全国民众和各政治派别反对。

唐继尧、刘显世等联名通电，声言“袁氏既已称帝，已丧失总统资格，非彼退位，决不言和”。斥其已犯下“谋叛大罪”，依据约法，应解除其大总统职务。孙中山从日本回到上海后联络各方发表的《讨袁宣言》，揭露了袁世凯停战议和骗局，号召反袁力量仍须猛向前进，立誓要把反袁斗争进行到底。中华革命党在全国各地加紧成立中华革命军，再次掀起了武装起义的高潮。原先的民党国会议员和社会名流也纷纷通电谴责袁世凯“久已丧失总统资格”，揭露其还思卷土重来的险恶用心。

不久，西南、中南护国起义各省在广东肇庆组织成立的护国军务院推举唐继尧为抚军长，岑春煊为副抚军长，梁启超为抚军兼政务委员，蔡锷、李烈钧，陆荣廷、刘显世、龙济光等出任抚军，以辖制独立各省的统一形式，在军事和外交上与袁世凯控制的北京政府相对峙。并坚决表示：“除非袁世凯退位，再无协商善后之余地。”断然拒绝了袁氏提出的议和条件。全国各地响应护国讨袁号召的起义此起彼伏，护国军与拥袁军双方冷枪热战仍然不断，战争状态并未完全结束。

5月7日，陕西镇守使陈树藩倒袁，攻取西安后宣布陕西独立。见袁氏大势已去，5月22日，陈宧也在成都宣布四川独立。5月29日，湖南将军汤乡铭宣布湖南独立。相继而来的陕、川、湘独立，使袁世凯政权更加脆弱，风雨飘摇大厦将倾。

此后，袁世凯启用段祺瑞接替冯国璋担任国务总理兼陆军总长。而冯、段二人却暗中联合，以“南军希望甚奢，仅取消帝制实不足以服其心”为借口，要求袁世凯“敝屣尊荣，亟筹自全之策”。用的正是当年袁氏逼迫清王朝宣统皇帝逊位时一模一样的伎俩。

陈树藩、陈宧和汤乡铭这三个曾被袁世凯引为心腹之人的反叛，给了日薄西山的袁氏最后一击，心力交瘁的他再也支撑不住，一时神思迷乱，6月6日一命呜呼，暴死病榻。坊间谑称三人对袁世凯的背叛为“收命二陈汤”，虽是笑谈，却正好反映出在众叛亲离情况下袁氏是何等绝望。

1916年6月7日，黎元洪就任中华民国大总统。6月29日，北京政府以大总统令恢复《临时约法》。不久南北议和，护国军务院也于7月14日宣告撤销，护国战争结束。

中华民族在推翻两千余年封建帝王统治之后的迷茫，曾为袁世凯、杨度等人所利用，酿成一段耐人寻味而又悲怆的历史，大道之行的民主与共和竟然如此艰辛，实在令人深思！护国运动的幸运，也许并不仅仅是护国战争的胜利，而在于其使民主共和更加深入人心，并成为中华政治风起云涌的大潮，也成就了它无与伦比的巨大功绩。

但是，战争虽然结束，袁世凯复辟帝制的梦想破灭之后，中国向何处去的问题依然没有解决。在胜利面前，独立各省的军政首脑们开始争权夺利。坐地为王，北方北洋系人马也派系林立，争斗不已。尤其是实力派人物段祺瑞，早已有武力统一全国的野心，此时屈居大总统黎元洪之下，心中十分不甘。其他各派政治势力也暗怀心思，南北之间的对立此时不仅没有消弭，反而日愈加深。西南护国首义之地，新兴的民国将军们，也欲谋求不同的发展。在各种权势利益的啃噬下，护国运动胜利之果变得光怪陆离，中华民族又无可奈何地陷入了一场混乱迷局。

7月底，被任命为陆军第六师步兵二十三团团长兼成都警察厅厅长的禄国藩，此时成都养伤初愈。在整编二十三团时，特意把原护国军第五支队的昭通独立营旧部调往雅安驻防，姚必光、徐正文也随队前往。早有消息传来，禄团长不久即要担任上川南汉军统领兼第九区清乡督察处长，昭通独立营旧部在雅安驻军，正是为此而做的安排。老长官即将到来，姚必光、徐正文及昭通独立营的老兵们都十分高兴。护国军五支队在雅安的这些人，虽与当初从昭通出发时的人员相比已经换了大半，但听老兵们说起独立营旧事，禄团长在大家心中仍然威望极高。

雅安作为上川南道的行政首府，既是四川盆地与青藏高原的结合部，又是汉藏、汉彝民族文化的过渡带。其周围山川河谷纵横，虽距离成都仅300来里，但交通却大不方便，到成都步行需四五天时间。这里是素有“川西咽喉”“西藏门户”“民族走廊”之称的少数民族杂居之地。既有为对付西藏地方和入侵藏区外国势力而设置的川边镇守使控制的军队，又有统属川省地方和部族首领的各种武装，部族间争战连年不断。

护国军入川以来，北京政府内定川军编制的消息一直在军中风传。身处一隅的原护国军第五支队前途未卜，姚必光、徐正文等人不免担忧，队伍如遭裁撤，手下滇军官兵将来的命运便很难预料。

由于四川曾为护国战争主要战场，此时驻军总和兵力除民兵外，编制多达六七个师，且派系复杂。一是随蔡锷、罗佩金入川的滇军主力；二是率先在川南响应起义的刘存厚所部护国川军，因为打了胜仗人马已大大扩编；三是熊克武所部护国招讨军，如今正在川东一带奉命整编民军30余部，已经组成一师；四是随戴戡入川的护国黔军跃跃欲试，留驻川省欲想驻节成都。另外，还有护国战争期间在顺庆起义的川军钟体道旅，以及战后收容的拥袁川军周骏、王陵基部。而拥袁北洋军主力曹锟、张敬尧部，则在陈宧宣布四川独立后，帮新任川督周骏打了一阵陈宧。在陈宧被周骏军驱逐出川，周骏军又被护国军击溃之后，便全部撤离川省北上，复归段祺瑞或冯国璋指挥。

那日，徐正文找到姚必光，神秘兮兮地悄声说道："必光兄，你说蔡松公为何得领四川督军兼省长，戴戡得做川东巡阅使会办四川军务？而一同出省的滇军将领，包括川军刘存厚在内，却没有人混出什么名堂。"

对于入川后北京政府在川省的人事安排，姚必光早有耳闻，也曾听说滇军上层对此多有微词。因为不解八卦，所以并不想接徐正文的话，只顾把壶中刚沏好的雅安茶酽酽的茶水倒入杯中，推到徐正文坐的那头。"我说正文，你就不能少议论些馊锅巴热冷饭的事，还不是放屁添风，有什么用？"

"我不是瞎议论嘎！你想想看，而今政坛上的几股力量，谁在主导大局？"徐正文很不服气，眼中闪出一丝狡黠。

"我可不听你那些八卦，军人以服从为天职，叫你做什你就做什，管他呢！等禄团长从成都回来，什么事都清楚了。"姚必光喝了一口热茶，感觉着胃里暖和和的十分舒服。

"我给你说，蔡松公、戴戡其实是朝中有人好做官。护国军务院撤销后，梁启超以拥护中央为名旋即赴京出任政府大员，并深得黎大总统敬重，连段祺瑞也都忌让三分。听说就是梁启超一力推荐蔡松公主政川省，蔡松公做了督军兼省长，戴戡自然就是第一辅臣了。"徐正文说完，又十分得意地抿了口茶，故意皱着眉头问道："你这茶什么味道，怎不是上次喝的普洱？"

见徐正文如此问话，姚必光不知就里，“这可是雅安细茶，特好的‘芽字’，你怎么就喝不出来？跟上次所喝普洱差不多的品质！”

“什么品质不品质，家乡的茶，毕竟有一股乡情。我这辈子就认普洱，再好的龙井也不过瘾。”徐正文笑得异样。

“你看你，眉头皱成那样，好像似喝了毒药，比咖啡还苦？我当拿错了粗茶。”姚必光一直拿咖啡打趣徐正文，见他怪模怪样，更要调侃。

“谁说不是拿错了，我喝着觉苦。”徐正文装模作样，再喝了一口，眉头皱得更加厉害，“苦、苦、苦”的一连说了几遍。

姚必光不信，硬要去看徐正文杯里剩下的茶水，徐正文哪里肯给他看。姚必光再尝自己杯中的茶水，觉得味道清香，沁心解渴，这才知道徐正文捉鬼弄邪，突然醒悟：“你个黑楞，尽挂牵我那几饼普洱，既这样，也莫糟践人家雅安茶嘛！不过是份乡情，分几饼给你就是，等禄团长来了一起喝。”护国出兵不知不觉又是大半年，经历了惨烈战争和无数战友的负伤牺牲，驻川滇军士兵和中下级军官的思乡之情也越来越浓。

见姚必光只顾喝茶，对刚才自己所说正经事丝毫不感兴趣的样子，徐正文不由心中骂娘：“装什么蒜，蒙人？”无奈他心中有事总憋不住，忍不住又凑近来小声说道：“难道你不知道？任公在为本党谋事！蔡松公倒当之无愧，戴戡嘛，先当抚军，现得这样，还不是全得任公、松公提拔。听说罗参谋长要到广西去当省长，罗公一走，我滇军官兵究竟还有谁来做主？也难怪军中将士多有不服！”

姚必光听后愣了半晌，竟想不起徐正文所说“本党”什么意思。“什么本党？梁任公谋的又是什么事？”早把徐正文参加过共和党及后来党派合并又加入进步党的事给忘了。

“你忘了当年和李明远、段云鹏成天取笑打击我的事？我可是梁任公派。你说本党是谁？”

姚必光恍然大悟，徐正文所说“本党”，原来便是现如今自谓讨袁护国有功，而争相夺利的原进步党人。不禁深深叹息：“我说呢！正文兄怕是要沾光捞个一官半职才好！整天打听谁当政、谁掌权的，像你这样，如今混到这份上，倒怕给‘本党’失了面子！”说完哈哈大笑。

徐正文假装嗔怒：“你别笑话，说点真东西还这样，以后不想听了？”说着也笑了起来。

自癸丑之变，国民党二次革命遭袁世凯严厉打击之后，对恢复帝制持不同意见的进步党也遭分离，最终解散。护国讨袁起义前后，各派政治势力联合反袁，在一般民众心中，无论原先的国民党还是进步党，都已不大把过去的党争记挂心上。姚必光本来就不热心党事，又因国民党组织活动早被政府禁止，所以已把几年来国民党、进步党之间的恩怨忘了个一干二净。听徐正文提起这话，才感觉进步党人与国民党人确乎并不一样，心里却不敢太过揣测，只是隐隐担心，政客们如此热衷党争，长此以往恐怕又会像民国初年那样，拥兵者纷争动辄用武，最终还是百姓遭殃。

而此时，徐正文早已不再以进步党人自居，却反而对原进步党领袖热衷功利的行为颇有看法，特别是对其借颂扬蔡锷、任可澄、戴戡等人护国之功，贬抑云南军民为护国运动所做贡献的做法，总觉不是味道。对蔡督军偏袒戴戡所率黔军，把中央政府所拨军饷大部分给了黔军的事也十分不满。对启用雷飚为梯团长、王潭为支队长，而战功赫赫的杨蓁、邓泰中等人只因曾经反对从叙州调兵增援纳溪，便被剥夺兵权之事更是心存芥蒂，颇有异词。“雷、王等人身无寸功，却据居要职，手握兵权。我们流血流汗，倒让蔡松公用来树党！”徐正文的话在姚必光心中也引起了共鸣。自从讲武堂毕业，尤其是分配到昭通独立营后，受禄国藩、刘发良等人影响，特别是经历了护国战争，徐正文的思想已经转变。对梁启超等人一面鼓吹党人不党，一面又到处为党人故旧谋利的做法，冷眼相看，觉得如此谋党甚不光彩。所以才会把听来的小道消息，拿来与姚必光一起调侃，以泄怨愤。而心中只愿这些传闻，并非如外间所传的一样可悲。

想不到8月8日，大家却在报上看到四川督军兼省长蔡锷将军的《告别蜀中父老文》。其依依惜别之情，在“去”与“留”、“负”与“误”的选择中，毅然宁负而去，拳拳之意让人动容。“锷行矣，幸谢邦人，勉佐后贤，共济时艰。锷也一苇东航，日日俯视江水，共证此心，虽谓锷犹未去蜀可也！”读着读着，姚必光不由潸然泪下，徐正文也不觉黯然神伤。在他心里，蔡锷仍然是最为敬仰的师长，即便对他偏袒护国黔军的做法颇有微词，此时仍然惋惜他的无奈之别。

入川滇军对川省人事安排的不满，蔡锷其实早有察觉，特别是对黔省戴戡超越众多曾经在护国战争中浴血奋战的滇军将领，跃升兼理川省军务会办之事，心中也多有权衡。考虑到川省军政首脑和各派势力之间的平衡，在离川之前，特别电请北京政府将四川军政首长职位一分为二，委任罗佩金代理四川督军，戴戡以军务会办身份代理四川省长，从而形成了以滇、黔两军首脑分掌川省军民两政的局面。他以为，这一人事安排既兼顾了滇军的实力地位和利益，又兼顾了梁启超发展正派政治势力的谋略，并可使罗、戴二人和衷共济，共谋川省发展。而对刘存厚则口头许诺给予其一个军长职衔作为安抚，实际上使川省形成了三公鼎足的政治局面。而刘存厚所代表的川军势力，论功行赏不仅落后于驻川滇军，甚至还稍稍落后于以戴戡为首的驻川黔军。

因为罗、戴、刘三人身后都有不同政治集团试图谋求各自私利，所以彼此之间并无合作诚意，反而是争权夺利加剧，钩心斗角愈烈。特别是刘存厚，原本一直为居于戴戡之下不满，此时得了一个口头承诺的军长虚名，心中自然陡生怨气。知道戴戡之所以得以寸功而据高位，全在于其身后有老师梁启超和师兄蔡锷支持，所以也萌生了另寻门路的想法，并已疏通好政府总理段祺瑞的关系，为日后变乱伏下了危机。

蔡锷离去，不仅带走了护国元勋的功勋和信念，也留给接任之人难以驾驭的川省政局。手握大权的北京政府被另有图谋的段祺瑞等政客所把持，各派政治势力又为各自的利益或政治信念党争不断。不仅是四川，整个中华都不可避免地面临一场政治动乱。

公历1916年11月8日，一代英杰蔡锷在日本福冈医院病逝，享年34岁。噩耗传来，众皆悲痛，全国各地举行了不同形式的追悼会。尤其是首发护国义举的云南和他曾担任督军兼省长的四川，更是上下追思举省哀泣。

禄国藩从成都来到雅安，此时他已接到督军罗佩金命令，将调任上川南汉军统领。听到督军蔡锷逝世的消息，即在营中布置灵堂，召集全体官兵予以追悼。在拟编入二十三团，调入上川南驻防的原五支队一营阔别已久的昭通老部下簇拥下，他又像回到了以前的陆军九团。

“愿我人民、政府协力一心，采有希望之积极政策；意见多由于争权利，愿为民望者以道德爱国；在川阵亡将士及出力人员，恳饬罗、戴两君核实呈请恤奖，以昭激励；锷以短命，未克尽力民国，应以薄葬。”禄国藩悲声诵念，尚未念完已是热泪纵横，泣不成声。禄国藩自重九起义以来，长时间在蔡锷身边做事。特别是担任省军都督府警卫大队副大队长那段时间，更是耳濡目染领受蔡都督教诲，深深敬服于他的胆识、气魄和为人。在追悼会上他所念蔡锷临终遗言，在军中引起了巨大反响。众将士想起护国开战以来死难的战友亲人，感念蔡松公临终还牵挂再三，更是悲声大作一片哀泣。

追悼会后，灵堂祭案前的禄国藩久久不肯离去，姚、徐二人陪同围坐一起，众人都不出声，周围寂静异常。秋末冬初，晚间的风势越来越大，灵堂外树梢枝头的萧萧黄叶，被冷风刮得飒飒有声，翻飞飘零。从门窗缝透进来的风，吹得挽联旗幡不住晃动，“扑扑”作响。这日正好丙辰立冬，伙房特意为禄团长做的包心汤圆摆放桌上，竟无人吃上一口，冷了热，热了冷，早成了一锅粥。晚间，雅安天气十分湿寒，更使人觉得特别的阴郁绵长。

“必光、正文，我总觉得成都近来情况不妙，如今松公一走，恐怕罗督军有些压不住阵。”禄国藩思虑重重，静坐了好一阵才开口说话。

“我也听说刘师长到北京走段祺瑞路子，对松公安排原本就有意见。此时更是对罗、戴主持川政心存不满，我看早晚要出事哦！”徐正文向来小道消息灵通，见禄国藩说起担忧时政的话，又来插嘴。

“你可别尽撒刘师长烂药，小心本团长代老上司收拾你！”听徐正文说出的事与自己几天前在成都听到的消息一样，禄国藩更加忧心，可嘴上还是要警告属下。心里却想：这个黑楞，也不知哪里听来的消息，竟然“榫对榫，卯对卯”，一点不错。

“这几爷子可莫再闹了，抚恤、奖掖官兵的事还不见眉目，又要开打，死鬼亡魂何时才能得安？”姚必光也多少听到些头头脑脑们闹矛盾的事，想着川省难免一乱，也很担心。

“你俩可别到处乱嚷，惹出祸来我可担当不起！”禄国藩一再警告，心中却也结起了疙瘩。见伙夫又把汤圆糊糊热了来，摆手道：“都吃一碗，应应节气。蜀中有句俗话，‘吃饱了为本’，饿着甚无道理！”对还在呆想的姚、徐二人一声吼：“还不动手！”

夜已深，灵台上的蜡烛灯花被吹得不住摇曳，要灭不灭的样子，姚必光突然想起《三国演义》中诸葛武侯五丈原做法延寿，大将魏延闯帐踏灭七星主灯的故事。

公历1917年3月，罗佩金在成都正式宣布了北京政府整编驻川军队的命令：驻川滇军拟整编为一个师和一个混成旅；黔军编为一个混成旅和一个团；川军则暂编为地方军三个师和一个混成旅。

此时，驻川滇军被暂编为第六、第七两个师及两个混成旅。顾品珍率第六师在资阳、内江一带布防，赵又新率第七师驻守泸州一带；刘云峰、何海清分任混成旅旅长，率部在成都川省督署及新东门扎下营盘，成为罗佩金在成都最重要的军力依赖。原护国军五支队一营被暂编入第六师二十三团，姚必光升任团参谋主任，徐正文则担任营长，二人都是队中仅存不多从昭通出来的连长。

罗佩金正式接任四川督军后，戴戡也坐正了省长之位。二十三团团长兼成都警察厅厅长禄国藩因遭四川原警察厅厅长杨维所部警务系统抵制，在厅里仅是光杆司令。恰好省长戴戡撤换出任川政的滇系人员，于是辞去厅长职位，到雅安担任上川南汉军统领兼四川第九区清乡督查处处长，身边就是原护国滇军昭通独立营、现二十三团一营人马。上任雅安后，禄国藩即把姚、徐二人视为肱股心腹，时时一起商议军务。

罗佩金整编军队计划一出，立即遭到各方诟病，尤其川军五个师，执掌军权的师长们担心裁军会影响自己地位和进一步扩张的势头，在拟任军长刘存厚的鼓动下，联名通电反对裁撤。

罗佩金在得知刘存厚带头抵制撤军方案后急电北京政府，要求将其解职调京，并以旅长刘云峰接任第二师。同时建议取消川军第四师编制，免除该师师长职务。而等来的北京政府复电则只批准了撤裁第四师议案，对刘存厚解职调京一事避而不谈。

4月中旬，罗佩金急于解决裁撤四川驻军问题，不惜采取武力威逼的方式，致使矛盾进一步激化。随后便发生了川、滇两军在川省省垣成都大战的悲惨事件，无数民房被烧，无辜百姓被屠，极大地危害了一方安宁。

公历1917年4月12日，病故于日本的蔡锷魂归故里。北京政府在长沙岳麓山举行国葬，使其成为中华民国历史上的“国葬第一人”。地处边远雅安、忙于战事的滇军官兵，隐约听到的只是这桩举国大丧星星点点的故事。国葬接受各地唁祭，各种各样的挽词很快传遍全国。

杨度挽词：“魂魄异乡归，于今豪杰为神，万里河山皆雨泣；东南民力尽，太息疮痍满目，当时成败已沧桑。”冷冷揶揄中的满腹无奈，展示了一幅若隐若现的真情实景。此联传出，即引来纷纷议论，另类的哀怨与人们对蔡锷的赞誉追思形成了强烈反差。让人不得不深思，这个极力鼓吹袁世凯称帝的落魄之人，如今又在做怎样的思考？倘若那些在护国战争中讨袁或保袁、手握重兵的将军们又要为新的权力而争战，那么，在护国战争成败已成沧桑之时，为共和而战的良心还能从哪里找回？难道说，护国英杰一抔新土未干，军阀们为了权力的战争又要开始？中华民国的命运果真就是这样：在权力血的争斗中才有英杰化为真神！

在雅安滇军驻地，禄国藩召集了上川南汉军连级以上军官军事会议。蔡锷国葬期间，川、滇两军在成都开战的坏消息连连传来，罗督军调兵增援成都的命令也接踵而至。驻扎成都的滇军实际只有守在督军署的刘云峰一个混成旅。而旅部设在城郊新东门的何海清混成旅，却大部人马在绵阳、郫县一带驻防。正因为该旅负责缴械被裁撤的川军第四师武装，两个连押解收缴枪支从绵阳回成都，经过川军二师设卡的北门时被连人带枪扣押，从而引发了川、滇两军省垣大战，驻守成都滇军军情危急。

“成都川军变乱，罗督下令雅安汉军克日增援。可去年三月曾助袁军带兵闯入滇西北的川军陈遐龄旅又有异动。打箭炉、上川南形势都不稳定，顾师长此时又无消息。以我之意，成都情况还需频繁派员侦察，待确定后再作道理。诸位以为如何？”禄国藩环视部下问道。

出于参谋主任的责任和思考，姚必光建议：“成都之乱，事出紧急，情况不明便贸然出兵，肯定欲速不达。而此乱必将波及各地，上川南地处偏僻，汉军与六师主力相隔百里，一翼孤悬情况不妙，所以更应小心为事。而今当务之急是与打箭炉殷长官（殷承瓛）加强联络，尤须防备陈遐龄旅。”

“必光所虑极是，川边防军旅长陈遐龄不得不防。这人向与滇军有隙，原先拥袁就曾率兵攻入滇省，此时成都攘乱，必会闻风而动。上川南地处要冲，定是其欲谋之所。我若增援成都，必为陈旅留下可乘之机。”徐正文马上应和。

会上，众人一致赞同禄国藩意见，加强侦察，相机而动。

散会后禄国藩又招呼姚、徐二人留下，“二位莫忙走，再把成都局势分析议论一番，否则稀里糊涂于心难安！”

“罗督军动用武力裁撤四师确实不妥，激化矛盾不说，还对成都社会秩序造成不良影响。听说被强行裁撤的第四师官兵，成天在街上寻衅闹事，抢吃骗喝，真不是个办法！”姚必光刚听到一些成都强行裁军的情况，进一步分析道。

徐正文接过话头，“刘存厚倒是收容了不少散兵，如此一搞，且不是裁了第四师，扩编了第二师。我看刘师长一定是与罗督军对着干，笃定要抗拒裁撤的了！”

禄国藩点头叹息：“二位所说正是我所忧虑。罗督军急着调兵，也是不肯善罢甘休想要硬干的样子。祸乱成这样，护国战硝烟未尽，英杰尸骨未寒，一起的讨袁兄弟，翻脸就不认人，到底什么事嘛？”

“‘兄弟阋墙，外御其侮。蜗角纷争，惟利是务。’历史上这样说变脸就变脸的事多了。但‘丧乱既平，既安且宁’，我想，只要利益问题解决了，战总不该老打下去。如此不顾百姓死活，打这样的战有什么意思？我倒担心川边镇守任上的殷长官。陈遐龄本来就不安其职，而英军又支持藏军叛乱，打箭炉不保，雅安亦将有危！”姚必光很是担忧，却无可奈何。

此话正说到了禄国藩心中疑惑处，作为上川南汉军总管的他，不便再多言语，一时静默。

徐正文忍不住道：“刘师长这样一闹，川省局面必将大乱，汉军这点儿兵，赶到成都也只怕是杯水车薪，解不了什么危。不知七师，还有咱们六师怎么动，离成都那么远，解危并非易事！”

“我担心滇军在动，闹事的川军也动。当下能调动的滇军不足两师兵力，除混成旅外，大部都驻在川南。而川军除驻扎川东重庆的熊克武五师没有闹外，附和刘师长的一、二、三师都巴不得全闹起来，而这三个师又都在成都附近。四师解散后，早成了二师补充队，都是吃了秤砣铁了心的。驻川黔军一个混成旅说是保持中立，我看也靠不住。上川南汉军以一营兵力驰援成都，必遭川军阻隔。我担心成都进不去，反失了上川南根基！”姚必光忧心忡忡。

见自己的参谋主任这样分析，禄国藩心里也十分不安。但军令如山，督军等着救急，上川南汉军不能不动。只得叫姚、徐二人赶快做好准备，等待时机率部开拔。

队伍正要出发，又有消息传来：成都城下大军云集，川军刘成勋混成旅已由新津、双流攻入西郊青羊宫、草堂寺一带；钟体道第三师也由金堂出简阳、资阳，直临六师驻地，阻止滇军北上增援。而川军第二师陈洪范旅也在眉山、彭山一带集结，不仅拦住了想从叙州前往成都增援的滇军，也把上川南汉军与第六师的联系完全截断。稍后又有侦察驰马来报：成都初战，川军占据上风。滇军何海清率部赶回成都后，又于20日凌晨与川军再战至第二天晚，死伤惨重。第一拨探马才报告不久，第二拨又带来新的消息：“现今，各国领事馆已出面调停，两军暂时停战。”

禄国藩沉吟着摊开地图再看，“川军在这么大的范围内都有部署，兵力真不少啊！”

“我看川军从容不迫，成都不像有滇军进兵的样子，情况很是不妙。”姚必光更加担心驻雅安滇军的处境。

“顾师长、赵师长进不了成都，那就悬了！”徐正文十分焦急。

众人正在议论，又一拨侦察带回重要情报：24日，北京政府电令免去罗督军、刘师长职务，戴省长接任督军。最坏的是两军巷战中，滇军为防川军利用民房作掩护进攻，不惜采用“亮城”的办法烧毁了不少民房。而二师也派人伪装成滇军，伙同地痞流氓趁火打劫，弄得城中大乱。双方大战中死伤最多的就是成都无辜市民，因此市民对滇军恨之入骨，见滇军战败撤退，就与川军联手袭扰，滇军损失惨重。

面对这一情况，禄国藩进退维谷，只得命令部队加强警戒待命，再等消息。在得知督军罗佩金已率滇军移驻成都城外东兵工厂，并取道仁寿撤往川南之后，禄国藩更感形势严重。此时，已是4月29日凌晨。

不意又有飞马传信：28日，阿坝八角大小金川藏族喇嘛若巴，打着“灭大汉、立大清”旗号，自封为“大清通治皇帝”，聚众数千在川西藏区六县发动了武装暴乱。当下，川边镇守使殷承瓛正发兵平息叛乱，打箭炉的川边镇守使驻地兵力十分空虚。

禄国藩手中兵力除了汉军一个营外，再也调不动其他力量。本来希望与打箭炉川边镇守使殷承瓛互为策应，可阿坝八角大小金川暴乱，却使整个局势发生了重大变化。

七、彝山落难　孤旅哀兵

公历1917年，从4月底到7月，近3个月时间，国中大事频仍。首先是大总统黎元洪与国务总理段祺瑞因对德宣战问题发生分歧，导致民国中央府院相争。黎大总统强行免去段祺瑞国务总理职务，此举立即遭到拥护段祺瑞的北洋系将军们的坚决抵制，北京、安徽、山东、河南、山西、陕西、浙江、福建、奉天、黑龙江等省督军相继宣布独立，导致全国政局一片混乱。慌了手脚的黎元洪急招安徽督军张勋率兵入京，不料张勋另有所图，进京后即逼黎元洪宣布解散国会，并于7月1日拥戴清废帝溥仪复辟。7月4日，段祺瑞组织“讨逆军”，于12日攻入北京驱逐张勋，重任国务总理，黎元洪通电全国引咎辞职。

在四川，罗佩金被撤销督军职务后，梁启超通过多番活动使戴戡得以接任并兼省长、军务会办，集三权于一身。所率黔军又与川军在成都大战，城中百姓再次遭殃。戴、刘之战，几乎是两个月前罗、刘之战的翻版。驻守皇城的黔军纵火烧毁了督军署周围民房，使连绵成片的数十条街几乎化为焦土。刘存厚部川军集中几十门大炮轰击皇城，黔军弹药库被击中爆炸，轰天巨响几十里外都能听到，乱象更胜于罗、刘之战。黔军不支，急向已撤出成都的滇军求助。罗佩金怀恨川、滇两军大战时戴戡使用两面手法，袖手旁观，致使滇军失利而坐收渔利的前事，故意迟不发兵，想等川、黔两军打得两败俱伤后再假意出兵援助黔军，顺便除掉一味蛮干的刘存厚。可惜人算不如天算，刘、戴交战七天后，罗佩金率滇军三路出击，却遭到了川军顽强阻击。驻川黔军败局早定，戴戡被迫接受了川省议会、成都商绅及英、法、日等国领事调停，含泪交出督军、省长和军事会办三枚印信。更想不到的是，在其率兵撤往贵州途中，离成都百里远的地方，再遭川军伏击死于乱军。可怜机关算尽、精明一生的戴戡，最终却以如此方式谢幕。

其间，川边防军旅长陈遐龄策划边军统领彭日新反叛，试图驱逐忙于应付阿坝八角叛乱、具有滇军背景的川边镇守使殷承瓛。彭日新驻守昌都、类乌齐等地，拥有装备精良的三个营兵力。在殷承瓛率兵平息川西藏区叛乱时，突然派遣两营兵力全力进攻打箭炉，虽被滇军华封歌团击败，但滇军军力消耗巨大。陈遐龄乘机发难，7月，迫使殷承瓛离任回滇。陈接任川边镇守使后，即派兵进占雅安，又聚集地方武装，以川人治川为名，阻挠滇军驻扎，驻雅安滇军被迫撤离。

成都滇、黔两军“亮城”屠杀平民之事被大肆渲染，很快便传遍了全川。川军各部见滇、黔军战败，都趁火打劫驱逐滇、黔军，川边防军参与其事不足为奇。但陈遐龄其人，早在袁世凯三路大军征剿云南之时，就曾率领西康骁勇蛮军攻入过滇西北。一个拥袁派将军，却能在护国战争胜利之后不久称霸川西、上川南，足见当年川省乱局不是一般。

驻雅安滇军孤掌难鸣营地不保，撤出后又一路与反叛川军和地方武装不断激战。一些护国战争结束后才补充进营里来的新兵顿时丧失了信心，又加伤兵拖累和吃不得苦，沿途失散不少。仅仅几天时间，上川南汉军整整一个营就减员到不足一连，所剩兵员大多是从昭通出来的独立营老兵。禄国藩本想从洪雅过乐山到自流井、内江和资阳汇合六师主力，可在途径洪雅县境时却遭到川军二师阻击，部队减员更加严重，只好一路撤退南下，经小凉山地区的峨边县境过马边，意欲从雷波渡过金沙江，退回昭通境内再做打算。

莽莽苍苍的小凉山彝区，高山峡谷千壑壁立，大山中绵延起伏的草甸一直穷极天边。有道是“大凉山不大，小凉山不小”，小凉山地势其实比大凉山还要险峻。这里很少看见连片大树，漫山遍野青翠的草甸宁静中透着凄凉。蓝天白云下，苍鹰游戏，白隼盘旋高飞，更使人感觉到天高地阔、山长路远的磅礴。偶尔看到远处黑色的牦牛、白色的羊，孤零零地在荒坡、草地上游荡。放牧彝民披着灰色毛毡斗篷，躲在隐蔽处向从马湖边走来、不足百人的溃军张望，等走近来却早已不见牧人、牛羊。

进入雷波县境后地势更加险峻，深山沟谷纵横，又累又饿疲惫不堪的滇军官兵们不敢贸然闯进村寨，只在蛮荒间艰难前行，几天都遇不到人。彝族的村寨大都设在高山险峻之处，并有兵丁守护。除了做买卖的商贩，一般人很难进入其中，更何况不明底细的军队。士兵们好几天都不得好好睡觉吃饭，困倦得腿像灌了铅一样，每走一步都十分艰难。

禄国藩知道，这里离雷波县城已经不远，再走一两天便可到达金沙江渡口，只要一过江，到了滇省地界，最艰难的路程就算走完。在穿越荒无人烟彝区的行军途中，几天来他想得最多也最失望的就是好端端一个营不到20天便被拖得队不成队、军不成军。作为汉军统领，实在有些惭愧。护国川、滇两军在胜利之后为争权夺利翻脸大战，滇军失利更让他内心痛苦不堪。从日本留学回国，被分配到新军十九镇三十七协七十四标当排长，罗佩金、刘存厚都曾当过他的长官。论情分，做队官时刘存厚当管带，正是他顶头上司，关系比跟当标统的罗佩金还要近。可如今刘存厚领头川军闹事，打的旗号却是排斥滇军的川人治川，叫人觉得很不是味。

“滇省护国首义打得袁世凯垮台，结果却要被赶出以血肉为代价换来的城垣驻地，实在不公平！当官的闹爵位争地盘，士兵们却要跟着遭殃，刘长官也真不是个东西！”禄国藩这样想着，脚无力地踏着沙土地上稀疏的草甸，艰难地迈步前行。

归路漫漫，不少人又掉了队，跟随在禄国藩身后的人越来越少。很多人寻不着路，最终在大山中失散。有人却因伤病困饿，躺在山里再也爬不出来。几天时间，一支进入彝山时还有三四百人的队伍，此时只剩下几十个人。

姚必光走在禄国藩身后，口干舌燥想喝水，拿起壶来却觉得轻飘飘的，举起来看，才发现壶底有个小洞，水早就流得精光。想起刚才下陡坡跌的那一跤，大概就是那时背壶被地上的石粒儿戳通。但为什么壶里水都流干了自己居然都不知道？姚必光又气又恼，人太困倦，饥饿已经使人头昏脑涨，全身瘫软。禄国藩停下脚步，默默地把背壶递在姚必光手中，指着远处的峦峦大山，喘着粗气说道：“据说，那边就是我彝人先祖孟获当年围困诸葛孔明的大陷槽，蜀军三个月都过不得。你看那里多少树，全是原始森林，能找到不少可吃的东西，可惜关隘险峻不敢走哪！”

徐正文凑上前来，仍是嬉皮笑脸，“我倒听说是诸葛孔明用计，在马湖大陷槽破了孟获军，后来大陷槽便改名叫龙湖雄关，说的是不是那里？”

“去去去！就你话多，龙湖雄关也好，大陷槽也好，总是在那里发生过大战。我们不走那条道，就是要避开大陷槽。”禄国藩见徐正文捣蛋，说起彝族先祖孟获甚是轻蔑，很没好气。

姚必光喝了水，稍微有些精神。“诸葛孔明用计大破孟获，那可是‘攻心为上’的有名战例，大陷槽之战，大多后人杜撰。”

“不对，不对！大陷槽之战实有其事，那可是强攻智取，与攻心一点都没关系。说的是蜀军在羊尾巴上拴了灯笼、鞭炮，夜间点燃、炸响后放出来冲进孟获军扼守的关隘，孟获上当，叫士兵用檑木、滚石苦苦打了一晚，结果发现是羊，最终精疲力竭、弹尽粮绝，被第二天进攻的蜀军打得大败。对不对？”徐正文十分得意。

禄国藩沉下脸来，“我倒希望你我也能像孔明当年一样，打了胜仗顺利通过，最多后天就渡过金沙江。只怕万一前边冒出一队人来，围在大山隘口，就我们现在这样，恐怕只有束手就擒！”说话间若有所思地望向远方。

姚必光顺着禄国藩眼望的方向看去，只见白云飘在天边，大山后无垠的辽远带着深沉而又神秘的寂静，隐隐地透着一股郁郁杀气，让人感觉阵阵胆寒。

“彝人兴打冤家，据说这里的家支便是雍乾间推行改土归流，补约吉疵阿什家支冤家械斗迁徙后，从大凉山来的诺伙与云南永善、巧家、彝良及原住家支融合而成，支系十分繁杂。土司对家支头人难以管辖，家族间随便一点小事都会引发械斗，更不容外间势力对彝山稍有侵扰。土司、黑彝家支头人手中都有武装，本来彝区秩序由土司负责掌管，可后来家支头人联合对抗土司，秩序就全乱了。从这里经过，一定要小心哪！尤其是像我们这样的军队。此地大概是德施部后裔，由阿于歹土司支系控制，据说大多是从大凉山、昭通等地迁徙而来，与我们彝良陇家也有些渊源。”禄国藩缓缓说道。

说起彝族支系，禄国藩对自己家支谱系和母亲舅舅家的谱系都背得滚瓜烂熟，可以一直追溯好几代。彝族父子连名，根据这个连名甚至可以追溯父系家支几十代传承的渊源。“禄国藩”是他的汉名，他还有个按照父子连名方式取的彝族名字，说起来很长，姚、徐二人谁也记不清楚。他原名陇高耀，到日本留学时都还用的这个名字，后来因过继给姨母而改了名。陇家和禄家都是彝良彝族大家大姓，不仅地位显赫，渊源也很深。禄国藩所说的彝良陇家，长年在汉、彝杂居的彝良龙海繁衍生息。因家中祖、父辈极有见地，很早就送兄弟几人到昭通上学，甚至兄弟二人一同留学日本，家世与一般黑彝又是不同。彝良彝族本与大小凉山族系迁徙常有往来，又同处金沙江峡谷区域，相互间交往并未完全中断，只是清雍乾年间实行“改土归流”后，交往日渐减少罢了。

姚、徐二人听禄国藩讲了半天，对彝族支系的事情怎么都理不出个头绪，只知彝家生性强悍，遍地都是家支武装，动不动打冤家，抓了俘虏当奴隶随便买卖，价钱有时还抵不上一头猪。不禁感叹，想着好好一个人，做了俘虏就连猪狗都不如。徐正文脾气难改，听到吓人处，不免要吐下舌头，做个鬼脸。

“前边那山垭该是箐口了吧？听说附近常有一队人马，也不知属哪个家支，好几百人的武装，出没于高山峡谷之间。”想起几天前好不容易从见到的一个商人那里打听来的消息，姚必光十分忧心。凝视着前方那座斜横在两山之间的垭口，只觉得神秘而又幽深，仿佛就像敞开来通向天空的大门。

沿着弯曲山路，众人一步步艰难地向上爬行，就在人困马乏、快接近垭口时，寂静的山林间突然发出“咻咻”刺耳的声响，只见一支响箭划空而过，禄国藩大喊一声：“不好！”立即命令队伍散开。

姚、徐二人紧跟在禄国藩身后，听见命令，忙把身边的人集在一起，又指挥队伍按班成伞状散开，随即便听到山林中“咦！呕！嘎洒洒！”的吼叫声。仿佛神兵天降一般，大山垭口处瞬间冒出不少山民，有手持弓箭强弩的，也有肩扛快枪和猎枪、火铳的，远远看去都是些身披毛毡的彪悍彝山汉子。

禄国藩忙上前用彝语喊话，对方也有人喊话，你来我往喊叫了半天，最后禄国藩摇头叹道：“糟糕！一句话都对不上，不知道是哪部的，看来凶多吉少！”

队中一名永善籍彝族士兵自告奋勇上前喊话，对了几句回头报告：“这些人自称苏诺，大概属昭觉黑彝家支，尾随我们好几天了。现在要我们放下武器跟他们走，否则就别想活着走出这个垭口。其他的话，就听不懂了。”

禄国藩长叹一声：“来者不善，我们被包围了，打也没用，跟他们走吧，到时再想办法！”

见禄国藩这样，姚、徐二人相顾无言，一时就愣了神。

此时队中早已乱作一团，禄国藩命令道：“放下武器，不要开枪，免遭伤亡。”

可怜一支半年前还奋勇杀敌的护国军支队，却在川省罗、刘之战、阿坝八角藏区动乱和川边镇守使治下反叛等变故的逼迫下，不得已溃退川南，又在彝山连天奔行，残存几十名丧失了战斗力的官兵，被几百黑彝家支武装拦截包围，全部缴械被俘。禄、姚、徐等五六名军官被绳索捆绑着串成一队，与其余士兵一道，当晚便被押解到一座据险而立的山寨中。寨中有碉楼和连片石板搭建屋顶的房舍，是彝山里并不多见的一个大寨。在山寨的空坝场子中央，一棵高大的神树下，被俘士兵被持枪彝族汉子们看守着等候处置。听禄国藩说这就是黑彝头人要把俘虏当作战利品，分发给部族的人。

禄国藩家世本彝族上层，在彝良、昭通等地颇有声望，熟悉彝人议事规则。被俘到山寨后，立即要求毕摩主持议事。毕摩是彝族社会中的祭司，既司通神鬼，又能指导人事，地位非同一般。恰巧山寨中就有一位学识渊博、远近闻名的老毕摩，不仅通晓彝族经文典籍和土司、黑彝家支源流，而且还懂汉、藏等语，可谓神通广大。听禄国藩说出家世，毕摩点头不语。他知道彝良陇、禄两家不比一般，于是说服头人诺伙放走禄国藩及充当翻译的永善彝族士兵。禄国藩一再要求释放其余官兵却没有得到头人允许。头人以为，自己人马忙了七八天，总不能只是得点枪械完事。况且俘虏已经分配，要人可以，但需拿钱赎买。禄国藩不得不带上永善彝族士兵，孤零零地从雷波渡过金沙江回到昭通。

姚必光、徐正文等几十名官兵则被指为“呷西”（彝区最低等级的奴隶），被分给了各家。

姚、徐二人被编在一起，同行的还有另外四五人，从大寨出来又走了差不多半天的路才到达另一座山寨。被带到一处建有高碉土楼的场院，用铁链锁在一起，关进了一间堆满干草的瓦板房中。

后来才知道，这个叫作诺伙的黑彝家支头人，先祖曾在嘉庆年间主谋、参与了驱逐马沙土司的活动，100年间逐步发展壮大。清末民初，头人又聚集周围黑彝家支，乱世中愈发强大。如今已有上千人的武装，势力达雷波、昭觉诸县。

清晨的彝山，太阳还未升高，雾气从深深的峡谷间升腾而起，迷漫在山寨中，空气里散发出青涩树叶的气息和腐叶叶汁的酸味，吸一口就让人觉得刺激阴凉。众人挤在一起躺在草垫上，身上堆满了当作被子的干草和破烂毛毡，早早地就被身高马大、四十来岁的管事诺姆吆喝着叫了起来。

姚必光揉着双眼，迷糊间下意识地想把脚蜷曲起来，再蹬腿起床。想不到一阵钻心彻骨的剧痛，从脚踝瞬息扯动全身，疼得“啊”地大叫了一声。接着就听得“稀里哗啦”铁链拖地的声响，睡在身旁的徐正文和几位难友随即也一阵哀号。这才想起，大家的脚都被铁链铐在了一起，谁要一动，所有的人都会受到祸害。当奴隶的日子，除了人格的屈辱和劳作的艰辛外，最让人痛苦的莫过于脚被镣铐、铁链拴在一起，特别是晚上睡觉，动一动都痛苦难当。清早还要到山下很远的箐沟里背水，坡陡路滑十分艰辛，更何况几个人被铁镣拴在一起，一人滑倒众人都要遭殃。箐沟里背水不容易，用时长了还会遭到诺姆无由的鞭打。

走出充斥着发霉干草气味的瓦板房，所有人的行动都必须保持一致。好在大家当兵出身，“一二一”喊了几声口令，步调便大体整齐。姚必光深深地吸了一口气，拍了拍徐正文后背，痛苦地挪动着双脚说道：“禄团长该到昭通了吧？转眼又是一个月了！”

“已经35天了，我怕快坚持不住啦！再这样下去，就是死路一条。”徐正文有气无力懒懒答道。

“成都一战，罗督军、刘师长把大家都坑害苦了，放着陈遐龄这种人不收拾，内窝子斗个什么斗！”姚必光愤恨不已。

“当官的闹腾，当兵的受苦，争权夺利，还冠冕堂皇要兄弟们卖命，真是不值!”

二人都有好多话要说，可话到嘴边又不知要说些什么，想起成都罗、刘之战，想着以往无谓的牺牲，刻骨铭心的恨便像幽灵一样不住地撕扯着痛苦的心。

来到山寨的第二天，他们就被押解到离寨子大约两三里远的采石场采挖石料。在采石场，看见远处的山垭，就是那天被围阻俘虏的地方，才大体知道身在何处。

烈日下，刺眼的青白色石灰岩被一锤一锤、一錾一錾地凿打成长方形块状大石，被黑彝家支头人用来建盖高碉土楼。高碉土楼的底脚，用打錾好的石块垒砌，既坚固又防水，还能在敌人攻打寨子时抵挡枪炮。这石块应是彝山最好的建筑材料，有钱有势的富家头人才用得起，所以，拥有高碉土楼的多半是黑彝家支大头人。

錾石既是重体力劳动又是技术活，力用得不对，轻轻一下，粗糙的石头就能擦破皮肉。有时錾石的锤子误砸在握錾子的手上，碎骨断指的剧痛，恰如此时奴隶人生所受的磨难，带着血淋淋的创伤。这些被俘为奴的年轻士兵，生命的悲哀更多来自内心。从人间坠入地狱，最难承受的就是被摧残了的漫漫时光中的生命，以及失去的自由和自尊。姚必光一直在想，究竟是为什么，自己堂堂一个讲武堂毕业军官，在沦为奴隶后，也一样任人宰割。

人的脆弱和人性的悲哀，让人不得不深思，忍耐和毅力考验着每一个落难的人。很多人因受不了病痛、饥饿或者无望，在短短一两个月里便离开了人世。在彝山深处，带着怨恨，一抔黄土掩埋的失散灵魂，甚至连一声乡音的哀叹都听不见。还有人被一次又一次地辗转贩卖，到了什么地方都说不清，只有接踵而来的苦难。

每天的口粮只是几块又苦又硬的荞麦粑，就着沟边凉水，勉强能够下咽。人瘦得皮包骨头，菜黄色的脸有如病夫一样，可錾石、运石和背水的活还得要干。几天来连日阴雨，因为喝了山沟凹潭里的脏水，姚必光一连拉了十多天稀，头晕目眩得差点昏倒。全得徐正文照应着才渐渐好转，躺在瓦板房中，一天天煎熬。

那日出工，采石场上多了些本地人装束的做工人，甚至还有几个女人，据说是被俘的打冤家对头。大雨过后，山上常有泥石滚落，石场只是随山坡采石不断向山体里挖出的一片台坎，免不了也有泥石从山上落下来。这天更不寻常，在有人撬动边坡上松动的石柱时，山上一块巨石夹带着泥土“呼呼”滚落而下。众人忙着躲避，一个年轻女人慌乱中跌倒在山壁的沟壑边，身下万丈悬崖。见情况紧急，徐正文忙指挥众人营救，带着铁镣的被俘滇军官兵排成队，拉着徐正文慢慢爬到沟边，靠近那女人，才抱起来就听得“嗷”的一声。他小心地伸手把她揽在怀里再移到背上，众人一起使力，拉着二人再往上爬。幸好那女人受伤不重，又没有被绳索铁链与其他人锁在一起，只因一时惊吓瘫软得不能动弹，见有人来救，便紧紧地抱住不放。

彝山的生命，就像用毛毡包裹着的火炭一样，看样子熄了，可放入火塘，架上干柴用火筒一吹，就又燃烧起来。徐正文感觉着女人柔软身体的温热，一种强烈的、很久都没有体验过的躁动在胸中激荡。女人喘息着在他背上动了动，说道：“大哥，放我下来，你难走噢！”

“这女人会说汉话。”徐正文心中一动，“没几步路，趴好别动！”

女人紧了紧手没再说话，却把头贴向他的后颈，丝丝气息撩动得他耳根处酥酥发痒。在众人帮助下，一步步爬了上来。女人鼻梁挺直，脸盘清秀，面上虽有烟熏火燎般的污迹，眼睛却十分有神，并闪着令人心颤的泪光。他不由得想：好年轻漂亮的姑娘，怎么也做了奴隶？

后来才知道，这姑娘名叫依落，也是彝人，说起来还是这里头人的远亲。因为打冤家被俘，一下子便成了奴隶。打冤家这事真说不清，为了一点点利益或者是争脸面的闲气，稍不对头便会相互间杀得人仰马翻。冤家可能是邻村邻寨同乡，也可能是曾经的亲朋好友，一句话成仇、一杯酒成友在彝山宛若常事。依落舅舅跟诺伙头人为争夺一方领主，相互间打斗多年，两边都有俘虏。依落的父亲和兄弟都在打冤家时战死，她也在诺伙武装攻破自家山寨后被俘。

姚必光、徐正文等人彝山被俘，受尽不堪的屈辱、磨难，却想不到苦难中还会遭遇这样的经历。从此，那位名叫依落的姑娘便成了众人心中的月亮。特别是徐正文，说起来就甜滋滋的，忍不住要回想起那姑娘伏在自己身上的温暖。

还是听不到赎人的消息，彝山的日子总让人有一种度日如年的感觉。下工回到瓦板房，大病之后的姚必光感觉又饿又累又乏。呆站在瓦板房中，从小小的窗洞向外张望，却见幽幽月光已经撒满了山间四野。看见圆月，这才想起，今天应该是农历八月十五了。中秋——被俘遭难后第一个相逢的佳节，使人骤生了一种难言的愁绪。此时，他什么都不愿想，只在心里计算着彝山被俘的日子，盼着早一天离开比牢笼还可怕的大山。

徐正文也知道今天中秋，除了被俘的愁绪外他还多了一份惆怅。看着窗洞外的明月，不觉感叹："都这么多天了，怎么还不见人来赎？"心里却在想："依落关在主母房中，好几天都不得见面，也不知是好是坏。"徐正文和依落的关系越来越近，越来越亲。他知道了依落不少身世：因为父兄打冤家早死而一直与母亲相依为命，孤苦的生活要她经常帮母亲到坝子里去卖洋芋，所以学会了不少汉话。被诺伙俘虏实属偶然，那天母亲叫她到舅舅家借钱，恰遇诺伙带人攻打舅舅山寨。山寨攻破后，她和寨子里来不及撤走的族人一起被俘。

近来局势突变，彝山最有名望的毕摩出面调解，争夺领主的诺伙与仇人已经和好，双方互释俘虏，依落也在其中。对徐正文来说，苦难生活中的一点点慰藉又将远去，心中顿时便有了一种说不出的惆怅。

说来也是，前几天一直下雨，一天到晚阴风惨惨，既看不到太阳也见不到月亮。想不到下午刮了一阵大风，不知不觉便云开月出难得地放了晴，可看见圆月，却又让人生出些无尽的忧思来。

姚必光默默点头道："是啊！53天了，也该有点消息才对。"转念又想："大山幽谷中打听一个人的消息有多难，莫说还要带着钱来赎人，50多天并不长啊！"

记得被俘的第三天，正值彝山过火把节。夜间也是透过这个窗洞，看到星星点点的火把在大山中绕行，还不时听到彝族汉子"噢吼，噢吼！"的长长吼声，带着山野的粗犷和激昂，震慑心魄。寨子里嬉戏的人在笑闹，相互把松香粉末往高举着的火把上抛撒，骤然间"嘭嘭嘭"地爆出一团团火焰，带着烟雾飞溅四散。打歌的人围成圈，弹弦子唱歌，一直闹到很晚。看到场院中彝人忘情打歌，脚下黄土被踩得灰飞烟冒，被俘彝山的年轻士兵们不禁潸然泪下。眼前的这一幕，给姚必光留下了太深印象，这个透过窗洞看到的世界，总让人无限忧伤。

彝山中秋夜色迷蒙，使人感觉着一种凄清彷徨，满腹愁肠唤起的节日思绪，在刻骨铭心地计算着被俘时日的苦涩。日子这样漫长，长得像遥远山林中迷途的呼唤，听不到回音更让人倍感茫然。空气像是被水洗过一样，特别地干净清新，月亮升在天空异常明亮，如银的幽光照亮了静静村廓。树影清晰婆娑，连猫狗在树下跑动，也都能被看到，有姿有色灵动鲜光。对着彝山森森的黑夜，瓦板房窗洞正好可以看见山外通往寨子的路，山路上晃动的人影，老远就能看见。影影绰绰又有一队人马慢慢走来，其中就有被押解着的人，五六个人被绳索串在一起。姚必光不免感叹："又是俘虏，又是奴隶！不停打斗何时才完？"

中秋过后，徐正文忽然得了感冒，整晚咳嗽，喘得一刻都不能平躺下来睡觉，人一下子消瘦了不少，病歪歪实在出不了工。姚必光小时得过响痨，见徐正文喘不过气来，喉咙里也堵得发慌，陪着徐正文熬过几天，也跟着发起热来。好不容易得到看管诺姆允许，二人才被铁镣铐在一起在瓦板房中将养一天。一天米水未进，二人身子软瘫瘫地正昏昏沉沉闭目喘气，忽听窗外传来一阵刺耳的吼叫。"咦！噢吼！嘎洒洒！"又有人在呼喊，就像在大垭口或火把节时听到的一样，刺耳的喊声令人心寒。姚必光用肘拐拐徐正文小声道："你听那喊声，像是发生了什么大事！"徐正文疲惫地睁开双眼，疑惑地摇了摇头，听到那喊声，他的心只会惊惧和战栗。

喊声过后，便听到寨子里窜出人来的嘈杂声，声音越来越近，像是喊话，又像是盘问，隐约间还听到货郎鼓的声响，分明是有人在边谈生意边往寨子里走。说的是彝话，二人都听不懂讲些什么。可在众多女声中，一个男声特别引人注意。姚必光心中不由一动，连忙招呼徐正文一起挣扎着爬起来挪向窗洞。只往外面一看，不由得又惊又喜，情不自禁高声喊叫起来："国聘，国聘！国聘来了。"

徐正文忙凑过头来，也跟着大声叫喊："李国聘，我是正文！必光……"喉咙嘶哑得已经发不出声来。

二人激动地拍打着窗洞，一齐大声喊叫："国聘！国聘！李国聘……"

李国聘身后跟着五六匹驮着货物和带有座鞍的马，好像也听见了窗洞里的喊声，货郎鼓摇得越发的响，朝着瓦板房加快脚步跑了过来。"必光、正文，找得我好苦啊！"泪水一下就涌了出来，再也说不出话。

听说有卖货的商人前来赎人，山寨头人十分高兴，没多长时间就讲好了价钱，姚必光很快被赎出，可徐正文却被扣下不放。

头人指着徐正文讪讪说道："这娃子已经卖掉，马上有人来领！"

"已经卖掉？"李国聘大吃一惊，"谁买的人？能不能跟他主子商量一下？"

头人点点头，又摇摇头，"不好说哦，过去的冤家，现在是大头人！"

李国聘与头人讲的是彝话，姚、徐二人都听不懂。但看着李国聘无可奈何的样子，二人心中都不安起来。

第二天一早，果然有人来带徐正文，一起来的还有依落。原来，黑彝家支冤家和好，依落被放回家后央母亲求舅舅卖下徐正文。双方讲和，诺伙便把徐正文卖给了依落舅舅家做娃子。

见依落此时前来赎买自己，徐正文双膝跪倒，号啕大哭："天啊，天啊——"。

李国聘请求依落和与她一起来的老者，想一起赎出徐正文。依落眼泪汪汪没有说话，那老者却摇头回答："我家诺苏从不卖家娃子给汉人，更何况是姑姑和依落姑娘相托。"

见老者说话坚决，依落走近徐正文，跪下就哭："我求舅舅买你作家娃子，是想将来……哪知倒害了你！"哽噎着话都没法说完。

"正文别难过，依落舅舅不允，人就赎不出来，要不我们一起去找依落舅舅求情！"李国聘上前拉着徐正文的手，无可奈何地劝说。

姚必光想起被俘彝山以来，与徐正文一起炼狱受难，特别是自己拉肚子腹泻，以及徐正文感冒咳喘的日日夜夜，大难不死患难与共。可就在李国聘赎人的时候发生了这样的意外，叫人禁不住又心酸又后悔。

徐正文更是连死的心都有了。再看依落，早已哭成了泪人，瘫倒在地。徐正文心中一软，默默含泪叹息："必光、国聘也别挂牵我了，就当我在彝山……给我家里老娘带个信，我在这里给她老人家烧香。"见依落难过，徐正文不得不认命，眼泪流干了，心里更加疼痛，面色却反而平静下来。

"我家娃子也别哭了，也许过了依落姑娘七关，我家诺苏就将你送给姑姑做女婿，还怕成不了'曲诺'？"与依落一起来的老者知道自家诺苏买下徐正文的因由，面带狡黠，也来劝解。

一同关押的几位难友说说哭哭，哭哭再说。因为所带赎金有限，李国聘只赎得两三个人，姚必光多方慰勉，分别时又不免哭作一团。

"再耐心等等，马上就会有人来赎，都快熬出头了，坚持住啊！禄团长已向守备司令部做了报告，正筹赎金呢！快了，快了，一定快了！"李国聘简简单单几句话，把落难的兄弟们又一个个说得泪眼迷离，有人又号啕大哭起来。

曾经为民主共和而战的护国军官兵，在沦为被剥夺了自由甚至人性的奴隶之后，忍辱含垢，让人实在心痛。看着徐正文被彝族老人铐在一起带走的背影，姚必光心中涌起强烈的恨，他恨战争，恨彝山的屈辱，更恨自己无能。

徐正文走后，李国聘再次跑遍彝山，姚必光也托人到彝山找了好多次，都打听不到他的消息。原来，徐正文成为依落舅舅诺苏的家奴后不久，依落母亲就为族中家事得罪了兄弟，徐正文便被诺苏遣往人烟罕至的深山放牧。不仅姚必光等人找不到他，甚至连依落也没有他的消息，与依落结婚成为“曲诺”的事终成泡影。直到1935年，才以一个娃子之身被国民政府云南省主席龙云批准出钱赎回。已过不惑之年的垂垂老人孑然一身，依落已经故去，他们始终没有成为夫妻，18年来只用生命孤独相守，成为彝山被俘滇军官兵生命中最悲凉的感叹。

跟随李国聘回到昭通，姚必光才知道，在凉山被俘期间，民国又接连发生了不少大事。大总统黎元洪去职后，8月，冯国璋到抵达北京就任代理大总统；8月14日，北京政府对德、奥两国宣战，参加了第一次世界大战，并换取日本向民国北京政府提供西原贷款；护法军政府成立，南北再次对立。9月，广州非常国会选举孙中山为中华民国军政府海陆军大元帅。10月，护法战争爆发，当下，南北两军正在湖南衡阳一带激战。驻川滇军已由赵又新、顾品珍二位师长统率，在川南继续与刘存厚川军对峙，罗佩金已经回到昆明，不问政事。

解救被俘彝山官兵全得禄国藩不懈努力。雅安兵败，特别是在凉山被俘，强烈的挫折感让他久久不能平静。那么多士兵无辜受难，不仅令人难堪，也让人感到深深的歉疚。冒着被军法处置的危险，他立即找到守备司令部，把阿坝反叛、上川南撤退和彝山被俘的事全部做了报告。消息在昭通城中传扬开来，陈寿昌、王祥章和李国聘等人找到老长官禄国藩打听清楚情况后，李国聘自告奋勇，变卖家产凑足赎金，只身前往彝山寻找义兄。禄国藩却忧愤成疾，一病不起。

对于彝山被救，姚必光一生都在感叹：“老天有眼，兄弟情深！”

确是如此，在茫茫大小凉山方圆几百里的大山里长途跋涉找寻几十天，历尽千难万险，犹如沙里淘金，那是何等艰难的事啊！李国聘竟然能够找到散落的受难之人，这是兄弟情深，恐怕也是天意。

八、祭奠英烈　雄魂悲怆

从彝山回到昭通，很久都无人过问、善后。此时政局大乱，当政者无心也无力安置吃了败战落荒而回的散兵。曾经因护国讨袁从这里雄赳赳出征奔赴战场的昭通独立营全军覆没。生还者带着深深的心灵创伤，无一例外地都没有了着落。姚必光在好友李国聘、王祥章陪同下回到楚雄老家调养。

此时，冯国璋进京担任中华民国代理大总统，北京中央政府已经牢牢地控制在北洋系军阀手中。南北政府之间，新旧约法之争日愈加剧，北京政府府院之争再一次半遮半掩地开了场，总理段祺瑞声威日盛，权力争夺热闹非凡。

李明远又从腾冲来到瓦城，筹款风波仍然没有完全平息。正感商会事务并不简单之时，听到和顺祥刘老东家不幸病逝的消息。两天前，龙润民、吴子元从仰光急匆匆赶往腾冲，途经瓦城时给陈掌柜留下字条：“陈叔大人台鉴：前番误会，已向诸同志澄清，望与明远兄相晤一面。中山先生倡导护法，商会诸事有待磋商！不意腾越商号催回，克期致返，容后再相筹谋。”

对李明远来说，奔丧也刻不容缓，于是当即打马上路，再返腾冲。不为别的，单单就为字条他也欲立即赶回，多少年来对挚友再相筹谋的期盼使得他再也按捺不住。他知道，联合护法大背景化解的民党各派纷争，是龙、吴二人主动联络陈掌柜，相约自己见面的前提。但这样的大好形势也许稍纵即逝，他必须紧紧抓住这个机会与旧友澄清以往，尽释前嫌。

在腾冲，李明远终于如愿见到了龙、吴二人。那天和顺祥刘老东家出殡，二人忙于接待，见李明远前来，只能点头招呼，不经意的一瞥带着深深歉疚。谅解竟是如此，对看一眼便已心照不宣。

在腾冲，李明远还收到了姚必光的几封来信，信都发自楚雄，概说回到家中的生活和情绪。字里行间点点滴滴，竟有大难不死、浴火重生的感悟。让人疑惑的是滇军主力还驻扎川南，为什么好友却独自回到了老家？姚必光没有说明原因。李明远怎么也想不到的是，刚刚打败袁世凯阻截大军的护国军官兵，竟会在洪宪皇帝被拉下马后不久，被俘当了奴隶。

自从四川回来，姚必光总盼着与好友相逢，一连写了几封信给李明远都不见回。讲武堂分手之后，李、段、姚三人各自都经历了深刻的人生变故。翻云覆雨的政治动乱，特别是护国开战以来的电光石火，伴着人的生死磨难和心灵震颤，太多的经历需要倾诉，太多的哀伤渴望抚慰。旧友相逢既是姚必光内心的期待，抑或是对世事磨难的一种分担。

在楚雄老家，百无聊赖的姚必光终于等来了李明远回信。二人相约丁巳冬至到大理太和段云鹏老家，祭奠牺牲后魂归故里的老友。

在大理相聚的还有二人各自的朋友，龙润民、吴子元和王祥章、李国聘。在佛顶峰下太和乡村后的山林间，段云鹏新坟前，姚必光从怀中掏出誊录着讲武堂阵亡同学名册的祭稿，郑重递到李明远手中。扉页上赫然写着大大的朱砂“奠”字，翻开页面，“云南讲武堂丙班阵亡同学”几个字下工整誊写的姓名、字号、籍贯列列成行。李明远默默诵道：

周璧阶，字耀伯，四川荣川（癸丑讨袁之役，江西湖口西坡口阵亡）；

曹之骅，字路先，云南永昌腾越（讨洪宪之役，四川纳溪阵亡）；

段云鹏，字鸿翔，云南大理太和（讨洪宪之役，四川棉花坡阵亡）；

张振业，字树德，云南禄丰（讨洪宪之役，四川棉花坡阵亡）；

赵荣晋，字华峰，云南澄江江川（讨洪宪之役，四川纳溪阵亡）；

王麟书，字瑞徵，云南元江新平（讨洪宪之役，四川叙府阵亡）；

李进修，字丽磷，云南丽江鹤庆（讨洪宪之役，广东阵亡）；

陈天相，字辅官，云南昭通永善（讨洪宪之役，四川嘉定冠子门阵亡）；

李伏龙，字在渊，四川叙州长宁（讨洪宪之役，四川泸州阵亡）；

何子珪，字承组，云南大理太和（讨洪宪之役，四川内江阵亡）；

周志仁，字效文，云南顺宁（讨洪宪之役，四川叙州阵亡）；

胡岳，字卓然，云南大理浪穹县（讨洪宪之役，四川叙府白沙场阵亡）；

张绍楷，字仁镜，云南东川巧家（讨洪宪之役，四川叙府安边阵亡）；

……

丙班阵亡同学名单之后，还有甲、乙班部分阵亡同学名单：

文鸿揆，字教三，云南平彝（甲班二期，辛亥战死于五华山军械局）；

吴镇南，字炳焜，湖北武昌蒲圻（乙班一期，辛亥在开化战死）；

彭蓂，字晓阶，云南永昌保山（乙班一期，壬子年在永昌亡于乱兵）；

杨锡荣，字恩浓，云南大理太和（乙班一期，讨洪宪之役在广东死难）；

刘焕轩，字青浦，直隶河间（甲班一期，讨洪宪之役，四川叙州阵亡）；

吴传声，字嘐鸾，贵州麻哈（甲班二期，讨洪宪之役辰州龙背关阵亡）；

……

念完，又认真仔细再看一遍，追思在讲武堂时情形，想起很多人的音容笑貌，心中久久不能平静。

“这是牺牲了的，还有伤者不计其数！”姚必光悲戚无限。

“焕轩也牺牲了？一起练武的慷慨之士，想不到也与云鹏一样……”想起学堂中的那次比武，李明远万分惋惜。

“是啊！能者易折。听说小云虎也在叙州战死，云鹏、焕轩，他们都未能逃脱这样的宿命。”

“小云虎当年遭难，是与猴子小三一起逃走的吧？民国通缉的袍哥死士为护国战而亡，这世道让人怎么都想不通！那小三呢？”李明远问。

“听说在川东，川军五师当连长。”突然之间，姚必光心中泛起了一种莫名的惆怅，小云虎的遭遇让他感到困惑不平。

“记得文鸿揆牺牲时的情景吗？满身都被子弹打穿了。”

“当然记得，永生难忘！鸿揆是讲武堂同学牺牲第一人，死得那样壮烈，怎会记不得。”姚必光深深地叹了口气。

在段云鹏墓前，姚必光、李明远回忆着往昔人事，仿佛段云鹏也在身旁。龙润民、吴子元、王祥章、李国聘四人清扫完墓地周围的败叶枯草，摆放了各种祭品，姚、李二人一齐跪倒在墓碑前，默默哀悼，又把手中的《讲武堂阵亡同学录》和祭文点燃，与黄钱银纸一起烧化。

“同学们相聚吧！莫要孤独寂寥，哪怕是阴曹地府也要携手同行。别像阳间的枭雄那样，任你同学朋友，为了争夺权力不惜打得你死我活。”姚必光心里默念。青烟缭绕着在空中忽飘忽散丝丝牵连，似乎真的带走了他的问候和思念。但愿同学、朋友们的牺牲，只是暂时歇息、过往驿站！

山下缓坡上一座荒草丛生的突兀山包，据说是当年南诏王宫金刚城遗址。而今良田、土坎、残垣掩没下的废墟，早已看不出当年霸气。这也是轮回中的歇息吧？世事如山风漂浮，玄妙得让人遐思怀想。

李明远和龙润民、吴子元冰释前嫌。多么大的一场误会啊！转眼经年，让人感伤。在刘老东家出殡后，三人相约来到董库村卧牛岗祭拜张文光先生，回忆当年参加自治同志会，跟随张、刘二先生密谋反清的往事。听李明远说起要与姚必光到大理祭奠段云鹏亡灵，感慨之余，便决定相伴而行。疏远的日子实在太久，他们确实需要这久违的相聚！

离开大理太和，众人又陪同姚必光到佛教圣地鸡足山，看望他的挚友杨宗泽。

和尚慧觉正在鸡足山天柱峰金顶寺藏经楼专注一境，入静坐禅。自从出家以来，在鸡足山的古树峻崖、万壑松涛中习修禅法，不经意间春去秋来已近五载，这是慧觉受具足戒后的第四次坐禅通关，28岁的他身着百衲衣，脚套罗汉鞋，形容清癯，意态淡然，入定无妄之间，似乎也有了些“悟”的感觉。

月光从窗外透进房来，洒了一地如霜，突然间不由得心生一念："晓芸而今辞世五载，冰心玉壶却无人祭奠，这世界果真是冷凝如霜啊！"意念一出，便把所有的禅悟都颠覆了。壬子八月十五是晓芸忌日，记得当年，自己是隔了足足一月，农历九月十五出的狱。还曾经对着又亮又圆的月亮感慨嗟叹，期盼与晓芸和家人团聚。如今一梦若许年，出家以来无意间总选择三秋入禅通关，在心里似乎还隐隐地有这么个结。此时一算，明天就是冬月十五，90天满即可出关下山，想不到却让寒天一飒圆月，把通关静思的淡然搅了个乱。

做禅的日子，慧觉除了吃斋打火石，每天打坐总在20小时以上，时间不知不觉一晃而过。可此时心中杂念一出，剩下的几个时辰，却如年如月般漫长，心念定不下来，寂寂更难守安宁。想着第二天一早就要下山，还需前往护国祝圣寺虚云祖师座下心受三因佛法、证悟本体心性，心中不免惭愧起来。好不容易熬到天亮，冬日的阳光从贴着白色窗棂纸的牖格木栏中照射进来，使人不由自主地就能在暖意洋洋的氛围中体味大千世界的自在幻化。天柱峰上虽已严寒君临，但有了阳光的照射，便给人以一种感悟，犹如宇宙间充满的光明散发出暖，随时都会在心中荡漾。

原本期盼四谛修炼成的安详能在内心引发喜悦，可此时已再难体悟。虽然仍结跏趺坐，舌抵上腭，双目微闭，心却再也不能入静。相逢月圆，杨宗泽有意无意间每每想起亡妻，在禅定的心中，或是意念的梦里，晓芸都一样凄婉。而今天却是不同以往，妄念竟如此难以克服，不禁想："四年修为，难道还抹不去心中的一丝眷念？"人虽还在打坐，神已经懈息。想起新婚宴尔夫唱妇随；想起高堂双亲，年高辛劳无依无靠；再想小小儿女，无所归依如何赡养？心中懊恼，更难自持，终不由得叹息："无往而回，宿根未了啊！"忍不住起身推门而出，茫然四顾，心中更加惆怅。东方，浮云托着红日跳荡喷薄，云海翻腾若缓缓水泄，苍茫之间，光影汤汤山迤缥缈。面对此景，细思祖师所说的那个"了"字，似乎更有了无穷深意。

见到杨宗泽，听他口中"阿弥陀佛"不断的那一刻，姚必光百感交集。人世沧桑，礼佛参禅竟把一个满怀憧憬、生气勃勃的人消磨成这般模样。"曾经的期盼与痛苦还有吗？曾经的孤独与守望还在吗？"他郁郁自问，心中十分迷茫。从杨宗泽眼里，他似乎也看见了些许彷徨，但却不知这彷徨是源于自己心念，还是少年挚友的本相。想起《金刚经》中"无我相，无人相，无众生相，无寿者相"的话，他甚至有些惶惑。"佛法若此，宗泽为什么还总在念'阿弥陀佛'呢？他想，这发愿的皈依，会不会还是有相的执着？"

龙润民、吴子元、李明远几乎同时问起圆通大师。杨宗泽、如今的慧觉无限感慨："好久都没听到大师的音信了啊！想不到必光的朋友竟与大师有缘。"记得初入鸡足山时，正是圆通大师释讲佛祖灵山传教典籍，至今，释迦拈花和迦叶一笑都一直在启迪着他深心的禅悟。大师云游四海，浪迹天涯，却总像还在山中，刹那间他心底里似乎有了一种觉悟，也许这就是佛吧？而在姚必光看来，这些年朋辈以及师长们所遭遇的磨难实在太多，甚至有人牺牲，深深的伤痛自不必说。对于杨宗泽，他心里却有另一种更强烈的惋惜。

九、往事如烟　大道苍茫

从大理回到楚雄，转眼间又翻过了年，那日姚必光正在家中给李明远写信，忽闻恩师李根源先生来访。迎出门来，见先生风尘仆仆，却豪气干云，惊喜之余倍觉惭愧。

这些年先生宦海沉浮并不顺畅。护国战后，1916年7月14日被北京政府任命为陕西省省长，却因都督陈树藩拒绝掏绊，至1917年2月才得莅任视事，并一直难以施政。特别是5月底，因拒绝参加督军团支持段祺瑞驱逐大总统黎元洪活动而被陈软禁几乎丧命。在摆脱陈树藩5个多月的软禁后，10月下旬离开陕西。离陕之后，因护国战时肇庆军政府多位旧友云集广东，特别是原副抚军长岑春煊至诚相邀，所以又决意要到广东投身护法大干一场。其间回滇省亲，本想与滇督唐继尧联络关系，却山转水绕未得要领。在回腾冲后赴粤途中路过楚雄，得知学生姚必光在家闲居，便欲动员其及散落各处的滇军旧将追随自己前往广东。听姚必光把讲武堂毕业后，分配到昭通独立营、参加护国战、溃退川南、彝山被俘等事大略概说后亦甚感慨。当即便鼓励他要振作奋发，不可荒废。

说起当年讲武堂"坚忍刻苦"校训，先生喟然长叹："三军可以夺帅，匹夫不可夺志。"意在鼓励自己的学生再为护法而战。是啊，有志之士当百折不挠，坚忍刻苦的意义就在于此！姚必光静听恩师教诲，心中又升腾起奋发图强、追随恩师投军护法的热望。

戊午新年刚过，楚雄城中仍然还保留着大年过节时的热闹。在这里，人们向来把初一到十五这些天都视为大年时节。护法之战虽已开启，可那里离滇省比护国战还远，小城中倒有些“农不易亩，市不易肆”的光景，以至于年饭东家请了西家请，一直就没个停。

自从李先生家访之后，姚必光一直思绪翻腾，依然还是先生留下的那句话：“坚忍刻苦，有志之士，当百折不挠。”那种“或跃在渊”的惧怕与冲动总是萦系于心。“人总不能无所作为。而今《约法》不彰，共和危难，仁人志士大义凛然，大丈夫当顶天而立，图报家国。”这也是先生所说的话，这话深深地打动了他。

陪同他在楚雄闲居的王祥章、李国聘此时出外，留在屋中一人静思的他随意再读《周易》。“进无咎也”《易经》乾卦，九四“爻象”的谶语箴言特别醒目。待时而进、伺机奋进的启示似乎正说的他，于是心中不由得涌起一波躁动。

好久以来，姚必光都一直在关注护法战争。听到北洋政府下达对西南讨伐令，并聚集10万之众向湘鄂、湘赣边界发起进攻，护法联军正处于艰难危急时刻的消息，特别是接到禄国藩团长来信，说他即要出任滇军职务的事后，姚必光更加坚定了追随李根源先生投身护法的意愿。在王祥章、李国聘鼓动下，终于下定了到广东投军的决心。

前往广东的路，遥远而又漫长，从楚雄出来，又一次经过安宁。素有“螳川宝地”的安宁，此时已改州为县。姚必光与王祥章、李国聘一起，无意间又来到8年前与李明远、段云鹏第一次相遇的旅店。县城的小街依然冷落，旅店门庭却多了不少风侵雨蚀的痕迹。走进旅店门庭院落，忽见太阳底下的花树影下，迎面低头坐着一个似曾相识的断腿之人，仔细辨认竟是丁晓芸的三哥吴靖宇。姚必光激动万分奔上前去，大声喊道：“靖宇兄，可还记得必光？”

坐着的人缓缓抬起头来，对着姚必光看了好一阵，才挣扎着想立起身来，却一动也不能动，之后又颤颤说道：“必光兄啊！为何几年都听不到你一点消息？”说着滚滚热泪潸然而下。

“一言难尽啊靖宇兄！”姚必光看见吴靖宇双腿齐錾錾从大腿就截了肢，莫说站立，想动一下身子都难。

“这些年来丙班同学各奔东西，尤其是护国之战，死的死伤的伤，好多人都听不到消息。联系不上的不仅是你和我啊！年前刚与明远一起到大理祭奠云鹏，还到鸡足山看了宗泽。靖宇兄何故在此，一向好吗？”等吴靖宇挪正身子坐好，姚必光才敢问话，眼眶却早已润湿。

“怎么？云鹏不在了！”吴靖宇瞪着呆滞的双眼，心口蹬蹬直跳。

“是啊！去年纳溪棉花坡一战牺牲，死得十分壮烈。”说起段云鹏，姚必光总是伤感。

“哎，可惜啦！像我这样，援川回来一直在家，伤好不了，事做不成，完全就是废人。高堂过世不久，宗泽双亲二老也相继辞世，大哥和我只得把宗泽、晓芸儿女接回安宁，并盘下这家客栈将就抚养。”吴靖宇满脸惨然，说着又大声喊道：“益儿、留儿，快快来看你叔！”

就见一男一女两个小孩从后院门洞跑来，口中嚷着：三伯，我要喝水！看见姚必光、王祥章、李国聘三个并不认识的男人，突然站定怕生生地站在院中一动不动。

姚必光忙上前俯身蹲下，把两个孩子拥入怀中，大滴的泪珠不由得滚滚落下。岁月沧桑，转瞬间宗泽、晓芸的儿女都这么大了，新的生命在成长，让他似乎看到了他们父母的身影。“传承如此顽强，期盼又多了一份承载。”姚必光这样想着，恍惚间就见一窈窕女子从后院走来，觉得眼熟，待想起来，禁不住更加惊诧。

“那不是丁晓芸、杨宗泽都曾提起过的顺宁女人吗？怎么会在这里领着他们的儿女？”姚必光心中疑惑。

“这是英子，益儿、留儿义母，当年晓芸所托付的。宗泽出走之后，英子就来领两个孩子。因在顺宁办了个茶场，刚安排完今年茶事就来了，对益儿、留儿就像亲妈一样。我本是个废人，把益儿、留儿带在身边，得英子常来看望，也是福分。”

看见英子，姚必光心中感慨：“可怜的女人啊！生在这个时代，注定要来还债。”难道她真陷入了这样的迷局，没有缘偏有爱，生命只是不尽的还债与馈赠，苦难凄凉。像错过花期的梦蝶迟迟而来，孤独地在树的枝头蹁跹，却再也寻觅不到恋念的芳菲。一个情意深重的纤纤红颜，以自己生命的消磨来报答困厄途中的知遇。人的生命也许就是这样，越是珍重越会为了一次偶然的邂逅，要付出所有的时光。杨宗泽如果知道，他会怎样去想？姚必光正自出神，那女人跟他打了一个招呼，又带着益儿、留儿走回了后院，却把无尽的忧伤留在他的心间。

路过昆明，乘火车沿滇越铁路南下河口进入越南，再乘海轮前往广东赶去韶州。此时，李根源已被任命为赣湘边防督办，正率领驻粤滇军第四师一部进驻韶州，防御北洋军进攻。

二月的春风荡漾在华南的沃土之上，火一样艳红的攀枝花在高树枝头迎风怒放，不愧于人们所赋予它“英雄花”的称赞。姚、王、李三人一路行来，喜气洋洋，苍茫间斜阳迎面，沟河、畴野以及入海前的珠江徜徉在暖暖的阳光下，金灿灿一片。初春的田野里充满着勃勃的生机和希望，蜿蜒路上斑驳的泥土地零落地长了些出芽的嫩草，不顾行人的踩踏奋力向上生长。

李国聘指着小草感叹：“看啊，这些顽强的生命，任你踩踏还是要活下来！”

姚、王二人一同大笑。“国聘如今也是一天星斗，见景就能生情，不过草再顽强最后也要被踏为尘泥。依我看，草的生命既脆弱又无谓，就像你我一样！”王祥章所讲虽是玩笑，却使二人听后又是一阵惆怅。

这时，红日开始陨落，只在远处映射着翻飞的云，泛出漫天霞光。玩笑之后，投军的路忽然间变得十分迷茫。望着远去的大道，姚必光突然又想起“大道之行也，天下为公”的那句老话，心中充满了疑惑。回想起滇省重九和护国义举，人们用生命追寻的天公地道，如今依然一派苍茫。一种“顾盼西东，英雄谁是”的莫名苍凉忽然涌注心头，这是兴奋过后的一种静思，也有从戎赴难的凛然豪气。此时光景，灿烂的“英雄花”点缀在绿色的原野上，是红；映衬在暗红色的天际下，是灰。护法战争打得十分激烈，泛萍浮梗的民主与共和竟像“无极之极”一样空泛，人事天际的大道之行，漫漫之路，离民生的索求还很遥远……

主要参考文献

［1］李根源著，李希泌编校．新编曲石文录．昆明：云南人民出版社，1988．

［2］李根源．雪生年录．沈云龙主编．近代中国史料丛刊（第二辑）．台北：文海出版社．

［3］周钟嶽总纂，蔡锷审订．云南光复纪要．昆明：云南人民出版社，2001．

［4］周钟嶽．惺庵回顾录．云南省图书馆收藏（影印本）．

［5］云南政协文史资料研究委员会编．云南文史资料选辑（1–63辑）．1962–2006．

［6］中共中央文献研究室第二编研部编．朱德自述．北京：国际文化出版公司，2009．

［7］张丹，王忍之编．辛亥革命前十年间时论选集（第二卷）．上海：上海三联书店，1963．

［8］张丹，王忍之编． 辛亥革命前十年间时论选集（第三卷）．上海：上海三联书店，1977．

［9］章开沅，罗福惠，严昌洪主编．辛亥革命史资料新编．武汉：湖北人民出版社，2006．

［10］朱英主编．辛亥革命与近代中国社会变迁．武汉：华中师范大学出版社，2011．

［11］谢本书．蔡锷大传．桂林：广西师范大学出版社，2013．

［12］谢本书．滇军风云．昆明：云南人民出版社，2013．

［13］王佩华．云南护国史话．昆明：云南美术出版社，2006．

［14］潘先林，张黎波．天南电光：辛亥革命在云南．昆明：云南人民出版社，2011．

［15］徐敏，木霁弘．蓂赓气象：唐继尧传．昆明：云南人民出版社，2011．

［16］余嘉华．大观楼长联及其作者孙髯．昆明：云南人民出版社，1979．

［17］李孝友．昆明风物志．昆明：云南民族出版社，1991．

跋

启 桐

历史是一面镜子，以史为鉴面对未来，知晓真实历史的本身，就是未来的希望。

本书所描写的是中国近现代历史上极其重要的一个片段，也是云南所贡献于国家民族挥之不去的记忆。

滇省以偏僻贫瘠之地，辛亥较早响应武昌起义，新政后又以崭新面貌展现出宏大的改革志向和满怀抱负，为举世所瞩目。1915年，护国首义更是震惊中外，志士仁人为民主共和而战，惨烈悲壮可歌可泣。这些事，迄今已过百年，历史烟云，渐渐在沉默的流光中淡然远去。

但辛亥革命、护国战争毕竟是历史上的大事件，中华民族从封建专制统治下挣脱出来，在走向民主共和的漫长道路上蹒跚而行。因为命途多舛，很多人为此抛头颅洒热血，至今始终令人难忘。

本书作者并非文学界人士，年过花甲而不揣愚陋，仅凭云南为其桑梓，再则亲朋好友、家族中不乏先辈投身辛亥革命及护国战争，耳濡目染熟悉一隅史事，故直笔而书。其幼时曾聆听先人述及亲历，以及亲闻亲见朋辈在动荡中被冤杀或对时局失望而求教释老，皈依佛门等负面，以及正史所不录的轶事奇闻，也都一点一滴汇集在心。历史钩沉创巨痛深，总会激发起想写出的冲动。

作者以历史文学体裁创作书写这段历史，同时融会了不少古典文学、民俗风情用于当事人抒情言志，间有天道人事，质疑设问颇富哲理。犹居高远望内涵尤深，彰显了古今文化相贯通。另外，还将地方掌故、名胜古迹、山川物产化为“酒酿”以飨读者，因此也便于雅俗共赏，其用意更在于使历史知识大众化。

本书作者以为，学习历史应该站在国家兴亡的高度，必须以更加广阔的视野研究历史，总结历史经验教训。最重要地是把真实的历史告诉后人，前车之辙后车之鉴，在融入时代潮流的大道之行当中坚持不懈，为实现国家长治久安和民族振兴一如既往！

作者写作本书的初衷，意在以一孔之见，求教于读者，为贡献于促进中华之崛起，尽一点绵薄之力。

后　记

孤寂的苦旅终于走到了驿站，回想起来真是不可思议。退休之后尝试写作，自以为老当益壮，穷且益坚，想不到一晃已近6年，忽然觉得皓首苍颜，衰年将至，回味时便又多了许多惆怅。

儿时，我曾跟随外祖父见过书中所写的一些人或人物原型。如今，老人们的音容笑貌、忧愁哀伤，甚至一颦一笑依然还萦绕在我的心间。写到他们，常常让人感怀，以至于不得不停笔长思。童年的记忆竟然这样，点点滴滴刻骨铭心。

我还记得，寂静的晚间，孩子们围坐在周钟嶽夫人顾氏老太太膝下，听她老人家讲唐诗宋词、孝悌经典和历史见闻的往事。周钟嶽是重九起义后云南军政府秘书长，周奶奶所讲见闻，很多涉及那个时代。《大道苍茫》书中的一些事，便是留在我脑海里儿时的记忆。与周家邻居相处近三十年，对于我的成长，周奶奶是影响很大的人。写作此书，冥冥中确乎有种暗示，让我一再想起老人家和她所讲的故事。

可以说，写作此书的愿望，最初就来自于童年的梦想。为了谦谦温和甚至有些迂就的外祖父，以及他的朋友故旧；也为了对周奶奶那份不是亲人胜似亲人深切的怀念。

写书是一件十分孤寂的事，初次写作更是如此，喜怒哀乐很难与人分享，独自咬文嚼字，时间长了愈发苦涩。然而，一百多年前中华民族所演绎的那段历史，虽沧桑陵谷迁流罔极，回忆起来却总让人心生敬畏。史海钩沉，搜寻墨迹，辨析歧义，抖落历史尘埃，先辈们开创丰功伟业的积年凝滞豁然雾解。辛亥革命，尤其是护国起义，云南以偏僻贫弱之地人力、物力融会时代，勇立潮头。志士仁人们用鲜血和生命书写的大气磅礴历史篇章始终动人心魄。

伟大的事件总是从多方面昭示人们，哪怕一个细节，也是那样充满魅力，令人反复咀嚼回味无穷。岁月从新与旧的冲突中更新，历史在血与火的搏斗中演进。巨大的灾难引发出命运的呼唤，觉醒也总是从痛苦的黑暗中萌生。我久久地徘徊，仿佛走进了逝去的艰难时光，除了怀念，还企图在历史泥尘中发掘出它生命的主题：我们要求把历史的内容还给历史，并且得到人的启示。

对我而言，写作此书既有桑梓缱绻的情怀，也有认知历史面目的夙愿。在尘封的记忆里，书中的很多人和事已经被淡忘甚至曲解。说来沧桑易变，其实人间正道比想象的更加艰难。《大道苍茫》除了讲述那个时代的蹒跚颠踬，其实也是我面对历史的一种思考。一成一旅，墓木已拱，流淌的时光却依然绚烂。在祭奠英烈之时，我看见一个个悲怆的雄魂迎面走来，昂首而去。然而，大道苍茫，往事如烟，一百多年过去了，回顾那段历史，我不知道是否还只是些烟尘零落?

在《大道苍茫》的写作过程中，我得到过不少帮助。其中：舅父姚启桐向我讲述了很多鲜为人知的轶事，使我获得很多宝贵的素材；书作过程中，谋篇布局曾得到他指教，初稿完成后他又为我反复审读，病榻之上，不避重病之身，还为书题跋。听说我要写书，郭业勋、周应媛夫妇很快送给我相关的文史资料，让我能够更好地重温那段历史。廖纪元先生是最早阅读我书稿的朋友，是他反复为我校文纠错，不辞辛劳。卜保怡先生看过书稿后及时帮我订正了多处历史事件的错误。得王佩华老师指点，本书选用了王老师《云南护国史话》中不少史事。还有很多朋友，一直关心书作的进展，给予了我很多鼓励，让我始终心怀感激。

云南社会科学院原副院长、研究员范祖锜和上海大学影视学院教授、博士生导师金丹元二位老师，阅读书稿后写了审读意见。根据二位老师的意见，书稿又做了较大改动。特别是金丹元老师所提历史文学的写作原则，重大历史事件、历史人物重要活动的出处，以及章节标题的统一等问题。作者有幸得在《青年与社会》杂志社原社长兼总编江云岷老师指导下反复推敲，几经修改，最后成书。云岷老师对本书思想性要义的提炼，以及诸多描写准确性的归纳倾注了不少心血，书稿很多章节的标题就是按照他的建议，并承他亲自操笔改定，在此深表谢忱。

金老师是美学界公认的著名学者、美学家。2014年暑假金老师到昆，大家像朋友一样相聚倾谈很是难得。至今，丹元老师、云岷老师以及朋友们一起，在“昆明滇池春天温泉会馆”讨论书稿，赤诚相见的情景依然历历在目，难以忘怀。

最后，还要衷心感谢云南人民出版社人文部副主任张晓岚女士，经我的同事和好友赵幼华先生介绍有幸识荆。是她的不懈努力，此书才完成了一道道报批程序，改稿编辑，获准出版。张主任的谦和与敬业精神一直激励着我，让我等来了期盼的消息。

尤值一提的是：由江云岷老师帮我请到年近八旬的谢本书老先生为书作序。谢老不辞辛劳，很快就通读了书稿，并认真指出了书稿中存在的问题。序文庄重，如圭如璧，使拙作增色不少，这是我莫大的荣幸。谢老对提携后学的真心关怀和可敬可羡的长者气度，果然是“先生之风，山高水长”。

谢老对近代云南史，辛亥革命及护国运动具有独特且全面的研究，著作等身。我对谢老仰慕已久，在写作《大道苍茫》的过程中，曾反复拜读过谢老相关著作，本书不少史事就源自谢老书的内容。有谢老作序，书的面世便更有了信心。

红尘滚滚，百年风雨，逝者英烈，可歌可泣，以书为祭，唯恐一鳞一爪，拙笔不及，更何况我认识水平的局限。

拙作面市，心里总还有许多不安，特别担心重大历史事件错漏而导致荒谬的结论，一旦出版，往事匆匆便将追悔不及。尽管如此，我还是殷切地希望有心的读者能够不吝赐教，予以斧正，容当后来矫枉。

历史是人的启示，在恢宏而又斑驳的历史面前，文学增添了我思想的翅膀。飞过雾障，我更加深切地体会到：“人们自己创造自己的历史，但他们并不是随心所欲地创造。”珍视历史，亦如珍视今天与未来。凭吊史事，祭奠英烈，在缅怀先辈的过程中学习历史、认知历史，以史为鉴。

本书史料很多来自《云南文史资料选辑》和一些公开出版的相关书籍，有时，同一事件的亲历者，以及他们的至亲好友，回忆描写的情节并不完全相同。我只能在自己认知的水平上做出取舍，错漏在所难免，对此，尚望有识者不惜赐教。

我愿与读者们一道，走进一百年前的那个时代，又走回来抖擞精神，更加珍视来之不易的民主与共和，为中华崛起贡献自己的绵薄之力。谨此，是为“后记”。